75 YEARS आपसे हैं हम

राजकमल गौरवग्रंथ

WORLD CLASSICS

जॉर्ज ऑरवेल

25 जून, 1903

21 जनवरी, 1950

1984

उपन्यास

1984

जॉर्ज ऑरवेल

अनुवाद

अभिषेक श्रीवास्तव

राजकमल गौरवग्रंथ

यह उपन्यास सर्वप्रथम अंग्रेज़ी में 'NINETEEN EIGHTY-FOUR' नाम से 1949 में प्रकाशित हुआ।

राजकमल गौरवग्रंथ माला में पहला पेपरबैक संस्करण : दिसम्बर, 2021

राजकमल गौरवग्रंथ माला : कालजयी साहित्य की विशिष्ट प्रस्तुति

राजकमल प्रकाशन प्रा.लि.
1-बी, नेताजी सुभाष मार्ग, दरियागंज
नई दिल्ली-110 002
द्वारा प्रकाशित

शाखाएँ : अशोक राजपथ, साइंस कॉलेज के सामने, पटना-800 006
पहली मंजिल, दरबारी बिल्डिंग, महात्मा गांधी मार्ग, प्रयागराज-211 001
36 ए, शेक्सपियर सरणी, कोलकाता-700 017

वेबसाइट : www.rajkamalprakashan.com
ई-मेल : info@rajkamalprakashan.com

यश प्रिंटोग्राफिक्स
ग्रेटर नोएडा-201 310 (उत्तर प्रदेश)
द्वारा मुद्रित

मूल्य : ₹399

1984
Novel by George Orwell
Translated by Abhishek Srivastava

ISBN : 978-93-90971-08-4

प्रकाशकीय

हिन्दी पाठकों को श्रेष्ठ साहित्य उपलब्ध कराना हमेशा से हमारी प्राथमिकता रही है। अपनी इस प्रतिबद्धता के अनुरूप हम हिन्दी के साथ-साथ हिन्दीतर—देशी और विदेशी—भाषाओं की श्रेष्ठ कृतियों के अनुवाद भी निरन्तर प्रकाशित करते रहे हैं। ऐसा नहीं कि विश्व की प्रसिद्ध कृतियों के अनुवाद पहले नहीं हुए, पर इस सदी के पहले वर्ष में जब हमने 'विश्व क्लासिक शृंखला' के अन्तर्गत विभिन्न विदेशी भाषाओं की किताबों के हिन्दी अनुवाद प्रकाशित किए तो इसका व्यापक स्वागत हुआ। इस शृंखला में कथा साहित्य भी था और विचार साहित्य भी। वास्तव में इसके ज़रिए हम पाठकों के समक्ष कालजयी साहित्य का वैश्विक परिप्रेक्ष्य प्रस्तुत करना चाहते थे, जिसमें इसकी परम्परा को निर्मित करने वाली प्रतिनिधि कृतियों के साथ-साथ नई दृष्टि और नए विचारों से इस परम्परा को दिशा और विस्तार देने वाली कृतियाँ भी शामिल थीं। इस पहल के प्रति पाठकों की सकारात्मक प्रतिक्रिया निश्चय ही हमारे लिए उत्साहवर्धक रही।

तब से, दो दशक से अधिक समय गुज़र जाने के बाद भी विश्व क्लासिक शृंखला में लोगों की दिलचस्पी लगातार बनी रही है। नई पीढ़ी की रुचियों और आवश्यकताओं को ध्यान में रखते हुए हमने इस शृंखला को और सुव्यवस्थित तरीक़े से प्रस्तुत करने का निर्णय लिया है। प्रकाशन के 75 वर्षों की गौरवशाली यात्रा की विश्वसनीयता को आगे बढ़ाते हुए हम, अब 'विश्व क्लासिक शृंखला' को 'राजकमल गौरवग्रंथ : विश्व क्लासिक' के रूप में न केवल नए रंग-ढंग में प्रस्तुत कर रहे हैं, बल्कि पुराने अनुवादों को परिष्कृत और प्रस्तुति को संवर्द्धित भी कर रहे हैं। इसमें 'विश्व क्लासिक शृंखला' की पूर्व प्रकाशित किताबों के अभिनव संस्करण तो होंगे ही, वे कृतियाँ भी होंगी जिनका हिन्दी में अब तक अनुवाद नहीं हुआ था।

'1984' जॉर्ज ऑरवेल का बेहद चर्चित उपन्यास है। 1949 में प्रकाशित इस उपन्यास को लिखते हुए ऑरवेल ने जिस आनेवाले वक़्त की तस्वीर खींची थी, अगर तारीख़ के हिसाब से देखें तो वह गुज़र चुका है। लेकिन इस तस्वीर के बहाने उन्होंने सोच, शासन, सत्ता, समाज, सियासत आदि को लेकर जो आशंकाएँ जताई थीं; जो ख़तरे दिखाए थे, वे आज कहीं ज़्यादा ताक़तवर और स्पष्ट रूप में हमारे सामने हैं। मानवीय विवेक और स्वतंत्रता पर नियंत्रण का ख़तरा आज के 'विकसित' और 'लोकतांत्रिक' दौर में कहीं और बढ़ा नज़र आता है। ऐसे में यह उपन्यास एक अनिवार्य आह्वान की तरह है, जिसको ऑरवेल ने मनुष्य की इच्छाशक्ति को दृढ़ता प्रदान करने के मकसद से लिखा था ताकि वह अपने विवेक और स्वतंत्रता के विरुद्ध सामने आनेवाले सभी अवरोधों को दूर कर सके।

आशा है, पाठकों को हमारी यह नवीन प्रस्तुति पसन्द आएगी। आप अपनी राय, अपने सुझाव हमें पत्र या ई-मेल के ज़रिए ज़रूर भेजें। इससे हमें इस 'गौरवग्रंथ माला' को बेहतर ढंग से आगे बढ़ाने में मदद मिलेगी।

अशोक महेश्वरी

1 अक्टूबर, 2021
नई दिल्ली

क्रम

पहला भाग

I

वह अप्रैल का एक साफ़ सर्द दिन था। घड़ी में तेरह का गजर खड़का था। बदचलन हवाओं को गच्चा देने की फ़िराक़ में अपनी ठोढ़ी को छाती में धँसाए विंस्टन स्मिथ काफ़ी तेज़ी से काँच के दरवाज़ों के पार विक्टरी मैंशन्स में दाख़िल हुआ। फिर भी धूल का एक भँवरदार झोंका वह रोक नहीं पाया, जो उसके साथ ही भीतर घुस आया था।

भीतर का प्रवेश गलियारा उबले हुए करमकल्ले और पुराने चीथड़ों से बनी किसी क़ालीन की मिली-जुली गंध से भभक रहा था। गलियारे के एक तरफ़ दीवार पर एक रंगीन पोस्टर टँका हुआ था। इतना बड़ा पोस्टर आम तौर पर कोई भीतर की दीवार पर तो नहीं सजाता। पोस्टर पर एक बड़ा-सा चेहरा बना था, जिसकी चौड़ाई एक मीटर से ज़्यादा रही होगी। कोई पैंतालीस साल के आसपास के आदमी का चेहरा रहा होगा वह। बिलकुल घनी-काली मूँछों वाला एक कठोर मर्दाना चेहरा। विंस्टन सीढ़ियों की तरफ़ बढ़ा। लिफ़्ट की ओर जाने का कोई फ़ायदा नहीं था। आम तौर पर वह बन्द ही रहती थी। अच्छे से अच्छे दिनों में भी। आजकल तो वैसे भी दिन के वक़्त बिजली कटी ही रहती है क्योंकि नफ़रत सप्ताह की तैयारी चल रही है। कमख़र्ची अभियान इन्हीं तैयारियों का हिस्सा है। फ़्लैट सातवें माले पर था। उनतालीस साल के विंस्टन को टखने के ऊपर की नसों में अल्सर था। इसीलिए वह बीच-बीच में सुस्ताते हुए धीरे-धीरे ऊपर चढ़ रहा था। हर माले पर लिफ़्ट के ठीक सामने वाली दीवार पर लगे पोस्टर से विशाल चेहरे वाला आदमी उसे घूर रहा था। कुछ तस्वीरें बड़ी रहस्यमय होती हैं, जो चलते-फिरते आपका लगातार पीछा करती रहती हैं। यह उन्हीं में से एक थी। इसके नीचे लिखा था : मोटा भाई देख रहा है!

फ़्लैट के भीतर से एक महिला की मधुर आवाज़ आ रही थी। वह कुछ आँकड़े गिनवा रही थी जिसका लेना-देना कच्चे लोहे के उत्पादन से था। आवाज़ धातु के

बने एक लम्बे और धुँधले काँचनुमा कोटर से आ रही थी जो दाहिनी दीवार का हिस्सा था। वह एक टेलिस्क्रीन था—दीवार में धँसा एक छोटा सा परदा। विंस्टन ने उसका एक स्विच दबाया। आवाज़ थोड़ी कम हुई, हालाँकि शब्द अब भी साफ़ सुनाई दे रहे थे। इस मशीन की आवाज़ को धीमा तो किया जा सकता था, लेकिन इसे पूरी तरह बन्द करने का कोई तरीक़ा नहीं था। वह खिड़की की तरफ़ बढ़ा। छोटे क़द की उसकी कृशकाय देह पार्टी की नीली वर्दी में और तुच्छ जान पड़ती थी। उसके बाल ठीक-ठाक सुनहरे थे और चेहरा जैसे पैदाइशी गुलाबी, लेकिन खुरदरे साबुन, भोथरे उस्तरे और जाती ठंड से मिल-जुलकर चेहरे की उसकी चमड़ी सख़्त हो चली थी।

खिड़की बन्द थी, लेकिन बाहर देखने पर समझ आता था कि ठंड है। नीचे सड़क पर हवा के झोंकों से धूल का गुबार उठ रहा था। उसमें काग़ज़ की चिंदियाँ गोल-गोल चक्कर लगा रही थीं। ऊपर सूरज चमक रहा था, आकाश गाढ़ा नीला था, फिर भी किसी चीज़ में कहीं कोई रंगत नहीं दिखती थी। सिवाय उन पोस्टरों के, जो हर जगह चिपके हुए थे। जिधर नज़र जाती, काली मूँछों वाला वही चेहरा पोस्टरों में से झाँकता दिखता था। खिड़की के ठीक सामने वाले मकान पर भी यही पोस्टर लगा था। नीचे लिखा था, **मोटा भाई देख रहा है!** उसकी गहरी आँखें वास्तव में विंस्टन की आँखों में ही घूर रही थीं। ऐसा ही एक फटा हुआ पोस्टर नीचे सड़क पर पड़ा हवा में फड़फड़ा रहा था। उसकी फड़फड़ाहट में एक शब्द बार-बार दिखकर ग़ायब हो जा रहा था : INGSOC। तभी दूर दिख रही छतों के बीच एक हेलिकॉप्टर हौले से नीचे उतरा। कुछ देर उसने वहाँ चक्कर काटा, फिर तेज़ी से घूमकर वापस उड़ गया। वह पुलिस का गश्ती दल था जो लोगों के घरों के भीतर खिड़कियों से झाँक रहा था। इन गश्ती दलों का कोई ख़ास मतलब नहीं था। यहाँ सिर्फ़ विचार पुलिस ख़ास मायने रखती थी।

विंस्टन के पीछे परदे से आ रही आवाज़ अब भी कच्चे लोहे के बारे में कुछ बड़बड़ा रही थी कि कैसे नौवीं तीन-वर्षीय योजना को ज़रूरत से ज़्यादा पूरा किया जा चुका है। यह परदा एक साथ सूचनाएँ लेता भी था और देता भी था। विंस्टन अगर फुसफुसाहट से थोड़ी-सी भी ऊँची आवाज़ निकालता, तो परदा उसे पकड़ सकता था। बशर्ते वह उसकी पहुँच में हो। उसे सिर्फ़ सुना नहीं, देखा भी जा सकता है। परदा कब आपको देख रहा है और कब नहीं, यह पता करने का कोई तरीक़ा नहीं था। विचार पुलिस किसी पर कैसे और कितनी निगरानी रखती है इस बारे में

केवल अटकलें ही लगाई जा सकती थीं। हो सकता है वह सभी पर हर वक़्त लगातार अपनी निगाह रखती हो, लेकिन एक बात तो तय थी कि वह जब चाहे आपको देख और सुन सकती थी। इसीलिए यहाँ यह मानकर जीना होता था कि आपसे निकली कोई भी ध्वनि सुनी जा रही है और उजाले में की गई किसी भी हरकत को देखा जा रहा है। केवल अँधेरा ही आपको निगरानी से बचा सकता था। ऐसे ही जीने की आदत डालनी होती थी। फिर धीरे-धीरे यह जीने का हिस्सा बन जाता था।

विंस्टन परदे की ओर पीठ करके ही खड़ा रहा। वह जानता था कि पीछे से भी निगरानी रखी जा रही है, फिर भी उसे लगा कि यह शायद थोड़ा सुरक्षित हो। उसका दफ़्तर यहाँ से क़रीब एक किलोमीटर दूर सत्य मंत्रालय में था। दूर से ही उसकी सफ़ेद इमारत उस धुँधले भूभाग में विशालकाय दिखाई देती थी। विंस्टन उसे थोड़ा हिकारत से देखता था। यह लंदन था—एयरस्ट्रिप वन का प्रमुख शहर और ओशियनिया के प्रान्तों में तीसरा सबसे ज़्यादा आबादी वाला शहर। उसने दिमाग़ पर ज़ोर डालकर बचपन को याद करने की कोशिश की—क्या लंदन हमेशा से ऐसा ही था? क्या ऐसे ही गलियारों के बीच हमेशा से यहाँ 19वीं सदी के ये सड़ते-गलते मकान होते थे? लकड़ी की दीवारों, कार्डबोर्ड की खिड़कियों और कच्चे लोहे की छत वाले मकान? जिनके चारों ओर चारदीवारी पर बेतरतीब बग़ीचे फैले हों? जहाँ बम गिरा था क्या वह जगह भी पहले थी? वहीं, जहाँ अब प्लास्टर की धूल हवा में उड़ती फिरती है और मलबे के ढेर पर घास उग आई है! और वे जगहें जिन्हें बमबारी ने बिलकुल सफाचट कर डाला है? जहाँ मुर्ग़ी के दड़बों की तरह लकड़ी के मकानों की एक रिहाइश आबाद है? कोई फ़ायदा नहीं याद करने से! उसे बचपन का कुछ भी याद नहीं आ रहा था। सिवाय कुछ चमकदार झाँकियों के, जिनका न कोई ख़ास अर्थ था न कोई साफ़ सन्दर्भ।

वहाँ से दूर दिख रही तमाम चीज़ों में सत्य मंत्रालय एकदम अलग-सा दिखता था। वह एक विशाल पिरामिड जैसा ढाँचा था जिसकी सफ़ेद कंक्रीट सी दमकती अट्टालिकाएँ एक के ऊपर एक हवा में 300 मीटर तक ऊँची चली गई थीं। विंस्टन जहाँ खड़ा था, वहाँ से ख़ूबसूरत सफ़ेद अक्षरों में लिखे पार्टी के तीन नारे बिलकुल साफ़ पढ़ने में आ रहे थे :

युद्ध, शान्ति है
आज़ादी, ग़ुलामी है
अज्ञान, ताक़त है

कहते हैं कि सत्य मंत्रालय की ज़मीन से ऊपर खड़ी इमारत में 3000 कमरे थे और तक़रीबन उतने ही कमरे ज़मीन के नीचे थे। उसके जैसी दिखने वाली, उसके आकार की पूरे लंदन में केवल तीन ही इमारतें थीं। ये तीनों मिलकर आसपास के दृश्य को इतना बौना कर देती थीं कि विक्टरी मैंशन्स की छत से चारों एक साथ नज़र आती थीं। इन्हीं में सरकार के चार मंत्रालय थे। इनमें सरकार की समूची मशीनरी बँटी हुई थी। पहला था सत्य मंत्रालय, जिसका लेना-देना समाचार, मनोरंजन, शिक्षा और ललित कलाओं से था। दूसरा था शान्ति मंत्रालय, जो युद्ध के मामले देखता था। तीसरा प्रेम मंत्रालय था जिसका काम क़ानून व्यवस्था कायम रखना था। श्री मंत्रालय आर्थिक मामलों के लिए ज़िम्मेदार था। वहाँ की नई कूटभाषा न्यूस्पीक में इनके नाम थे मिनिट्रू, मिनिपैक्स, मिनिलव और मिनिप्लेन्टी।

प्रेम मंत्रालय के नाम से उलट, इसका काम वास्तव में डराने वाला था। इस इमारत में एक भी खिड़की नहीं थी। विंस्टन ख़ुद कभी इस मंत्रालय के भीतर नहीं गया था। यहाँ तक कि इसके आधे किलोमीटर के आसपास भी नहीं। जब तक कोई सरकारी काम न पड़े, इसमें घुसना नामुमकिन था। काम हो, तब भी भीतर जाने के लिए मुक्कियों में छिपी हुई मशीनगनों के साये में काँटेदार बाड़ के जालों और स्टील के दरवाज़ों को पार करना होता था। उसकी बाहरी दीवार तक जाने वाली सड़कों पर भी काली वर्दी पहने हथियारबन्द गुरिल्ला गार्ड चक्कर लगाते थे।

विंस्टन अचानक पीछे मुड़ा। अब उसके चेहरे का भाव कुछ आशावादी लग रहा था। परदे के सामने अपना चेहरा करने के पहले सलाह थी कि आपका चेहरा मुस्कुराता हुआ और आशावादी दिखना चाहिए। कमरा पार करके वह अपनी छोटी-सी रसोई में घुसा। दिन के इस पहर काम छोड़कर मंत्रालय से वापस आने के चक्कर में उसका कैंटीन का खाना छूट गया था। उसे पता था कि रसोई में भी खाने को कुछ नहीं है। बस भूरे रंग की एक ब्रेड थी, जिसे उसने कल सुबह नाश्ते के लिए छोड़ा हुआ था। उसने टाँड़ पर से एक बोतल उतारी। उसके भीतर एक रंगहीन द्रव्य था। बोतल पर एक सफ़ेद लेबल लगा था। उस पर लिखा था 'विक्टरी जिन'। काँटेदार उसकी महक अजीब तैलीय थी, जैसे चीन में चावल से बनी शराब की होती है। विंस्टन ने एक कप में उसे ढाला। ख़ुद को किसी झटके के लिए जैसे तैयार किया। फिर दवा की ख़ुराक समझकर सीधे हलक़ के नीचे गटक गया।

उसका चेहरा अचानक लाल हो गया। उसकी आँखों में पानी आ गया। ऐसा लगा जैसे उसने नाइट्रिक एसिड पी लिया हो। इसे गटकते ही ऐसा लगता था कि

किसी ने सिर के पीछे डंडा दे मारा हो। पीने के बाद पेट में अचानक उठी जलन अगले ही पल बन्द भी हो गई। उसे बेहतर महसूस होने लगा। फिर उसने एक मुड़े-तुड़े पैकेट से एक सिगरेट निकाली जिस पर लिखा हुआ था 'विक्टरी सिगरेट'। लापरवाही में उसने सिगरेट को खड़ा पकड़ लिया जिसके चलते तंबाकू भीतर से निकलकर फ़र्श पर बिखर गई। दूसरी सिगरेट के साथ उसने सावधानी बरती। फिर लिविंग रूम में वापस जाकर वह एक छोटी-सी टेबल पर बैठ गया जो परदे के बाईं ओर थी। टेबल की दराज से उसने एक क़लमदान, स्याही की एक बोतल और एक मोटी ख़ाली नोटबुक निकाली जिसका पीछे का कवर लाल था और आगे का संगमरमरी।

जाने क्या वजह थी कि उसके कमरे का टेलिस्क्रीन अजीब जगह पर था। क़ायदे से उसे कमरे की अन्तिम दीवार पर होना चाहिए था जहाँ से वह पूरे कमरे पर नज़र रख पाता। इसके बजाय वह खिड़की वाली दीवार के ठीक सामने वाली लम्बी दीवार में लगा था। इस दीवार के एक तरफ़ एक छोटी-सी अलमारीनुमा जगह निकली हुई थी जहाँ विंस्टन अभी बैठा हुआ था। हो सकता है कि किताबों की अलमारी के लिए वह जगह रही हो। उस छिछली-सी खोह में बैठकर, पीठ को दीवार से थोड़ा सटाए हुए विंस्टन ख़ुद को टेलिस्क्रीन से बचा पाता था। बेशक उसकी आवाज़ सुनी जा सकती थी, लेकिन इस स्थिति में उसे देखा जाना सम्भव नहीं था। दरअसल, अभी जो वह करने जा रहा था उसे करने का ख़याल कमरे के इस अजीब से भूगोल के चलते ही आया था।

इसके पीछे एक और वजह वह नोटबुक थी जो उसने अभी-अभी दराज से बाहर निकाली थी। वह बेहद ख़ूबसूरत थी। उसके पन्ने मक्खन के जैसे चिकने थे जो समय के साथ हल्के पीले पड़ चुके थे। ऐसी नोटबुक कम से कम चालीस साल से तो नहीं ही बनी होगी। उसके हिसाब से वह उससे भी ज़्यादा पुरानी थी। शहर के एक झुग्गीनुमा इलाक़े में किसी कबाड़ी के यहाँ उसे वह खिड़की पर पड़ी मिली थी। पता नहीं कौन सा इलाक़ा था, उसे याद नहीं पड़ता लेकिन पहली नज़र में ही विंस्टन को लगा था कि यह डायरी उसके पास होनी चाहिए। पार्टी के सदस्यों को वैसे तो आम दुकानों में जाने की मनाही थी (इसे बाज़ार से सौदा लेना कहते थे) लेकिन इस नियम का पालन बहुत कड़ाई से कोई नहीं करता था क्योंकि जूते के फीते से लेकर रेज़र की ब्लेड तक तमाम ऐसी चीज़ें थीं जिन्हें कहीं और से हासिल करना सम्भव नहीं था। विंस्टन ने गली में अपनी निगाह काफ़ी तेज़ी से घुमाई, फिर

चुपचाप दुकान में घुसा और ढाई डॉलर में उस नोटबुक को उठा लाया। ख़रीदते वक़्त वह बिलकुल नहीं जानता था कि उसे क्यों ख़रीद रहा है। अपने ब्रीफ़केस में काफ़ी अपराधबोध के साथ उसे लेकर वह लौटा था। वह एकदम कोरी नोटबुक थी, लेकिन उसका अपने पास होना ही बड़ी बात थी।

अब वह उसी में लिखने जा रहा था। यहाँ डायरी लिखना ग़ैरक़ानूनी तो नहीं है (वास्तव में यहाँ कुछ भी ग़ैरक़ानूनी नहीं है क्योंकि अब कोई क़ानून ही नहीं बचा है)। फिर भी ऐसा करते हुए अगर कोई पकड़ा जाता है, तो इतना तय है कि उसे मौत की सज़ा मिलेगी या फिर कम से कम 25 साल किसी लेबर कैम्प में हाड़तोड़ मेहनत करनी पड़ेगी। विंस्टन ने क़लमदान में निब लगाई और उसका कचरा साफ़ करने के लिए मुँह से लगाकर एक बार खींचा। क़लम अब यहाँ बीते ज़माने की बात हो चुका था। लोग दस्तख़त करने के लिए भी क़लम का इस्तेमाल नहीं करते थे। वह बड़ी मुश्किल से कहीं से एक क़लम ले आया था क्योंकि उसे लगता था कि इतने ख़ूबसूरत मखमली पन्ने पर निब वाली क़लम से ही लिखा जाना चाहिए। पेंसिल से लिखना डायरी का अपमान होगा। वह ख़ुद भी हाथ से लिखने का आदी नहीं था। छोटे-छोटे नोट को छोड़ दें, तो आम तौर से वहाँ लिखने के लिए श्रुतलेख की मशीन में बोलने का चलन था। ज़ाहिर है कि उससे डायरी नहीं लिखी जा सकती थी। उसने स्याही में क़लम को डुबोया, फिर एक पल के लिए ठिठक गया। एक सुरसुरी-सी उसकी रीढ़ के नीचे तक दौड़ गई। पन्ने पर एक अदद निशान बनाना भी यहाँ एक मुकम्मल कार्रवाई थी। सो उसने छोटे अक्षरों में बस इतना ही लिखा :

4 **अप्रैल,** 1984

उसने पीठ पीछे टिका दी। अचानक उसे किसी लाचारी ने जैसे घेर लिया हो। अव्वल तो उसे इस साल के 1984 होने पर ही शक था। हाँ, उसके आगे-पीछे कुछ भले हो सकता था क्योंकि अपनी 39 साल की उम्र को लेकर तो वह पक्का था। वह मानता था कि उसकी पैदाइश 1944 या 1945 की है। फिर भी एकाध साल के भीतर किसी एक तारीख़ पर उँगली रख पाना आजकल के दौर में नामुमकिन ही था।

फिर अचानक उसके मन में एक बात और कौंधी—यह डायरी आख़िर वह किसके लिए लिख रहा है? भविष्य के लिए? उनके लिए जो पैदा नहीं हुए अभी? एक पल के लिए उसका दिमाग़ पन्ने पर लिखी संदिग्ध तारीख़ के इर्द-गिर्द मँडराने

लगा। तभी अचानक न्यूस्पीक का एक शब्द डबलथिंक (दोरंगापन) उसके मन में आया। पहली बार उसे इस बात का एहसास हुआ कि वह करने क्या जा रहा है। आख़िर भविष्य से संवाद कैसे कर सकता है कोई? ये तो अपने आप में अस्वाभाविक है। या तो भविष्य इस वर्तमान के जैसा ही होगा। तब उसे सुनेगा कौन? या फिर वह वर्तमान से बिलकुल अलहदा होगा! ऐसे में उसके लिखे का भविष्य में कोई अर्थ नहीं बनता है।

कुछ देर तक तो वह बौड़म की तरह काग़ज़ को देखता रहा। इस बीच टेलिस्क्रीन ने फ़ौजी संगीत बजाना शुरू कर दिया था। अजीब बात थी कि वह ख़ुद को न केवल ज़ाहिर करने में असमर्थ पा रहा था, बल्कि शुरुआत में उसने क्या लिखना तय किया था यह भी भूल चुका था। पता नहीं, पिछले कितने हफ़्तों से वह इस घड़ी के लिए ख़ुद को तैयार कर रहा था। उसके दिमाग़ में एक बार भी यह बात नहीं आई कि ऐसा करने के लिए साहस के अलावा भी किसी और चीज़ की ज़रूरत पड़ सकती है। उसे लगा था कि लिखना तो आसान काम है, हो ही जाएगा। बस, बरसों से खोपड़ी के भीतर चल रहे एक अन्तहीन एकालाप को काग़ज़ पर उतारना ही तो है। अब हालत यह थी कि सब कुछ जम-सा गया है। उधर अल्सर में अलग से खुजली शुरू हो गई जो बरदाश्त के बाहर थी। उसने ख़ुद को खुजाने से बहुत रोका वरना खुजाते ही उसमें जलन मचने लग जाती। वक़्त बीतता जा रहा था। जिन के हल्के से सुरूर में डूबी उसकी चेतना में सामने पड़े कोरे काग़ज़, टखने के ऊपर हो रही खुजली और पीछे से आ रहे संगीत के अलावा कुछ भी नहीं था।

एक झटके में घबराकर उसने लिखना शुरू कर दिया। बग़ैर पूरी तरह जाने कि वह क्या करने जा रहा था। पन्ने पर ऊपर-नीचे फैलती बच्चों के जैसी उसकी लिखावट ने पहले तो बड़े अक्षरों से तौबा की, फिर उसने पूर्ण विराम लगाना भी छोड़ दिया।

4 अप्रैल, 1984। आख़िरी रात जब मैंने फ़िल्म देखी। सब जंग वाली फ़िल्में थीं। एक तो बहुत अच्छी थी जिसमें शरणार्थियों से भरे एक जहाज़ को भूमध्यसागर में कहीं बम से उड़ा दिया गया था। दर्शकों को उस दृश्य में बहुत मस्ती आई थी जब एक मोटा-सा आदमी तैरकर ख़ुद को बचा रहा था और उसके पीछे एक हेलिकॉप्टर लगा हुआ था। पहले तो वह डॉल्फ़िन के जैसे पानी में तैरता दिखता है। फिर हेलिकॉप्टर में बन्दूक़ की दूरबीन से वह दिखाई देता है। उसके ठीक बाद गोलियों से

वह छलनी हो जाता है और उसके इर्द-गिर्द समन्दर का पानी गुलाबी और वह डूब जाता है गोया उसके शरीर में बने छेदों में पानी घुस आया हो। उसके डूबने पर दर्शक ख़ूब ज़ोर से हँसे थे। फिर अगला दृश्य बच्चों से भरी एक लाइफबोट का है जिसके ऊपर हेलिकॉप्टर मँडरा रहा है। उस नाव में एक अधेड़ औरत थी, शायद यहूदी रही होगी जिसने अपनी बाँहों में तीन साल के एक बच्चे को ले रखा था और बच्चा डर के मारे चिल्ला रहा था और अपना सिर उसके स्तनों के बीच ऐसे छिपाए जा रहा था जैसे कि उसकी देह में ही कोई खोह बना लेगा। औरत उसे अँकवारी लेकर चुप कराने की कोशिश कर रही थी। हालाँकि डर के मारे ख़ुद उसका चेहरा नीला पड़ गया था पर वह उसे ऐसे छिपाए जा रही थी जैसे उसे लग रहा हो कि अपनी बाँहों की ओट से ही वह बच्चे को गोलियों से बचा लेगी। तभी हेलिकॉप्टर ने उनके बीच 20 किलो का एक बम गिरा दिया, ज़बरदस्त रोशनी हुई और नाव धू-धू कर जलने लगी। फिर एक और शानदार शॉट आया जिसमें एक बच्चे की बाँह ऐसे उड़ी कि ऊपर और ऊपर और एकदम ऊपर हवा में दिखती रही। हो सकता है कि उसे किसी हेलिकॉप्टर के आगे वाले हिस्से में लगे कैमरे से शूट किया गया हो। इस दृश्य ने उन सीटों की ख़ूब वाहवाही लूटी जहाँ पार्टी के लोग बैठे थे लेकिन जनता वाले हिस्से में एक औरत ने बखेड़ा खड़ा कर दिया और चिल्लाने लगी कि यह दृश्य बच्चों के सामने नहीं दिखाया जाना चाहिए था, ये ठीक नहीं किया गया है और बच्चों के एकदम सामने ऐसा करना ठीक नहीं है कि तब तक पुलिस वहाँ पहुँच गई और उसे बाहर निकाल फेंका। मेरे ख़याल से उसे कुछ नहीं किया गया होगा। वैसे भी जनता किसी को क्या कहती है उससे फ़र्क़ नहीं पड़ता और यह जनता तो ऐसे ही प्रतिक्रिया देती है और वे कभी भी...

विंस्टन रुक गया। शायद उसकी कोई नस खिंच गई थी। उसे समझ नहीं आ रहा था कि उसने यह कचरा क्यों लिख मारा है। एक दिलचस्प बात हालाँकि यह हुई कि लिखते वक़्त उसके दिमाग़ में एक बिलकुल अलग ही घटना चलते-चलते इतनी साफ़ हो गई कि उसे लगा कि उसे इसी को लिख देना चाहिए। वास्तव में उसे अब जाकर यह अहसास हुआ कि दरअसल उसी घटना के चलते वह घर आया था और आज ही उसने डायरी लिखना शुरू करने का फ़ैसला किया था।

कोई ग्यारह बजे के आसपास की बात है रिकॉर्ड विभाग की जहाँ विंस्टन काम करता था। हर क्यूबिकल से कुर्सियाँ निकालकर टेलिस्क्रीन के ठीक सामने हॉल के बीचोबीच सजाई जा रही थीं। दो मिनट का नफ़रत सत्र शुरू होने वाला था। विंस्टन बीच की एक क़तार में बैठा ही था कि दो लोग कमरे में अप्रत्याशित रूप से आ गए। वह उन्हें पहचानता था लेकिन कभी बात नहीं हुई थी। उनमें एक लड़की थी जो अकसर उसे गलियारे से गुज़रते हुए दिख जाती थी। वह उसका नाम नहीं जानता था; बस इतना जानता था कि वह गल्प विभाग में काम करती थी। यह भी एक अन्दाज़ा ही था क्योंकि उसने एकाध बार उसे चिकने हाथों में एक पन्ना लिये देखा था जिससे समझ आता था कि वह उपन्यास लिखने वाली मशीन पर काम करती होगी। देखने में वह एक साहसी लड़की लगती थी। कोई सत्ताईस की उम्र रही होगी, घने बाल, चित्तीदार चेहरा और किसी धावक जैसी चाल। उसने वर्दी के ऊपर सेक्स विरोधी युवा संघ का प्रतीक—गहरे लाल रंग वाला कमरबन्द—कई बार घुमाकर इतना कसकर लपेटा था कि उसके नितम्ब उभर आए थे। विंस्टन को पहली नज़र में ही वह पसन्द नहीं आई थी। उसे इसका कारण भी पता था। उसकी चाल-ढाल से हॉकी के मैदान और ठंडे पानी से नहान और सामुदायिक सैर-सपाटे और एक ख़ाली दिमाग़ जैसा कुछ मिला-जुला अहसास पैदा होता था। वैसे भी उसे तक़रीबन सभी औरतें नापसन्द थीं, ख़ासकर जो जवान और ख़ूबसूरत हों। आम तौर से औरतें, और ख़ासकर जवान लड़कियाँ पार्टी की सबसे कट्टर भक्त होती थीं जिन्होंने नारों को घोलकर पी रखा था, जो जासूसी करती थीं और किसी भी अलग हरकत को सूँघकर मुखबिरी कर देती थीं। यह वाली लड़की हालाँकि उसे सबसे ज़्यादा ख़तरनाक मालूम पड़ती थी। एक बार गलियारे से गुज़रते वक़्त उसने ऐसे कनखियाकर देखा था कि उसकी नज़र भीतर तक गड़ गई थी और एक पल के लिए विंस्टन आतंकित हो उठा था। उसके मन में तो यह भी ख़याल आ गया था कि कहीं वह विचार पुलिस की एजेंट न हो। इसकी सम्भावना हालाँकि नहीं ही थी। फिर भी जाने क्यों जब वह आसपास होती तो उसको लेकर वह अजीब क़िस्म से असहज हो जाता, जिसमें डर के साथ-साथ एक नफ़रत का भाव भी था।

दूसरे शख़्स का नाम था ओ'ब्रायन। वह पार्टी के भीतरी हलक़े में कार्यवाहक क़तार का सदस्य था और किसी ऐसे अहम ओहदे पर था जिसके बारे में विंस्टन केवल दूर से ही अन्दाज़ा लगा सकता था। इसीलिए काली वर्दी वाले पार्टी कार्यवाहक को कमरे में घुसता देख कुर्सियों पर बैठे लोगों के बीच एक पल के लिए हलचल

मच गई। ओ'ब्रायन भारी देह वाला एक हट्टा-कट्टा शख़्स था। उसकी गरदन मोटी थी। उसका चेहरा खुरदरा, कठोर और मज़ाहिया था। उसकी मौजूदगी डराने वाली होती थी लेकिन उसके हाव-भाव में एक आकर्षण भी था। अपनी नाक पर वह अपना चश्मा जाने किस तरकीब से टिकाए रखता था। यह अदा उसे थोड़ा शान्त और सभ्य बनाती थी, हालाँकि ऐसा कहना भी पूरी तरह से सही नहीं होगा। पता नहीं इस तरीक़े से किसी ने अब तक सोचा होगा या नहीं, लेकिन उसकी यह मुद्रा अठारहवीं सदी के उस कुलीन की छवि गढ़ती थी जो आपको नसवार की डिबिया पकड़ा रहा हो। इतने बरसों में विंस्टन ने ओ'ब्रायन को कोई दर्जन भर बार तो देखा ही होगा। उसे उसकी ओर एक खिंचाव-सा महसूस होता था। सिर्फ़ इसलिए नहीं कि ओ'ब्रायन की पहलवानी, देहयष्टि और उसके शहराती तौर-तरीक़ों के बीच एक दूरी थी। इसके पीछे उसकी एक गुप्त धारणा थी। धारणा भी क्या, महज़ एक उम्मीद थी कि ओ'ब्रायन राजनीतिक रूप से उतना निष्ठावान नहीं है। उसके चेहरे में ही कुछ ऐसा था जो इसका आभास देता था। वह अनिष्ठा जैसी कोई चीज़ भी नहीं थी, बल्कि चेहरे से उसकी समझदारी झलकती थी। चाहे जो हो, उसकी छवि एक ऐसे शख़्स की थी जिससे आप बात कर सकते हैं, बशर्ते टेलिस्क्रीन से नज़र चुराकर उसे अकेले में पकड़ सकें। अपनी इस धारणा को जाँचने की विंस्टन ने कभी कोई कोशिश नहीं की थी। करता भी कैसे, कोई तरीक़ा ही नहीं था। ठीक उसी पल ओ'ब्रायन ने अपनी कलाई घड़ी को देखा। ग्यारह बजने ही वाले थे। उसने दो मिनट का नफ़रत सत्र समाप्त होने तक रिकॉर्ड विभाग में ही रुकना तय किया और विंस्टन वाली क़तार में उसके बग़ल की एक कुर्सी छोड़कर बैठ गया। दोनों के बीच में एक छोटे क़द की धूसर बालों वाली महिला थी जो दफ़्तर में विंस्टन के बग़ल वाले क्यूबिकल में बैठती थी। उसके ठीक पीछे घने बालों वाली लड़की बैठी थी।

अगले ही पल कमरे के दूसरे छोर पर लगे टेलिस्क्रीन से घरघराती हुई भयावह आवाज़ में एक भाषण शुरू हो गया। ऐसा लगा जैसे कोई दैत्याकार मशीन कल-पुर्ज़ों को तेल पिलाए बिना चालू कर दी गई हो। यह आवाज़ ज़बरदस्त खीज पैदा करने वाली थी, जैसे किसी ने गरदन के पीछे उगे रोएँ को रगड़ दिया हो। नफ़रत की शुरुआत हो चुकी थी।

हमेशा की तरह परदे पर जनता के दुश्मन इमैनुएल गोल्डस्टीन का चेहरा चमका। दर्शकों के बीच यहाँ-वहाँ कानाफूसी होने लगी। धूसर बालों वाली छोटी महिला डर

और नफ़रत के मारे किकियाने लगी। गोल्डस्टीन एक भ्रष्ट और धोख़ेबाज़ इनसान था वह एक ज़माने में (कब, यह किसी को याद नहीं) पार्टी के अहम नेताओं में शुमार किया जाता था, तक़रीबन मोटा भाई के रसूख वाला, लेकिन बाद में वह क्रान्ति-विरोधी हरकतों में लिप्त हो गया जिसके चलते उसे मौत की सज़ा सुना दी गई। उसके बाद से ही वह फ़रार चल रहा है। दो मिनट की नफ़रत में वैसे तो हर दिन कुछ न कुछ अलग दिखाया जाता था लेकिन गोल्डस्टीन रोज़ ही परदे पर केन्द्रीय भूमिका में मौजूद रहता था। उसे सबसे बड़ा दुश्मन माना जाता था। उसने पार्टी की निष्ठा के साथ सबसे पहली नाफ़रमानी की थी। इसके बाद पार्टी के ख़िलाफ़ जितने भी अपराध हुए, जितनी भी बग़ावतें हुईं और विश्वासघात हुए, वे सब उसी के सिखाए का नतीजा था। माना जाता था कि वह अब भी ज़िन्दा है और कहीं बैठकर साज़िशें रच रहा है—शायद समन्दर पार अपने विदेशी आकाओं के पैसे के बल पर। ऐसी भी अफ़वाह थी कि वह ओशियनिया में ही छिपा बैठा है।

विंस्टन की छाती जकड़ गई थी। गोल्डस्टीन की शक्ल देखते ही उसके भीतर भावनाओं का दर्दनाक सैलाब उमड़ आता था। गुच्छानुमा और बेतरतीब सफ़ेद बालों का आभामंडल लिये एक कमज़ोर यहूदी चेहरा और उस पर छोटी-सी बकरदाढ़ी—वह एक चतुर सुजान चेहरा था जो जाने किस कारण से स्वाभाविक रूप से कुत्सित जान पड़ता था। ऊपर से एक क़िस्म की विक्षिप्तता का भाव देती लम्बी-पतली नाक, जिसके एक सिरे पर चश्मा विराजमान था। कुल मिलाकर वह भेड़नुमा दिखता था और उसकी आवाज़ भी भेड़ जैसी ही थी। गोल्डस्टीन हमेशा की तरह पार्टी के सिद्धान्तों के ख़िलाफ़ ज़हर उगल रहा था। उसका भाषण इतना अतिरंजित और कुत्सित था कि कोई बच्चा भी इसे पकड़ सकता था। इसके बावजूद वह इतना प्रभावी था कि सुनने वाला इस आशंका से भर जाए कि उससे कम समझदार श्रोता कहीं इसके झाँसे में न आ जाए। वह मोटा भाई को गाली दे रहा था, पार्टी की तानाशाही की धज्जियाँ उड़ा रहा था, यूरेशिया के साथ तत्काल अमन बहाली की माँग कर रहा था। वह बोलने और लिखने की आज़ादी, प्रेस की आज़ादी, संगठन की आज़ादी, विचारों की आज़ादी की माँग कर रहा था। वह पागल की तरह चिल्ला रहा था कि क्रान्ति के साथ विश्वासघात हुआ है—और इतनी तेज़ी में इतने ज़्यादा शब्दों का इस्तेमाल अपने भाषण में कर रहा था गोया पार्टी के वक्ताओं द्वारा आदतन दिए जाने वाले सम्बोधनों की कोई पैरोडी हो। वह न्यूस्पीक के शब्दों का इस्तेमाल कर रहा था और इतना ज़्यादा कर रहा था जितना

अपनी रोज़मर्रा की ज़िन्दगी में पार्टी के लोग भी नहीं करते। इसीलिए कोई उसके आकर्षक वाग्जाल में फँसकर कहीं उसकी हक़ीक़त से चूक न जाए, यह सुनिश्चित करने के लिए उसके भाषण के समानान्तर टेलिस्क्रीन पर उसके सिर के ठीक पीछे यूरेशियाई फ़ौज की क़तारें मार्च कर रही थीं। एक के बाद एक क़तारबद्ध सपाट एशियाई चेहरे वाले ठोस और हृष्ट-पुष्ट सिपाही, जो मार्च करते हुए स्क्रीन पर आते और ग़ायब हो जाते। फिर उनके पीछे ठीक उन्हीं के जैसों की क़तारें आतीं और यह सिलसिला चलता जाता। गोल्डस्टीन की भेड़ जैसी आवाज़ में फ़ौजी बूटों की उदास करतल ध्वनि पार्श्व-संगीत का काम कर रही थी।

नफ़रत सत्र को अभी शुरू हुए तीस सेकंड भी नहीं हुआ था कि कमरे में आधे से ज़्यादा लोग उन्माद में अनियंत्रित तरीक़े से चीख़ने-चिल्लाने लगे। सामने स्क्रीन पर वह भेड़नुमा आत्मतुष्ट चेहरा और उसके पीछे यूरेशियाई फ़ौज की भीषण ताक़त को एक साथ बरदाश्त कर पाना सम्भव नहीं था : गोल्डस्टीन का चेहरा ही नहीं बल्कि महज़ उसका विचार तक अपने आप भय और आक्रोश को जन्म दे देता था। यूरेशिया और ईस्टेशिया से भी ज़्यादा और स्थायी नफ़रत का पात्र गोल्डस्टीन था और ऐसा तब से है जब से ओशियनिया इन दोनों शक्तियों में से किसी एक के साथ जंग में रहा है। एक के साथ जंग में होने का मतलब दूसरे के साथ आम तौर से शान्ति है। सबसे अजीब बात यह थी कि गोल्डस्टीन को वैसे तो यहाँ हर रोज़ ही किसी न किसी मंच, टेलिस्क्रीन, अख़बारों, किताबों में हज़ारों बार नफ़रत और लानत भेजी जाती थी; उसके सिद्धान्तों की सरेआम निंदा की जाती, उनका मज़ाक़ उड़ाया जाता और कचरा कहकर ख़ारिज किया जाता था; इसके बावजूद उसके प्रभाव में कभी भी कोई कमी नहीं आती थी। हमेशा ही कोई नया रंगरूट उसकी चाल में फँसने को तैयार रहता था। एक दिन भी नहीं बीतता जब उसके निर्देशों पर काम करने वाले जासूसों और गुप्तचरों को विचार पुलिस बेनकाब न करती हो। वह एक बहुत बड़ी गुप्त फ़ौज का कमांडर था। यह ऐसे षड्यंत्रकारियों का भूमिगत तंत्र था जो राजसत्ता को उखाड़ फेंकने की ख़्वाहिश रखते थे। इस नेटवर्क को ब्रदरहुड के नाम से जाना जाता था। दबी ज़ुबान में तो गोल्डस्टीन की लिखी एक ऐसी किताब की भी चर्चा थी जिसमें उसके तमाम पाखंडों का संकलन था और जो गोपनीय तरीक़े से यहाँ-वहाँ घूमती रहती थी। इस किताब का कोई नाम नहीं था। लोग इसे केवल किताब कहते थे। ये सब बातें हालाँकि अफ़वाहों में ही मौजूद थीं और इसी से लोगों का इसका पता भी लगता था। वैसे भी अगर किसी

सन्दर्भ की ज़रूरत न हो तो पार्टी का एक आम सदस्य ब्रदरहुड और किताब जैसे विषय का ज़िक्र तक नहीं करता था।

सत्र का दूसरा मिनट शुरू होते ही नफ़रत उन्माद में बदल गया। लोग अपनी-अपनी जगहों पर उछलने लगे और ऐसे चिल्लाने लगे मानो स्क्रीन से आ रही आवाज़ पर काबू पाना चाह रहे हों। धूसर बालों वाली छोटी महिला का चेहरा चमकदार गुलाबी हो चुका था और उसके होंठ पानी से बाहर निकाली गई किसी तड़पती हुई मछली की तरह खुल और बन्द हो रहे थे। ख़ुद ओ'ब्रायन का भारी-भरकम चेहरा भी तमतमा चुका था। वह अपनी कुर्सी पर एकदम तनकर बैठा था लेकिन उसकी धौंकनी ऐसी चल रही थी जैसे किसी आती हुई लहर के थपेड़े को झेलता हुआ खड़ा हो। विंस्टन के पीछे बैठी गहरे बालों वाली लड़की चिल्ला रही थी—सूअर के बच्चे! सूअर के बच्चे! चिल्लाते हुए उसने न्यूस्पीक का एक मोटा-सा शब्दकोश उठाकर स्क्रीन पर दे मारा। किताब स्क्रीन पर गोल्डस्टीन की नाक से टकराकर वापस उछल गई। गोल्डस्टीन मुसलसल बोलता रहा। विंस्टन को एक पल अचानक इस बात का बोध हुआ कि दूसरों के साथ वह भी चिल्ला रहा था और अपनी कुर्सी की छड़ पर अपनी एड़ी पीट रहा था। दो मिनट की नफ़रत का सबसे भयावह आयाम यही था, कि आप न चाहते हुए भी अनजाने में इसका हिस्सा बन जाते थे। इसमें शामिल होने की अनिवार्यता उतनी ख़तरनाक नहीं थी, औरों के साथ शामिल होने से ख़ुद को रोक पाने की असम्भाव्यता ज़्यादा डरावनी थी। आप तटस्थ रहने का चाहे कितना ही नाटक क्यों न कर लें, तीस सेकंड के बाद सब बेकार हो जाता था। ऐसा लगता था गोया सभी के भीतर सामने वाले की हत्या करने, उसे प्रताड़ना देने, किसी हथौड़े से उसका मुँह कूच देने और बदला लेने के एक घिनौने उन्माद का करंट दौड़ गया हो। ऐसे में आदमी ख़ुद को पागल न होने देने की इच्छाशक्ति के ख़िलाफ़ चला जाता है। फिर जो आक्रोश महसूस होता था, वह अमूर्त क़िस्म का था जिसकी कोई दिशा नहीं थी। इसे किसी एक विषय से दूसरे विषय की ओर बड़ी आसानी से मोड़ा जा सकता था। जैसे लोहे में टाँका लगाने वाली मशीन की लौ को। लिहाज़ा अगले ही पल विंस्टन की नफ़रत गोल्डस्टीन से हटकर मोटा भाई, पार्टी और विचार पुलिस की तरफ़ मुड़ गई। ऐसे ही मौक़ों पर उसे स्क्रीन पर मौजूद उपहास के पात्र उस अकेले विधर्मी से सहानुभूति हो आती थी, जो झूठ से बनी इस दुनिया में सच और विवेक का इकलौता रहनुमा था। और ठीक अगले ही पल वह अपने इर्द-गिर्द मौजूद लोगों के जैसा हो जाता था। उसे

गोल्डस्टीन के बारे में बतलाया गया सब कुछ सच लगने लगता था। इस पल में मोटा भाई के ख़िलाफ़ उसके मन में बैठी गुप्त नफ़रत सराहना में बदल जाती थी। फिर उसके मन में मोटा भाई की एक भव्य और अमर संरक्षक की सी छवि बन उठती जो एशिया के गिरोहों के ख़िलाफ़ चट्टान की मानिंद तनकर खड़ा है जबकि गोल्डस्टीन अपनी समूची निस्सहायता, अकेलेपन और अपने होने को लेकर तमाम सन्देहों के बावजूद उस अय्यार जैसा लगने लग जाता था जो महज़ अपनी आवाज़ के दम पर इस सभ्यता को तोड़ने की क़ाबिलियत रखता हो।

अपनी नफ़रत को सायास इधर से उधर मोड़ने के लिए कोई हिंसक कार्रवाई करना भी मुमकिन था। ठीक वैसे ही जैसे किसी दुःस्वप्न में आदमी हिंसक तरीक़े से तकिये से एक झटके में अपना सिर खींच लेता है। कुछ इसी तरकीब से विंस्टन ने अपनी नफ़रत को स्क्रीन से हटाकर अपने पीछे खड़ी गहरे बालों वाली लड़की पर केन्द्रित कर दिया। उसके दिमाग़ में अजीबोग़रीब कल्पनाएँ उमड़ने लगीं। जैसे, वह उसे रबड़ के डंडे से इतना पीटेगा कि उसकी मौत हो जाएगी। वह उसे नंगा करके किसी खूँटे से बाँध देगा और संत सेबास्टियन की तरह तीरों से उसकी देह छलनी कर देगा। वह उसे फँसाकर अपने प्रेमपाश में फाँस लेगा और ऐन मौक़े पर उसकी गरदन काट देगा। इसी दौरान उसे यह बात कहीं बेहतर समझ में आई कि वह उससे इतनी नफ़रत क्यों करता है। इसलिए क्योंकि वह जवान और ख़ूबसूरत होने के बावजूद सेक्स के लायक़ नहीं थी। वह उसके साथ सोना चाहता था लेकिन बाँहों में भरे जाने को अपनी ओर खींचती उसकी सुडौल लचीली कमर ऐसा करने से रोकती थी क्योंकि उसके इर्द-गिर्द यौन-शुचिता का एक घिनौना प्रतीक बँधा हुआ था।

नफ़रत चरम पर पहुँच चुकी थी। गोल्डस्टीन अब एकदम भेड़ की आवाज़ में बोल रहा था। एक पल के लिए तो उसका चेहरा भी भेड़ जैसा हो गया। फिर वह भेड़नुमा चेहरा एक यूरेशियाई सिपाही के चेहरे में घुलने लगा जो अपनी मशीनगन तड़तड़ाते हुए बेहद डरावने तरीक़े से आगे की ओर बढ़ता चला आता था और आकार में बड़ा होता जाता था। ऐसा लगा कि वह परदे को फाड़कर बाहर निकल आएगा। इस डर से पहली क़तार में बैठे लोग वास्तव में अपनी-अपनी कुर्सियों पर पीछे की ओर हो गए। ठीक इसी मौक़े पर वह डरावनी छवि मोटा भाई के चेहरे में तब्दील हो गई और सबको थोड़ी राहत की साँस आई। काले बाल, काली मूँछें, ताक़तवर और एक रहस्यमय क़िस्म की निश्चलता से भरा हुआ ऐसा विशाल चेहरा जो तक़रीबन पूरी स्क्रीन को घेरे ले रहा था। मोटा भाई ने क्या कहा, किसी ने नहीं

सुना। उत्साह भरने वाले महज़ कुछेक शब्द थे, जैसे किसी जंग की शोरगुल के बीच सिपाहियों से कहे जाते हैं। जिन्हें अलग-अलग समझ पाना मुश्किल होता है लेकिन कुल मिलाकर उसका कहा ही आप में आत्मविश्वास भर देता है। धीरे-धीरे मोटा भाई का चेहरा परदे में घुलता गया और उसकी जगह बड़े-बड़े अक्षरों में लिखे पार्टी के तीन नारों ने ले ली :

युद्ध, शान्ति है
आज़ादी, ग़ुलामी है
अज्ञान, ताक़त है

इसके बावजूद ऐसा लगा कि मोटा भाई का चेहरा कई सेकंड तक स्क्रीन पर मौजूद था। जो असर उस चेहरे ने सबकी आँखों में छोड़ा था उससे मुक्त हो पाना इतना आसान नहीं था। धूसर बालों वाली छोटी महिला अपने आगे वाली कुर्सी पर उचककर परदे की ओर अपनी दोनों बाँहें फैलाए कुछ बुदबुदा रही थी, जो सुनने में 'हे दाता' जैसा कुछ लग रहा था। फिर उसने अपनी दोनों हथेलियों में अपने चेहरे को छिपा लिया, जैसे प्रार्थना करते हैं। वह प्रार्थना ही कर रही थी।

बिलकुल इसी वक़्त पूरा सभागार एक धीमी और गहरी लय में डूब गया। किसी मंत्र की तरह सभी ने समवेत स्वर में बोलना शुरू किया—मोटा भाई! मोटा भाई! बहुत धीरे-धीरे वे इसका उच्चार करते रहे। पहले शब्द के बाद वे थोड़ा ठहरते, फिर दूसरा शब्द बोलते। इसकी पृष्ठभूमि में फ़र्श पर पंजे चटकने और टमटम की अजीब सी आवाज़ आती रही। कोई तीस सेकंड तक यह सब चला होगा। अत्यधिक भावनात्मक पलों में अकसर यही टेक होती थी जिसे लोग दुहराते थे। एक मायने में यह मोटा भाई की ताक़त और ज्ञान के प्रति श्रद्धाभाव ही है, लेकिन उससे कहीं ज़्यादा यह ख़ुद को भुलवाने और सम्मोहित करने का एक कृत्य है जहाँ लयबद्ध शब्दों के सामूहिक दुहराव में चेतना को विसर्जित कर दिया जाता है। विंस्टन को लगा कि उसकी आँतें ठंडी पड़ चुकी हैं। दो मिनट की नफ़रत के दौरान वह ख़ुद को उस उन्माद का हिस्सा बनने से रोक नहीं पाया था, लेकिन यह मोटा भाई!... मोटा भाई! का अमानवीय मंत्रोच्चार उसे हमेशा ही भय से भर देता था। इससे बचना भी सम्भव नहीं था। दूसरों के साथ उसने भी यही किया। अपनी भावनाओं को छिपाना, अपने चेहरे के हाव-भाव को नियंत्रित करना, बिलकुल दूसरों की नक़ल करना, यह सब तो अपने आप हो ही जाता था लेकिन बीच में एकाध सेकंड का

वक़्त मिलता था। इसी दौरान उसकी नज़र ने शायद उसे धोखा दे दिया। और इस पल में कुछ ऐसा हुआ जो बहुत बड़ी बात है, बशर्ते वैसा हुआ रहा हो।

उसकी नज़र ओ'ब्रायन की नज़र से लड़ गई। ओ'ब्रायन खड़ा हुआ था। उसने अपने चश्मे उतार दिए थे और इस वक़्त वह अपने ख़ास अन्दाज़ में नाक पर चश्मा वापस चढ़ा रहा था। इसी बीच सेकंड के कुछेक हिस्से में दोनों की आँखें मिलीं और इतनी ही देर में विंस्टन जान गया—जी हाँ, बाक़ायदे जान गया—कि ओ'ब्रायन भी उसी की तरह सोच रहा था। और यह सन्देश बिना चुके उधर पहुँच भी गया। ऐसा लगा जैसे दोनों की खोपड़ी खुल गई हो और आँखों के रास्ते उनके विचार एक-दूसरे तक आ-जा रहे हों। उसे लगा कि ओ'ब्रायन उससे कह रहा है, "मैं तुम्हारे साथ हूँ। मैं जानता हूँ कि तुम्हें इस वक़्त कैसा लग रहा है। तुम्हारी नाफ़रमानी, तुम्हारी नफ़रत, हिकारत, सबके बारे में मैं जानता हूँ। लेकिन निश्चिंत रहो, मैं तुम्हारे साथ हूँ।" और इसी के साथ वह अदृश्य तार टूट गया। ओ'ब्रायन का चेहरा फिर से रहस्यमय हो गया, दूसरों के जैसे।

कुल इतना ही हुआ था। विंस्टन पक्का नहीं था कि ऐसा कुछ हुआ भी है या नहीं। ऐसी घटनाओं का ओर-छोर तो होता नहीं है। इस सबसे बस यह विश्वास उसके भीतर कायम रहा, या कहें एक उम्मीद, कि उसके साथ बाक़ी लोग भी पार्टी के दुश्मन ही हैं। हो सकता है कि पार्टी के ख़िलाफ़ भूमिगत षड्यंत्र की अफ़वाहें सच ही हों—कौन जाने कि ब्रदरहुड नाम का वाक़ई कुछ हो। वैसे भी जिस तरह से लगातार गिरफ़्तारियाँ, गवाहियाँ और हत्याएँ सामने आ रही हैं यह मानना तो असम्भव है कि ब्रदरहुड केवल एक मिथक होगा। कुछ दिन उसे लगता था कि वह है, फिर कभी लगता था कि नहीं है। कोई सबूत तो था नहीं उसके होने का, बस कुछ सरसरी छवियाँ थीं जिनका कुछ भी अर्थ हो सकता था और कुछ नहीं भी। जैसे, सुनी-सुनाई कानाफूसी, शौचालय की दीवारों पर उकेरे गए धुँधले शब्द। एक बार तो उसने देखा कि दो अजनबी जब मिले तो उनके हाथ की अजीबोग़रीब मुद्रा भी ऐसी लगी जैसे कोई कूट संकेत हो। सब अटकलबाज़ी ही थी। हो सकता है कि सब उसकी कल्पना की उपज हो। यही सब सोचते हुए वह ओ'ब्रायन की ओर देखे बग़ैर अपने क्यूबिकल में चला गया। उस पल भर के सम्पर्क को आगे बढ़ाने का ख़याल उसके दिमाग़ में नहीं आया। उसने अगर ऐसा करने का कुछ सोचा भी होता तो यह बहुत ख़तरनाक हो सकता था, जिसका उसे अन्दाज़ा तक नहीं होता। बस सेकंड भर की बात थी जब दोनों की आँख लड़ी थी और कहानी

ख़त्म। फिर भी ज़िन्दगी यहाँ जिस तरह के एकान्त में क़ैद है, उस लिहाज़ से यह घटना याद रखे जाने लायक़ तो थी।

विंस्टन ने पीठ सीधी की और डकार मारी। ख़ाली पेट में पड़ी जिन का असर था।

उसकी आँखें दोबारा पन्ने पर जम गईं। उसने पाया कि इस बीच सोचते हुए वह अनजाने में लगातार लिख भी रहा था, जैसे यह अपने आप हो गया हो। लिखाई हालाँकि पहले की चिड़िया की टाँग जैसी नहीं थी। उसकी क़लम ने उस चिकने पन्ने पर बड़े-बड़े साफ़-सुथरे अक्षरों में लिख मारा था :

मोटा भाई मुर्दाबाद
मोटा भाई मुर्दाबाद
मोटा भाई मुर्दाबाद
मोटा भाई मुर्दाबाद
मोटा भाई मुर्दाबाद

आधा पन्ना इसी से भर गया था।

एक पल के लिए वह घबरा उठा। ऐसे शब्द लिखना वैसे तो नोटबुक खोलने जितना ही ख़तरनाक था, कोई ज़्यादा नहीं, फिर भी उसे लगा कि इस पन्ने को फाड़ दिया जाए और लिखने का कार्यक्रम ही स्थगित कर दिया जाए।

उसने ऐसा नहीं किया। वह जानता था कि यह बेकार है। वह डायरी में **मोटा भाई मुर्दाबाद** लिखे या न लिखे, दोनों से कोई फ़र्क़ नहीं पड़ता। वह आगे भी लिखता रहे या लिखना बन्द कर दे, इन दोनों में भी कोई अन्तर नहीं है। विचार पुलिस के लिए ये सारी कार्रवाइयाँ एक सी ही हैं। उसने अनिवार्यत: वह अपराध कर दिया था जिसके दायरे में बाक़ी सारे अपराध आते थे। वह लिखना शुरू नहीं करता तब भी अपराध तो हो ही चुका था। ऐसा सोचने का अपराध। वे इसे वैचारिक अपराध कहते थे। वैचारिक अपराध को आप हमेशा के लिए नहीं छिपा सकते। हो सकता है कुछ समय गच्चा देने में कामयाब हो जाएँ, कुछ साल तक भी, लेकिन आज नहीं तो कल वे आपको पकड़ ही लेंगे।

ऐसा अकसर रात में होता था। सारी गिरफ़्तारियाँ रात के अँधेरे में होती थीं। एक झटके में आपको नींद से जगाया जाता, कोई कठोर हाथ आपका कन्धा झिंझोड़ रहा होता, आपकी आँखों पर रोशनी डाली जाती और आपका बिस्तर सख़्त चेहरों से चौतरफ़ा घिरा मिलता। ज़्यादातर ऐसे मामलों में कोई सुनवाई नहीं होती थी,

न तो गिरफ़्तारी को ही रिपोर्ट किया जाता था। लोग बस मुँहअँधेरे ग़ायब कर दिए जाते थे। फिर आपका नाम हर रजिस्टर से मिटा दिया जाता। आपने कभी भी कुछ भी किया हो, उस सबका रिकॉर्ड साफ़ कर दिया जाता। आप इस दुनिया में थे भी, इसका निशान मिटा दिया जाता और आप भुला दिए जाते। एक तरह से कहें तो आपके वजूद को ही नकार दिया जाता था, एकदम जड़ से साफ़। इसे वे भाप बनना कहते हैं।

ऐसा सोचते ही उसे देह में मिर्गी जैसी जकड़न महसूस हुई। फिर काफ़ी तेज़ी से उसने ख़राब लिखाई में लिखना शुरू किया :

वे मुझे गोली मार देंगे तो मार दें वे मेरी गरदन में पीछे से गोली मार देंगे तो मार दें मोटा भाई मुर्दाबाद वे हमेशा गरदन के पीछे ही गोली मारते हैं मार दें मोटा भाई मुर्दाबाद...

कुर्सी पर पीछे होकर वह आराम से बैठ गया। उसने क़लम रख दी। वह थोड़ा शर्मिन्दा महसूस कर रहा था। अचानक वह थोड़ा उत्तेजित होकर दोबारा शुरू हो गया। तभी किसी ने दरवाज़ा खटखटाया।

वह किसी चूहे की तरह चुपचाप स्थिर रहा, इस हल्की सी उम्मीद में कि जवाब न मिलने पर जो भी होगा वह चला जाएगा। लेकिन नहीं, दरवाज़ा फिर बजा। अब देर करना और बुरा होता। उसका दिल किसी नगाड़े की तरह धड़क रहा था, लेकिन चेहरा सपाट था। उसे ऐसी मुद्रा की लम्बे समय से आदत थी। वह उठा और भारी क़दमों से दरवाज़े की ओर बढ़ा।

2

दरवाज़े की कुंडी पर हाथ रखते ही विंस्टन ने देखा कि मेज़ पर डायरी उसने खुली छोड़ दी थी। खुले हुए पन्ने पर **मोटा भाई मुर्दाबाद** भरा हुआ था और इतने बड़े अक्षरों में लिखा था कि कमरे में कहीं से भी उसे पढ़ा जा सकता था। ऐसी बेवकूफ़ी की उम्मीद उसने ख़ुद से नहीं की थी। फिर उसे अहसास हुआ कि अपनी घबराहट में भी उसने डायरी इसलिए बन्द नहीं की थी क्योंकि स्याही अभी गीली थी और चिकने काग़ज़ पर वह फैल जाती।

उसने एक साँस खींची और दरवाज़ा खोल दिया। तत्काल राहत का एक गरम झोंका सा उसे महसूस हुआ। बाहर एक महिला खड़ी थी जिसका चेहरा ज़र्द और संदली था, उस पर सिलवटें थीं और उसके बाल बहुत पतले थे।

"अरे, कॉमरेड," उसने थोड़ा उदास और शिकायती लहज़े में कहा, "मुझे लगा था कि मैंने आपको आते सुना। जरा चलकर मेरी रसोई की सिंक देख सकते हैं क्या? सब जाम हुआ पड़ा है।"

ये मिसेज पारसन्स थीं, उसी मंज़िल पर रहने वाले एक पड़ोसी की पत्नी (पार्टी में नाम के साथ मिसेज लगाने का चलन नहीं था, हालाँकि कुछ महिलाओं के नाम के आगे लोग ख़ुद ही लगा देते थे। यहाँ हर किसी को 'कॉमरेड' कहना होता था)। कोई तीस बरस की महिला रही होंगी वे लेकिन अपनी उम्र से ज़्यादा बड़ी दिखती थीं। उन्हें एकबारगी देखने पर ऐसा लग सकता था कि चेहरे की सिलवटों के बीच गर्द भरी है। विंस्टन उनके साथ नीचे तक गया। यहाँ टूट-फूट और मरम्मत तक़रीबन रोज़ की चिक-चिक थी। विक्टरी मैंशन्स 1930 या उसके आसपास की बनी पुरानी इमारत थी जो अब जर्जर हो चुकी थी। सीलिंग और दीवारों से पपड़ी छूटती रहती थी, तेज़ सर्दी में यहाँ पाइप फट जाती थी, बर्फ़बारी में छतें टपकने लगती थीं और कमख़र्ची के वास्ते अगर हीटिंग सिस्टम बन्द न किया गया हो तब भी आधी क्षमता

पर ही चलता था। आप ख़ुद से मरम्मत कर लें तो ठीक वरना इन कामों के लिए पहले से तय की गई कुछ कमेटियों से मंज़ूरी लेनी पड़ती थी। उनके पास जाने का मतलब था टूटी खिड़की ठीक करवाने के लिए भी दो साल तक का इन्तज़ार।

मिसेज पारसन्स ने ऐसे ही कहा, "आपको इसलिए तकलीफ़ दी क्योंकि टॉम घर पर नहीं है।"

पारसन्स दम्पती का फ़्लैट विंस्टन के फ़्लैट से बड़ा था और अजीब तरीक़े से गन्दा था। इसमें हर चीज़ टूटी-फूटी थी। ऐसा लगता था जैसे कोई विशाल जंगली जानवर इसे रौंदकर गया है। समूची फ़र्श पर खेल के सामान बिखरे पड़े थे—हॉकी स्टिक, मुक्केबाज़ी के दस्ताने, फटी हुई फुटबॉल, खेल वाली उलटी शॉर्ट। मेज़ पर जूठे बरतनों का अम्बार और कुत्ते की चबाई हुई वर्जिश की किताबें थीं। दीवारों पर युवा संघ और जासूसों के लाल बैनर लटके थे, साथ में मोटा भाई का एक बड़े आकार का पोस्टर लगा था। वही उबले हुए करमकल्ले की परिचित गंध यहाँ भी आ रही थी, जो पूरी इमारत में मौजूद थी। किसी के पसीने की दुर्गंध से मिलकर यह और तेज़ हो जाती थी, जिसका पता घुसते ही लगता था लेकिन अभी यह कहना मुश्किल था कि पसीने की महक यहाँ क्यों नहीं आ रही थी। भीतर एक कमरे में कोई टेलिस्क्रीन से आ रहे फ़ौजी संगीत के साथ एक कंघी और टायलेट पेपर के सहारे अपनी लय बैठाने की कोशिश कर रहा था।

"बच्चे हैं," थोड़ा आशंका से दरवाज़े में झाँकते हुए मिसेज पारसन्स ने बताया। "आज वे बाहर नहीं गए हैं न, ज़ाहिर है।"

अधूरे वाक्य बोलना उनकी आदत थी। रसोई की सिंक गँदले हरे पानी से ऊपर तक भरी पड़ी थी और करमकल्ले से भी बुरी बास मार रही थी। विंस्टन ने घुटनों के बल झुककर पाइप के एंगिल ज्वाइंट का मुआयना किया। उसे हाथ लगाना पसन्द नहीं था और झुककर बैठना भी नहीं क्योंकि इससे उसकी खाँसी उखड़ जाती थी। मिसेज पारसन्स बेचारगी में उसे देखती रहीं।

वे बोलीं, "टॉम घर होता तो वह तुरन्त इसे सही कर देता। उसे ऐसे काम पसन्द हैं। उसके हाथ में हुनर है, टॉम के।"

पारसन्स सत्य मंत्रालय में विंस्टन के साथ काम करता था। वह एक मोटा लेकिन सक्रिय आदमी था जो हमेशा मूर्खतापूर्ण उत्साह से प्रेरित रहता था, जिस पर कोई सवाल नहीं किया जा सकता था। वह पार्टी के लिए समर्पित कोल्हू के बैलों में से एक था, पार्टी की स्थिरता विचार पुलिस से भी कहीं ज़्यादा इन पर

निर्भर थी। पैंतीस साल का होते ही उसे युवा संघ से निकाल दिया गया था, लेकिन उसमें भर्ती से पहले वह अपनी वैधानिक उम्र से एक साल ज़्यादा वक़्त तक जाने कैसे गुप्तचर विभाग में बना रहा। सत्य मंत्रालय में वह किसी निचले ओहदे पर था जहाँ बहुत दिमाग़ की ज़रूरत नहीं पड़ती थी, लेकिन खेल कमेटी सहित उन तमाम अन्य कमेटियों में वह अग्रणी स्थिति में था जो सामुदायिक यात्रा, प्रदर्शन, कमख़र्ची अभियान और स्वैच्छिक गतिविधियों का आयोजन करती थीं। पाइप खींचते हुए वह काफ़ी गर्व के साथ बतलाता था कि पिछले चार साल से बिला नागा हर शाम वह सामुदायिक केन्द्र में मौजूद रहा है। उसकी देह से उठने वाली नाक़ाबिले बरदाश्त पसीने की दुर्गंध से उसकी व्यस्तता का अन्दाज़ा लगता था। वह जहाँ भी जाता, यह गंध उसके साथ-साथ जाती और उसके चले जाने के बाद भी बनी रहती थी।

एंगल ज्वाइंट पर नट को टटोलते हुए विंस्टन ने पूछा, "आपके पास पाना है?"

"पाना," अचानक मिसेज पारसन्स बिना रीढ़ वाले किसी प्राणी की तरह दोहरी होकर बोलीं, "पता नहीं, देखती हूँ, शायद बच्चे...।"

तब तक बूटों की आहट आई और कन्धे से ज़ोर की आवाज़ फूटी, बच्चे बैठके में आ चुके थे। मिसेज पारसन्स पाना लेकर आ गईं। विंस्टन ने जमा हुआ पानी निकाला और खीजे मन से नाबदान में फँसा बालों का गुच्छा अपने हाथ से निकाला जिसके चलते पाइप जाम हो गया था। नलके से आते ठंडे पानी में उसने काम भर का हाथ धोया और दूसरे कमरे में चला गया।

"हाथ ऊपर!" अचानक एक बनैली आवाज़ उस पर चीख़ी।

नौ साल का कठोर सा दिखने वाला एक ख़ूबसूरत बालक अचानक मेज़ के पीछे से उचककर प्रकट हुआ और उसे खिलौने वाली ऑटोमैटिक पिस्तौल से डराने लगा। उसकी छोटी बहन, जो उससे क़रीब दो साल छोटी रही होगी, वह भी यही कर रही थी लेकिन हाथ में रखे लकड़ी के एक टुकड़े से। दोनों ही नीली शॉर्ट, ग्रे शर्ट और लाल गुलूबन्द पहने हुए थे जो गुप्तचरों की वर्दी हुआ करती थी। विंस्टन ने हाथ तो ऊपर कर दिया, लेकिन उस लड़के की चाल-ढाल इतनी हिंसक थी कि वह इससे थोड़ा असहज हो उठा। यह जो भी रहा हो, लेकिन बच्चों का खेल नहीं था।

"देशद्रोही कहीं के!" लड़का चीख़ा, "तुम एक विचार अपराधी हो! तुम यूरेशियाई जासूस हो! मैं तुम्हें गोली मार दूँगा, मैं तुम्हें भाप बना दूँगा, तुम्हें मैं नमक की खदानों में भेज दूँगा।"

अचानक ही दोनों बच्चे उसके इर्द-गिर्द उछलते हुए 'देशद्रोही' और 'विचार

अपराधी' चिल्लाने लगे। छोटी वाली बच्ची हर क़दम पर अपने भाई की नक़ल कर रही थी। पता नहीं कैसे लेकिन यह थोड़ा डराने वाली बात थी—जैसे बाघ के शावक कूद-फाँद मचा रहे हों जो जल्द ही बड़े होकर आदमख़ोर बन जाएँगे। लड़के की आँखों में एक सधी हुई उग्रता थी, जैसे वह विंस्टन को मारने के लिए उसे आँखों में ही तौल रहा हो और उसके भीतर यह भरोसा भी था कि वह इतना बड़ा है कि ऐसा वाक़ई कर ले जाएगा। विंस्टन ने शुक्र मनाया कि लड़के के हाथ में असली पिस्तौल नहीं थी।

मिसेज पारसन्स की पुतली विंस्टन से बच्चों की ओर और वापस विंस्टन की ओर बेचैनी में नाच रही थी। बैठके की बेहतर रोशनी में अब जाकर विंस्टन ने इस बात पर ध्यान दिया कि उनके चेहरे की सिलवटों के बीच वाक़ई धूल बैठी हुई थी।

"इतना हल्ला मचाते हैं सब," उन्होंने कहा, "ये दोनों फाँसी देखने नहीं जा पाए न, इसीलिए उदास हैं। मेरे पास समय नहीं था कि ले जा पाती और टॉम को दफ़्तर में देरी हो जाएगी।"

अपनी भारी आवाज़ में लड़का गरजा, "हम लोग फाँसी देखने क्यों नहीं जा सकते?"

अभी भी उछल-कूद रही लड़की ने रटना शुरू किया, "फाँसी दिखाओ, फाँसी दिखाओ।"

उस शाम पार्क में कुछ युद्ध अपराधी यूरेशियाई क़ैदियों को फाँसी दी जानी थी। अचानक विंस्टन को यह याद आया। महीने में क़रीब एक बार ऐसा किया जाता था। यह काफ़ी लोकप्रिय आयोजन होता था। बच्चों की ख़ास ज़िद होती थी फाँसी देखने की। विंस्टन ने मिसेज पारसन्स से विदा ली और दरवाज़े की ओर बढ़ा वह। बमुश्किल छह सीढ़ी भी नीचे नहीं उतरा होगा कि उसकी गरदन के पीछे कुछ आकर लगा और दर्द से वह तिलमिला उठा। ऐसा लगा जैसे किसी ने लोहे की तार लाल गरम करके उसके भीतर घुसा दी हो। वह पीछे मुड़ा तो देखा कि मिसेज पारसन्स अपने लड़के को खींचकर भीतर ले जा रही हैं। लड़के के हाथ में एक गुलेल थी।

घर का दरवाज़ा बन्द होते-होते लड़का भीतर से चिल्लाया, "गोल्डस्टीन!" लेकिन विंस्टन के लिए कहीं ज़्यादा हैरत का सबब उस महिला के उड़े हुए चेहरे पर बेचारगी से भरा डर का भाव था।

फ़्लैट में आते ही वह काफ़ी तेज़ी से टेलिस्क्रीन को पार करता हुआ अपनी कुर्सी पर वापस बैठ गया। अब भी वह अपनी गरदन रगड़ रहा था। टेलिस्क्रीन

का संगीत बन्द हो चुका था। उसकी जगह सम्पादित किए हुए एक उत्साहजनक फ़ौजी स्वर में जलमहल के लिए लाए गए हथियारों का विवरण दिया जा रहा था, जिसे ओशियनिया और फैरो द्वीप के बीच बनाया गया था।

विंस्टन को महसूस हुआ कि ऐसे बच्चों के साथ तो वह बेचारी औरत ज़िन्दगी भर आतंक में ही रहेगी। बस एकाध साल की बात और है फिर यही बच्चे अपनी माँ पर नज़र रखेंगे कि कहीं वह नियम-क़ानून तो नहीं तोड़ रही। वैसे भी आजकल तो क़रीब-क़रीब सारे बच्चे भयानक ही निकल रहे हैं। सबसे बुरा तो यही हो रहा था कि गुप्तचर संस्थाओं के सहारे इन बच्चों को बहुत व्यवस्थित तरीक़े से छुट्टा जंगली जानवरों में तब्दील किया जा रहा था। इससे भी बुरा यह था कि इन्हें पार्टी के अनुशासन के ख़िलाफ़ बग़ावत करने जैसा कोई अहसास तक नहीं होता था। इसके उलट, ये पार्टी और उससे जुड़ी हर चीज़ की सराहना करते थे। गीत, प्रदर्शन, बैनर, यात्राएँ, नक़ली राइफलों के साथ ड्रिल, नारेबाज़ी, मोटा भाई की भक्ति—ये सब कुछ इन बच्चों के लिए गौरवान्वित करने वाला खेल था। उनकी तमाम उग्रताओं को बाहर की ओर निर्देशित किया जाता था—राज्य के शत्रुओं के ख़िलाफ़, विदेशियों के ख़िलाफ़, देशद्रोहियों, विध्वंसकों और विचार अपराधियों के ख़िलाफ़। तीस साल पार के लोगों में यह बात आम पाई जाती थी कि वे सब अपने बच्चों से डरते थे। इसकी जायज वजह भी थी। हफ़्ता भर नहीं बीतता कि *दि टाइम्स* किसी 'बाल नायक' की फ़ोटो छाप देता था—ताका-झाँकी करने वाला एक ऐसा बच्चा जिसने अपने माँ-बाप को कुछ आपत्तिजनक खुसफुसाते सुना और विचार पुलिस के हवाले कर दिया।

गुलेल की चोट अब टीस नहीं दे रही थी। उसने आधे-अधूरे मन से क़लम उठाई यह सोचते हुए कि अब और क्या लिख सकता है अपनी डायरी में, फिर अचानक उसका दिमाग़ ओ'ब्रायन की तरफ़ चला गया और वह उसके बारे में सोचने लगा।

बरसों पहले, शायद सात बरस पहले की बात रही होगी जब उसे एक सपना आया था। सपने में वह घुप्प अँधेरे कमरे में चल रहा था। वहीं उसके बग़ल में एक आदमी था जिसने गुज़रते हुए कहा था : "हम वहाँ मिलेंगे जहाँ कोई अँधेरा नहीं होगा।" यह बात बहुत हल्के से, तक़रीबन सरसरी तौर से कही गई थी। यह एक सपाट बयान था, कोई निर्देश नहीं। ऐसा कहकर वह बिना ठहरे निकल लिया था। अजीब बात यह थी कि सपने में इन शब्दों का उसके ऊपर वैसा असर नहीं हुआ था बल्कि बाद में कहीं ज़्यादा इसका महत्त्व समझ में आया। उसे फ़िलहाल याद

नहीं कि उसने ओ'ब्रायन को पहली बार सपने से पहले देखा था या बाद में। यह भी याद नहीं कि ओ'ब्रायन की आवाज़ से वह पहली बार परिचित कब हुआ था। फिर भी चाहे जो हो, पहचान का एक सिरा तो मौजूद था—वह ओ'ब्रायन ही था जिसकी आवाज़ सपने में अँधेरे को चीरकर उस तक पहुँची थी।

विंस्टन कभी भी आश्वस्त नहीं हो पाया कि ओ'ब्रायन उसका दोस्त है या दुश्मन। आज सुबह उससे आँख लड़ने के बावजूद वह अब तक इस बात को लेकर पक्का नहीं था। यह बात उतनी ज़रूरी भी नहीं रह गई थी अब। उनके बीच समझदारी का एक सिरा बेशक मौजूद था जो किसी लगाव या साझेदारी से कहीं ज़्यादा अहम था। उसने कहा था, "हम वहाँ मिलेंगे जहाँ कोई अँधेरा नहीं होगा।" विंस्टन नहीं जानता था कि इसका मतलब क्या है। बस इतना पता था कि किसी न किसी रूप में यह बात सच होनी है।

टेलिस्क्रीन से आ रही आवाज़ थम गई। एक स्पष्ट और सुन्दर तुरही का घोष हवा में फैले सन्नाटे को चीरता हुआ निकला और उसके पीछे एक कर्कश आवाज़ में उद्घोषणा हुई :

> *ध्यान दें! कृपया, ध्यान दें! मालाबार के मोर्चे से एक ताज़ा ख़बर आई है। दक्षिण भारत में हमारी सेना को शानदार जीत मिली है। हम जो आगे बताने जा रहे हैं उसके हिसाब से कहा जा सकता है कि यह जंग जल्द ही अपनी समाप्ति की ओर होगी, ऐसा आप सब को बताने के लिए मुझे कहा गया है। यह रही ताज़ा ख़बर।*

बुरी ख़बर है, विंस्टन ने सोचा। और पक्का बुरी ही ख़बर निकली क्योंकि यूरेशियाई फ़ौज के सफ़ाए और मारे व क़ैद किए गए उसके सैनिकों की भारी संख्या के ख़ूनी विवरणों के तुरन्त बाद ही घोषणा की गई कि अगले हफ़्ते से चॉकलेट का राशन तीस ग्राम से घटाकर बीस ग्राम कर दिया जाएगा।

विंस्टन ने फिर डकार मारी। जिनका असर ख़त्म हो चुका था और पेट ख़ाली महसूस हो रहा था। टेलिस्क्रीन पर तभी राष्ट्रगान बजने लगा—जीत का जश्न मनाने के लिए या चॉकलेट की कटौती को भुलवाने के लिए, पता नहीं। 'ओशियनिया, सब तेरे लिए' पर सबको सावधान की मुद्रा में खड़ा होना होता था लेकिन विंस्टन तो अभी टेलिस्क्रीन की ज़द में नहीं था।

राष्ट्रगान के बाद हल्का संगीत बजने लगा। टेलिस्क्रीन की तरफ़ पीठ किए

हुए विंस्टन टहलते हुए खिड़की के पास गया। बाहर अब भी ठंड थी और मौसम साफ़ था। कहीं किसी रॉकेट बम के फटने की आवाज़ आई और गूँजती रही। इधर बीच लंदन में हर हफ़्ते बीस-तीस लोग मारे जा रहे थे।

नीचे सड़क पर फटा हुआ पोस्टर हवा में आगे-पीछे लहरा रहा था और उस पर लिखा INGSOC रह-रह कर दिखता और छिप जाता था। अंग्रेज़ी समाजवाद के तीन पावन सिद्धान्त थे—न्यूस्पीक यानी नई भाषा, डबलस्पीक यानी दोरंगापन और अतीत की परिवर्तनीयता। उसे महसूस हुआ कि वह समन्दर की तलहटी में फैले जंगल में भटक रहा है और एक ऐसे राक्षसी जगत में गुम हो गया है जहाँ वह ख़ुद एक राक्षस है। अतीत मर चुका था। भविष्य कल्पनातीत था। आख़िर क्या गारंटी है कि इस धरती पर जीवित एक भी मनुष्य उसके जैसा सोच रहा होगा? और यह जानने का क्या तरीक़ा है कि पार्टी की सत्ता हमेशा के लिए ऐसे ही नहीं कायम रहेगी? सत्य मंत्रालय की सफ़ेद इमारत पर लिखे तीन नारे किसी जवाब की तरह उसकी आँखों के सामने चमक गए :

युद्ध, शान्ति है
आज़ादी, ग़ुलामी है
अज्ञान, ताक़त है

उसने अपनी जेब से एक चवन्नी निकाली। उस पर भी साफ़ अक्षरों में यही नारा खुदा हुआ था और दूसरी तरफ़ मोटा भाई का चेहरा था। उस सिक्के में से भी मोटा भाई की आँखें भेद रही थीं। सिक्कों पर, मुहरों पर, किताब के कवर पर, बैनरों पर, पोस्टरों पर और सिगरेट के पैकेट पर, हर जगह यह चेहरा मौजूद था। हर कहीं से इसकी आँखें आपको देखती थीं और इसकी आवाज़ आपको घेरती सी प्रतीत होती थी। जागे में, सोते हुए, खाते हुए, काम के दौरान, भीतर या बाहर, बिस्तर में या नहाते हुए—इससे कहीं भी बच पाना असम्भव था। आपका अपना कहने लायक़ कुछ भी नहीं था यहाँ, सिवाय आपकी खोपड़ी के भीतर कुछ घन सेंटीमीटर की जगह के।

सूरज पहलू बदल चुका था। सत्य मंत्रालय की अनगिनत खिड़कियों पर उसकी रोशनी अब नहीं पड़ रही थी। किसी क़िले में बने गुप्त सूराख़ों की तरह वे भयावह दिखती थीं। उस महाकाय पिरामिडीय ढाँचे के सामने उसका दिल सहमकर छुछुक गया। एक हज़ार रॉकेट बम भी मार दें तो इसका कुछ नहीं बिगड़ने वाला। उसे

फिर जिज्ञासा हुई कि आख़िर किसके लिए वह डायरी लिख रहा है। भविष्य के लिए या अतीत के लिए या फिर किसी काल्पनिक युग के लिए। और इसके एवज में उसे मिलना क्या है? मौत नहीं, सम्पूर्ण लोप। डायरी राख कर दी जाएगी और वह ख़ुद भाप बनकर उड़ जाएगा। उसने जो लिखा है वह केवल विचार पुलिस पढ़ पाएगी, उसे इस दुनिया से और स्मृति से हमेशा के लिए नष्ट करने से ठीक पहले। जब काग़ज़ के एक टुकड़े पर लिखा एक अदद लफ़्ज़ नहीं बच पा रहा, आपके अपने एक अंश तक का नामोनिशान नहीं बच पा रहा, तो आप भविष्य से कैसे कोई अपील कर पाएँगे?

टेलिस्क्रीन में चौदह का गजर खड़का। उसे दस मिनट में निकलना होगा और आधे घंटे में काम पर पहुँचना होगा।

घंटे की आवाज़ से जाने कैसे उसके भीतर कुछ हरकत हुई। अब तक वह किसी एकाकी प्रेत के जैसे सच बोले जा रहा था जिसे सुनने वाला कोई नहीं था। उसकी बुदबुदाहट में कोई बाधा नहीं पड़ी थी, निरन्तरता नहीं टूटी थी। इसका मतलब कि मामला सुनने वाले का नहीं होता। दरअसल, आप अपने विवेक को बचाए रखते हुए ही इनसानी विरासत को कायम रख सकते हैं। वह मेज़ पर लौटा, स्याही में क़लम डुबोई और लिखने लगा :

भविष्य के नाम या अतीत के नाम—एक ऐसे वक़्त के नाम जब सोच आज़ाद हो, जब आदमी और आदमी का फ़र्क़ हो और कोई भी अकेला न हो—एक ऐसे वक़्त के नाम जब सच ज़िन्दा हो और किए जा चुके को मिटा पाना सम्भव न हो :

एकरूपता के युग से, एकाकीपन के युग से, मोटा भाई के युग से, दोरंगेपन के युग से—सलाम!

वह मर चुका है, ऐसा उसने मान लिया। उसे लगा कि अब जाकर उसके विचार स्पष्ट आकार ले रहे हैं। अब जाकर उसने ठोस फ़ैसला लिया है। हर कृत्य का परिणाम उस कृत्य में ही मौजूद है। उसने लिखा :

वैचारिक अपराध का नतीजा मौत नहीं है। वैचारिक अपराध अपने आप में मौत है।

अब चूँकि उसने ख़ुद को मरा हुआ मान लिया था तो उसके लिए जब तक सम्भव हो बचे रहना ज़रूरी था। उसके दाहिने हाथ की दो उँगलियों में स्याही लग गई थी। ऐसी ही छोटी-छोटी भूल धोखा दे जाती है। पता चला कि मंत्रालय में किसी अतिउत्साही जीव ने अपनी नाक घुसेड़ दी इसमें (कोई महिला ही, जैसे धूसर बालों वाली वह छोटी-सी महिला या फिर गल्प विभाग वाली गहरे बालों वाली लड़की) और लगी पूछने कि वह लंच के दौरान क्यों लिख रहा था, पुराने क़िस्म की क़लम से क्यों लिख रहा था, क्या लिख रहा था—और पता चला कि जाकर शिकायत कर दी। वह बाथरूम में गया और बड़ी सावधानी से उसने गाढ़े भूरे साबुन से स्याही को रगड़कर साफ़ कर डाला। इस काम के लिए यह साबुन बहुत उपयुक्त था क्योंकि बलुआ काग़ज़ की तरह यह आपकी चमड़ी को घिस डालता था।

डायरी को उसने दराज में वापस रख दिया। उसे छिपाने का सोचना तो बेकार ही था लेकिन कम से कम इतना तो वह जान ही सकता था कि किसी को उसका पता तो नहीं लग गया है। इसके लिए पन्ने के बीच में कोई बाल फँसाना एक ज़ाहिर कार्रवाई हो सकती थी, इसलिए उसने उजली धूल की एक छटाँक को अपनी उँगली के पोरों से उठाया और कवर के कोने में जमा दिया। अब कोई डायरी को छेड़ेगा भी तो कवर से धूल छिटक जाएगी और वह तुरन्त पकड़ में आ जाएगा।

3

विंस्टन अपनी माँ का सपना देख रहा था।

उसके ख़याल में वह दस-ग्यारह साल का रहा होगा जब उसकी माँ ग़ायब हो गई थी। वे ऊँचे क़द की एक शान्त महिला थीं जिनके बाल शानदार उजले थे और जिनकी चाल बहुत मद्धिम थी। उसे याद पड़ता है कि उसके पिता साँवले रंग के, दुबली काठी के शख़्स थे जो हमेशा साफ़-सुथरे गहरे रंग के कपड़े और चश्मा पहना करते थे (विंस्टन को ख़ास तौर से उनके जूतों का बहुत पतला तल्ला याद पड़ता है)। बहुत सम्भव है कि पचास के दशक में चलाए गए महान सफ़ाई अभियानों (Great Purge) में से एक का दोनों शिकार रहे हों।

वह जहाँ बैठा था, उससे बहुत नीचे गहराई में कहीं उसकी माँ अपनी गोद में उसकी छोटी बहन को लिए दिख रही थी। बहन की उसको बिलकुल भी याद नहीं है, सिवाय इसके कि वह एक नाज़ुक सी छोटी-सी बच्ची थी जो हमेशा चुप रहती थी और बड़ी-बड़ी आँखों से टुकुर-टुकुर देखती रहती थी। अभी दोनों ऊपर उसी को देख रही थीं। वे दोनों कहीं ज़मीन के नीचे थीं—शायद किसी कुएँ के तल में या किसी बहुत गहरी क़ब्र के भीतर—लेकिन वे उसकी सतह से पहले ही बहुत नीचे थीं और गहराई बढ़ती जा रही थी। वह जगह नीचे चली जा रही थी। जैसे वे किसी डूबते हुए जहाज़ के सलून में हों और गहराते पानी को भेदते हुए उसे देख रही हों। सलून में अब भी कुछ हवा शेष थी। वे उसे देख सकती थीं और वह उन्हें, लेकिन वे लगातार नीचे और नीचे गहरे हरे पानी में डूबते जा रही थीं जो थोड़ी देर में उन्हें हमेशा के लिए उसकी नज़रों से ओझल कर देगा। वह बाहर हवा और रोशनी में बैठा था जबकि उन्हें मौत नीचे की ओर खींच रही थी। वे नीचे इसीलिए थीं क्योंकि वह बाहर था। दोनों इस बात को जानते थे और उसे उनके चेहरे पर यह अहसास लिखा दिख भी रहा था, लेकिन उनके चेहरे पर या दिल में इसे लेकर

कोई धिक्कार-भाव नहीं था। बस इस बात का अहसास था कि उसे ज़िन्दा रखने के लिए उन्हें मरना होगा और इसे टाला नहीं जा सकता।

उसे याद नहीं कि क्या हुआ था, लेकिन अपने सपने में वह जानता था कि उसकी माँ और बहन की ज़िन्दगी उसे बचाने के लिए क़ुरबान हुई है। यह एक ऐसा सपना था जिसमें एक सपने की सारी छटा होने के बावजूद दरअसल वह आपकी वास्तविक ज़िन्दगी का आईना होता है जिसमें आदमी उस हक़ीक़त और ख़यालात से रूबरू होता है जिन्हें जागने के बाद भी वह अनमोल और बिलकुल नया समझता रहता है। इस मोड़ पर विंस्टन को एक बात अचानक खटकी कि आज से तीसेक साल पहले उसकी माँ की मौत जिस त्रासद और दुखद तरीक़े से हुई थी, वैसा आज बिलकुल भी सम्भव नहीं है। त्रासदी उस ज़माने की बात हो गई है जब प्रेम, दोस्ती, निजता जैसी चीज़ें हुआ करती थीं, जब परिवार के सदस्य एक-दूसरे के साथ खड़े रहते थे और इसके लिए उन्हें किसी वजह की ज़रूरत नहीं होती थी। माँ की याद ने उसका दिल चाक कर दिया क्योंकि वह उसे प्यार करते हुए मरी थी, जब वह इतना छोटा और स्वार्थी था कि बदले में उसे प्यार नहीं दे पाया था। और पता नहीं कैसे, उसे याद नहीं पड़ता कि माँ ने कर्तव्यनिष्ठा के किसी ऐसे बोध में अपना बलिदान दे दिया था जो उसके लिए बेहद निजी और अक्षुण्ण था। ऐसी चीज़ें आज सम्भव नहीं हैं। आज भय, नफ़रत और पीड़ा बेशक है लेकिन भावनाओं की मान-मर्यादा नहीं बची है, दुख की गहराई और जटिलता नदारद है। सैकड़ों कोस नीचे हरे पानी में लगातार डूबते हुए ऊपर देखती माँ और बहन की बड़ी-बड़ी आँखों में झाँककर उसे ये बातें समझ में आ रही थीं।

अचानक उसने ख़ुद को एक मखमली सतह पर खड़ा पाया। गर्मियों की शाम थी। सूरज की तिरछी किरणें ज़मीन पर पड़ रही थीं। यह दृश्य तो उसने पहले भी सपने में कई बार देखा है। इतनी बार कि वह ख़ुद पक्का नहीं है कि कहीं वास्तव में तो यहाँ वह नहीं आया था। जब भी वह जागे में इस जगह को सोचता है, तो इसे सुनहरा प्रदेश कहता है। यह एक पुरानी चरागाह थी ख़रगोशों से भरी हुई जिसके बीच से एक पगडंडी जाती थी और यहाँ-वहाँ बाँबियाँ थीं। घास के मैदान के उस पार जंगली इलाक़े में चौड़े पत्तों वाले एल्म के पेड़ों की टहनियाँ हवा में हौले-हौले झूम रही थीं। उसके घने पत्ते किसी औरत के बाल की तरह लहरा रहे थे। यहीं कहीं

पास में, लेकिन नज़र से ओझल साफ़ पानी का एक शान्त सोता है जहाँ विलो की छाँव में नीचे मछलियाँ तैर रही हैं।

उसने देखा कि मैदान के उस पार से गहरे बालों वाली लड़की उसकी ओर चली आ रही है। ऐसा लगा कि महज़ एक झटके में उसने अपने कपड़े फाड़कर तिरस्कार से एक कोने में फेंक दिए हों। उसकी देह चिकनी और सफ़ेद थी लेकिन वह कोई चाहत पैदा नहीं करती थी। वास्तव में वह उसकी ओर ठीक से देख भी नहीं रहा था, लेकिन उस पल जिस एक चीज़ ने उसे मुग्ध कर दिया था वह थी उसकी अदा, जिससे उसने अपने कपड़े एक कोने में फेंके थे। जिस बेलौस और बिंदास तरीक़े से उसने ऐसा किया था उसमें गरिमा की एक ऐसी भव्यता थी जो समूची सभ्यता को, एक समूची विचार पद्धति को ख़ारिज कर सकती थी। गोया उन बाँहों की बस एक शानदार चमक ही मोटा भाई और उनकी पार्टी और उनकी विचार पुलिस को झाड़-बुहार कर निस्सार कर दे। ऐसी अदा पुराने ज़माने में हुआ करती थी। विंस्टन की नींद खुली तो उसकी ज़बान पर 'शेक्सपियर' था।

टेलिस्क्रीन से कानफोड़ू सीटी बज रही थी जो तीस सेकंड तक ऐसे ही बजती रही। सुबह के सवा सात बज चुके थे। यह कर्मचारियों के सोकर उठने का वक़्त था। विंस्टन ने एक झटके में अपने निर्वस्त्र शरीर को बिस्तर से अलग किया और कुर्सी पर पड़ी एक गन्दी बनियान और शॉर्ट उठाए। पार्टी के प्रचारकों को कपड़ों के लिए सालाना केवल 3000 का कूपन मिलता था जबकि एक सूट ही 600 का मिलता था। अगले तीन मिनट में हाड़तोड़ वर्जिश शुरू होने वाली थी। तभी उसे तेज़ खाँसी का दौरा पड़ गया। सोकर उठने के बाद ऐसा अकसर ही होता था। खाँसने से उसके फेफड़े ऐसे खोखले हो गए कि दोबारा उनमें साँस भरने के लिए उसे फिर से पीठ के बल लेटकर मुँह से लम्बी-लम्बी साँस लेनी पड़ी। खाँसने में ज़ोर लगाने से उसकी नसें फूल गई थीं और टखने का अल्सर दर्द देने लगा था।

कर्कश स्वर में एक महिला ने निर्देश दिया, "तीस से चालीस साल वालो, अपनी-अपनी जगह लीजिए। तीस से चालीस।" टेलिस्क्रीन के सामने विंस्टन सावधान की मुद्रा में खड़ा हो गया। परदे पर ट्यूनिक और जिम वाले जूते पहने एक जवान, छरहरी और मांसल महिला पहले से मौजूद थी।

उसने निर्देश दिया, "हाथ मोड़ेंगे और स्ट्रेच करेंगे। मेरे साथ दोहराएँ। एक, दो, तीन, चार! एक, दो, तीन, चार! चलिए कॉमरेड, थोड़ा और जोश से करिए। एक, दो, तीन, चार! एक, दो, तीन, चार!..."

खाँसी के दौरे ने विंस्टन के मन पर सपने का असर पूरी तरह ख़त्म नहीं होने दिया था और लयबद्ध वर्जिश ने उसको कुछ हद तक वापस बहाल करने में ही मदद की। वह यंत्रवत् अपनी बाँहें आगे-पीछे कर रहा था और चेहरे पर एक हल्के उत्साह का भाव भी बनाए हुए था जो वर्जिश के सत्र में ज़रूरी माना जाता था। इसी बीच मन ही मन वह अपने बचपन की स्मृतियों को भी याद करने की कोशिश कर रहा था जो धुँधली पड़ चुकी थीं। यह असामान्य रूप से मुश्किल काम था। पचास के दशक के बाद का सब कुछ धुँधला था। जब बाहर कोई रिकॉर्ड ही नहीं हो जिसे आप देख सकें, तो अपनी ज़िन्दगी की लकीरें भी स्पष्टता खोने लग जाती हैं। आपको वे बड़ी घटनाएँ बेशक याद रहती हैं जो शायद कभी हुई ही नहीं थीं। घटनाओं के महीन विवरण तो आपको याद रह जाते हैं लेकिन उनकी पृष्ठभूमि दिमाग़ से ग़ायब रहती है। इस बीच लम्बे-लम्बे ख़ाली अन्तराल भी हैं जिनमें कुछ नहीं दिखता। उस समय तो सब कुछ एकदम अलग था। यहाँ तक कि देशों के नाम भी और दुनिया के नक़्शे पर उनकी आकृतियाँ भी आज से अलहदा थीं। मसलन, उन दिनों एयरस्ट्रिप वन नाम का कोई देश नहीं होता था। केवल इंग्लैंड या ब्रिटेन कहते थे, हालाँकि लंदन तो हमेशा से लंदन ही था। इस बारे में वह आश्वस्त था।

विंस्टन को ऐसा कोई दौर याद नहीं जब उसका देश किसी जंग में न रहा हो। हाँ, बचपन में काफ़ी लम्बा वक़्त उसे याद है जो अमन-चैन का दौर था क्योंकि उसकी शुरुआती स्मृतियों में एक हवाई हमले की छवि मौजूद है जिसने सभी को चौंका दिया था। तब शायद कॉलचेस्टर में एक बम गिरा था। उसे हमले का तो कुछ ख़ास याद नहीं, लेकिन इतना याद है कि उसके पिता उसका हाथ पकड़कर किसी बहुत गहरी जगह पर खींचे ले जा रहे थे। वे बहुत तेज़ी से गोल-गोल सर्पीली सीढ़ियों से नीचे उतर रहे थे और सीढ़ियों से उतरने की आवाज़ हो रही थी और उसका पैर चलते-चलते इतना भर गया कि उन्हें बीच में ही रुककर सुस्ताना पड़ा था। उसकी माँ भी धीरे-धीरे उनके पीछे-पीछे आ रही थी। उसकी गोद में बहन थी या फिर कंबलों की गठरी, पता नहीं। वह पक्के तौर से नहीं कह सकता कि बहन तब तक पैदा हुई थी या नहीं। आख़िरकार वे एक भीड़-भाड़ वाले बजबजाते इलाक़े में निकले। यह एक भूमिगत रेलवे स्टेशन था।

स्टेशन की फ़र्श चौकोर आकार के पत्थर के पटिये की बनी थी जिस पर चारों ओर लोग बैठे हुए थे। कुछ लोग आपस में सटकर एक के ऊपर एक बनी धातु की छड़ों पर बैठे हुए थे। विंस्टन के माता-पिता को फ़र्श पर बैठने की जगह मिल

गई। उनके क़रीब एक बुज़ुर्ग और उनकी पत्नी एक छड़ पर अग़ल-बग़ल बैठे हुए थे। बुज़ुर्ग ने सुघड़ गहरा सूट पहना हुआ था और काली टोपी लगा रखी थी जिसके नीचे उनके पके हुए सफ़ेद बाल पीछे से दिख रहे थे। उनका चेहरा सुर्ख़ लाल था, आँखें नीली थीं और उनमें आँसू डबडबा रहे थे। उनसे जिनकी महक आ रही थी। ऐसा लगता था कि उनकी देह से पीसने की जगह जिन ही निकल रही है। कोई मौज लेते हुए यह भी कह सकता था कि उनकी आँखों में आँसू नहीं शुद्ध जिन भरी हुई है। वह हल्का पिये हुए थे, लेकिन किसी बात का असहनीय दुख ज़रूर उन्हें खाये जा रहा था। विंस्टन ने अपने सहज बाल बोध में यह अन्दाज़ा लगा लिया था कि इस बुज़ुर्ग के साथ कुछ ऐसा भीषण घटा है जिसे माफ़ नहीं किया जा सकता और जिसका कोई इलाज भी नहीं है। फिर विंस्टन को लगा कि उसे उनके दुख का कारण पता चल गया है। इस शख़्स के किसी प्रियजन, शायद इनकी पोती की हत्या हो गई है। रह-रह कर वे एक ही बात दुहरा रहे थे :

हमें उन पर भरोसा नहीं करना चाहिए था। मैंने चेताया था, क्यों माँ, ग़लत कह रहा हूँ? भरोसा जताने पर यही होता है। मैं लगातार कह रहा था। उन बदमाशों पर हमें भरोसा करना ही नहीं चाहिए था।

अब विंस्टन को यह याद नहीं कि वे किन बदमाशों की बात कर रहे थे जिन पर भरोसा नहीं करना चाहिए था।

दरअसल जंग उसी समय से लगातार जारी है—लगातार माने वाक़ई बिना रुके हुए—हालाँकि क़ायदे से देखें तो यह जंग वही नहीं है जो पहले थी। उसके बचपन में कई महीने तक लंदन में ही सड़क पर मारकाट होती रही थी, जिसकी कुछ छवियाँ तो उसे बिलकुल साफ़-साफ़ याद हैं। उस पूरे दौर के इतिहास को खँगालना यानी किसी ख़ास समय में कौन किसके ख़िलाफ़ जंग लड़ रहा था इसका पता लगाना तक़रीबन नामुमकिन था क्योंकि न तो इसका कोई लिखित रिकॉर्ड था और न ही इसके बारे में कोई सार्वजनिक बात होती थी। जो स्थिति अभी थी, उससे अलग कुछ भी नहीं बताया गया था। फ़िलहाल 1984 में (अगर यह वाक़ई 1984 है, तब) ओशियनिया की जंग यूरेशिया से जारी है जिसमें ईस्टेशिया उसके साथ है। कभी भी किसी सार्वजनिक या निजी संवाद में यह नहीं माना गया कि तीनों शक्तियों के बीच कोई मतभेद रहा हो। जहाँ तक विंस्टन को याद है, केवल चार वर्ष पहले तक ओशियनिया की जंग ईस्टेशिया के साथ चल रही थी जिसमें यूरेशिया उसके साथ

था। यह ज्ञान हालाँकि गोपनीय था क्योंकि उसकी स्मृति अभी पूरी तरह से नियंत्रित नहीं की जा सकी थी। वैसे, आधिकारिक रूप से देखें तो दुश्मन बदल चुका है इसकी बात कभी कहीं हुई ही नहीं। सरकारी संस्करण तो यही है कि जंग चूँकि ओशियनिया और यूरेशिया के बीच चल रही है इसलिए यही जंग हमेशा से चली आ रही है। मोटा सिद्धान्त यह है कि आज की तारीख़ में जो कोई भी ओशियनिया का दुश्मन निकले, शाश्वत दुश्मन उसे ही माना जाएगा इसलिए भविष्य में या अतीत में भी उसके साथ किसी तरह का कोई समझौता मुमकिन नहीं है।

कमर पर हाथ रखकर दर्द सहते हुए अपने कन्धे पीछे ले जाते हुए उसने कम से कम दस हज़ारवीं बार इस बात को महसूस किया कि ये सारी बातें एक साथ सच हो सकती हैं (माना जाता था कि कमर पर हाथ रखकर उसके अक्ष पर शरीर को गोल घुमाने की वर्जिश पीछे की मांसपेशियों के लिए बहुत फ़ायदेमन्द होती है)। ऐसा सोचना बहुत आतंकित करने वाला था। मतलब पार्टी अगर वाक़ई अतीत में घुसकर किसी घटना पर उँगली रखकर कह दे आपसे कि यह घटना तो कभी हुई ही नहीं थी, तो किसी भी तरह की प्रताड़ना या मौत से यह कहीं ज़्यादा डराने वाली बात होनी चाहिए।

पार्टी का कहना था कि ओशियनिया कभी भी यूरेशिया के साथ गठजोड़ में नहीं रहा। विंस्टन स्मिथ जानता था कि बस चार साल पहले ही ओशियनिया का यूरेशिया के साथ गठजोड़ हुआ करता था लेकिन उसका यह ज्ञान वजूद में कहाँ था? केवल उसकी खोपड़ी में बसी चेतना के भीतर, जिसे वैसे भी जल्द ही ख़त्म कर दिया जाना था। और अगर बाक़ी सारे लोग पार्टी के बताए इस झूठ को स्वीकार कर लेते—यदि सारे रिकॉर्ड भी यही कहानी कहते—तब यही झूठ इतिहास का हिस्सा होकर सच बन जाता। पार्टी का नारा था : 'जिसका अतीत पर नियंत्रण है वही भविष्य को भी नियंत्रित कर सकता है; जिसका वर्तमान पर नियंत्रण है वही अतीत को भी नियंत्रित कर सकता है।' बावजूद इसके कि अतीत चाहे कितनी भी तब्दीली की गुंजाइश रखता हो, उसे कभी वास्तव में बदला नहीं गया था। बस इतनी सी बात थी कि आज और अभी जो सच है, वही हमेशा से सच रहते आया है और आगे भी हमेशा सच रहेगा। इसके लिए बस इतना करना था कि आप अपनी स्मृति पर लगातार विजय हासिल करते रहें यानी अपनी स्मृतियों को एक के बाद एक नियंत्रित करते जाएँ। इसे वे 'रियलिटी कंट्रोल' या वास्तविकता पर नियंत्रण कहते थे। न्यूस्पीक में इसके लिए एक शब्द था 'डबलथिंक'।

“विश्राम!” थोड़ा शालीन लहज़े में महिला चीख़ी।

विंस्टन ने अपने दोनों हाथ ढीले छोड़ दिए और फेफड़ों में धीरे-धीरे हवा भरी। उसका मन अब डबलथिंक की जटिल दुनिया में डूब गया, जहाँ एक साथ दो विरोधी बातें माननी होती थीं। मसलन, जानना और नहीं जानना; वास्तविकता का पूरा भान होने के बावजूद सतर्कतापूर्वक गढ़े गए झूठ बोलना; एक साथ दो विरोधी विचारों को पोसना जिसका मतलब कुल मिलाकर सिफर हो; यह जानते हुए कि दोनों ही विचार विरोधाभासी हैं दोनों में यक़ीन करना; तर्क के ख़िलाफ़ तर्क का इस्तेमाल करना; नैतिकता की दुहाई देते हुए नैतिकता को तिलांजलि देना; यह मानना कि लोकतंत्र असम्भव चीज़ है लेकिन पार्टी लोकतंत्र की रहनुमा है; जो भुला देना ज़रूरी हो उसे भूल जाना फिर ज़रूरत पड़ने पर उसे तत्काल याद कर लेना और फिर से भूल जाना : और इन सबसे ऊपर, इसी प्रक्रिया को समूची प्रक्रिया पर लागू करना। यही इस प्रक्रिया की महीन जटिलता थी : सचेत रूप से अचेतन को प्रवृत्त करना और एक बार फिर अपने किए इस नक़ली उपाय के प्रति अचेत हो जाना। दरअसल, ‘डबलथिंक’ को समझने के लिए इसमें घुसकर इसे लागू करना होता है।

परदे पर निर्देश दे रही महिला ने एक बार फिर सावधान किया, “अब आइए देखते हैं कि हममें से कौन-कौन अपने पैर के पंजे छू सकता है।” और उसने बड़े उत्साह में कहा, “नितंबों को ऊपर उठाते हुए नीचे झुकिए! कॉमरेड प्लीज़...एक दो! एक दो!...”

विंस्टन को यह व्यायाम पसन्द नहीं था। इससे जो दर्द उसकी एड़ी में उठता था वह ऊपर कमर तक पहुँच जाता था और अकसर उसे इसके अन्त में खाँसी का दौरा पड़ जाता था। इसके अलावा इस दौरान उसे सोचने से जो हल्का सा सुख मिलता वह भी चला जाता था। यही इस बार भी हुआ था। उसके दिमाग़ में यह बात चल रही थी कि कैसे अतीत को न केवल बदल दिया गया था बल्कि पूरी तरह नष्ट कर दिया गया था। सोचिए, कि यदि बेहद ज़ाहिर सी किसी बात का भी कोई रिकॉर्ड आपकी स्मृति के बाहर मौजूद ही नहीं हो तो आप उस तथ्य को स्थापित कैसे कर सकेंगे। उसने याद करने की कोशिश की कि पहली बार उसने मोटा भाई के बारे में कब सुना था। शायद साठ के दशक में, लेकिन पक्के तौर पर नहीं कहा जा सकता। पार्टी का इतिहास तो कहता है कि उसके आरम्भिक दिनों से ही मोटा भाई क्रान्ति का संरक्षक और सर्वमान्य नेता था। उसकी वीरगाथाओं का सिरा पीछे धकेलते-धकेलते चालीस और तीस के उन भव्य दशकों तक पहुँचा दिया गया था

जब पूँजीवादी लोग अपनी अजूबी बेलनदार टोप पहने लंदन की सड़कों पर दमकती मोटरकारों या काँच की दीवार वाली बग्घियों में चला करते थे। यह जानने का कोई तरीक़ा नहीं था कि यह बात कितनी सच थी और कितनी गढ़ी हुई। विंस्टन को तो यह भी याद नहीं था कि पार्टी कब बनी थी। उसे पूरा भरोसा था कि सन् 1960 से पहले उसने INGSOC शब्द भी नहीं सुना था। हाँ, ये ज़रूर हो सकता है कि पुरानी भाषा 'ओल्डस्पीक' में जिसे 'इंग्लिश सोशलिज़्म' कहते थे यह चलन में रहा हो। हर चीज़ दरअसल कुहरे में घिरी हुई जान पड़ती थी। कभी किसी चीज़ पर आप भरोसे से उँगली रख भी दें तो वह पक्के तौर पर झूठ ही निकलती थी। मसलन, पार्टी की इतिहास की किताबों में यह दावा था कि एरोप्लेन का आविष्कार पार्टी ने किया था। यह बात सच नहीं थी। उसे अपने बचपन से हवाई जहाज़ की स्मृतियाँ थीं लेकिन आप ऐसा कुछ भी साबित नहीं कर सकते थे। कोई सबूत ही नहीं था। केवल एक बार ज़िन्दगी में ऐसा हुआ था कि उसे किसी ऐतिहासिक तथ्य को झुठलाए जाने का एक सटीक काग़ज़ी सबूत हाथ लगा था और ऐन उसी वक़्त...

"स्मिथ!" परदे से कर्कश आवाज़ चीख़ी, "6079 स्मिथ वी! हाँ, आप ही! और नीचे झुकिए, प्लीज़! आप बेहतर कर सकते हैं। आप कोशिश नहीं कर रहे। और नीचे, हाँ! ये बेहतर है, कॉमरेड। अब विश्राम की मुद्रा में सीधे खड़े हो जाएँ सारे, और मुझे देखें।"

विंस्टन के शरीर से अचानक गरम पसीना निकलने लगा। उसके चेहरे से अब भी उसके मनोभाव का पता नहीं लगाया जा सकता था। बेचैनी बिलकुल नहीं दिखनी चाहिए। कभी असन्तोष का भाव चेहरे पर नहीं आने देना चाहिए। ज़रा सा पलक झपकी नहीं कि खेल ख़त्म। विंस्टन उसे देख रहा था। निर्देशिका ने अपने दोनों हाथ सिर के ऊपर उठाए—इसे शिष्ट तरीक़े से किया गया कहना तो सम्भव नहीं लेकिन काफ़ी सफ़ाई के साथ उसने ऐसा किया था—फिर नीचे की ओर आगे झुकते हुए अपने हाथों की उँगलियों के पोरों को उसने पंजों के नीचे दबा लिया।

"ऐसे करना है कॉमरेड आपको भी! एक बार फिर मुझे देखिएगा। मैं उनतालीस साल की हूँ और चार बच्चों की माँ हूँ। अब देखिए, कैसे करना है।" वह फिर से नीचे झुकी। "देखा आपने, मेरे घुटने नहीं मुड़े। आप चाहेंगे तो बिलकुल ऐसा कर लेंगे," ऐसा कहते हुए वह सीधी हो गई। विंस्टन ने एक झटके में शरीर को मोड़ा और घुटने बिना मोड़े ही अपने पंजे को छू लिया। महिला ने प्रोत्साहन के स्वर में कहा, "पैंतालीस साल से कम का कोई भी आदमी अपने पंजे छू सकता है। लड़ाई

के मोर्चे पर जाने का हमारा सौभाग्य नहीं है तो क्या हुआ, हम ख़ुद को फिट तो रख ही सकते हैं। मालाबार के मोर्चे पर हमारे साथियों को याद करिए! और जलमहल में हमारे नाविकों को! सोचिए कि उन्हें किन चीज़ों से गुज़रना पड़ता होगा। और एक बार फिर से कोशिश कीजिए। ये बेहतर है कॉमरेड, पहले से कहीं बेहतर!"
इतने बरसों में विंस्टन ऐसा पहली बार कर पाया था।

4

दफ़्तर का काम शुरू होते ही विंस्टन ने अनजाने में एक गहरी उसाँस भरी। टेलिस्क्रीन की निकटता भी उसे ऐसा करने से रोक नहीं पाई। फिर उसने श्रुतलेख की मशीन अपने पास खींची और उसकी मुँहनली से धूल झाड़ने के लिए उसमें फूँक मारते हुए नाक पर चश्मा चढ़ा लिया। उसके डेस्क के दाहिनी ओर दीवार में एक हवानली थी जिसमें से गोलियाकर मोड़े गए बत्तीनुमा चार परचे अभी-अभी बाहर निकले थे। उसने चारों को खोला और आपस में नत्थी कर दिया।

उसके क्यूबिकल की दीवारों में तीन सूराख़ थे। श्रुतलेख वाली मशीन के दाहिनी ओर लिखित सन्देशों को उगलने वाली सँकरी सी हवानली; बाएँ अख़बार उगलने वाली एक नली; और साइड वाली दीवार में विंस्टन की पहुँच के भीतर एक लम्बा आयताकार सूराख़, जिसके मुहाने पर तारों की जाली लगी हुई थी। ये वाला सूराख़ कचरे-काग़ज़ फेंकने के लिए था। ऐसे हज़ारों या दसियों हज़ार सूराख़ पूरी इमारत में थे। न केवल कमरों में बल्कि हर गलियारे में थोड़ी-थोड़ी दूरी पर। इन्हें स्मृतिनाशक बिल कहते थे। इसकी कुछ ख़ास वजह थी। मसलन, अगर आपके पास कोई नष्ट करने लायक़ काग़ज़ हो जिसका अब कोई उपयोग नहीं रह गया हो या फिर किसी को कहीं कोई काग़ज़ का टुकड़ा पड़ा हुआ मिल जाए, तो यह रवायत थी कि आप अपने सबसे क़रीबी स्मृतिनाशक बिल का ढक्कन उठाकर काग़ज़ को उसके हवाले कर दें। भीतर जाते ही गर्म हवा के प्रवाह में खिंचते हुए वह अपने आप भट्ठी तक पहुँच जाएगा। इमारत के कोने-अँतरों में ऐसी विशाल भट्ठियाँ कहीं छिपी बताई जाती थीं।

विंस्टन ने उन चारों परचों को ध्यान से देखा। हरेक में एक या दो पंक्ति का कोई सन्देश लिखा था कूट भाषा में—ज़रूरी नहीं कि न्यूस्पीक ही हो लेकिन

ज़्यादातर उसी के शब्द थे—जिसे आन्तरिक उद्देश्यों के लिए मंत्रालय में प्रयोग में लाया जाता था। सन्देश कुछ ऐसे थे :

Times 17.3.84 speech malreported Africa rectify

Times 19.12.83 forecasts 3YP 4th quarter 83 misprints verify current issue

Times 14.2.84 miniplenty malquoted chocolate rectify

Times 3.12.83 reporting BB dayorder doubleplusungood refs unpersons rewrite fullwise upsub antefiling

थोड़ी राहत के साथ विंस्टन ने चौथे परचे को कोने में रख दिया। वह थोड़ा जटिल काम था, ज़िम्मेदारी भरा, इसलिए उसे अन्त में किया जाना ही बेहतर था। बाक़ी तीन तो रोज़मर्रा जैसे काम थे, हालाँकि दूसरे वाले सन्देश के लिए आँकड़ों को क़ायदे से खँगालने की ज़रूरत पड़ती।

विंस्टन ने टेलिस्क्रीन पर पिछली तारीख़ें डायल कीं और *दि टाइम्स* के उन तारीख़ों के अंक मँगाए। बमुश्किल कुछ मिनट बाद हवानली ने उन अख़बारों को उगल दिया। उसके पास परचों में जो सन्देश थे, उनका सम्बन्ध ऐसे अख़बारी लेखों या समाचारों से था जिन्हें किन्हीं कारणों से बदला जाना था या सरकारी भाषा में कहें तो दुरुस्त किया जाना था। मसलन, 17 मार्च के *टाइम्स* के हिसाब से मोटा भाई ने एक दिन पहले अपने भाषण में भविष्यवाणी की थी कि दक्षिण भारत के मोर्चे पर अमन होगा लेकिन उत्तरी अफ़्रीका में यूरेशिया हमला करेगा। हुआ उलटा। यूरेशियाई हाई कमान ने दक्षिण भारत में हमला बोल दिया और उत्तरी अफ़्रीका का मोर्चा छोड़ दिया। इसलिए यह ज़रूरी हो गया था कि मोटा भाई के भाषण के उस हिस्से को दोबारा लिखा जाए और इस तरह ताकि जो वास्तव में हुआ था, भविष्यवाणी भी वही बताए। इसी तरह 19 दिसम्बर के *दि टाइम्स* में 1983 की चौथी तिमाही में होने वाले उपभोग की विभिन्न वस्तुओं के उत्पादन की आधिकारिक भविष्यवाणी प्रकाशित की गई थी। यह अवधि नौवीं त्रिवर्षीय योजना की छठी तिमाही भी थी। आज के अख़बार में वास्तविक उत्पादन के आँकड़े छपे थे जिससे साबित हो रहा था कि भविष्यवाणी पूरी तरह ग़लत थी। विंस्टन का काम मूल अनुमान को वास्तविक उत्पादन के आँकड़ों के बराबर बनाना था। तीसरा सन्देश तो बहुत साधारण सी ग़लती के बारे में था जिसे मिनटों में दुरुस्त किया जा सकता था। कुछ समय पहले

ही फरवरी में श्री मंत्रालय ने वादा किया था (सरकारी भाषा में इसे 'वचन' देना कहते थे) कि 1984 में चॉकलेट के राशन में कोई कटौती नहीं होगी। विंस्टन को जहाँ तक पता था, इस हफ़्ते के अन्त से चॉकलेट का राशन तीस ग्राम से घटकर बीस ग्राम होने जा रहा था। कुल मिलाकर बस इतना करना था कि पहले किए वादे की जगह एक चेतावनी डाल देनी थी कि ज़रूरी लगा तो अप्रैल में किसी भी वक़्त राशन को कम किया जा सकता है।

सारे सन्देश देखने के बाद विंस्टन ने श्रुतलेख वाली मशीन में उन्हें दुरुस्त करके सही किए हिस्सों को अख़बार की उपयुक्त प्रतियों के साथ नत्थी किया और हवानली में छोड़ दिया। फिर उतनी ही निरायास गति से उसने मूल परचों और उन्हें दुरुस्त करने के क्रम में अपने लिखे नोट्स को लपटों का ग्रास बनने के लिए स्मृतिनाशक बिल में डाल दिया।

हवानली की जटिल निचली सतहों में क्या होता था उसका ठीक-ठीक उसे पता नहीं था, एक मोटा-मोटी अन्दाज़ा ज़रूर था। एक बार *दि टाइम्स* के संस्करणों में छपी सूचनाएँ दुरुस्त करके एक साथ संकलित कर ली जातीं, फिर उन प्रतियों को दोबारा छापा जाता था। अख़बार की मूल प्रति को नष्ट कर दिया जाता और उसकी जगह दुरुस्त की हुई प्रति को फ़ाइल में लगा दिया जाता। लगातार बदलाव और दुरुस्तगी की यह प्रक्रिया केवल अख़बारों के साथ ही नहीं चलती थी। किताबें, पत्रिकाएँ, परचे, पोस्टर, सूचना पत्र, फ़िल्में, साउंडट्रैक, कार्टून, तस्वीरें—हर क़िस्म के साहित्य या दस्तावेज़ के साथ ऐसा किया जाता जिसका कोई राजनीतिक या वैचारिक महत्त्व होता हो। इस तरह दिन-ब-दिन और तक़रीबन मिनट दर मिनट बीते हुए कल को अद्यतन किया जाता था। इस तरीक़े से अव्वल तो पार्टी की किसी भी घोषणा को काग़ज़ी साक्ष्य के सहारे सही ठहरा दिया जाता, दूजे ऐसी किसी भी ख़बर, विचार आदि जो वक़्त की ज़रूरत के हिसाब से विरोधाभासी हो उसका रिकॉर्ड हमेशा के लिए मिटा दिया जाता। इतिहास का हर कतरा झाड़-पोंछ कर अपने मूल से अलग कर दिया जाता। ज़रूरत पड़ने पर उसे हूबहू दोबारा लिख दिया जाता था। एक बार यह हो गया, तो किसी भी तरीक़े से साबित करना मुश्किल था कि कोई फ़र्ज़ीवाड़ा हुआ है। रिकॉर्ड विभाग का एक बड़ा हिस्सा, जहाँ विंस्टन काम करता था उससे भी कहीं ज़्यादा बड़ा हिस्सा, केवल ऐसे लोगों से भरा पड़ा था जिनका काम ऐसी किताबों, अख़बारों और अन्य दस्तावेज़ों की सभी प्रतियों को इकट्ठा करने का था जिन्हें नष्ट किया जाना था क्योंकि उन्हें बदला जा चुका

था। *दि टाइम्स* अख़बार की तमाम ऐसी प्रतियाँ मूल प्रकाशन तारीख़ के अन्तर्गत फ़ाइलों में दर्ज थीं जिन्हें सियासी समीकरणों में बदलाव या मोटा भाई की ग़लत भविष्यवाणियों के कारण दर्जनों बार फिर से लिखा गया था। उन्हें ग़लत ठहराने के लिए कोई और प्रति मौजूद थी ही नहीं। इसी तरह किताबों को भी वापस लेकर बार-बार दोबारा लिखा जाता था और फिर से जारी कर दिया जाता था बिना यह बताए कि उनमें कोई बदलाव किया गया है। यहाँ तक कि विंस्टन को जो लिखित निर्देश प्राप्त होते थे और जिनसे वह काम पूरा होते ही तुरन्त फारिग भी हो जाता था, उनमें यह घोषित या अघोषित आशय नहीं होता था कि यह किसी फ़र्ज़ीवाड़े के लिए दिया गया है। इनमें केवल ग़लतियों, भूलों, ग़लत छपाई या ग़लत उद्धरणों का सन्दर्भ होता था जिसे तथ्यात्मक सटीकता के लिए दुरुस्त किया जाना ज़रूरी था।

श्री मंत्रालय के आँकड़ों को दुरुस्त करते हुए वह यही सोच रहा था कि दरअसल इसे फ़र्ज़ीवाड़ा कहना भी सही नहीं था। ये दरअसल एक बेतुकी चीज़ को दूसरी से बदलना था क्योंकि जिन चीज़ों से आपका पाला पड़ा था वे वास्तविक दुनिया में तो थीं ही नहीं। वास्तविकता से इसका उतना भी रिश्ता नहीं था जितना किसी झूठ का होता है। आँकड़े अपने मूल संस्करण में भी कपोल कल्पना थे और दुरुस्त करने के बाद भी। सारा खेल दिमाग़ का ही था और आपसे उम्मीद की जाती थी कि इसी में अपना ज़्यादातर वक़्त खपाएँ। मसलन, श्री मंत्रालय ने तिमाही के अन्त में बूटों के उत्पादन का अनुमान एक सौ पैंतालीस मिलियन जोड़े लगाया था जबकि वास्तविक उत्पादन केवल बासठ मिलियन बताया गया। विंस्टन ने भविष्य के उत्पादन अनुमान को दुरुस्त करके सत्तावन मिलियन कर दिया ताकि यह दावा किया जा सके कि कोटे से ज़्यादा बूट बनाए जा चुके हैं। ऐसा नहीं कि बासठ मिलियन का आँकड़ा सत्तावन मिलियन के मुक़ाबले सच के ज़्यादा क़रीब हो या फिर एक सौ पैंतालीस मिलियन के आसपास हो। बहुत मुमकिन है कि बूटों का उत्पादन हुआ ही न हो। इतना ही मुमकिन यह भी था किसी को पता ही नहीं हो कि कितने बूट बनाए गए। वास्तव में किसी को इसकी परवाह तक नहीं थी। कुल मिलाकर आप इतना जान सकते थे कि हर तिमाही काग़ज़ों पर भारी संख्या में बूट उत्पादित होते थे जबकि ओशियनिया की शायद आधी आबादी नंगे पैर चलने को मजबूर थी। दर्ज किए गए किसी भी तथ्य के साथ यही स्थिति थी। बड़ी हो या छोटी। यहाँ किसी भी चीज़ का कोई अर्थ नहीं था। चीज़ें इस हद तक निस्सार हो चुकी थीं कि आज की तारीख़ भी अनिश्चित थी।

विंस्टन ने हॉल में सरसरी निगाह दौड़ाई। दूसरी तरफ़ बराबर के क्यूबिकल में तीखे नैन-नक़्श और दाग़दार ठुड्डी वाला एक छोटा सा व्यक्ति अपने घुटनों में अख़बार दबाए और श्रुतलेख मशीन की मुँहनली से मुँह सटाए बैठा था। यह टिलटसन था। उसकी आदत थी कि वह इतना धीरे बोलता था कि उसके अलावा केवल टेलिस्क्रीन को ही पता होता होगा। उसने सिर उठाकर देखा। चश्मे के भीतर से विंस्टन की ओर उसकी शत्रुवत् नज़र चमकी।

वह क्या काम करता था, इसका विंस्टन को कोई अन्दाज़ा नहीं था। टिलटसन से उसका परिचय शायद ही रहा होगा। रिकॉर्ड विभाग में लोग अपने काम के बारे में बमुश्किल ही एक-दूसरे से बात करते थे। बिना खिड़की वाले उस लम्बे से बन्द हॉल में क्यूबिकल की दो क़तारें थीं जिनसे लगातार पन्नों की फड़फड़ाहट और श्रुतलेख में की जाने वाली फुसफुसाहट की अन्तहीन मिश्रित आवाज़ आती रहती थी। कोई दर्जन भर तो इसमें ऐसे बैठते होंगे जिन्हें नाम से भी विंस्टन नहीं जानता होगा, हालाँकि रोज़ ही उन्हें वह गलियारे में इधर-उधर भागते-दौड़ते या दो मिनट की नफ़रत के दौरान हरकतें करते देखता था। हाँ, अपने ठीक बग़ल वाले क्यूबिकल में बैठी धूसर बालों वाली छोटी-सी महिला का काम वह ज़रूर जानता था। वह अख़बारों में छपे हुए ऐसे नामों को चुनने और मिटाने में दिन-रात जुटी रहती थी जिनका वजूद ख़त्म कर दिया गया था और इसलिए माना जाता था कि वे कभी इस धरती पर हुए ही नहीं थे। उसके लिए यह काम एक हद तक ठीक भी था क्योंकि ख़ुद उसके पति को कुछेक साल पहले मिटा दिया गया था। कुछ ही क्यूबिकल की दूरी पर ऐम्पलफोर्थ बैठता था। यह एक स्वप्निल क़िस्म का नामालूम-सा आदमी था जिसके कानों में बाल के गुच्छे थे और वह तुकबन्दी और शब्दों से खेलने का ऐसा हुनरमन्द था जो आपको चौंका सकता था। ऐसी पुरानी कविताएँ जो इस निजाम की वैचारिक तौहीन हो सकती थीं लेकिन जिन्हें किन्हीं कारणों से सँजोया भी जाना था, उन्हें वह तोड़ने-मरोड़ने का काम करता था। इस प्रक्रिया से गुज़रने के बाद कविता से जो भी बरामद होता, उसे 'ब्रह्मवाक्य' कहते थे। यह कविता में से निकला हुआ नीति उपदेश जैसा कोई पद होता था।

इस हॉल में क़रीब पचास लोग बैठते थे। यह रिकॉर्ड विभाग का एक छोटा सा हिस्सा था, जैसे किसी खंड का उप-खंड। इसके ऊपर और नीचे अलग-अलग विभागों में ढेर सारे लोग तमाम क़िस्म के अकल्पनीय कामों में लगे हुए थे। मसलन, यहाँ विशालकाय छापेख़ाने थे जिनमें उप-सम्पादक और मुद्रण के

जानकार लोग बैठा करते थे। उसी में नक़ली तस्वीरें बनाने के लिए तमाम यंत्रों से युक्त एक फ़ोटो स्टूडियो भी था। इसके अलावा एक टेली-प्रोग्राम खंड था जिसमें इंजीनियर और प्रोड्यूसर बैठा करते थे। वहाँ अभिनेताओं की एक टीम भी होती थी जिन्हें ख़ास तौर पर दूसरों की आवाज़ों की नक़ल निकालने के हुनर के चलते चुना गया था। इनके अलावा सन्दर्भकर्मियों की एक बहुत बड़ी फ़ौज यहाँ बैठती थी जिनका काम उन किताबों और पत्रिकाओं की सूची तैयार करना था जिन्हें बन्द करने की तारीख़ क़रीब आ रही है। वहाँ विशाल अभिलेखागार थे जिनमें दुरुस्त किए गए दस्तावेज़ों को जमा किया जाता था। विभाग में छिपी हुई कुछ भट्ठियाँ थीं जिनमें मूल प्रतियों को नष्ट किया जाता था। और इन्हीं के बीच कहीं शायद कुछ अज्ञात क़िस्म के लोग भी थे—इस सब इंतज़ामिया को चलाने वाले दिमाग़, जो यहाँ की व्यवस्था को सँभालते थे और नीतियाँ तैयार करते थे कि अतीत के कौन से हिस्से को बचाए रखना है, किसे झुठलाना है और किस चीज़ का वजूद ही मिटा देना है।

यह रिकॉर्ड विभाग सत्य मंत्रालय की केवल एक अदद शाखा था जिसका मूल काम अतीत को दोबारा गढ़ना नहीं, बल्कि ओशियनिया के नागरिकों को अख़बार, फ़िल्में, किताबें, टेलिस्क्रीन प्रोग्राम, नाटक, उपन्यास आदि हर क़िस्म की सूचना, निर्देश या मनोरंजन के साधन मुहैया कराना था—मूर्तियों से लेकर नारों तक, कविता से लेकर किसी जीवविज्ञान सम्बन्धी लेख तक और बच्चों की इमला की पुस्तिका से लेकर न्यूस्पीक शब्दकोश तक। और ऐसा भी नहीं था कि मंत्रालय को केवल पार्टी की इन तमाम ज़रूरतों को ही पूरा करना था, बल्कि इस पूरे अभियान को बहुत सस्ते में निपटाना था क्योंकि यह सब कुछ जनता के फ़ायदे के लिए था। जनता के लिए साहित्य, संगीत, ड्रामा और मोटे तौर पर हर क़िस्म के मनोरंजन का उत्पादन करने के लिए अलग-अलग विभागों की एक पूरी श्रृंखला थी। इनमें घटिया अख़बार बनाए जाते थे जिनमें खेल, अपराध और ज्योतिष जैसी चीज़ों के अलावा और कुछ भी नहीं होता था। ऐसे ही पाँच सेंट में बिकने वाले रंगीन रोमांचक उपन्यास पैदा किए जाते थे, सेक्स से भरपूर फ़िल्में बनाई जाती थीं और भावनात्मक गीत रचे जाते थे। ये गीत कोई व्यक्ति नहीं लिखता था बल्कि यांत्रिक रूप से एक ख़ास क़िस्म के कलाइडोस्कोप से बनाए जाते थे। इसे वर्सिफिकेटर या छंदकार कहा जाता था। यहाँ अलग से सस्ती और अश्लील सामग्री पैदा करने वाला एक कामुकता विभाग था, जिसे न्यूस्पीक में पोर्नोसेक कहते थे। इस अश्लील सामग्री

को सील किए गए पैकेटों में बाहर भेजा जाता था। पार्टी के किसी सदस्य को इसे देखने की मनाही थी, सिवाय उनके जो इस पर काम करते थे।

काम के बीच विंस्टन की हवानली से तीन और सन्देश निकल आए थे, हालाँकि वे आसान थे। दो मिनट का नफ़रत सत्र शुरू होने से पहले ही उसने उन्हें निपटा दिया था। नफ़रत सत्र ख़त्म होने के बाद वह अपने क्यूबिकल में लौटा, शेल्फ से न्यूस्पीक शब्दकोश उतारा, श्रुतलेख को मेज़ के एक कोने में धकेला, अपने चश्मे साफ़ किए और सुबह के सबसे ज़रूरी काम पर लग गया।

विंस्टन की ज़िन्दगी का सबसे बड़ा आनन्द उसका काम था। आम तौर से उसकी दिनचर्या बहुत एकरस सी होती थी, लेकिन उसी में कुछेक काम इतने जटिल और महीन निकल आते थे जिन्हें निपटाते वक़्त आप ऐसी गहराइयों में डूब जाएँ जैसे गणित का कोई सवाल हल कर रहे हों। इतने बारीक तरीक़े से झूठ और फ़र्ज़ीवाड़े को कातना होता था जहाँ आपको यह बताने वाला कोई नहीं था कि क्या और कैसे करना है। केवल इंगसॉक के सिद्धान्तों का ज्ञान वहाँ काम आता और आपका अपना अनुमान कि दरअसल पार्टी आपसे क्या करवाना चाहती है। इस तरह के काम में विंस्टन बहुत कुशल था। एकाध बार तो उस पर भरोसा करके उसे *दि टाइम्स* के प्रमुख लेख भी दुरुस्त करने को दिए जा चुके थे जो पूरी तरह न्यूस्पीक में लिखे गए थे। उसने शुरुआत में जिस चौथे परचे को बचाकर रखा था, उसे खोला। उस पर लिखा था :

> Times 3.12.83 reporting BB dayorder doubleplusungood refs unpersons rewrite fullwise upsub antefiling

पुरानी अंग्रेज़ी में इसका आशय कुछ यूँ बनता था :

> *3 दिसम्बर, 1983 के दि टाइम्स में मोटा भाई के 'आज की बात' की रिपोर्टिंग बेहद असन्तोषजनक है और उसमें ऐसे लोगों का सन्दर्भ है जो वजूद में नहीं हैं। इसे दोबारा पूरा लिखें और फ़ाइल करने से पहले अपने अधिकारी के पास उसका ड्राफ्ट जमा कराएँ।*

विंस्टन ने वह आपत्तिजनक लेख पढ़ा। उस दिन मोटा भाई की 'आज की बात' मुख्य रूप से एफएफसीसी नाम के एक संगठन की सराहना को समर्पित थी जो जलमहल के नाविकों को सिगरेट और अन्य राहत सामग्री की आपूर्ति करता

था। पार्टी के एक ख़ास कॉमरेड विदर्स का, जो पार्टी के अन्दरूनी हलक़े का सदस्य था, विशेष तौर पर ज़िक्र किया गया था और उसे एक पदवी से नवाजा गया था—विशिष्ट प्रतिभा सम्मान, द्वितीय श्रेणी।

तीन महीने बाद बिना कोई कारण बताए एफएफसीसी को अचानक भंग कर दिया गया। माना जा सकता था कि विदर्स और उनके सहयोगियों के लिए यह शर्म की बात रही होगी और इसकी वजह से उनका अपमान हुआ होगा, लेकिन इस मसले पर न तो प्रेस में कोई रिपोर्ट आई और न ही टेलिस्क्रीन पर। यह अपेक्षित भी था, चूँकि राजनीतिक अपराधियों की न तो सुनवाई होती थी और न ही सार्वजनिक रूप से उन्हें आरोपित किया जाता था। महान सफ़ाई अभियान के दौरान जो हज़ारों लोगों का सफ़ाया किया गया था, उस वक़्त उन राजद्रोहियों और विचार अपराधियों पर बाक़ायदा मुकदमे चलाए गए थे जिन्होंने अपने अपराधों को स्वीकार किया था। बाद में उन्हें मार दिया गया। ये मुकदमे और सुनवाइयाँ केवल दिखाने के लिए थीं वरना ऐसा कुछ अब एकाध साल में शायद एक बार ही होता है। अब तो आम तौर से पार्टी के ख़िलाफ़ जाने वाले लोगों को ग़ायब कर दिया जाता है जिनके बारे में आगे कोई ख़बर नहीं आती। किसी को भनक तक नहीं लगती कि उनके साथ क्या हुआ। कुछ मामलों में ज़रूरी नहीं कि वे मर ही गए हों। अपने माता-पिता के अलावा कम से कम ऐसे तीस लोगों को विंस्टन निजी रूप से जानता था जो अलग-अलग समय पर ग़ायब हो गए।

उसने एक पेपर क्लिप से अपनी नाक को सहलाया। उधर दूसरी ओर कॉमरेड टिलटसन अपनी श्रुतलेख मशीन में अब भी कुछ गोपनीय शब्द बोल रहे थे। एक पल के लिए उन्होंने अपना सिर ऊपर उठाया और विंस्टन को फिर से वही वैरभाव उसके चश्मे के पार नज़र आया। उसे लगा कि कहीं टिलटसन भी तो वही काम नहीं कर रहे जो उसे मिला है। ऐसा मुमकिन था। यह इतना टेढ़ा काम था कि किसी एक आदमी के भरोसे नहीं छोड़ा जा सकता था और किसी कमेटी के सामने इस काम को रखने का मतलब होता खुले में फ़र्ज़ीवाड़े को स्वीकार करना। बहुत सम्भव था कि कम से कम दर्जन भर लोग मोटा भाई के भाषण के उलटे संस्करण पर फ़िलहाल काम कर रहे हों। हो सकता है कि पार्टी के भीतरी हलक़े से कोई तेज़दिमाग़ कार्यवाहक इन्हीं में से किसी एक के किए काम को उठा ले, उसे सम्पादित करे, सन्दर्भों से क्रॉस चेक करने की जटिल प्रक्रिया से गुज़रे और अन्त में यह चुना हुआ झूठ स्थायी रिकॉर्ड का हिस्सा बनकर सच बन जाए।

विंस्टन को कोई अन्दाज़ा नहीं था कि विदर्स की बेइज़्ज़ती क्यों हुई। हो सकता है भ्रष्टाचार या अक्षमता कोई का मामला रहा हो। यह भी सम्भव है कि मोटा भाई अपने एक अत्यधिक लोकप्रिय मातहत से छुटकारा पाना चाह रहे हों। ये भी मुमकिन है कि विदर्स या उसका कोई क़रीबी विधर्मी होने के सन्देह में आ गया हो। या फिर—सबसे प्रबल सम्भावना यह थी कि—ऐसा इसलिए ज़रूरी हो गया था क्योंकि सरकार चलाने के लिए सफ़ाया करना, किसी को उड़ा देना एक नियमित और ज़रूरी काम था। असल संकेत तो refs unpersons में छिपा हुआ था, जिससे मतलब निकलता था कि विदर्स पहले ही मर चुका है। लोगों के गिरफ़्तार होने पर वे मर जाएँ, ज़रूरी नहीं कि ऐसा मानकर ही चला जाए। कभी-कभार उन्हें रिहा भी कर दिया जाता था और एकाध साल आज़ाद छोड़ दिया जाता था, उसके बाद मारा जाता था। अकसर ऐसा होता कि जिसे आप मरा हुआ मानकर चल रहे थे वह किसी सार्वजनिक सुनवाई में प्रेत की तरह प्रकट हो जाता और अबकी हमेशा के लिए ग़ायब हो जाने से पहले अपनी गवाही से सैकड़ों दूसरे लोगों को फँसा जाता। विदर्स के साथ हालाँकि ऐसा नहीं होगा। वह मिट चुका है, पहले ही unperson हो चुका है। वह अब नहीं है। वह कभी था ही नहीं। विंस्टन ने तय किया कि मोटा भाई के भाषण का स्वर महज़ उलट देने से काम नहीं बनेगा। बेहतर हो कि उसे किसी ऐसी अजनबी बात से जोड़ दिया जाए जिसका मूल विषय से कोई लेना-देना ही न हो।

वह बड़ी आसानी से उस भाषण को देशद्रोहियों और गद्दारों के ख़िलाफ़ नियमित भर्त्सना में बदल सकता था, लेकिन यह तो आसानी से पकड़ में आ जाता। अगर किसी मोर्चे पर फतह की बात इसमें डाली जाती या नौवीं तीन वर्षीय योजना में किसी कामयाबी का ज़िक्र किया जाता, तो भी बेवजह रिकॉर्ड बहुत जटिल हो जाते। एक विशुद्ध काल्पनिक बात चाहिए थी। अचानक उसके दिमाग़ में कौंधा एक नाम, गोया पहले से ही वहाँ पड़ा रहा हो—कॉमरेड ओगिल्वी! उसके सामने कॉमरेड ओगिल्वी की छवि भी आ गई, जो हाल ही में किसी जंग में बहुत साहसिक मौत मरे थे। दरअसल, मोटा भाई अकसर अपनी 'आज की बात' को पार्टी के किसी सदस्य की याद के नाम समर्पित कर देते थे और उसकी ज़िन्दगी व मौत को अनुकरणीय बताते थे। विंस्टन को लगा कि आज उन्हें कॉमरेड ओगिल्वी को याद करना चाहिए। ज़ाहिर है कॉमरेड ओगिल्वी नाम का कोई आदमी इस धरती पर नहीं था, लेकिन उसके बारे में एकाध लाइन छप जाती और एकाध फ़र्ज़ी तस्वीरें जारी हो जातीं तो उसका वजूद खड़ा होने में आख़िर कितनी देर लगती!

थोड़ी देर विंस्टन ने इस बारे में सोचा, फिर श्रुतलेख मशीन को अपनी ओर खींचकर मोटा भाई की चिर-परिचित अन्दाज़ में बोलने लगा। मोटा भाई की भाषण शैली किसी फ़ौजी अफ़सर जैसी थी जिसमें आडम्बर और शेख़ी झलकती थी क्योंकि वह सुनने वालों से एक सवाल पूछता था और बिना ठहरे झट से उसका जवाब भी ख़ुद ही दे देता था। (मसलन, इस बात से हमें क्या सबक मिलता है मितरो? यह वह सबक है जो हमारे पार्टी के बुनियादी सिद्धान्तों में से एक है, यानी...)। यह ऐसी मक्कारी थी जिसकी नक़ल करना बड़ा आसान था। विंस्टन बोलता गया।

बचपन में तीन साल की उम्र में कॉमरेड ओगिल्वी खिलौनों से नहीं खेलते थे। खिलौने के नाम पर उन्हें बस एक ड्रम, एक सब-मशीनगन और एक मॉडल हेलिकॉप्टर प्यारा था। जब वे छह साल के हुए—और ऐसा एक साल पहले ही हो गया क्योंकि उन्हें नियमों में साल भर की छूट दे दी गई थी—तो जासूसी विभाग में भर्ती हो गए; फिर नौ साल की उम्र में वे अपनी टुकड़ी के नेता बन गए। ग्यारहवें साल में उन्होंने अपने चाचा को कुछ ऐसी बातें करते सुना जिनसे उन्हें किसी जुर्म की बू आई, तो उन्होंने चाचा को पकड़कर विचार पुलिस के हवाले कर दिया। सत्रह बरस में वे सेक्स विरोधी युवा संघ के ज़िला प्रचार प्रमुख बन गए। उन्नीसवें बरस में उन्होंने ख़ुद एक हथगोला बनाया जिसे शान्ति मंत्रालय ने अपना लिया। उस गोले ने पहले ही परीक्षण में एक झटके में 31 यूरेशियाई क़ैदियों को साफ़ कर डाला। तेईस बरस की अवस्था में जंग के मोर्चे पर वे खेत रहे। हिन्द महासागर के ऊपर वे ज़रूरी डाक लेकर हवाई जहाज़ से जा रहे थे। दुश्मनों ने उनका पीछा किया, तो वे मशीनगन लेकर डाक सहित समन्दर में नीचे कूद पड़े बहुत गहरे पानी में। मोटा भाई ने कहा कि इस अन्त की कल्पना तब तक नहीं की जा सकती जब तक आपको उनसे रश्क न हो। इसलिए मोटा भाई ने ओगिल्वी की ज़िन्दगी की शुचिता और संकल्प पर भी कुछ टिप्पणियाँ कीं। वे एकदम संन्यासी आदमी थे, सिगरेट तक नहीं पीते थे। रोज़ एक घंटा व्यायामशाला में वर्जिश के अलावा उनका कोई और शौक़ नहीं था। उन्होंने ब्रह्मचर्य का व्रत लिया था। वे मानते थे कि विवाह और परिवार अपने कर्तव्यों की चौबीस घंटे पूर्ति की राह में बाधा बनते हैं। वे इंगसॉक के सिद्धान्तों के अलावा किसी और विषय पर बात नहीं करते थे। उनकी ज़िन्दगी का एकमात्र लक्ष्य यही था कि यूरेशियाई फ़ौज की हार हो और वे जासूसों, विघ्नकर्ताओं, विचार अपराधियों और हर तरह के गद्दारों का शिकार कर सकें।

इतने विवरण बोलने के बाद विंस्टन ख़ुद से ही जिरह करने लगा कि कॉमरेड ओगिल्वी को विशिष्ट प्रतिभा सम्मान दिया जाए या नहीं, फिर अन्त में उसने सोचा कि ऐसा करना ठीक नहीं होगा क्योंकि उसके बाद अनावश्यक रूप से सन्दर्भ जाँच इत्यादि का काम बढ़ जाएगा।

एक बार फिर उसकी निगाह सामने वाले क्यूबिकल में अपने प्रतिस्पर्धी पर गई। कुछ तो था जिससे इस बार वह पक्का हो गया कि टिलटसन भी इसी काम में जुटा हुआ है। अब यह जानने का तो कोई तरीक़ा था ही नहीं कि किसका काम ऊपर स्वीकारा जाएगा, लेकिन उसे अपने काम पर ज़बरदस्त भरोसा था। घंटे भर पहले जो कॉमरेड ओगिल्वी नाम का प्राणी कल्पना में भी नहीं मौजूद था, अब वह तथ्य बन चुका था। उसे अचानक ही इस ज्ञान से अचरज हुआ कि कैसे आप मरे हुए लोगों को तो यहाँ गढ़ सकते हैं लेकिन ज़िन्दा लोगों को नहीं। जो कॉमरेड ओगिल्वी वर्तमान में कभी वजूद में ही नहीं था, वह अब अतीत में ज़िन्दा हो चुका था। एक बार इस फ़र्ज़ीवाड़े को भुला दिया गया कि ऐसा कुछ किया गया था कभी, तो ओगिल्वी का होना प्रामाणिक बन जाएगा। बिलकुल उन्हीं साक्ष्यों के आधार पर उतना ही प्रामाणिक, जितना प्रामाणिक चार्ल्स महान या जूलियस सीज़र का अस्तित्व है।

5

भूतल से काफ़ी नीचे, नीची छत वाली भूमिगत कैंटीन में खाने की लाइन झटका दे-देकर धीरे-धीरे आगे खिसक रही थी। ठसाठस भरे कमरे में चौतरफ़ा इतनी आवाज़ें हो रही थीं कि आदमी बहरा हो जाए। काउंटर पर लगे ग्रिल से उठ रही स्टू की भाप की धातु जैसी खट्टी गंध पूरे कमरे में फैल रही थी, हालाँकि विक्टरी जिन का धुआँ उस पर भारी पड़ रहा था जो कमरे के दूसरे छोर पर एक छोटे से बार से आ रहा था। बार क्या, वह दीवार में एक सूराख़ जैसा था जहाँ से दस सेंट में जिन का बड़ा पेग ख़रीदा जा सकता था।

"तुम्हीं को मैं खोज रहा था," विंस्टन के पीछे से आवाज़ आई।

वह पीछे मुड़ा। उसका दोस्त साइम था जो शोध विभाग में काम करता था। 'दोस्त' भी क्या, आजकल तो वैसे भी दोस्त जैसा कुछ नहीं होता। केवल कॉमरेड होते हैं। हाँ, कुछेक कॉमरेड बेशक ऐसे होते हैं जिनका साथ अन्य के मुक़ाबले सुखद होता है। साइम उन्हीं में एक था—भाषाविज्ञानी और न्यूस्पीक का विशेषज्ञ। न्यूस्पीक के विशेषज्ञों की उस टीम का वह हिस्सा था जो आजकल शब्दकोश का ग्यारहवाँ संस्करण तैयार करने में जुटी हुई थी। वह छोटे क़द का आदमी था, विंस्टन से भी ठिंगना। उसके बाल गहरे रंग के थे और आँखें बाहर को निकली हुईं, जो एक साथ उदास और उपहासपूर्ण जान पड़ती थीं। वह बात करता तो ऐसा लगता था कि उसकी आँखें आपके चेहरे को टटोल रही हों।

उसने कहा, "मैं पूछना चाहता था कि तुम्हारे पास रेजर का ब्लेड होगा क्या?"

"एक भी नहीं है!" थोड़ा अपराधबोध और जल्दी में विंस्टन ने कहा, "सब जगह खोज लिए, कहीं नहीं मिल रहा।"

हर कोई एक-दूसरे से आजकल रेजर का ब्लेड माँगता फिरता था। विंस्टन के पास अब भी दो ब्लेड थे, एकदम नए जिन्हें उसने बचाकर रखा था। पिछले

एक महीने से जैसे ब्लेड का अकाल पड़ा हुआ था। यहाँ कभी भी किसी भी वक़्त किसी भी ज़रूरी चीज़ की किल्लत हो जाती थी और पार्टी की दुकानें हाथ खड़ा कर देती थीं। चाहे बटन हो या धागा, और कभी-कभार तो जूते का फीता तक ग़ायब हो जाता था। आजकल रेजर ब्लेड का अकाल था। केवल एक ही तरीक़ा था कि आप 'खुले' बाज़ार से जाकर ख़रीद लाएँ।

उसने झूठ बोल दिया, "मैं तो छह हफ़्ते से एक ही ब्लेड इस्तेमाल कर रहा हूँ।"

लाइन एक झटके से थोड़ा आगे बढ़ी। स्थिर होते ही वह साइम की ओर पीछे मुड़ा। दोनों ने काउंटर के अन्त में एक के ऊपर एक रखी धातु की चिकनी ट्रे में से एक-एक उठा ली।

साइम ने पूछा, "कल तुम क़ैदियों की फाँसी देखने गए थे क्या?"

विंस्टन ने अनमने ढंग से जवाब दिया, "नहीं, मैं काम कर रहा था। बाद में फ़िल्म में देख लूँगा।"

"उसमें वह मज़ा नहीं आएगा," साइम बोला।

उसकी उपहासपूर्ण आँखें विंस्टन के चेहरे को खँगाल रही थीं। ऐसा लगता था वे कह रही हों, "मैं तुम्हारे बारे में जानती हूँ। मैं तुम्हारे आर-पार देख सकती हूँ। मैं अच्छे से जानता हूँ कि तुम क़ैदियों की फाँसी देखने क्यों नहीं गए थे।" साइम भी भक्त था, लेकिन थोड़ा बौद्धिक क़िस्म का, इसलिए कहीं ज़्यादा ख़तरनाक था। दुश्मन के गाँवों पर हेलिकॉप्टरों के छापे या विचार अपराधियों के मुकदमे और इक़बालिया बयानों से लेकर प्रेम मंत्रालय के तहख़ानों में की जाने वाली हत्याओं पर जब वह सामने वाले को घूरते हुए बोलता था, तब ऐसा लगता कि वह कितना सन्तुष्ट है और उससे असहमत नहीं हुआ जा सकता। उससे बात करने का एक ही तरीक़ा था कि ऐसे विषयों से उसे भटकाकर मुमकिन हो तो न्यूस्पीक पर ले आया जाए और उसके तकनीकी पहलुओं में उसे फँसा दिया जाए। यह उसकी दिलचस्पी का विषय था और इसमें उसे महारत भी हासिल थी। विंस्टन ने उसकी बड़ी-बड़ी आँखों की गिरफ़्त से बचने के लिए अपना सिर थोड़ा दूर किया।

साइम याद करते हुए बोला, "मस्त फाँसी थी। बस, सारा मज़ा इसलिए किरकिरा हो जाता है क्योंकि वे लोग दोनों पैर बाँध देते हैं। मुझे तो तड़पते हुए पैर फेंकते देखने में बड़ा आनन्द आता है। और अन्त में जब उनकी जीभ निकलकर बाहर आ जाती है और चेहरा एकदम नीला पड़ जाता है, चमकदार नीला। मुझे उसमें मज़ा आता है।"

सफ़ेद एप्रन पहने खाना दे रहा आदमी कलछी हिलाते हुए चीख़ा, "आगे।"

विंस्टन और साइम ने ग्रिल के नीचे अपनी ट्रे सरका दी। दोनों में अल्पाहार परोस दिया गया—एक कटोरी गुलाबी स्टू, पाव का एक टुकड़ा, पनीर का एक टुकड़ा, बिना दूध वाली विक्टरी कॉफ़ी एक मग और सैकरीन की एक टिकिया।

"उधर एक टेबल ख़ाली है, वहाँ टेलिस्क्रीन के नीचे," साइम ने कहा, "उससे पहले एक-एक जिन ले लेते हैं।"

जिन बिना हैंडल वाले चाइना मग में दी जाती थी। भीड़ में से रास्ता बनाते हुए दोनों अपनी टेबल पर पहुँचे और ट्रे में से सामान बाहर निकाला। टेबल के एक कोने में किसी ने स्टू गिरा दिया था। ऐसा लग रहा था किसी ने उल्टी की हो। विंस्टन ने जिन का मग हाथ में लिया, एक पल को दम भरने के लिए ठहरा, फिर तेल जैसे जायके वाला वह द्रव्य हलक़ के नीचे उतार लिया। उसकी आँखों से आँसू निकल आए। अचानक उसे भूख का अहसास हुआ। वह चम्मच भर-भर के स्टू गटकने लगा। गीले शोरबे में कुछ चीमड़ गुलाबी टुकड़े थे, जो शायद मीट रहा हो। अपनी-अपनी कटोरी ख़ाली करने से पहले दोनों ने एक-दूसरे से कुछ नहीं कहा। विंस्टन की बाईं ओर थोड़ा पीछे एक टेबल से लगातार बोलने की कर्कश आवाज़ आ रही थी, जैसे कोई बतख़ बोलती हो। यह आवाज़ कमरे के कोलाहल को चीर रही थी।

उस आवाज़ को मात देने की कोशिश में विंस्टन ऊँचे स्वर में बोला, "और डिक्शनरी का काम कैसा चल रहा है?"

"धीरे-धीरे," साइम ने जवाब दिया, "अभी मैं विशेषणों पर काम कर रहा हूँ। अद्भुत है।"

न्यूस्पीक सुनते ही उसके चेहरे पर तुरन्त चमक आ गई थी। उसने अपनी कटोरी एक ओर खिसकाई, एक हाथ में नज़ाकत से पाव उठाया और दूसरे में पनीर, टेबल पर आगे की ओर झुका ताकि बिना चीख़े आराम से बात कर सके।

वह बोला, "यह ग्यारहवाँ संस्करण एकदम ब्रह्मवाक्य जैसा है। हम लोग भाषा को एकदम आख़िरी शक्ल देने में लगे हैं—मने जब कोई इसके सिवा और कुछ नहीं बोलेगा, वैसा रूप। एक बार यह काम पूरा हो जाए, फिर तुम्हारे जैसे लोगों को इसे नए सिरे से सीखना होगा। ये मेरी धृष्टता होगी कहना, लेकिन तुम्हें क्या लगता है कि हमारा काम नए शब्द गढ़ना है। ना, बिलकुल नहीं। हम लोग तो शब्दों को नष्ट कर रहे हैं—रोज़ सैकड़ों शब्द। समझो कि भाषा में से सब कुछ

निकालकर बस उसका कंकाल बच जाएगा। ग्यारहवें संस्करण में एक शब्द भी ऐसा नहीं होगा जो 2050 से पहले अप्रासंगिक हो जाए।"

भूख में उसने तेज़ी से पाव काटा और एकाध निवाले गटक गया, फिर लगातार बोलता रहा, जैसे कोई पंडित उपदेश दे रहा हो। उसका पतला-साँवला चेहरा उत्तेजित हो चुका था और मज़ाहिया आँखें अब स्वप्निल हो रही थीं।

"क्या ख़ूबसूरत चीज़ है शब्दों को ख़त्म करना। शब्दों की सबसे ज़्यादा बरबादी तो क्रियाओं और विशेषणों में हुई है, लेकिन सैकड़ों संज्ञाएँ भी हैं जिनसे हम चाहें तो छुटकारा पा सकते हैं। केवल पर्यायवाची का मामला नहीं है, विलोम शब्द भी कई सारे बेमतलब के हैं। आख़िर ऐसे शब्द के होने का क्या मतलब जो किसी का उलटा हो? किसी भी शब्द का विपरीत तो उसी शब्द में छिपा होता है। जैसे 'गुड' को ही लो। अगर आपके पास 'गुड' जैसा शब्द है तो उलटे अर्थ के लिए 'बैड' की क्या ज़रूरत? 'अनगुड' से भी तो काम चल जाएगा, बल्कि कहीं बेहतर क्योंकि यह एकदम सटीक विलोम है। अगर तुम्हें 'गुड' से भी बड़ा कोई सकारात्मक शब्द चाहिए, तो 'एक्सेलेंट' या 'स्प्लेंडिड' जैसे दुनिया भर के अवाँट-बवाँट शब्दों की क्या ज़रूरत है? 'प्लसगुड' कर दो। और अच्छा चाहिए तो 'डबल प्लसगुड' कर दो। वैसे भी मौजूदा संस्करण में हम लोग ये शब्द इस्तेमाल कर ही रहे हैं, लेकिन न्यूस्पीक के आख़िरी संस्करण में और कुछ नहीं होगा। अन्त में कुल मिलाकर अच्छाई और बुराई की पूरी अवधारणा के लिए केवल छह शब्द हमारे पास होंगे—और क़ायदे से देखें तो केवल एक शब्द। तुम्हें इसकी ख़ूबसूरती दिखाई नहीं देती, विंस्टन?" फिर थोड़ा सोचकर साइम ने कहा, "पता है न, इसका पहला आइडिया मोटा भाई ने ही दिया था।"

मोटा भाई का नाम सुनते ही विंस्टन के चेहरे पर जैसे बदमज़गी फैल गई। साइम ने तुरन्त उसके भीतर उत्साह की कमी को पकड़ लिया।

साइम तक़रीबन उदास होकर बोला, "लगता है तुम्हें न्यूस्पीक को लेकर कुछ ख़ास दिलचस्पी नहीं है। तुम लिखते समय भी ओल्डस्पीक में ही सोचते हो। मैंने *दि टाइम्स* में तुम्हारे लेख पढ़े हैं अकसर। अच्छा लिखते हो, लेकिन सब अनुवाद है। तुम अभी भी ओल्डस्पीक को ही अपने दिल में रखते हो, उसके तमाम बेकार शब्द और अटपटे अर्थ। तुम दरअसल शब्दों को नष्ट करने की ख़ूबसूरती को समझ नहीं पा रहे हो। तुम्हें ये बात पता है कि न्यूस्पीक दुनिया की इकलौती भाषा है जिसकी शब्द-सम्पदा हर साल छोटी होती जा रही है?"

बेशक विंस्टन यह जानता था। कुछ बोलने के बजाय वह मुस्कुरा दिया, थोड़ा सहानुभूति के साथ। साइम ने पाव का एक निवाला और काटा, थोड़ी देर चबाया फिर बोलता रहा :

तुमको ये नहीं दिख रहा कि न्यूस्पीक दरअसल सोचने के पूरे दायरे को ही सीमित कर देना चाहता है? इससे अन्त में ये होगा कि विचार के स्तर पर अपराध एकदम नगण्य हो जाएगा, तक़रीबन नामुमकिन, क्योंकि उसे ज़ाहिर करने के लिए शब्द ही नहीं होंगे। कोई भी ऐसा विचार जिसकी ज़रूरत अगर कभी पड़ी भी तो उसे ज़ाहिर करने के लिए केवल एक शब्द होगा और उसका अर्थ पहले से तय होगा। उसके इर्द-गिर्द के सारे अर्थ मिटा दिए गए होंगे। भुला दिए गए होंगे। ग्यारहवें संस्करण में हम लोग उसके काफ़ी क़रीब पहुँच चुके हैं, लेकिन यह प्रक्रिया मेरे-तुम्हारे मरने के बाद भी जारी रहेगी। शब्द हर साल कम होते जाएँगे और चेतना भी उसी के हिसाब से सिकुड़ती चली जाएगी। वैसे तो अभी भी वैचारिक अपराध करने की कोई वजह या बहाना नहीं है। कुल मिलाकर मामला ख़ुद को अनुशासित रखने का ही है, वास्तविकता पर नियंत्रण का, लेकिन अन्त में इसकी भी ज़रूरत नहीं रह जाएगी। भाषा एक बार आदर्श बन गई तो क्रान्ति मुकम्मल हो जाएगी। तब न्यूस्पीक और इंगसॉक का फ़र्क़ मिट जाएगा। समाजवाद का मतलब होगा नई भाषा। न्यूस्पीक अपने आप में समाजवाद होगा।

थोड़ा रहस्यमय सन्तोष के साथ उसने कहा, "कभी तुम्हारे मन में ख़याल आया है विंस्टन, कि कम से कम 2050 तक एक आदमी भी ऐसा नहीं बचेगा जो ये भाषा समझ ले जिसमें हम-तुम बात कर रहे हैं?"

"सिवाय...," विंस्टन थोड़ा हिचकते हुए बोला, फिर उसने ख़ुद को सँभाल लिया।

ज़बान पर आने ही वाला था "सिवाय जनता के," लेकिन इस शुबहे में ख़ुद को उसने रोक लिया कि कहीं उसकी भक्ति पर सवाल न उठ जाए, लेकिन साइम को उसकी बात का इलहाम हो गया था। उसने बेपरवाही से कहा, "जनता तो मर चुकी है। वे इनसान थोड़े हैं। 2050 तक, या उससे पहले ही, ओल्डस्पीक का सारा ज्ञान लुप्त हो चुका होगा। पुराना सारा साहित्य नष्ट किया जा चुका होगा। चॉसर,

शेक्सपियर, मिल्टन, बायरन, ये सब केवल न्यूस्पीक के संस्करण में बचे रहेंगे, वह भी किसी दूसरे रूप में नहीं बल्कि उन्होंने जो लिखा है ठीक उससे उलटे स्वरूप में। यहाँ तक कि पार्टी का साहित्य भी बदल जाएगा। इसके नारे बदलने होंगे। 'आज़ादी, ग़ुलामी है' जैसे नारे का तब क्या मतलब रह जाएगा अगर आज़ादी के विचार को ही ख़त्म कर दिया गया तो? सोचने-विचारने का पूरा माहौल ही अलग हो जाएगा। क़ायदे से देखें तो विचार नाम की चीज़ ही नहीं बचेगी, जिस रूप में आज हम जानते-समझते हैं। भक्ति का अर्थ ही है सोचना बन्द—बल्कि सोचने की ज़रूरत ही न महसूस हो। भक्ति का मतलब है अचेत हो जाना।"

विंस्टन को बहुत गहरे कहीं महसूस हुआ कि किसी दिन साइम को भी निपटा ही दिया जाएगा। यह इतना बुद्धिमान है। इसे कितना साफ़-साफ़ दिखाई देता है और इतने सपाट तरीक़े से यह सब कुछ बोल भी देता है। पार्टी ऐसे लोगों को पसन्द नहीं करती। एक न एक दिन यह ग़ायब कर दिया जाएगा। इसके चेहरे पर लिखा है।

विंस्टन अपना भोजन निपटा चुका था। अपनी कुर्सी पर वह थोड़ा टेढ़ा होकर बैठा और कॉफ़ी पीने लगा। बाईं ओर की टेबल पर कर्कश आवाज़ वाला आदमी अब भी लगातार बोले जा रहा था। एक नौजवान लड़की जो शायद उसकी सेक्रेटरी थी और जिसकी पीठ विंस्टन की पीठ की ओर थी, उसे लगातार सुने जा रही थी और उसकी हाँ में हाँ मिलाए जा रही थी। बीच-बीच में विंस्टन के कान में लड़की की मूर्खतापूर्ण आवाज़ पड़ रही थी, "मेरे ख़याल से आप सही कह रहे हैं, हाँ, मैं आपसे सहमत हूँ।" दूसरी आवाज़ एक पल को भी नहीं ठहर रही थी, तब भी जब लड़की बोल रही होती। विंस्टन उस आदमी को चेहरे से पहचानता था, लेकिन बस इतना जानता था कि वह गल्प विभाग में किसी बड़े ओहदे पर है। कोई तीस साल का व्यक्ति रहा होगा वह, जिसके जबड़े काफ़ी मज़बूत थे और मुँह लगातार खुला ही रहता था। उसका सिर थोड़ा पीछे की ओर झुका हुआ था और जिस कोण पर वह बैठा था, उसके चश्मे रोशनी में दिख रहे थे। विंस्टन को लगा कि जैसे वे आँखें नहीं, दो खोखले कोटर हैं। ज़्यादा डरावनी बात यह थी कि उसके मुँह से जिस तरह ध्वनियों का परनाला बह रहा था, एक शब्द को दूसरे से अलगा पाना मुश्किल था। बस एक बार विंस्टन को इतना सुनाई दिया—"गोल्डस्टीनवाद का सम्पूर्ण और अन्तिम सफ़ाया।" यह इतनी तेज़ी से बोला गया था जैसे उसके मुँह से एक-एक करके शब्द नहीं, बल्कि पूरा वाक्य ही एक बार में बाहर निकल आया हो, किसी ठोस धातु की छड़ की तरह। इसके अलावा बाक़ी सारी बातें केवल

बतख़ की तरह बक-बक बक-बक। भले ही उसका कहा सुनाई नहीं दे रहा था लेकिन वह क्या कह रहा था, मोटे तौर पर इसको लेकर कोई शक नहीं था। हो सकता है वह गोल्डस्टीन को गरिया रहा हो और विचार अपराधियों व गद्दारों के ख़िलाफ़ ज़्यादा कड़े क़दम उठाए जाने की बात कर रहा हो। वह यूरेशियाई फ़ौज के अत्याचारों के ख़िलाफ़ भी बड़बड़ा सकता था। या हो सकता है वह मोटा भाई और मालाबार के मोर्चे पर मौजूद नायकों की बड़ाई कर रहा हो। चाहे जो हो, इन सब में कोई ख़ास अन्तर नहीं था। चाहे जो हो, इतना तय था कि उसका एक-एक शब्द भक्ति में पगा हुआ था—विशुद्ध इंगसॉक। बिना आँखों वाले उसके चेहरे पर लगातार ऊपर-नीचे हिलते जबड़ों को देखते हुए विंस्टन को लग रहा था कि यह किसी मनुष्य का चेहरा तो नहीं हो सकता, ऐसा तो कोई कठपुतला दिखता है। वह सीधे अपने कंठ से बोल रहा था, दिमाग़ से नहीं। उसके मुँह से जो निकल रहा था उसमें शब्द बेशक रहे होंगे लेकिन सही मायने में उसे बोलता हुआ नहीं कहा जा सकता था। यह अचेतावस्था में किया जा रहा शोरगुल था, जैसे कोई बतख़ बक-बक कर रहा हो।

थोड़ी देर के लिए साइम शान्त हो गया था। अपने चम्मच की डंडी से वह टेबल पर फैले हुए शोरबे में कुछ रेखाएँ बना रहा था। उधर दूसरे टेबल से बक-बक की आवाज़ और तेज़ हो गई। चौतरफ़ा हल्ले के बीच अब उसे आसानी से सुना जा सकता था।

साइम बोला, "न्यूस्पीक में एक शब्द है, पता नहीं तुम जानते हो या नहीं : डकस्पीक यानी बतख़वाणी। बतख़ की तरह बक-बक करना। यह बहुत दिलचस्प शब्द है। इसके दो विरोधी अर्थ हैं। किसी दुश्मन के लिए इस्तेमाल करो तो ये गाली है। किसी अपने आदमी को ये बोलो तो इसका मतलब प्रशंसा है।"

साइम को तो पक्का उड़ा दिया जाएगा, निस्सन्देह! विंस्टन के मन में फिर से यही बात कौंधी। और ऐसा उसने थोड़ा उदास होते हुए सोचा, हालाँकि वह जानता था कि साइम उसे पसन्द नहीं करता था और एक अदद बहाना या कारण भी हाथ लग गया तो वह विंस्टन को विचार अपराधी ठहराने में देरी नहीं लगाएगा। फिर भी कुछ चीज़ों की उसमें कमी थी, मसलन कहाँ-क्या-कब बोलना है इसकी समझदारी, दूसरों से दुराव और ऐसी बनावटी मूर्खता जो आपको बचा ले जाए। आप उसकी भक्ति में कोई कमी नहीं निकाल सकते। वह इंगसॉक के सिद्धान्तों में विश्वास करता था, मोटा भाई को पूज्य मानता था, हर जीत पर उत्साहित होता था, विधर्मियों से

नफ़रत करता था और वह भी किसी ईमानदारी के चलते नहीं बल्कि एक क़िस्म की अन्दरूनी बेचैनी के साथ। सामान्य पार्टी मेंबरान के पास जो सूचनाएँ नहीं होती थीं उसके पास वे अद्यतन रहती थीं। इन सबके बावजूद एक क़िस्म की कुख्याति उसके साथ चिपकी रहती थी। मसलन, वह ऐसी बातें बोल देता था जिन्हें नहीं कहा जाता तो ही ठीक रहता। उसने कई किताबें पढ़ रखी थीं। वह अकसर चेस्टनट ट्री कैफ़े जाता था जो चित्रकारों और संगीतकारों का अड्डा है। ऐसा नहीं है कि उस कैफ़े में जाने के ख़िलाफ़ कोई क़ानून है। कोई अलिखित क़ानून भी नहीं है वैसे तो, लेकिन उस जगह को ठीक नहीं माना जाता। दरअसल, पार्टी के बदनाम हो चुके पुराने नेता वहीं इकट्ठा हुआ करते थे, जिन्हें बाद में मार दिया गया था। कहते हैं कि गोल्डस्टीन ख़ुद बरसों या दशकों पहले वहाँ आया-जाया करता था। इसीलिए साइम की क़िस्मत को पढ़ पाना मुश्किल नहीं था। इसके बावजूद एक हक़ीक़त यह भी थी कि साइम को अगर केवल तीन सेकंड के लिए विंस्टन के मन की भनक लग गई कि वह क्या सोचता है तो वह तुरन्त धोखा देने में नहीं हिचकिचाएगा और उसे विचार पुलिस के सुपुर्द कर देगा। वही क्यों, कोई भी ऐसा ही करता, लेकिन साइम इस मामले में बाक़ी सबसे आगे है। इसलिए उत्साह अपने आप में काफ़ी नहीं है। भक्ति का मतलब है अचेतावस्था।

साइम ने ऊपर देखा और बोला, "ये देखो, पारसन्स भी आ गया।" उसके कहने के अन्दाज़ में 'चूतिया' छिपा हुआ था। विक्टरी मैंशन्स में विंस्टन का पड़ोसी था पारसन्स—मझोले क़द और सफ़ेद बालों वाला थुलथुल शख़्स, जिसका चेहरा मेढक की तरह था। भीड़ भरे कमरे से वह अपना रास्ता बना रहा था। महज़ पैंतीस साल की उम्र में उसकी गरदन और कमर पर चर्बी की सतहें जमा हो गई थीं, लेकिन उसकी चाल में बालसुलभ फुर्ती थी। उसे देखकर लगता था कि छोटी उम्र में ही कोई लड़का आकार में फैल गया हो। वैसे तो उसने वर्दी पहन रखी थी, लेकिन उसकी कल्पना नीली शॉर्ट्स, ग्रे शर्ट और गुप्तचरों वाले लाल गुलूबन्द के बग़ैर मुश्किल से ही की जा सकती थी। दिमाग़ में उसकी जो छवि बनती थी उसमें उसके घुटनों में गड्ढे नज़र आते थे और गुदगुदे हाथों पर शर्ट की बाँह मुड़ी हुई दिखती थी। वैसे भी पारसन्स को बस बहाना मिलने की देरी थी, फिर चाहे सामुदायिक सैर-सपाटे पर जाना हो या कोई शारीरिक गतिविधि, वह शॉर्ट्स पहन लेता। काफ़ी उत्साह में उसने दोनों को 'हल्लो हल्लो' कहा और उसी टेबल पर बैठ गया। उसके बैठते ही पसीने की तेज़ बदबू आई। उसके गुलाबी चेहरे पर चौतरफ़ा पसीने की

बूँदें चिपकी हुई थीं। वह असामान्य तरीक़े से पसीना छोड़ता था। सामुदायिक केन्द्र में बैट की हैंडिल के गीलेपन से आप अन्दाज़ा लगा सकते थे कि वह टेबल टेनिस खेलकर कब गया है। इस बीच साइम एक लम्बा फर्रा निकाल चुका था जिस पर एक के ऊपर एक कुछ शब्द लिखे हुए थे। वह उँगलियों में स्याही वाली पेंसिल दबाए उसे पढ़ रहा था।

विंस्टन को कुहनी मारते हुए पारसन्स ने कहा, "इसे देखो, लंच के समय भी काम में लगा हुआ है। काफ़ी तेज़, हम्म...क्या है उसमें बरख़ुरदार? मेरे लिए तो काला अक्षर ही होगा। अच्छा सुनो, स्मिथ, ऐसा है कि मैं किसी कारण से तुम्हारे पीछे लगा हुआ हूँ। बरख़ुरदार, तुम मुझे चंदा देना भूल गए हो।"

पैसे की बात आते ही विंस्टन ने पूछा, "कौन सा चंदा?" अपने वेतन का एक-चौथाई सभी को स्वैच्छिक रूप से अलग-अलग मदों में चंदे में देना होता था इसलिए याद रखना मुश्किल था कि क्या छूट गया।

"नफ़रत सप्ताह वाला चंदा, जो हर घर से जाता है। हमारे ब्लॉक की ट्रेजरी मैं देखता हूँ। इस बार हम लोग ज़बरदस्त शो करने जा रहे हैं। अब सोच लो कि सड़क की सभी इमारतों पर झंडे के मामले में अगर अपना विक्टरी मैंशन्स अव्वल नहीं रहा तो इसमें मेरी ग़लती नहीं होगी। तुमने दो डॉलर देने का वादा किया था मुझसे।"

विंस्टन ने जेब टटोली और दो मुड़े-तुड़े गँदले नोट उसे थमा दिए। पारसन्स ने एक छोटी-सी नोटबुक में ऐसी लिखावट में उसे दर्ज किया जैसे वह निरक्षर हो।

फिर बोला, "वैसे बरख़ुरदार, सुनने में आया कि कल मेरे छोटे लौंडे ने कल तुम्हें अपनी गुलेल से उड़ा दिया था। मैंने क़ायदे से उसकी मरम्मत की इसके लिए। मैं बोला कि अगर उसने दोबारा ऐसा किया तो उसकी गुलेल मैं छीन लूँगा।"

विंस्टन ने जवाब दिया, "मेरे ख़याल से फाँसी में न जा पाने के कारण वह थोड़ा उदास था।"

"हाँ, ख़ैर—मेरे कहने का मतलब है कि मिज़ाज के हिसाब से ये ठीक ही है, नहीं? मेरे दोनों बच्चे इतने शरारती हैं लेकिन उनका दिमाग़ बहुत तेज़ है। हमेशा दोनों जसूसी और जंग के बारे में सोचते रहते हैं। तुम्हें पता है पिछले शनिवार मेरी छोटी बेटी ने क्या किया, जब उसकी टुकड़ी बर्कहैम्सटेड की सैर को गई थी? उसने दो और लड़कियों को अपने साथ लिया और पूरी दोपहर एक अजनबी का पीछा करती रही। वे दो घंटे जंगल में उसके पीछे लगे रहे और जैसे ही वे ऐमरशैम पहुँचे, उन्होंने उसे गश्ती दलों के हवाले कर दिया।"

थोड़ा चौंकते हुए विंस्टन ने पूछा, "उसका फिर क्या हुआ?" पारसन्स उत्साह में बोलता गया :

"मेरी बेटी ने पक्का कर लिया था कि वह किसी दुश्मन का एजेंट है जो हो सकता है पैराशूट से नीचे उतारा गया रहा हो। बरख़ुरदार, लेकिन असल कहानी कुछ और है। तुम्हें क्या लगता है कि उस पर सबसे पहला शक क्यों हुआ रहा होगा? मेरी बेटी ने देखा कि वह कुछ अजीब क़िस्म के जूते पहने हुए था—कह रही थी कि उसने ऐसे जूते पहले कभी नहीं देखे। तो पूरी सम्भावना थी कि वह बाहर का आदमी था। सात साल की बच्ची के लिए ये ग़ज़ब की बात नहीं है? हएँ?

विंस्टन ने पूछा, "उस बन्दे का क्या हुआ?"

"ओह, ये मैं नहीं बता सकता, लेकिन ज़्यादा आश्चर्य नहीं होगा मुझे अगर...," पारसन्स ने उँगलियों से राइफल का निशाना लगाने जैसी हरकत की और जीभ को पलटकर मुँह से गोली चलने की आवाज़ निकाली। "बहुत सही," अपने काग़ज़ से सिर उठाए बग़ैर साइम ने हवा में हुँकारी भरी।

विंस्टन ने भी अपना कर्तव्य समझते हुए हुँकारी भरी, "और क्या, हम कोई जोखिम नहीं मोल ले सकते।"

पारसन्स बोला, "मेरे कहने का मतलब कि जंग चल रही है।" ठीक इसी वक़्त उनके सिर के ऊपर लगी टेलिस्क्रीन से तुरही की आवाज़ निकली, गोया पारसन्स के कहे की पुष्टि हो रही हो। किसी सैन्य विजय का ऐलान नहीं था वह, बस एक छोटी-सी घोषणा थी श्री मंत्रालय की।

एक उत्तेजित युवा स्वर चीख़ा, "कॉमरेड। ध्यान दें साथी। हमारे पास आपके लिए एक शानदार ख़बर है। उत्पादन की जंग हमने जीत ली है। हर क़िस्म के उपभोक्ता सामान की वापसी पूरी होने के बाद पाया गया है कि बीते एक साल में जीवन स्तर कम से कम 20 फीसद ऊपर उठा है। आज सुबह पूरे ओशियनिया में स्वत:स्फूर्त प्रदर्शन हुए जब दफ़्तरों और कारख़ानों से निकलकर मज़दूरों ने बैनर लेकर सड़क पर मार्च किया और हमारे नए सुखद जीवन के लिए मोटा भाई का आभार जताया, जो उनके कुशल नेतृत्व में हम सबको प्राप्त हुआ है। ये रहे कुछ आँकड़े। खाद्यान्न...।"

'हमारा नया सुखद जीवन' कई बार दुहराया गया। श्री मंत्रालय का यह पसन्दीदा जुमला था। तुरही की आवाज़ से उधर आकर्षित हुआ पारसन्स किसी दैवीय आकाशवाणी की तरह पूरी गम्भीरता से उसे सुन रहा था। आँकड़ों को तो

वह याद नहीं रख पाया लेकिन उसे इतना पता था कि इसमें कुछ न कुछ सन्तोष करने जैसी बात ज़रूर है। उसने एक बड़ी सी गन्दी पाइप निकाल ली जिसमें जली हुई तम्बाकू भरी हुई थी। तम्बाकू हफ़्ते में केवल 100 ग्राम मिलती थी इसलिए ऊपर तक पाइप को भरना सम्भव नहीं होता था। विंस्टन विक्टरी सिगरेट फूँक रहा था और बड़े ध्यान से उसे सीधा पकड़े हुए था। राशन की नई खेप कल तक नहीं शुरू होगी और उसके पास केवल चार सिगरेटें बची थीं। थोड़ी देर के लिए उसने बाक़ी आवाज़ों को कान देना बन्द किया और परदे से आ रही आवाज़ पर ध्यान लगाया। पता चला कि चॉकलेट का राशन हर हफ़्ते 20 ग्राम करने को लेकर भी प्रदर्शन हुए थे और मोटा भाई का आभार जताया गया था। उसे याद पड़ा कि कल ही तो घोषणा हुई थी राशन कटौती की जिसके बाद उसे 20 ग्राम कर दिया गया था। केवल चौबीस घंटे बाद एकदम उलटी ख़बर को कोई कैसे पचा सकता है? लेकिन उन्होंने पचा लिया था। पारसन्स ने भी इसे पचा लिया, किसी मूर्ख पशु की तरह। दूसरी टेबल पर बैठा बिना आँख वाला आदमी भी उसे पचा गया, एकदम पागल की तरह, गोया उसका मन हो रहा हो कि अगर कोई भी ऐसा मिले जो बोले कि पिछले हफ़्ते तो यह राशन 30 ग्राम था तो उसे तत्काल मिटा दे, बरबाद कर दे। साइम ने भी इसे पचा लिया अपने ढंग से, थोड़ा जटिल प्रक्रिया से, डबलथिंक का इस्तेमाल करके। तो क्या विंस्टन अकेला था उनके बीच जिसकी स्मृति अब भी बाक़ी थी?

परदे से शानदार आँकड़े बरसते रहे। बीते साल के मुक़ाबले अब भोजन ज़्यादा था, ज़्यादा कपड़े, ज़्यादा मकान, ज़्यादा फ़र्नीचर, ज़्यादा बरतन, ज़्यादा ईंधन, ज़्यादा जहाज़, ज़्यादा हेलिकॉप्टर, ज़्यादा किताबें, ज़्यादा बच्चे—हर चीज़ ज़्यादा ही ज़्यादा, सिवाय बीमारी, जुर्म और पागलपन के। साल दर साल मिनट दर मिनट हर चीज़ ज़्यादा से ज़्यादा बढ़ रही थी। विंस्टन ने चम्मच उठाया और टेबल पर फैले शोरबे को उससे हेरने लगा, जैसा साइम पहले कर रहा था। वह काफ़ी खीज में ज़िन्दगी के बारे में सोचने लगा। हमेशा से क्या ऐसा ही था? क्या खाना हमेशा से ही ऐसा बेस्वाद था? उसने कैंटीन में नज़र दौड़ाई। नीची छत वाला भीड़ भरा कमरा, जिसकी दीवारें अनगिनत लोगों के सम्पर्क से मैली हो गई थीं। टूटे-फूटे टेबल और कुर्सियाँ, जो इतने क़रीब रखे गए थे कि बैठते हुए आपकी कुहनी दूसरे से सटती थी। मुड़ी हुई चम्मचें, दाग़दार ट्रे, खुरदरे सफ़ेद मग, हर सतह चिकनी, हर दरार में जमी हुई कालिख। उस पर से बुरी जिन, बुरी कॉफ़ी और धात्विक स्टू और गन्दे

कपड़ों की मिली-जुली खट्टी गंध। पता नहीं क्यों हमेशा पेट के भीतर और चमड़ी के नीचे एक आन्दोलन-सा चलता रहता था। एक अहसास सा कि आपका जिन चीज़ों पर अधिकार था उससे आपको महरूम किया गया है, छला गया है। यह सच है कि उसकी स्मृति में इन सबसे कुछ एकदम अलग जैसा मौजूद नहीं था। उसे जहाँ तक सही-सही याद पड़ता है, खाने को तो कभी भी पर्याप्त नहीं होता था। कभी ऐसा नहीं हुआ कि मोजे और अन्त:वस्त्रों में छेद न रहा हो। फ़र्नीचर हमेशा से ही टूटा-फूटा जर्जर रहा। कमरे में कभी भी पर्याप्त गर्मी नहीं रही। ट्यूब ट्रेनों में हमेशा ही भीड़ रही। मकान हमेशा ढहते रहे। पाव हमेशा से भूरे रंग का ही था। चाय तो हमेशा ही दुर्लभ थी। कॉफ़ी का ज़ायका हमेशा से बकवास था। सिगरेट की भी हमेशा कमी ही रही। सिंथेटिक जिन के अलावा कुछ भी इतना सस्ता और पर्याप्त मात्रा में नहीं था। आप जैसे-जैसे बूढ़े होते जाते, यह स्थिति और ख़राब ही होती जाती थी। फिर भी यदि असुविधा, गन्दगी, अभाव, कभी न ख़त्म होने वाली ठंड, चिपकते मोजों, हमेशा बन्द रहने वाली लिफ़्ट, ठंडे पानी, किसकिसे साबुन, सीली हुई कमज़ोर सिगरेट, अजीब से बेस्वाद भोजन से आपको घिन आती हो तो क्या यह इस बात का संकेत नहीं कि यह सब स्वाभाविक नहीं है? आख़िर इसे क्यों न कोई बरदाश्त करे, जब तक कि उसके पास कोई पुरानी स्मृति हो किसी ऐसे समय की जब चीज़ें इससे अलग हुआ करती थीं?

उसने एक बार फिर कैंटीन में निगाह दौड़ाई। तक़रीबन हर कोई बदसूरत था। वर्दी के अलावा कोई दूसरा कपड़ा पहन लेते तब भी सारे बदसूरत ही नज़र आते। कमरे में दूर गुबरैले जैसा एक विचित्र आदमी टेबल पर अकेला बैठा कॉफ़ी पी रहा था। उसकी आँखें कनखिया के दोनों तरफ़ सन्देह की दृष्टि से नाच रही थीं। विंस्टन ने सोचा, अगर आप ख़ुद को छोड़ दें, तो पार्टी द्वारा तय की गई आदर्श दैहिक बनावट पर विश्वास करना कितना आसान काम है कि—हृष्ट-पुष्ट लम्बे-तगड़े नौजवान व गहरे नदों और सुनहरे बालों वाली धूप में सुखाई गई साँवली जानदार बेलौस स्त्रियाँ—वाक़ई होती हैं और राज करती हैं। इसकी वजह ये थी कि एयरस्ट्रिप वन के ज़्यादातर लोग क़द में छोटे, काले और कुपोषित थे। हैरत होती थी कि ये गुबरैले लोग ही मंत्रालयों में क्यों भरे पड़े थे—ठिंगने मोटे लोग, जो छोटी उम्र में ही फैल जाते हैं, जिनके छोटे-छोटे पैर होते हैं, लेकिन चाल बहुत फुर्तीली होती है और छोटी-छोटी आँखों वाला फूला हुआ संवेदनहीन चेहरा, जिसे पढ़ पाना मुश्किल हो। पार्टी के राज में ऐसे ही लोग सबसे ज़्यादा फलते-फूलते थे।

एक और तुरही बजी और श्री मंत्रालय की घोषणा समाप्त हुई। परदे से कर्कश संगीत बजने लगा। आँकड़ों की बमबारी से किसी अज्ञात उत्साह में उत्तेजित पारसन्स ने मुँह से पाइप बाहर निकाला।

"इस साल श्री मंत्रालय ने अच्छा काम किया है," सिर हिलाते हुए वह बोला। "वैसे बरख़ुरदार स्मिथ, मेरे ख़याल से तुम्हारे पास रेजर ब्लेड तो होंगे नहीं मुझे देने के लिए?"

"एक भी नहीं, मैं ख़ुद छह हफ़्ते से एक ही ब्लेड इस्तेमाल कर रहा हूँ।" विंस्टन ने कहा।

"ओह, कोई बात नहीं, मैंने सोचा पूछ ही लूँ एक बार।"

"सॉरी," विंस्टन ने कहा।

मंत्रालय की घोषणा के दौरान दूसरी वाली टेबल से आ रही बतख़ जैसी आवाज़ जो शान्त हो गई थी, फिर से चालू हो गई। उतनी ही तेज़। पता नहीं क्यों विंस्टन अचानक मिसेज पारसन्स के बारे में सोचने लगा और उसकी आँखों के सामने उनके कमज़ोर बाल और सिलवटों वाला चेहरा आ गया। उसने सोचा कि बस दो साल की बात है, उनके बच्चे उन्हें विचार पुलिस के हवाले कर देंगे। फिर मिसेज पारसन्स भाप बनकर उड़ जाएँगी। साइम का भी यही हश्र होगा। विंस्टन का भी। ओ'ब्रायन भी मार दिया जाएगा। पारसन्स के साथ ऐसा कभी नहीं होगा। वह बिना आँख वाला बतख़ भी बच जाएगा। ये जो ठिंगने गुबरैले लोग मंत्रालयों के तहदार गलियारों में फुर्ती से चहलक़दमी किया करते हैं, उन्हें भी छोड़ दिया जाएगा। और वह गहरे बालों वाली लड़की, गल्प विभाग वाली, उसे भी कभी नहीं मारा जाएगा। उसे लगा कि वह उँगलियों पर गिन सकता है कि कौन बचेगा और कौन नहीं। ये बात अलग है कि बचने के लिए क्या करना होगा, यह कहना आसान नहीं था।

एक झटके में उसकी तन्द्रा टूटी। किसी ने धक्का दिया था। अगली टेबल पर बैठी लड़की अचानक पीछे मुड़ गई थी और उसे देख रही थी। ये तो वही गहरे बालों वाली लड़की थी। वह किनारे से उसे देख रही थी। उसकी नज़र में एक जिज्ञासा और तेज़ था। जैसे ही दोनों की नज़र लड़ी, उसने आँखें फेर लीं।

विंस्टन की रीढ़ में पसीना चू आया। आतंक की सुरसुरी-सी दौड़ गई उसके भीतर। फिर वह सामान्य भी हो गया लेकिन उसका असर अब तक था। वह असहज था। वह उसे देख क्यों रही थी? वह उसका पीछा क्यों कर रही थी? उसे याद नहीं पड़ रहा था कि वह वहाँ उसके आने से पहले से बैठी थी या बाद में आई।

कल हालाँकि दो मिनट की नफ़रत के दौरान वह बेशक उसके ठीक पीछे आकर बैठ गई थी जबकि इसकी कोई ज़रूरत नहीं थी। पक्के तौर पर वह उसे सुनने के उद्देश्य से बैठी थी कि वह पर्याप्त तेज़ चिल्ला रहा है या नहीं।

उसके मन में फिर से पहले वाला ख़याल आया : हो सकता है वह विचार पुलिस का हिस्सा न हो, लेकिन सम्भव है कि गुप्तचर हो जो कि सबसे बड़ा ख़तरा है। पता नहीं वह कितनी देर से उसे देख रही थी, शायद कम से कम पाँच मिनट से। और बहुत सम्भव है कि उस बीच उसकी भाव-भंगिमाएँ नियंत्रण में न रही हों। किसी सार्वजनिक स्थल पर या टेलिस्क्रीन के दायरे में अपने ख़यालात को आवारा छोड़ देना बहुत जोखिम का काम हो सकता है। छोटी-सी बात आपका काम तमाम कर सकती है। पल भर की घबराहट, चेहरे पर अनजाने आने वाला तनाव, बड़बड़ाहट—कुछ भी जो आपको असामान्य साबित करता हो गोया आप कुछ छिपा रहे हों। चेहरे पर अनुपयुक्त भाव लाना अपने आप में एक दंडनीय अपराध था (मसलन, जीत की किसी घोषणा के दौरान बदगुमानी का भाव)। न्यूस्पीक में बाक़ायदे इसके लिए एक शब्द था—भाव अपराध।

लड़की ने वापस पीठ उसकी ओर कर ली थी। हो सकता है कि वह पीछा न कर रही हो, बस संयोग हो कि लगातार दो दिन उसके क़रीब बैठ गई। विंस्टन की सिगरेट बुझ चुकी थी। उसने टेबल के किनारे उसे सावधानी से रख दिया। उसमें अगर तम्बाकू बची रह गई तो वह काम के बाद उसे निपटाएगा। बहुत मुमकिन है कि दूसरी टेबल पर बैठा व्यक्ति विचार पुलिस का जासूस हो और उसे प्रेम मंत्रालय के तहख़ाने में तीन दिन बिताना पड़ जाए, लेकिन आख़िरी कश तक सिगरेट को बरबाद नहीं करना चाहिए। साइम ने परची मोड़कर वापस जेब के हवाले की। पारसन्स फिर से बोलने लगा।

पाइप गुड़गुड़ाते हुए उसने कहा, "अरे बरख़ुरदार, मैंने तुम्हें कभी बताया था कि नहीं जब मेरे दोनों बच्चों ने पुराने बाज़ार में एक औरत की स्कर्ट में आग लगा दी थी क्योंकि वह मोटा भाई के एक पोस्टर में सॉसेज लपेट रही थी। वे पीछे से चुपके से घुसे और माचिस की तीली लगा दी। मेरे ख़याल से वह औरत बहुत बुरी तरह जल गई थी। शैतान कहीं के...लेकिन कितने उत्साही हैं दोनों! ऐसा अव्वल दरजे का प्रशिक्षण देते हैं आजकल गुप्तचर वाले। मेरे ज़माने से तो कहीं बेहतर है। तुम्हारा क्या ख़याल है कि विभाग ने उन्हें सबसे आधुनिक चीज़ क्या दी होगी? ताले के छेद से उस पार की आवाज़ सुनने के लिए एक कान की मशीन। कल रात मेरी

नन्ही बच्ची उसे घर लेकर आई और हमारे बैठके के दरवाज़े पर उसे आजमाया। उसका कहना था कि छेद के पास कान ले जाकर वह जितना सुन सकती है, मशीन से उसका दोगुना तेज़ सुन सकती है। वैसे बता दूँ कि वह है तो एक खिलौना ही, फिर भी उन्हें सिखा तो रहा ही है।"

इस बार टेलिस्क्रीन से सायरन की आवाज़ भेदती हुई निकली।

यह काम पर लौटने का संकेत था। तीनों आदमी लिफ़्ट के पास होने वाले अगले संघर्ष की तैयारी में उछलकर खड़े हुए और इस चक्कर में विंस्टन की सिगरेट में बची-खुची तम्बाकू भी नीचे गिर गई।

6

विंस्टन डायरी लिख रहा था :

तीन साल पुरानी बात है। एक बड़े रेलवे स्टेशन के पास सँकरी सी एक गली। शाम का वक़्त, अँधेरा हो चुका था। बमुश्किल रोशनी दे रहे एक स्ट्रीट लैम्प के नीचे दीवार से लगकर एक दरवाज़े के सामने वह खड़ी थी। चेहरा जवान था, लेकिन ज़बरदस्त रंग-रोगन किया हुआ। मुझे वास्तव में उसकी रंगत ने ही अपनी ओर खींचा, किसी मुखौटे की सी सफ़ेदी और सुर्ख लाल होंठ। पार्टी की औरतें अपना चेहरा नहीं रँगतीं। सड़क पर और कोई नहीं था, न कोई टेलिस्क्रीन। उसने कहा दो डॉलर। मैं...

फ़िलहाल इससे आगे लिखना मुश्किल था। उसने आँखें बन्द कीं और अपनी उँगलियों से उन्हें दबाया, जैसे बार-बार आ-जा रही छवियों को बाहर खींच लाना चाह रहा हो। उसके भीतर ज़बरदस्त इच्छा जगी कि तेज़ आवाज़ में चीख़कर भद्दी-भद्दी गालियाँ निकाले। या दीवार पर अपना सिर दे मारे, टेबल को लात मार दे और स्याहीदान को खिड़की से बाहर उछाल दे—ऐसा कोई भी हंगामाखेज या दर्द देने वाला काम करे जिससे उस स्मृति से छुटकारा पा सके जो उसे परेशान कर रही थी।

उसने सोचा कि आदमी की सबसे बुरी दुश्मन उसकी नसें होती हैं। किसी भी पल आपके भीतर मौजूद तनाव किसी ज़ाहिर लक्षण में बदल जा सकता है। उसे एक आदमी की याद आई जो कुछ हफ़्ते पहले उसके बग़ल से गुज़रा था सड़क पर : एक बेहद सामान्य आदमी था, पार्टी का सदस्य। पैंतीस से चालीस के बीच रहा होगा, लम्बा और दुबला, एक ब्रीफ़केस लिये हुए। वे कुछ ही मीटर की दूरी पर रहे होंगे कि उस शख़्स के चेहरे का बायाँ हिस्सा अचानक ऐंठकर विकृत हो

गया। फिर वे एक-दूसरे के बग़ल से गुज़र रहे थे तब दोबारा ऐसा ही हुआ : वह एक हल्की सी झुरझुरी थी बस, हल्की सी फड़फड़ाहट, जैसे किसी कैमरे का याटर क्लिक हुआ हो और ज़ाहिर है वह आदतन ही रहा होगा। उसे याद आया उस वक़्त वह सोच रहा था : इस बेचारे का तो काम हो गया। भयावह बात यह थी कि उसके लिए यह सब अनजाने में हुआ था। ऐसे ही सबसे जानलेवा ख़तरा सोते वक़्त बड़बड़ाने का होता है। उससे बचने का तो कोई तरीक़ा ही नहीं है।

उसने साँस खींची और लिखने लगा :

दरवाज़े के पार एक आँगन से गुज़रते हुए उसके साथ मैं बेसमेंट के किचन में गया। दीवार के साथ वहाँ एक बिस्तर लगा हुआ था और मेज़ पर लैम्प था, बहुत मद्धम जलता हुआ। उसने...

उसे खीज हो रही थी। मन कर रहा था थूक दे। उस औरत के साथ-साथ उसे कैथरीन का भी ख़याल आ रहा था। कैथरीन विंस्टन की पत्नी थी। विंस्टन शादीशुदा था—शादीशुदा ही रहा था, यह तो पक्का है। शायद अब भी ऐसा ही है क्योंकि जहाँ तक उसे जानकारी थी उसकी पत्नी मरी नहीं है। उसे अब भी किचन की वह गरम गंध आ रही थी—कीड़ों, गन्दे कपड़ों और सस्ते इत्र की मिली-जुली महक जिसमें कुछ भी आकर्षक नहीं था क्योंकि पार्टी की औरतें कभी इत्र नहीं लगातीं और ऐसी कल्पना भी नहीं कर सकती थीं। केवल सामान्य जनता इत्र लगाती थी। उसके ख़याल में इस क़िस्म की गंध का व्यभिचार के साथ एक यौगिक रिश्ता होता है।

शायद दो साल में यह उसकी पहली चूक थी जब वह उस औरत के पास गया था। वेश्याओं के पास जाना वैसे तो वर्जित था लेकिन यह एक ऐसा नियम था जिसे आप एकाध बार तोड़ सकते थे। इसमें जोखिम था लेकिन ज़िन्दगी और मौत जैसा कोई मसला नहीं था। पकड़े गए तो पाँच साल की सश्रम कारावास होती थी किसी लेबर कैम्प में, उससे ज़्यादा नहीं अगर कुछ और जुर्म न किया हो। और इससे बचना आसान था बशर्ते आप पकड़े जाने से ख़ुद को बचा सकें। ग़रीब बस्तियों में अपना जिस्म बेचने के लिए तैयार औरतों की भीड़ लगी रहती थी। कुछ को तो एक बोतल जिन के बदले आप ख़रीद सकते थे चूँकि जनता के लिए जिन वर्जित थी। पार्टी चुपचाप वेश्यावृत्ति को प्रोत्साहित भी करती थी ताकि आप अपनी उन प्रवृत्तियों को बाहर निकाल सकें जिन्हें दमित करना पूरी तरह मुमकिन नहीं था। विशुद्ध व्यभिचार में कोई ख़ास दिक़्क़त नहीं थी जब तक कि वह छिप-छिपाकर

रंजीदा तरीक़े से किया जाए और उसमें तिरस्कृत तबके की औरतें शामिल हों। पार्टी सदस्यों के बीच स्वच्छंद संभोग को माफ़ नहीं किया जाता था। वैसे, ऐसा होता भी नहीं था और ऐसे किसी अपराध की कल्पना भी नहीं की जा सकती थी क्योंकि महान सफ़ाई अभियान के दौरान यही एक ऐसा जुर्म था जिसे लोग आसानी से क़बूल कर लेते थे।

पार्टी का लक्ष्य महज़ इतना नहीं था कि वह पुरुषों और स्त्रियों को एक-दूसरे के प्रति इस क़दर वफ़ादार होने से रोके जो उसके नियंत्रण से बाहर चला जाए। वास्तव में पार्टी का अघोषित उद्देश्य था कि यौनकर्म में निहित सारा आनन्द ही ख़त्म कर दिया जाए। प्रेम से भी इतनी दिक़्क़त नहीं थी, पार्टी की असली दुश्मन थी कामुकता—विवाहित में हो या अविवाहित में। पार्टी के सदस्यों के बीच आपस में होने वाली सारी शादियों को एक कमेटी मंज़ूरी देती थी जिसे इसी काम के लिए बनाया गया था। अगर जोड़े से कमेटी को यह भनक लग जाती कि दोनों एक-दूसरे के प्रति शारीरिक रूप से आकर्षित हैं, तो मंज़ूरी देने से इनकार कर दिया जाता। यह कोई घोषित सिद्धान्त नहीं था, न ही कभी इसके बारे में बताया जाता था। शादी का इकलौता मान्य उद्देश्य था पार्टी की सेवा के लिए बच्चे पैदा करना। यौन संसर्ग एक छोटे से ऑपरेशन की शक्ल में होता था जो थोड़ा घिनौना था, जैसे एनीमा (गुदा के रास्ते द्रव्य या गैस भीतर डालना) में किया जाता है। इसे भी कभी साफ़ शब्दों में बताया नहीं जाता था बल्कि बचपन से ही पार्टी के हर सदस्य के दिमाग़ में इसे दूसरे तरीक़ों से डाल दिया जाता था। सेक्स विरोधी युवा संघ जैसे कुछ संगठन भी थे जो पुरुषों और स्त्रियों के लिए पूर्ण ब्रह्मचर्य तक की वकालत करते थे। सारे बच्चे कृत्रिम बिजाई से पैदा किए जाने होते थे (इसे न्यूस्पीक में आर्टसेम कहते थे) और उन्हें सार्वजनिक संस्थानों में पाला जाता था। विंस्टन को पता था कि व्यवहार में इसका बहुत ख़ास मतलब नहीं है, फिर भी पार्टी की विचारधारा के लिहाज़ से यह उपयुक्त था। पार्टी दरअसल यौनवृत्ति को ही नष्ट कर देना चाहती थी और यदि ऐसा सम्भव न हो तो उसे किसी तरह विकृत कर दिया जाए। वह इसकी वजह तो नहीं जानता था लेकिन उसे यह स्वाभाविक जान पड़ता था कि ऐसा ही होना चाहिए। और जहाँ तक औरतों का सवाल था, पार्टी की यह कवायद उनके बीच बड़े पैमाने पर कामयाब हुई थी।

उसे फिर से कैथरीन की याद आई। शायद नौ, दस या क़रीब ग्यारह साल हो गए जब वे अलग हुए थे। अजीब बात थी कि उसकी याद अब कम ही आती थी।

अकसर तो कई-कई दिनों तक वह इस बात से ग़ाफ़िल रहता कि उसने कभी शादी भी की थी। वे कोई पन्द्रह महीना ही साथ रहे थे। पार्टी तलाक़ को मंज़ूरी नहीं देती है बल्कि बे-औलाद जोड़ों को अलग रहने को प्रोत्साहित करती है।

कैथरीन सुनहरे बालों वाली लम्बी लड़की थी। एकदम खरी, चमकीली अदाओं वाली। उसके नैन-नक़्श तीखे थे और चेहरे पर तेज़ था। कोई भी उसे देखते ही कह सकता था कि ख़ानदानी चेहरा है, अगर पहले से पता न हो कि उस चेहरे के पीछे बसे भेजे में तक़रीबन कुछ भी नहीं था। शादी के बाद बहुत जल्द ही उसने यह बात स्वीकार कर ली थी—हालाँकि अपने ज़्यादातर परिचित लोगों के मुक़ाबले इतना क़रीब से वह केवल उसी को जानता था—कि निरपवाद रूप से उसका दिमाग़ एकदम ख़ाली, बोदा और बेढब है। उसके दिमाग़ में एक भी विचार ऐसा नहीं था जो पार्टी का नारा न हो। पार्टी की सिखाई हुई कोई ऐसी मूर्खता नहीं थी, एक भी नहीं, जिसे अपने भीतर उतारने के वह क़ाबिल न रही हो। मन ही मन में विंस्टन ने उसका नाम रखा था 'इनसानी बाजा।' फिर भी वह उसके साथ निभा सकता था बशर्ते सारा मामला केवल एक चीज़ के इर्द-गिर्द केन्द्रित न होता—सेक्स।

वह जैसे ही उसे छूता था वह सिमटकर सख़्त हो जाती। गले लगाता, तो लगता किसी काठ की गुड़िया के गले पड़ गया है। अजीब बात यह थी कि जब वह ख़ुद उसे अँकवार लेती थी तो विंस्टन को महसूस होता था कि वह पूरी ताक़त से उसे ऐन उसी वक़्त पीछे धकेल रही है। उसकी मांसपेशियों की अकड़न से ऐसा संकेत मिल जाता था। वह बस बिस्तर पर लेट जाती थी आँखें बन्द करके। न विरोध करती, न सहयोग। बस बिछ जाती थी, पूरे समर्पण-भाव से। यह बेहद शर्मनाक था, जो कुछ देर बाद भयावह हो जाता था। इन सबके बावजूद वह उसके साथ रह ही जाता अगर दोनों कम से कम इतना तय कर लेते कि ब्रह्मचर्य का ही पालन करना है, लेकिन अजीब बात थी कि कैथरीन को यह भी मंज़ूर नहीं था। वह कहती थी कि अगर वे सक्षम हैं तो उन्हें बच्चा पैदा करना ही चाहिए। लिहाज़ा हफ़्ते में एक बार कम से कम नियम से कार्यक्रम चलता, चाहे जब लह जाए। वह बाक़ायदे इसकी याद दिलाती थी कि भूलना नहीं है, आज शाम को करना है। इसके लिए दो नाम थे उसके पास—एक, 'बच्चा बनाना है' और दूसरा, 'पार्टी का फ़र्ज़ निभाना है' (उसने वाक़ई यही कहा था)। जैसे-जैसे वह दिन क़रीब आता, विंस्टन के मन में डर बैठता जाता। संयोग से उन्हें कोई बच्चा नहीं हुआ और अन्त में उसने हार मान ली। इसके बाद जल्द ही वे दोनों अलग हो गए।

विंस्टन ने धीमी उसाँस छोड़ी, क़लम उठाई और लिखने लगा :

उसने ख़ुद को बिस्तर पर गिरा दिया और आप जितनी भी भयावह कल्पना कर सकते हैं, उतने ही उजड्ड तरीक़े से बिना किसी भूमिका के एक झटके में उसने अपनी स्कर्ट उठा दी। मैं...

वह ख़ुद को वहाँ लैम्प की मद्धम रोशनी में कीड़ों और सस्ती इत्र की मिली-जुली बू के बीच खड़ा पा रहा था। उसके दिल में शिकस्त और अपमान का भाव था। और उस क्षण भी उसके मन में कैथरीन की सफ़ेद देह तैर रही थी जो पार्टी की सम्मोहन शक्ति से हमेशा के लिए जम चुकी थी। हमेशा ऐसा ही क्यों होता है? कुछ-कुछ वर्षों के अन्तराल पर ऐसी घिनौनी लपट-झपट के बजाय उसे ऐसी स्त्री क्यों नहीं मिल पाती जो उसकी अपनी हो? अब वास्तव में किसी प्रेम-प्रसंग की कल्पना तो तक़रीबन बेकार ही ठहरी। पार्टी की सारी स्त्रियाँ एक जैसी हैं। उनके भीतर शुचिता को ऐसे कूट-कूट कर भरा गया है जैसे पार्टी की वफ़ादारी। शुरुआती उम्र में ही खेलों से, ठंडे पानी से, स्कूल से लेकर गुप्तचर संस्था और युवा संघ तक लेक्चर, परेड, गीत, नारों, मार्शल आर्ट के रास्ते भीतर भरे गए तमाम कचरों से उनका जैसा अनुकूलन किया जाता था, वह उनकी सहज भावनाओं को मार देता था। उसका दिमाग़ कहता था कि इसके अपवाद ज़रूर होंगे, लेकिन मन ऐसा मानने को तैयार नहीं था। ये सब अभेद्य स्त्रियाँ थीं और पार्टी भी यही चाहती थी कि ये ऐसी ही बनें। दरअसल, प्यार से भी ज़्यादा उसे इस बात की चाह थी कि पूरी ज़िन्दगी में बस एक बार सही, सदाचार की इस दीवार को वह तोड़ सके। बस एक बार एक सफल संभोग उसके लिए बग़ावत थी। चाहना एक वैचारिक अपराध है। वह चाहता तो कैथरीन को ही जगा सकता था। आख़िर उसकी पत्नी थी वह, फिर भी ऐसा उसने कर दिया होता तो यह फरेब ही होता।

कहानी अभी बाक़ी थी। उसने लिखा :

मैंने लैम्प की रोशनी बढ़ा दी। उसे रोशनी में देखा...

इतने अँधेरे के बाद तेल वाले लैम्प की रोशनी बहुत चुभ रही थी। पहली बार वह उस स्त्री को ग़ौर से देख सका। उसने एक क़दम उसकी ओर आगे बढ़ाया, फिर ठिठक गया। कामुकता और आतंक ने उसे एक साथ जकड़ रखा था। यहाँ आकर उसने जो ख़तरा मोल लिया था उससे वह आगाह था। बिलकुल मुमकिन

है कि वह बाहर निकले तो गश्ती दल उसे पकड़ लें। वैसे तो यह भी हो सकता है कि वे दरवाज़े के बाहर ही खड़े इन्तज़ार में हों। ऐसे में वह जो करने आया था अगर वही किए बग़ैर निकल लिया तो...!

इस बात को लिखा जाना ज़रूरी था। पाप का स्वीकार ज़रूरी था। लैम्प की रोशनी में अचानक उसने पाया था कि वह स्त्री बूढ़ी है। उसके चेहरे पर इतना गाढ़ा रंग-रोगन किया गया था कि लगता था गत्ते के बने किसी मुखौटे की तरह दरक जाएगा। उसके बालों में चाँदी थी, लेकिन सबसे ज़्यादा भयावह दृश्य उसके हल्के खुले मुँह से ज़ाहिर हो रहा था जिसके भीतर गुहान्धकार था, और कुछ भी नहीं। उसके दाँत नहीं थे। एक भी नहीं।

उसने जल्दीबाज़ी में घिसटते हुए लिखा :

मैंने उसे जब रोशनी में देखा तो पाया कि वह काफ़ी उम्रदराज औरत थी, कम से कम पचास साल की। फिर भी मैं आगे बढ़ा और मैंने वही किया।

उसने फिर से अपनी आँखों को उँगलियों से दाब लिया। आख़िर को उसने सब कुछ लिख ही दिया था, फिर भी कोई फ़र्क़ नहीं पड़ा था। रेचन काम नहीं आया था। ऊँची आवाज़ में चीख़ते हुए भद्दी-भद्दी गाली देने की उसकी इच्छा अब और प्रबल हो गई थी।

7

अगर कहीं उम्मीद है, विंस्टन ने लिखा, तो वह सर्वहारा में है। अगर कहीं उम्मीद बची है तो वह सर्वहारा में ही होगी क्योंकि उस तुच्छ उपेक्षित जनता की बजबजाती भीड़ में—जो ओशियनिया की आबादी का 85 फीसद थी—ही पार्टी का ख़ात्मा करने की ताक़त पैदा की जा सकती थी। पार्टी को भीतर से उखाड़ पाना सम्भव नहीं था। पार्टी के दुश्मनों के पास ऐसा कोई तरीक़ा नहीं था कि वे एक साथ एकजुट हो सकें, यहाँ तक कि दूसरे की शिनाख़्त कर पाएँ। जिस ब्रदरहुड की बात की जाती थी यदि वह वाक़ई वजूद में था भी, सम्भव है कि रहा भी हो, तो इसकी कल्पना नहीं की जा सकती कि उसके सदस्य दो-तीन को छोड़कर कभी बड़ी संख्या में एकत्रित हो पाएँगे। यहाँ तो निगाह का एक रुख़, आवाज़ की एक सिहरन और महज़ एक फुसफुसाहट ही बग़ावत का सबब बन जाती थी। लेकिन जनता को अगर किसी भी तरह अपनी ताक़त का अन्दाज़ा लग जाए, तो उसे कोई साज़िश रचने की ज़रूरत नहीं पड़ेगी। उसे तो बस उठ खड़ा होना था और एक अदद हरकत कर देनी थी, जैसे कोई घोड़ा मक्खियों से पीछा छुड़ाने के लिए अपनी देह को झटक देता है। वे अगर चाह लेते तो अगली सुबह ही पार्टी के टुकड़े-टुकड़े कर देते। आज नहीं तो कल या कभी भी क्या उन्हें यह महसूस होगा कि ऐसा कर देना चाहिए? फिर भी...

उसे याद आया एक वाक़या जब वह भीड़ भरी एक सड़क से गुज़र रहा था कि अचानक सैकड़ों औरतों की आवाज़ एक साथ उसे सुनाई दी—थोड़ा आगे जाकर बग़ल वाली एक सड़क से वे आवाज़ें फूट रही थीं। ज़बरदस्त ग़ुस्से और दर्द से भरी आवाज़ें थीं। बहुत तीक्ष्ण सामूहिक चीत्कार, जो किसी घंटे के बजने के बाद देर तक सुनाई देने वाली प्रतिध्वनि की तरह "ऊँ...हूँ...हूँ..." करके गूँज रही थी। उसका दिल कुलाँचे मार रहा था। उसके मन में ख़याल आया—दंगा...

लगता है शुरू हो गया। जनता आख़िर हत्थे से उखड़ ही गई। मौक़े पर पहुँचकर उसने देखा कि कोई दो-तीन सौ की संख्या में औरतें बाज़ार की दुकानों को घेरे ऐसे बदहवास खड़ी हैं गोया वे किसी डूबते हुए जहाज़ पर सवार हों। ठीक इसी मौक़े पर सामूहिक अवसाद छोटे-छोटे फसादों में बदल गया। पता चला कि वहाँ एक दुकान पर टिन के सॉसपैन बिकते थे। उसके पैन भले ख़राब और कमज़ोर रहे हों, लेकिन आजकल तो खाना पकाने के बरतन मिलना ही मुश्किल था। ऐसे में उस दुकान में अचानक माल ख़त्म हो गया था। कुछ औरतें जिनके हाथ सॉसपैन लग गए थे उन्हें दूसरी औरतों ने घेर लिया था और धक्का-मुक्की कर रही थीं। वे दुकानदार पर पक्षपात का आरोप लगा रही थीं। उनका कहना था कि उसने कहीं गोदाम में और पैन छिपा रखे हैं। अचानक चीख़-चिल्लाहट फिर से शुरू हो गई। दो मोटी औरतें, जिनमें से एक के बाल खुलकर लटक गए थे, अपने हाथ लगे एक सॉसपैन को एक-दूसरे से झपटने में लगी हुई थीं। कुछ देर खींचातानी चलती रही और इसी चक्कर में उसका हैंडिल टूटकर हाथ में आ गया। विंस्टन उन्हें वितृष्णा से देख रहा था। वह सोच रहा था कि थोड़ी ही देर पहले दूर से जब इन सैकड़ों औरतों की सामूहिक आवाज़ें सुनाई दी थीं तो वे कितनी ताक़तवर जान पड़ती थीं। ये औरतें आख़िर किसी सार्थक मुद्दे पर इतना हल्ला क्यों नहीं मचा पाती हैं?

उसने लिखा :

वे बग़ावत तब तक नहीं करेंगे जब तक उनमें चेतना नहीं आ जाती। एक बार वे बग़ावत कर बैठे तो उनकी चेतना हर ली जाएगी।

लिखने के बाद उसे लगा कि यह तो पार्टी की एक किताब में लिखे एक वाक्य की तक़रीबन नक़ल जैसा हो गया, चूँकि ज़ाहिर तौर पर पार्टी यह दावा करती थी कि उसने जनता को ग़ुलामी से मुक्त करवाया है। पार्टी बताती थी कि क्रान्ति से पहले पूँजीपति लोग जनता का ज़बरदस्त उत्पीड़न करते थे। उन्हें भूखा रखा जाता था और बेंतों से मारा जाता था। औरतों से कोयले की खदानों में काम करवाया जाता था (यह और बात है कि औरतें आज भी कोयले की खदानों में काम करती हैं)। छह साल के मासूम बच्चों को कल-कारख़ानों में काम के लिए बेच दिया जाता था। यह बताने के साथ ही पार्टी दोरंगेपन के अपने फ़लसफ़े का पालन करते हुए यह भी सिखाती थी कि आम सर्वहारा जनता स्वाभाविक रूप से नीच होती है जिसे जानवरों की तरह बाँधकर रखा जाना चाहिए। इसके लिए बस कुछ सरल नियम-क़ानूनों की

ज़रूरत होगी। वास्तव में आम लोगों के बारे में जानकारी बहुत कम थी। और बहुत कुछ जानने की ज़रूरत भी नहीं थी। वे जब तक चुपचाप खटते रहें और बच्चे पैदा करते रहें, उनकी दूसरी गतिविधियाँ ख़ास मायने नहीं रखती थीं। उन्हें उन्हीं के हाल पर छोड़ दिया गया था, जैसे अर्जेंटीना के मैदानों में मवेशियों को खुला छोड़ दिया जाता है। ऐसे में उन्होंने जो जीवन शैली अपना ली थी वह उन्हें स्वाभाविक जान पड़ती थी गोया पूर्वजों के ज़माने का चलन हो। वे पैदा होते थे, गटर में बड़े होते थे, बारह साल की उम्र में काम पर लग जाते थे, फिर सौन्दर्य और कामवासना के एक संक्षिप्त दौर से गुज़रकर थोड़ा खिलते थे और बीस की उम्र में ब्याह कर लेते थे। तीस तक आते-आते आधी ज़िन्दगी बीत जाती और साठ के आसपास पहुँचकर ज़्यादातर मर जाते थे। उनकी मानसिक बुनावट कठिन शारीरिक परिश्रम, घर-बार और बच्चों की देखभाल, पड़ोसियों से झगड़ा-झंझट, फ़िल्मों, फुटबॉल, बीयर और इन सबके ऊपर भारी जुए से मिलकर तैयार होती थी। इसलिए उन्हें काबू में करना ज़्यादा मुश्किल काम नहीं था। हमेशा ही उनके बीच विचार पुलिस के एकाध एजेंट घूमते रहते थे जिनका काम अफ़वाहें फैलाना और पहचानकर ऐसे लोगों को निपटाना था जो भविष्य में ख़तरनाक साबित हो सकते थे, हालाँकि पार्टी की विचारधारा को उनके बीच फैलाने की कोई कोशिश नहीं की जाती थी। माना जाता था कि जनता के बीच राजनीतिक भावनाएँ प्रबल नहीं होनी चाहिए क्योंकि यह ठीक नहीं है। कुल मिलाकर उनसे एक आदिम क़िस्म की देशभक्ति की अपेक्षा होती थी जिसे ज़रूरत पड़ने पर उभारा जा सके, चाहे वह काम के लम्बे घंटों को स्वीकार करने का मामला हो या फिर राशन में कटौती का सरकारी फ़ैसला। कभी-कभार वे असन्तुष्ट भी हो जाते थे। ऐसे में उनका असन्तोष उन्हें कहीं पहुँचाने के क़ाबिल नहीं होता था क्योंकि किसी सामान्य विचार के अभाव में वे केवल छोटी-मोटी टुच्ची शिकायतों पर ही ख़ुद को केन्द्रित कर पाते थे। बड़ी समस्याएँ उनकी नज़र से ओझल ही रहती थीं। ज़्यादातर लोगों के घरों में तो टेलिस्क्रीन भी नहीं थी। यहाँ तक कि सामान्य पुलिस भी उनसे कम ही उलझती थी। वैसे तो लंदन में जुर्म की दुनिया बहुत बड़ी थी। चोरों, डकैतों, वेश्याओं, नशे के तस्करों और हर क़िस्म के गिरोहबाज़ों की अपनी-अपनी परतदार दुनिया थी। इसके बावजूद जो कुछ भी घटता था वह सब आम जनता के बीच ही सीमित रह जाता था, इसलिए उसकी कोई अहमियत नहीं थी। नैतिकता के मसलों पर उन्हें अपने पूर्वजों के तय किए रिवाजों को अपनाने की पूरी छूट थी। पार्टी की यौन शुचिता जनता पर लागू नहीं

होती थी। व्यभिचार दंडनीय नहीं था और तलाक़ देने की छूट थी। इस लिहाज़ से देखें तो पूजा-पाठ की छूट भी दी ही जा सकती थी यदि जनता इसकी ज़रूरत या चाह ज़ाहिर करती। ये लोग सन्देह के घेरे से बाहर थे। पार्टी ने इनके लिए एक नारा रचा था : "जनता और जानवर मुक्त हैं।"

विंस्टन ने नीचे झुककर सावधानी से अपने टखने का घाव खुजाया की। उसमें फिर से खुजली मच रही थी। सब कुछ सोचते हुए आदमी घूम-फिर कर अन्तत: एक ही नतीजे पर पहुँचता था कि क्रान्ति से पहले ज़िन्दगी वास्तव में कैसी रही होगी यह जानना नामुमकिन था। उसने दराज से बच्चों की इतिहास की एक किताब बाहर निकाली जो मिसेज पारसन्स से माँगकर लाया था और उसमें से एक अंश डायरी में उतारने लगा :

> *महान क्रान्ति से पहले पुराने दिनों में लंदन वैसा ख़ूबसूरत शहर नहीं था जैसा आज हम जानते हैं। यह एक अँधेरी, गन्दी और दयनीय जगह हुआ करती थी जहाँ खाने के लिए बमुश्किल ही किसी के पास पर्याप्त होता था और जहाँ सैकड़ों-हज़ारों लोगों के पैरों में जूते तक नहीं होते थे, न ही सोने के लिए सिर पर कोई छत। तुम्हारी उम्र के बच्चों को जालिम मालिकान के लिए बारह-बारह घंटे काम करना पड़ता था जो धीरे काम करने पर कोड़े मारता था और खाने को बासी रोटी के टुकड़े और पानी के अलावा कुछ नहीं देता था। चौतरफ़ा फैली इस ग़रीबी के बीच कुछेक भव्य और ख़ूबसूरत मकान थे जिनमें रईस लोग रहते थे जिनके यहाँ देखभाल के लिए तीस-तीस नौकर-चाकर हुआ करते थे। उन रईसों को पूँजीपति कहा जाता था। सामने वाले पन्ने पर जैसी तस्वीरें बनी हैं, वे लोग वैसे ही मोटे, भद्दे और शैतानी चेहरे वाले हुआ करते थे। आप देख सकते हो कि वे लम्बे काले कोट पहनते थे जिसे फ्रॉककोट कहा जाता था और उनके सिर पर एक अजीब क़िस्म की चिमनीनुमा चमकदार टोप होती थी जिसे लम्ब टोप कहा जाता था। यही पूँजीपतियों की वर्दी हुआ करती थी। कोई और इसे नहीं पहन सकता था। दुनिया की हर चीज़ पूँजीपतियों की थी और बाक़ी हर कोई इनका ग़ुलाम था। सारी ज़मीनें, सारे मकान, सारे कारख़ाने और सारा पैसा उनका था। कोई अगर इनकी नाफ़रमानी करता तो उसे जेल में डाल दिया जाता था या फिर वे उसे नौकरी से निकाल देते और भूखा मार देते थे। कोई आम आदमी जब*

किसी पूँजीपति से बात करता था तो उसे झुककर बात करनी होती थी और ऐसा करते वक़्त अपनी टोपी उतारकर 'सर' बोलना होता था। सारे पूँजीपतियों के प्रधान को राजा कहते थे और...

इसके आगे की कहानी उसे मालूम थी। पूरी ढीली बाजू के परिधान पहनने वाले बिशप, अर्मीन का लबादा ओढ़ने वाले जज, दंड देने के लिए सिर और हाथ फँसाने वाली काठ की टिकठी, पैर फँसाने वाली टिकठी, जेल की चक्की, कई सोंटों वाला कोड़ा, लॉर्ड मेयर की भव्य दावत, पोप के चरण चूमने की रवायत—इन्हीं सब चीज़ों का ज़िक्र आना था। इसके अलावा 'प्रथम रात्रि अधिकार' नाम की भी एक रवायत होती थी जो शायद बच्चों की किताबों में नहीं डाली गई होगी। यह एक ऐसा क़ानून था जो हर पूँजीपति को उसके कारख़ाने में काम करने वाली औरत के साथ सोने का अधिकार देता था, ख़ासकर शादी के बाद पहली रात को।

अब समस्या यह है कि आप कैसे पक्के तौर पर बता सकते हैं कि इसमें से कितना झूठ है और कितना सही? बहुत मुमकिन है कि क्रान्ति से पहले के दौर के मुक़ाबले एक औसत आदमी आज की तारीख़ में बेहतर ज़िन्दगी जी रहा हो। इसे ग़लत साबित करने के लिए अगर कोई इकलौता सबूत हो सकता है तो वह है आपकी हड्डियों के भीतर चल रहा आन्दोलन—लगातार भीतर चल रहा बेचैनी भरा अहसास कि आज जिन स्थितियों में आप जी रहे हैं वे नाक़ाबिले बरदाश्त हैं और कोई तो ऐसा वक़्त रहा ही होगा जब चीज़ें अलहदा रही होंगी। उसे एक बात कौंधी कि आधुनिक जीवन का सही-सही लक्षण उसमें निहित क्रूरता और असुरक्षा नहीं है, बल्कि उसका उजाड़, उसका मालिन्य और ख़ालीपन से भरी उदासी है। आदमी ख़ुद को ही पलटकर देखे, तो ज़िन्दगी वैसी बिलकुल नहीं है जैसे झूठ लगातार टेलिस्क्रीन उगलती रहती है। यही नहीं, वास्तव में पार्टी जिन आदर्शों को हासिल करने में लगी हुई है, उनका भी हक़ीक़त में ज़िन्दगी से कोई वास्ता नहीं है। यहाँ तक कि पार्टी के सदस्यों की ज़िन्दगी का भी मोटा हिस्सा बुनियादी रूप से अराजनीतिक और उदासीन ही है। उनकी सारी कवायद नीरस कामों में खटने से लेकर ट्यूब में अपनी जगह पाने के लिए झगड़ने, फटे-चीथड़े जुराबों को रफ़ू करने, सैकरीन की टिकिया माँगने और सिगरेट का अन्तिम टुकड़ा बचा ले जाने तक सीमित है। पार्टी ने जो आदर्श गढ़े थे वे बहुत भव्य थे—स्टील और कंक्रीट से बनी, दानवाकार मशीनों और हौलनाक हथियारों की एक जटिल व दमकती हुई दुनिया—सम लय पर एक साथ आगे की ओर क़दमताल करते, एक ही जैसा

सोचते और एक ही जैसे नारे लगाते हुए योद्धाओं और उन्मादियों का एक ऐसा राष्ट्र जो लगातार काम पर लगा हुआ है, लड़ रहा है, जीत रहा है और सजाएँ दे रहा है। कुल तीस करोड़ लोग, सभी का चेहरा एक। इसकी हक़ीक़त उन जर्जर व गन्दे शहरों में दिखती थी जहाँ फटे हुए जूतों में चहलक़दमी करते कुपोषित लोग उन्नीसवीं सदी के पैबन्द लगे ऐसे मकानों में रहते थे जिनसे करमकल्ले और टट्टी-पेशाब की बास आती थी। उसके मन में लंदन की छवि विस्तीर्ण खँडहर के जैसी उभरती थी जो लाखों कूड़ेदानों का एक शहर था। इसी छवि के बीच उसे मिसेज पारसन्स भी दिखाई देती थीं—सिलवटदार चेहरे और पतले बालों वाली निस्सहाय महिला जो बन्द नाबदान की मोरी खोलने में ही उलझी हुई है।

उसने नीचे झुककर फिर से टखने खुजलाए। दिन-रात चौबीसों घंटा टेलिस्क्रीन से निकल रहे आँकड़ों का सीसा कानों में घुलते रहते थे और साबित करने की कोशिश करते थे कि लोगों के पास आज ज़्यादा खाना, ज़्यादा कपड़े, बेहतर मकान, मनोरंजन के बेहतर साधन उपलब्ध हैं; कि लोग अब लम्बा जी रहे हैं, उनके काम के घंटे कम हो गए हैं, वे अब ज़्यादा हृष्ट-पुष्ट, मज़बूत, स्वस्थ, सुखी, बुद्धिमान हो चुके हैं और पचास साल पहले के मुक़ाबले उन्हें अब बेहतर शिक्षा मिल रही है। इस दावे में एक भी शब्द ऐसा नहीं था जिसे आप पूरी तरह सही या ग़लत साबित कर सकें। मसलन, पार्टी का दावा था कि आज की तारीख़ में चालीस फीसद प्रौढ़ लोग साक्षर हैं जबकि क्रान्ति से पहले यह दर पन्द्रह फीसद थी। पार्टी दावा करती थी कि आज शिशु मृत्यु दर प्रति हज़ार एक सौ साठ है जबकि क्रान्ति से पहले यह तीन सौ थी। ऐसे ही तमाम दावे किए जाते थे। ऐसा लगता था जैसे दो-चार राशियों से बना एक गणितीय समीकरण हो। यह बहुत मुमकिन था कि इतिहास की किताबों का एक-एक शब्द, यहाँ तक कि जिन चीज़ों को बिना सवाल किए मान लिया जाता था, सब कुछ कपोल कल्पना हो। उसे तो कुल मिलाकर इतना पता था कि प्रथम रात्रि अधिकार जैसा न कोई क़ानून कभी था, न ही पूँजीपति नाम का कोई प्राणी या फिर उसके सिर पर लम्ब टोप जैसा कोई परिधान।

हर चीज़ कुहासे में डूबी हुई थी। अतीत को मिटा दिया जाता था, मिटौने को भुला दिया जाता था, फिर हर झूठ अपने आप सच बन जाता था। ज़िन्दगी में बस एक बार उसके हाथ एक ऐसी ठोस चीज़ लगी थी जो अतीत को झुठलाए जाने का पक्का साक्ष्य थी। कोई तीस सेकंड तक उसने अपनी उँगलियों में उसे दबाए रखा था। यह बात 1973 की रही होगी या मोटे तौर पर तब की जब कैथरीन उससे

अलग हुई थी। शायद सही-सही तारीख़ कोई सात या आठ साल पहले की रही होगी।

यह कहानी साठ के दशक के मध्य में शुरू होती है, महान सफ़ाई अभियान के दौर में, जब क्रान्ति के असली नेताओं को हमेशा के लिए मिटाया जा रहा था। 1970 आते-आते मोटा भाई के अलावा और कोई नहीं बचा था। बाक़ी सभी को या तो गद्दार या प्रतिक्रान्तिकारी घोषित कर दिया गया था। गोल्डस्टीन भागकर न जाने कहाँ छिप गया था, कोई नहीं जानता था। कुछ और नेता ग़ायब हो गए थे जबकि ज़्यादातर को तो भव्य सार्वजनिक मुकदमों के बाद मार दिया गया था जिनमें उन्होंने अपना जुर्म क़बूल कर लिया था। केवल तीन नेता अन्त में बचे थे—जोन्स, आरनसन और रदरफोर्ड। उन तीनों को शायद 1965 में गिरफ़्तार किया गया था। जैसा कि अकसर होता है, वे तीनों एकाध साल तक ग़ायब रहे ताकि किसी को ख़बर न हो सके कि वे ज़िन्दा हैं या मार दिए गए। फिर हमेशा की ही तरह उन्हें दंड देने के लिए सामने लाया गया। उन्होंने दुश्मन की मुखबिरी (उस वक़्त भी दुश्मन यूरेशिया ही होता था), सार्वजनिक पैसे के गबन, पार्टी के तमाम विश्वस्त सदस्यों की हत्या, मोटा भाई के नेतृत्व के ख़िलाफ़ षड्यंत्र (जो क्रान्ति के बहुत पहले ही शुरू हो चुका था) और अन्दरूनी विध्वंस पैदा करके सैकड़ों-हज़ारों लोगों की जान लेने का आरोप क़बूल कर लिया। सारे जुर्म क़बूल करने के बाद उन्हें माफ़ कर दिया गया और पार्टी में ऐसे पदों पर वापस बहाल कर दिया गया था जो सुनने में तो अहम लगते थे लेकिन दायित्वहीन थे। तीनों ने *दि टाइम्स* में अपनी बग़ावत के कारणों का विश्लेषण करते हुए लम्बे-लम्बे लेख लिखे थे और उसमें ख़ुद को सुधारने के वादे किए थे।

उनकी रिहाई के कुछ समय बाद विंस्टन ने इन्हें चेस्टनट ट्री कैफ़े में देखा था। उसे याद है कि नज़र बचाकर उन्हें देखते वक़्त उसे कैसा आतंकित करने वाला रोमांच महसूस हुआ था। वे तीनों उससे उम्र में कहीं ज़्यादा बड़े थे, पुराने ज़माने के लोग थे और पार्टी के ओजपूर्ण दौर के बचे हुए तक़रीबन अन्तिम महान व्यक्तित्व थे। भूमिगत संघर्ष और गृहयुद्ध की चमक-दमक उनके साथ धुँधली ही सही, लेकिन अब भी नत्थी जान पड़ती थी। उस वक़्त तक तारीख़ और तथ्य आपस में गड्डमड्ड होने लगे थे, फिर भी उसे ऐसा लगा कि वह उन तीनों के नाम तो बरसों पहले से जानता है, जब मोटा भाई को भी नहीं जानता था। दिक़्क़त यह है कि तीनों ही अपराधी थे, दुश्मन थे, इस लिहाज़ से अस्पृश्य भी थे और एकाध साल के भीतर ही उनका मारा जाना तय था। विचार पुलिस के हाथ कोई एक बार लग जाए तो उसका अन्त होना तय है। यहाँ पकड़े जाने के बाद आदमी एक ज़िन्दा

लाश होता है जिसे बस क़ब्र में भेजे जाने का इंतज़ार रहता है।

वे तीनों जिस टेबल पर बैठे थे, उसके आसपास वाली टेबल पर कोई नहीं था। ऐसे लोगों के आसपास दिख जाना भी ठीक नहीं समझा जाता था। उस कैफ़े की ख़ासियत थी लौंग की ख़ुशबू वाली जिन, जो टेबल पर रखी हुई थी और वे एकदम शान्त बैठे हुए थे। उन तीनों में रदरफोर्ड की शख़्सियत ने विंस्टन को सबसे ज़्यादा प्रभावित किया था। रदरफोर्ड एक ज़माने में बड़ा मशहूर व्यंग्य चित्रकार हुआ करता था जिसके सच्चे कार्टूनों ने क्रान्ति के दौरान और उससे पहले लोगों की धारणा को आकार देने में बहुत भूमिका निभाई थी। अब भी लम्बे अन्तरालों पर उनके कार्टून *दि टाइम्स* में दिख जाते थे लेकिन उनमें वह बात नहीं रह गई थी। पंहले बनाए कार्टूनों की वे महज़ नक़ल थे जिनमें न तो कोई जान थी, न वैसी विश्वसनीयता। पुराने विषयों को ही नए सिरे से थोड़ा सँवारकर वे परोस देते थे, जैसे झुग्गियाँ, भूखे बच्चे, सड़कों पर होने वाली झड़पें, लम्ब टोप में पूँजीपति—यहाँ तक कि बैरिकेडों पर भी पूँजीपति लम्ब टोप ओढ़े दिखते थे जो अतीत में वापस जाने की एक अन्तहीन और बेकार कवायद थी। वह बदसूरत आदमी था, जिसके सिर पर अयाल जैसे पके हुए चिकने बाल थे। उसका झुर्रीदार चेहरा किसी थैले की तरह लटका हुआ था और होंठ किसी नीग्रो की तरह मोटे थे। उसे देखकर किसी ज़माने में उसके शारीरिक सौष्ठव का पता लगता था लेकिन आज उसकी तगड़ी देह चारों ओर से झूलती, ढलकती और फैलती नज़र आती थी। उसे देख ऐसा लगता था गोया आपकी आँखों के सामने कोई पहाड़ दरक रहा हो।

दिन के तीन बजे थे। सन्नाटे का वक़्त था। अब जाकर विंस्टन को याद आया कि उस दिन वह इस पहर कैफ़े कैसे पहुँच गया था। वह जगह एकदम निर्जन थी। टेलिस्क्रीन पर कर्कश संगीत बज रहा था। वे तीनों अपने कोने में तक़रीबन जड़वत् और एकदम शान्त बैठे हुए थे। बिना कहे बैरा ताज़ा जिन से भरे गिलास ले आया। उनके साथ वाली टेबल पर शतरंज बिछी हुई थी। मोहरें सजी हुई थीं। खेल अभी शुरू नहीं हुआ था। और फिर, शायद आधे मिनट के भीतर जाने क्या हुआ कि टेलिस्क्रीन की धुन बदल गई और धुन की लय भी बदल गई। विंस्टन को याद आया—लेकिन इसको शब्दों में समझा पाना मुश्किल था। वह एक विलक्षण राग था—कर्कश, दरकता हुआ, रँभाता हुआ, जैसे उपहास कर रहा हो। विंस्टन इसे मन ही मन पीतराग कहता था।

और फिर टेलिस्क्रीन पर गीत बजने लगा :

शाहबलूत की ये छतनार
हम तुम करते छल व्यापार
फैला झूठ का कारोबार
शाहबलूत की ये छतनार

तीनों के शरीर में कोई हरकत नहीं हुई। विंस्टन ने रदरफोर्ड के दरकते हुए चेहरे को फिर से देखा। अबकी उसकी आँखें डबडबाई हुई थीं। पहली बार उसका ध्यान गया कि आरनसन और रदरफोर्ड दोनों की नाक टूटी हुई थी। वह भीतर से जैसे हिल गया, हालाँकि इसकी वजह उसे समझ नहीं आई।

थोड़ी ही देर बाद तीनों को गिरफ़्तार कर लिया गया। ऐसा जान पड़ता था कि रिहाई के बाद से ही तीनों नई साज़िशें बुनने में लग गए थे। दूसरे मुकदमे के दौरान उन्होंने अपने पुराने सारे जुर्म तो क़बूल किए ही, कई नए अपराध भी सामने आए जो उन्होंने स्वीकार कर लिए। फिर तीनों की हत्या कर दी गई। भावी पीढ़ियों को चेताने के लिए उनकी कहानी पार्टी के इतिहास में दर्ज कर ली गई। इसके कोई पाँच साल बाद 1973 में विंस्टन अपने दफ़्तर में कुछ काग़ज़ देख रहा था जो हवानली से उसकी डेस्क पर ठीक करने के लिए आए थे। अचानक उसके हाथ एक ऐसा काग़ज़ लगा जो शायद भूल से दूसरे काग़ज़ों के साथ चला आया था। उसे खोलते ही विंस्टन को उसकी अहमियत का अन्दाज़ा लग गया। कोई दस साल पुराने *दि टाइम्स* के एक पन्ने का आधा फटा टुकड़ा था—पन्ने के ऊपर वाला आधा हिस्सा जहाँ तारीख़ लिखी होती है—और उस पर न्यूयॉर्क में आयोजित पार्टी के किसी समारोह में गए प्रतिनिधिमंडल की तस्वीर थी। उस समूह के बीच प्रमुख लोगों में जोन्स, आरनसन और रदरफोर्ड मौजूद थे। उससे पहचानने में कोई ग़लती नहीं हुई थी। वैसे भी उनके नाम नीचे कैप्शन में लिखे हुए थे।

पेच यह था कि दोनों ही मुकदमों में तीनों व्यक्तियों ने क़बूल किया था कि उस तारीख़ को वे यूरेशिया में थे। गवाही के मुताबिक़ वे कनाडा के किसी गुप्त मैदान से उड़कर साइबेरिया में कहीं गए थे और वहाँ यूरेशिया के जनरल स्टाफ के साथ उन्होंने कुछ गोपनीय सैन्य सूचनाएँ साझा की थीं जो विश्वासघात था। वह तारीख़ विंस्टन को इसलिए अच्छे से याद थी क्योंकि संयोग से वह गर्मियों के बीच का दिन था। वैसे भी यह कहानी तमाम और जगहों पर रिकॉर्ड में रखी ही होगी। इसका केवल एक मतलब निकलता था, कि इक़बालिया बयान झूठे थे।

ज़ाहिर है यह अपने आप में कोई खोज नहीं थी। विंस्टन तो उस वक़्त भी यह नहीं मानता था कि सफ़ाई अभियान के दौरान जिन्हें मौत के घाट उतारा गया उन्होंने वाक़ई वे जुर्म किए होंगे जिनका आरोप उन पर लगा था। लेकिन यह एक ठोस साक्ष्य था—यह नष्ट कर दिए गए अतीत का एक टुकड़ा था, जैसे कोई जीवाश्म किसी ग़लत सतह में बरामद हुआ हो जिसके चलते एक समूचा भूगर्भीय सिद्धान्त ही बेकार हो जाए। पार्टी को टुकड़े-टुकड़े करने के लिए काग़ज़ का यह टुकड़ा ही काफ़ी था, बशर्ते किसी तरह यह दुनिया के सामने छपकर आ जाता और इसकी अहमियत समझाई जा सकती।

वह सीधे काम पर आया था। इसलिए उसे जैसे ही यह तस्वीर दिखाई दी और इसका अर्थ समझ में आया, उसने तुरन्त एक काग़ज़ से उसे ढक दिया। बाद में जब उसने काग़ज़ हटाकर गोलियाई हुई परची को खोला तो संयोग से टेलिस्क्रीन की आँख के हिसाब से तस्वीर उलटी खुली।

उसने लिखने वाला पैड अपने घुटनों पर रखा और कुर्सी को पीछे की ओर धकेला ताकि जितना सम्भव हो टेलिस्क्रीन से दूर हट सके। चेहरे को भावशून्य रखना मुश्किल नहीं था, साँस पर भी नियंत्रण पाया जा सकता था लेकिन धड़कन का क्या करिए! उस पर तो आपका काबू है नहीं जबकि टेलिस्क्रीन इतना संवेदनशील है कि उसे भी पकड़ लेता है। उसका ख़याल है कि कोई दस मिनट तक उसने समय को यूँ ही जाने दिया और इस दौरान लगातार डरा-सहमा रहा कि कहीं कोई हादसा न हो जाए। मसलन, अचानक डेस्क पर हवा का तेज़ झोंका ही आ गया तब क्या होगा? धोखा हो जाएगा। फिर बिना ढके उसने तस्वीर को स्मृतिनाशक बिल के हवाले कर दिया। साथ में कुछ और बेकार काग़ज़ डाल दिए। शायद अगले एक मिनट के भीतर ही वह तस्वीर राख बन गई होगी।

यह बात कोई दस-ग्यारह साल पहले की है। आज ऐसा घटता तो शायद वह तस्वीर अपने पास ही रख लेता। कितनी अजीब बात है, उसे लगता है कि तब अपने हाथ में उस तस्वीर के होने का अहसास आज भी एक फ़र्क़ डाल रहा है जबकि न केवल तस्वीर बल्कि उसमें दर्ज घटना भी अब स्मृति का हिस्सा है। क्या अतीत पर पार्टी की पकड़ उतनी मज़बूत नहीं थी? उसे अचरज हुआ, क्योंकि सबूत का एक टुकड़ा जो अब वजूद में नहीं है उसका कभी तो अस्तित्व था ही?

आज हालाँकि मान भी लें कि किसी तरह उसे राख से वापस बरामद कर लिया गया तब भी वह तस्वीर ख़ुद में साक्ष्य नहीं बन पाएगी। दरअसल जिस वक़्त

उसे इसका पता चला था उस समय ओशियनिया की यूरेशिया से जंग नहीं चल रही थी। उस समय के हिसाब से सच यह बनता था कि तीनों मृतकों ने देश के साथ गद्दारी ईस्टेशिया के लिए मुखबिरी करके की थी। उसके बाद से भी दो या तीन बार, उसे याद नहीं कितनी बार, परिस्थिति बदल चुकी है। बहुत सम्भव है कि उनके इक़बालिया बयानों को बार-बार फिर से लिखा गया होगा और आज मूल तथ्यों और तारीख़ों का कोई ख़ास महत्त्व नहीं बच रहा होगा। अतीत केवल बदलता नहीं था बल्कि निरन्तर बदला जाता था। उसे कभी यह बात पूरी तरह समझ नहीं आई थी कि इतना बड़ा पाखंड आख़िर क्यों रचा जाता था। यह सवाल किसी दु:स्वप्न की तरह उसे सताता था। ये ठीक है कि अतीत को झुठलाने के तात्कालिक फ़ायदे हो सकते हैं लेकिन इसकी बुनियाद में जो मंशा थी वही अपने आप में रहस्यमय थी। उसने क़लम उठाई और लिख डाला :

*मैं **कैसे** को समझता हूँ : मुझे **क्यों** का जवाब नहीं मालूम।*

उसे शक हुआ कि कहीं वही तो विक्षिप्त नहीं है। पहले भी कई बार उसे ऐसा लगा था। पागल होना शायद अपने आप में अकेला होना था। एक ज़माना वह भी था जब उसे पागल समझा जाता था जो मानता था कि सूरज का चक्कर धरती लगाती है। आज यह मानने वाले को पागल समझा जाता है कि अतीत बदला नहीं जा सकता। हो सकता है कि वह अकेला ही ऐसा मानता हो, और यदि वाक़ई वह अकेला ही है तो पक्का विक्षिप्त है। वैसे, पागल होने का ख़याल उसे बहुत परेशान नहीं करता था, लेकिन इसमें सबसे बड़ा डर यह छिपा था कि कहीं वह यहाँ भी ग़लत न साबित हो जाए।

उसने बच्चों की इतिहास वाली किताब उठाई और उसके मुखपृष्ठ पर बनी मोटा भाई की तस्वीर को देखने लगा। उसकी सम्मोहक आँखें उसकी आँखों में झाँक रही थीं। ऐसा लगता था गोया कोई बहुत भारी ताक़त आपको ऊपर से दबाए दे रही हो। कुछ ऐसा जो आपकी खोपड़ी में ज़बरन घुस गया हो, आपकी आस्थाओं के चलते आतंकित कर रहा हो और ज़बरदस्ती कर रहा हो कि आप अपनी इंद्रियों से अनुभूत चीज़ों पर विश्वास करना छोड़ दें। ऐसे ही रहा तो एक दिन पार्टी ऐलान कर देगी कि दो और दो पाँच होते हैं और आपको मानना पड़ेगा। और ऐसा आज नहीं तो कल होना ही है। उनकी तर्क पद्धति को ही इसकी दरकार है। उनका दर्शन न सिर्फ़ आपके अनुभवों की वैधता को, बल्कि बाहरी दुनिया में मौजूद हक़ीक़त

के वजूद को ही नकारता है। यहाँ पाखंड और विधर्म ही सहज ज्ञान है। भयावह बात यह है कि वे आपको दूसरे तरीक़े से सोचने के लिए जान से नहीं मारेंगे बल्कि इसलिए क्योंकि वे सही हो सकते हैं। वैसे भी, क्या तरीक़ा है जानने का कि दो और दो चार ही होते हैं? या फिर यह कि गुरुत्व नाम का कोई बल काम करता है? या फिर यह जानने का कि अतीत को बदला नहीं जा सकता? अगर अतीत और बाहरी जगत केवल आपके दिमाग़ की पैदाइश है और दिमाग़ को काबू में किया जाना मुमकिन है, तब क्या?

नहीं! उसके भीतर से आवाज़ आई। ऐसा लगा कि उसके भीतर अपने आप साहस इकट्ठा हो गया है। उसके दिमाग़ में ओ'ब्रायन का चेहरा घूम गया, हालाँकि इसकी कोई ज़ाहिर वजह नहीं थी। वह अब पहले से कहीं ज़्यादा इस बात से आश्वस्त था कि ओ'ब्रायन उसके पाले का आदमी है। वह ओ'ब्रायन के लिए डायरी लिख रहा था—ओ'ब्रायन को सम्बोधित। यह एक अन्तहीन पत्र था जिसे कोई भी, कभी भी नहीं पढ़ेगा, लेकिन यह एक ख़ास शख़्स को सम्बोधित था और वहीं से अपनी प्रेरणा खींच रहा था।

पार्टी का कहना था कि आप अपनी आँखों देखी और कानों सुनी को ख़ारिज करें। यह उनका अन्तिम और सबसे ज़रूरी निर्देश था। उसे अब यह महसूस हुआ कि कितनी बड़ी ताक़त उसके ख़िलाफ़ काम कर रही थी। उसे तो पार्टी का कोई भी बौद्धिक कितनी आसानी से बहस में हरा देगा क्योंकि उनके महीन तर्क तो उसे समझ में आएँगे नहीं, फिर उनका जवाब देना तो दूर की बात रही। यही सब सोच के उसका दिल डूबा जा रहा था। इसके बावजूद वह अपनी जगह बिलकुल सही था। ग़लत तो वे थे। जो कुछ भी ज़ाहिर है, सहज है और सच है, उसे बचाया ही जाना होगा। स्वयंसिद्ध चीज़ें सत्य होती हैं। बस वहीं खूँटा गाड़ दो। बुनियादी बात यह है कि यह मूर्त जगत अस्तित्व में है और इसके नियम नहीं बदलते। पत्थर ठोस होता है, पानी गीला होता है, बिना किसी बाहरी बल प्रयोग या सहारे के चीज़ें धरती के केन्द्र की ओर गिरती हैं। उसे लगा कि वह ओ'ब्रायन से संवाद कर रहा है और एक महत्त्वपूर्ण सिद्धान्त की स्थापना कर रहा है, सो उसने लिखा :

दो और दो मिलकर चार होते हैं, ऐसा कहने की आज़ादी ही आज़ादी है।
अगर इतनी आज़ादी है, तो बाक़ी सब कुछ यहीं से निकलेगा।

8

गलियारे में कहीं नीचे से भुनी हुई कॉफ़ी की ख़ुशबू—विक्टरी कॉफ़ी नहीं, असली कॉफ़ी—हवा में तैरती हुई सड़क तक आई। विंस्टन के पाँव अपने आप ठिठक गए। दो सेकंड के लिए उसे अपने बचपन की याद हो आई, जिसे वह आधा भुला चुका था। फिर ज़ोर से एक दरवाज़ा बजा और उस आवाज़ के साथ ही वह ख़ुशबू भी अचानक ही ग़ायब हो गई।

वह पटरी पर कई किलोमीटर पैदल चलकर आ चुका था और उसके टखने का अल्सर अब कष्ट दे रहा था। बीते तीन हफ़्ते में यह दूसरी बार था कि उसने सामुदायिक केन्द्र की शाम गोल कर दी थी। यह लापरवाह हरकत थी क्योंकि इतना तो तय था कि वहाँ सबकी हाज़िरी बाक़ायदा गिनी जाती थी। क़ायदे के मुताबिक़ पार्टी के सदस्यों के पास ख़ाली समय नहीं होना चाहिए था और अपने बिस्तर के अलावा कहीं भी वे अकेले नहीं हो सकते थे। यह मानकर चला जाता था कि जब वह काम पर न हो, खा न रहा हो या सो न रहा हो तो किसी न किसी क़िस्म के सामुदायिक मनोरंजन में भाग ले रहा होगा। कोई भी ऐसी गतिविधि जो एकाकीपन की चाह को दर्शाती हो, चाहे अकेले टहलने जाने की इच्छा भी, वह हमेशा ही थोड़ा ख़तरे का सबब होती थी। न्यूस्पीक में ऐसी प्रवृत्ति के लिए एक शब्द था—स्वजीवन या ओनलाइफ। इसका आशय व्यक्तिवाद या असामान्यता से लगाया जाता था। उस शाम हालाँकि मंत्रालय से विंस्टन जब बाहर आया तो अप्रैल की कोमल हवा ने उसे मोह लिया। आकाश भी थोड़ा गाढ़ा नीला था। ऐसा आकाश उसने उस साल में एक बार भी नहीं देखा था। ऐसे में अचानक सामुदायिक केन्द्र की वह भीड़-भड़क्के वाली लम्बी शाम, वही उबाऊ-थकाऊ खेल, व्याख्यान, जिन के प्याले पर जुड़ने वाली नाज़ुक मित्रताएँ, ये सब बरदाश्त करने लायक़ नहीं था। इसीलिए एक झटके में वह बस स्टॉप से वापस मुड़ गया और लंदन की जटिल सड़कों की

ओर पैदल ही निकल लिया। पहले दक्षिण, फिर पूरब, फिर वापस उत्तर में मुड़ा और इस तरह अनजान सड़कों के बीच वह कहीं गुम हो गया। अब उसे दिशा का कोई भान नहीं था और वह बेपरवाह चला जा रहा था।

"अगर कहीं उम्मीद बची है," उसने अपनी डायरी में लिखा था, "तो वह सर्वहारा में है।" ये शब्द घूम-फिर कर उसके पास लौट आते थे, जैसे कोई रहस्यमय सच हो या कोई ऐसी बेतुकी बात जो उसे भीतर से महसूस होती हो। अभी वह भूरे रंग की कुछ अजीबोग़रीब झुग्गियों के बीच था। कभी जहाँ सेंट पैनक्रैस स्टेशन हुआ करता था, यह जगह उसके उत्तर और पूरब में थी। वह छोटे-छोटे दोमंज़िला मकानों के साथ वाली एक सड़क से गुज़र रहा था जिस पर छोटे-छोटे पत्थरों के पैबन्द लगे थे। उन मकानों की चौखट टूटी-फूटी थी। उनके दरवाज़े सीधे पटरी पर खुलते थे। उन्हें देखकर लगता था कि चूहों ने यहाँ पर बिल बना रखे हैं। पत्थरों के बीच में कहीं-कहीं गन्दा पानी जमा हुआ था। उन अँधियारी चौखटों के आर-पार और दोनों ओर अलग-अलग शाखाओं में फूटती सँकरी गलियों में बर्र के छत्ते की तरह लोग जमा थे—अनगढ़ ढंग से लिपस्टिक पोते नौजवान लड़कियाँ और उनको ताड़ते हुए पीछा कर रहे लड़के, ठुमकती हुई मोटी औरतें जिनकी तरह उन लड़कियों को आज से दस साल बाद हो जाना था, छितराए पंजों पर चहलक़दमी करते निहुरे हुए बूढ़े और खुरदरे पंजों वाले बच्चे, जो पानी के गड़हों में नंगे पैर छप-छप खेल रहे थे और ग़ुस्से में चीख़ती अपनी माँओं की आवाज़ सुनते ही इधर-उधर छिटक जाते थे। उस सड़क पर शायद एक-चौथाई मकानों की खिड़कियाँ टूटी हुई थीं और उन पर तख़्ती चढ़ी हुई थी। वहाँ ज़्यादातर लोगों का ध्यान विंस्टन की ओर नहीं गया। कुछ थे जो थोड़ा सतर्क जिज्ञासा के साथ उसे देख रहे थे। एक चौखट के बाहर अपने एप्रन के इर्द-गिर्द बाँह मोड़े खड़ी ललपित्ती चमड़ी वाली दो कुरूप औरतें आपस में बात कर रही थीं। उनके पास पहुँचते ही विंस्टन को बातचीत के कुछ टुकड़े सुनाई दिए।

"हाँ," मैं उससे यही कह रही थी कि "ये सब तो ठीक है लेकिन अगर तुम मेरी जगह रही होती तो तुम भी वही करती जो मैंने किया। दूसरे की कमी निकालना आसान होता है," मैं बोली, "लेकिन मेरी समस्या कुछ और है, तुम उसको नहीं समझोगी।"

दूसरी ने कहा, "हाँ, सही बात है। बिलकुल सही बात है।" अचानक दोनों की तेज़ आवाज़ आना बन्द हो गई जब वह बग़ल से गुज़रा। दोनों ने चुपचाप

उसका मुआयना किया, लेकिन उनकी निगाह में कोई विद्वेष का भाव नहीं था। बस एक क़िस्म का चौकन्नापन था, जैसे एक पल के लिए किसी अपरिचित जानवर के क़रीब आ जाने से कोई सीधा तनकर खड़ा हो जाता है। ऐसी सड़कों पर पार्टी की नीली वर्दी वाले आदमी का दिखना आम बात नहीं थी। वास्तव में ऐसी जगहों पर पाया जाना समझदारी भरा काम नहीं था, जब तक कि किसी ठोस काम से आप यहाँ न आए हों। अगर सामने गश्ती दल वाले पड़ गए तो वे पक्का रोक लेंगे और सवालों की बौछार कर देंगे। "क्या हम आपके काग़ज़ देख सकते हैं, कॉमरेड? आप यहाँ क्या कर रहे हैं? कितने बजे आप दफ़्तर से निकले थे? क्या इस रास्ते से रोज़ अपने घर जाते हैं आप?" ऐसे ही दुनिया भर के सवाल। किसी अलग रास्ते से घर जाने की कोई मनाही या नियम नहीं था, लेकिन इसकी भनक अगर विचार पुलिस को लग जाती तो बेमतलब उनका ध्यान आपकी ओर खिंच जा सकता था।

अचानक सड़क पर हल्ला मच गया। हर ओर से चेतावनियों की आवाज़ आने लगी। लोग ख़रगोशों की तरह दरवाज़ों की ओर भागने लगे। विंस्टन के थोड़ा सा आगे ही एक नौजवान महिला अचानक अपने दरवाज़े से बाहर आई, पानी में खेलते अपने बच्चे को उसने गोदी में उठाया और उसी एक झटके में वापस छलाँग लगाकर अपनी जगह पहुँच गई। ठीक उसी वक़्त काले सूट में एक व्यक्ति जो बग़ल वाली गली से निकला था, आकाश की ओर इशारा करते हुए विंस्टन की तरफ़ लपका।

"स्टीमर!" वह चिल्लाया। "ध्यान से गवर्नर साहब! आपके सिर के ठीक ऊपर है! लेट जाइए, जल्दी!"

पता नहीं क्यों, जनता रॉकेट बम को स्टीमर बोलती थी। विंस्टन तुरन्त सतर्क होकर नीचे की ओर झुक गया। इस तरह के मामलों में जनता की छठी इंद्रिय बहुत तेज़ काम करती थी और अकसर ही उनकी चेतावनी सही निकलती थी। पता नहीं उनके भीतर कौन सी सूझबूझ थी कि वे रॉकेट गिरने से कुछ सेकंड पहले ही उसे भाँप लेते थे, हालाँकि रॉकेट की रफ़्तार आवाज़ से तेज़ होती है। विंस्टन ने अपने सिर के ऊपर अपने हाथ कस लिए। एक ज़बरदस्त धमाका हुआ। ऐसा लगा कि जैसे सड़क किनारे की पटरी उखड़ गई हो। उसे पीठ पर हल्की-फुल्की चीज़ों की बौछार सा कुछ अहसास हुआ। जब सीधा खड़ा हुआ तो पता चला कि पास वाली खिड़की के काँच के टुकड़ों से वह ढका हुआ था।

वह चलता रहा। इस बम ने सड़क पर कोई 200 मीटर के दायरे में कुछ

मकानों को नष्ट कर दिया था। हवा में काले धुएँ का थक्का लटका पड़ा था और नीचे प्लास्टर और धूल का एक बादल, जिसके इर्द-गिर्द लोग जुटना शुरू हो गए थे। पटरी पर उसके ठीक आगे प्लास्टर का एक घूरा जमा हुआ था जिसके ठीक बीचोबीच उसको कुछ चमकदार लाल रंग का दिख रहा था। पास पहुँचने पर उसने देखा कि वह किसी का कटा हुआ हाथ था जो कलाई से अलग हो गया था। वहाँ जमे ख़ून के थक्के को छोड़ दें तो हाथ कुछ इस तरह से सफ़ेद पड़ चुका था जैसे उस पर प्लास्टर चढ़ा हो।

उसने एक लात मारकर उसको गटर में पहुँचा दिया और भीड़-भाड़ से बचने के लिए दाईं ओर की एक सड़क पर मुड़ गया। तीन से चार मिनट के भीतर वह उस इलाक़े से बाहर निकल आया था जहाँ धमाका हुआ रहा। बिलकुल पहले जैसा दृश्य सामने था। यहाँ भी भीड़ कुछ इस तरह जमा थी जैसे कुछ हुआ ही न हो। शाम के आठ बजने को थे और शराब के ठेकों पर जनता जुटी पड़ी थी। वे लोग इन्हें पब कहते थे, जिनके लगातार खुल रहे और बन्द हो रहे डोलने वाले मैले दरवाज़ों के भीतर से पेशाब, लकड़ी के बुरादे और खट्टी बीयर का मिला-जुला भभका आ रहा था। सामने एक मकान था जिसका आगे वाला हिस्सा कुछ बाहर की ओर निकला हुआ था। उसी के एक कोने में तीन आदमी बहुत सटकर खड़े थे। बीच वाला आदमी एक मुड़ा हुआ अख़बार पकड़े हुए था और बाक़ी दोनों उसके कन्धे पर उचककर अख़बार पढ़ रहे थे। क़रीब आकर विंस्टन उनके चेहरों को ग़ौर से पढ़ पाता, उससे पहले ही उनकी भंगिमाओं से उसे लगा कि वे पूरी तरह अख़बार में डूबे हुए हैं। ज़ाहिर है कोई गम्भीर ख़बर ही रही होगी। उनसे वह कुछ ही क़दम की दूरी पर था कि अचानक तीनों छिटक गए और दो लोग आपस में भिड़ गए। एक पल को लगा कि बात मारामारी तक पहुँच जाएगी।

"तुम्हें सुनाई नहीं दे रहा मैं क्या कह रहा हूँ? चौदह महीने से एक भी नम्बर ऐसा नहीं लगा जिसके अन्त में सात हो।"

"बताऊँ, लगा हो तो!"

"नहीं, एक बार भी नहीं। दो साल तक घर पर मैंने एक-एक नम्बर काग़ज़ पर खोज-खोज कर लिख मारे थे लेकिन हर बार नियम से सब बेकार हो जाते हैं। मैं बता रहा हूँ न सात से ख़त्म होने वाला एक भी नम्बर नहीं लगेगा।"

"लगा है, सात वाला लगा है एक बार। मैं पक्का बता रहा हूँ चार सौ सात लगा था। फरवरी में—फरवरी के दूसरे हफ़्ते में।"

"तुम्हारी माँ का फरवरी! साफ़-साफ़ एक-एक नम्बर जुटाया था मैंने और बता रहा हूँ एक भी नहीं, एक भी।"

"एह, चलो हो गया, ख़त्म करो," तीसरे ने कहा।

वे लोग लॉटरी के बारे में बात कर रहे थे। कोई तीस मीटर आगे जाने के बाद विंस्टन ने पीछे मुड़कर देखा। वे अब भी बहस कर रहे थे। उनका चेहरा अलग-अलग साफ़ नज़र आ रहा था। यहाँ हर हफ़्ते लॉटरी निकलती थी और भारी इनाम का ऐलान होता था। यह इकलौता ऐसा आयोजन था जिसमें जनता की गम्भीर दिलचस्पी थी। यह भी हो सकता है कि ऐसे लाखों आम लोग रहे हों जिनके जीने की और वजहों के बीच लॉटरी सबसे बड़ी वजह थी। लॉटरी उनके लिए आनन्द, मूर्खता, दर्दनाशक और बौद्धिक ख़ुराक का काम करती थी। लॉटरी की बात आने पर तो अनपढ़-गँवार लोग भी गणित लगा लेते थे और इनकी याददाश्त इस मामले में बहुत तेज़ थी। एक समूची प्रजाति थी ऐसे लोगों की जो सट्टा-लॉटरी, भविष्यवाणी, क़िस्मती तावीज़ आदि के धंधे से अपनी ज़िन्दगी चला रहे थे। विंस्टन का लॉटरी के धंधे से वैसे तो कोई लेना-देना नहीं था क्योंकि यह श्री मंत्रालय के अधीन आता था, लेकिन उसे इतना पता था (पार्टी में हर किसी को पता था) कि लॉटरी निकलने पर दिए जाने वाले इनाम ज़्यादातर काल्पनिक होते हैं। हक़ीक़त में बहुत मामूली राशि दी जाती थी जीतने वालों को जबकि बड़ी रक़म जीतने वाला आदमी आम तौर से बेनाम होता था, जिसका कहीं कोई अता-पता न था। चूँकि ओशियनिया के एक हिस्से का दूसरे के साथ कोई सम्पर्क नहीं था इसलिए इस कारोबार को सँभालने में दिक़्क़त नहीं आती थी।

फिर भी अगर कहीं कोई उम्मीद थी तो वह जनता में ही थी। इस खूँटे को छोड़ना नहीं था। यह बात बोलने में तार्किक लगती है लेकिन जब आप पटरी पर अपने बग़ल से गुज़र रहे इनसानों को देखते हैं तब इसको लेकर आपके मन में आस्था जगती है। उसे लगा कि वह यहाँ पहले भी आ चुका है और पास में ही एक मुख्य मार्ग होना चाहिए। वहीं कहीं आगे से चिल्लाने की आवाज़ें आ रही थीं। उस सड़क पर आगे एक तीखा मोड़ था जिसके बाद सीढ़ियाँ आ जाती थीं जो नीचे एक गली में ले जाती थीं, जहाँ कुछ रेहड़ी-पटरी वाले बासी सब्ज़ियाँ बेच रहे थे। अब जाकर विंस्टन को यह जगह याद आई। यह गली आगे मुख्य मार्ग पर निकलती थी और आगे जाकर पहले मोड़ पर ही, मुश्किल से पाँच मिनट की दूरी पर, एक कबाड़ी की दुकान है जहाँ से उसने वह कोरी डायरी ख़रीदी थी जिसमें

आजकल लिख रहा था। वहीं ज़्यादा दूर नहीं एक स्टेशनरी की छोटी-सी दुकान है जहाँ से उसने अपना क़लमदान और स्याही की शीशी ख़रीदी थी।

सीढ़ियों पर एक पल को वह ठिठका। गली के दूसरी ओर एक गन्दा सा पब था जिसकी खिड़कियों पर लगता था कि ओस जमी है लेकिन वह धूल की परत थी। झींगे जैसी बाहर की ओर निकली हुई सफ़ेद मूँछों वाला एक काफ़ी बूढ़ा आदमी, कमर से झुका हुआ लेकिन फुर्तीला, डोलने वाले दरवाज़े को धकेलकर भीतर घुसा। कम से कम अस्सी साल का तो रहा ही होगा वह, यानी जब क्रान्ति हुई होगी तो वह अधेड़ रहा होगा। वहीं खड़े-खड़े उसे देखते हुए विंस्टन के दिमाग़ में यह ख़याल कौंधा। वह और उसके जैसे लोग ही बीते ज़माने की पूँजीवादी दुनिया का आख़िरी सिरा हैं जो अब तक बचे हुए हैं। पार्टी के भीतर भी अब ऐसे लोग बहुत नहीं बचे जिनके विचार क्रान्ति के पहले बने रहे होंगे। पचास-साठ के दशक में चले महान सफ़ाए में पुरानी पीढ़ी के ज़्यादातर लोग मार दिए गए थे। जो बचे रह गए थे उन्हें पूरी तरह बौद्धिक आत्मसमर्पण के लिए मजबूर कर दिया गया। अगर इस सदी के शुरुआती दशकों का हाल बताने के लिए कोई ज़िन्दा बचा होगा तो पक्का वह जनता के बीच का ही कोई आदमी निकलेगा। अपनी डायरी में इतिहास की किताब से जो अंश उसने नक़ल किए थे, अचानक विंस्टन के दिमाग़ में कौंध गए और वह उत्तेजित हो गया। पब में जाना है, बुड्ढे से परिचय गाँठना है और उससे सवाल पूछना है—अपने बचपन के बारे में बताइए। उन दिनों क्या माहौल हुआ करता था? आज के मुक़ाबले चीज़ें बेहतर थीं या बुरी?

इससे पहले कि मन में कोई डर बैठ जाए, बिना कोई समय गँवाए वह सीढ़ी से नीचे उतरा और वह सँकरी गली पार की। ज़ाहिर है यह सनक ही थी। जनता के आदमी से बात करने पर कोई रोक नहीं थी। उनके पब में जाने पर भी कोई रोक नहीं थी। फिर भी यह ऐसी असामान्य हरकत थी जो बिना नज़र में आए नहीं रह सकती थी। अगर कहीं गश्ती दल वाले मिल गए तो वह बेहोशी का नाटक कर लेगा, ये बात अलग है कि वे सहज ही उस पर विश्वास नहीं करेंगे। यही सोचते हुए उसने दरवाज़े को धकेला। खट्टे बीयर की भयानक बदबू ने उसका स्वागत किया। उसके घुसते ही वहाँ का कोलाहल लगभग आधा हो गया। अपने पीछे वह भाँप रहा था कि लोग उसकी नीली वर्दी पर निगाह गड़ाए हुए थे। कमरे के दूसरे छोर पर चल रहे निशाना लगाने वाले डार्टगेम में कोई तीस सेकंड के लिए खलल पड़ गया। जिस बूढ़े का पीछा करते हुए वह आया था, वह काउंटर पर बारवाले

से किसी बहस में उलझा हुआ था। बारवाला लम्बा, तगड़ा, बड़ी सी नाक वाला आदमी था जिसकी बाँहें बहुत पुष्ट थीं। आसपास जुटी मंडली में लोग अपने-अपने गिलास लिये तमाशा देख रहे थे।

बूढ़े ने झगड़े की मुद्रा में अपने कन्धे झटकते हुए कहा, "तुम्हें समझ नहीं आ रहा मैंने क्या कहा? ऐसे कैसे तुम कह सकते हो कि पूरी दुकान में एक पिंट का मग तक नहीं है तुम्हारे यहाँ?" काउंटर पर अपने हाथ की उँगलियों पर ज़ोर देकर आगे की ओर उचकते हुए बारवाले ने जवाब दिया, "यह पिंट क्या बला है?" "लानत है! अपने को बारमैन कहते हुए शर्म नहीं आती जब यही नहीं पता कि पिंट क्या होता है। पिंट का मतलब है आधा लीटर से ज़्यादा और चार पिंट मिलकर एक गैलन बनता है। अब लगता है तुम्हें ए बी सी भी सिखानी पड़ेगी।" बारवाले ने संक्षिप्त सा जवाब दिया, "मैंने तो कभी नहीं सुना। हम लोग तो केवल एक लीटर और आधा लीटर ही बेचते हैं। वह आपके सामने शेल्फ पर गिलासें रखी हुई हैं।"

बूढ़े ने ज़ोर देकर कहा, "मुझे तो पिंट पसन्द है। तुम चाहते तो बड़ी आसानी से मेरे लिए एक पिंट ला सकते थे। मेरी जवानी के दिनों में ये लीटर नहीं हुआ करते थे।"

बारवाला वहाँ खड़े दूसरे लोगों की ओर देखकर बोला, "जब आप जवान थे तो हम लोग पेड़ों पर रहते थे।"

इस बात पर सभी ठठाकर हँस पड़े और विंस्टन के आने से माहौल में जो असहजता पैदा हो गई थी वह चली गई। बूढ़े का ठूँठ जैसा सफ़ेद चेहरा गुलाबी पड़ गया। वह ख़ुद में कुछ बड़बड़ाते हुए पीछे मुड़ा और विंस्टन से जा टकराया। विंस्टन ने हल्के से उसकी बाँह पकड़कर सहारा दिया।

विंस्टन ने उससे पूछा, "क्या मैं आपके लिए ड्रिंक ले सकता हूँ?"

"भले आदमी," अपने कन्धे झटकते हुए बूढ़े ने कहा। शायद उसकी नज़र विंस्टन की नीली वर्दी पर अब तक नहीं गई थी। बारवाले की ओर देखते हुए वह बोला, "पिंट!" और थोड़ा आक्रामक होकर आगे जोड़ दिया, "पिंट ऑफ़ वैलप।"

काउंटर के नीचे रखी बाल्टी के पानी में खँगालकर बारवाले ने दो गिलास निकाले और उनमें आधा-आधा लीटर गाढ़ी भूरी बीयर उड़ेल दी। जनता के पब में केवल बीयर मिलती थी। उन्हें जिन पीने की मनाही थी, हालाँकि कोई चाहे तो बड़ी आसानी से मिल जाती थी। डार्टगेम अपने शबाब पर था और काउंटर के पास खड़े लोगों की मंडली लॉटरी के बारे में बात कर रही थी। एक पल के लिए

विंस्टन की मौजूदगी को लोगों ने भुला दिया था। वहाँ खिड़की के नीचे एक मिक़दार टेबल थी जहाँ दोनों बैठकर बात कर सकते थे जो किसी को सुनाई नहीं पड़ता। यह काम ख़तरे से ख़ाली नहीं था लेकिन शुक्र है कि कमरे में कोई टेलिस्क्रीन नहीं था। विंस्टन ने पहले घुसते ही इस बात को पकड़ लिया था।

टेबल पर गिलास रखकर आराम से बैठते हुए बूढ़े ने कहा, "वह चाहता तो मुझे पिंट दे सकता था। आधे लीटर से काम नहीं चलता, मन नहीं भरता है। एक लीटर ज़्यादा हो जाती है। एक तो पैसे का मामला है, फिर मेरा पेट भी ख़राब हो जाता है।"

विंस्टन ने थोड़ा लापरवाही से पूछा, "अपनी जवानी के दिनों से लेकर अब तक आपने तो काफ़ी बदलाव देखे होंगे।"

बूढ़े की हल्की नीली पुतलियाँ डार्टबोर्ड से घूमती हुई काउंटर तक गईं, फिर उधर जिधर पुरुष लिखा हुआ था, गोया उन बदलावों का मुआयना वह यहीं बार में कर रहा हो।

उसने कहा, "बीयर अच्छी मिलती थी। और सस्ती भी थी! मैं जब जवान था, तब हल्की बीयर चार पेंस की एक पिंट मिला करती थी। हम लोग उसे वैलप कहते थे। ये जंग से पहले की बात है।"

विंस्टन ने पूछा, "कौन सी जंग?"

बूढ़े ने हवा में जवाब दिया, "सब जंग ही तो है।" उसने गिलास उठाई, कन्धों को झटककर सीधा किया और बोला, "तुम्हारी सेहत के नाम ये जाम।"

उसकी दुबली गरदन से बाहर उभरा हुआ नुकीला कंठ काफ़ी तेज़ी से ऊपर-नीचे हरकत में आया और सारी बीयर भीतर चली गई। विंस्टन काउंटर पर गया और दो आधा लीटर और उठा लाया। ऐसा लगा कि बूढ़ा आदमी भूल चुका था एक लीटर उसे नहीं पचती।

विंस्टन बोला, "आप तो मेरे से बहुत ज़्यादा उम्र के हैं। मेरे जन्म के वक़्त तो आप बहुत बड़े रहे होंगे। आपको याद होगा कि क्रान्ति से पहले पुराने दिन कैसे थे। मेरा मतलब है कि मेरी उम्र के लोगों को उस दौर के बारे में वास्तव में कुछ नहीं पता। हम लोग तो बस किताबों में पढ़ लेते हैं लेकिन किताबें पता नहीं कितना सच बताती होंगी। इस पर थोड़ा बताइए न। जैसे इतिहास की किताब में लिखा है कि क्रान्ति से पहले ज़िन्दगी आज से बिलकुल अलग हुआ करती थी। भयंकर उत्पीड़न था, नाइंसाफ़ी थी, ग़रीबी हमारी कल्पना से भी ज़्यादा थी। यहाँ लंदन में

ज़्यादातर लोगों को पूरी ज़िन्दगी खाने को ठीक नहीं मिलता था। आधे लोगों के पास तो पहनने को जूते भी नहीं होते थे। दिन में बारह घंटे काम करना पड़ता था। नौ साल में ही बच्चे स्कूल छोड़ देते थे। एक कमरे में दस-दस लोग रहते थे। और उसी समय कुछ मुट्ठी भर लोग, कुछ हज़ार लोग जिन्हें पूँजीपति कहते थे, बहुत पैसे वाले और ताक़तवर थे। हर चीज़ उनकी थी। वे विशाल भव्य मकानों में रहते थे और उनके यहाँ तीस नौकर हुआ करते थे। वे लोग मोटरकार और चार घोड़ों से जुती बग्घी में चलते थे। वे शैम्पेन पीते थे, लम्ब टोप पहनते थे।"

अचानक बूढ़े की आँखों में चमक आ गई।

उसने कहा, "लम्ब टोप! मस्त याद दिलाए। कल ही मेरी खोपड़ी में यह बात आई थी। पता नहीं क्यों, मैं तो बस सोच रहा था। मैंने तो बरसों से लम्ब टोप नहीं देखी। अब तो ग़ायब हो चुकी है। पिछली बार मैंने अपनी साली के कफ़न-दफ़न में एक लम्ब टोप पहनी थी। और ये बात—ख़ैर, तारीख़ तो क्या ही याद है, कोई पचास साल पहले की बात होगी। समझो कि उसी मौक़े के लिए मैंने उसे किराए पर लिया था।"

विंस्टन ने थोड़ा धैर्य बरतते हुए कहा, "मैं लम्ब टोप की बात नहीं कर रहा था। वह उतना ज़रूरी नहीं है। असल बात वे पूँजीपति और उनके सहारे रहने वाले कुछ वकीलों और पंडों की थी जो इस धरती पर राज करते थे। हर चीज़ उन्हीं को फ़ायदा पहुँचाने के लिए थी। आप जैसे आम लोग—मज़दूर लोग तो उनके ग़ुलाम थे। वे जो चाहते आपके साथ कर सकते थे। वे आप लोगों को मवेशियों की तरह लादकर के कनाडा भेज देते थे। आपकी बेटियों के साथ अपनी मर्ज़ी से जब चाहे सो सकते थे। वे आपको कई सोंटे वाले कोड़े से पीटने का फ़रमान दे सकते थे। उनके सामने से गुज़रने पर आप लोगों को अपनी टोपी उतारनी पड़ती थी। और हर पूँजीपति के साथ उसके टट्टुओं का एक गिरोह चलता था जो...।"

बूढ़ा फिर से हरकत में आया।

"टट्टू!" वह बोला, "यह शब्द तो कितने वक़्त से मैंने नहीं सुना। टट्टू! इससे कुछ याद आ रहा है। ओह, याद पड़ता है कि बहुत साल पहले मैं इतवार की दोपहर कभी-कभार हाइड पार्क में जाया करता था लोगों के भाषण सुनने। कई लोग वहाँ भाषण देते थे—मुक्तिसेना के लोग, रोमन कैथलिक, यहूदी, हिन्दुस्तानी—हर तरह के लोग होते थे। उन्हीं में एक वक्ता था, मुझे नाम याद नहीं लेकिन ज़बरदस्त बोलता था। वह दबाकर उन्हें गरियाता था! वह कहता था, "टट्टू! बुर्जुआजी के

टट्टू! सत्ताधारियों के चाटुकार!" हाँ, एक और शब्द बोलता था वह—टुकड़खोर। और लकड़बग्घे भी—हाँ, पक्का, लकड़बग्घे बोलता था। तुम्हें तो पता होगा लेबर पार्टी के लिए ये नाम पुकारे जाते थे।"

विंस्टन को महसूस हुआ कि दोनों दो दिशाओं में बात कर रहे हैं।

उसने कहा, "देखिए, मैं दरअसल यह जानना चाह रहा था कि क्या आपको पहले के मुक़ाबले आज ज़्यादा आज़ादी का अहसास होता है? क्या आज आपको ज़्यादा इनसान समझकर बरताव किया जाता है? पुराने दिनों में अमीर लोग, ऊपर बैठे लोग...।"

बूढ़े ने याद करते हुए कहा, "हाउस ऑफ़ लॉर्ड्स।"

"चलिए, हाउस ऑफ़ लॉर्ड्स ही सही, लेकिन मैं जो कहना चाह रहा हूँ वह ये कि क्या ये लोग केवल इसलिए आप लोगों के साथ बुरा बरताव करते थे क्योंकि वे अमीर थे और आप ग़रीब? जैसे, मान लीजिए कि आप उनके पास से गुज़र रहे हों तो आपको अपनी टोपी उतारकर क्या उन्हें 'सर' बोलना होता था?"

ऐसा लगा कि बूढ़ा गहरी सोच में डूब गया हो। जवाब देने से पहले उसने आधी बीयर निपटा दी।

फिर बोला, "हाँ, वे चाहते थे कि हम उनके सामने अपनी टोपी उतार दें। ये इज़्ज़त देने के लिए किया जाता था। मैं ख़ुद इसे पसन्द नहीं करता था लेकिन कई बार मैंने भी ये किया है। कह सकते हो करना पड़ा।"

"और क्या ये सामान्य था—मतलब मैंने ये सब केवल किताबों में पढ़ा है—लेकिन क्या ये रोज़मर्रा की बात थी कि वे लोग या उनके आदमी आप लोगों को पटरी पर से गटर में धकेल देते थे?"

बूढ़े ने कहा, "बस एक बार किसी ने मुझे धकेला था। लगता है जैसे कल की ही बात हो। वह नौका दौड़ वाली रात थी। बहुत झगड़ा-फसाद होता था इसमें। बहुत बखेड़ा खड़ा करते थे सब बोट रेस वाली रात को। उसी रात शाफ्ट्सबरी एवेन्यू पर मैं एक आदमी से टकरा गया जो भाषण देता था। सज्जन लग रहा था देखने में—बढ़िया शर्ट, लम्ब टोप, काला ओवरकोट। वह पटरी पर लहराते हुए चल रहा था और मैं पता नहीं कैसे उससे टकरा गया। हादसा जैसा ही था। वह बोला, "देख के क्यों नहीं चलते?" मैंने कहा, "तुम्हारे बाप की सड़क है क्या?" उसने जवाब दिया, "मुझसे भिड़ोगे तो मैं तुम्हारी खोपड़ी उड़ा दूँगा।" मैंने कहा, "तुम नशे में हो, आधा मिनट नहीं लगेगा तुम्हें निपटाने में मुझे।" तुम मानोगे नहीं,

उसने मेरी छाती पर हाथ रखा और उठाकर ऐसा फेंका कि मैं वहाँ से गुज़र रही एक बस के चक्के के नीचे आते-आते बाल-बाल बच गया। ख़ैर, तब मैं भी जवान था, उसे छोड़ता नहीं।"

विंस्टन जैसे असहाय-सा महसूस करने लगा। बुड्ढे की याददाश्त में केवल छोटी-छोटी घटनाओं का कचरा भरा था, और कुछ नहीं। आप दिन भर उससे पूछते रहिए, कुछ क़ायदे का हाथ नहीं लगने वाला। हो सकता है कि पार्टी का बताया इतिहास सच ही हो, सम्भव है पूरी तरह सच हो। उसने आख़िरी दाँव खेला।

विंस्टन बोला, "लगता है मैं अपनी बात समझा नहीं पाया आपको। मैं जो कहना चाह रहा था वह ये है कि आप बहुत पुराने आदमी हैं और आधी ज़िन्दगी आप क्रान्ति से पहले जी चुके थे। 1925 में तो अच्छे-ख़ासे बड़े रहे होंगे। आपने उस वक़्त जो भी देखा-सुना था, उसके आधार पर क्या इतना बता सकते हैं कि 1925 की ज़िन्दगी आज से बेहतर थी या नहीं? अगर आपको चुनने का मौक़ा मिले, तो आप क्या उस दौर में वापस जाना चाहेंगे?"

बुड्ढा कुछ देर डार्ट बोर्ड पर ध्यान लगाकर देखता रहा। फिर उसने बीयर निपटाई, धीरे-धीरे। फिर उसके मुँह से जब ज़बान निकली तो उसका अन्दाज़ फ़लसफ़ाना था गोया बीयर ने उसे भीतर से पिघला दिया हो।

"मैं जानता हूँ कि तुम मुझसे क्या कहलवाना चाह रहे हो। तुम चाहते हो मैं ये बोलूँ कि जैसे मैं जल्द ही फिर से जवान हो जाऊँगा। ज़्यादातर लोगों से पूछो तो वे यही कहेंगे कि वे जवान होना चाहते हैं। जवानी में आप स्वस्थ होते हैं, ताक़तवर होते हैं। मेरी उम्र तक पहुँचते-पहुँचते आप हमेशा दुरुस्त नहीं रह पाते। जैसे मेरे पैर में पता नहीं क्या गड़ता रहता है और मेरा पेट तो ख़राब ही रहता है। रात में छह-सात बार बिस्तर से उठना पड़ता है। बूढ़े होने के हालाँकि अपने फ़ायदे भी हैं। आपकी चिन्ताएँ वही नहीं रह जातीं। औरतों का झंझट भी नहीं रहता, और इससे बढ़िया क्या होगा। अगर बड़ाई की ही बात है, तो मैं तीस साल से किसी औरत के पास नहीं गया। इच्छा भी नहीं है। और क्या चाहिए।"

विंस्टन खिड़की की सिल से पीठ टिकाकर बैठ गया। कोई फ़ायदा नहीं था और बात करने का। उसने सोचा थोड़ी और बीयर ले आवे लेकिन इतने में ही बुड्ढा वहाँ से उठा और तेज़ी से कमरे के एक ओर बदबूदार शौचालय की ओर लपका। लगता है कि आधा लीटर ज़्यादा बीयर अपना काम कर गई थी। अपने ख़ाली गिलास को

देखता विंस्टन एकाध मिनट वहाँ बैठा रहा, फिर उसे पता ही नहीं चला कि कब उसके पैर उसे वापस सड़क पर खींच लाए। वह सोच रहा था कि एक साधारण सहज सा सवाल कि "ज़िन्दगी क्रान्ति से पहले बेहतर थी या अब है?" बमुश्किल अगले बीस साल में हमेशा के लिए जवाब देने लायक़ ही नहीं रह जाएगा। वैसे तो आज भी इसका जवाब नहीं मिल पा रहा क्योंकि बीते ज़माने के एकाध छिटके हुए लोग आज और कल में फ़र्क़ ही नहीं बरत पा रहे। तमाम अवांट-बवांट चीज़ें उन्हें याद हैं—काम पर अपने साथी से हुआ झगड़ा, साइकिल के खोये हुए पम्प की तलाश, काफ़ी पहले गुज़र चुकी बहन के चेहरे के भाव, सत्तर साल पहले की किसी सुबह हवा में उठता धूल का बवंडर; लेकिन जितने भी काम के तथ्य हैं सब उनकी स्मृति से बाहर जा चुके हैं। ये लोग चींटी की तरह हैं। बस छोटी-छोटी चीज़ें देख पाते हैं, बड़ी चीज़ें नहीं। ऐसे में जब याददाश्त जवाब दे जाती है और सारे दस्तावेज़ों को झूठा बनाया जा चुका होता है, तब पार्टी के इस दावे को मानना ही पड़ता है कि जीने के इनसानी हालात सुधरे हैं क्योंकि कोई ऐसा पैमाना मौजूद ही नहीं है, न कभी होगा जिससे तुलना करके इस दावे की जाँच की जा सके।

उसके विचारों की रेल यहीं आकर अचानक रुक गई। उसने ठहरकर ऊपर देखा। वह एक सँकरी गली में था जहाँ मकानों के बीच अँधेरे में कुछ छोटी-छोटी दुकानें फैली हुई थीं। उसके सिर के ठीक ऊपर धातु के तीन बदरंग गोले लटक रहे थे जिनसे पता लगता था कि उन पर कभी सोने का पानी चढ़ा रहा होगा। उसे लगा कि इस जगह से वह परिचित है। हाँ, बेशक! वह उसी कबाड़ी की दुकान के बाहर खड़ा था जहाँ से उसने डायरी ख़रीदी थी।

भय की एक हल्की सी टीस उसके भीतर उठी। उसी समय वह डायरी ख़रीदना लापरवाही भरा काम था। तभी उसने क़सम खाई थी कि दोबारा यहाँ आसपास फटकेगा भी नहीं। और फिर से जैसे ही उसने अपने विचारों को खुला छोड़ा, उसके पाँव अपने आप चलते हुए उसे यहाँ तक लेकर आ गए। वास्तव में ऐसे ही आत्मघाती आवेगों से बचने के लिए उसने डायरी लिखनी शुरू की थी। उसका ध्यान गया कि रात के नौ बजने को हैं लेकिन दुकान अब तक खुली हुई है। उसे लगा कि बाहर पटरी पर खड़े रहने के बजाय कम से कम भीतर वह कम संदिग्ध दिखेगा, उसने चौखट लाँघ ली और भीतर चला आया। कोई पूछे तो वह झट से बोल देगा कि रेजर की ब्लेड लेने वहाँ आया था।

दुकान मालिक ने अभी-अभी बत्ती जलाई थी। उसके जलने की महक गन्दी लेकिन परिचित सी लगती थी। वह साठ साल का शख़्स रहा होगा, कमज़ोर और झुका हुआ, लम्बी और भद्र नाक वाला और सौम्य आँखों वाला जो मोटे चश्मे के भीतर से थोड़ा टेढ़ी-मेढ़ी दिखती थीं। उसके बाल तक़रीबन सारे सफ़ेद थे लेकिन भौंहें काली और घनी थीं। उसका चश्मा, उसकी विनम्र चाल और उसकी पहनी पुराने ढंग की काली मखमली जैकेट से उसके इर्द-गिर्द एक बौद्धिकता का आभामंडल-सा दिखता था, जैसे कि वह साहित्य-संगीत का आदमी हो। उसकी आवाज़ नरम और म्लान थी, उसकी भाषा बाक़ी जनता के मुक़ाबले कम भ्रष्ट थी।

उसने छूटते ही कहा, "मैंने आपको बाहर से ही पहचान लिया था। आप ही न थे जिन्होंने वह जवान लड़कियों को तोहफ़े में दी जाने वाली सादी किताब ख़रीदी थी। क्या मक्खन काग़ज़ था उसका। उसे क्रीम-लेड कहते थे। हिमाकत होगी, जो मैं आपको बताऊँ कि ऐसा काग़ज़ तो बीते पचास साल में आज तक नहीं बना।" अपने चश्मे के ऊपर से उसने विंस्टन पर निगाह डाली। "क्या मैं आपकी कुछ ख़ास सेवा कर सकता हूँ? या फिर आप बस ऐसे ही घूमकर देखना चाहेंगे?"

विंस्टन ने बेपरवाही से कहा, "मैं तो बस इधर से गुज़र रहा था, तो भीतर आ गया। कुछ ख़ास नहीं चाहिए।"

दूसरे शख़्स ने कहा, "कोई बात नहीं। मुझे लगता है कि मैं आपको सन्तुष्ट नहीं कर पाया।" अपनी नरम हथेलियों वाले हाथों से उसने खेद जताने की सी मुद्रा बनाई और बोला, "आप तो देख ही रहे हैं, इस दुकान में कुछ भी नहीं, कह सकते हैं कि बिलकुल ख़ाली है। पुरानी चीज़ों का व्यापार एकदम ख़त्म हो गया है। ये बात सिर्फ़ मेरे और आपके बीच है। माँग नहीं है तो माल भी ख़त्म है। फ़र्नीचर, चाइना ग्लास, सब टूटा-फूटा है। धातु का सारा सामान तो ज़्यादातर पिघल ही चुका है। बरसों से मैंने पीतल का एक चिरागदान तक नहीं देखा।"

भीतर से दुकान बहुत तंग थी और ठसाठस भरी पड़ी थी, हालाँकि कुछ भी उसमें ऐसा नहीं था जिसका कोई हल्का सा भी महत्त्व हो। फ़र्श पर ख़ाली जगह बहुत कम थी क्योंकि चारों ओर की दीवारों पर अनगिनत तस्वीरों के फ्रेम जड़े हुए थे जिन पर धूल चिपकी थी। खिड़कियों पर नट-बोल्ट की ट्रे, भोथरी छेनी, टूटी हुई पत्तियों वाले क़लमतराश, मैली जेबघड़ियाँ रखी थीं जिनमें समय रुका पड़ा था। ऐसे ही और तमाम कचरा वहाँ भरा पड़ा था। बस कोने में एक छोटी-सी मेज़ पर कुछ अनगढ़ चीज़ों का अम्बार जमा था जो थोड़ा अलग जान पड़ती थीं—जैसे रंग-रोगन

किए गए नसवार के डिब्बे, सुलेमानी पत्थर से बनी जड़ाऊ पिनें, इत्यादि। ऐसा लगता था कि इनमें कुछ दिलचस्प हो सकता है। उसी टेबल के इर्द-गिर्द टहलते हुए विंस्टन की निगाह एक गोल, चिकनी सी चीज़ पर गई और उसने वह उठा लिया।

वह काँच का भारी गोला था एक ओर तराशा हुआ और दूसरी ओर सपाट, जिससे उसकी आकृति अर्धगोलाकार हो जा रही थी। काँच के रंग और दानों में एक विलक्षण क़िस्म की मुलायमियत थी, जैसा बारिश की बूँदों में होती है। उसके भीतर बीचोबीच उभरी हुई एक अजीबोग़रीब पेचीदा सी गुलाबी चीज़ थी, जो गुलाब के फूल या समुद्री एनिमोन की याद दिलाती थी।

चमत्कृत विंस्टन ने पूछा, "यह क्या है?"

"यह कोरल है," बुज़ुर्ग ने कहा, "यह पक्का हिन्दी महासागर से आया होगा। इसे काँच के भीतर जड़ा जाता था। यह कम से कम सौ साल पहले बना होगा। देखने से तो ऐसा ही लगता है।"

"यह बहुत ख़ूबसूरत है," विंस्टन बोला।

बुज़ुर्ग ने कहा, "यह वाक़ई ख़ूबसूरत चीज़ है, लेकिन ऐसा कहने वाले ज़्यादा नहीं बचे हैं आजकल।" वह खाँसा, फिर बोला, "अगर इसे ख़रीदना चाहो तो चार डॉलर चुकाने होंगे। मुझे वह दौर भी याद है जब ऐसी किसी चीज़ की क़ीमत आठ पाउंड हुआ करती थी और आठ पाउंड का मतलब होता था—अगर मैं सही-सही अन्दाज़ा लगाऊँ तो, बहुत सारा पैसा। आजकल किसे परवाह है ऐसी ख़ालिस पुरानी चीज़ों की, वैसे भी जब ये मुट्ठी भर ही बची हों।"

विंस्टन ने तत्काल चार डॉलर चुकाए और उस बेशक़ीमती चीज़ को अपनी जेब के हवाले कर दिया। विंस्टन के लिए उसका असली मोल उसकी ख़ूबसूरती में उतना नहीं, बल्कि उसकी प्राचीनता में था। वैसा बारिश की बूँदों सा नरम काँच उसने ज़िन्दगी में नहीं देखा था। उसका आकर्षण इस बात से भी दोगुना हो जाता था कि वह एक अनुपयोगी चीज़ थी गोकि किसी दौर में उसका इस्तेमाल पेपरवेट के तौर पर ही होता रहा होगा—ऐसा उसने अन्दाज़ा लगाया। उसकी जेब में काफ़ी वज़न महसूस हो रहा था, लेकिन गनीमत थी कि बाहर बहुत उभरा हुआ नहीं दिख रहा था। पार्टी के आदमी के पास एक पेपरवेट का होना सनक ही माना जाता, बल्कि उस पर सन्देह पैदा कर सकता था। किसी भी पुरानी चीज़ को, या कहें किसी भी ख़ूबसूरत चीज़ को पार्टी में हमेशा सन्देह की निगाह से देखा जाता था। चार डॉलर मिलने के बाद बूढ़ा दुकानदार ताज़ादम दिख रहा था। विंस्टन को उसे

देखकर महसूस हुआ कि वह इसके बदले तीन या दो डॉलर तक भी ले सकता था।

बूढ़े ने कहा, "ऊपर एक और कमरा है, आप चाहें तो कुछ वहाँ भी देख सकते हैं। वैसे तो वहाँ कुछ ख़ास नहीं है, कुछेक सामान हैं। अगर ऊपर चलना हो तो मैं रोशनी कर सकता हूँ।"

उसने एक लैम्प जलाया और झुकी हुई कमर से धीरे-धीरे राह दिखाते हुए एक सँकरे गलियारे के रास्ते खड़ी और पुरानी सीढ़ियों पर चढ़ते हुए एक कमरे में दाख़िल हुआ। इस कमरे से सड़क नहीं दिखती थी। नीचे पत्थरों की पटिया से बना एक आँगन था और सामने चिमनियों का जंगल दिखाई देता था। विंस्टन ने इस बात पर ध्यान दिया कि वहाँ फ़र्नीचर ऐसे करीने से रखे हुए थे जैसे वह कमरा रहने के लिए बना हो। फ़र्श पर क़ालीन की एक पट्टी बिछी थी, दीवारों पर एकाध तस्वीरें लगी थीं और अँगीठी के सामने एक ढीली आरामकुर्सी रखी हुई थी जो भीतर से काफ़ी गहरे धँस चुकी थी। अँगीठी के ऊपर बनी पट्टी पर टिकटिक करती काँच की एक दीवार घड़ी लगी हुई थी जिस पर बारह का घंटा बना हुआ था। खिड़की के नीचे एक विशाल पलंग था जिस पर गद्दा पड़ा हुआ था। वह कमरे की क़रीब एक-चौथाई जगह को घेरे हुए था।

"मेरी पत्नी के गुज़रने तक हम यहीं रहते थे," हल्के खेद भाव में बूढ़े ने कहा, "अब एक-एक करके मैं फ़र्नीचर बेच रहा हूँ। वह ख़ूबसूरत पलंग महोगनी की लकड़ी का बना है, या कह सकते हैं कि वैसा हो जाएगा अगर इससे खटमल निकाल दिए जाएँ तो, हालाँकि धृष्टता होगी जो मैं कहूँ कि ये काम बोझिल है।"

पूरे कमरे को रोशन करने के लिए उसने लैम्प को थोड़ा ऊँचा उठा रखा था। उस गुनगुनी मद्धम रोशनी में कमरा अपनी ओर अजीब तरीक़े से खींच रहा था। विंस्टन के मन में ख़याल आया कि हर हफ़्ते के हिसाब से कुछ डॉलर ख़र्च करके इस कमरे को किराए पर लिया जा सकता है, अगर वह यह जोखिम उठाने को तैयार हो जाए। सोचते ही उसे लगा कि यह कल्पना इतनी नामुमकिन और बेबुनियाद है कि इससे तुरन्त छुटकारा पाया जाना चाहिए, लेकिन इस कमरे ने उसके भीतर किसी पुरानी स्मृति को जगा दिया था। उसे लगा वह बहुत अच्छे से जानता था कि ऐसे एक कमरे में आग के सामने फेंडर पर पैर फैलाए हुए हाथकुर्सी पर नितान्त अकेले और महफ़ूज़ बैठने में कैसा महसूस होता है, जबकि आपके बग़ल में गरमाती हुई एक केतली रखी हो और उसकी सीटी व घड़ी की परिचित टिकटिक के अलावा और कोई भी आवाज़ आपका पीछा न कर रही हो।

"यहाँ कोई टेलिस्क्रीन नहीं है," वह ख़ुद को बुदबुदाने से रोक नहीं सका।

बूढ़े ने कहा, "ओह, मेरे पास ऐसी चीज़ें कभी नहीं रहीं। बहुत महँगी हैं। और मुझे उसकी ज़रूरत कभी महसूस भी नहीं हुई। वहाँ कोने में मुड़ने-खुलने वाली एक बेहतरीन टेबल रखी है। पल्लों का इस्तेमाल करना चाहो तो आपको उसमें नए क़ब्ज़े लगवाने होंगे।"

कमरे के दूसरे कोने में किताबों की छोटी-सी एक अलमारी थी। विंस्टन पहले ही उधर खिंचा चला गया था। उसमें केवल कचरा भरा था। किताबों को खोजकर नष्ट करने का अभियान लोगों के घरों में और हर जगह एक सा ही चलाया गया था। पूरे ओशियनिया में 1960 से पहले छपी किसी किताब की एक भी प्रति के मिलने की गुंजाइश असम्भव सी थी। बुज़ुर्ग आदमी अब भी हाथ में रोशनी लिये अँगीठी के दूसरी ओर पलंग के ठीक सामने वाली दीवार पर टँगी एक तस्वीर को देख रहा था जो शीशम के फ्रेम में जड़ी हुई थी।

उसने विनम्रता से कहा, "अगर आपकी दिलचस्पी पुरानी तस्वीरों में हो तो।"

विंस्टन ने क़रीब आकर उस तस्वीर का मुआयना किया। वह स्टील पर उकेरी गई एक अंडाकार इमारत की तस्वीर थी जिसमें आयताकार खिड़कियाँ थीं और जिसके सामने एक छोटी-सी मीनार थी। इमारत के चारों ओर एक रेलिंग थी और पीछे की तरफ़ एक बुत जैसा कुछ था। थोड़ी देर तक विंस्टन उसे देखता रहा। दूर से कुछ जाना-पहचाना हुआ सा तो लगता था, हालाँकि बुत के बारे में उसे कुछ याद नहीं आ रहा था।

"यह फ्रेम दीवार में जड़ा हुआ है," बुज़ुर्ग ने कहा, "लेकिन हिमाकत होगी जो मैं कहूँ कि आपके लिए मैं इसे निकाल सकता हूँ।"

"उस इमारत को मैं पहचान रहा हूँ," विंस्टन ने कहा, "अब तो वह खँडहर है। पैलेस ऑफ़ जस्टिस के बाहर वाली सड़क के बीच में पड़ती है।"

"बजा फ़रमाया आपने। अदालत के बाहर। उसे बम से उड़ा दिया गया था कई साल पहले। एक वक़्त में वह चर्च था, उसका नाम था सेंट क्लीमेंट डेन्स।" थोड़ा खेदजनक तरीक़े से वह मुस्कुराया गोया उसने जानबूझकर कोई हास्यास्पद बात कह दी हो, फिर बोला, "सेंट क्लीमेंट की घंटियाँ, बोलें नीबू और नारंगियाँ।"

"मतलब?" विंस्टन ने पूछा।

"ओह—"सेंट क्लीमेंट की घंटियाँ, बोलें नीबू और नारंगियाँ" एक कविता थी

जो हम लोग बचपन में गाया करते थे। पूरी तो मुझे याद नहीं लेकिन अन्त बेशक याद है, "ये शमा तुम्हें सुला देगी, ये छुरी तुम्हें मिटा देगी।" वह एक तरह का डांस था। उसमें लोग अपने हाथ फैलाकर दूसरे के फैले हुए हाथ पकड़ लेते थे और उसके नीचे से आपको गुज़रना होता था। फिर जैसे ही यह लाइन आती कि 'ये छुरी तुम्हें मिटा देगी' वे हाथ नीचे करके आपको पकड़ लेते थे। उस कविता में केवल चर्चों के नाम थे। लंदन के सारे चर्चों के नाम—मतलब जितने भी बड़े चर्च हैं।"

विंस्टन सोच रहा था कि ये चर्च भी जाने किस सदी के हैं। लंदन की इमारतों की उम्र पता करना हमेशा ही मुश्किल होता था। कोई भी आकर्षक और भव्य इमारत जो देखने में नई सी लगती हो, उसके बारे में तो दावा कर दिया जाता था कि इसे क्रान्ति के बाद बनाया गया है जबकि किसी भी पुरानी चीज़ को एक अँधेरे दौर से जोड़ दिया जाता जिसे मध्य युग कहते थे। माना जाता था कि सदियों चले पूँजीवाद के दौर में कुछ भी मूल्यवान पैदा नहीं हुआ। इतिहास जानने के लिए किताबों से कहीं बेहतर वास्तुकला है। प्रतिमाएँ, अभिलेख, स्मारक, सड़कों के नाम—कुछ भी जो अतीत को रोशन कर सकता था हर उस चीज़ को बड़े व्यवस्थित तरीक़े से बदल दिया गया था।

उसने कहा, "मुझे पता ही नहीं था कभी वह इमारत चर्च थी।"

बुज़ुर्ग ने कहा, "ऐसी बहुत सी इमारतें बची हुई हैं, हालाँकि अब उन्हें किसी और काम में लाया जा रहा है। ओह, वह कविता मुझे याद आ गई, कुछ ऐसे थी :

सेंट क्लीमेंट की घंटियाँ, बोलें नीबू और नारंगियाँ
सेंट मार्टिन की घंटियाँ, माँगें मेरी तीन दमड़ियाँ...

बस, इतना ही याद है। दमड़ी ताँबे के छोटे सिक्के को कहते थे जो सेंट की तरह दिखता था।"

विंस्टन ने पूछा, "और सेंट मार्टिन कहाँ था?"

"सेंट मार्टिन? वह तो अब भी खड़ा है। विजय चौक पर, कला दीर्घा के साथ में। वह तिकोने द्वारमंडप वाली इमारत जिसके सामने कई स्तम्भ हैं और जिसकी सीढ़ियाँ बड़ी गहरी हैं।"

विंस्टन उस जगह को अच्छे से जानता था। वह एक संग्रहालय था जहाँ तमाम क़िस्म की झाँकियाँ निकलती थीं जिनका इस्तेमाल राजनीतिक दुष्प्रचार के लिए किया जाता था, जैसे रॉकेट बम और जलमहल के छोटे मॉडलों की झाँकी, दुश्मन

की यातनाओं को दिखाने के लिए मोम के बने चित्रों की झाँकी, इत्यादि।

बुज़ुर्ग ने जोड़ा, "उसे मार्टिन्स-इन-दि-फील्ड्स कहते थे, हालाँकि मुझे याद नहीं पड़ता कि उधर आसपास कोई मैदान था।"

विंस्टन ने तस्वीर नहीं ख़रीदी। काँच के पेपरवेट के मुक़ाबले वह और विचित्र होता और उसे घर भी नहीं ले जाया जा सकता था जब तक कि उसे फ्रेम से बाहर न निकाल लिया जाए। फिर भी कुछ और मिनट वह वहाँ रुका रहा, बुड्ढे से बातें करता रहा। इसी दौरान उसे पता चला कि बुड्ढे का नाम वीक्स नहीं था, जैसा कि अन्दाज़ा दुकान के बाहर लिखे नाम को देखकर लगता था। उसका नाम चारिंगटन था। वह तिरसठ साल का विधुर था और तीस साल से यह दुकान चला रहा था। तब से ही उसके दिमाग़ में था कि खिड़की के ऊपर दुकान का लिखा नाम बदल दिया जाए लेकिन वह बस सोचता ही रहा, कर नहीं पाया। जितनी देर वे बात करते रहे, विंस्टन के दिमाग़ में वह अधूरी कविता बजती रही। सेंट क्लीमेंट की घंटियाँ, बोलें नीबू और नारंगियाँ, सेंट मार्टिन की घंटियाँ, माँगें मेरी तीन दमड़ियाँ! अद्भुत कविता है। ख़ुद से मन में दुहराइए तो वास्तव में आपको घंटियाँ सुनाई देने लगती हैं। उस गुम हो चुके लंदन की घंटियाँ जो अब भी कहीं किसी और शक्ल में मौजूद हैं लेकिन जिन्हें भुलाया जा चुका है। उसे एक के बाद एक भुतहे गिरजाघरों से आता घड़ियालों का घोष सुनाई दे रहा था। जहाँ तक याद पड़ता है, वास्तव में ज़िन्दगी में उसने एक बार भी चर्च के घंटे-घड़ियालों की आवाज़ नहीं सुनी है।

मिस्टर चारिंगटन से विदा लेकर वह सीढ़ियों से नीचे अकेले ही उतरा ताकि उस बुड्ढे को ये न लगने पाए कि दरवाज़े से बाहर क़दम रखने से पहले वह सड़क की टोह ले रहा है। उसने सोच लिया था कि थोड़ा समय बीत जाए, मसलन एक महीना, तब वह फिर से इस दुकान पर आने का जोखिम उठाएगा। सामुदायिक केन्द्र की एक गोल करने से शायद ज़्यादा ख़तरनाक नहीं था यहाँ आना। अव्वल तो यहाँ से डायरी ख़रीदने के बाद बिना यह जाँचे कि इस दुकानदार पर भरोसा किया जा सकता है या नहीं, दोबारा वापस आकर भारी ग़लती तो हो ही चुकी थी। बहरहाल...।

इसके बावजूद उसने सोचा कि फिर से यहाँ आना तो बनता है। वह यहाँ के ख़ूबसूरत कचरे में से फिर कुछ और ख़रीदेगा। वह सेंट क्लीमेंट डेन्स की नक़्क़ाशी वाली तस्वीर भी ख़रीदेगा, उसे फ्रेम से निकालकर अपनी वर्दी के भीतर जैकेट में छिपाकर घर ले आएगा। उस कविता की बाक़ी पंक्तियाँ भी उसे मिस्टर चारिंगटन

से जाननी हैं। यहाँ तक कि ऊपर वाला कमरा भाड़े पर लेने का झक्की ख़याल भी उसके दिमाग़ में एक पल को कौंध गया। महज़ पाँच सेकंड के इस उल्लास ने उसे ऐसा लापरवाह बना दिया कि खिड़की से बाहर का मुआयना किए बग़ैर ही वह पटरी पर निकल आया। उसने तो अपनी एक धुन भी बना ली थी और कविता गुनगुना रहा था :

सेंट क्लीमेंट की घंटियाँ, बोलें नीबू और नारंगियाँ
सेंट मार्टिन की घंटियाँ, माँगें...

सहसा उसका दिल जम गया और पेट में गुड़गुड़ होने लगी। बमुश्किल दस मीटर दूर से नीली वर्दी में कोई पटरी पर उसकी ओर बढ़ा चला आ रहा था। वह गल्प विभाग वाली लड़की थी, गहरे बालों वाली। रोशनी कम हो रही थी लेकिन उसे पहचानने में कोई दिक़्क़त नहीं आई। उसने विंस्टन के चेहरे को घूरकर देखा, फिर तेज़ी से ऐसे निकल ली जैसे देखा ही न हो।

कुछ सेकंड के लिए तो विंस्टन को काठ मार गया था। फिर वह दाईं ओर मुड़ा और भारी क़दमों से निकल लिया बग़ैर इस बात का अहसास किए कि वह ग़लत दिशा में जा रहा है। चाहे जो हो, एक सवाल तो हल हो चुका था। अब कोई सन्देह नहीं रह गया था कि लड़की उसकी जासूसी कर रही थी। पक्का वह उसका पीछा करती हुई ही यहाँ तक आई होगी क्योंकि यह इत्तेफ़ाक़ तो नहीं हो सकता कि उसी शाम को उसी सड़क पर वह भी टहलती हुई मिले, जो पार्टी सदस्यों की रिहाइश से कई किलोमीटर दूर थी। यह संयोग से कुछ ज़्यादा ही था। इससे कोई अन्तर नहीं पड़ता कि वह विचार पुलिस की एजेंट है या महज़ एक शौक़िया गुप्तचर, जो अनधिकार चेष्टा में लगी हुई है। बस इतना ही काफ़ी था कि वह उस पर निगरानी रख रही थी। हो सकता है कि उसे पब जाते हुए भी उसने देखा हो।

चलने में दिक़्क़त हो रही थी। जेब में रखा काँच का गोला हर क़दम पर जंघे से लड़ रहा था। मन में आ रहा था कि उसे निकाल बाहर फेंक दे। सबसे बुरा हाल पेट का था। पेट दर्द के चलते एकाध मिनट को उसे लगा कि अगर जल्दी ही किसी शौचालय में नहीं गया तो मर जाएगा, लेकिन इस इलाक़े में सार्वजनिक शौचालय होते ही नहीं थे। धीरे-धीरे मरोड़ चली गई और हल्का सा दर्द रह गया।

वह एक अन्धी सड़क थी। विंस्टन कुछ सेकंड ठहरकर सोचने लगा कि क्या किया जाए, फिर पीछे मुड़ा और अपने क़दमों की निशानदेही करने लगा। उसे

अहसास हुआ कि लड़की ने उसे केवल तीन मिनट पहले ही देखा था। अगर वह दौड़ लगा दे तो उसे शायद पकड़ लेगा। फिर उसका पीछा करेगा और कोई सुनसान जगह मिलते ही पटिये से उसका भेजा कूँच देगा। उसकी जेब में रखा काँच का गोला ही इस काम के लिए काफ़ी था। इस विचार को उसने तुरन्त ही त्याग दिया क्योंकि ऐसी स्थिति में शारीरिक बल लगाने की वह सोच भी नहीं सकता था। न तो वह दौड़ पाएगा, न उसे मार पाएगा। उस पर से लड़की जवान और मज़बूत थी, ख़ुद को बचा लेती। फिर उसे लगा कि भागकर सामुदायिक केन्द्र पहुँचे और उसके बन्द होने तक वहीं पड़ा रहे ताकि कम से कम आंशिक उपस्थिति ही दर्ज हो जाए, लेकिन यह भी मुमकिन नहीं था। उसे जानलेवा शिथिलता ने जकड़ लिया था। कुल मिलाकर वह जल्द से जल्द घर पहुँचना चाहता था ताकि चैन से चुपचाप बैठ सके।

दस बजे के बाद वह अपने फ़्लैट पर पहुँचा। मुख्य द्वार की बत्ती साढ़े ग्यारह बजे बन्द हो जाती थी। पहुँचते ही वह रसोई में गया और तक़रीबन एक कप भरकर विक्टरी जिन गटक गया। फिर वह टेबल पर गया, वहाँ बैठा और दराज से उसने डायरी निकाली, लेकिन तुरन्त उसे खोला नहीं। टेलिस्क्रीन पर एक महिला की कर्कश आवाज़ में देशभक्ति का गीत तूफ़ानी अन्दाज़ में बज रहा था। उसने अपनी खोपड़ी के भीतर उस आवाज़ से निजात पाने की कोशिश में किताब के संगमरमरी आवरण पर अपना ध्यान टिकाया, लेकिन इसका कोई लाभ नहीं हुआ।

यहाँ लोगों को रात में ही उठाया जाता है, हमेशा रात में। आप उनके हाथ लग जाएँ, बेहतर है कि उससे पहले ही आदमी ख़ुदकुशी कर ले। बेशक कुछ लोगों ने ऐसा किया भी है। कई लोग जो अचानक ग़ायब हो गए, उन्होंने वास्तव में ख़ुदकुशी कर ली थी लेकिन ख़ुदकुशी भी यहाँ बहुत संकल्प और साहस माँगती थी। इस दुनिया में जान देने के लिए कोई हथियार या तेज़ी से असर करने वाला कोई ज़हर तो कहीं बिकता नहीं था। बड़े विस्मय से उसने सोचा कि यह दर्द और डर जैसे ये भाव जैविक रूप से कितने वाहियात हैं, कि ऐन मौक़े पर जब आपको ख़ुद पर ज़ोर लगाने की ज़रूरत होती है, वहीं शरीर जम जाता है। इनसान की देह कैसी छलिया है। अगर उसी वक़्त वह हरकत में आ गया होता तो उस गहरे बालों वाली लड़की को ख़त्म कर सकता था, लेकिन एकदम ख़तरे की पराकाष्ठा पर ही कुछ करने की उसकी ताक़त जाती रही। उसे अहसास हुआ कि संकट के पल में आप बाहरी दुश्मन से नहीं, अपनी देह से लड़ रहे होते हैं। जिन पीने के बावजूद उसके पेट में अब भी हल्का-हल्का दर्द था जिसके चलते उसकी विचार प्रक्रिया

टूट रही थी। उसको समझ में आया कि प्रत्यक्ष तौर पर चाहे कैसी भी परिस्थिति हो, साहसिक या त्रासद, यह बात हर जगह लागू होती है। जंग के मैदान में, यातना शिविर में, डूबते हुए जहाज़ में, कहीं भी आप जिन मुद्दों से लड़ रहे होते हैं वे हमेशा ज़ेहन से बाहर हो जाते हैं क्योंकि पूरे ब्रह्मांड का केन्द्र आपका शरीर बन जाता है। देह सब कुछ व्याप लेती है। और ऐसा तब भी होता है जब आप डरे हुए नहीं होते या दर्द से चीख़ नहीं रहे होते हैं। मसलन, रोज़मर्रा की ज़िन्दगी को ही ले लें जो अपने आप में पल-पल एक संघर्ष है—कभी भूख के ख़िलाफ़ तो कभी ठंड के, कभी अनिद्रा के ख़िलाफ़ तो कभी बदहज़मी के और कभी एक अदद दाँत का असहनीय दर्द।

उसने डायरी खोली। अब कुछ लिखना ज़रूरी था। टेलिस्क्रीन पर महिला ने नया गीत शुरू कर दिया था। उसकी आवाज़ दिमाग़ को काँच के नुकीले किरचों की तरह भेद रही थी। उसने ओ'ब्रायन के बारे में सोचने की कोशिश की, जिसके लिए या जिसको सम्बोधित यह डायरी लिखी जा रही थी, लेकिन इसके बजाय वह यह सोचने लगा कि विचार पुलिस उसे उठा ले जाएगी तो उसके साथ क्या-क्या होगा। एक झटके में वे जान ले लें तो कोई गम नहीं। मारा जाना तो अपेक्षित ही है, लेकिन उससे पहले (हर कोई जानता था लेकिन ऐसी चीज़ों पर बोलता नहीं था) जुर्म क़बूल करवाने का एक लम्बा सिलसिला चलता था : फ़र्श पर रेंगना और रहम के लिए चिल्लाना-गिड़गिड़ाना, हड्डियाँ तोड़ा जाना, दाँत तोड़ा जाना और बालों में जमे ख़ून के थक्के। अगर अन्त हमेशा एक ही होना था तो इतना सब झेलने की क्या ज़रूरत? उम्र के कुछ हफ़्ते या कुछ दिन कम ही कर दें तो इसमें क्या दिक़्क़त है? जासूसी से आज तक कोई नहीं बच पाया था और कोई नहीं था जिसने जुर्म क़बूल न किया हो। एक बार आपने वैचारिक अपराध कर दिया तो उसी वक़्त यह तय हो जाता था कि एक निश्चित तारीख़ तक आप मर चुके होंगे। फिर ऐसे ख़ौफ़नाक मुस्तकबिल की क्या उपयोगिता जिससे कुछ भी नहीं बदलने वाला था?

ओ'ब्रायन की छवि को दिमाग़ में लाने के लिए उसने पहले से थोड़ा कारगर ज़ोर लगाया। "हम वहाँ मिलेंगे जहाँ कोई अँधेरा नहीं होगा," यही कहा था ओ'ब्रायन ने उससे। वह जानता था कि इसका अर्थ क्या है, या उसे ऐसा लगता था कि वह जानता है। जहाँ अँधेरा न हो, ऐसी जगह एक कल्पित भविष्य है जिसे देखा तो नहीं जा सकता लेकिन पूर्वज्ञान के आधार पर किसी से रूहानी स्तर पर साझा ज़रूर किया जा सकता है। उसके कानों को लगातार चिढ़ा रही टेलिस्क्रीन

से निकलने वाली आवाज़ सोचने में खलल डाल रही थी। वह अब और आगे सोच नहीं पा रहा था। उसने मुँह में सिगरेट लगाई। आधी तम्बाकू उसकी जीभ पर ही गिर गई। एकदम कड़वी धूल थी जिसे थूकने में ज़बान और कड़वी हो गई। ओ'ब्रायन की जगह मोटा भाई का चेहरा उसके ज़ेहन में तैर गया। कुछ दिन पहले ही ऐसा होने पर जो उसने किया था, वही दुहराया—जेब से एक सिक्का निकाला और उसे देखने लगा। उस पर बना चेहरा उसे एकटक घूर रहा था—भारी, निश्चल, सरपरस्त—लेकिन उसकी गाढ़ी मूँछों के पीछे जो मुस्कान छिपी थी, उसमें क्या था? तभी, मौत के किसी मनहूस फ़रमान की तरह ये शब्द उसके पास लौट आए :

युद्ध, शान्ति है
आज़ादी, ग़ुलामी है
अज्ञान, ताक़त है

दूसरा भाग

I

सुबह का वक़्त था। विंस्टन शौचालय जाने के लिए अपने क्यूबिकल से निकला।

तेज़ रौशन लम्बे-से गलियारे के दूसरे छोर से कोई आकृति उसकी ओर चली आ रही थी। वह गहरे बालों वाली लड़की थी। आज चार दिन हो गए थे उस शाम को, जब कबाड़ी की दुकान के बाहर विंस्टन उससे टकराया था। वह पास आई। विंस्टन ने देखा कि उसका एक हाथ एक गोफन के सहारे गरदन से लटक रहा है, जो वर्दी के रंग का ही था इसलिए दूर से पता नहीं लगा था। हो सकता है कि उपन्यासों के कथानक तैयार करने वाले विशाल कलाइडोस्कोप पर काम करते हुए हाथ कुचल गया हो। गल्प विभाग में ऐसे हादसे आम थे।

दोनों के बीच कोई चार मीटर का फ़ासला बचा होगा कि लड़की अचानक लड़खड़ाकर तक़रीबन मुँह के बल गिर पड़ी। दर्द में उसके भीतर से बहुत ज़ोर की चीख़ निकल आई। पक्का वह अपने जख़्मी हाथ के बल ही गिरी थी। विंस्टन ठहर गया। लड़की घुटनों के बल उठी। उसका मुँह दूधिया पीला पड़ गया था लेकिन गाल पहले से भी ज़्यादा सुर्ख हो उठे थे। उसकी निगाहें विंस्टन के चेहरे पर टिकी हुई थीं। जैसे कहना चाह रही हों कि इस वक़्त उसे दर्द से ज़्यादा डर लग रहा था।

विंस्टन के दिल में एक अजीब क़िस्म का अहसास उठा। उसकी आँखों के ठीक सामने वह दुश्मन था जिसने चंद रोज़ पहले उसे मारने की कोशिश की थी। फिर उसे लगा कि यह तो एक इनसान भी है, जिसकी शायद हड्डी टूट गई है और उसे दर्द हो रहा है। वह पहले ही मदद के लिए अपने क़दम आगे बढ़ा चुका था। जब विंस्टन ने गोफन से लटकी बाँह के बल उसे ज़मीन पर गिरते देखा था, उस पल गिरने का दर्द उसे अपने बदन में महसूस हुआ था।

उसने पूछा, “बहुत दर्द हो रहा है?”

"कुछ ख़ास नहीं। बस मेरी बाँह। अभी ठीक हो जाएगी एक सेकंड में।" बोलते वक़्त उसकी धौंकनी तेज़ चल रही थी। उसका चेहरा वाक़ई सफ़ेद पड़ चुका था।

"कुछ टूटा-फूटा तो नहीं?"

"ना, ठीक हूँ मैं। बस उसी समय दर्द हुआ था, बस।"

उसने अपना सही वाला हाथ आगे बढ़ाया और विंस्टन ने उसे उठने में मदद की। चेहरे की रंगत लौट रही थी और अब वह पहले से कहीं बेहतर लग रही थी।

उसने दुहराया, "कुछ नहीं है। बस कलाई में थोड़ा झटका लग गया है। शुक्रिया कॉमरेड!"

यह कहते ही वह उसी तेज़ी से आगे बढ़ गई जैसे पहले चली जा रही थी गोया कुछ हुआ ही न हो। इतना सब घटने में आधे मिनट से ज़्यादा का वक़्त नहीं लगा होगा। भीतर का अहसास चेहरे पर ज़ाहिर न होने देने का अभ्यास अब स्वाभाविक बात हो चुकी थी और वैसे भी, घटना के वक़्त वे दोनों एकदम टेलिस्क्रीन के सामने ही खड़े थे। बावजूद इसके महज़ दो से तीन सेकंड के वक्फे में ही एक पल ऐसा आया जब विंस्टन को अपना विस्मय दबाने में बड़ी मुश्किल आई थी—असल में, जब वह सहारा देकर लड़की को उठा रहा था तब उसने उसके हाथ में कुछ पकड़ा दिया था। इसमें तो कोई शक था ही नहीं कि उसने यह काम जानबूझकर किया था। कोई छोटी-सी चपटी सी चीज़ थी वह। शौचालय के दरवाज़े से घुसते वक़्त उसने वह चीज़ अपनी जेब के हवाले की और उँगलियों से टटोलकर ही महसूस कर लिया कि वह चौकोर आकृति में मुड़ी हुई काग़ज़ की एक परची है।

पेशाबख़ाने में खड़े-खड़े उसने उँगलियों से जेब के भीतर ही उसे खोलने की कोशिश की। वह पक्का था कि इस पर कुछ न कुछ सन्देश ही लिखा होगा। एक पल को उसे लगा कि नल की ओट में चला जाए और खोलकर पढ़ ले, लेकिन यह बड़ी ग़लती हो जाती। वह जानता था कि किसी भी और जगह के मुक़ाबले शौचालय के टेलिस्क्रीन पर लगातार निगाह रखी जाती थी।

वह अपने क्यूबिकल में लौटा। कुर्सी पर बैठा। फिर लापरवाह तरीक़े से उस काग़ज़ के टुकड़े को डेस्क पर पड़े काग़ज़ों के बीच ऐसे ही फेंक दिया; नाक पर चश्मा चढ़ाया, श्रुतलेख मशीन को अपने पास खींचा और ख़ुद से ही उसने कहा, "पाँच मिनट!" "बस पाँच मिनट रुक जाते हैं।" छाती के भीतर उसका दिल डर के मारे इतनी तेज़ धड़क रहा था कि उसे आवाज़ आ रही थी। ख़ुशक़िस्मती ही

कहेंगे कि जिस काम में वह लगा हुआ था वह महज़ रोज़मर्रा की चीज़ थी जिस पर बहुत एकाग्रता की ज़रूरत नहीं थी। कुछ आँकड़ों की एक लम्बी सी सूची थी जिसे दुरुस्त किया जाना था।

काग़ज़ पर चाहे जो भी लिखा रहा हो, उसका कुछ न कुछ राजनीतिक अर्थ तो होगा ही। उसके हिसाब से दो ही बातें मुमकिन थीं। पहली, जिसकी गुंजाइश ज़्यादा थी कि यह लड़की विचार पुलिस की एजेंट है, और इस बात का तो उसे पहले से ही डर था। उसके पल्ले हालाँकि यह नहीं पड़ रहा था कि विचार पुलिस उसके पास कोई सन्देश आख़िर इस तरीक़े से क्यों भिजवाएगी। फिर भी, हो सकता है उसके अपने कुछ कारण हों, वही जाने। हो सकता है परची में कोई धमकी लिखी हो, कोई समन हो, या फिर ख़ुदकुशी कर लेने का निर्देश या कुछ फँसाने वाली बात ही लिखी हो। उसके मन में इसके साथ ही एक और अजीब क़िस्म की सम्भावना उमड़ रही थी, हालाँकि उसने इससे ध्यान हटाने की हल्की कोशिश की थी। सम्भव है कि विचार पुलिस का इससे कोई लेना-देना ही न हो, बल्कि यह सन्देश किसी भूमिगत क़िस्म के संगठन से आया हो। अगर ऐसा है, तो बहुत सम्भव है कि ब्रदरहुड नाम की चीज़ का वजूद हो। फिर तो वह लड़की भी उसी का हिस्सा होनी चाहिए। बेशक यह ख़याल बेतुका था और वह समझ भी रहा था, फिर भी हाथ में इस काग़ज़ में आते ही सबसे पहला ख़याल उसके मन में यही कौंधा था। इसके कुछ मिनट बाद ही दूसरी सम्भावना पर उसका ध्यान गया था, जिसकी गुंजाइश कहीं ज़्यादा थी। अब भी उसका दिमाग़ यही कह रहा था कि यह मौत का फ़रमान है, लेकिन दिल मानने को तैयार नहीं था। एक बेबुनियाद सी उम्मीद उसके भीतर कायम थी। उसका दिल ज़ोर से धड़क रहा था। श्रुतलेख में बोलते हुए बड़ी मुश्किल से वह अपनी आवाज़ को काँपने से रोक पा रहा था।

उसने सारा काम समेटा और काग़ज़ों की भोंगली बनाकर हवानली के सुपुर्द कर दी। आठ मिनट बीत चुके थे। नाक पर चढ़े चश्मे को उसने ठीक किया, लम्बी साँस ली और डेस्क पर पड़े अगले बैच के काग़ज़ों को अपनी ओर खींचा। उन्हीं के ऊपर काग़ज़ का वह टुकड़ा पड़ा हुआ था। उसने पुर्जी खोली। उस पर बड़े-बड़े बेडौल अक्षरों में लिखा हुआ था :

I love you.

अगले कुछ सेकंड के लिए वह निस्तब्ध रह गया। ऐसा, कि पुर्जी को स्मृतिनाशक बिल में फेंकना तक भूल गया जबकि वह इसके चक्कर में फँस सकता था। जब उसने फेंका, तो उसका मन नहीं माना। वह जानता था कि इसमें ज़रूरत से ज़्यादा दिलचस्पी दिखाना ख़तरनाक हो सकता है, फिर भी ख़ुद को दोबारा उसे पढ़ने से रोक नहीं पाया। वह आश्वस्त हो जाना चाहता था कि जो उसने पढ़ा है, वह वही है और सही है।

इसके बाद तो उसका काम करना ही दूभर हो गया। छिटपुट कामों पर ज़बरन दिमाग़ लगाना तो बुरा लग ही रहा था, लेकिन उससे ज़्यादा दिक़्क़त यह थी कि कैसे टेलिस्क्रीन की निगाह से अपने भीतर की बेचैनी को छिपाया जाए। उसे पेट के भीतर आग भड़की हुई महसूस हो रही थी। कैंटीन की गरमी, भीड़-भड़क्के और शोरगुल के बीच लंच करना भी एक यातना थी। उसने सोचा था कि लंच के दौरान कम से कम कुछ देर अकेला रह लेगा, लेकिन क़िस्मत ख़राब निकली। अचानक बग़ल में जड़बुद्धि पारसन्स आ गया। उसके पसीने की महक स्टू पर भारी पड़ गई। वह लगातार नफ़रत सप्ताह के बारे में बात करता रहा। ख़ासकर वह लुगदी से बने मोटा भाई की खोपड़ी के दो मीटर चौड़े पुतले को लेकर बड़ा उत्साहित था, जिसे उसकी बेटी की गुप्तचर टोली तैयार कर रही थी। इस बीच सबसे खिजाने वाली बात यह हुई कि आवाज़ों के उस कोलाहल में विंस्टन उसे बमुश्किल ही सुन पा रहा था। फिर भी बार-बार कोई न कोई अनर्गल वाक्य दुहराने को उसे कहना पड़ रहा था। बस एक बार उसे लड़की की झलक मिल पाई। कमरे के दूसरे छोर पर वह एक टेबल पर दो और लड़कियों के साथ बैठी हुई थी। ऐसा लगता था कि उसने इसे देखा नहीं था। विंस्टन ने भी दोबारा उधर नहीं देखा।

दोपहर में थोड़ा राहत थी। लंच के ठीक बाद उसके पास जो काम आया वह थोड़ा महीन और जटिल था। इसमें कुछ घंटे लग जाने थे और बाक़ी कामों को एक ओर रखे बग़ैर इसे निपटाना सम्भव नहीं था। यह दो साल पहले के उत्पादन की सिलसिलेवार रिपोर्टों को झुठलाने का काम था—कुछ इस तरह से कि पार्टी के भीतरी हलक़े के एक कार्यवाहक पर सारा दोष मढ़ देना था, जो आजकल सन्देह के घेरे में चल रहा था। ऐसे कामों में विंस्टन का हाथ अच्छा था। उसने दो घंटे से ज़्यादा समय के लिए लड़की की ओर से दिमाग़ के दरवाज़े पूरी तरह बन्द कर लिए, लेकिन काम पूरा होने के बाद फिर से उसका चेहरा ज़ेहन में वापस आ गया। उसके साथ ही अकेले रहने की उत्कट इच्छा ने ज़ोर मारा। बरदाश्त करना

मुश्किल हो रहा था। बिना अकेले बैठे वह इस नई चीज़ के बारे में सोच ही नहीं पाएगा। दिक़्क़त यह थी कि आज रात सामुदायिक केन्द्र में भी जाना था। शाम को उसने कैंटीन का बेस्वाद भोजन भकोसा और काफ़ी तेज़ी से सामुदायिक केन्द्र निकल लिया। वहाँ एक 'चर्चा समूह' की मूर्खतापूर्ण गम्भीरता का हिस्सा बना, टेबल टेनिस के दो गेम खेले, जिनके कई प्याले गटके और आधे घंटे के लिए एक व्याख्यान में जाकर बैठ गया जिसका विषय था 'शतरंज का खेल और इंगसॉक।' उसकी आत्मा ऊब से मरी जा रही थी लेकिन केन्द्र की इस शाम को गड़प करने का आवेग उसके मन में एक बार भी नहीं उठा। असल में, I love you देखकर उसके भीतर जीने की चाह पैदा हो गई थी। छोटे-छोटे ख़तरे उठाने में उसे अचानक ही बेवकूफ़ी नज़र आने लगी थी। वह रात ग्यारह बजे घर पहुँचा। यहाँ अपने बिस्तर में अँधेरे में पड़े-पड़े आप जब तक शान्त हैं तब तक टेलिस्क्रीन से भी सुरक्षित हैं। इसलिए अब वह लगातार सोच सकता था।

समस्या यह थी कि लड़की से मिला कैसे जाए, बल्कि मिलने का इन्तज़ाम कैसे हो। इस व्यावहारिक समस्या का हल निकालना ज़रूरी था। उसने एक बार भी ये नहीं सोचा कि लड़की उसे फँसाने के लिए कोई जाल बिछा रही होगी। वह जानता था कि ऐसा नहीं है। काग़ज़ पकड़ाते वक़्त उसके चेहरे की बेचैनी यह सटीक बयाँ कर रही थी। उसका दिमाग़ ही नहीं काम किया होगा इसीलिए उस वक़्त डर गई होगी। उसके प्रस्ताव को ख़ारिज करने का विकल्प भी इसके दिमाग़ में नहीं आया। बस पाँच रात पहले की ही तो बात है जब पत्थर की पटिया से उसका सिर कुचल देने की बात इसने सोची थी। इसका हालाँकि अब कोई मतलब नहीं है। उसने अपने सपने में जैसा उसे देखा था, वैसा ही सोचने लगा—तरुणाई से भरी कोरी देह। बाक़ी लड़कियों की तरह उसे भी विंस्टन ने मूढ़ ही समझा था, जिसके दिमाग़ में झूठ और नफ़रत भरी है और पेट में बर्फ़। अचानक उसे एक व्यग्रता ने जकड़ लिया ये सोचकर कि कहीं वह उसे गँवा न दे। वह शुभ्र जवान काया उसके हाथ से कहीं फिसल न जाए। उसे सबसे ज़्यादा डर इस बात का था कि अगर जल्दी सम्पर्क नहीं किया तो कहीं वह अपना मन न बदल ले, लेकिन मिलना तो अपने आप में एक बहुत बड़ी समस्या थी। जैसे शतरंज के खेल में मात होने के बाद चाल चलना। जिधर देखो, हर तरफ़ तो टेलिस्क्रीन आपके सामने होता है। वास्तव में, परची पढ़ते ही पाँच मिनट के भीतर सम्पर्क करने के तमाम रास्ते उसके दिमाग़ में घूम गए थे, लेकिन अब थोड़ा ठहरकर सोचने का मौक़ा मिला तो उसने

एक-एक विकल्प को तौलना शुरू किया। जैसे अपनी मेज़ पर तमाम औज़ारों को सजा रखा हो और एक-एक कर उन्हें आजमा रहा हो।

ज़ाहिर है आज सुबह जैसा नाटकीय साक्षात्कार तो दोबारा घटने से रहा। वह अगर रिकॉर्ड विभाग में काम कर रही होती तो यह काम फिर भी आसान होता, लेकिन जिस इमारत में गल्प विभाग चलता है उसका उसे हल्का सा अन्दाज़ा भर था और वहाँ जाने का भी कोई बहाना नहीं था। अगर पता होता कि वह कहाँ रहती है और कितने बजे दफ़्तर से निकलती है तो घर के रास्ते में कहीं मिलने की कोशिश की जा सकती थी लेकिन घर तक पीछा करना भी सुरक्षित नहीं था क्योंकि इसके लिए मंत्रालय के बाहर उसके आने तक भटकना पड़ता और ऐसे में किसी न किसी की नज़र पड़ ही जाती। जहाँ तक चिट्ठीबाज़ी का सवाल था, तो यह सवाल ही ग़लत था। यहाँ सबकी चिट्ठी पढ़ी जाती थी और यह कोई छिपी हुई बात नहीं थी। वास्तव में कम ही लोग चिट्ठी लिखते थे। कभी बहुत ज़रूरी हुआ भी कोई सन्देश भिजवाना, तो पहले से छपे हुए पोस्टकार्ड आते थे जिन पर वाक्यों की लम्बी सूची लिखी होती थी। भेजने वाले को बस वह वाक्य काटना होता था जो सन्देश पर लागू नहीं होता था। वैसे भी, उसे न लड़की का नाम मालूम है न उसका पता, तो सोचकर ही क्या करना। आख़िर में उसने तय किया कि सबसे महफ़ूज़ जगह कैंटीन ही हो सकती है। अगर किसी तरह कैंटीन के बीच, मने टेलिस्क्रीन से बहुत पास न हो और चारों ओर ठीक-ठाक हल्ला-गुल्ला हो, किसी एक टेबल पर उसे आने का इशारा किया जा सके और इसी माहौल में उसे तीस सेकंड का भी मौक़ा मिल जाए तो कुछ बातें की जा सकती हैं।

इसके बाद तो अगले एक हफ़्ते के लिए विंस्टन की ज़िन्दगी एक बेचैन ख़्वाब बन गई। अगले दिन कैंटीन में वह तब तक दिखाई नहीं दी जब तक कि काम पर वापस जाने की सीटी नहीं बज गई और निकलने का समय हो गया। हो सकता है कि उसकी बाद वाली पारी लग गई हो। दोनों एक-दूसरे को बिना देखे बग़ल से गुज़रे। इसके अगले दिन वह कैंटीन में वक़्त पर तो थी, लेकिन साथ में तीन और लड़कियाँ थीं और इनके ठीक ऊपर टेलिस्क्रीन। इसके बाद तीन दिन तक वह दिखी ही नहीं, ग़ायब रही। विंस्टन का पूरा शरीर और मन एक असहनीय भावुकता से तप रहा था। सब कुछ कितना साफ़, पारदर्शी हो गया था। एक-एक हरकत, हर आवाज़, हर स्पर्श, एक-एक लफ़्ज़ जो वह बोल या सुन रहा था, सब कुछ दर्द दे रहा था। नींद में भी वह उससे दूर नहीं जा पा रहा था। उन दिनों उसने डायरी को

छुआ तक नहीं। अगर कहीं राहत थी तो वह काम में मिलती थी जहाँ कभी-कभार एकमुश्त दस मिनट के लिए वह ख़ुद को भूल जाता था। उसे कोई अन्दाज़ा नहीं था कि वह कहाँ किस हाल में थी। किसी से पूछ भी नहीं सकता था। हो सकता है उसे ख़त्म कर दिया गया हो, या उसने ख़ुदकुशी कर ली हो या फिर उसे ओशियनिया के दूसरे हिस्से में भेज दिया गया हो। सबसे ज़्यादा सम्भावना इस बात की थी कि कहीं उसने अपना मन न बदल लिया हो और उससे जानबूझकर बच रही हो।

वह अगले दिन दिख गई। बाँह से गोफन उतर चुका था और कलाई में चिपकौवा प्लास्टर का बैंड था। उसे देखकर जो चैन पड़ा विंस्टन को, कि कुछ सेकंड तक वह देखता ही रह गया। अगले दिन उससे बात करने में थोड़ी कामयाबी मिली। जैसे ही वह कैंटीन पहुँचा, देखा कि वह दीवार से पर्याप्त दूर एक टेबल पर अकेले बैठी हुई है। अभी भोजन का समय शुरू ही हुआ था इसलिए भीड़ कम थी। लाइन आगे बढ़ती रही और विंस्टन काउंटर के क़रीब पहुँचा ही था कि सामने एक व्यक्ति दो मिनट समय खा गया। वह शिकायत कर रहा था कि उसे सैकरीन की टिकिया नहीं मिली है। विंस्टन के हाथ में ट्रे आया तब तक लड़की अकेले ही बैठी थी। वह टेबल की ओर बढ़ा, थोड़ा लापरवाह तरीक़े से और इधर-उधर किसी टेबल पर जगह खोजने की मुद्रा में आँखों को नचाते हुए। वह उससे कोई तीन मीटर दूर रही होगी। बस दो सेकंड की दूरी थी, तभी पीछे से एक आवाज़ आई, "स्मिथ!" उसने अनसुना किया। और ज़ोर से दोबारा आवाज़ आई, "स्मिथ!" कोई लाभ नहीं था, वह पीछे मुड़ा। सुनहरे बालों वाला मूर्ख-सा एक नौजवान विल्शर मुस्कराते हुए उसे अपनी टेबल पर बुला रहा था जहाँ बैठने की जगह ख़ाली थी। विंस्टन उसे बमुश्किल ही जानता था पर इनकार करना सुरक्षित नहीं था। चूँकि उसने देख लिया था, तो अब एक अकेली लड़की के पास जाकर बैठना ठीक नहीं होता। तुरन्त ध्यान चला जाता। वह मुस्कराते हुए वहाँ जाकर बैठ गया। सुनहरे मूर्ख के चेहरे पर चमक आ गई। विंस्टन को लगा कि एक कुदाल होती उसके पास तो वहीं बीच में से उसे फाड़ देता। कुछ मिनट बाद लड़की टेबल भर गई।

इतना तो पक्का था कि उसने विंस्टन को अपनी ओर आते हुए देखा रहा होगा। इशारा तो पहुँच ही गया होगा। अगले दिन वह जानबूझकर कैंटीन जल्दी पहुँचा। वह वहीं थी, तक़रीबन कल वाली ही जगह एक टेबल पर बैठी हुई, अकेले। लाइन में विंस्टन के ठीक आगे एक छोटा सा गुबरैला क़िस्म का, सपाट चेहरे और संदिग्ध कंजी आँखों वाला फुर्तीला आदमी था। विंस्टन जैसे ही अपनी ट्रे लेकर काउंटर

से मुड़ा उसने देखा कि वह आदमी सीधे लड़की की टेबल की ओर बढ़ा जा रहा है। उसकी तो उम्मीद ही डूब गई। थोड़ा और दूरी पर एक और टेबल ख़ाली थी, लेकिन उस व्यक्ति में कुछ ऐसा था जिसे देखकर समझ आता था कि यह बन्दा अपनी सुविधा के लिहाज़ से ऐसी टेबल चुनेगा जो सबसे ज़्यादा ख़ाली हो। ठंडे दिल से विंस्टन उसके पीछे चलता रहा। जब तक लड़की अकेले में न मिले, तब तक इस सबका कोई मतलब नहीं था। तभी अचानक एक ज़बरदस्त धमाका हुआ। वह छोटा सा आदमी ज़मीन पर चारों खाने चित पड़ा था, उसकी ट्रे हवा में थी और फ़र्श पर कॉफ़ी व सूप की दो नदियाँ बह रही थीं। वह खड़ा हुआ और विंस्टन को ऐसी सख़्त निगाह से देखने लगा जैसे उसे शक हो रहा हो कि उसी ने ठोकर मारी है। शुक्र है सब कुछ ठीक रहा, बात आगे नहीं बढ़ी। पाँच सेकंड बाद ही विंस्टन उस लड़की की टेबल पर था, अपने धड़धड़ाते हुए दिल के साथ।

विंस्टन ने उसकी ओर नहीं देखा। चुपचाप अपनी ट्रे से सामान निकाला और खाने लगा। बीच में कोई और आ जाता इससे पहले ही कुछ बोल देना ज़रूरी था, लेकिन वह भयंकर डरा हुआ था। एक हफ़्ता हो चुका था उस परची वाली घटना को जब वह पहली बार मिली थी। उसका मन बदल न गया हो, बल्कि पक्का ही मन बदल चुका था! इस प्रसंग का कामयाब अंजाम हो ही नहीं सकता। ऐसी चीज़ें हक़ीक़त में थोड़े ही होती हैं। हो सकता है कि वह अपनी तरफ़ से कुछ बोलता ही नहीं अगर उसने बालदार कानों वाले कवि ऐम्पलफोर्थ को देख न लिया होता, जो अपनी ट्रे लेकर बैठने की जगह खोज रहा था। जाने किस वजह से वह विंस्टन के थोड़े क़रीब था, इसलिए अगर उसे देख लेता तो पक्का ही पास आकर उसकी टेबल पर बैठ जाता। बमुश्किल एक मिनट का समय था, इसी में कुछ कर जाना था। दोनों धीरे-धीरे खा रहे थे। पतला सा स्टू था, स्टू भी क्या वास्तव में वह सफ़ेद फली का सूप था। विंस्टन ने बुदबुदाना चालू किया। दोनों ने ही अपना सिर नहीं उठाया। एक चम्मच सूप मुँह में डालकर अगले चम्मच से पहले बिना किसी भाव-भंगिमा के संक्षिप्त में दोनों अपनी बात कह रहे थे।

"दफ़्तर से कितने बजे निकलती हो?"

"साढ़े छह।"

"कहाँ मिलना है?"

"विजय चौक, स्मारक के पास।"

"वह तो टेलिस्क्रीन से भरा पड़ा है।"

"भीड़ होती है, कोई फ़र्क़ नहीं पड़ता।"

"कोई संकेत?"

"ना, जब तक मैं भीड़ में न घिर जाऊँ, मेरे क़रीब मत आना। और मुझे देखना मत, बस आसपास रहना।"

"कितने बजे?"

"सात बजे।"

"ठीक है।"

ऐम्पलफोर्थ की निगाह विंस्टन पर नहीं पड़ी। वह किसी और टेबल पर बैठ गया। उन दोनों के बीच और कोई बात नहीं हुई। एक-दूसरे को दोनों ने देखा भी नहीं, मतलब उतना ही, जितना एक टेबल पर आमने-सामने बैठे दो व्यक्तियों के बीच सम्भव हो सकता हो। लड़की ने जल्दी से भोजन निपटाया और निकल गई। विंस्टन सिगरेट पीने के लिए वहीं रुक गया।

विंस्टन तय समय से पहले विजय चौक पर था। खड़ी धारियों वाले जिस भीमकाय स्तम्भ के नीचे वह मँडरा रहा था, उसके माथे पर दक्षिण के आकाश को ताकती मोटा भाई की एक प्रतिमा विराजमान थी। उसी आकाश में उन्होंने एयरस्ट्रिप वन की जंग में यूरेशियाई हवाई जहाज़ों को हराया था (कुछ साल पहले की बात हो, तो ईस्टेशियाई हवाई जहाज़ कहेंगे)। उसके सामने वाली सड़क पर एक घुड़सवार की प्रतिमा लगी थी जो माना जाता था कि ओलिवर क्रॉमवेल की थी। सात बजकर पाँच मिनट हो चुके थे और लड़की कहीं दिख नहीं रही थी। विंस्टन के मन में फिर से डर बैठ गया—वो नहीं आएगी, उसने अपना मन बदल लिया! वह हल्के क़दमों से चौक की उत्तरी दिशा में बढ़ने लगा कि सामने सेंट मार्टिन का चर्च नज़र आया। देखते ही उसे हल्की सी ख़ुशी मिली और याद आया कि जब इसके घंटियाँ रही होंगी तो पुकारती होंगी, "मेरी तीन दमड़ियाँ।" तभी उसे लड़की नज़र आई। वह स्मारक के नीचे खड़ी थी और स्तम्भ पर सर्पीली आकृति में चिपके एक पोस्टर को पढ़ रही थी या पढ़ने का दिखावा कर रही थी। उस तिराहे पर चारों ओर टेलिस्क्रीन लगी थीं। इसलिए पास जाना सुरक्षित नहीं था, जब तक कि कुछ और लोग वहाँ इकट्ठा न हो जाएँ। उसी वक़्त अचानक हल्ला मच गया। उसके बाईं ओर कुछ भारी वाहनों के आने का शोर हुआ और हर कोई चौक के उस पार भागने लगा। लड़की ने काफ़ी फुर्ती से स्मारक के नीचे बने शेरों का चक्कर काटा और उस हुजूम में जाकर शामिल हो गई। विंस्टन पीछे-पीछे भागा। दौड़ते हुए उसे

सुनाई पड़ा कि यूरेशियाई क़ैदियों की कोई खेप वहाँ से गुज़रने वाली है।

चौक के दक्षिणी छोर पर पहले ही अच्छी-ख़ासी भीड़ लग चुकी थी और रास्ता जाम हो गया था। विंस्टन का स्वभाव था कि वह ऐसे किसी भीड़-भड़क्के और कोलाहल में हमेशा दूर ही खड़ा रहता था। आज वह भीड़ में अपना रास्ता बनाते हुए, धक्का-मुक्की करते हुए किसी तरह बीच में पहुँचने की कोशिश कर रहा था। जल्दी ही वह अन्दर घुस गया। लड़की बमुश्किल एक हाथ की दूरी पर थी, लेकिन बीच का रास्ता एक भारी-भरकम आदमी और उतनी ही भारी एक औरत ने घेर रखा था, जो शायद उस आदमी की पत्नी रही होगी। सामने हाड़-मांस की वह दीवार खड़ी थी। विंस्टन किनारे से धक्का मारने लगा और दोनों के बीच किसी तरह एक झटके से उसने अपना कन्धा फँसा दिया। एक पल को लगा कि उन दो मांसल नितम्बों के बीच उसकी अँतड़ियाँ कहीं पिस न जाएँ, लेकिन किसी तरह उस गिरफ़्त से वह छूटकर पार हुआ। अब वह लड़की के ठीक बग़ल में था। यहाँ तक आने में उसका पसीना छूट गया था। दोनों के कन्धे बराबर मिले हुए थे। दोनों अपने ठीक सामने एकटक देख रहे थे।

ट्रकों की एक लम्बी क़तार सड़क पर धीरे-धीरे चली जा रही थी। उन ट्रकों के ऊपर हर कोने में काठ से चेहरे वाले सब-मशीनगन धारी गार्ड चौकस खड़े थे। ट्रकों के भीतर हरे रंग की फटी-चीथड़ी वर्दियों में गेहुँए रंग के जवान ठसाठस भरे पड़े थे। उनके उदास मंगोलियाई चेहरे ट्रक के बाहर विचारशून्य नज़रों से सबको देख रहे थे। अचानक बीच-बीच में कोई ट्रक अड़कर झटका मारता तो धातु की खटर-खटर की आवाज़ होती। इन सभी क़ैदियों के पैरों में लोहे की बेड़ियाँ थीं। एक के बाद एक उदास चेहरों से लदे हुए ट्रक चले जा रहे थे। विंस्टन उधर बीच-बीच में देख ले रहा था। लड़की के कन्धे से लेकर कुहनी तक का हिस्सा उससे एकदम सटा हुआ था। दोनों के गाल इतने क़रीब थे कि विंस्टन को उसकी गरमाहट महसूस हो रही थी। लड़की ने तुरन्त पहल की, जैसा उसने कैंटीन में किया था। होंठों को कम से कम हिलाते हुए एकदम सपाट आवाज़ में उसने बोलना शुरू किया, तक़रीबन फुसफुसाहट में, जो भीड़ के हो-हल्ले और ट्रकों की खड़-खड़ में बिलकुल पकड़ में नहीं आती।

"सुनाई दे रहा है?"

"हाँ।"

"संडे दोपहर को छुट्टी मार सकते हो?"

"हाँ।"

"तो ध्यान से सुनो। याद रखना। पहले सीधे पैडिंगटन स्टेशन जाना है..."

जिस फ़ौजी शैली में उसने रूट का सटीक विवरण बताया, विंस्टन हैरान रह गया। आधे घंटे की रेल यात्रा, फिर स्टेशन के बाहर बाएँ मुड़ना, सड़क पर दो किलोमीटर तक सीधा चलते रहना, एक गेट आएगा जिसके ऊपर की छड़ ग़ायब होगी, फिर मैदान में एक रास्ता जा रहा होगा, वहाँ एक पगडंडी होगी जिस पर घास उगी है, वहाँ झाड़ियों के बीच एक रास्ता होगा, एक ठूँठ आएगा जिस पर काई जमी होगी। उसके दिमाग़ में जैसे कोई नक़्शा भरा हुआ था। उसने बुदबुदाते हुए पूछा, "इतना सब याद रहेगा?"

"हाँ।"

"पहले बाएँ मुड़ना है, फिर दाएँ, फिर दोबारा बाएँ। गेट के ऊपर वाली छड़ ग़ायब है।"

"ठीक है, समय?"

"तीन बजे के आसपास। तुम्हें इन्तज़ार करना पड़ सकता है। मैं दूसरे रास्ते से वहाँ पहुँचूँगी। पक्का सब याद रहेगा न?"

"हाँ।"

"चलो, अब निकलो यहाँ से जितना जल्दी हो।"

यह आख़िरी वाक्य कहने की उसे कोई ज़रूरत नहीं थी, चूँकि उस भीड़ से बाहर निकल पाना इतना आसान नहीं था। ट्रकें अब भी लगातार आ रही थीं और लोग मुँह बाए देखे जा रहे थे। शुरू में थोड़ा उत्साहित होकर चीख़-चिल्लाहट मची थी लेकिन वह भीड़ में मौजूद पार्टी के कुछ लोगों की हरकत थी जो जल्द ही रुक गई। अब केवल जिज्ञासा थी लोगों में। विदेशी, चाहे यूरेशिया के हों या ईस्टेशिया के, उनके लिए अजीबोग़रीब जन्तु जैसे थे। उन्हें लोगों ने क़ैदियों के अलावा और किसी रूप में कभी नहीं देखा था। क़ैदियों की भी झलक हल्की सी ही मिल पाती थी। कोई नहीं जानता था कि उनके साथ क्या होता था, सिवाय उनके जिन्हें युद्ध अपराधी बताकर फाँसी पर लटकाया जाता था। बाक़ी तो चुपचाप ग़ायब हो जाते थे, शायद सश्रम कारावास शिविरों में उन्हें भेज दिया जाता था। गोल मंगोल चेहरे के बाद अब ज़्यादा योरोपीय क़िस्म के चेहरे आ रहे थे—गन्दे, थके-हारे, दाढ़ी वाले। उभरी हुई गाल की हड्डियों के ऊपर से वे एक झटके में विंस्टन को देखते, कभी-कभार अजीब तरीक़े से, और दृश्य बदल जाता। क़ाफ़िला अब ख़त्म होने

को था। आख़िरी ट्रक में उसे एक बूढ़ा आदमी दिखा जिसका चेहरा पके हुए बालों से ढका था। वह एकदम सीधा खड़ा था और उसकी कलाइयाँ आगे की ओर आड़ा-तिरछा करके ऐसे बँधी हुई थीं जैसे उसे ऐसे ही रखने की आदत हो। विंस्टन और लड़की के जुदा होने का वक़्त अब हो चला था। ऐन अन्तिम पल में, जब भीड़ अब भी उन दोनों को ठेल रही थी, लड़की ने अन्दाज़े से उसका हाथ महसूस किया और अपने हाथों में भींच लिया।

दस सेकंड भी नहीं बीता होगा, पर ऐसा लगा जाने कितनी देर से उन्होंने एक-दूसरे का हाथ थाम रखा हो। विंस्टन ने इतनी ही देर में उसके हाथों की नस-नस को पहचान लिया। उसने महसूस किया उसकी लम्बी उँगलियों को, उसके सुडौल नख को, काम से कठोर हो चुकी उसकी घट्टेदार हथेली को, और कलाई के नीचे के कोमल मांस को। बस महसूस करके उसे लगा कि यह सब उसने देखकर जाना है। फिर लगा कि लड़की की आँखों का रंग तो उसे पता ही नहीं है। शायद भूरी आँखें हों, लेकिन गहरे बालों वाले लोगों की आँखें अकसर नीली भी होती हैं। अब सिर घुमाकर उसे देखना तो नादानी ही होती। सो, गुत्थमगुत्था इनसानी शरीरों के बीच अपने अदृश्य हाथों से एक-दूसरे को थामे वे दोनों एकटक सामने देखते रहे। लड़की के बजाय वह बुज़ुर्ग क़ैदी बालों के घोंसले के बीच अपनी दो शोकाकुल आँखों से टकटकी लगाए विंस्टन को ताक रहा था।

2

विंस्टन चित्तीदार रोशनी और छाँव में डूबी सड़क पर चला जा रहा था। पेड़ों की शाखाएँ जहाँ बँटती थीं वहाँ झड़े हुए पत्तों का सुनहरा तालाब बन जाता था। इन्हीं को पार करते हुए बाईं ओर उसने देखा कि पेड़ों के नीचे ब्लूबेल के फूल ओस की बूँदों की तरह ज़मीन पर बिखरे पड़े थे। हवा इतनी नर्म थी कि शरीर को जैसे चूम रही थी। मई का दूसरा दिन था वह। दूर कहीं जंगल के भीतर से कबूतरों की गुटरगूँ सुनाई दे रही थी।

वह थोड़ा जल्दी पहुँच गया था। रास्ते में उसे कोई दिक़्क़त नहीं हुई। आम तौर पर उसे जितना डर लगता था आज नहीं लग रहा था क्योंकि लड़की बहुत अनुभवी थी। एक महफ़ूज़ जगह तलाशने के मामले में उस पर भरोसा किया जा सकता था। वैसे मोटे तौर पर आप लंदन के मुक़ाबले यहाँ गाँवों में बहुत सुरक्षित नहीं थे। बेशक इधर टेलिस्क्रीन नहीं लगे थे लेकिन छिपे हुए माइक्रोफ़ोन का ख़तरा हमेशा बना रहता था जिससे आपकी आवाज़ पहचानी जा सकती थी। इसके अलावा अकेले सफ़र करना भी आसान नहीं था क्योंकि लोगों का ध्यान चला ही जाता था। सौ किलोमीटर से कम दूरी के सफ़र में पासपोर्ट पर अनुमति लेना ज़रूरी नहीं था लेकिन कभी-कभार रेलवे स्टेशनों पर गश्ती दल वाले मिल जाते तो अटपटे सवाल पूछने लगते थे। उसे रास्ते में कोई गश्ती वाला नहीं मिला था। स्टेशन से पैदल आते वक़्त वह सावधानी से पीछे मुड़-मुड़ कर देख ले रहा था कि कोई पीछा तो नहीं कर रहा। मौसम में गरमाहट होने के चलते ट्रेन में जनता भरी हुई थी और सब छुट्टी के मूड में थे। लकड़ी की सीटों वाले जिस डिब्बे में वह बैठा था, उसमें एक ही परिवार भरा हुआ था। पोपले मुँह वाली परदादी से लेकर एक महीने की बच्ची तक, बहुत बड़ा परिवार था। वे सब गाँव में ससुराल पक्ष के यहाँ मिलने जा रहे थे। विंस्टन को उन्होंने खुलकर बताया था

कि जाने का एक और मकसद कालाबाज़ारी वाला मक्खन थोड़ा ले आना था।

सड़क चौड़ी हो गई और अगले ही मिनट वह उस पगडंडी पर आ गया जिसका ज़िक्र लड़की ने किया था। यह झाड़ियों के बीच बना एक रास्ता था जिस पर मवेशी चलते होंगे। उसके पास घड़ी नहीं थी लेकिन अन्दाज़ा था कि अभी तीन नहीं बजे होंगे। पैरों के नीचे ब्लूबेल की ऐसी मोटी चादर थी कि उन्हें कुचले बग़ैर आगे बढ़ना मुश्किल हो रहा था। वह झुककर कुछ फूल चुनने लगा। कुछ तो वक़्त काटने के लिए और कुछ ख़याल यह भी था दिमाग़ में जब मुलाक़ात होगी तो लड़की को फूलों का गुच्छा भेंट करेगा। काफ़ी बड़ा गुच्छा उसने बना लिया था और उसे सूँघ ही रहा था कि पीछे से कुछ आवाज़ आई और वह एकदम से जड़ हो गया। टहनियों पर पैरों के पड़ने की आवाज़ थी वह। वह फूल चुनता रहा। यही सबसे बेहतर विकल्प था। हो सकता है लड़की ही हो या फिर कोई पीछा कर रहा हो, लेकिन पीछे मुड़कर देखना अपने मन का चोर सामने लाने जैसा था। वह एक के बाद एक फूल चुनता रहा। तभी उसके कन्धे पर किसी ने हल्के से हाथ रखा।

उसने ऊपर देखा। लड़की ही थी। लड़की ने ना की मुद्रा में सिर हिलाया, गोया चुप रहने को कह रही हो, और धीमे से झाड़ियों को पार कर जंगल के एक सँकरे रास्ते पर बढ़ चली। जिस तरह से वह दलदली हिस्सों को आदतन चकमा देते हुए आगे बढ़ रही थी, ऐसा लगता था कि वह यहाँ पहले आ चुकी है। अपने हाथ में फूलों का गुच्छा थामे विंस्टन उसके पीछे चलता रहा। उसके भीतर पहला भाव तो राहत का आया था, लेकिन उस मज़बूत और सुडौल काया को अपने ठीक सामने चलता देख—और उसका वह लाल कमरबन्द, जो ठीक उतना ही कस के बँधा था कि उसके नितम्बों का वक्र स्पष्ट उभरकर आवे—उसे हीनताबोध ने घेर लिया।

इसीलिए अब भी उसे लग रहा था कि जब वह रुककर पीछे मुड़ेगी और उसे ठीक से देखेगी, तो अन्ततः मन बदल लेगी। हवा की ताज़गी और घास का हरापन अब उसे डरा रहा था। वैसे भी मई की इस चमकदार धूप में स्टेशन से पैदल चलकर यहाँ आने में उसे भीतर से गन्दगी और कुम्हलाहट-सी महसूस हो रही थी, चूँकि वह दरवाज़ों के भीतर क़ैद रहने वाला प्राणी था। उसकी चमड़ी के पोरों में लंदन की धूल बसी हुई थी। उसे इस बात से डर था कि दिन के उजाले में लड़की ने उसे शायद अब तक नहीं देखा है। वे उस ठूँठ तक पहुँच गए जिसका ज़िक्र लड़की ने किया था। लड़की उसे फाँदकर झाड़ियों में घुस गई जबकि उसमें भीतर जाने का

कोई रास्ता नहीं दिखता था। विंस्टन जब उसके पीछे-पीछे वहाँ पहुँचा, तो उसने पाया कि सामने बिना पेड़ों वाला एक साफ़ इलाक़ा था। वह घास का एक छोटा सा टीला था जो चारों ओर लम्बे-लम्बे बिरवों से घिरा हुआ था, जिन्होंने उस जगह को पूरी तरह से ढक लिया था। लड़की रुककर पीछे मुड़ी और बोली :

"लो, आ गए हम।"

वह कई क़दम की दूरी पर खड़ा था और पास जाने की हिम्मत नहीं हो रही थी।

लड़की ने कहा, "मैं वहाँ सड़क पर कुछ कहने से बच रही थी। क्या जाने कोई माइक छिपा हो वहाँ। मेरे ख़याल से तो नहीं होना चाहिए, फिर भी। हमेशा ये ख़तरा तो बना ही रहता है कि कोई सुअर आपकी आवाज़ सुनकर पहचान ले। अब हम ठीक जगह पर हैं।"

विंस्टन अब भी उसके क़रीब जाने की हिम्मत नहीं जुटा पा रहा था। उसने बेवकूफ़ की तरह दोहरा दिया, "हम ठीक जगह पर हैं?"

"हाँ, इन पेड़ों को देखो।" छोटे-छोटे राख के पेड़ थे जो कभी काटे गए रहे होंगे लेकिन उनमें अब हरी कोंपले फिर से उग आई थीं। चारों ओर वे खंबों की तरह तने हुए थे लेकिन किसी की भी मोटाई कलाई से ज़्यादा नहीं थी। "यहाँ कुछ भी इतना बड़ा नहीं है जहाँ माइक को छिपाया जा सके। मैं यहाँ पहले आ चुकी हूँ।"

वे केवल बोल रहे थे। विंस्टन हिम्मत जुटाकर उसके थोड़ा क़रीब आ गया था। एकदम सामने वह खड़ी थी सीधी, मुस्कुराती हुई। लगता था कि हल्की सी व्यंग्यात्मक मुस्कान है गोया अचरज जताती हुई कि वह इतना सुस्त क्यों है। ब्लूबेल के फूल ज़मीन पर झर चुके थे। जैसे ख़ुद ही बिछ जाना चुना हो उन्होंने। विंस्टन ने उसका हाथ पकड़ा।

वह बोला, "तुम विश्वास करोगी कि अब तक मुझे तुम्हारी आँखों का रंग नहीं मालूम था।" उसने ग़ौर से देखा। भूरी आँखें थीं, बल्कि हल्की भूरी, और पलकें एकदम गहरी। "अब तो तुमने मुझे अच्छे से देख लिया है कि मैं कैसा दिखता हूँ। क्या अब भी मुझे देखना पसन्द करोगी?"

"हाँ, बड़े आराम से।"

"देखो, मैं उनतालीस साल का हूँ। मेरी एक पत्नी है जिससे मैं पीछा नहीं छुड़ा सकता। मेरे टखने की नसों में अल्सर है। मेरे पाँच दाँत नक़ली हैं।"

"मुझे इस सबसे कोई फ़र्क़ नहीं पड़ता," लड़की बोली।

अगले ही पल, जाने कैसे, वह उसकी बाँहों में थी। किसने पहल की थी, कह

पाना मुश्किल है। उस पल विंस्टन के भीतर कोई भाव नहीं था, बस कोरा ताज्जुब था। उसके शरीर पर वह जवान देह तनी हुई थी। उसका चेहरा घने गहरे बालों से ढक गया था। और हाँ! लड़की ने सिर उठाकर चेहरा एकदम सामने कर दिया और अगले ही पल वह उसके भरे लाल गालों को चूम रहा था। लड़की ने अपनी बाँहों का घेरा उसकी गरदन पर डाल दिया। डार्लिंग, मेरे महबूब, मेरी जान, वह बोले जा रही थी। विंस्टन ने उसे खींचकर ज़मीन पर लिटा दिया। वह बिछ गई बिना किसी संकोच के। वह जो चाहे कर सकता था इस वक़्त उसके साथ, लेकिन वास्तव में उसके भीतर कोई जिस्मानी अहसास ही नहीं पैदा हो रहा था, सिवाय शारीरिक सम्पर्क के। कुल मिलाकर उसके मन में एक अविश्वास और आत्मसम्मान जैसा कुछ भाव था। उसे ख़ुशी हो रही थी इस भाव पर, लेकिन कोई शारीरिक चाह नहीं थी। वह औरतों के बग़ैर रहने का आदी था, आज इस सौन्दर्य और यौवन ने उसे आतंकित कर दिया था। इसकी वजह तो नहीं पता थी उसे, लेकिन ऐसा लगा कि बहुत जल्दबाज़ी हो जाएगी। लड़की उठी, अपने बालों में फँसा एक फूल उसने निकाला, फिर उसके एकदम सामने बैठ गई और उसकी कमर के घेरे को अपनी बाँहों में भर लिया।

"कोई बात नहीं मेरी जान, कोई जल्दी नहीं है। पूरी दोपहर पड़ी है। यह बताओ यह छिपने की जगह कैसी लगी, शानदार है न? एक बार हम लोग सामुदायिक यात्रा पर आए थे और मैं गुम हो गई थी, तब मैंने इसे खोजा था। यहाँ सौ मीटर दूर से ही किसी के आने की आवाज़ पता चल जाती है।"

"तुम्हारा नाम क्या है?" विंस्टन ने पूछा।

"जूलिया। और तुम्हारा मैं जानती हूँ। विंस्टन—विंस्टन स्मिथ।"

"यह कैसे पता किया तुमने?"

"मेरी जान, चीज़ें पता करने में मैं तुमसे बेहतर हूँ, समझे। अब यह बताओ कि उस दिन मेरे परची देने से पहले तुम मेरे बारे में क्या सोचते थे?"

झूठ बोलने की उसकी कोई इच्छा नहीं थी, बल्कि सच चाहे कितना ही बुरा क्यों न हो, शुरुआत उससे करना एक क़िस्म का प्रेम-प्रस्ताव ही होगा।

"तुम्हें देखने से नफ़रत थी मुझे," उसने कहा। "मैं तुम्हारी इज़्ज़त लूटकर तुम्हारा क़त्ल करना चाहता था। दो हफ़्ते पहले तो मैं वाक़ई पत्थर से तुम्हारा सिर कुचल देना चाह रहा था। सच जानना चाहती हो, तो सच कहूँ, मैं मानता था कि तुम विचार पुलिस के लिए काम करती हो।"

लड़की ख़ुशी से हँस पड़ी। उसे लगा जैसे उसके छद्म भेष की सराहना में मिला यह कोई सम्मान है।

"विचार पुलिस तो क़तई नहीं! सच कहो, तुम ऐसा नहीं सोचते थे?"

"ख़ैर, उतना भी नहीं, लेकिन तुम जैसी दिखती हो उसी से मुझे ऐसा लगा होगा—जैसे, तुम जवान हो, ताज़ा हो, स्वस्थ हो। मतलब, समझ रही हो न!"

"तुम्हें लगता था कि मैं पार्टी की भक्त हूँ। शब्द और कर्म में एकदम पवित्र। बैनर, प्रदर्शन, नारे, खेल, सामुदायिक दौरे, और वही सब बकवास। और तुम सोचते थे कि मौक़ा मिलते ही मैं तुम्हें विचार अपराधी ठहरा दूँगी और तुम्हारी हत्या करवा दूँगी?"

"हाँ, कुछ-कुछ ऐसा ही। तुम जानती हो ज़्यादातर जवान लड़कियाँ ऐसी ही होती हैं।"

"सब इसी हरामज़ादी चीज़ का किया-धरा है," वह बोली, और सेक्स-विरोधी युवा संघ वाला लाल कमरबन्द अपनी कमर से नोचकर एक टहनी पर फेंक दिया। कमर पर हाथ ले जाते ही उसे जैसे कुछ याद आया हो, उसने अपनी वर्दी की जेब को टटोला और उसमें से एक छोटी-सी चॉकलेट निकाली। उसे आधा तोड़ा और एक हिस्सा विंस्टन को दे दिया। खाये बग़ैर ही ख़ुशबू से वह समझ गया था कि यह चॉकलेट अलग क़िस्म की है—गाढ़ी, चमकदार और चाँदी की पन्नी में लिपटी हुई। वरना यहाँ तो जो धूसर-सी भुरभुरी चॉकलेट मिलती थी उसका स्वाद, ठीक-ठीक कहें तो जलते हुए कचरे के धुएँ के जैसा होता था। इस वाली चॉकलेट के स्वाद से वह परिचित था पहले से, जो उसने दी थी। उसकी ख़ुशबू की पहली ही झलक में जैसे कोई पुरानी स्मृति जग गई, जिसे वह क़ायदे से पकड़ नहीं पाया, लेकिन ज़बरदस्त और बेचैन करने वाली कोई बात थी।

"ये कहाँ से मिला?" उसने पूछा।

"ब्लैक मार्केट में," लड़की ने अनमने से जवाब दिया। "देखो, मैं तो ऐसी ही लड़की हूँ। देखने में भले अलग लगूँ। खेलों में अच्छी हूँ। गुप्तचर टोली की नायक हुआ करती थी मैं। सेक्स-विरोधी युवा संघ के लिए हफ़्ते में तीन शाम मैं स्वैच्छिक काम करती हूँ। मैंने घंटों-घंटों उनके वे सड़े हुए पोस्टर पूरे लंदन में चिपकाए हैं। जलसों में मैं हमेशा बैनर का एक कोना पकड़कर चलती हूँ। हमेशा ख़ुश दिखती हूँ और कभी कामचोरी नहीं करती। मैं हमेशा भीड़ के साथ चिल्लाती हूँ। बचे रहने का यही इकलौता तरीक़ा है।"

चॉकलेट का पहला टुकड़ा विंस्टन की जीभ पर पिघल चुका था। अद्भुत स्वाद था, लेकिन वह स्मृति अब भी दिमाग़ में चक्कर काट रही थी। कुछ ऐसा जो ज़बरदस्त महसूस हो रहा था लेकिन पकड़ में नहीं आ रहा था। जैसे कोई चीज़ जो कनखिया कर देखी जाए और दिखते हुए भी सही-सही उसका आकार-प्रकार समझ में न आवे। उसने ज़ोर लगाकर उस स्मृति को अपने से दूर धकेला, यह जानते हुए कि इसका ताल्लुक़ किसी ऐसी बात से है जिससे चाहकर भी वह पीछा नहीं छुड़ा पा रहा है।

"तुम बहुत छोटी हो," उसने कहा। "कम से कम मुझसे दस-पन्द्रह साल तो छोटी होगी ही। फिर मेरे जैसे आदमी में तुम्हें ऐसा क्या आकर्षक दिख गया?"

"तुम्हारे चेहरे में कुछ ऐसा था कि मुझे लगा एक बार आजमा लेना चाहिए। मैं ऐसे लोगों को पढ़ने में बहुत तेज़ हूँ जो हटकर होते हैं। मैंने जैसे ही तुम्हें देखा था, तुरन्त समझ गई कि तुम उनके ख़िलाफ़ हो।"

उनके से उसका मतलब पार्टी से था, ख़ासकर पार्टी के भीतरी हलक़े से, जिसके बारे में वह ऐसे खुलकर नफ़रत और उपहास से बात कर रही थी जिसने विंस्टन को थोड़ा असहज कर दिया था, हालाँकि वह जानता था कि अगर वे बाहर खुले में अब तक बचे हुए हैं तो यहाँ तो सुरक्षित रहेंगे ही। एक बात जिसने विंस्टन को हैरान किया वह उसकी भाषा थी। पार्टी के सदस्यों को गाली बकना मना था और ख़ुद विंस्टन भी शायद ही कभी मुँह से कोई अपशब्द निकालता होगा। जूलिया का तो हाल ये था कि पार्टी का, ख़ासकर उसके भीतरी हलक़े के बारे में वह बिना ज़बान गन्दी किए बात कर ही नहीं सकती थी, वह भी एकदम सड़कछाप गालियाँ। उसे यह बात नापसन्द नहीं थी। यह तो पार्टी और उसके तमाम तौर-तरीक़ों के ख़िलाफ़ उसकी बग़ावत का एक लक्षण भर था और स्वाभाविक भी था। जैसे किसी घोड़े की छींक, जो सड़े हुए भूसे की गंध देती है। वे टीले से उठकर अब चितकबरी छाँव में टहल रहे थे और जहाँ कहीं सँकरी पगडंडी होती, वे एक-दूसरे की कमर में बाँहें डाले सटकर चलते। उसने महसूस किया कि कमरबन्द हटने के बाद उसकी कमर कितनी नरम जान पड़ती थी। वे केवल फुसफुसाकर बात कर रहे थे। टीले के पार जूलिया ने कहा कि बेहतर हो वे चुपचाप ही रहें। वे जंगल के एक छोर पर पहुँच चुके थे। जूलिया ने उसे रोका।

"खुले में नहीं जाना है। कोई देख लेगा। पेड़ों के पीछे ही ठीक है।"

वे अखरोट के पेड़ों की छाँव में खड़े थे। पत्तों से छनकर आ रही सूरज की

रोशनी अब भी चेहरे पर गरमाहट का अहसास देती थी। सामने उस पार मैदान में विंस्टन ने अपनी निगाह दौड़ाई, तो कुछ जाने-पहचाने कौतूहल से चकित रह गया। उसकी आँखें इस जगह को पहचान रही थीं। यह एक पुराना घास का मैदान था जिसके बीच से एक पगडंडी गुज़रती थी और यहाँ-वहाँ ख़रगोशों के बिल थे। इसके उस पार झाड़ में एल्म के पेड़ हवा में लहराते थे, उनके सघन पत्ते किसी औरत के बालों की तरह हौले-हौले फड़फड़ाते थे। पक्का यहीं कहीं, नज़र से ओझल, पानी का एक सोता होना चाहिए जिसमें डेस मछलियाँ तैरती होंगी।

उसने पूछा, "यहाँ आसपास कोई पानी का सोता है क्या?"

"हाँ, एक धारा है। अगले मैदान के अन्त में है। उसमें मछलियाँ हैं बड़ी-बड़ी। विलो के पेड़ों के नीचे तालाब में तुम उन्हें पूँछ हिलाते नंगी आँखों से देख सकते हो।"

"ये तो सुनहरा प्रदेश—बिलकुल वैसा ही," वह बुदबुदाया।

"सुनहरा प्रदेश?"

"कुछ ख़ास नहीं। मैंने कई बार सपने में ऐसा ही नज़ारा देखा है।"

"वह देखो!" जूलिया बोली।

बमुश्किल पाँच मीटर दूर एक टहनी पर एक मैना आकर बैठी थी, तक़रीबन उनके चेहरों के सामने उसी ऊँचाई पर। उसने शायद इन्हें देखा नहीं था। ये छाँव में थे, वह धूप में थी। उसने अपने पंख फैलाए, फिर हौले से समेटे, हल्का सा गरदन को झटका दिया जैसे सूरज का अभिवादन कर रही हो और फिर गाने लगी। दोपहर की ख़ामोशी में उसकी आवाज़ हतप्रभ करती थी। मंत्रमुग्ध दोनों एक-दूसरे से लिपट गए। वह गाती रही। हर मिनट उसकी लय बदल जाती थी। एक बार भी दुहराव नहीं। जैसे उन्हें अपना यह कौशल दिखाने ही वहाँ आई हो। कुछ सेकंड को वह रुकती, अपने पर फैलाती, अपनी चितकबरी छाती में दम भरती और फिर गाना शुरू कर देती। विंस्टन जाने किस श्रद्धा में डूबकर उसे देखे जा रहा था। किसके लिए गा रही थी वह? क्या था यह? न कोई सखा, न कोई प्रतिद्वंद्वी था वहाँ उसे देखने के लिए। फिर उस एकाकी पेड़ की टहनी के एक सिरे पर बैठकर शून्य में गाते जाने के लिए उसे कौन सी चीज़ प्रेरित कर रही थी? उसके दिमाग़ में आया कि कहीं आसपास कोई माइक्रोफ़ोन तो छिपा हुआ नहीं होगा। वैसे तो वह और जूलिया दोनों मद्धम स्वर में ही बात कर रहे थे जिसे माइक पकड़ नहीं पाता, लेकिन इस पक्षी का गीत तो पकड़ में आ ही जाता। कौन जाने माइक के दूसरे छोर पर कोई छोटा सा गुबरैला प्राणी बैठकर उसे सुन ही रहा हो। पर संगीत के ज्वार ने

उसके मन की सारी शंकाओं को हर लिया। जैसे उसके ऊपर कोई द्रव्य उड़ेल रहा हो जो पत्तों से छनकर आ रही सूरज की रोशनी के साथ मिलकर उसे सराबोर कर गया हो। उसने सोचना बन्द कर दिया। बस महसूस करने लगा। उसकी बाँहों के घेरे में लड़की की कमर गरम मुलायम जान पड़ती थी। उसने उसे घुमाकर अपनी ओर खींच लिया। दोनों के उर जुड़ा गए थे गोया एक देह दूसरे में पिघल रही हो। वह जहाँ कहीं हाथ रखता, वह अंग पिघलकर पानी बन जाता। होंठ से होंठ जुड़ चुके थे। अबकी मामला पहले लिए गए चुम्बनों से अलग था। जब चेहरे अलग हुए, तो दोनों ने गहरी उसाँस छोड़ी। उद्विग्न पक्षी पंख फड़फड़ाते हुए उड़ गया।

विंस्टन ने अपने होंठ उसके कान से लगाए, "ये सही समय है," वह फुसफुसाया।

"यहाँ नहीं," वह बोली, "चलो, अपनी महफ़ूज़ जगह पर वापस चलते हैं।"

दोनों काफ़ी तेज़ी से टीले की ओर बढ़े, बीच में केवल कुछ टहनियों के पैरों से टूटने की आवाज़ हुई। जैसे ही वे ठूँठों के घेरे के भीतर पहुँचे, वह पीछे मुड़ी और एकदम सामने आ गई। दोनों की साँसें तेज़ चल रही थीं, लेकिन जूलिया के चेहरे पर मुस्कान वापस आ गई थी। एक पल को वह उसे खड़ी देखती रही, फिर अपनी वर्दी के जिपर को हाथ लगाया। और हाँ, बिलकुल वैसा ही हुआ जैसा विंस्टन ने अपने सपने में देखा था। उसने जैसी कल्पना की थी, बिलकुल उसी फुर्ती से जूलिया ने अपने कपड़े उतारे और जैसे ही उन्हें एक कोने में फेंका, उस अदा में बिलकुल वही भव्यता थी जो एक समूची सभ्यता को एक झटके में ख़ारिज करने का दम रखती थी। उसकी देह सूरज की रोशनी में दमक रही थी, लेकिन उस पल विंस्टन ने उसकी देह को नहीं देखा। उसकी आँखें तो जूलिया के झाईंदार चेहरे पर अटक गई थीं जिस पर एक हल्की-सी निर्भीक मुस्कान थी। उसके सामने वह अपने घुटनों पर बैठ गया और उसके हाथ अपने हाथों में ले लिये।

"पहले कभी किया है?"

"और क्या। सौ बार, बल्कि और ज़्यादा, लेकिन उससे क्या।"

"पार्टी के लोगों के साथ।"

"हाँ, हमेशा पार्टी के सदस्यों के साथ।"

"भीतरी हलक़े के सदस्य?"

"उन सुअरों के साथ तो कभी नहीं, ना। लेकिन वहाँ तो भरे पड़े हैं जिन्हें बस मौक़ा मिलने की देरी है। उतने भी साफ़-सुथरे नहीं हैं सब जितना दिखाते हैं।"

उसका दिल ख़ुशी से उछल गया। कह रही है बहुत बार की है, काश! सैकड़ों

नहीं हज़ारों बार उसने किया हो, विंस्टन ने सोचा। ऐसी कोई भी चीज़ जो भ्रष्ट आचरण का संकेत देती थी, वह विंस्टन के दिल में एक अजीब सी उम्मीद जगाती थी। और कौन जाने कि पार्टी सतह के नीचे एकदम सड़ चुकी हो। ऊपर से दिखने वाली सारी सख़्ती और त्याग वाली बातें क्या जाने बस अधर्म को छिपाने के लिए हों। काश! वह उन सबको कोढ़ या सिफिलिस से संक्रमित कर पाता, कितनी ख़ुशी मिलती ऐसा करने में उसे! ऐसा कुछ भी जो इन्हें सड़ा दे, कमज़ोर कर दे, तोड़ दे! उसने जूलिया को नीचे खींचा। अब दोनों अपने घुटनों पर एक-दूसरे के सामने थे।

"सुनो, जितने ज़्यादा आदमियों को तुमने भोगा होगा, मैं तुमसे उतनी ही मोहब्बत करूँगा। समझ रही हो?"

"हाँ, बिलकुल।"

"मुझे शुचिता से घिन है, नफ़रत करता हूँ मैं अच्छाई से! मैं नहीं चाहता कि कहीं कोई भी सदाचार बचा रहे। मैं चाहता हूँ कि अपनी रगों तक हर कोई भ्रष्ट हो जाए।"

"फिर तो मैं तुम्हारे बिलकुल माकूल हूँ, मेरी जान। मेरी नस-नस भ्रष्ट है।"

"तुम्हें यह करना पसन्द है? मेरा मतलब केवल मुझसे नहीं, इस काम से है।"

"बहुत पसन्द है।"

वह दरअसल यही सुनना चाहता था। महज़ किसी इनसान के प्रति प्यार नहीं, बल्कि एक सहज इनसानी वृत्ति, वह विशुद्ध निरपेक्ष लालसा; यही वह ताक़त है जो पार्टी के टुकड़े-टुकड़े कर सकती है। उसने ब्लूबेल के फूलों के बीच घास पर उसे लिटाया। इस बार कोई दिक़्क़त नहीं हुई। ऊपर-नीचे हो रही दोनों की तेज़ धौंकनी धीरे-धीरे सम पर आई, फिर एक सुखद बेकसी में दोनों निढाल हो गए। सूरज और गरम हो चला था। दोनों उनींदे थे। विंस्टन ने फेंकी हुई वर्दी उठाकर उसके ऊपर डाल दी। फिर दोनों को तुरन्त ही नींद आ गई। क़रीब आधा घंटा दोनों पड़े रहे।

पहले विंस्टन की आँख खुली। वह उठकर बैठा और उसके झाईंदार चेहरे को देखने लगा। अपनी हथेली का तकिया लगाकर वह अब भी चैन से सो रही थी। उसके गालों को छोड़ दें तो उसे ख़ूबसूरत नहीं कहा जा सकता था। ग़ौर से देखने पर आँखों के इर्द-गिर्द एकाध घेरे नज़र आते थे। उसके छोटे गहरे बाल ज़रूरत से ज़्यादा मोटे थे और मुलायम थे। उसे अचानक खटका कि वह अब तक उसका पूरा नाम-पता नहीं जानता है।

नींद में बेबस उस मज़बूत और जवान देह ने विंस्टन के भीतर स्नेह और

सरपरस्ती का भाव जगा दिया था, लेकिन जैसी बेपरवाह करुणा अखरोट के पेड़ के नीचे मैना का संगीत सुनते हुए उसे महसूस हुई थी, वैसा कुछ वापस नहीं आया। उसने जूलिया पर पड़ी वर्दी को एक ओर खींचा और उसकी गोरी कमसिन देह की किनारियों को देखने लगा। उसे याद आया कि पुराने दिनों में लोग लड़कियों की देह को देखकर तय करते थे कि उन्हें वह चाहिए या नहीं। बस इतनी सी बात थी और कहानी ख़त्म। आजकल तो न ख़ालिस प्यार बचा है, न शुद्ध वासना। एक भी भावना खरी नहीं बची। सबमें डर और नफ़रत की मिलावट है। ऐसे में उनका आलिंगन एक संघर्ष रहा है और उसका चरम उनकी जीत थी। यह पार्टी के ख़िलाफ़ एक प्रहार था। यह एक राजनीतिक कार्रवाई थी।

3

"हम लोग यहाँ फिर से आ सकते हैं," जूलिया ने कहा। "आम तौर से कोई भी ठिकाना दो बार के लिए तो सुरक्षित रहता ही है, लेकिन बीच में एकाध महीने का अन्तर होना चाहिए।"

नींद से उठते ही उसका हाव-भाव बदल गया था।

वह ऐसे चौकस थी जैसे कि काम पर हो। उसने कपड़े पहने, कमर में लाल कमरबन्द बाँधा और वापस जाने के विवरण तैयार करने लगी। ज़ाहिर है यह काम उसी के भरोसे छोड़ना ठीक था क्योंकि उसमें एक व्यावहारिक चतुराई थी जो विंस्टन में नहीं थी। इसके अलावा लंदन के बाहरी इलाक़े का उसे अच्छा-ख़ासा ज्ञान था जो अनगिनत सामुदायिक यात्राओं की देन था। उसने लौटने का जो रूट विंस्टन को बताया वह उससे अलग था जिससे वह आया था। यह रास्ता उसे किसी दूसरे रेलवे स्टेशन पर निकालता था। "कभी भी उस रास्ते वापस घर मत जाना जिससे आए हो," जूलिया ने कहा, मानो कोई बहुत सामान्य लेकिन अहम सिद्धान्त बता रही हो। पहले वह निकलेगी, फिर आधे घंटे बाद विंस्टन को जाना है।

चार दिन बाद उन्हें काम के बाद जिस जगह मिलना है, वह उसने विंस्टन को बता दिया था। वह शहर के ग़रीब इलाक़े की एक सड़क थी जहाँ एक खुला बाज़ार था। वहाँ आम तौर से बहुत भीड़ रहती थी और कोलाहल रहता था। वहीं वह किसी स्टॉल पर जूते के फीते या सिलाई का धागा ख़रीदने के बहाने पहुँचेगी। अगर मैदान साफ़ दिखा तो विंस्टन के आते ही वह इशारे में अपनी नाक साफ़ करेगी। ऐसा नहीं हुआ तो विंस्टन को उसे बिना पहचाने चुपचाप उसके बग़ल से निकल लेना है। क़िस्मत रही तो भीड़ के बीच पन्द्रह मिनट बात हो जाएगी और अगली मुलाक़ात का तय कर लिया जाएगा।

विंस्टन ने ये तमाम निर्देश जैसे ही याद किए, उसने कहा, "अब मुझे चलना

चाहिए।" "मुझे साढ़े सात तक वापस पहुँचना है। फिर दो घंटे सेक्स-विरोधी युवा संघ के साथ परचे आदि बाँटने हैं। क्या यह घटिया काम नहीं है? जरा पीछे से मुझे झाड़ दोगे क्या? मेरे बालों में कोई तिनका तो नहीं फँसा है? पक्का? ठीक है फिर, विदा मेरी जान, गुड बाय!"

वह विंस्टन की बाँहों में झूल गई, तक़रीबन हिंसक तरीक़े से उसे चूमा और क्षण भर बाद ही पेड़ों के बीच से रास्ता बनाते हुए चुपचाप जंगलों में खो गई। अब तक विंस्टन को उसका पूरा नाम और पता नहीं मालूम था। इससे हालाँकि कोई फ़र्क़ नहीं पड़ता था। चूँकि यह कल्पना से बाहर की बात थी कि वे कभी बन्द कमरे में मिलेंगे या कभी लिखित सन्देश एक-दूसरे को भेजेंगे।

वे कभी फिर उस जंगल में लौटकर नहीं गए। मई में केवल एक और मौक़ा ऐसा आया जब दोनों ने प्यार किया। वह भी जूलिया का ही जाना हुआ एक ठिकाना था—तक़रीबन एक निर्जन इलाक़े में खँडहर हो चुके एक चर्च का घंटाघर जहाँ तीस साल पहले एटम बम गिरा था। एक बार वहाँ पहुँच जाएँ तो छिपने की बढ़िया जगह थी, लेकिन वहाँ पहुँचना ही अपने आप में जोखिम भरा काम था। बाक़ी दिन वे हर शाम सड़कों पर किसी नए ठिकाने पर मिलते रहे लेकिन एक बार में आधे घंटे से ज़्यादा नहीं। सड़क पर अमूमन एक ख़ास तरीक़े से ही बात करना सम्भव था। भीड़-भाड़ वाली पटरियों से जब वे गुज़र रहे होते तो एक-दूसरे से थोड़ा दूर हटकर चलते और देखते नहीं थे। ऐसे में जो बातचीत होती वह बीच-बीच में टूट-टूट जाती थी। जैसे समुद्री जहाज़ों को रास्ता दिखलाने वाली रोशनी के मीनार की बत्ती भुकभुकाती है, वैसे ही। और अगर पार्टी का कोई वर्दीधारी पास आता दिखे या आसपास कोई टेलिस्क्रीन मौजूद हो तो अचानक ही उनकी बातचीत चुप्पी में डूब जाती थी। फिर ख़तरा टलते ही बात जहाँ छूटी थी वहीं बीच से दोबारा शुरू हो जाती थी और फिर से उस जगह टूट जाती जहाँ उस दिन अलग होना तय किया गया था। अगले दिन वहीं से बात शुरू होती, बिना किसी सन्दर्भ के। जूलिया इस तरह से बातचीत की आदी थी। वह इसे किस्तों में बतियाना कहती थी। हैरत की बात है कि वह बिना होंठ हिलाए भी बोल लेती थी और इस काम में काफ़ी माहिर थी। तक़रीबन पूरे महीने हर रात हुई मुलाक़ात में बस एक दिन मौक़ा मिला था उन्हें एक-दूसरे को चूमने का। उस दिन वे चुपचाप एक पटरी से गुज़र रहे थे (जूलिया कभी भी मुख्य सड़क से दूर होती तो बात नहीं करती थी) जब भयंकर कानफोड़ू धमाका हुआ। धरती हिल उठी। अँधेरा छा गया और विंस्टन ने अगले ही पल ख़ुद

को ज़मीन पर गिरा हुआ पाया। वह ज़ख़्मी और डरा हुआ था। ऐसा लगता था कि कहीं पास में ही कोई रॉकेट बम गिरा है। अचानक उसे अपने से थोड़ी दूरी पर जूलिया का चेहरा दिखाई दिया। झक्क सफ़ेद, मौत की तरह, जैसे किसी ने चाक पोत दी हो। उसके होंठ भी सफ़ेद थे। वह मर चुकी थी। यही सोचते हुए उसने उसे बाँहों में भरा और जब चूमा, तो पाया कि उसका चेहरा तो गरम और ताज़ादम था। दोनों के होंठों के बीच कुछ बुरादा-सा आड़े आ गया था। पता चला कि दोनों के चेहरों पर सफ़ेद प्लास्टर की मोटी सतह जमी हुई थी।

कुछ शामें ऐसी भी आईं जब दोनों नियत जगह पर मिले लेकिन बिना इशारा किए या एक-दूसरे को देखे ही उन्हें बग़ल से गुज़र जाना पड़ा क्योंकि गश्ती वाले वहाँ पहुँच गए थे या सिर के ऊपर हेलिकॉप्टर मँडरा रहा था। जब ख़तरे कम होते थे तब भी मिलने के लिए वक़्त निकाल पाना मुश्किल होता था। विंस्टन के काम के घंटे हफ़्ते में साठ थे। जूलिया और ज़्यादा काम करती थी। अकसर काम का दबाव इतना होता था कि उन दोनों का ख़ाली दिन एक साथ नहीं पड़ता था। वैसे भी जूलिया की शामें अकसर व्यस्त ही रहती थीं। व्याख्यान, जलसे आदि में शामिल होना, सेक्स-विरोधी युवा संघ की सामग्री बाँटना, नफ़रत सप्ताह के लिए बैनर बनाना, बचत अभियान के लिए चंदा जुटाना, ऐसी तमाम गतिविधियों में वह बहुत ज़्यादा वक़्त जाया करती थी। उसका कहना था कि यह सब छिपने के काम आता था। इसका फ़ायदा होता था। उसका मानना था कि अगर आप छोटे नियमों को मान लेते हैं तो बड़े नियमों को तोड़ पाते हैं। लिहाज़ा विंस्टन को उसने युद्ध सामग्री के काम में कुछ समय ख़र्च करने के लिए मना लिया था और उसे पंजीकरण करवाना पड़ा था। यह काम पार्टी के कुछ उत्साही सदस्य स्वेच्छा से किया करते थे। हफ़्ते में एक दिन विंस्टन को चार घंटे थका देने वाली ऊब से गुज़रना होता था जिसमें एक हवादार कारख़ाने के भीतर कम रोशनी में धातु के कुछ टुकड़ों में पेच कसना पड़ता था। शायद ये टुकड़े बम का हिस्सा होते थे। कारख़ाने में टेलिस्क्रीन के संगीत के साथ लगातार आती हथौड़े की आवाज़ मिलकर उदासी पैदा करती थी।

जब वे चर्च के घंटाघर में मिले, तब जाकर महीने भर से छूटी हुई बात पूरी हो पाई। वह धधकती हुई दोपहर थी। घंटियों के ऊपर बने छोटे-छोटे चौकोर चैम्बरों में क़ैद हवा गरम थी और चौतरफ़ा कबूतर की बीट की महक व्याप्त थी। तिनकों और लकड़ी से पटे हुए धूसर फ़र्श पर बैठकर उन्होंने घंटों बात की। बीच-बीच में कोई एक उठकर दीवार में बनी मुक्की से बाहर झाँक लेता कि कोई आ तो नहीं रहा है।

जूलिया छब्बीस साल की थी। वह एक छात्रावास में तीस और लड़कियों के साथ रहती थी ("हमेशा औरतों की चिक-चिक के बीच! इसीलिए मुझे औरतों से नफ़रत है!" वह ज़ोर देकर बार-बार यह बोलती थी)। गल्प विभाग में उपन्यास लेखन वाली मशीन पर वह काम करती थी, जैसा कि विंस्टन ने अन्दाज़ा लगाया था उसे अपने काम में ख़ुशी मिलती थी, भले ही वह एक भारी-भरकम लेकिन जटिल मोटर का संचालन और रख-रखाव था। इस काम में वह 'बहुत निपुण' नहीं थी, लेकिन उसे अपने हाथ से उस मशीन को चलाना अच्छा लगता था और उस मशीन से उसका लगाव था। एक उपन्यास की छपाई की पूरी प्रक्रिया को वह समझा सकती थी—योजना कमेटी द्वारा दिए गए दिशा-निर्देशों के पालन से लेकर पुनर्लेखन दल द्वारा अन्तिम सम्पादन तक, सब कुछ। तैयार माल में हालाँकि उसकी कोई दिलचस्पी नहीं थी। वह ख़ुद कहती थी कि उसे 'पढ़ने-वढ़ने से ख़ास मतलब नहीं था।' उसके हिसाब से किताबें हों या जैम या फिर जूते के फीते, सब कुछ उत्पादित किया जाने वाला माल था।

साठ के दशक की शुरुआत से पहले की कोई भी स्मृति उसके ज़ेहन में नहीं थी। क्रान्ति से पहले के दिनों के बारे में बात करने वाले केवल एक शख़्स को उसने आज तक जाना था। वह थे उसके दादा, जो उसके आठ बरस के रहते ही लापता हो गए थे। स्कूल में वह हॉकी टीम की कप्तान हुआ करती थी। दो साल तक लगातार जिमनास्टिक्स की ट्रॉफी उसने जीती थी। इसके अलावा वह गुप्तचर टोली की नायक थी और सेक्स-विरोधी युवा संघ में आने से पहले युवा संघ में शाखा सचिव भी थी। वह पैदा ही विशिष्ट हुई थी। इतनी, कि उसे गल्प विभाग के तहत आने वाले कामुकता खंड में काम करने के लिए चुन लिया गया था (जिसे अच्छी साख का अचूक प्रमाण माना जाता था), जहाँ जनता के बीच बाँटी जाने वाली सस्ती अश्लील सामग्री का उत्पादन किया जाता था। उसने बताया कि वहाँ काम करने वाले अपने विभाग को कीचघर कहते हैं। वहाँ वह एक साल तक बनी रही। उसका काम सीलबन्द पुस्तिकाओं के निर्माण में सहयोग करना था, जिनके नाम भी अजीब हुआ करते थे—'झन्नाटेदार कहानियाँ' या 'कन्या विद्यालय में एक रात।' ग़रीब नौजवान नाम देखकर ही इन किताबों को चोरी-चोरी ख़रीदकर पढ़ते थे। उन्हें लगता था कि वे कोई ग़ैर-क़ानूनी चीज़ ख़रीद रहे हैं।

विंस्टन ने जिज्ञासावश पूछा, "कैसी होती हैं ये किताबें?"

"भयंकर कचरा। वास्तव में बेहद ऊबाऊ होती हैं। कुल मिलाकर छह ही

कहानियाँ हैं, उन्हीं को उलट-पलट कर छापते रहते हैं। मैं तो केवल मशीन पर काम करती थी। पुनर्लेखन दल में मैं कभी नहीं रही। मैं कोई साहित्य-वाहित्य नहीं जानती मेरी जान, मैं तो उसके लायक़ भी नहीं हूँ।"

उसे यह जानकर अचरज हुआ कि कामुकता विभाग में विभाग प्रमुखों के अलावा बाक़ी सभी कर्मचारी महिलाएँ होती थीं। इसके पीछे यह समझदारी थी कि यहाँ जिस तरह की सामग्री से पाला पड़ता था, उस लिहाज़ से आदमी बड़ी आसानी से भ्रष्ट हो जा सकते थे क्योंकि उनकी यौन वृत्तियाँ नियंत्रण में नहीं रहती हैं जबकि औरतें इस मामले में उनसे बेहतर होती हैं।

जूलिया ने बताया, "वे लोग तो यहाँ विवाहित औरतों को भी रखना पसन्द नहीं करते। अविवाहित लड़कियों को हमेशा पवित्र माना जाता है। मेरी बात अलग है।"

उसका पहला प्रेम-प्रसंग सोलह बरस की उम्र में पार्टी के साठ साल के एक आदमी से चला था जिसने बाद में गिरफ़्तारी से बचने के लिए ख़ुदकुशी कर ली थी। "और ठीक ही किया उसने वरना उसके मुँह से वे मेरा नाम उगलवा लेते," जूलिया बोली। उसके बाद से तो उसके कई प्रसंग चले। उसकी निगाह में ज़िन्दगी बहुत सरल थी। आप मस्त रहना चाहते हैं लेकिन 'वे' मने पार्टीवाले आपको रोकना चाहते हैं—ऐसे में आपसे जितना सपर जाए उतना नियम तोड़ लीजिए। उसे यह बात बड़ी स्वाभाविक लगती थी कि वे आपसे आपका सुख छीनना चाहते हैं और आप सुख भोगते हुए पकड़े जाने से बचने में लगे रहते हैं। वह पार्टी से नफ़रत करती थी और खुले शब्दों में इस बात को कहती भी थी, लेकिन उसके पास कोई सुसंगत आलोचना जैसी चीज़ नहीं थी। जब तक उसकी अपनी ज़िन्दगी पर फ़र्क़ नहीं पड़ता, उसे पार्टी के सिद्धान्तों से न एक लेना था न दो देना। विंस्टन ने इस बात पर ग़ौर किया कि वह न्यूस्पीक के शब्द नहीं बोलती, सिवाय उनके जो रोज़मर्रा की ज़िन्दगी का हिस्सा बन चुके थे। उसने कभी भी ब्रदरहुड के बारे में नहीं सुना था और इसमें यक़ीन भी नहीं करना चाहती थी। पार्टी के ख़िलाफ़ किसी भी क़िस्म की संगठित बग़ावत उसे मूर्खतापूर्ण जान पड़ती थी क्योंकि उसे विफल ही हो जाना था। इसलिए चतुराई इसी में थी कि नियम तोड़ते रहो और ज़िन्दा बचे रहो। वह सोच रहा था कि इसके जैसे जाने कितने लोग युवा पीढ़ी में होंगे जो क्रान्ति के बाद की दुनिया में बड़े हुए होंगे और कुछ भी नहीं जानते होंगे, सिवाय इसके कि पार्टी आकाश की तरह सर्वव्यापी चीज़ है जिसमें कभी कोई बदलाव ही नहीं हो सकता। इसीलिए वे कभी भी पार्टी के अख़्तियार के ख़िलाफ़ बग़ावत की नहीं

सोच सकते थे, केवल उससे बचने के रास्ते खोजते थे। जैसे एक ख़रगोश किसी कुत्ते को चकमा देता है।

इन दोनों ने शादी करने की गुंजाइश पर कोई बात ही नहीं की। यह बहुत दूर की कौड़ी थी जिसके बारे में सोचने का कोई मतलब नहीं बनता था। किसी तरह यदि विंस्टन अपनी पत्नी कैथरीन से मुक्त हो भी गया तो कोई कमेटी कल्पना में भी इन दोनों को शादी की मंज़ूरी नहीं देगी। यह दिन में सपना देखने जैसी बात थी जो हताश करती थी।

जूलिया ने पूछा, "वह कैसी थी? तुम्हारी बीवी?"

"तुमने न्यूस्पीक का एक शब्द सुना है गुड थिंकफुल? वैसी ही थी—मने स्वाभाविक रूप से भक्त, जिसके दिमाग़ में कभी कोई बुरा विचार आ ही नहीं सकता था।"

"नहीं, यह शब्द तो नहीं सुना मैंने लेकिन इस तरह के लोगों को मैं जानती हूँ अच्छे से।"

विंस्टन ने उसे अपने शादीशुदा जीवन की कहानी सुनानी शुरू की, लेकिन अजीब बात थी कि जूलिया को ज़्यादातर अहम बातें पहले से ही मालूम थीं। उसने विंस्टन को बड़े विस्तार से बताया कि जब वह कैथरीन को छूता रहा होगा तो कैसे उसकी देह एकदम सिकुड़कर कठोर हो जाती होगी, जैसे कि उसने ख़ुद देखा या महसूस किया हो। जूलिया ने बताया कि कैसे कैथरीन अपनी पूरी ताक़त लगाकर विंस्टन को धकेलती रही होगी, बावजूद इसके कि उसकी बाँहें उस वक़्त विंस्टन को ही घेरे रहती होंगी। ऐसी बातें जूलिया के साथ करने में उसे कोई दिक़्क़त पेश नहीं आती थी। कैथरीन की दर्दनाक स्मृतियाँ तो ख़ैर अब छीज ही चुकी थीं। उसे याद करना कुल मिलाकर अपना ज़ायका ख़राब करना था।

विंस्टन ने कहा, "अगर एक काम वह नहीं करती तो मैं उसके साथ बना रह सकता था।" उसने जूलिया को बताया कि कैसे कैथरीन उसे एक तय रात को हर हफ़्ते एक भावशून्य हरकत में ज़बरन शामिल कर लेती थी। "इस काम से उसे नफ़रत थी, फिर भी उसे कभी लगा नहीं कि इसे रोक दिया जाए। पता है, वह इसे क्या कहती थी—तुम अन्दाज़ा तक नहीं लगा सकतीं।"

जूलिया ने छूटते ही कहा, "पार्टी के प्रति हमारा कर्तव्य।"

"अरे, तुम्हें कैसे मालूम?"

"मेरी जान, मैं स्कूल भी गई हूँ। सोलह बरस से ऊपर वालों के लिए सेक्स-

चर्चा चलती थी, महीने में एक बार। युवा मोर्चे में भी। वे बरसों रगड़-रगड़ कर सिखा देते हैं आपको यह सब। और कई मामलों में इसके फ़ायदे भी हैं, फिर भी आप पक्का कह नहीं सकते। लोग इतने पाखंडी हैं।"

इसके बाद इस मुद्दे का उसने रायता ही फैला दिया। उसके लिए हर चीज़ अन्ततः उसकी अपनी यौनिकता पर आकर ठहर जाती थी। बस उसे छेड़ने की देर थी, चाहे जैसे भी, फिर उसकी साफ़गोई देखने लायक़ होती थी। सेक्स के मामले में पार्टी के शुचिता वाले सिद्धान्त को उसने ऐसा घोंटकर पी लिया था कि विंस्टन से कहीं बेहतर इसका अर्थ समझती थी। बात बस इतनी सी नहीं थी कि सेक्स की सहज वृत्ति अपने आप में एक ऐसी दुनिया रच देती है जिस पर पार्टी का नियंत्रण नहीं रह जाता, केवल इसीलिए पार्टी यथासम्भव इसे नष्ट करने पर तुली रहती थी। ज़्यादा बड़ी बात यह है कि सेक्स-वृत्ति के दमन से एक ऐसा उन्माद पैदा होता है जो पार्टी के लिए फ़ायदेमन्द है क्योंकि फिर इस उन्माद को युद्ध की ओर मोड़ा जा सकता है या नेता की भक्ति में ठेला जा सकता है। इस बात को जूलिया ने कुछ यूँ समझाया :

> *जब हम प्यार करते हैं तो उसमें अपनी ऊर्जा को खपाते हैं। इससे हमें सुख मिलता है। यह सुख हर चीज़ पर भारी होता है। फिर आपको किसी बात की परवाह नहीं होती। वे कभी नहीं चाहेंगे कि आप ऐसा महसूस करो। वे चाहते हैं कि आप हमेशा ऊर्जा से लबरेज रहो। ये जो यहाँ-वहाँ क़दमताल करना, चीख़ना-चिल्लाना, नारेबाज़ी करना, झंडे हिलाना है, ये सब दबाए गए सेक्स से निकली चिड़चिड़ाहट है। आप यदि अपने में ही ख़ुश हो, तो आपको मोटा भाई या उसकी तीन वर्षीय योजना या दो मिनट की नफ़रत और ऐसी तमाम सड़ी-गली बकवास चीज़ों पर उत्साह क्यों पैदा होगा?*

कितनी सही बात थी, विंस्टन ने सोचा। मतलब यौन-शुचिता और भक्ति में कितना सीधा और गहरा रिश्ता है। वरना पार्टी अपने सदस्यों में जिस भय, नफ़रत और सनक की हद तक आस्था को जगाने की उम्मीद रखती है, वह किसी ताक़तवर वृत्ति को दबाए बग़ैर कैसे सम्भव हो सकता था, क्योंकि उसी का इस्तेमाल तो दूसरे कामों के लिए करना है। ज़ाहिर है, सेक्स की चाह पार्टी के लिए ख़तरनाक चीज़ है और पार्टी इस बात को अच्छे से समझती है। बिलकुल यही काम इन्होंने माँ-बाप

बनने की भावना के साथ किया है। हक़ीक़त यह है कि आप परिवार को ख़त्म नहीं कर सकते, तो एक तरफ़ लोगों को तक़रीबन पुराने तौर-तरीक़ों से प्रोत्साहित किया जाता है कि वे अपने बच्चों को ख़ूब मानें और दूसरी तरफ़ बच्चों को उनके माता-पिता के ख़िलाफ़ तैयार किया जाता है, उनकी जासूसी करना सिखाया जाता है ताकि वे माँ-बाप के किसी भी भटकाव की रिपोर्ट दे सकें। इस तरह एक परिवार अपने आप में विचार पुलिस की विस्तार शाखा बन जाता है। यहाँ परिवार एक ऐसा औज़ार है जिसके माध्यम से रात-दिन हर किसी पर नज़र रखी जा सकती है और मुखबिर परिवार का ही हिस्सा होता है।

विंस्टन को अचानक कैथरीन की याद हो आई। गनीमत है कि वह इतनी मूर्ख थी जो विंस्टन के असली विचारों को नहीं पकड़ सकी वरना जाने कब का उसे विचार पुलिस के हवाले कर देती। उसकी याद आने की असली वजह हालाँकि उस दोपहर पड़ रही ज़बरदस्त गर्मी थी जिससे विंस्टन के माथे पर पसीना आ गया था। ऐसी ही गर्मी की एक दोपहर कोई ग्यारह साल पहले कुछ ऐसा हुआ था या होने से रह गया था, जिसके बारे में वह जूलिया को बताने लगा।

उनकी शादी को तीन-चार महीने बीते थे। वे केंट में एक सामुदायिक सैर पर गए हुए थे और रास्ता भटक गए थे। बमुश्किल कुछ मिनट पीछे रह गए थे वे बाक़ी लोगों से, लेकिन उन्होंने एक ग़लत मोड़ ले लिया और चलते-चलते चूने की एक पुरानी खदान के पास पहुँच गए। बस दस या बीस मीटर आगे खदान की गहराई थी और नीचे बड़े-बड़े पत्थर थे। वहाँ कोई नहीं था जिससे रास्ता पूछा जा सके। कैथरीन को जैसे ही भनक लगी कि वे रास्ता भटक गए हैं वह बेचैन हो उठी। समूह के हल्ले-गुल्ले से एक पल के लिए भी दूर होना उसके लिए अपराध जैसा था। वह चाहती थी कि जिस रास्ते से वे आए हैं उसी पर लौट जाएँ और दूसरी दिशाओं में खोजने की कोशिश करें। तभी विंस्टन का ध्यान उनके ठीक नीचे पहाड़ी की दरारों में खिले लूजस्ट्राइफ के फूलों के गुच्छों पर गया। एक गुच्छे में बैगनी और गहरे लाल रंग के फूल थे जो एक ही जड़ से पैदा हुए थे। ऐसा फूल उसने ज़िन्दगी में कभी नहीं देखा था। उसने कैथरीन को यह दिखाने के लिए बुलाया।

"देखो कैथरीन, इन फूलों को देखो! वह वहाँ नीचे जो गुच्छा दिख रहा है। ध्यान से देखो, दो रंग के दिख रहे हैं न?"

वह वापस जाने के लिए पीछे मुड़ चुकी थी, लेकिन आवाज़ सुनकर खीजती हुई पल भर को पास आई। पहाड़ी के किनारे पर झुककर उसने वहाँ देखने की

कोशिश भी की जहाँ विंस्टन इशारा कर रहा था। वह उसके थोड़ा पीछे खड़ा था उस वक़्त, तो उसने बस सहारा देने के लिए उसकी कमर पर हाथ रख दिया। विंस्टन को तभी अहसास हुआ कि यहाँ वे कितने अकेले थे। दूर-दूर तक एक भी इनसान नहीं था। एक पत्ता तक नहीं हिल रहा था, न कोई पक्षी। ऐसी जगह पर किसी छिपे माइक्रोफ़ोन के होने की गुंजाइश भी बहुत कम थी। होता भी तो केवल आवाज़ें पकड़ पाता। दोपहर का सबसे गरम निर्जन पहर था। ऊपर सूरज धधक रहा था, नीचे उसके चेहरे पर पसीना टपक रहा था। तभी से ख़याल आया कि...

"वहीं उसका कार्यक्रम क्यों नहीं लगा दिया तुमने?" जूलिया ने टोकते हुए पूछा, "मैं होती तो निपटा देती।"

"हाँ जान, तुम तो कर ही देतीं। कर तो मैं भी सकता था बशर्ते तब मैं वही होता जो आज हूँ। या शायद, नहीं भी—पक्का नहीं कह सकता।"

"तुम्हें अफ़सोस है?"

"हाँ, मोटे तौर पर कह सकते हैं कि अफ़सोस ही है जो मैं कुछ कर नहीं सका।"

धूल भरी फ़र्श पर इस वक़्त वे दोनों अग़ल-बग़ल बैठे हुए थे। उसने जूलिया को अपने क़रीब खींचा। उसके कन्धे पर जूलिया ने अपना सिर टिका दिया। उसके बालों की भीनी ख़ुशबू कबूतर की बीट पर भारी थी। वह अभी बहुत जवान थी, उसे ज़िन्दगी से अब भी उम्मीदें थीं, विंस्टन ने सोचा। उसे यह बात अभी समझ में नहीं आएगी कि किसी अप्रिय व्यक्ति को पहाड़ी से धक्का दे देने से कुछ हल नहीं होता है।

वह बोला, "वास्तव में उससे कुछ अन्तर नहीं पड़ता।"

"फिर तुम्हें अफ़सोस क्यों है कि नहीं कर पाए?"

"केवल इसलिए क्योंकि मैं नकारात्मक की जगह सकारात्मक काम को बेहतर समझता हूँ। इस खेल में हम जीत तो सकते नहीं। अब हारना ही है, तो ऐसे हारें जो और शिकस्तों से बेहतर हो। बस इतनी सी बात है।"

विंस्टन को लगा कि उसने असहमति में अपने कन्धे उचकाए थे। वह जब भी कोई ऐसी बात कहता, जूलिया हमेशा उसे काटती थी। अकेले व्यक्ति की हमेशा हार होती है, वह इसे क़ुदरत का क़ानून मानने को तैयार ही नहीं थी। वैसे एक अर्थ में वह भी ख़ुद को अभिशप्त महसूस करती थी कि देर-सबेर विचार पुलिस उसे पकड़कर मार ही देगी, लेकिन खोपड़ी के दूसरे कोने में उसे विश्वास था कि किसी तरह से एक ऐसी गोपनीय दुनिया ज़रूर बनाई जा सकती है जहाँ आप अपने

तरीक़े से ज़िन्दगी जी सकें। वह मानती थी कि इसके लिए बस क़िस्मत, साहस और चतुराई की ज़रूरत है। वह बिलकुल नहीं समझती थी कि ख़ुशी जैसी कोई चीज़ नहीं होती, कि सच्ची जीत आपके मरने के बहुत बाद सुदूर भविष्य में छिपी हुई है, कि पार्टी के ख़िलाफ़ बिगुल फूँकते ही आपको मान लेना होगा कि आप एक चलती-फिरती लाश हैं।

"हम लोग मर चुके हैं," विंस्टन ने कहा।

"अभी नहीं मरे हैं," जूलिया ने बड़े नीरस ढंग से जवाब दिया।

"शरीर से नहीं। उसमें तो छह महीना, साल भर—बहुत हुआ तो पाँच साल बाक़ी होंगे। मुझे मौत से डर लगता है। और तुम तो जवान हो, मेरे ख़याल से मुझसे भी ज़्यादा डरती होंगी। वैसे जितना लम्बा चाहे टाल लो, लेकिन उससे बहुत मामूली फ़र्क़ पड़ता है। आदमी में जब तक इनसानियत कायम है, ज़िन्दगी और मौत बराबर ही है।"

"बकवास! तुम मेरे साथ सोना पसन्द करोगे या कंकाल के साथ? ज़िन्दा रहने में ख़ुशी नहीं मिलती तुम्हें? तुम्हें यह सोचकर अच्छा नहीं लगता कि यह मैं हूँ, यह रहा मेरा हाथ, ये रहे मेरे पैर। मैं वास्तविक हूँ, ठोस हूँ, मैं ज़िन्दा हूँ! बोलो, यह अच्छा नहीं लगता?"

वह गोल घूमकर सीने के बल उस पर टिक गई। विंस्टन को उसकी पुष्ट छाती का अहसास वर्दी के भीतर से ही हुआ। ऐसा लगा कि उसकी देह अपना कुछ यौवन और जोश इसके भीतर उड़ेल रही हो।

"हाँ, अच्छा लगता है," विंस्टन बोला।

"तो मरने-वरने की बातें बन्द करो फिर। और सुनो, मेरी जान, हमें अगली बार मिलने का भी सब तय करना है। हम लोग वापस उसी जंगल में एक बार फिर चल सकते हैं। अच्छा-ख़ासा वक़्त हो गया है वहाँ गए हुए, लेकिन इस बार तुम्हें दूसरे रास्ते से वहाँ जाना होगा। मैंने पूरा ख़ाका बना लिया है। तुम ट्रेन से ही जाओगे, लेकिन मैं बनाकर समझा देती हूँ, इधर देखो।"

फिर बिलकुल माहिर अन्दाज़ में उसने थोड़ी सी धूल बटोरी और कबूतर के घोंसले से गिरे एक तिनके से फ़र्श पर नक़्शा बनाने लगी।

4

विंस्टन ने मिस्टर चारिंगटन की दुकान के ऊपर वाले जर्जर कमरे में अपनी निगाह दौड़ाई। खिड़की के साथ बिछे हुए विशाल पलंग पर फटे-चिटे कम्बल रखे थे और बिना ग़िलाफ़ का एक तकिया पड़ा हुआ था। अँगीठी के ऊपर बनी पट्‌टी पर बारह का घंटा दिखाने वाली पुरानी-धुरानी दीवार घड़ी टिक-टिक कर रही थी। कोने में मुड़ने-खुलने वाली टेबल के ऊपर रखा काँच का वह पेपरवेट हल्के धुँधलके में दमक रहा था, जिसे उसने पिछली बार ख़रीदा था।

फेंडर में एक टिन का टूटा-फूटा स्टोव रखा था, एक सॉसपैन था और दो कप थे जो मिस्टर चारिंगटन ने दिए थे। विंस्टन ने बर्नर जलाया और एक पैन में पानी खौलने के लिए उस पर रख दिया। वह एक लिफ़ाफ़ा भरकर विक्टरी कॉफ़ी साथ लाया था और सैकरीन की कुछ टिकिया भी थीं। घड़ी पाँच बजकर बीस मिनट बजा रही थी यानी सही समय सात बजकर बीस मिनट हुआ था। उसे साढ़े सात बजे आना था।

उसका दिल बार-बार कह रहा था कि यह नादानी है—यह जानबूझकर की जा रही आत्मघाती नादानी है। पार्टी का एक आदमी जितने भी क़िस्म के अपराध कर सकता है, उनमें यही इकलौता अपराध था जिसे छिपाना सबसे कम मुमकिन था। वास्तव में यह ख़याल उसके मन में सबसे पहले काँच के पेपरवेट को देखकर कौंधा था जो मुड़ने वाले टेबल की सतह में अपना अक्स बना रहा था। उसे तभी भीतर से लग गया था कि मिस्टर चारिंगटन को यह कमरा उसे देने में कोई दिक़्क़त नहीं होगी। ऐसा ही हुआ भी। वैसे भी कुछ ऊपरी कमाई से वे ख़ुश ही थे। विंस्टन ने जब उन्हें बताया कि अपनी महबूबा से मिलने के लिए उसे यह कमरा चाहिए तब भी वे न विचलित हुए, न ही उन्हें कोई झटका लगा। इसके बजाय वे उससे बिना आँख मिलाए कहीं बीच में नज़रें टिकाकर ऐसी नज़ाकत से साधारण बातें

करने लगे गोया दिखाना चाह रहे हों कि वे तो बीच में कहीं हैं ही नहीं। उन्होंने कहा कि निजता आजकल बड़ी अनमोल चीज़ हो चली है। हर कोई एक ऐसी जगह चाहता है जहाँ वह जब चाहे अकेला रह सके। ऐसी जगह एक बार मिल जाए, तो तीसरा कोई जो इस बारे में जानता हो उसके शिष्टाचार में यह आता है कि बात अपने तक रखे। उन्होंने जब बताया कि वहाँ दो प्रवेशद्वार हैं जिनमें से एक पीछे आँगन में और दूसरा गली में खुलता है, तो ऐसा लगा वे जताना चाह रहे हों गोया उनका अब वजूद ही नहीं है।

खिड़की के नीचे कोई गाना गा रहा था। विंस्टन ने मलमल के परदे की ओट से बाहर झाँककर देखा। जेठ का सूरज आकाश में अब भी चढ़ा हुआ था। नीचे धूप में नहाए आँगन में नॉर्मन शैली के किसी प्राचीन स्तम्भ जैसी ठोस और भद्दी-सी एक औरत कपड़े धोने के टब और अलगनी के बीच पैर पटकती हुई आ-जा रही थी। वह सफ़ेद रंग के ढेर सारे छोटे-छोटे चौकोर कपड़े फैला रही थी। विंस्टन को लगा था ये किसी बच्चे के डाइपर होंगे। उस औरत के मांसल ललछौंह हाथ थे और उसने अपने विशाल शरीर के तक़रीबन बीच में बोरे की तरह एक एप्रन बाँध रखा था। उसके मुँह में जब भी कपड़े सुखाने वाली चिमटियाँ नहीं दबी होतीं, वह तगड़ी मरदाना आवाज़ में गुनगुनाती :

नाउम्मीद सी इक लज्जत थी
जो चैत की हिद्दत की तरह बीत गई
दो लफ़्ज़ बस एक ख़्वाब इक नज़र की कशिश
इस चाक गरेबान का दिल जीत गई!

यह गीत लंदन में बीते कई हफ़्तों से छाया हुआ था। संगीत विभाग के एक हिस्से में जनता के लिए ऐसे ही अनगिनत गीत रचे जाते थे। इन गीतों को बनाने में किसी इनसान का दिल-दिमाग़ नहीं लगता था। इन्हें छंदकार नाम की मशीन पर रचा जाता था। इसके बावजूद वह महिला इसे इतनी ख़ूबसूरत धुन में गा रही थी कि ऐसा घटिया कचरा भी सुनने में अच्छा लग रहा था। विंस्टन औरत को गीत गाते सुन रहा था तो बीच-बीच में पत्थर की पटिया पर उसके चप्पल घिसने की आवाज़ आ रही थी, उधर गली में बच्चे शोर कर रहे थे और दूर कहीं ट्रैफ़िक का धुँधला-सा शोर भी आ रहा था। इसके बावजूद वह कमरा एक अजीब-सी शान्ति का अहसास कराता था। और शुक्र है कि वहाँ कोई टेलिस्क्रीन भी नहीं था।

नादानी! मूर्खता! चूतियापा! उसके दिमाग़ में रह-रह कर यही ख़याल आ रहा था। यह कल्पना से परे था कि वे बिना धराए यहाँ कुछ हफ़्तों तक आ सकेंगे। फिर भी छिपने की एक ऐसी जगह जो नितान्त अपनी हो, बन्द हो और क़रीब भी हो, इसके लोभ में दोनों मरे जा रहे थे। दरअसल, चर्च के घंटाघर में हुई मुलाक़ात के बाद दोनों का मिलना ही नहीं हो पा रहा था। नफ़रत सप्ताह आने वाला था इसलिए काम के घंटे अचानक बढ़ा दिए गए थे। वैसे तो अभी महीने भर से भी ज़्यादा का समय बाक़ी था उसमें लेकिन उसके लिए जितने भव्य स्तर पर तैयारियाँ करनी होती थीं उसका बोझ सभी के ऊपर पड़ रहा था। किसी तरह दोनों एक ही दोपहर में ख़ाली वक़्त निकाल सके और उन्होंने उसी जंगल के टीले पर मिलने का तय किया। ठीक एक शाम पहले सड़क पर वे कुछ देर के लिए मिले। भीड़ में दोनों एक-दूसरे की ओर जब आ रहे थे तो हमेशा की तरह विंस्टन उसे देखने से बच रहा था, हालाँकि थोड़ी दूरी से उसने जब एक नज़र मारी तो उसे लगा कि जूलिया थोड़ा मुरझाई हुई है।

जैसे ही जूलिया को लगा कि अब बात करना सुरक्षित होगा, वह बुदबुदाई, "सब नष्ट हो गया। मतलब कल का प्रोग्राम।"

"क्या?"

"कल दोपहर मैं नहीं आ पाऊँगी।"

"क्यों?"

"वही, पुरानी दिक़्क़त। इस बार भी पहले शुरू हो गया।"

थोड़ी देर के लिए विंस्टन को बहुत तेज़ ग़ुस्सा आया। जूलिया से परिचय के बाद बीते एक महीने में उसकी चाहत का रंग बदल गया था। शुरुआत में उसकी कामुकता उतनी सच्ची नहीं थी। पहली बार जब उन्होंने प्यार किया था तो वह केवल इच्छाशक्ति का मामला था। दूसरी बार के बाद हालाँकि चीज़ें बदल गई थीं।

उसके बालों की ख़ुशबू, उसके होंठों का स्वाद, उसके रोम का अहसास, सब कुछ जैसे विंस्टन के भीतर घुस चुका था और लगातार उसके इर्द-गिर्द इनका अहसास कायम रहता था। एक तरह से वह उसकी शारीरिक ज़रूरत बन गई थी। वह सिर्फ़ उसे चाहता नहीं था बल्कि उसके ऊपर अपना अधिकार समझने लगा था। इसीलिए जब उसने कहा कि वह नहीं आ पाएगी, तो विंस्टन को ऐसा लगा कि वह उसे धोखा दे रही है लेकिन बिलकुल इसी पल भीड़ के धक्के ने दोनों

को और क़रीब ला दिया और उनके हाथ आपस में छू गए। जूलिया ने उसकी उँगलियों के पोरों को अपनी हथेली में एक झटके में भींच लिया, जैसा लाड़-प्यार में किया जाता है। विंस्टन को समझ आया कि एक महिला के साथ रहने के दौरान ऐसी हताशा का होना तो सामान्य बात है, जो बार-बार सामने आएगी। फिर उसे एक गहरी करुणा ने बाँध लिया। ऐसा उसे जूलिया के लिए पहले कभी महसूस नहीं हुआ था। उसके मन में चाह जागी कि काश! वे दस साल पुराने विवाहित जोड़े होते तो सड़क पर अभी की ही तरह साथ टहल रहे होते लेकिन बिना किसी भय के और खुलकर। फिर वे दुनिया भर की चीज़ों के बारे में बात करते और घर के लिए राशन-पानी ख़रीद रहे होते। उसे सबसे ज़्यादा एक ऐसी जगह की चाह जगी जहाँ अकेले जब वे एक-दूसरे से मिलें, तो हर बार मिलने पर साथ सोने की बाध्यता का अहसास न हो। ठीक उसी पल तो नहीं, बल्कि अगले दिन किसी वक़्त उसके ज़ेहन में चारिंगटन का कमरा किराए पर लेने का ख़याल आया था। जूलिया को जब उसने यह बताया, तो वह अप्रत्याशित रूप से झट तैयार हो गई। दोनों ही जानते थे कि यह पागलपन है लेकिन जानबूझकर वे अपनी मौत को न्योता दे रहे थे। पलंग के किनारे बैठकर जूलिया का इन्तज़ार करते हुए यही सब सोचते-सोचते विंस्टन को प्रेम मंत्रालय के तहख़ानों का ख़याल आया। कैसी अजीब बात थी कि वह भयावह नियति ज़ेहन में लगातार आती-जाती रहती थी। भविष्य की इबारत उसमें पहले ही लिखी जा चुकी थी और यह उतना ही पक्का था जितना 100 के पहले 99 का आना। इससे बचा नहीं जा सकता था, टाला ज़रूर जा सकता था। इसके बावजूद आप टालने के बजाय हर चंद अपनी हरकतों से उसे और क़रीब खींचते जाते थे।

तभी सीढ़ियों पर तेज़ क़दमों की आवाज़ हुई। जूलिया कमरे में धड़धड़ाते हुए घुसी। उसके हाथ में खुरदरे तिरपाल वाला भूरे रंग का एक औज़ार बैग था, जैसा विंस्टन ने उसे मंत्रालय में एकाध बार लिये हुए देखा था। उसे बाँहों में भरने के लिए वह आगे बढ़ा, पर उसने बहुत तेज़ी से ख़ुद को अलग कर लिया, शायद इसलिए भी कि औज़ारों वाला झोला अब भी उसके पास था।

"बस आधा सेकंड," जूलिया बोली, "देखो, मैं क्या-क्या लाई हूँ। तुम वह घटिया वाली विक्टरी कॉफ़ी लाए हो क्या? मुझे लगा था कि तुम ले आओगे। उसको बाद में निपटा लेना, हमें अब उसकी ज़रूरत नहीं है। यह देखो!"

वह घुटनों के बल बैठ गई और झोला खोल दिया। पहले कुछ पाने निकाले,

फिर कुछ पेचकश, जो ऊपर भरे पड़े थे। इनके नीचे साफ़-सुथरे काग़ज़ के कुछ पैकेट थे। विंस्टन को जो पहला पैकेट उसने थमाया उसे कुछ परिचित-सा लगा। उसमें रेत जैसी कोई भुरभुरी चीज़ भरी हुई थी जो जहाँ से पकड़ो लटक जाता था।

"चीनी तो नहीं है?" विंस्टन ने पूछा।

"असली चीनी। सैकरीन नहीं, शुगर। और यह रहा असली सफ़ेद पाव, हमारा वाला फ़र्ज़ी नहीं—और यह छोटी-सी जैम की बोतल भी। यह रही दूध की टिन—और यह देखो! असली माल, जिस पर मुझे ख़ास नाज़ है। इसको मुझे बाहर से थोड़ा कपड़े से लपेटना पड़ा क्योंकि..."

बताने की ज़रूरत नहीं थी कि उसने क्यों लपेटा था। उसकी महक कमरे में पहले ही फैल चुकी थी, एकदम गरमागरम सोंधी गंध जो सीधे विंस्टन के बचपन से उठकर आ रही थी लेकिन अब भी कभी-कभार उससे साबका पड़ ही जाता था, जैसे उस दिन पटरी पर चलते हुए वह दरवाज़ा भड़ाक से बन्द होने के पहले या फिर भीड़-भाड़ वाली सड़क पर रहस्यमय तरीक़े से हवा में घुली हुई, जो एक सेकंड के लिए पता चलती है फिर ग़ायब हो जाती है।

"कॉफ़ी है न," वह बुदबुदाया, "खालिस कॉफ़ी।"

"पार्टी के भीतरी हलक़ों में पी जाने वाली कॉफ़ी। पूरा एक किलो है मेरे पास।"

"कहाँ से लाई हो यह सब सामान?"

"सब पार्टी के भीतर का माल है। ऐसी कोई चीज़ नहीं जो उन सुअरों के पास न हो, कोई भी चीज़। अब नौकर, बैरे, जनता, उसी में से काट लेते हैं थोड़ा-बहुत, और देखो—चाय का पैकेट भी है।"

विंस्टन उसके बग़ल में पालथी मारकर बैठ गया। उसने एक पैकेट फाड़ा।

"यह तो असली चाय है। ब्लैकबेरी वाली नहीं।"

"इधर बीच तो बहुत चाय आई है। इन्होंने इंडिया पर, ऐसा ही कुछ नाम है, वहाँ पर क़ब्ज़ा कर लिया है।" उसने लापरवाही से कहा। "अच्छा सुनो, तीन मिनट के लिए अपनी पीठ मेरी ओर कर लो और बिस्तर पर उधर जाकर बैठ जाओ। खिड़की के बहुत पास मत जाना। जब तक मैं बोलूँ नहीं, पलटना मत।"

अनमने भाव से विंस्टन ने मखमल के परदे की ओट में से फिर नीचे झाँका। नीचे आँगन में ललछौंह बाँहों वाली औरत अब भी अलगनी और टब के बीच चहलक़दमी मचाए हुए थी। उसने अपने मुँह में दबी दो चिमटियाँ निकालीं और डूबकर गाने लगी :

वक़्त हर घाव सुखा देता है
आदमी चाहे भुला देता है
उम्र भर का तमाम दर्द-ओ-सुकूँ
दिल के तारों को जगा देता है!

यह बेहूदा गाना, लगता था उसे पूरा याद था। उसकी मधुर आवाज़ हल्की गर्म हवा के साथ जैसे ऊपर को उठती थी। उसमें एक गहरी उदासी थी, जो बीते दिनों की सुखद स्मृतियों का भी अहसास कराती थी। उसे देखकर यह भाव आता था कि जून की यह शाम अगर कभी न ढले और उसके पास सुखाने को अनंत कपड़े हों, तो वह अगले हज़ार साल तक ऐसे ही घटिया गीत गाते हुए डाइपर धोकर एकदम सन्तुष्ट रह सकती है। अचानक उसे एक अजीबोग़रीब बात याद पड़ी कि उसने कभी पार्टी के किसी सदस्य को अकेले में ऐसे ही गुनगुनाते हुए नहीं सुना। हो सकता है इसे अपरम्परागत माना जाता हो क्योंकि यह तो ख़ुद से बात करने जैसा हुआ, जो कि ख़तरनाक रूप से असामान्य बात है। इसीलिए शायद उन्हीं के पास गाने को कुछ होता है जिनके पेट नहीं भरे, जो ग़रीब-भूखे-नंगे होते हैं।

"अब तुम पीछे मुड़ सकते हो," जूलिया बोली।

वह पीछे मुड़ गया, और सेकंड भर को उसे पहचान ही नहीं पाया। उसने तो उम्मीद की थी कि वह निर्वस्त्र होगी, लेकिन ऐसा नहीं था। कहीं ज़्यादा हैरत में डालने वाली चीज़ हुई थी। उसने अपना चेहरा पोत लिया था।

क्या जाने यहीं जनता के इलाक़े में किसी दुकान पर जाकर मेक-अप का सारा सामान न बटोर लाई हो। उसके होंठ भयंकर लाल थे, गालों में महावर लगा था, नाक पर पाउडर। यहाँ तक कि आँखों के नीचे भी जाने क्या लगाया था उसने कि वे और चमक रही थीं। यह सब बहुत करीने से नहीं किया गया था, लेकिन विंस्टन भी इन मामलों में कौन सा बड़ा पारखी था। उसने पार्टी की किसी औरत को चेहरे पर रँगाई-पुताई किए न कभी देखा था न इसकी कल्पना की थी। जूलिया का चेहरा हालाँकि ग़ज़ब का निखर आया था। कुछेक सही जगहों पर हल्के से रंग-रोगन ने न सिर्फ़ उसे और सुन्दर बना दिया था, बल्कि कहीं ज़्यादा ज़नाना बना दिया था। इस धज में उसके छोटे बाल और मरदाना वर्दी चार चाँद लगा रहे थे। उसने जैसे ही जूलिया को अपनी बाँहों में भरा, उसकी नाक में जैसे गाढ़े नक़ली गंध का सैलाब सा आ गया। उसे बेसमेंट वाली रसोई का धुँधलका और उस औरत का गुफानुमा

मुँह याद आ गया। जूलिया ने बिलकुल वही इत्र लगाया था, लेकिन फ़िलहाल इससे कोई फ़र्क़ नहीं पड़ता था।

"इत्र भी?" उसने पूछा।

"हाँ मेरी जान, इत्र भी। और जानते हो मैं और क्या करने जा रही हूँ? मैं जा रही हूँ लड़कियों वाली फ्रॉक का जुगाड़ करने। इस बकवास पैंट की जगह वही पहनूँगी। मैं सिल्क की जुराबें और ऊँची हील वाले जूते भी पहनूँगी। कम से कम इस कमरे में मैं पार्टी कॉमरेड नहीं, औरत रहूँगी।"

दोनों ने अपने कपड़े हवा में उछाल दिए और महोगनी की लकड़ी वाले विशाल पलंग पर कूद गए। पहली बार उसने जूलिया के सामने ख़ुद को निर्वस्त्र किया था। अब तक वह अपने कमज़ोर छरहरे शरीर को लेकर बहुत शर्मिन्दा रहा करता था, उस पर से पिंडलियों की उभरी हुई नसें और टखने पर दाग़। पलंग पर चादर नहीं थी लेकिन जिस कम्बल पर वे लेटे थे वह तार-तार हो चुका था इसलिए मुलायम जान पड़ता था। पलंग के आकार और उसकी लचक से दोनों ही हतप्रभ थे।

जूलिया ने कहा, "पक्का इसमें खटमल भरे पड़े हैं, लेकिन किसको फ़र्क़ पड़ता है?" आजकल वैसे भी डबल बेड कहीं नहीं दिखता था, केवल जनता के घरों में होता था। विंस्टन जब किशोर था तो ऐसे पलंग पर एक बार सोया था। जूलिया को जहाँ तक याद पड़ता है, वह कभी ऐसे बिस्तर पर नहीं सोई थी।

दोनों को थोड़ी देर के लिए नींद आ गई। विंस्टन की नींद खुली तो घड़ी में क़रीब नौ बज रहे थे। वह हिला नहीं क्योंकि जूलिया का सिर उसकी बाँह पर था। उसका अधिकतर मेक-अप विंस्टन के चेहरे पर या तकिये पर लग गया था। हल्का सा महावर अब भी उसके गालों पर था जिससे गाल की हड्डी उभरकर ख़ूबसूरत दिखती थी। डूबते सूरज की पीली किरन पलंग के पाए पर पड़ रही थी और अँगीठी वाली जगह को रोशन कर रही थी, जहाँ पैन में पानी उबल रहा था। नीचे आँगन से महिला के गाने की आवाज़ आना बन्द हो चुकी थी लेकिन सड़क पर खेल रहे बच्चों का हल्का शोर आ रहा था। उसे आश्चर्य हुआ कि मिटा दिए गए अतीत में गर्मियों की शीतल शाम बिस्तर में ऐसे ही पड़े रहना क्या आम बात होती रही होगी—एक आदमी और एक औरत का निर्वस्त्र होना, जब चाहे प्रेम करना, जो चाहे बातें करना, उठने की कोई बाध्यता महसूस न होना, बस ऐसे ही पड़े रहना और बाहर से आती आवाज़ों को चुपचाप सुनते रहना? पक्का ही ऐसा कोई समय तो नहीं रहा होगा जब यह सब सामान्य बात होती हो? जूलिया जग

गई, उसने अपनी आँखें मली और कुहनी के बल उठकर स्टोव को देखने लगी।

"आधा पानी तो उबलकर उड़ गया," वह बोली। "मैं उठकर बस तुरन्त कॉफ़ी बनाती हूँ। अभी हमारे पास एक घंटा बचा है। तुम्हारे फ़्लैट में बिजली कितने बजे काटते हैं?"

"साढ़े ग्यारह।"

"हमारे हॉस्टल में तो ग्यारह बजे का टाइम है, लेकिन हमें उससे पहले अन्दर जाना होता है क्योंकि—अरे! बाहर निकल, घिनौने प्राणी!"

वह अचानक बिस्तर में घूमी, फ़र्श से उसने एक जूता उठाया और एक झटके में उसे कोने में उछाल दिया, बिलकुल वैसे ही जैसे उस सुबह दो मिनट के नफ़रत सत्र में गोल्डस्टीन पर उसे शब्दकोश फेंकते हुए विंस्टन ने देखा था।

वह चौंकते हुए बोला, "क्या था?"

"एक चूहा। मैंने दीवार की पट्टी में से अपनी गन्दी नाक निकालते हुए उसे देख लिया था। वहाँ नीचे एक छेद है। ख़ैर छोड़ो, मैंने ठीक-ठाक डरा दिया उसे।"

विंस्टन बुदबुदाया, "चूहे? इस कमरे में?"

वापस लेटते हुए लापरवाही से जूलिया ने कहा, "चूहे तो भरे पड़े हैं हर जगह। हमारे हॉस्टल की रसोई में भी हैं। लंदन के कुछ हिस्से तो चूहों से बजबजा रहे हैं। तुम्हें पता है कि वे बच्चों पर हमला करते हैं? हाँ, यह सच है। कुछ सड़कों पर तो औरतें अपने बच्चों को दो मिनट भी अकेला नहीं छोड़ती हैं। वे बड़े वाले जो घूस होते हैं न भूरे रंग के, वह हमला करते हैं। सबसे बुरा तो यह होता है कि ये जानवर हमेशा..."

"अब रहने भी दो!" विंस्टन ने कहा। उसकी आँखें मिंची हुई थीं। "जानेमन, तुम्हारा तो चेहरा ही सफ़ेद पड़ गया। क्या बात है? तुम्हें चूहों से बहुत डर लगता है क्या?"

"दुनिया की सारी डरावनी चीज़ों में सबसे ज़्यादा—चूहों से।"

उसने विंस्टन के शरीर पर अपना वज़न दिया और अपने हाथों-पैरों के घेरे में उसे ले लिया, जैसे अपनी देह की गर्मी से उसे सांत्वना दे रही हो। विंस्टन ने तुरन्त आँखें नहीं खोलीं। काफ़ी देर तक उसे उस दुःस्वप्न का अहसास घेरे रहा जो उसने ज़िन्दगी में बार-बार देखा था। इस बार भी बिलकुल वैसा ही हुआ था। उसके ठीक सामने अँधेरे की एक दीवार थी और दूसरी ओर कुछ ऐसा था जो नाक़ाबिले-बरदाश्त था, कुछ भयंकर डरावना जिसका सामना नहीं किया जा सकता

था। सपने में हमेशा ही उसके भीतर का सबसे गहरा अहसास ऐसा होता गोया वह ख़ुद को धोखा दे रहा हो। उसे वास्तव में पता था कि अँधेरे के पीछे क्या चीज़ है, लेकिन बहुत मेहनत करके इस बात को वह अपने दिमाग़ से बाहर निकाल पाता था और जब नींद टूटती, तो वह आश्वस्त होता कि उसने उस चीज़ को देखा नहीं। जब उसने जूलिया को बीच में टोका था, तो दरअसल उसकी कही बात के साथ उसके सपने वाला डर कहीं न कहीं जुड़ गया था।

"सॉरी," उसने कहा, "कुछ नहीं, बस मुझे चूहे पसन्द नहीं हैं, इतनी सी बात है।"

"तुम चिन्ता मत करो मेरी जान, यहाँ इस कमरे में अब एक भी चूहा नहीं रहेगा। मैं जाने से पहले उस छेद को बोरे से भर दूँगी। अगली बार जब हम आएँगे तो मैं क़ायदे से वहाँ प्लास्टर मार दूँगी।"

शुरुआती सदमे से तो वह उबर गया था, लेकिन थोड़ी शर्मिन्दगी महसूस करते हुए उठकर पलंग के सिरहाने टेक लगाकर बैठ गया। जूलिया बिस्तर से उतरी, उसने अपनी वर्दी पहनी और कॉफ़ी बनाई। सॉसपैन से उठती महक इतनी तेज़ और मादक थी कि उन्होंने खिड़की बन्द कर ली ताकि बाहर किसी को शक न हो जाए। कॉफ़ी के स्वाद से कहीं बेहतर उसकी वह मखमली बुनावट थी जो चीनी के चलते आ गई थी। बरसों से सैकरीन का आदी रहा विंस्टन इसे तक़रीबन भूल ही चुका था। जूलिया अपना एक हाथ जेब में डाले और दूसरे में ब्रेड-जैम लिये कमरे का चक्कर लगा रही थी, किताब की अलमारी को बेरुख़ी से देख रही थी, मुड़ने वाले टेबल की मरम्मत का बढ़िया तरीक़ा सुझा रही थी, जर्जर आरामकुर्सी में धँसकर उसका जायज़ा ले रही थी और बड़ी दिलचस्पी के साथ बारह घंटे वाली अटपटी दीवारघड़ी को देख रही थी। फिर वह काँच वाला पेपरवेट बेहतर रोशनी में देखने के लिए लेकर बिस्तर पर आई। विंस्टन ने उसके हाथ से वह ले लिया और हमेशा की तरह ओस की बूँदों जैसे नरम काँच की आभा से रोमांचित हो उठा।

"तुम्हारे हिसाब से यह क्या चीज़ है?" जूलिया ने पूछा।

"मेरे ख़याल से यह कोई चीज़ नहीं है—मेरा मतलब, कभी इसे उपयोग में लाया ही नहीं गया। यही बात इसके बारे में मुझे अच्छी लगती है। यह इतिहास का एक छोटा सा ऐसा अंश है जिसे वे बदलना भूल गए। इसमें सौ साल पहले का एक सन्देश छिपा है, बशर्ते किसी को पढ़ना आता हो।"

"और वह चित्र वहाँ पर"—जूलिया ने सामने वाली दीवार की नक़्क़ाशी पर चेहरे से इशारा किया—"क्या वह भी सौ साल पुराना होगा?"

"ज़्यादा। मैं कहूँ तो दो सौ साल। वैसे कोई नहीं बता सकता। आजकल किसी भी चीज़ की उम्र का पता करना असम्भव है।" वह उसे देखने वहाँ चली गई। "यहीं उस चूहे ने अपनी नाक बाहर निकाली थी," और ऐसा कहते हुए चित्र के नीचे दीवार की पट्टी पर एक लात मार दी। "यह कौन सी जगह है? लगता है मैंने पहले कहीं देखा है इसे?"

"यह एक चर्च है, या कहें पहले हुआ करता था। इसका नाम था सेंट क्लीमेंट डेन्स।"

मिस्टर चारिंगटन ने उसे जो कविता की पंक्ति सुनाई थी उसे याद आ गई। थोड़ा याद करते हुए उसने कहा :

सेंट क्लीमेंट की घंटियाँ, बोलें नीबू और नारंगियाँ।

विंस्टन हतप्रभ रह गया जब जूलिया ने आगे की पंक्ति इसमें जोड़ दी :

सेंट मार्टिन की घंटियाँ, माँगें मेरी तीन दमड़ियाँ,
कब चुकाओगे मेरे पैसे तुम? बोलें ओल्ड बेली की घंटियाँ...

याद नहीं इसके आगे कैसे है, लेकिन इसका अन्त मुझे याद है, "ये शमा तुम्हें सुला देगी, ये छुरी तुम्हें मिटा देगी!"

विंस्टन को लगा जैसे कविता का दूसरा सिरा मिल गया हो, लेकिन 'ओल्ड बेली की घंटियाँ' के बाद भी कोई पंक्ति होगी। हो सकता है चारिंगटन से ज़िक्र करें तो उनकी स्मृति से खोदकर इसे निकाला जा सके।

विंस्टन ने पूछा, "तुम्हें किसने सिखाई ये कविता?"

"मेरे दादा ने। मैं जब छोटी बच्ची थी तो वे मुझे सुनाया करते थे। मैं आठ साल की थी जब उन्हें भाप बनाकर उड़ा दिया गया—अब चाहे जो हुआ हो, लेकिन वे ग़ायब हो गए। पता नहीं नीबू कैसे होते होंगे," असम्बद्ध ढंग से उसने कहा, "सन्तरे तो देखे हैं मैंने, वे पीले और गोल फल होते हैं जिसका छिलका मोटा होता है।"

विंस्टन बोला, "मुझे नीबू याद है। पचास के दशक में तो बहुत आम हुआ करता था। इतना खट्टा होता था कि बस सूँघने भर से दाँत कोठ हो जाएँ।"

"पक्का बता रही हूँ उस चित्र के पीछे कीड़े हैं। किसी दिन उसे उतारकर मैं अच्छे से साफ़ कर दूँगी। मेरे ख़याल से निकलने का वक़्त हो चला है। मुझे अपना

चेहरा साफ़ करना चाहिए। क्या वाहियात काम है! इसके बाद तुम्हारे चेहरे से मैं लिपस्टिक साफ़ कर दूँगी।"

विंस्टन कुछ देर और बैठा रहा, उठा नहीं। कमरे में अँधेरा हो रहा था। वह बची-ख़ुची रोशनी की ओर झुका और पेपरवेट के भीतर झाँकने लगा। उसके भीतर जमा प्रवाल उतना दिलचस्प नहीं था जितना ख़ुद काँच का भीतरी हिस्सा था। क्या तो गहराई थी, फिर भी हवा की मानिंद पारदर्शी। यह कुछ ऐसे था मसलन काँच की सतह आकाश का चाप हो जो समूचे वातावरण समेत एक छोटी-सी दुनिया को अपने भीतर समोए हुए है। उसे अहसास हुआ कि वह उसके भीतर जा सकता है, बल्कि भीतर ही तो है और उसके साथ महोगनी की लकड़ी का पलंग और मुड़ने वाली टेबल, दीवारघड़ी, स्टील की नक़्क़ाशी और ख़ुद पेपरवेट, सब के सब भीतर हैं। यह पेपरवेट ही उसका कमरा है जिसमें वह बैठा हुआ है और जूलिया की ज़िन्दगी उसके भीतर जमा प्रवाल। उसकी ख़ुद की ज़िन्दगी उस काँच के बीचोबीच काल के अनन्त प्रवाह में जमी पड़ी है।

5

साइम ग़ायब हो गया था। कुछ लोगों ने बिना सोचे-समझे ही कह दिया : एक सुबह वह काम पर नहीं दिखा था। अगले दिन किसी ने उसका ज़िक्र ही नहीं किया। तीसरे दिन विंस्टन रिकॉर्ड विभाग के गलियारे में नोटिस बोर्ड देखने के लिए गया। एक नोटिस पर शतरंज कमेटी के सदस्यों के नाम छपे थे। साइम भी इस कमेटी में था। यह नोटिस देखने में बिलकुल वैसा ही लग रहा था जैसा पहले दिखता था—कुछ भी काटा नहीं गया था—केवल एक नाम कम था। समझने के लिए इतना ही काफ़ी था। साइम जा चुका था। साइम कभी था ही नहीं।

मौसम बहुत गरम हो रहा था। बिना खिड़कियों वाली मंत्रालय की उस पेचीदा इमारत के भीतर एयर कंडीशन कमरों का तापमान सामान्य रखता था लेकिन बाहर पत्थर के रास्तों पर पैर तपता था और भीड़ के वक़्त ट्यूब रेल में भयावह दुर्गंध आती थी। नफ़रत सप्ताह की तैयारियाँ ज़ोर-शोर से चालू थीं। हर मंत्रालय का स्टाफ ओवरटाइम काम कर रहा था। जलसे, बैठकें, फ़ौजी परेड, व्याख्यान, मोम के पुतले, झाँकियाँ, फ़िल्म शो, टेलिस्क्रीन के प्रोग्राम आदि का आयोजन करना था। मोरचे लगाने थे, पुतले बनाने थे, नारे गढ़े जाने थे, गीत लिखे जाने थे, अफ़वाहें फैलाई जानी थीं, तस्वीरों के साथ फ़र्ज़ीवाड़ा किया जाना था। गल्प विभाग में जूलिया की यूनिट को उपन्यासों के काम से हटाकर यातना के परचे बनाने के काम में लगा दिया गया था। विंस्टन अपने नियमित काम के अलावा *दि टाइम्स* के पुराने अंकों को घंटों खँगालता था और उन ख़बरों को बदलता व सँवारता था जिन्हें भाषणों में बोला जाना था। देर रात जब उपद्रवी लड़के सड़कों पर घूमते तो ऐसा लगता कि पूरे शहर को ही बुख़ार चढ़ गया है। अब रॉकेट बम पहले से कहीं ज़्यादा जल्दी-जल्दी गिरते थे और कभी-कभार तो दूर से भयंकर धमाकों की आवाज़ आती थी

जिसके बारे में अजीबोग़रीब अफ़वाहें उड़ाई जाती थीं क्योंकि किसी को उसकी सच्चाई पता नहीं होती थी।

नफ़रत सप्ताह के लिए नया थीम सांग (जिसे द्वेषराग कहते थे) पहले ही बन चुका था और लगातार टेलिस्क्रीनों पर दिन-रात बज रहा था। इसकी धुन बर्बर और कानफोड़ू थी जिसे संगीत तो क़तई नहीं कहा जा सकता, बल्कि किसी ड्रम के पीटे जाने जैसा महसूस होता था। क़दमताल करते जूतों की आवाज़ के पार्श्व संगीत पर सैकड़ों लोगों का समवेत स्वर में चिल्लाना आतंकित करता था। जनता की ज़बान पर यह राग चढ़ गया था, हालाँकि आधी रात को सड़कों पर पिछले वाले द्वेषराग—"नाउम्मीद सी इक लज्जत..."—के साथ इसकी होड़ मची रहती थी क्योंकि वह अब भी लोकप्रिय था। पारसन्स के बच्चे दिन-रात इसी धुन को बजाते रहते थे और सितम यह कि काग़ज़ और कंघी से बजाते थे जो असहनीय था। विंस्टन की शामें कभी इतनी आबाद नहीं हुई थीं। स्वयंसेवकों के दल पारसन्स की अगुवाई में नफ़रत सप्ताह की तैयारियों में जुटे हुए थे और सड़कों पर सजाने के लिए बैनर सी रहे थे, पोस्टर रँग रहे थे, छतों पर झंडे के लिए डंडे गाड़ रहे थे और स्ट्रीमरों का स्वागत करने के लिए सड़कों की ख़तरनाक बाड़बन्दी कर रहे थे। पारसन्स ने शेख़ी बघारते हुए कहा था कि अकेले विक्टरी मैंशन्स में चार सौ मीटर लम्बी झंडियाँ लगाई जाएँगी। यही सब उसके मन का काम था इसलिए वह ख़ुशी के मारे किसी चंडूल की तरह चहचहा रहा था। ऊपर से गर्मी और शारीरिक काम के चलते उसे हर शाम हॉफ पैंट और ढीली शर्ट पहनने का मौक़ा मिल गया था। जहाँ देखो वही नज़र आता था एक साथ, चाहे सामान धकेलना हो, खींचना हो, लकड़ी काटनी हो, हथौड़ा चलाना हो, मरम्मत करनी हो—और दोस्ताना प्रोत्साहन के साथ वह सभी का मनोरंजन करते हुए अपनी देह के हर कोने से कसैली गंध वाले पसीने की अनंत आपूर्ति जारी रखे हुए था।

पूरे लंदन में अचानक एक नया पोस्टर हर जगह उभर आया था। उस पर कोई कैप्शन नहीं लिखा था। केवल एक भयानक यूरेशियाई सैनिक की तीन से चार मीटर लम्बी तस्वीर बनी थी जो भावहीन मंगोलियाई चेहरा लिये भारी बूटों से आगे की ओर बढ़ता हुआ दिखता था और उसके पीछे से एक सबमशीनगन निकली हुई थी। इस पोस्टर को चाहे जिस भी कोण से देखा जाए, बन्दूक़ की नली हमेशा देखने वाले की ओर होती थी। दीवारों पर जहाँ-जहाँ ख़ाली जगह बची थी सब जगह वही तस्वीर लगा दी गई थी। इतनी ज़्यादा तस्वीरें थीं कि मोटा भाई के पोस्टर उसके

सामने कम पड़ गए थे। आम तौर से जंग को लेकर उदासीन रहने वाली जनता को आजकल देशभक्ति की ख़ुराक पिलाई जा रही थी। इस माहौल को और अनुकूल बनाने के लिए रॉकेट बम अब पहले के मुक़ाबले ज़्यादा लोगों की जान ले रहे थे। ऐसा ही एक बम स्टेपनी में एक भीड़-भाड़ वाले फ़िल्म थिएटर के ऊपर गिरा था जिसमें सैकड़ों लोग मारे गए और सारे के सारे उसी खँडहर में दफ़न हो गए थे। उस इलाक़े की समूची आबादी सामूहिक अन्त्येष्टि के लिए बाहर सड़कों पर निकल आई थी और अन्तिम यात्रा घंटों चलती रही और कुल मिलाकर एक विशाल शोकसभा में तब्दील हो गई। एक और बम ख़ाली ज़मीन पर गिरा जहाँ बच्चे खेलते थे। कई दर्जन बच्चों के परखच्चे उड़ गए। इन घटनाओं की प्रतिक्रिया में लोगों ने और ज़्यादा आक्रोश से जुलूस निकाले, गोल्डस्टीन के पुतले जलाए, यूरेशियाई सैनिक के सैकड़ों पोस्टर फाड़कर जला दिए गए और इसी के बीच तमाम दुकानें लूट ली गईं; फिर एक अफ़वाह उड़ी कि दुश्मन के जासूस अब बेतार तरंगों से निशाना लगाकर रॉकेट बम मारेंगे। इस चक्कर में विदेशी मूल का होने के सन्देह में एक बुज़ुर्ग दम्पती का घर ही फूँक दिया गया। दोनों उसमें घुटकर मर गए।

मिस्टर चारिंगटन की दुकान के ऊपर वाले कमरे में जब कभी जूलिया और विंस्टन जाते, वे खुली खिड़की के नीचे बिस्तर पर निर्वस्त्र होकर अग़ल-बग़ल लेट जाते थे ताकि देह को थोड़ी ठंडक पहुँचे। कमरे में चूहा दोबारा लौटकर नहीं आया लेकिन गर्मी के चलते खटमल की संख्या बढ़ गई। उससे उन्हें कोई फ़र्क़ नहीं पड़ता था। कमरा गन्दा हो या साफ़, लेकिन उनके लिए तो जन्नत था। वे जैसे ही पहुँचते, सबसे पहले ब्लैक मार्केट से ख़रीदी काली मिर्च हर चीज़ पर छिड़क देते। फिर अपने कपड़े उतारकर एक-दूसरे को पसीने में भीगकर प्यार करते, फिर सो जाते। नींद खुलती तो वे देखते कि खटमल बाहर निकल आए हैं और पलटकर हमले की तैयारी कर रहे हैं।

जून में तो वे चार या पाँच बार, शायद छह बार—कुल सात बार वहाँ मिले। विंस्टन ने इस बीच हर वक़्त जिन पीने की अपनी आदत छोड़ दी थी। उसे अब इसकी ज़रूरत महसूस नहीं होती थी। उसके शरीर पर चर्बी चढ़ गई थी, उसका अल्सर भी जा चुका था और टखने पर केवल भूरे रंग का एक दाग़ बचा रह गया था। इसके अलावा सुबह उसे जो खाँसी के दौरे पड़ते थे वे भी रुक गए। ज़िन्दगी जैसी थी वैसी पहले उससे बरदाश्त नहीं होती थी, लेकिन अब ऐसा नहीं रह गया था। उसे अब टेलिस्क्रीन को देखकर मुँह बनाने या ज़ोर-ज़ोर से गाली देने की इच्छा

नहीं होती थी। अब उनके पास चूँकि छिपने का एक बढ़िया ठिकाना था, एकदम घर जैसा, तो यह भी अब मायने नहीं रख रहा था कि वे कम ही मिल पाते या महज़ कुछ घंटों के लिए। कुल मिलाकर महत्त्व इस बात का था कि कबाड़ी की दुकान के ऊपर वाला यह कमरा बचा रहे। बस इतना जानना ही काफ़ी था कि कमरा बचा हुआ है और उस पर किसी की निगाह नहीं पड़ी। यह उस कमरे में होने के जैसा ही था। यह कमरा एक पूरी दुनिया था, अतीत की एक ऐसी गठरी जहाँ दुर्लभ जीव-जन्तु आ सकते थे। विंस्टन की नज़र में चारिंगटन भी एक दुर्लभ प्राणी ही था। ऊपर जाते वक़्त वह चारिंगटन से बात करने के लिए कुछ देर ठहर जाता था। उस बुज़ुर्ग का कहीं आना-जाना नहीं होता था और उसके पास कोई ग्राहक भी आता नहीं दिखता था। इस छोटी-सी अँधेरी दुकान में उसका वजूद तक़रीबन एक प्रेत की तरह था। दुकान से भी छोटी उसकी पीछे वाली रसोई थी जहाँ वह खाना पकाता था। उस रसोई में तमाम और चीज़ों के अलावा एक अविश्वसनीय रूप से प्राचीन ग्रामोफ़ोन रखा था जिसका भोंपू बहुत बड़ा था। बात करने का मौक़ा मिलते ही ऐसा लगता कि चारिंगटन को इससे ख़ुशी मिली है। लम्बी नाक पर मोटा चश्मा लगाए और मखमली जैकेट के भीतर झुके कन्धों के साथ वह जिस तरह से अपने कबाड़ के बीच मँडराता रहता था, उसे देखकर लगता था कि यह कोई व्यापारी नहीं बल्कि संग्राहक है। एक क़िस्म के चुके हुए उत्साह से वह अपनी उँगली एक या दूसरी चीज़ की ओर करता था—जैसे, बोतल की ढक्कन खोलने वाला चीन का स्टॉपर, नसवार की टूटी हुई डिबिया का रंगीन ढक्कन, कोई नक़ली लॉकेट जिसमें बहुत पहले मर चुके किसी बच्चे के बाल की एक लड़ी गुँथी है—और कभी विंस्टन से इन्हें ख़रीदने को नहीं कहता, बस इतना कि वह इनकी तारीफ़ कर दे। उससे बात करना एक घिसी-पिटी पुरानी संगीत-पेटी से आती खनखनाहट को सुनने जैसा था। भुला दी गई कविताओं की कुछ और पंक्तियाँ उसने अपनी याददाश्त में से खोज निकाली थीं। एक कविता चार सौ बीस कस्तूरी चिड़ियों पर थी, एक और कविता सिलवटदार सींगों वाली एक गाय पर थी और एक कविता बेचारे कॉक रॉबिन की मौत के बारे में थी। जब कभी वह कोई नई पंक्ति लेकर आवे, मनुहार करती हुई हल्की सी हँसी के साथ बोले, "मुझे लगा कि शायद तुम्हारी दिलचस्पी इसमें हो।" कभी भी किसी कविता की दो-चार पंक्तियों से ज़्यादा उसे याद नहीं आती थीं।

विंस्टन और जूलिया दोनों ही अपने मन में इस बात को जानते थे—वास्तव में यह बात दिमाग़ से कभी गई ही नहीं—कि फ़िलहाल जो चल रहा है वह ज़्यादा

लम्बा नहीं चलने वाला। कभी-कभार तो आसन्न मौत की आहट इतनी साफ़ महसूस होती थी कि बिस्तर पर लेटे-लेटे दोनों किसी उदास कामुकतावश एक-दूसरे से लिपट जाते गोया फाँसी के लिए अभिशप्त कोई मुजरिम लटकाए जाने से पाँच मिनट पहले सुख के आख़िरी निवाले पर टूट पड़ा हो। फिर कभी ऐसा भी होता कि उन्हें न सिर्फ़ अपने महफ़ूज़ रहने की ग़लतफ़हमी होती, बल्कि इस स्थिति को वे शाश्वत मान लेते। फिर भी, जब तक वे इस कमरे के भीतर रहते उन्हें लगता कि उनका कोई कुछ नहीं बिगाड़ सकता है। वहाँ पहुँचना अपने आप में ख़तरनाक और मुश्किल काम था, लेकिन एक बार पहुँच गए तो समझिए वह कमरा अपने आप में एक गर्भगृह है। बिलकुल वैसे ही, जैसे विंस्टन ने पेपरवेट के भीतर इस अहसास के साथ झाँका था कि काँच की उस दुनिया के भीतर एक बार घुस जाने पर कैसे वक़्त को हमेशा के लिए ज़ब्त किया जा सकता है। अकसर वे दोनों भाग जाने का दिवास्वप्न देखते थे। वे सोचते थे कि उनकी क़िस्मत अनंतकाल तक इसी तरह साथ देती रहेगी और जितनी उम्र बची है इसी तरह कट जाएगी। यह भी, कि अगर कैथरीन मर गई तो किसी न किसी महीन जुगाड़ से दोनों शादी कर लेंगे। या फिर एक साथ जान दे देंगे। या दोनों एक साथ ग़ायब हो जाएँगे अपना हुलिया बदलकर कि कोई पहचान न पाए। एकदम आम लोगों की बोली को सीख लेंगे, कारख़ानों में काम करेंगे और बिना पकड़ में आए चुपचाप किसी गली में ज़िन्दगी काट देंगे। दोनों जानते थे कि ये सारे ख़याल वाहियात हैं और हक़ीक़त में बच के निकल पाना सम्भव नहीं है। साथ में ख़ुदकुशी की योजना बेशक कारगर थी लेकिन उनकी ऐसी कोई मंशा नहीं थी। कुल मिलाकर हफ़्ते दर हफ़्ते एक-एक दिन करके ही जीना था, एक ऐसे वर्तमान में जिसका कोई मुस्तकबिल नहीं था और इस अहसास के पार कुछ भी नहीं था। जैसे फेफड़ों का अगली साँस लेना हवा के होने पर निर्भर है, वैसे ही।

कभी-कभार वे पार्टी के ख़िलाफ़ मुकम्मल बग़ावत की बात भी करते, लेकिन पहला क़दम क्या होगा इसका कोई अन्दाज़ा नहीं था। यदि ब्रदरहुड नाम की शानदार चीज़ हक़ीक़त में है भी, तो उसमें घुसने का रास्ता कैसे खोजा जाए। विंस्टन ने जूलिया को ओ'ब्रायन की ओर अपने अजीब से आकर्षण के बारे में बताया था, कि कैसे उसे कभी-कभी लगता है उसके पास चला जाए और खुलकर बोल दे कि वह पार्टी का दुश्मन है और मदद के लिए आया है। आश्चर्यजनक रूप से जूलिया को यह काम उतना असम्भव नहीं लगा। वह दरअसल लोगों को उनके

चेहरे से पढ़ने की आदी थी इसलिए उसे यह स्वाभाविक बात लगी कि विंस्टन को ओ'ब्रायन की आँखों पर भरोसा करना चाहिए। इतना ही नहीं, उसने इस बात को भी सामान्य माना कि सारे या ज़्यादातर लोग दिल ही दिल में पार्टी से नफ़रत करते हैं और अगर सुरक्षित महसूस हो तो वे भी नियम तोड़ सकते हैं। उसने हालाँकि यह कभी नहीं माना कि पार्टी के ख़िलाफ़ कोई व्यापक सांगठनिक विपक्ष मौजूद है या हो सकता है। उसका कहना था कि गोल्डस्टीन और उसकी भूमिगत फ़ौज से जुड़े तमाम बकवास क़िस्से ख़ुद पार्टी ने अपने फ़ायदे के लिए गढ़े हैं और आपको उन पर भरोसा करने का दिखावा करना पड़ता है। ख़ुद उसने पार्टी की रैलियों और स्वयंस्फूर्त विरोध प्रदर्शनों में अनगिनत बार उन लोगों की हत्या के हक़ में गला फाड़कर चिल्लाया है जिनके नाम उसने पहले कभी नहीं सुने थे और जिनके कथित जुर्म पर उसे हल्का सा भी विश्वास नहीं था। जब कभी जनता के बीच किसी अपराधी की सुनवाई हुई, वह हमेशा युवा संघ की उन सशस्त्र टुकड़ियों के बीच शामिल रही जो दिन-रात अदालत को घेरकर नारे लगाते थे—"देशद्रोहियों को फाँसी दो!" दो मिनट की नफ़रत के दौरान गोल्डस्टीन को गाली देने में वह हमेशा सबसे आगे रही है। इसके बावजूद उसे कोई अन्दाज़ा नहीं कि गोल्डस्टीन कौन है और किन सिद्धान्तों की वह बात करता है। जूलिया क्रान्ति के बाद बड़ी हुई थी इसलिए पचास और साठ के दशक के वैचारिक संघर्षों का उसे कोई अन्दाज़ा नहीं है। लिहाज़ा एक स्वतंत्र राजनीतिक आन्दोलन उसकी कल्पना में ही नहीं था। वह मानती थी कि पार्टी अमर है। पार्टी हमेशा रहेगी और ऐसे ही रहेगी। केवल दो ही तरीक़े हैं उसके ख़िलाफ़ बग़ावत करने के—या तो गुप्त तरीक़े से नियम-क़ानूनों की नाफ़रमानी करते जाइए या बहुत से बहुत छिटपुट हिंसा की कार्रवाइयाँ सम्भव हैं जैसे किसी की हत्या या कोई धमाका।

समझदारी के मामले में जूलिया कुछ मायनों में विंस्टन से ज़्यादा धारदार और साफ़ थी। पार्टी के दुष्प्रचार में वह कम फँसती थी। एक बार ऐसे ही बातचीत के दौरान जब विंस्टन ने यूरेशिया के ख़िलाफ़ चल रही जंग का ज़िक्र किया, तब जूलिया ने बड़े सपाट ढंग से यह कहकर उसे चौंका दिया था कि उसकी राय में कोई जंग नहीं हो रही है। उसने कहा कि लंदन पर रोज़ाना जो रॉकेट बम गिरते हैं उन्हें शायद ओशियनिया की सरकार ही ख़ुद दाग़ती है "ताकि लोगों को डराए रखा जा सके!" यह बात तो विंस्टन की खोपड़ी में कभी आई ही नहीं थी। उसने एक ऐसी बात कही जिसने विंस्टन के दिल में थोड़ी ईर्ष्या सी पैदा कर दी—जूलिया

बोली कि दो मिनट की नफ़रत के दौरान उसे सबसे ज़्यादा दिक़्क़त इसमें होती है कि कैसे अपनी हँसी को रोके। पार्टी की सिखाई चीज़ों पर हालाँकि वह तभी सवाल उठाती थी जब उससे उसकी ज़िन्दगी का कोई निजी लेना-देना होता, वरना अक्सर ही सरकारी कहानियों को स्वीकार करने को वह तैयार रहती थी। इसकी एक साधारण सी वजह यह थी कि उसके लिए सच और झूठ का फ़र्क़ कोई मायने नहीं रखता था। मसलन, स्कूल में बताई गई इस बात पर वह विश्वास करती थी कि पार्टी ने एरोप्लेन का आविष्कार किया है (विंस्टन को याद है कि पचास के दशक के अन्तिम वर्षों में उसके स्कूल में पढ़ाया जाता था कि पार्टी का दावा केवल हेलिकॉप्टर के आविष्कार का है; कोई सवा दशक बाद जब जूलिया स्कूल में रही होगी तब एरोप्लेन का दावा किया गया; एक पीढ़ी और बीत जाए पार्टी भाप के इंजन पर दावा ठोंक देगी)। उसने जब जूलिया को बताया कि एरोप्लेन तो उसकी पैदाइश से भी पहले के हैं और क्रान्ति से भी बहुत पहले से हैं, तो इस तथ्य में जूलिया की कोई दिलचस्पी नहीं जगी। आख़िरकार इससे क्या फ़र्क़ पड़ता था कि एरोप्लेन का आविष्कार किसने किया? विंस्टन को ज़्यादा अचरज संयोग से निकली उसकी एक टिप्पणी से यह जानकर हुआ कि उसे याद ही नहीं था कि चार साल पहले ओशियनिया की लड़ाई ईस्टेशिया के साथ चल रही थी और यूरेशिया के साथ अमन-चैन कायम था। यह सच है कि वह जंग के समूचे क़िस्से को ही मनगढ़ंत बकवास मानती थी लेकिन उसका ध्यान इस ओर नहीं गया कि दुश्मन का नाम बदल चुका है। उसने अनमने ढंग से कहा, "मैं सोचती थी कि हम लोग हमेशा से यूरेशिया के साथ जंग लड़ रहे हैं।" हक़ीक़त जानकर वह थोड़ा सहम गई। एरोप्लेन का आविष्कार तो उसके जन्म से पहले का मामला ठहरा लेकिन दुश्मन की बदली तो महज़ चार साल पहले ही हुई थी, जब वह ठीक-ठाक बड़ी हो चुकी थी। इस बिन्दु को लेकर विंस्टन उससे कोई पौन घंटा बहस करता रहा। आख़िर वह उसे धुँधली-सी याद दिलाने में कामयाब रहा कि एक समय यूरेशिया नहीं, ईस्टेशिया दुश्मन था। इसके बावजूद यह मुद्दा उसके लिए अहम नहीं था। उसने अधीर होकर कहा, "किसको मतलब है? एक के बाद एक ख़ूनी जंग चलती रहती है और जानने वाले जानते हैं कि ऐसी ख़बरें झूठी होती हैं।"

कभी-कभार वह उससे रिकॉर्ड विभाग में अपने किए फ़र्ज़ीवाड़े की बात भी करता था। ये बातें उसके लिए परेशान करने वाली नहीं थीं। झूठ के सच बना दिए जाने का ख़याल उसके पैरों के नीचे से ज़मीन नहीं खींचता था। विंस्टन ने

उसे जोन्स, आरनसन और रदरफोर्ड की कहानी भी सुनाई थी कि कैसे संयोगवश उसके हाथ एक काग़ज़ लग गया था थोड़ी देर के लिए, लेकिन जूलिया इस बात से बहुत प्रभावित नहीं हो सकी। अव्वल तो वह इस घटना को ही पकड़ नहीं पाई जब उसने पूछा :

"वे लोग तुम्हारे दोस्त थे क्या?"

"नहीं, उन्हें मैं नहीं जानता था। वे पार्टी के कार्यवाहक दल के सदस्य थे। इसके अलावा वे मुझसे काफ़ी बड़े थे। वे क्रान्ति से पहले पुराने ज़माने के लोग थे। उन्हें तो मैंने ठीक से देखा तक नहीं है।"

"फिर इसमें घबराने जैसी बात क्या है? लोग तो लगातार मारे ही जा रहे हैं, नहीं?"

विंस्टन ने उसे समझाने की कोशिश की। "यह मामला अपवाद था। केवल किसी के मारे जाने का सवाल नहीं है यहाँ। क्या तुम्हें इस बात का थोड़ा सा भी इल्म है कि कल से लेकर उसके पीछे तक का समूचा इतिहास ही वास्तव में उड़ा दिया गया है? अगर कहीं वह बचा है तो बस कुछ ठोस चीज़ों में, जिसे पढ़ा नहीं जा सकता क्योंकि वह शब्दों में दर्ज नहीं है। जैसे उस काँच के गोले में एक इतिहास पैबस्त है। हम लोग वैसे भी क्रान्ति के बारे में या उससे पहले के वर्षों के बारे में कुछ नहीं जानते। हर एक रिकॉर्ड को या तो नष्ट किया जा चुका है या झूठा बनाया जा चुका है। हर किताब दोबारा लिखी जा चुकी है। हर तस्वीर को दोबारा छापा जा चुका है। हर प्रतिमा, सड़क और इमारत का नाम बदल दिया गया है। हर तारीख़ बदली जा चुकी है। यह सिलसिला रोज़ ही मिनट दर मिनट चलते रहता है। इतिहास की गति रुक गई है। अब हमारे पास एक अन्तहीन वर्तमान के सिवा कुछ भी नहीं है। वर्तमान पर पार्टी का क़ब्ज़ा है और पार्टी हमेशा ही सही होती है। मैं बेशक यह जानता हूँ कि अतीत को झुठलाया जा चुका है, लेकिन इस बात को साबित करना मेरे लिए कभी मुमकिन नहीं होगा बावजूद इसके कि इस फ़र्ज़ीवाड़े में ख़ुद मेरा हाथ भी है। कोई भी काम पूरा हो जाने के बाद वे एक भी सबूत नहीं छोड़ते हैं। इकलौता सबूत जो है, वह मेरे दिमाग़ के भीतर है और यह बात मैं पक्के तौर से नहीं कह सकता कि एक भी ऐसा मनुष्य होगा जो मेरे साथ स्मृतियाँ साझा करता होगा। पूरी ज़िन्दगी में बस एक बार मेरे पास एक ठोस वास्तविक साक्ष्य आया था, वह भी घटना के कई बरस बाद।"

"और उससे क्या फ़ायदा हुआ?"

"कुछ नहीं, क्योंकि कुछ मिनट बाद ही उस काग़ज़ को मैंने नष्ट कर दिया था। अगर वही घटना आज हो जाए तो मैं उसे रख लेता।"

"मैं तो नहीं रखती!" जूलिया बोली, "जोख़िम उठाने को मैं बिलकुल तैयार हूँ, लेकिन केवल उसी चीज़ के लिए जिसका कोई मतलब हो, किसी पुराने अख़बार के चंद टुकड़ों के लिए नहीं। वैसे भी तुम अगर उसे रख ही लेते तो कर क्या लेते उसका?"

"बहुत कुछ नहीं कर पाता, शायद। फिर भी वह सबूत था। हो सकता है कि उससे यहाँ-वहाँ एकाध लोगों के मन में मैं सन्देह पैदा कर पाता, बशर्ते किसी को दिखाने की हिम्मत कर लेता तो। मैं सोच ही नहीं पाता हूँ कि हम लोग अपने जीते-जी कुछ भी बदल पाएँगे। हाँ, छोटे-छोटे प्रतिरोध यहाँ-वहाँ खड़े हो सकते हैं बेशक—मसलन, छोटे-छोटे समूहों में लोग आपस में जुड़कर धीरे-धीरे ख़ुद को फ़ैलाएँ, बड़ा बनाएँ और अपने पीछे कुछ रिकॉर्ड छोड़ जाएँ ताकि आने वाली पीढ़ियाँ वहीं से शुरू कर सकें जहाँ हमने ये लड़ाई छोड़ी थी।"

"अगली पीढ़ी में मेरी कोई दिलचस्पी नहीं है, मेरी जान। मुझे बस हमसे मतलब है।"

विंस्टन बोला, "तुम बस कमर के नीचे वाली क्रान्तिकारी हो।"

जूलिया को यह बात बहुत मज़ेदार लगी और उसने उत्साह में विंस्टन को अपनी बाँहों में भर लिया।

पार्टी के जटिल सिद्धान्तों में उसकी रत्ती भर भी रुचि नहीं थी। जब कभी वह इंगसॉक, डबलस्पीक, अतीत की परिवर्तनीयता, वस्तुगत यथार्थ के अस्वीकार और न्यूस्पीक की शब्दावली के बारे में बात शुरू करता, वह उसमें उलझकर बोर हो जाती और कहती कि उसने कभी ऐसी चीज़ों पर ग़ौर ही नहीं किया था। जब पता है कि ये सब बकवास बातें हैं तो इन सब में क्यों उलझकर दिमाग़ ख़राब करना? उसे बस इतना पता था कि कब दाँत निपोरना है और कब मुँह बिचकाना है, और इतना ही जानकर यहाँ किसी का भी काम चल जाता था। अगर वह इन विषयों पर बात करने पर ज़ोर देता तो ऐसे में उसकी बड़ी खिजाने वाली आदत थी कि वह सो जाती थी। जूलिया उन लोगों में से थी जो कभी भी कहीं भी किसी भी मुद्रा में सो सकते हैं। इसीलिए उससे बात करने के बाद विंस्टन को इस चीज़ का अहसास होता था कि भक्ति और निष्ठा का अभिनय करना कितना आसान काम है जबकि ऐसा करते हुए उसके गहरे अर्थों को लोग बिलकुल नहीं समझते। पार्टी का नज़रिया उन

लोगों के ऊपर सबसे कारगर असर करता था जो उसे समझने के क़ाबिल नहीं थे। ऐसे लोगों को सच्चाई के साथ जघन्यतम अपराधों के लिए राज़ी किया जा सकता था क्योंकि वे इस बात को पूरी व्यापकता और गम्भीरता में समझते ही नहीं थे कि उनसे किस चीज़ की अपेक्षा की जा रही है। न ही वे सार्वजनिक आयोजनों में ख़ास दिलचस्पी रखते थे कि जान सकें कि वहाँ चल क्या रहा है। कम समझदारी उन्हें पागल होने से रोकती थी, वे मानसिक रूप से स्वस्थ बने रहते थे। वे किसी भी चीज़ को स्वीकार कर लेते थे क्योंकि उससे उन्हें कोई नुक़सान नहीं पहुँचता था। वे जो कुछ भी निग़लते, उसका तिनका भी भीतर शेष नहीं रह जाता। सब बाहर निकल जाता था। जैसे मकई का एक दाना किसी पक्षी के शरीर में पचे बग़ैर जस का तस बीट के साथ निकल आता है।

6

आख़िर वह दिन आ ही गया। जिस पैगाम की उम्मीद थी वह आ ही गया। उसे लगा कि ज़िन्दगी भर से उसे दरअसल इसी पल का इन्तज़ार था।

विंस्टन मंत्रालय के गलियारे से गुज़र रहा था और बिलकुल उसी जगह पर था जहाँ जूलिया ने उसे काग़ज़ की परची थमाई थी जब अचानक उसे लगा कि उससे बड़े आकार का कोई व्यक्ति उसके ठीक पीछे चला आ रहा है। उस शख़्स ने, वह चाहे जो भी रहा हो, हल्का सा खखारा, जैसे बात शुरू करने से पहले कुछ लोग करते हैं। विंस्टन वहीं रुका और पीछे मुड़ा। सामने ओ'ब्रायन था।

आख़िरकार वे रूबरू हुए। उसे लगा कि भाग जाए। उसका दिल हिंसक तरीक़े से धड़कने लगा। उसके मुँह से आवाज़ भी नहीं निकल सकती थी। ओ'ब्रायन उसी चाल में आगे बढ़ते हुए आया और उसने दोस्ताने अन्दाज़ में अपना हाथ एक पल के लिए उसकी बाँहों पर रखा और फिर दोनों साथ-साथ अग़ल-बग़ल चलने लगे। पार्टी के ज़्यादातर कार्यवाहकों के सामान्य लहज़े से एकदम हटकर वह उनसे विनम्रता से बोलना शुरू किया।

उसने कहा, "मैं काफ़ी समय से तुमसे बात करने की सोच रहा था। कल मैं न्यूस्पीक में तुम्हारा एक लेख *दि टाइम्स* में पढ़ रहा था। मुझे ऐसा लगा कि न्यूस्पीक में तुम्हारी बौद्धिक दिलचस्पी है?"

विंस्टन थोड़ा काबू में आ चुका था। वह बोला, "बौद्धिक तो क्या ही, मैं तो बस सीख रहा हूँ अभी। वह मेरा विषय नहीं है। उस भाषा के निर्माण से मेरा कभी कोई सम्बन्ध नहीं रहा है।"

ओ'ब्रायन ने कहा, "लेकिन तुम लिखते तो बहुत नज़ाकत से हो। यह अकेले मेरी राय नहीं है। हाल ही में तुम्हारे एक मित्र से मेरी बात हो रही थी जो इसका

विशेषज्ञ है। फ़िलहाल उसका नाम याद नहीं आ रहा।"

विंस्टन को फिर से धक्का लगा। इसमें तो कोई शक ही नहीं कि वह साइम का ज़िक्र कर रहा है, लेकिन साइम न सिर्फ़ मर चुका है बल्कि मिट चुका है, unperson हो चुका है। इसलिए उसको पहचानने की ग़लती यहाँ जानलेवा साबित हो सकती है। बहुत मुमकिन है कि ओ'ब्रायन की यह टिप्पणी कोई संकेत हो, जैसे कोई कोडवर्ड। उसने तो ऐसी बात बोलकर ही विचार अपराध कर दिया है जिसमें अब दोनों के दोनों भागी बन चुके हैं। वे गलियारे में धीरे-धीरे बढ़ते रहे, फिर ओ'ब्रायन रुक गया। बिलकुल दोस्ताना हाव-भाव में उसने अपनी नाक पर चश्मे को सीधा किया और बोला :

"मैं दरअसल जो कहना चाह रहा था वह यह कि तुम्हारे लेख में मैंने ग़ौर किया कि तुमने दो ऐसे शब्द लिखे हैं जो चलन से बाहर हो चुके हैं, हालाँकि ऐसा हाल ही में हुआ है। तुमने न्यूस्पीक शब्दकोश का दूसरा संस्करण देखा है क्या?"

"नहीं," विंस्टन बोला, "मुझे नहीं लगता कि अब तक उसे जारी किया गया है। रिकॉर्ड विभाग में हम लोग अब भी नौवाँ संस्करण ही इस्तेमाल कर रहे हैं।"

"मेरे ख़याल से अगले कुछ महीने अभी दसवाँ संस्करण नहीं आने वाला लेकिन उसकी कुछ प्रतियाँ अग्रिम वितरित की गई हैं। एक प्रति मेरे पास भी है। शायद तुम देखना पसन्द करोगे?"

"जी जनाब बिलकुल," विंस्टन ने कहा और तभी सोच लिया कि यह मामला किस दिशा में जा रहा है।

"कुछेक नई प्रविष्टियाँ तो वाक़ई शानदार हैं उसमें। जैसे क्रियाओं की संख्या में कमी—मेरे ख़याल से इसमें तुम्हें मज़ा आएगा। रुको, देखता हूँ, क्या मैं किसी के हाथों शब्दकोश भिजवा दूँ तुम्हारे पास? लेकिन दिक़्क़त यह है कि ऐसी चीज़ें मैं अकसर भूल जाता हूँ। या बेहतर हो कि तुम मेरे घर से ही उठा लो जब तुम्हें मौक़ा मिले? ठहरो, मेरा पता लेते जाओ।"

दोनों टेलिस्क्रीन के सामने खड़े थे। ओ'ब्रायन ने लापरवाही से अपनी दो जेबों को खँगाला और चमड़े के जिल्द वाली एक छोटी-सी नोटबुक के साथ सुनहरी स्याही वाली क़लम निकाली। टेलिस्क्रीन के ठीक नीचे एक ऐसी मुद्रा में जिससे कि परदे के उस पार देख रहे व्यक्ति को पढ़ने में आ जाए कि वह क्या लिख रहा है, ओ'ब्रायन ने जल्दी से अपना पता लिखा, पन्ना फाड़ा और विंस्टन को थमा दिया।

"मैं शाम को घर पर ही रहता हूँ," वह बोला, "अगर मैं नहीं मिला तो मेरा नौकर तुम्हें शब्दकोश दे देगा।"

इतना कहकर विंस्टन के हाथ में परची थमाकर वह चला गया। इस बार परची को छिपाने की कोई ज़रूरत नहीं थी फिर भी उसने अच्छे से उस पर लिखा पता याद कर लिया और दूसरे काग़ज़ों के साथ उसे स्मृतिनाशक बिल में डाल दिया।

बमुश्किल दो-चार मिनट की ही बातचीत हुई रही होगी। इस प्रकरण का एक ही मतलब बनता था कि विंस्टन को ओ'ब्रायन का पता देने के लिए यह सब रचा गया रहा होगा। यह ज़रूरी काम था क्योंकि बिना मुलाक़ात के यह पता करना मुश्किल था कि कोई कहाँ रहता है क्योंकि पतों की कहीं कोई सूची नहीं थी। विंस्टन को लगा कि ओ'ब्रायन ने उसे कहा है कि "अगर तुम कभी भी मुझसे मिलना चाहो तो मैं यहीं मिलूँगा।" उसने सोचा कि शायद शब्दकोश में कोई सन्देश छिपा होगा। चाहे जो हो, लेकिन एक बात पक्की थी कि आज तक जिस षड्यंत्र के बारे में वह सोचता रहा वह वास्तव में चल रहा था और आज उसका एक सिरा पकड़ में आ गया था।

वह जानता था कि आज नहीं तो कल उसे ओ'ब्रायन का फ़रमान मानना होगा। हो सकता है कल से ही, या फिर लम्बे इन्तज़ार के बाद—कुछ पक्का नहीं था। फ़िलहाल जो चल रहा था वह बरसों पहले शुरू हुए एक सिलसिले का नतीजा था। इसका सबसे पहला क़दम था एक गोपनीय विचार, फिर दूसरा क़दम डायरी खोलने पर पूरा हुआ। इस तरह वह विचार से शब्दों तक पहुँचा। अब वह शब्दों से आगे बढ़कर कार्रवाई के चरण में आ चुका है। आख़िरी क़दम प्रेम मंत्रालय में घटेगा। उसने अभी से इसे मान लिया था। अन्त शुरू से ही तय था। आगाज में ही अंजाम छिपा था, लेकिन यह भयावह था, जैसे पहले ही मौत का स्वाद चख लेना, थोड़ा कम-कम ज़िन्दा रहना। ओ'ब्रायन से बात करते वक़्त शब्दों के तमाम अर्थ जब गर्क हो जा रहे थे, तब उसकी देह एक ठंडी सी सिहरन में जकड़ गई थी। उसे लग रहा था जैसे वह किसी क़ब्र की सीलन भरी गहराइयों में उतर रहा हो। वह जानता था कि एक क़ब्र तो हमेशा से वहाँ उसके इन्तज़ार में मौजूद थी, लेकिन इसका अहसास होना कुछ ठीक नहीं था।

7

विंस्टन नींद से जग चुका था। उसकी आँखों में आँसू थे। जूलिया ऊँघते हुए उसके बग़ल में पलट रही थी और कुछ बुदबुदा रही थी, जैसे पूछ रही हो, "क्या बात है?"

"मैंने सपना देखा कि...," शुरू करते ही विंस्टन रुक गया। शब्दों में उसे ढाल पाना बहुत मुश्किल था। एक तो सपना था। दूसरा उससे जुड़ी स्मृति, जो जगते ही उसके दिमाग़ में कौंध गई थी।

आँखें बन्द करके उसने पीठ टिका ली। सपना अब भी उसे घेरे हुए था। वह एक भव्य सपना था और उसमें ग़ज़ब की रोशनी थी, जिसमें उसकी समूची ज़िन्दगी गर्मियों की शाम बरसात में भीगे किसी मैदान की तरह उसकी आँखों के सामने आकर पसर गई थी। यह सब कुछ काँच के उस पेपरवेट के भीतर घटा था। काँच की सतह आकाश का गुंबज थी और उस गुंबज के भीतर हर चीज़ एक साफ़ नरम रोशनी में डूबी हुई थी, जिसके पार अनंत तक दिखाई देता था। इस सपने के भीतर उसकी माँ की बाँहों की एक ख़ास मुद्रा भी घुली हुई थी—बिलकुल वही मुद्रा जो उसने तीस साल बाद एक फ़िल्म में देखी थी एक यहूदी महिला में, जो अपने बच्चे को गोलीबारी से बचाने के लिए अपने भीतर छिपाए जा रही थी, लेकिन बाद में हेलिकॉप्टर ने जिनके परखच्चे उड़ा दिए थे।

विंस्टन बोला, "तुमको पता है, अब तक मुझे लगता था कि मैंने अपनी माँ को मारा है?"

जूलिया ऊँघते हुए बुदबुदाई, "क्यों मारा?"

"मतलब हत्या नहीं, मौत की वजह की बात कर रहा हूँ।"

सपने में उसको माँ की अन्तिम झलक याद आई थी। उस झलक के आसपास की कुछेक छोटी-मोटी घटनाओं को बस टटोलने की देरी थी कि सब कुछ लौटकर

वापस आ गया था। बरसों इस स्मृति को उसने जानबूझकर अपनी चेतना से धकेलकर दूर रखा था। उसे तारीख़ तो नहीं याद, लेकिन जब यह घटना हुई थी तब वह कम से कम दस साल का तो रहा ही होगा, या शायद बारह का।

उसके पिता इस घटना से पहले ही ग़ायब हो चुके थे। कितना पहले, यह उसे याद नहीं। उस दौर का कोलाहल भरा माहौल उसे बेशक याद है—हवाई हमले से मचने वाली भगदड़ और लोगों का भागकर ट्यूब स्टेशनों में पनाह लेना, हर कहीं मलबे के ढेर, सड़क के किनारे लगे अबूझ क़िस्म के इश्तिहार, एक ही रंग की शर्ट पहने नौजवानों के गिरोह, बेकरी की दुकानों पर भीड़ की क़तारें, दूर से रुक-रुक कर आती मशीनगन की आवाज़ें—और सबसे ज़्यादा यह बात कि कभी भी खाने के लिए पर्याप्त नहीं होता था उन दिनों। उसे याद थीं वे लम्बी दोपहरें, जब दूसरे लड़कों के साथ कचरे के गोल डब्बों और ढेर में से छाँटकर करमकल्ले की डंठल, आलू के छिलके और कभी-कभार बासी रोटी के टुकड़े चुनने पड़ते थे और वे बड़ी सावधानी से उसमें से राख को अलग करते थे; फिर उन ट्रकों का इन्तज़ार, जो एक तय रास्ते से मुर्ग़ियों का चारा लेकर जाती थीं और जब सड़क में गड्ढे आने पर हिचकोले खातीं तो चारे की थोड़ी खली छलककर नीचे गिर जाती थी।

पिता जब ग़ायब हुए, तब माँ को न तो कोई अचम्भा हुआ और न ही बहुत गहरा दुख, बल्कि उनके व्यवहार में अचानक एक बदलाव आ गया। माँ एकदम से बेजान हो गई। विंस्टन को भी समझ में आ रहा था कि माँ किसी चीज़ के घटने का इन्तज़ार कर रही थी और वह जानती थी कि ये तो होना ही है। वैसे, ज़रूरत का हर काम वह करती—खाना पकाना, कपड़े धोना, रफ़ू-मरम्मत करना, बिस्तर लगाना, झाड़ू लगाना, अँगीठी का ताखा साफ़ करना—लेकिन बहुत ही आहिस्ते-आहिस्ते, जैसे किसी शिल्पी का गढ़ा हुआ एक पुतला ख़ुद-ब-ख़ुद हिल रहा हो पर उसकी गति पकड़ में न आए। इसका नतीजा यह हुआ कि उसका पुष्ट सुडौल शरीर बीमार दिखने लगा। वह बिस्तर पर तक़रीबन बिना हिले-डुले घंटों बैठी रहती थी विंस्टन की छोटी बहन को लेकर, जो उस वक़्त दो या तीन साल की एक नन्ही सी नाज़ुक और शान्त बच्ची थी जिसका चेहरा सूखकर बन्दर जैसा दिखने लगा था। बहुत कम मौक़ों पर ऐसा होता कि माँ विंस्टन को अपनी बाँहों में भरकर बिना कुछ कहे देर तक अपने से चिपटाए रहती। विंस्टन किशोर और स्वार्थी था, लेकिन इसका मतलब समझता था कि कहीं न कहीं आसन्न के साथ इसका कोई जुड़ाव था, जिसे बस कहा नहीं जाता था।

उसे वह कमरा याद है जहाँ वह रहता था—अँधेरा, घुटन भरा बदबूदार कमरा था जिसका आधा हिस्सा तो सफ़ेद पलंगपोश वाले एक बिस्तर ने घेर रखा था। अँगीठी के फेंडर के भीतर एक गैस-चूल्हा था, खाना रखने के लिए एक ताखा था और बाहर फ़र्श पर भूरे रंग का मिट्टी का हौज था जो कमरों में उन दिनों आम तौर से होता था। उसे अपनी माँ की वह मूर्तिवत् मुद्रा याद है जब वह गैस चूल्हे के ऊपर झुककर देगची में कुछ हिलाती रहती थी। सबसे ज़्यादा उसे अपनी भूख याद है जिसके चलते खाने के समय अकसर झगड़े हुआ करते थे। वह बार-बार माँ से खाने को और माँगता। खाना और क्यों नहीं है, सवाल करता। नहीं मिलने पर माँ के ऊपर वह बरस पड़ता था (उसे ग़ुस्से वाली अपनी आवाज़ याद है जो कभी-कभी अजीब ढंग से फूट पड़ती थी क्योंकि समय से पहले ही उसकी घाटी फूट रही थी) या फिर और ज़्यादा के लिए रिरियाने का भी नाटक करता था। उसकी माँ हमेशा उसे उसके हिस्से में ज़्यादा देने को तैयार रहती थी। वह मानकर चलती थी कि उसे यानी 'लड़के' को ज़्यादा ही मिलना चाहिए। दिक़्क़त यह थी कि वह जितना देती, विंस्टन उतना ही ज़्यादा माँगता। इसलिए वे जब भी खाने बैठते, माँ हाथ जोड़कर मनुहार करती कि वह स्वार्थी न बने और याद रखे कि उसकी छोटी बहन बीमार है, उसे भी खाना चाहिए। इस सबका हालाँकि कोई फ़ायदा नहीं होता था। जैसे ही वह देखता कि अब वह और नहीं दे रही है, विंस्टन ग़ुस्से में चिल्ला उठता और उससे सॉसपैन या चम्मच छीनने लग जाता या फिर बहन की थाली से हड़प लेता। वह जानता था कि उसके चक्कर में दोनों भूखी रह जाएँगी लेकिन उससे ख़ुद की भूख बरदाश्त नहीं होती थी। उसे यह भी लगता था कि ऐसा करने का उसे अधिकार है। उसके अन्दर भड़की भूख की आग हर चीज़ को सही ठहरा देती थी। माँ की नज़र कभी चूक जाए तो बीच-बीच में वह ताखे पर रखे खाने के मामूली भंडार पर भी हाथ साफ़ कर देता था।

उसी बीच एक दिन की बात है, जब कई महीनों या हफ़्तों से रुका हुआ चॉकलेट का राशन जारी हुआ था। चॉकलेट का वह छोटा सा अनमोल टुकड़ा उसे अब तक अच्छे से याद है। वह दो औंस का टुकड़ा था (उन दिनों औंस में तौल चलती थी) जो घर में इकलौता बचा था जबकि खाने वाले थे तीन। ज़ाहिर है उसे तीन बराबर हिस्सों में बाँटा जाना चाहिए था। अब, विंस्टन को जाने क्या हुआ कि वह बहुत ज़ोर से चिल्लाने लगा कि वह चॉकलेट पूरी की पूरी अकेले उसी को मिलनी चाहिए। ऐसा कहते हुए उसे महसूस हुआ था कि यह आवाज़

उसके भीतर से नहीं आई, बल्कि किसी और की है। गोया उसने यह बात ख़ुद नहीं कही, बल्कि ख़ुद से सुनी। इस पर माँ ने उससे कहा कि लालच बुरी बला है। इसके बाद काफ़ी देर तक रोना-धोना, चीख़ना-चिल्लाना, रिरियाना मचा रहा और बात घूम-फिर कर तमाम बहसबाज़ी और सौदेबाज़ी के बाद वहीं पहुँच जाती। इस दौरान उसकी नन्ही सी बहन अपने दोनों नन्हे हाथों से माँ को ऐसे पकड़े हुए थी जैसे कोई छोटी-सी बन्दरिया अपनी माँ के कलेजे से चिपटी होती है। वह माँ के कन्धे से उचककर विंस्टन को बड़ी-बड़ी उदास आँखों से देखे जा रही थी। अन्त में हारकर माँ ने तीन-चौथाई टुकड़ा विंस्टन को दिया और एक-चौथाई बच्ची को। बच्ची ने चॉकलेट को हाथ में लेकर ऐसे देखा जैसे उसे पता न हो कि यह क्या चीज़ है। कुछ पल विंस्टन वहाँ खड़ा उसे देखता रहा। फिर अचानक हरकत में आया और काफ़ी तेज़ी से बहन के हाथों से चॉकलेट का टुकड़ा छीनकर दरवाज़े की ओर लपका।

"विंस्टन! विंस्टन!" माँ चिल्लाई, "रुक जाओ! बहन का चॉकलेट उसे लौटाओ!"

वह रुका तो, लेकिन लौटकर नहीं आया। माँ की बेचैन निगाहें उसके चेहरे पर गड़ी हुई थीं। वह अब भी सोचे जा रहा था आख़िर ऐसा क्या था जो एकदम घटने के कगार पर था और जिसका उसे पता नहीं था। उसकी बहन को अपना हक़ मारे जाने का अहसास हो चुका था शायद, वह सुबकने लगी थी। माँ ने बच्ची को बाँहों के घेरे में लिया और अपनी छाती से चिपका लिया। इस दृश्य में कुछ ऐसा था जिससे विंस्टन को लगा कि उसकी बहन अब मरने वाली है। वह मुड़ा और भागकर सीढ़ियाँ उतरने लगा। हाथ में चॉकलेट चिपचिपी हो चुकी थी।

उसने फिर कभी अपनी माँ को नहीं देखा। सारी चॉकलेट खा लेने के बाद उसे ख़ुद पर शर्मिन्दगी महसूस हुई और वह सड़कों पर कई घंटे भटकता रहा। फिर भूख उसे वापस घर खींच लाई। घर आकर उसने पाया कि माँ ग़ायब हो चुकी थी। उस समय तक ऐसी घटनाएँ आम हो चली थीं। कमरे में सब कुछ जस का तस था। बस माँ और बहन ग़ायब थीं। वे अपने साथ कपड़े नहीं ले गई थीं; माँ का ओवरकोट तक नहीं। आज तक वह पक्के तौर पर नहीं कह सकता कि उसकी माँ मर चुकी है। बहुत सम्भव था कि उसे किसी श्रमिक शिविर में भेज दिया गया हो। बहन की जहाँ तक बात है, उसे बेघर बच्चों के लिए बनाई गई किसी रिहाइशी कॉलोनी (जिन्हें उद्धार केन्द्र कहा जाता था) में विंस्टन की ही तरह डाल दिया गया

होगा, जिनकी संख्या गृहयुद्ध के चलते बढ़ गई थी। या फिर कहीं और ऐसे ही मरने के लिए उसे छोड़ दिया गया होगा।

अब भी उसके दिमाग़ में सपना लगातार बना हुआ था। ख़ासकर अँकवार की माँ की वह मुद्रा, जिसमें ऐसा लगता था कि सपने का समूचा अर्थ छिपा है। इसी से उसे दो महीने पहले देखा एक और सपना याद हो आया। उसकी माँ उजले लिहाफ़ वाले गन्दे से बिस्तर पर बच्ची को चिपकाए जिस तरह बैठी रहती थी, बिलकुल वैसे ही वह एक जलमग्न जहाज़ पर बैठी हुई थी और मिनट दर मिनट और गहरे डूबती जाती थी, लेकिन गहराते पानी में से ऊपर विंस्टन को देखे जा रही थी।

उसने जूलिया को अपनी माँ के ग़ायब होने की पूरी कहानी सुना दी थी। जूलिया ने बिना आँखें खोले ही करवट ली और थोड़ा आरामदेह मुद्रा में धँसते हुए बोली :

"मेरे हिसाब से उन दिनों पक्का तुम एकदम घटिया जंगली सुअर जैसे रहे होगे। वैसे भी, सारे बच्चे सुअर ही होते हैं।"

"हाँ, लेकिन इस कहानी का असली मौज़ूँ..."

उसकी साँस से समझ में आ गया कि वह फिर से सोने जा रही थी। विंस्टन चाहता था कि माँ के बारे में बोलता रहे। जहाँ तक उसकी स्मृति जाती थी, उसके हिसाब से वह यह तो नहीं मान सकता कि उसकी माँ कोई असाधारण महिला थी, बुद्धिमान तो उतनी भी नहीं। इसके बावजूद उसके भीतर एक क़िस्म की कुलीनता थी, एक तरह की शुद्धता, जिसकी वजह जीने के उसके निजी आदर्श थे। उसकी भावनाएँ निजी थीं, जिन्हें बाहर से बदला नहीं जा सकता था। उसको ये बात समझ में ही नहीं आ सकती थी कि अगर किसी काम का कोई नतीजा न निकले तो वह निरर्थक होता है। उसके जाने अगर आप किसी से प्यार करते हैं तो बस करते हैं, इतना ही काफ़ी है भले आपके पास उसे देने के लिए कुछ न हो। प्यार अपने आप में देय है। जब चॉकलेट का अन्तिम टुकड़ा भी जा चुका था, तब माँ ने बच्ची को अपने सीने से चिपटा लिया था। इसका कोई मतलब नहीं था, इससे कुछ भी बदल नहीं जाता, न कोई चॉकलेट पैदा हो जाती। इससे बच्चे की या उसकी ख़ुद की मौत भी नहीं टल जाती, लेकिन उसने ऐसा किया क्योंकि उसे यही स्वाभाविक लगा। नाव वाली उस शरणार्थी महिला ने भी अपने बच्चे को अपनी बाँहों में छिपा लिया था, गोलियों के सामने जिसकी हैसियत काग़ज़ के एक पन्ने से ज़्यादा नहीं थी। पार्टी ने जो सबसे बुरा काम किया था, वह लोगों को इस बात से राज़ी करना था कि महज़ भीतरी आवेग, भावनाएँ कोई मायने नहीं रखती हैं। साथ ही दुनियावी

चीज़ों पर उसने लोगों का अख़्तियार भी छीन लिया था। एक बार आप पार्टी की गिरफ़्त में आ जाते तो फिर आप क्या महसूस करते हैं या नहीं करते, क्या करते हैं और क्या नहीं, इससे वाक़ई कोई फ़र्क़ नहीं पड़ता था। चाहे जो हो, हर क़ीमत पर आपको मिट जाना बदा था जिसके बाद न आप न आपका काम कभी कहा या सुना जाता। इतिहास की बहती धारा से जैसे आपको बाहर निकालकर अलग कर दिया जाता। फिर भी, केवल दो पीढ़ी पहले तक लोगों के लिए इस बात का कोई महत्त्व नहीं था क्योंकि वे इतिहास बदलने की कोशिश नहीं करते थे। उनकी ज़िन्दगी निजी वफ़ादारियों से संचालित होती थी जिन पर वे सवाल नहीं करते थे। तब कुल मिलाकर निजी रिश्ते मायने रखते थे—एक निहायत ही बेबस मुद्रा, एक अदद आगोश, एक क़तरा आँसू, मरते हुए किसी आदमी से कहा गया बस एक शब्द, अपने आप में मूल्यवान होता था। जनता अब भी इन चीज़ों का महत्त्व समझती है, ऐसे ही जी रही है, उसे अचानक ख़याल आया। ये लोग पार्टी, देश या विचार के प्रति नहीं, एक-दूसरे के प्रति वफ़ादार हैं। ऐसा सोचते हुए ज़िन्दगी में पहली बार विंस्टन को जनता तुच्छ नहीं लगी, या महज़ एक निष्क्रिय बल नहीं लगी जो किसी दिन अचानक ही जी उठेगी और दुनिया बदल देगी। यह जनता अब तक इनसान बनी हुई है। भीतर से कठोर नहीं हुई। वे अब तक उन आदिम भावनाओं से चिपके हुए हैं जो विंस्टन को बहुत प्रयास करके दोबारा सीखने पड़ रहे हैं। यहीं पर उसे बिना किसी ख़ास सन्दर्भ के अचानक याद आया कि कैसे कुछ हफ़्ते पहले उसने सड़क पर एक कटा हुआ हाथ पड़ा देखा था और उसे ऐसे लात मारकर गटर में फेंक दिया था गोया किसी करमकल्ले की डंठल रहा हो।

उसने ज़ोर से कहा, "जनता मानवीय है। हम लोग मनुष्य नहीं हैं।"

"क्यों नहीं?" जूलिया की झपकी टूट चुकी थी।

थोड़ी देर तक उसने सोचा। फिर बोला, "क्या कभी तुम्हें ऐसा लगा कि हमारे भले के लिए सबसे बेहतर यही होगा कि हम दोनों चुपचाप यहाँ से निकल लें और फिर कभी एक-दूसरे से न मिलें? इससे पहले कि और देर हो जाए?"

"हाँ, मेरी जान। कई बार ऐसा लगता है, लेकिन मैं ऐसा करने नहीं जा रही। सब कुछ ऐसे ही चलेगा।"

विंस्टन बोला, "हम लोग ख़ुशक़िस्मत हैं, लेकिन बहुत लम्बा ऐसे नहीं चलेगा। तुम जवान हो। सामान्य लगती हो, मासूम दिखती हो। मेरे जैसे लोगों से यदि दूर रहोगी तो हो सकता है अगले पचास साल तक जी जाओ।"

"नहीं। मैंने सब सोच लिया है। तुम जो करोगे, मैं भी वही करूँगी। और मन को छोटा मत करो। मुझे ज़िन्दा रहना अच्छे से आता है।"

"बहुत हुआ तो हम लोग अगले छह महीने या साल भर साथ रह लेंगे, कौन जानता है। अन्त में तो हमें जुदा होना ही है। तुम्हें अन्दाज़ा भी है कि तब हम कितने अकेले रह जाएँगे? बस एक बार हम उनके हत्थे चढ़ गए तो कुछ नहीं बचेगा। कुछ नहीं मतलब कुछ नहीं, जो हम एक-दूसरे के लिए कर पाएँ। अगर मैंने क़बूल कर लिया, तो वे तुम्हें गोली मार देंगे। मैंने अगर इनकार किया, तब भी वे तुम्हें गोली मार देंगे। मैं कुछ भी कर लूँ, कह लूँ या कहने से ख़ुद को रोक लूँ, लेकिन अगले पाँच मिनट में तुम्हें मरने से नहीं बचा पाऊँगा। हम दोनों यह भी नहीं जान पाएँगे कि दूसरा ज़िन्दा है या मर गया। हमारे हाथ में कुछ नहीं होगा तब। बस एक चीज़ यहाँ मायने रखती है कि हम एक-दूसरे को धोखा न दें, हालाँकि उससे भी रत्ती भर फ़र्क़ नहीं पड़ने वाला।"

"अगर इक़बालिया बयान की बात है तो क़बूल हम दोनों ही करेंगे। हर कोई क़बूल करता है। इसे आप रोक नहीं सकते। वे इतना मारते हैं कि क़बूल करना ही पड़ता है।"

"मेरा मतलब केवल इक़बालिया बयान से नहीं है। क़बूल करना धोखा देना नहीं है। कहने और न कहने के बीच कोई अन्तर नहीं है, केवल अहसास मायने रखते हैं। अगर वे मुझे रोक पाते हैं तुम्हें प्यार करने से, तब इसे असली विश्वासघात कहेंगे।"

जूलिया ने इस पर सोचा। फिर बोली, "यह काम वे नहीं कर पाएँगे। यही एक काम है जो वे नहीं कर सकते। आपको अगर इस बात का अहसास है कि मनुष्यता सार्थक चीज़ है भले ही इसका कोई नतीजा नहीं निकलता हो, तो समझो आपने उन्हें हरा दिया।"

उसने चौबीसों घंटे चौकन्ने टेलिस्क्रीन के बारे में सोचा। वे दिन-रात आपकी जासूसी कर सकते हैं लेकिन अगर आपकी खोपड़ी के भीतर सब कुछ दुरुस्त है तो आप उन्हें मात दे सकते हैं। वे चाहे कितने ही चतुर और माहिर क्यों न हों लेकिन अब भी उनका अख़्तियार इस पर नहीं है कि सामने वाला क्या सोच रहा है। यह बात उनकी गिरफ़्त में होने पर शायद उतनी सही न हो। कोई नहीं जानता कि प्रेम मंत्रालय के भीतर क्या चलता है, लेकिन अन्दाज़ा लगाया जा सकता है : यातना, ड्रग्स, स्नायु तंत्र को पढ़ने वाली नाज़ुक मशीनें, लगातार जगने और अकेलेपन और सवाल पूछे जाने से धीरे-धीरे टूटता हुआ आदमी। तथ्यों को आप किसी भी

क़ीमत पर छिपा नहीं सकते। उनका पता तो जाँच-पड़ताल से लगाया जा सकता है। उसे आपको प्रताड़ित करके उगलवाया जा सकता है। लेकिन उद्देश्य अगर ज़िन्दा रहना नहीं बल्कि मानवीय बने रहना है, तो इससे क्या अन्तर आ जाता है? आपकी भावनाएँ तो नहीं बदल जाएँगी। वैसे आप ख़ुद चाहकर भी अपनी भावनाएँ नहीं बदल सकते। आपका किया, सोचा-विचारा और कहा हुआ तो वे एक-एक करके सामने रख देंगे लेकिन मन के भीतरी तहख़ाने तो अब भी अभेद्य हैं, जिनकी रहस्यमय लीला ख़ुद आप ही नहीं जानते।

8

वे कारगर रहे। आख़िरकार, उन्होंने कर ही दिखाया।

वे जिस कमरे में खड़े थे, वह लम्बाई में फैला था और वहाँ रोशनी मद्धम थी। टेलिस्क्रीन की आवाज़ बेहद धीमी कर दी गई थी; फ़र्श पर बिछे गाढ़े नीले क़ालीन की दमक से मलमल पर चलने का अहसास होता था। कमरे के दूसरे छोर पर ओ'ब्रायन हरी रोशनी वाले लैम्प के नीचे टेबल पर दोनों तरफ़ काग़ज़ों के गट्ठरों से घिरा बैठा था। नौकर जब जूलिया और विंस्टन को लेकर भीतर आया तो उसने सिर उठाकर देखना भी मुनासिब नहीं समझा।

विंस्टन का दिल ऐसे ज़ोर से धड़क रहा था कि उसे लग रहा था वह बोल नहीं पाएगा। वह बस इतना ही सोच पा रहा था कि वे कारगर रहे, आख़िरकार उन्होंने यह कर दिखाया। यहाँ आना ही अपने आप में एक बेअकली भरा क़दम था। ऊपर से दोनों का साथ आना निहायत ही मूर्खतापूर्ण नादानी थी, भले ही दोनों अलग-अलग रास्तों से वहाँ पहुँचे थे और सीधे ओ'ब्रायन की चौखट पर मिले थे। फिर भी, ऐसी जगह टहलते हुए घुस आने के लिए ही ज़बरदस्त हिम्मत चाहिए। ऐसे मौक़े दुर्लभ ही होते थे जब किसी को पार्टी कार्यवाहकों के घर के भीतर या फिर शहर के उस हिस्से में जाने को मिलता जहाँ वे रहते थे। रिहाइशी फ़्लैटों के बड़े-बड़े ब्लॉक, रईसी और भव्यता से भरपूर हरेक चीज़, अच्छे व्यंजनों और उत्कृष्ट तम्बाकू की अनचीन्ही ख़ुशबुएँ, अविश्वसनीय रूप से द्रुत और एकदम शान्त तरीक़े से ऊपर-नीचे डोलती लिफ़्ट, यहाँ-वहाँ दौड़ लगाते सफ़ेद बंडी पहने नौकर—हर चीज़ यहाँ आतंकित करती थी। यहाँ आने की उसके पास भले एक जायज वजह थी, लेकिन हर क़दम पर वह इस डर से ठिठक जाता था कि कहीं किसी कोने से कोई काली वर्दीधारी गार्ड न निकल आए, उसके काग़ज़ माँग ले और वहाँ से भगा दे। ओ'ब्रायन के नौकर ने हालाँकि दोनों को बिना किसी एतराज़

के भीतर आने दिया। सफ़ेद बंडी पहने वह एक ठिंगना-सा गहरे बालों वाला व्यक्ति था जिसका भावशून्य चेहरा हीरे के चौखटे सा था, जो बहुत सम्भव है कि चीनी रहा हो। जिस गलियारे से वह उन्हें लेकर आया था उसमें नरम क़ालीन बिछी थी और उसकी दीवारों पर दूधिया सफ़ेद काग़ज़ की चादर थी—और सब कुछ झक्क साफ़-शफ़्फ़ाफ़। यह भी डराने वाला था। विंस्टन को याद नहीं कि कभी उसने ऐसा गलियारा देखा हो जिसकी दीवारें लोगों के सम्पर्क के चलते मैली न हुई हों।

ओ'ब्रायन काग़ज़ की एक परची हाथ में लेकर बहुत ग़ौर से पढ़ रहा था। उसका झुका हुआ भारी चेहरा—जिसमें केवल नाक की रेखा सामने वाले को दिखती थी—एक साथ भयावह और बुद्धिमत्तापूर्ण लग रहा था। कोई बीस सेकंड तक वह हिला ही नहीं, वैसे ही बैठा रहा। फिर उसने श्रुतलेख मशीन पास खींची और मंत्रालयों की मिश्रित शब्दावली में एक सन्देश पढ़ा :

> Items one comma five comma seven approved fullwise stop suggestion contained item six doubleplus ridiculous verging crimethink cancel stop unproceed constructionwise antegetting plusfull estimates machinery overheads stop and message.

वह कुर्सी से उठा और क़ालीन पर शान्त क़दमों से चलते हुए उनकी तरफ़ आया। ऐसा लगा कि न्यूस्पीक का सन्देश निपटाने के साथ ही वहाँ कायम उसका दफ़्तरी माहौल भंग हो गया था। उसके चेहरे पर सामान्य के मुक़ाबले थोड़ा सख़्त भाव था, जैसे काम में खलल डाला जाना उसे नागवार गुज़रा हो। एक तो विंस्टन पहले ही डरा हुआ था, अब उसे शर्मिन्दगी भी महसूस हो रही थी। उसे लग रहा था कि शायद उसने यहाँ आकर वाक़ई बेवकूफ़ाना ग़लती कर दी है। उसके पास आख़िर क्या सबूत है इस बात का कि ओ'ब्रायन राजनीतिक षड्यंत्रकारी है? सिवाय एक बार मिली निगाहों की चमक और एक अस्पष्ट टिप्पणी के? उसके आगे तो सब कुछ विंस्टन की कोरी कल्पना ही थी, केवल एक सपने से उपजी गोपनीय सोच। अब तो वह यह दावा भी नहीं कर सकता कि यहाँ वह शब्दकोश लेने आया है क्योंकि फिर जूलिया के साथ होने को समझा पाना नामुमकिन होता। इतने में ओ'ब्रायन टेलिस्क्रीन के बग़ल से गुज़रा और जाने क्या कौंधा उसके मन में, कि वह रुका और बग़ल की दीवार पर लगे एक स्विच को दबा दिया। सहसा चटचटाहट की तेज़ आवाज़ के साथ टेलिस्क्रीन शान्त हो गया।

हतप्रभ जूलिया के मुँह से हल्की सी चिंचियाहट निकल गई। पहले ही चौतरफ़ा आतंक के बीच घिरा विंस्टन अबकी ऐसा अचम्भित हुआ कि अपनी ज़बान को काबू में नहीं रख पाया।

"इसे बन्द किया जा सकता है!" उसने कहा।

"हाँ," ओ'ब्रायन बोला, "हम लोग इसे बन्द कर सकते हैं। इतनी छूट हमें मिली हुई है।"

ओ'ब्रायन अब एकदम सामने खड़ा था। विंस्टन और जूलिया दोनों पर उसकी काया अकेले भारी जान पड़ती थी और अब भी उसके चेहरे के भावों को पढ़ा नहीं जा सकता था। थोड़ा रुख़ाई के साथ वह इन्तज़ार में था कि विंस्टन कुछ बोले, लेकिन क्या? अब भी बहुत साफ़ समझ में आ रहा था कि वह बहुत व्यस्त था और अपने काम में पड़े दख़ल से फ़िलहाल खीजा हुआ है। कोई कुछ नहीं बोला। टेलिस्क्रीन बन्द हो जाने के बाद कमरे में मरघट-सी शान्ति पसर गई थी। बीतता हुआ एक-एक सेकंड भारी पड़ रहा था। विंस्टन को ओ'ब्रायन से आँख मिलाने में बहुत दिक़्क़त हो रही थी। अचानक ही ओ'ब्रायन का सख़्त चेहरा थोड़ा नरम पड़ा, जैसा मुस्कुराने के ठीक पहले होता है। अपने परिचित अन्दाज़ में उसने अपनी नाक पर चढ़ा चश्मा सीधा किया और बोला :

"मैं बोल दूँ, या तुम बोलोगे?"

"मैं बोलता हूँ," विंस्टन ने छूटते ही कहा, "वह वाक़ई बन्द है न?"

"हाँ, सब बन्द है। हम लोग अकेले हैं।"

"हम दोनों यहाँ इसलिए आए हैं क्योंकि..."

विंस्टन ठहर गया। उसे पहली बार अपने इरादों के धुँधलेपन का अहसास हुआ। यह बताना आसान नहीं था कि वह यहाँ क्यों आया है क्योंकि उसे वास्तव में यह नहीं मालूम था कि ओ'ब्रायन से वह कैसी मदद की उम्मीद कर रहा था। फिर भी उसने बोलना शुरू किया, इस अहसास के साथ कि उसका कहा धृष्टता और कमज़ोरी समझा जाएगा।

"हमारा मानना है कि कोई साज़िश हो रही है, पार्टी के ख़िलाफ़ कोई गोपनीय संगठन काम कर रहा है, और आप उसका हिस्सा हैं। हम भी उसमें शामिल होना चाहते हैं और उसके लिए काम करना चाहते हैं। हम लोग पार्टी के दुश्मन हैं। हमें इंगसॉक के सिद्धान्तों पर विश्वास नहीं है। हम लोग विचार अपराधी हैं। हम लोग जारकर्मी भी हैं। मैं आपको यह सब इसलिए बता रहा हूँ क्योंकि अब हम आपके

रहमो-करम पर हैं। यदि आप चाहते हैं कि हम ख़ुद को किसी और तरीक़े से दोषी ठहरा दें, तो उसके लिए हम तैयार हैं।"

विंस्टन रुका और उसके कन्धे के ऊपर से झाँका। उसे लगा किसी ने दरवाज़ा खोला है। गेहुँए चेहरे वाला ठिंगना नौकर बिना खटखटाए अन्दर आ गया था। विंस्टन ने देखा कि वह एक ट्रे में काँच की सुराही और कुछ प्याले लेकर आया था।

ओ'ब्रायन लापरवाह ढंग से बोला, "मार्टिन अपना ही आदमी है। ड्रिंक इधर ले आओ, मार्टिन। गोल वाली मेज़ पर रख दो। कुर्सियाँ काफ़ी हैं न? एक कुर्सी अपने लिए भी ले आओ, मार्टिन। फिर हम लोग बैठकर आराम से बात करते हैं। काम की बात है। इसलिए अगले दस मिनट तक ख़ुद को नौकर समझने की ज़रूरत नहीं है।"

अपने जाने मार्टिन आराम से ही बैठा, लेकिन अब भी उसका हाव-भाव नौकर वाला ही था गोया भाग्य खुल गया हो और वह ख़ुद को धन्य महसूस कर रहा हो। विंस्टन उसे कनखी से देख रहा था। उसे लगा कि इसकी तो पूरी ज़िन्दगी ही किसी अभिनय में बीत रही है और एक पल के लिए भी अपने किरदार से जुदा होने को वह ख़तरनाक समझता है। ओ'ब्रायन ने सुराही को गरदन से पकड़कर उठाया और प्यालों में गहरा लाल द्रव्य भर दिया। विंस्टन के मन में किसी दीवार या होर्डिंग पर बहुत पहले देखी किसी चीज़ की धुँधली-सी स्मृति उभर आई—एक विशाल बोतल थी, जिसमें रंगीन बत्तियाँ जड़ी हुई थीं जो ऊपर-नीचे करके ऐसे जल रही थीं कि लग रहा था बोतल से गिलास में कुछ उड़ेला जा रहा हो। यहाँ गिलास में पड़ा द्रव्य ऊपर से देखने में तक़रीबन काला लगता था लेकिन सुराही के भीतर किसी माणिक-सा दमकता था। इसकी गंध खट्टी-मीठी थी। उसने देखा कि जूलिया गिलास उठाकर बिना किसी संकोच के जिज्ञासा में उसे सूँघ रही थी।

हल्की सी मुस्कुराहट के साथ ओ'ब्रायन ने कहा, "इसे वाइन कहते हैं। बेशक, तुमने किताबों में इसके बारे में पढ़ा होगा। मुझे अफ़सोस है कि प्रचारकों तक यह ज़्यादा पहुँच नहीं पाती है।" उसका चेहरा फिर से गम्भीर हो उठा। उसने प्याला हवा में ऊपर उठाया, "मेरे ख़याल से इससे बेहतर क्या होगा कि ये जाम हम उनकी सेहत के नाम करें। हमारे नेता के नाम, इमैनुएल गोल्डस्टीन के नाम।"

विंस्टन ने थोड़ा उत्सुकता के साथ अपना प्याला उठाया। उसने वाइन के बारे में पढ़ रखा था और सपने में भी देखा था। काँच के पेपरवेट या मिस्टर चारिंगटन की अधूरी कविताओं की तरह वाइन भी मिटा दिए गए उस रूमानी अतीत का

हिस्सा थी, जिसे अपने मन में वह गुज़रा हुआ ज़माना कहता था। जाने क्यों उसे हमेशा लगता रहा कि वाइन बहुत तेज़ मीठी चीज़ होती होगी, जैसे ब्लैकबेरी का जैम, और इसका नशा तुरन्त चढ़ता होगा। आज जब वाक़ई गटकने को मिली, तो इसके स्वाद से उसे बड़ी निराशा हुई है। सच्चाई तो यह है कि बरसों जिन पीने के बाद उसे इसका स्वाद हजम नहीं हो रहा था। उसने गिलास ख़ाली करके रख दिया।

उसने पूछा, "गोल्डस्टीन नाम का कोई व्यक्ति वास्तव में है?"

"हाँ, वाक़ई है और ज़िन्दा है। कहाँ, यह मैं नहीं जानता।"

"और षड्यंत्र—मने संगठन? वह भी सच है? केवल विचार पुलिस के दिमाग़ की पैदाइश नहीं?"

"ना, एकदम हक़ीक़त है। हम उसे ब्रदरहुड कहते हैं। ब्रदरहुड वास्तव में है और तुम उसका हिस्सा हो, इससे ज़्यादा तुम कभी नहीं जान पाओगे उसके बारे में। उस पर मैं आता हूँ।" ओ'ब्रायन ने कलाई घड़ी में समय देखा और बोला, "पार्टी के भीतरी हलक़े में कार्यवाहकों के लिए भी टेलिस्क्रीन को आधे घंटे से ज़्यादा बन्द रखना मुनासिब नहीं होता। तुम दोनों को यहाँ साथ नहीं आना चाहिए था। वापसी में तुम्हें अलग-अलग जाना होगा। आप, साथी"—उसने जूलिया को देखकर अभिवादन में सिर झुकाया—"पहले निकलेंगी। हमारे पास अब केवल बीस मिनट का वक़्त है। आपको बता दूँ कि शुरुआत के लिए मुझे आपसे कुछ सवाल पूछने होंगे। वैसे, मोटा-मोटी आप लोग करना क्या चाहते हैं?"

विंस्टन ने कहा, "कुछ भी, जिसके लायक़ हम हों।" ओ'ब्रायन अपनी कुर्सी पर बैठे-बैठे हल्का सा विंस्टन की ओर मुड़ गया था। जूलिया को जैसे उसने अनदेखा ही किया मानो उसके सन्ती विंस्टन ही सब जवाब दे देगा। एक क्षण के लिए उसने अपनी पलकें झपकाईं, फिर हल्के भावशून्य स्वर में उसने सवाल पूछने शुरू किए गोया यह उसका रोज़ का काम हो। सवाल एकदम अदालती जिरह जैसे थे, जिनमें से अधिकतर के जवाब उसे पहले से पता थे।

"आप अपनी जान देने को तैयार हैं?"

"हाँ।"

"आप क़त्ल करने को तैयार हैं?"

"हाँ।"

"ऐसे विध्वंसक काम करने को, जिससे सैकड़ों बेगुनाह मासूमों की जान जा सकती है?"

"हाँ।"

"विदेशी ताक़तों के लिए अपने देश के साथ गद्दारी करने के लिए?"

"हाँ।"

"आप जालसाज़ी, फ़र्ज़ीवाड़ा, ब्लैकमेल करने को, बच्चों के दिमाग़ दूषित करने को, लत लगाने वाले नशीले पदार्थ बाँटने को, वेश्यावृत्ति को बढ़ावा देने को, यौन रोगों का प्रसार करने को—यानी हर वह काम करने को तैयार हैं जो अनैतिकता को फैलाए और पार्टी की ताक़त को कमज़ोर करे?"

"हाँ।"

"मान लीजिए कि किसी बच्चे के चेहरे पर तेज़ाब फेंकना पड़ जाए क्योंकि इसमें हमारा हित छिपा हो, तो क्या आप ऐसा करने को तैयार होंगे?"

"हाँ।"

"क्या आप अपनी पहचान को गँवाकर बाक़ी की ज़िन्दगी किसी बैरे की तरह या जहाज़ की गोदी पर काम करने को तैयार होंगे?"

"हाँ।"

"हमने अगर कभी आदेश दिया तो क्या आप ख़ुदकुशी करने को तैयार होंगे?"

"हाँ।"

"आप दोनों एक-दूसरे से अलग होने और फिर कभी न मिलने को तैयार हैं?"

"नहीं!" जूलिया अचानक बीच में चीख़ पड़ी।

विंस्टन को लगा जवाब देने में उसे काफ़ी देर हो रही है। एक पल के लिए उसे ऐसा भी लगा कि उसके बोलने की शक्ति ही चली गई। उसके हलक़ में दो शब्द फँस गए थे और एक-एक करके उसकी ज़बान दोनों के पहले अक्षर को बार-बार बिना आवाज़ के गोल-गोल उलट-पलट रही थी। जब उसने मुँह खोला, उससे पहले तक उसे पता नहीं था कि वह कौन सा शब्द बोलने जा रहा है। आख़िरकार उसने कह दिया, "नहीं।"

"अच्छा किया कि मुझे बता दिया तुमने," ओ'ब्रायन बोला। "हमारे लिए हर चीज़ जानना ज़रूरी है।"

वह जूलिया से मुख़ातिब हुआ और अपनी आवाज़ में थोड़ा जज्बात घोलते हुए बोला, "तुम्हें अन्दाज़ा भी है कि अगर यह बच भी गया, तो यह बिलकुल अलग शख़्स होगा? हमारी मजबूरी हो जाएगी इसको नई पहचान देना। इसका चेहरा,

चाल-ढाल, हाथों की बनावट, बालों का रंग—यहाँ तक कि इसकी आवाज़ भी पहले से अलग होगी। और तुम ख़ुद बदल चुकी होगी। हमारे सर्जन इतने क़ाबिल हैं कि उनका बदला हुआ आदमी पहचान में नहीं आ पाता। कभी-कभार यह ज़रूरी हो जाता है। कभी किसी के हाथ-पैर भी काटने पड़ जाते हैं।"

विंस्टन ख़ुद को मार्टिन का मंगोल चेहरा देखने से रोक नहीं पाया। उस पर तिरछी नज़र डाली। चेहरे पर कोई निशान नहीं था। इधर जूलिया का चेहरा पीला पड़ चुका था और चेहरे की सलवटें नज़र आ रही थीं लेकिन ओ'ब्रायन के सामने वह तनकर बैठी हुई थी। उसने कुछ बुदबुदाकर कहा जिससे लगा कि हामी भर रही हो।

"बढ़िया है। फिर तो कोई दिक़्क़त ही नहीं है।"

टेबल पर चाँदी का एक सिगरेटदान रखा था। ओ'ब्रायन ने बिना कुछ सोचे उसमें से एक सिगरेट निकाली, उसे दूसरों की ओर सरका दिया और खड़े होकर धीरे-धीरे आगे-पीछे चलने लगा, जैसे कि खड़े में उसका दिमाग़ बेहतर काम करता हो। काफ़ी अच्छी सिगरेट थी। मोटी और ठस पैकिंग वाली, जिसका काग़ज़ रेशम की तरह चिकना था। ओ'ब्रायन ने फिर से कलाई घड़ी में समय देखा।

"बेहतर होगा अब तुम रसोई में चले जाओ, मार्टिन।" ओ'ब्रायन ने कहा। "मैं अभी पन्द्रह मिनट में स्विच ऑन कर दूँगा। जाने से पहले इन साथियों के चेहरे अच्छे से पहचान लो। तुम्हें शायद इनसे दोबारा मिलना पड़ेगा, मैं शायद ना मिलूँ।"

मार्टिन ने उनको देखा, बिलकुल वैसे ही जैसे वे बाहर दरवाज़े पर मिले थे। उसके देखने के तरीक़े में रत्ती भर भी परिचय या दोस्ताने का भाव नहीं था। वह उनके चेहरे को याद कर रहा था लेकिन उसकी दिलचस्पी उनमें बिलकुल नहीं थी या फिर देखने में ऐसा लगता था। विंस्टन को उसे देखकर लगा कि किसी का चेहरा यदि बनावटी है तो उसके हाव-भाव चाहकर भी नहीं बदल सकते। बिना कुछ बोले या अभिवादन किए मार्टिन बाहर चला गया और दरवाज़ा उसने धीरे से बन्द कर दिया। ओ'ब्रायन अब भी इधर-उधर चहलक़दमी कर रहा था। उसका एक हाथ काली वर्दी की जेब में था और दूसरे में सिगरेट थी।

"तुम्हें यह बात समझनी होगी," ओ'ब्रायन बोला, "कि तुम परदे के पीछे से लड़ोगे। तुम लोग हमेशा परदे के पीछे रहोगे। तुम्हें केवल निर्देश मिलेंगे और तुम्हें उसका पालन करना होगा, क्यों का जवाब जाने बग़ैर। बाद में मैं तुम्हें एक किताब भेजूँगा जिसे पढ़कर तुम इस समाज के असली चेहरे को समझ सकोगे और वह रणनीति जिससे हमें उसे नष्ट करना है। किताब पूरी पढ़ लेने के बाद तुम

लोग ब्रदरहुड के पक्के सदस्य बन जाओगे। हमारे संघर्ष के सामान्य उद्देश्यों और हमारे तात्कालिक कार्यभारों के अलावा तुम कुछ भी और नहीं जान पाओगे। मैं तुम्हें बस इतना बता सकता हूँ कि ब्रदरहुड का वजूद है लेकिन मैं यह नहीं बता सकता कि इसमें सौ सदस्य हैं या एक करोड़। अपनी निजी जानकारी में तुम्हारे लिए ऐसे सदस्यों की संख्या बहुत से बहुत दर्जन भर होगी। आपके तीन या चार सम्पर्क होंगे बस, जो ग़ायब होने पर समय-समय पर बदलते रहेंगे। चूँकि मैं तुम्हारा पहला सम्पर्क हूँ तो इसे बचाकर रखा जाएगा। तुम्हारे पास जब भी निर्देश आएँगे, मेरे पास से ही आएँगे। अगर हमें सम्पर्क करना ज़रूरी लगा तो मार्टिन के माध्यम से ऐसा किया जाएगा। जब आप पकड़े जाओगे तो आप सब कुछ क़बूल कर लोगे। उससे बचा नहीं जा सकता, लेकिन अपनी कार्रवाइयों के अलावा आपके पास बहुत कुछ क़बूल करने को होगा नहीं। ज़्यादा से ज़्यादा मुट्ठी भर कुछ ग़ैर-ज़रूरी लोगों को आप धोखा दे पाओगे। शायद आप मेरे साथ भी गद्दारी नहीं कर पाओगे क्योंकि उस वक़्त तक या तो मैं ज़िन्दा नहीं रहूँगा या फिर मेरी अलग पहचान होगी और अलग शक्ल।"

नरम क़ालीन पर वह लगातार टहल रहा था। भारी शरीर के बावजूद उसकी चाल में एक शानदार आकर्षण था। जेब में हाथ डालने से लेकर उँगलियों में सिगरेट फँसाने तक से एक शिष्टता ज़ाहिर होती थी। ताक़त से ज़्यादा उसमें आत्मविश्वास और एक ऐसी समझदारी झलकती थी जिसमें व्यंग्य का पुट था। वह चाहे कितना ही गम्भीर क्यों न हो, लेकिन उसके भीतर किसी भक्त जैसी अन्धी एकनिष्ठता नहीं थी। वह जब क़त्ल, ख़ुदकुशी, यौन रोगों, हाथ-पैर काटने, चेहरे बदलने जैसी बातें कर रहा था तो उसमें एक गप वाला भाव था। उसने कहा, "इससे बचा नहीं जा सकता। हमें बिना डरे यही करना होगा, लेकिन ज़िन्दगी जब जीने के लायक़ हो जाएगी तब हमें यह सब नहीं करना पड़ेगा।" विंस्टन के भीतर ओ'ब्रायन के लिए सराहना, बल्कि तक़रीबन श्रद्धा का भाव उमड़ आया। फ़िलहाल, वह गोल्डस्टीन की रहस्यमय छवि को भूल चुका था। ओ'ब्रायन के मज़बूत कन्धों और कठोर चेहरे—जो बदसूरत होते हुए भी कितना सभ्य था—को देखकर यह मानना असम्भव था कि उसे हराया जा सकता है। ऐसी कोई युक्ति नहीं थी जो उसे न आती हो। ऐसा कोई ख़तरा नहीं था जिसे वह पहले से न भाँप ले। उससे जूलिया भी बहुत प्रभावित दिख रही थी, जिसकी सिगरेट बुझ चुकी थी और वह चुपचाप उसे सुन रही थी। ओ'ब्रायन कहता रहा :

"आपने ब्रदरहुड के बारे में तमाम अफ़वाहें सुन रखी होंगी। इसमें कोई शक नहीं कि आपके मन में उसकी कोई छवि भी होगी। आपने सोचा होगा कि शायद षड्यंत्रकारियों का एक विशाल भूमिगत तंत्र है जो तहख़ानों में अतिगोपनीय तरीक़े से मिलता होगा, दीवारों पर सन्देश लिखता होगा, एक-दूसरे को कोडवर्ड से या हाथ की विशिष्ट मुद्राओं से पहचानता होगा। बता दूँ कि ऐसा कुछ भी नहीं है। ब्रदरहुड के सदस्यों के पास एक-दूसरे को पहचानने का कोई तरीक़ा नहीं है और किसी एक सदस्य के लिए बहुत मुश्किल है कि वह दो-चार से ज़्यादा को पहचानता हो। गोल्डस्टीन यदि ख़ुद भी विचार पुलिस के हाथों लग जाएँ तो सारे सदस्यों की सूची या कोई भी ऐसी सूचना वे पुलिस को नहीं दे पाएँगे, जो सूची तैयार करने में मदद कर सके। ऐसी कोई सूची दरअसल है ही नहीं। ब्रदरहुड का कभी सफ़ाया नहीं किया जा सकता क्योंकि परम्परागत अर्थों में यह कोई संगठन नहीं है। ब्रदरहुड को केवल एक विचार आपस में जोड़े रखता है जो अपने आप में अटूट है, और कुछ भी नहीं।"

इतना बोलकर वह ठहरा और उसने तीसरी बार अपनी कलाई घड़ी में समय देखा।

"साथी, आपके निकलने का वक़्त अब हो चला है," जूलिया से उसने कहा। "ठहरिए, सुराही अभी आधी भरी हुई है।"

उसने प्यालों को भरा और अपना प्याला ऊपर उठाया। "ये जाम किसके नाम?" थोड़ा व्यंग्यात्मक लहज़े में उसने पूछा, "विचार पुलिस की ऊहापोह के नाम? मोटा भाई की मौत के नाम? इनसानियत के नाम? मुस्तक़बिल के नाम?"

विंस्टन ने जवाब दिया, "बीते हुए कल के नाम।"

ओ'ब्रायन तुरन्त राज़ी हो गया, "हाँ, अतीत ज़्यादा अहम होता है।"

उन्होंने अपने प्याले ख़ाली किए और पल भर बाद जूलिया जाने के लिए उठी। ओ'ब्रायन ने एक दराज से छोटा सा डिब्बा निकाला और उसे एक गोल चपटी टिकिया थमा दी और उसे जीभ पर रख लेने को कहा। उसने बताया कि ऐसा करना ज़रूरी है ताकि बाहर वाइन से मुँह न महके क्योंकि लिफ़्ट वाले नौकर बहुत चौकन्ने रहते हैं। जैसे ही जूलिया ने बाहर निकलकर दरवाज़ा बन्द किया, वह वापस ऐसे हो गया जैसे वह यहाँ कभी थी ही नहीं। एकाध क़दम चलकर वह रुक गया। फिर बोला :

"कुछ और बातें साफ़ करनी ज़रूरी हैं। मेरा ख़याल है कि तुम लोगों के पास छिपने की कोई न कोई जगह तो होगी ही?"

विंस्टन ने मिस्टर चारिंगटन की दुकान के ऊपर वाले कमरे के बारे में सब कुछ बता दिया।

"ठीक है, फ़िलहाल के लिए वह चलेगा। बाद में कुछ और इन्तज़ाम देख लेंगे हम लोग तुम्हारे लिए। छिपने की जगह को बदलते रहना ज़रूरी होता है। इस बीच मैं तुम्हें ग्रंथ की एक प्रति भिजवा दूँगा"—विंस्टन ने ग़ौर किया कि ओ'ब्रायन ने ग्रंथ ऐसे कहा जैसे वह ख़ुद में किताब का नाम हो—"मतलब गोल्डस्टीन की पुस्तक, समझे न। जल्द से जल्द। एक प्रति की व्यवस्था करने में मुझे थोड़ा वक़्त लग सकता है। तुम समझ ही सकते हो कि उसकी अधिक प्रतियाँ उपलब्ध नहीं हैं। हम लोग जैसे ही उसे छापते हैं, विचार पुलिस वैसे ही उसका पता लगाकर तुरन्त नष्ट कर डालती है। उससे बहुत मामूली फ़र्क़ पड़ता है। ग्रंथ को कभी नष्ट नहीं किया जा सकता। कभी यदि अन्तिम प्रति भी समाप्त हो गई तो हम शब्दश: उसे दोबारा छाप सकते हैं। यह बताओ, दफ़्तर में तुम कोई ब्रीफ़केस लेकर जाते हो?"

"हाँ, नियम से।"

"देखने में कैसा है?"

"काला, एकदम फटा-पुराना। उसमें दो पट्टे हैं।"

"काला, दो पट्टे, फटा-पुराना—सही है। थोड़े दिन बाद—मतलब मैं तारीख़ तो नहीं बता सकता लेकिन—किसी भी दिन सुबह तुम्हारे पास जो काम आएगा उसमें एक ऐसा सन्देश होगा जिसमें एक शब्द की वर्तनी ग़लत होगी और तुम दोबारा उसे माँगोगे। उसके अगले दिन तुम बिना ब्रीफ़केस के काम पर जाना। उस दिन किसी वक़्त सड़क पर एक आदमी तुम्हें टोककर कहेगा—"मेरे ख़याल से आप अपना ब्रीफ़केस भूल गए हैं।" फिर जो ब्रीफ़केस वह तुम्हें पकड़ाएगा, उसमें गोल्डस्टीन की पुस्तक की एक प्रति होगी। तुम्हें चौदह दिन के भीतर उसे लौटाना होगा।"

कुछ देर दोनों शान्त रहे।

फिर ओ'ब्रायन बोला, "तुम्हारे निकलने में एकाध मिनट और है। हम लोग फिर मिलेंगे—बशर्ते मिले तो।" विंस्टन ने सिर उठाकर उसे देखा और सकुचाते हुए बोल पड़ा—"उस जगह पर जहाँ कोई अँधेरा नहीं होगा?"

बिना चौंके ओ'ब्रायन ने हामी में सिर हिला दिया, जैसे इशारे को उसने पहचान लिया हो, "हाँ, वहीं जहाँ कोई अँधेरा नहीं होगा। और इस बीच, जाने से पहले कोई बात जो तुम कहना चाहो तो? कोई सन्देश? कोई सवाल?"

विंस्टन ने दिमाग़ पर ज़ोर डाला। कोई सवाल नहीं सूझ रहा था पूछने के

लायक़। वास्तव में उसके भीतर ऐसा कोई आवेग महसूस नहीं हो रहा था कि वह कोई सामान्य सी या फिर ऊँची लगने वाली बात ही कह डाले। ओ'ब्रायन या ब्रदरहुड से सीधे जुड़ी किसी बात के बजाय उसके दिमाग़ में एक मिश्रित छवि कौंधी जिसके भीतर वह अँधेरा कमरा था जिसमें उसकी माँ ने अन्तिम दिन गुज़ारे थे, चारिंगटन की दुकान के ऊपर वाला छोटा सा कमरा भी था, काँच वाला पेपरवेट था और शीशम के फ्रेम में स्टील की नक़्क़ाशी। तक़रीबन अचानक ही बोल पड़ा :

"आपने कभी वह पुरानी कविता सुनी है क्या जो कुछ यूँ शुरू होती है—'सेंट क्लीमेंट की घंटियाँ, बोलें नीबू और नारंगियाँ'?" ओ'ब्रायन ने फिर से हामी में सिर हिला दिया। काफ़ी भद्रता से उसने पंक्तियों को पूरा किया :

सेंट क्लीमेंट की घंटियाँ, बोलें नीबू और नारंगियाँ
सेंट मार्टिन की घंटियाँ, माँगें मेरी तीन दमड़ियाँ,
कब चुकाओगे मेरे पैसे? पूछें ओल्ड बेली की घंटियाँ
जब बनूँगा पैसेवाला, बोलें शोडिच की घंटियाँ।

"अरे, आपको तो अन्तिम लाइन पता है!" विंस्टन बोला।

"हाँ, पता है। मुझे लगता है कि अब तुम्हें निकल जाना चाहिए, लेकिन ठहरो। बेहतर है तुम भी यह टिकिया लेते जाओ।"

विंस्टन के खड़े होते ही ओ'ब्रायन ने अपना हाथ आगे बढ़ाया। उसकी मज़बूत पकड़ से विंस्टन की हथेली की हड्डियाँ कड़क गईं। लौटते हुए दरवाज़े पर विंस्टन ने पीछे मुड़कर देखा, लेकिन ओ'ब्रायन पहले ही उसे अपने दिमाग़ से बाहर करने की कोशिश करता दिखा। टेलिस्क्रीन के स्विच पर हाथ रख वह इन्तज़ार कर रहा था। पीछे उसका टेबल और उस पर हरी रोशनी वाला लैम्प, श्रुतलेख वाली मशीन और काग़ज़ों से ठसाठस भरी टोकरियाँ भी इन्तज़ार में थीं। मतलब प्रसंग पूरा हुआ। अब ओ'ब्रायन को अपने महत्त्वपूर्ण लेकिन अधूरे काम पर लौटना है, जो पार्टी का है। विंस्टन को यह समझने में कुल तीस सेकंड लगा।

9

ज़बरदस्त थकान ने विंस्टन का फ़ालूदा बना दिया था। अपनी हालत पर सोचते हुए उसके दिमाग़ में फ़ालूदा ही कौंधा था। उसका शरीर लुआब की तरह न केवल नाज़ुक, बल्कि पारदर्शी भी हो गया था। उसको ख़ुद लग रहा था कि हाथ उठाकर देखेगा तो उसमें से रोशनी आर-पार जाती दिखेगी। काम की अति ने उसकी नसों का ख़ून-पानी सोख लिया था। बस हड्डियों, नसों और चमड़ी का एक जर्जर ढाँचा बच रहा था। अंगों से चीज़ों को महसूस करने की क्षमता में ज़बरदस्त इज़ाफ़ा हुआ था। वर्दी उसके कन्धों को काट रही थी। पैदल चलने पर सड़क पैरों को गुदगुदा रही थी। यहाँ तक कि मुट्ठी बाँधने और खोलने में भी ताक़त लग रही थी और लगता था कि जोड़ चटक जाएँगे।

बीते पाँच दिनों में वह नब्बे घंटे से ज़्यादा काम कर चुका था। मंत्रालय में बाक़ी का भी यही हाल था। अब जाकर वह ख़ाली हुआ था और कम से कम अगली सुबह तक पार्टी का कोई काम उसके पास नहीं था। अभी छह घंटे वह अपने गुप्त ठिकाने पर और नौ घंटे अपने कमरे पर सोते हुए आराम से बिता सकता था। दोपहर की हल्की धूप में उसने चारिंगटन की दुकान की ओर जाने वाली गन्दी सी गली में धीरे-धीरे अपने क़दम बढ़ाए। गश्ती दलों को लेकर वह सतर्क था लेकिन मन ही मन आश्वस्त भी था कि कम से कम आज दोपहर तो उसे किसी के दख़ल का कोई ख़तरा नहीं है। उसके हाथ में जो भारी ब्रीफ़केस था वह बार-बार घुटनों से टकरा जा रहा था जिससे पैर में ऊपर से नीचे तक एक सिहरन-सी दौड़ जाती थी। उस ब्रीफ़केस में पिछले छह दिनों से ग्रंथ पड़ा था, जिसे उसने न एक बार भी खोला था न ही उसे एक नज़र देखा था।

जुलूसों, भाषणों, शोर-शराबे, गीतों, बैनरों, पोस्टरों, फ़िल्मों, मोम के पुतलों की झाँकियों, ढोल-तुरही की आवाज़ों, क़दमताल करते जूतों की धमक, रेंगते हुए टैंकों

की धड़धड़ाहट, बड़े-बड़े हवाई जहाज़ों की गरज और बन्दूक़ों की तड़तड़ाहट से नफ़रत सप्ताह के लगातार छह दिनों तक जैसा भव्य उन्माद पैदा किया गया था, वह अपने चरम पर पहुँचने वाला था। यूरेशिया के ख़िलाफ़ नफ़रत ऐसी सनक में बदल चुकी थी कि वे 2000 यूरेशियाई युद्ध अपराधी जिन्हें जलसे के आख़िरी दिन सार्वजनिक फाँसी दी जानी थी, अगर भीड़ के हाथ लग गए होते तो कोई शक नहीं था कि लोग उन्हें चीर-फाड़ डालते। इससे पहले ही छठवें दिन घोषणा हो गई कि ओशियनिया की यूरेशिया के साथ तो कोई जंग चल ही नहीं रही थी। ओशियनिया की लड़ाई तो ईस्टेशिया से चल रही है और इस लड़ाई में यूरेशिया उसके साथ है।

ज़ाहिर है इस मुनादी में परिस्थिति के बदलने का कोई स्वर नहीं था। बस एक झटके में अचानक सबको सब जगह एक साथ पता चल गया था कि दुश्मन ईस्टेशिया है, यूरेशिया नहीं। जिस वक़्त यह ऐलान हुआ, विंस्टन मध्य लंदन के किसी चौक पर एक प्रदर्शन में हिस्सा ले रहा था। रात का वक़्त था, तमाम सफ़ेद चेहरे और लाल बैनर पीली रोशनी में नहाए हुए थे। हज़ारों-हज़ार लोग चौक पर उमड़े हुए थे। उनके बीच गुप्तचरों की वेशभूषा में कोई हज़ार स्कूली बच्चे भी थे। लाल रंग के कपड़े से सजे एक मंच पर पार्टी के भीतरी हलक़े का एक वक्ता—ठिंगना सा दुबला-पतला एक शख़्स जिसकी बाँहें कुछ ज़्यादा ही लम्बी थीं और बड़ी सी खल्वाट खोपड़ी पर थोड़े से बाल छितराए हुए थे—लोगों को अपने भाषण से उकसा रहा था। नफ़रत में ऐंठा हुआ वह किसी जर्मन लोककथा के बौने की तरह दिखता था, जो एक हाथ से माइक की गरदन पकड़े हुए था और दूसरे हाथ के विशालकाय पंजे से अपने सिर के ऊपर भयावह ढंग से हवा को जकड़े हुए था। माइक से निकलती उसकी गरजती खनखनाती आवाज़ एक के बाद एक यातना, क़त्लेआम, प्रत्यर्पण, लूट, बलात्कार, क़ैदियों की प्रताड़ना, जनता पर बमबारी, झूठ और दुष्प्रचार, हमले, टूटी हुई संधियों की अन्तहीन सूची गिनवाए जा रही थी। उसकी आवाज़ को तब तक बरदाश्त नहीं किया जा सकता था जब तक आप उसके कहे पर पहले यक़ीन न कर लें। उसके बाद तो पागल ही होना बचता था। रह-रह कर आक्रोशित भीड़ उबल पड़ती और हज़ारों कंठों से समवेत स्वर में उठते अनियंत्रित जंगली शोर में वक्ता की आवाज़ डूब जाती। स्कूली बच्चे जंगली वहशियों की तरह सबसे तेज़ चिल्ला रहे थे। कोई बीस मिनट हो चुका था भाषण चलते हुए, जब एक सन्देशवाहक तेज़ी से मंच पर चढ़ा और उसने एक परची वक्ता के हाथ में पकड़ाई। भाषण को बिना रोके उसने परची खोली और पढ़ी। उसकी आवाज़ और

शैली में कुछ भी नहीं बदला, न ही उसकी बातों में कोई तब्दीली आई। बस नाम बदल गए अचानक। बिना कोई अतिरिक्त शब्द कहे ही भीड़ तक यह बात पहुँच गई कि ओशियनिया की लड़ाई तो ईस्टेशिया से चल रही है। इसका मतलब कि चौक पर लगे तमाम बैनर-पोस्टर ग़लत थे! कम से कम आधे पर तो ग़लत चेहरे बने हुए थे! यह समझते ही भीड़ में भयंकर हो-हल्ला मच गया। यह तो साज़िश है! सब गोल्डस्टीन के एजेटों का किया-धरा है! यह सब उन्होंने ही किया है! थोड़ी देर के लिए दंगे जैसी स्थिति बन गई। लोग दीवारों से पोस्टर फाड़ने लगे, बैनर उखाड़कर पैरों तले कुचल दिए गए। अचानक चमत्कारिक ढंग से गुप्तचरों ने छतों पर चढ़कर चिमनियों पर फड़फड़ा रही झंडियों को काट दिया। दो-तीन मिनट तक यह सब चलता रहा, फिर सब शान्त हो गया। वक्ता अब भी एक हाथ से माइक की गरदन को पकड़े आगे की ओर झुका हुआ था और उसका दूसरा हाथ हवा में लहरा रहा था। उसने भाषण जारी रखा। एक मिनट बाद ही फिर से आक्रोशित भीड़ बनैले शोर में फूट पड़ी। नफ़रत का प्रदर्शन जैसा पहले था वैसा ही बना रहा, बस उसका निशाना बदल चुका था।

इस पूरे प्रकरण को याद करते हुए विंस्टन को जिस एक बात ने प्रभावित किया वह यह कि वक्ता वास्तव में बोलते-बोलते बीच में ही एक वाक्य से दूसरे पर कूद गया था जबकि इस प्रक्रिया में न तो कोई ठहराव आया था और न ही वाक्य-विन्यास टूटा था। विंस्टन का ध्यान हालाँकि एक और चीज़ ने उस वक़्त भटका दिया था। जिस वक़्त अफ़रा-तफ़री मची और पोस्टर फाड़े जा रहे थे, उसी बीच एक आदमी ने उसके कन्धे पर टहोका मारते हुए कहा था—"माफ़ कीजिएगा, लगता है आप अपना ब्रीफ़केस भूल गए थे।" विंस्टन ने उसका चेहरा नहीं देखा था। उसने चुपचाप बिना कुछ कहे ब्रीफ़केस ले लिया। वह जानता था कि ब्रीफ़केस के भीतर क्या है, यह जानने में उसे अभी कई दिन लग जाएँगे। जैसे ही जलसा ख़त्म हुआ वह सीधे सत्य मंत्रालय चला गया, हालाँकि रात के ग्यारह बज रहे थे। मंत्रालय के सारे स्टाफ ने भी यही किया। टेलिस्क्रीन से लगातार उन्हें काम पर लौटने के निर्देश जारी हो रहे थे, लेकिन उन्हें इसकी ज़रूरत नहीं थी।

ओशियनिया की जंग ईस्टेशिया के साथ चल रही थी। वास्तव में यह जंग हमेशा से ही जारी थी। इसका मतलब था कि पिछले पाँच साल की ज़्यादातर राजनीतिक सामग्री अब अप्रासंगिक हो चुकी है। अब हर क़िस्म की रिपोर्ट, रिकॉर्ड, अख़बार, किताबें, परचे, फ़िल्में, साउंडट्रैक, तस्वीरें बिजली की रफ़्तार से बदली

जानी होंगी। इस सम्बन्ध में कोई औपचारिक निर्देश जारी नहीं हुआ था, लेकिन विभागों के प्रमुखों की मंशा थी कि केवल हफ़्ते भर के भीतर यूरेशिया से लड़ाई और ईस्टेशिया के साथ सहयोग से जुड़ा कोई भी सन्दर्भ बचना नहीं चाहिए। यह काम वाक़ई बहुत बड़ा था। ख़ासकर इसलिए क्योंकि जिन प्रक्रियाओं से होकर इसे गुज़रना था उनके बारे में आप नाम लेकर कुछ बोल भी नहीं सकते थे। रिकॉर्ड विभाग में हर किसी को अठारह घंटे काम करना पड़ा और बीच-बीच में दो-तीन घंटे की नींद लेने का मौक़ा मिला। तहख़ानों से गद्दे लाकर गलियारों में बिछा दिए गए। खाने के नाम पर केवल सैंडविच और विक्टरी कॉफ़ी थी जिसे एक ट्रॉली में लेकर कैंटीन के मुलाज़िम चक्कर लगाते थे। विंस्टन हर बार जब सोने जाता तो उसके पहले डेस्क पर पड़ा काम निपटा लेता था। फिर जैसे ही वह आँख मीचते और दर्द से ऐंठते हुए जगता, देखता कि उसके डेस्क पर गोलियाए काग़ज़ों की बर्फ़बारी हुई पड़ी है जिसमें श्रुतलेख मशीन आधी दफ़न है और कुछ काग़ज़ फ़र्श पर नीचे गिरे पड़े हैं। ऐसे में सबसे पहला काम होता एक जगह सारे काग़ज़ों को सरियाना ताकि काम करने की थोड़ी जगह बन सके। सबसे बुरी बात यह थी कि यह काम उतना भी यांत्रिक नहीं था। कई बार एक नाम की जगह दूसरा नाम लिख देना काफ़ी होता था लेकिन घटनाक्रम से जुड़ी किसी विस्तृत रिपोर्ट के मामले में थोड़ा सावधानी बरतने और सोचने-विचारने की ज़रूरत पड़ती थी। ऐसे में यह भी ज़रूरी था कि आपको भूगोल का ज्ञान हो क्योंकि जंग को दुनिया के एक हिस्से से दूसरे हिस्से में पहुँचाना था।

तीसरा दिन आते-आते उसकी आँखों में असह्य दर्द होने लगा। बार-बार चश्मे को साफ़ करने की ज़रूरत पड़ रही थी। लग रहा था कि एक ऐसे कठिन शारीरिक काम से पाला पड़ा है जिसे इनकार करने का अधिकार होते हुए भी आप उसे निपटाने को बेचैन हुए पड़े हैं। इसी बीच उसे जितना भी याद रहा, इसके हिसाब से उसे इस बात से कोई दिक़्क़त नहीं थी कि एक-एक शब्द जो वह श्रुतलेख मशीन में बोल रहा है, एक-एक अक्षर जो पेंसिल से लिख रहा है, वह विशुद्ध झूठ है। विभाग में बाक़ी लोगों की तरह वह भी इस बात को लेकर उत्तेजित था कि फ़र्ज़ीवाड़ा आदर्श होना चाहिए। छठवें दिन की सुबह जाकर काग़ज़ों के सैलाब में थोड़ी कमी आई। कोई आधे घंटे तक लगातार हवानली से कुछ नहीं निकला। फिर एक गोलियाया काग़ज़ निकलता और फिर आराम। तक़रीबन इसी समय हर कहीं काम का बोझ हल्का हो रहा था। समूचे विभाग ने भीतर ही भीतर राहत की गहरी साँस ली। सबने

मिलकर इतना बड़ा काम निपटा दिया था, वह भी ऐसा जिसका कभी ज़िक्र नहीं किया जा सकता। अब किसी के लिए भी काग़ज़ी साक्ष्य से यह साबित करना असम्भव था कि यूरेशिया के साथ कभी जंग हुई है। दिन में बारह बजे अप्रत्याशित रूप से घोषणा की गई कि मंत्रालय के सभी कर्मचारी अगली सुबह तक काम से मुक्त हैं। ग्रंथ वाला ब्रीफ़केस अब भी विंस्टन के पास था। काम के दौरान वह उसे अपने पैरों के बीच रखता और सोने के दौरान उसे अपने नीचे रखता था। वह ब्रीफ़केस लेकर घर चला गया। उसने दाढ़ी बनाई और नहाने के बीच में ही उसे झपकी सी लग गई, हालाँकि पानी ज़रूरत से ज़्यादा गरम था।

मिस्टर चारिंगटन की दुकान के ऊपर वाले कमरे में जाते हुए सीढ़ी चढ़ने के दौरान उसके जोड़ों से तेज़ चरमराहट की आवाज़ आई। वह थका हुआ था, लेकिन उनींदा नहीं था। उसने खिड़की खोली, गन्दा सा स्टोव जलाया और उसके ऊपर कॉफ़ी के लिए बरतन में पानी गरम होने को रख दिया।

जूलिया को थोड़ी देर में आना था। इस बीच उसके पास समय काटने के लिए किताब थी। घटिया आरामकुर्सी में बैठकर उसने ब्रीफ़केस के पट्टे हटाए।

बेढंगे जिल्द वाली काले रंग की एक मोटी सी किताब थी, जिसके आवरण पर न कोई शीर्षक था न किसी का नाम। उसकी छपाई भी थोड़ा अलग क़िस्म की लग रही थी। पन्ने किनारों से फटे हुए थे और बड़ी आसानी से छितरा जा रहे थे, जैसे वह किताब कितने हाथों से होकर गुज़री हो। उसके शीर्षक वाले पन्ने पर लिखा था :

कुलीनतंत्रीय सामूहिकतावाद का सिद्धान्त और व्यवहार

द्वारा

इमैनुएल गोल्डस्टीन

विंस्टन ने किताब पढ़नी शुरू कर दी।

अध्याय 1
अज्ञान, ताक़त है

इस दुनिया के दर्ज इतिहास में, शायद नवपाषाण युग के अन्त से लेकर अब तक केवल तीन तरह के ही लोग अस्तित्व में रहे हैं—ऊँचे लोग, छोटे लोग और

बीच वाले लोग। ये ख़ुद में ही तमाम तरीक़ों से बँटे हुए हैं, जिनके अलग-अलग अनगिनत नाम हैं, संख्याएँ हैं और साथ ही हर युग में एक-दूसरे के प्रति इनके रवैये में बदलाव आता रहा है; लेकिन समाज का बुनियादी ढाँचा कभी नहीं बदला। कितने उथल-पुथल हुए और तमाम ऐसे बदलाव आए जिन्हें पलटाना मुमकिन नहीं था, फिर भी बार-बार वही ढाँचा घूम-फिर कर सामने आता रहा। जैसे, एक जाइरोस्कोप होता है जो हमेशा सन्तुलन की ही अवस्था में वापस लौट आता है, चाहे कितना ही उसे एक ओर या दूसरी ओर धकेल दिया जाए।

इन समूहों के उद्देश्य बुनियादी रूप से ऐसे हैं जिनके बीच किसी क़िस्म का समझौता सम्भव नहीं है...

विंस्टन ठहर गया। उसे इस बात से राहत मिली कि वह कितने चैन और आराम से बैठकर पढ़ रहा है। वह अकेला था। न कोई टेलिस्क्रीन, न कोई सुनने वाला, न झाँकने वाला। भीतर कोई बेचैनी भी नहीं कि वह उचककर बार-बार देखे या पन्ने को हाथों से ढके। गर्मी की हल्की राहतकारी हवा उसके चेहरे को सुकून दे रही थी। कहीं दूर से बच्चों के हल्ले की आवाज़ आ रही थी। कमरे में घड़ी की आवाज़ के अलावा और कोई ध्वनि नहीं थी। वह आरामकुर्सी में थोड़ा और धँस गया और अपने पैर उसने फेंडर पर रख लिए। क्या ही सुख था, एकदम नैसर्गिक। अचानक उसने किताब का कोई और पन्ना खोल लिया, जैसा कि लोग अकसर उन किताबों के साथ करते हैं जिन्हें वे जानते हैं कि एक-एक अक्षर वैसे भी पढ़ ही जाना है—और उसने ख़ुद को तीसरे अध्याय पर पाया। वह अब वहीं से पढ़ने लगा।

अध्याय 3

युद्ध, शान्ति है

पूरी दुनिया के तीन महा-राष्ट्रों में बँट जाने की घटना का अनुमान बीसवीं सदी के मध्य में ही लगाया जा सकता था और वास्तव में ऐसा हो चुका था। यूरोप के रूस में विलय और ब्रिटिश साम्राज्य के अमेरिका में विलय के बाद दो नई ताक़तें यूरेशिया और ओशियनिया अस्तित्व में आ चुकी थीं। कोई एक दशक की भ्रामक जंग के बाद तीसरी ताक़त ईस्टेशिया का उदय हुआ। इन तीनों महा-राष्ट्रों के बीच की सरहद कई स्थानों पर मनमर्ज़ी से बना ली गई है और बाक़ी जगहों पर जंग के

हिसाब से तय होती रहती है, लेकिन मोटे तौर पर भौगोलिक रूप से बाँटने वाली रेखाएँ समान ही हैं। यूरेशिया के भीतर पुर्तगाल से लेकर बेरिंग जलडमरूमध्य तक फैला यूरोपीय और एशियाई भू-खंड का समूचा उत्तरी हिस्सा आता है। ओशियनिया में उत्तरी और दक्षिणी अमेरिका, ब्रिटिश आयल्स, ऑस्ट्रेलेशिया और अफ्रीका के दक्षिणी हिस्से सहित समूचा अटलांटिक द्वीप आता है। इन दोनों से आकार में छोटे ईस्टेशिया में चीन और उसके दक्षिण के तमाम देश, जापान के द्वीप, मंचूरिया का एक बड़ा हिस्सा, मंगोलिया और तिब्बत आते हैं। इसकी पश्चिमी सीमाएँ उतनी स्थिर नहीं हैं।

ये तीनों महा-राष्ट्र अलग-अलग जोड़ों के हिसाब से निरन्तर युद्ध लड़ते रहते हैं। ऐसा बीते कोई पचीस साल से चला आ रहा है। अब के युद्ध हालाँकि बीसवीं सदी के आरम्भिक दशकों जैसे ख़तरनाक और एक-दूसरे को मिटा देने के जज़्बे वाले नहीं रह गए हैं। अब युद्ध सीमित लक्ष्यों के लिए लड़ा जाता है ऐसे दो प्रतिद्वंद्वियों के बीच, जिनके पास एक-दूसरे को मिटा देने की न तो ताक़त है, न उनके पास लड़ने की कोई ठोस भौतिक वजह है और न ही उनके बीच कोई ख़ालिस विचारधारात्मक मतभेद हैं। इसका मतलब यह नहीं है कि युद्ध के प्रति व्याप्त सामान्य रवैया या युद्ध ख़ुद अपने आप में कम खूँख़्वार और ज़्यादा उदार हो गया है। इसके उलट, सभी देशों में युद्ध का उन्माद लगातार बना रहता है और एक तरह से सार्वभौमिक हो चुका है। अब बलात्कार, लूट, बच्चों की हत्या, समूची आबादी को ग़ुलामों में तब्दील कर देना, क़ैदियों से प्रतिशोध—जो उन्हें उबाल देने या ज़िन्दा दफ़न कर देने की हद तक चला जाता है—जैसे कृत्यों को सामान्य माना जाता है। ख़ासकर जब यह काम दुश्मन के बजाय ख़ुद अपना पक्ष करे तो उसे सराहनीय माना जाता है। भौतिक स्तर पर युद्ध में सीधे तौर पर काफ़ी कम संख्या में लोग लिप्त होते हैं। वे ज़्यादातर उच्च प्रशिक्षित व्यक्ति होते हैं। इसीलिए ऐसे युद्धों में मौतें भी कम होती हैं। आम तौर पर होने वाले संघर्ष या झड़पें अज्ञात मोर्चों पर घटती हैं जिनके बारे में एक औसत आदमी केवल अन्दाज़ा लगा सकता है या फिर जलमहल के इर्द-गिर्द लड़ाइयाँ होती हैं जो समुद्री मार्ग पर रणनीतिक स्थलों की सुरक्षा करते हैं। आबादी वाले इलाक़ों में युद्ध का सीधा सा मतलब होता है उपभोक्ता सामग्री का निरन्तर अभाव और कभी-कभार एकाध रॉकेट बम के धमाके जिनसे कुछ मौतें हो जाती हैं। युद्ध की प्रकृति बुनियादी रूप से बदल चुकी है। इसे बल्कि बेहतर तरीक़े से ऐसे कहें कि जिन कारणों से युद्ध लड़े जाते थे, उनकी प्राथमिकता सूची

अहमियत के लिहाज़ से बदल चुकी है। बीसवीं सदी के आरम्भिक दौर में हुए महान युद्धों के पीछे जो छिपी हुई मंशाएँ थीं वे अब खुलकर सतह पर आ चुकी हैं और उन्हें सचेत रूप से मान्यता दी जाती है और उन पर अमल किया जाता है।

मौजूदा युद्ध की प्रकृति को समझने के लिए—चूँकि भले ही कुछ वर्षों पर लड़ने वाले जोड़े बदल जाते हैं लेकिन युद्ध वैसा ही चलता रहता है—सबसे पहले इस बात का अहसास होना ज़रूरी है कि इनका निर्णायक होना अब नामुमकिन है। ऐसा सम्भव ही नहीं है कि कोई दो महा-राष्ट्र मिलकर भी तीसरे को जीत लें। ये तीनों बराबर की ताक़तें हैं और इनकी स्वाभाविक रक्षापंक्ति बहुत सशक्त है। यूरेशियाई की रक्षा उसकी विशाल भूमि करती है, ओशियनिया अटलांटिक और प्रशान्त महासागरों से घिरा हुआ है जबकि ईस्टेशिया के निवासी बहुत उत्पादक और उद्यमी हैं। दूसरी बात, अब भौतिक अर्थों में ऐसा कुछ बचा नहीं रह गया है, जिसके लिए लड़ा जाए। स्वावलम्बी अर्थव्यवस्थाओं की स्थापना के बाद, जहाँ उत्पादन और उपभोग एक-दूसरे के बिलकुल सुसंगत है, बाज़ार के लिए मारामारी अब नहीं रह गई है जो पिछले युद्धों की वजह हुआ करती थी। इसके साथ ही कच्चे माल के लिए प्रतिस्पर्धा भी अब ज़िन्दगी और मौत का सवाल नहीं रह गई है। वैसे भी तीनों महा-राष्ट्र इतने विशाल हैं कि उन्हें जितना माल चाहिए सब कुछ अपनी सरहद के भीतर ही मिल जाता है। अगर इन युद्धों का कोई प्रत्यक्ष आर्थिक उद्देश्य है, तो वह है श्रम शक्ति। तीनों महा-राष्ट्रों की सीमाओं के मिलन स्थल पर बीच में एक ऐसा भूखंड है जिस पर किसी का अन्तिम अख़्तियार नहीं है। वह तक़रीबन एक चौकोर भूमि है जिसके कोनों पर टैंगियर, ब्राज़ाविले, डार्विन और हांगकांग स्थित हैं। वहाँ धरती की आबादी का क़रीब पाँचवाँ हिस्सा बसता है। दरअसल इसी घनी आबादी वाले इलाक़े और उत्तर के हिमाच्छादित ध्रुवों पर क़ब्ज़े के लिए तीनों ताक़तें लगातार संघर्ष में रहती हैं। क़ायदे से किसी एक का कभी भी विवादित इलाक़े पर क़ब्ज़ा नहीं रहता है। इनके अलग-अलग टुकड़ों पर अलग-अलग मालिकाना बनता रहता है और इन्हीं हिस्सों को एक झटके में गद्दारी से हड़प लेने की हरकतें तीनों के बीच आपसी रिश्तों को लगातार बदलती रहती हैं।

इन सभी विवादित क्षेत्रों में बहुमूल्य खनिज हैं और कुछ में रबड़ जैसे ज़रूरी उत्पाद पाए जाते हैं जिसे ठंडी जलवायु में कृत्रिम रूप से पैदा करने में बहुत महँगे तरीक़े अपनाने पड़ते हैं। इन सबसे अहम हालाँकि इन इलाक़ों में मौजूद सस्ते श्रमबल का अकूत भंडार है। जिस किसी का भी विषुवतीय अफ़्रीका पर या मध्य-पूर्व के

देशों पर या दक्षिण भारत पर या फिर इंडोनेशियाई द्वीप समूह पर क़ब्ज़ा होता है, उसके क़ब्ज़े में सैकड़ों-लाखों सस्ते और मेहनती मज़दूर अपने आप आ जाते हैं। इन क्षेत्रों के निवासी कमोबेश ग़ुलामी की स्थिति में धकेल दिए गए हैं जिनका बस मालिक बदलता रहता है और ज़्यादा से ज़्यादा हथियार बनाने, ज़्यादा से ज़्यादा इलाक़े क़ब्ज़ाने, और ज़्यादा श्रमबल पर नियंत्रण करने, फिर और ज़्यादा हथियार बनाने, फिर नए इलाक़े क़ब्ज़ाने के दुश्चक्र में इन्हें कोयले या तेल की तरह झोंका जाता रहता है। ध्यान देने वाली बात यह है कि लड़ाइयाँ कभी भी विवादित क्षेत्रों की सीमाओं से पार नहीं जाती हैं। यूरेशिया की सरहद कांगो बेसिन से लेकर भूमध्यसागर के उत्तरी तट के बीच आगे-पीछे होती रहती है। हिन्द महासागर और प्रशान्त महासागर के द्वीप लगातार ओशियनिया या ईस्टेशिया द्वारा क़ब्जाए जाते रहते हैं। मंगोलिया में यूरेशिया और ईस्टेशिया को बाँटने वाली रेखा कभी स्थिर नहीं रहती। ध्रुवों पर तीनों ताक़तें विशाल भूखंडों पर अपना-अपना दावा जताती रहती हैं जबकि यह इलाक़ा मोटे तौर पर निर्जन और अनपहचाना है, लेकिन तीनों के बीच सत्ता का सन्तुलन कमोबेश कायम रहता है और हर एक महा-राष्ट्र का जो केन्द्रीय भूक्षेत्र होता है वह हमेशा अक्षत रहता है। इसके अलावा, विषुवत रेखा के इर्द-गिर्द रहने वाले शोषित लोगों के श्रम की ज़रूरत दुनिया की अर्थव्यवस्था को वास्तव में है ही नहीं क्योंकि दुनिया की सम्पत्ति में वे अपने श्रम से कोई इज़ाफ़ा नहीं करते। वे जो कुछ भी पैदा करते हैं उसका इस्तेमाल युद्ध के लिए होता है और युद्ध छेड़ने का उद्देश्य हमेशा ही अगला युद्ध छेड़ने के लिए बेहतर स्थिति में कायम रहना होता है। इस तरह यह ग़ुलाम आबादी लगातार चलने वाली जंग की गति को अपने श्रम से बढ़ाने में काम आती है। उनका वजूद अगर न भी रहे तो दुनिया में समाजों के ढाँचे और इन समाजों के कायम रहने की प्रक्रियाओं पर अनिवार्यत: कोई अन्तर नहीं पड़ेगा।

आधुनिक युद्धकला का प्राथमिक लक्ष्य (डबलथिंक के सिद्धान्तों के अनुरूप, क्योंकि इस लक्ष्य को पार्टी के कार्यवाहक हलक़े का बौद्धिक नेतृत्व एक ही साथ मानता है और नहीं भी मानता) सामान्य जीवन स्तर को ऊँचा उठाए बग़ैर मशीनी उत्पादों का इस्तेमाल करना है। उन्नीसवीं सदी के अन्त से ही औद्योगिक समाज में यह सवाल बना हुआ है कि उपभोक्ता माल के अतिरिक्त उत्पादन का क्या किया जाए। आज की तारीख़ में जब थोड़े से लोगों के पास ही खाने को पर्याप्त भोजन है, यह समस्या अपने आप में उतनी अहम नहीं होनी चाहिए और होती भी नहीं,

यदि विनाश की कृत्रिम प्रक्रियाएँ अस्तित्व में न होतीं। आज की दुनिया 1914 के पहले वाली दुनिया के मुक़ाबले एक भूखी, नंगी और जर्जर जगह है। उस समय के लोगों की भविष्य को लेकर कल्पना से तुलना करें तो यह दुनिया और बदतर नज़र आएगी। बीसवीं सदी के आरम्भ में तक़रीबन हर साक्षर व्यक्ति की चेतना में भविष्य के समाज की परिकल्पना ऐसी थी जो समृद्ध हो, जहाँ आराम हो, जो व्यवस्थित और सक्षम हो—काँच, स्टील और झक्क सफ़ेद कंक्रीट से दमकती हुई एक दुनिया जिसको कोई रोग नहीं लग पाएगा। विज्ञान और प्रौद्योगिकी अद्‌भुत गति से विकसित हो रहे थे और स्वाभाविक रूप से यह माना जा रहा था कि यह विकास चलता ही रहेगा। ऐसा नहीं हो सका। इसकी आंशिक वजह युद्धों और क्रान्तियों के एक लम्बे सिलसिले से उपजी मुफ़लिसी रही। दूसरी वजह यह थी कि विज्ञान और तकनीकी तरक़्क़ी दरअसल वैचारिक अनुभव का मामला होती है और बन्द खाँचों वाले अनुशासित समाजों में विचार टिक नहीं पाया। कुल मिलाकर आज की दुनिया पचास साल पहले के मुक़ाबले ज़्यादा आदिम है। कुछ पिछड़े क्षेत्रों में तरक़्क़ी हुई और किसी न किसी रूप में युद्धकला व पुलिसिया जासूसी से सम्बन्धित तमाम क़िस्म के उपकरण ईजाद कर लिए गए, लेकिन आविष्कार और प्रयोग मोटे तौर पर बन्द हो गए। पचास के दशक में हुए परमाणु युद्ध के विध्वंस से पैदा नुक़सान की भरपाई आज तक नहीं की जा सकी। इसके बावजूद मशीन में अन्तर्निहित ख़तरे तो आज भी मौजूद हैं ही। पहली बार जब मशीन का ईजाद हुआ था, उस वक़्त से ही तमाम सोचने-समझने वाले लोगों को यह समझ आ गया था कि अब मनुष्य को कठिन परिश्रम करने की ज़रूरत नहीं पड़ेगी और नतीजतन काफ़ी हद तक श्रम से जुड़ी इनसानी ग़ैर-बराबरी की ज़रूरत भी नहीं रह जाएगी। मशीनों का इस्तेमाल यदि वाक़ई इन उद्‌देश्यों के लिए किया जाता तो भूख, कठिन परिश्रम, गन्दगी, निरक्षरता और रोगों को कुछ ही पीढ़ियों में मात दी जा सकती थी। वास्तव में इन उद्‌देश्यों के हित में सचेत रूप से लगाए बग़ैर भी एक स्वचालित प्रक्रिया में मशीनों ने उन्नीसवीं सदी के अन्त से लेकर बीसवीं सदी के आरम्भ के बीच कोई पचास साल की अवधि में औसत आदमी के जीवन स्तर को ऊँचा उठाया। मशीनों ने ऐसी धन-दौलत पैदा की, जिसे न चाहते हुए भी लोगों में वितरित करना पड़ गया।

इसके साथ ही हालाँकि यह भी साफ़ हो रहा था कि धन-दौलत में चौतरफ़ा इज़ाफ़ा ऊँच-नीच वाले इस समाज के विनाश का ख़तरा पैदा कर रहा है—कुछ अर्थों

में यह विनाश ही था। एक ऐसी दुनिया जहाँ हर किसी को कम घंटे काम करना पड़े, बाथरूम और फ्रिज वाले घर में रहने को मिले, उसके पास मोटरकार हो या एरोप्लेन तक हो, वहाँ तो सबसे बुनियादी और ज़ाहिर क़िस्म की ग़ैर-बराबरी अपने आप ही ख़त्म हो जाएगी। एक बार यदि जीने का यही पैमाना बन गया तब तो पैसे के मामले में कोई भेदभाव ही नहीं बचेगा। बेशक एक ऐसे समाज की कल्पना करना मुमकिन था जहाँ धन-दौलत का बँटवारा—निजी चीज़ों और विलासिता के सन्दर्भ में—लोगों में बराबर हो लेकिन सत्ता केवल एक विशेषाधिकार प्राप्त वर्ग के हाथों में केन्द्रित हो। व्यवहार में हालाँकि ऐसा समाज स्थिर नहीं रह सकता है। अगर सभी सुरक्षा और विलासिता का बराबर आनन्द लेने लगे तो मनुष्यों की बड़ी संख्या जो अब तक ग़रीबी के कारण दिमाग़ी रूप से सुन्न रहती आई थी वह पढ़-लिख कर अपने बारे में सोचने लगेगी। एक बार ऐसा हो गया तब आज नहीं तो कल लोगों को इस बात का अहसास हो ही जाएगा कि मुट्ठी भर विशेषाधिकार प्राप्त सत्ताधारी वर्ग का वहाँ कोई काम नहीं है। फिर वे उसे उखाड़ फेंकेंगे। इसीलिए लम्बी दौड़ में ऊँच-नीच वाला समाज कायम रखना केवल ग़रीबी और अज्ञान के आधार पर ही सम्भव है। बीसवीं सदी की शुरुआत में कुछ चिन्तकों ने खेतिहर समाज वाले अतीत में लौटने के बारे में भी सोचा था लेकिन यह व्यावहारिक समाधान नहीं है। यह विचार मशीनीकरण के उस चलन के विरोध में है जो पूरी दुनिया को अपनी गिरफ़्त में ले चुका है और ज़्यादा अहम बात यह है कि ऐसा कोई भी देश जो औद्योगिक रूप से पिछड़ा होता है वह सैन्य मामलों में भी कमज़ोर रहता है इसलिए उसके मुक़ाबले ज़्यादा विकसित प्रतिद्वंद्वियों द्वारा उस पर अपना वर्चस्व गाँठना बड़ा आसान हो जाता है, चाहे सीधे या परोक्ष रूप से।

यह समाधान भी सन्तोषजनक नहीं है कि माल के उत्पादन को नियंत्रित रखते हुए जनता को ग़रीबी में रखा जाए। पूँजीवाद के आख़िरी चरण में 1920 से 1940 के बीच यह काम बड़े पैमाने पर हुआ था। कई देशों की अर्थव्यवस्था को गतिरोध में जाने दिया गया, ज़मीनों पर खेती रोक दी गई, पूँजी पैदा करने वाले उपकरणों में इज़ाफ़ा नहीं किया गया, बड़ी आबादी को काम से महरूम रखा गया और सरकारी इमदाद के सहारे अधमरा छोड़ दिया गया। इससे भी हालाँकि सैन्य स्तर पर कमज़ोरी आनी तय थी और चूँकि यह व्यवस्था अनावश्यक क़िस्म का अभाव पैदा कर रही थी तो उसका विरोध भी अपरिहार्य था। समस्या यह थी कि कैसे उद्योगों के पहिये को थामे बग़ैर इस दुनिया की वास्तविक धन-दौलत को बढ़ने से रोका जाए। माल

पैदा होना था, लेकिन बाँटा नहीं जाना था। व्यवहार में इसे हासिल करने का एक ही तरीक़ा था—निरन्तर युद्ध।

युद्ध का बुनियादी काम विनाश करना होता है—ज़रूरी तौर पर इनसानी जान का ख़ात्मा नहीं बल्कि उसके श्रम से बनाए गए माल का विनाश। युद्ध उन चीज़ों को टुकड़े-टुकड़े नष्ट कर देने, अन्तरिक्ष में उछाल देने या समन्दर की गहराइयों में डुबो देने का कारोबार है जो चीज़ें जनता की ज़िन्दगी को अन्यथा आरामदेह बना सकती हैं और इसके रास्ते लम्बी दूरी में जनता को समझदार बना सकती हैं। युद्धक हथियारों को यदि नष्ट न भी किया जाए, तो उनका निर्माण ही अपने आप में—उपभोग के लायक़ कुछ भी उत्पादित किए बग़ैर—जनता के श्रम को ख़र्च करने का एक सहज तरीक़ा है। मसलन, एक जलमहल के भीतर इतना श्रम पैबस्त है जिससे सैकड़ों मालवाहक जहाज़ तैयार किए जा सकते हैं। आख़िरकार जलमहल किसी के लिए एक भी भौतिक लाभ का सृजन किए बग़ैर बेकार होकर कबाड़ हो जाना है फिर भी महान श्रम से एक और जलमहल बनाया जाता है। सैद्धान्तिक रूप से कह सकते हैं कि युद्ध इसलिए किए जाते हैं ताकि ज़िन्दा रहने लायक़ जनता की न्यूनतम ज़रूरत पूरी करने के बाद बच रहे अतिरिक्त को ख़र्च किया जा सके। व्यावहारिक रूप से जनता की ज़रूरतों को कम करके ही आँका जाता है, जिसका नतीजा यह होता है कि ज़िन्दगी के लिए ज़रूरी आधी चीज़ों का हमेशा अभाव बना रहता है। इसे फ़ायदेमन्द माना जाता है। यह बाक़ायदा एक नीति है कि अपने कृपापात्र समूहों को भी हमेशा संकट के मुहाने पर बनाए रखो, चूँकि औसतन अभाव की स्थिति छोटे-छोटे लाभों की अहमियत को बढ़ा देती है और इस तरह एक समूह व दूसरे समूह के बीच के अन्तर को बड़ा कर देती है। बीसवीं सदी के मानकों के हिसाब से देखें, तो पार्टी के भीतरी हलक़े के कार्यवाहक भी सादगी भरा मेहनती जीवन बिताते हैं। यह बात अलग है कि बड़े से फ़्लैट, बेहतर कपड़े, अच्छा खाना-पीना और तम्बाकू, दो-तीन नौकर, निजी मोटरकार या हेलिकॉप्टर जैसी सुविधाएँ उन्हें पार्टी प्रचारकों से अलग करती हैं। उसी तरह प्रचारकों की जीवन-स्थितियाँ आम लोगों के हुजूम के मुक़ाबले बेहतर हैं, जिन्हें वे 'जनता' कहते हैं। यह सामाजिक वातावरण दरअसल घेरेबन्दी में पड़े एक ऐसे शहर की तरह है जहाँ किसी के पास घोड़े का गोश्त भी मिल जाए तो अमीरी और ग़रीबी के फ़र्क़ का पैमाना मान लिया जाता है। इसके साथ ही मुल्क अगर जंग में मुब्तिला हो, तो इसकी समझदारी और नतीजतन इसके ख़तरे का अहसास एक ख़ास वर्ग के हाथ

में सारी सत्ता के हस्तान्तरण को वजूद की स्वाभाविक व अनिवार्य शर्त बना देता है।

हम आगे देखेंगे कि युद्ध अनिवार्यत: चीज़ों को नष्ट तो करता है, लेकिन इसे हासिल करने के लिए मनोवैज्ञानिक रूप से स्वीकार्य तरीक़ों का इस्तेमाल करता है। वैसे दुनिया भर के बेशी श्रम को नष्ट करना सैद्धान्तिक रूप से तो बहुत आसान काम है। उसके लिए मन्दिर और पिरामिड बनवाए जा सकते हैं, गड्ढे खोदे और भरे जा सकते हैं, यहाँ तक कि भारी मात्रा में माल का उत्पादन करने के बाद उसे फूँका जा सकता है। इसमें दिक़्क़त यह है कि उच्चताक्रम वाले समाज के लिए आर्थिक आधार तो बन जाता है, लेकिन भावनात्मक आधार नहीं बन पाता। इसमें भी मामला जनता की भावना का उतना नहीं है क्योंकि उसका रुख़ तब तक मायने नहीं रखता जब तक वह उन्हें काम में खपाए रखा जाए। असल सवाल पार्टी के मनोबल को कायम रखने का है। वैसे तो पार्टी के सबसे दीन-हीन सदस्य से भी सक्षम, उद्यमी और एक निश्चित दायरे में समझदार होने की अपेक्षा की जाती है लेकिन ये भी ज़रूरी है कि वह एक ऐसा भक्त और उन्मादी हो जो भय, नफ़रत, चाटुकारिता और जीत की सनक से संचालित होता हो। दूसरे शब्दों में कहें तो यह ज़रूरी है कि उसकी मानसिकता युद्ध की स्थिति के अनुकूल हो। इससे कोई फ़र्क़ नहीं पड़ता कि युद्ध चल रहा है या नहीं और चूँकि युद्ध में मुकम्मल जीत सम्भव नहीं है, इसलिए यह भी मायने नहीं रखता कि युद्ध अच्छा चल रहा है या बुरा। कुल मिलाकर ज़रूरत इस बात की है कि युद्ध की स्थिति लगातार बनी रहे। पार्टी हमेशा चाहती है कि उसके सदस्यों की समझदारी खंडित रहे। युद्ध के माहौल में इस स्थिति को आसानी से हासिल किया जा सकता है। अब तो यह स्थिति सार्वभौमिक हो चुकी है। पार्टी के भीतर ओहदे के मामले में जितना ऊपर जाएँ, यह खंडित बुद्धिमत्ता और ज़्यादा स्पष्ट मिलती जाती है। पार्टी के भीतरी हलक़े में युद्धोन्माद और दुश्मन के प्रति नफ़रत सबसे सशक्त होती है। पार्टी में किसी ओहदेदार कार्यवाहक के लिए यह अकसर ज़रूरी होता है कि उस पद के नाते वह जाने कि युद्ध से जुड़ी कौन सी सूचना सच नहीं है। उसे यह भी पता हो सकता है कि समूची जंग ही नक़ली है और ऐसा कुछ नहीं चल रहा है या फिर अगर जंग हो भी रही है तो घोषित उद्देश्यों से इतर दूसरी वजहों से; ऐसी जानकारी हालाँकि डबलथिंक यानी दोरंगी सोच से तत्काल बेअसर हो जाती है। इस कारण भीतरी हलक़े का कोई पार्टी सदस्य अपनी इस रहस्यमय सोच से एक पल भी नहीं डिगता कि जंग असली है, उसका अन्त विजय में ही होना है और ओशियनिया को ही दुनिया पर निर्विवाद रूप से राज करना है।

पार्टी के भीतरी हलक़े के सभी सदस्य तक़रीबन आस्था के किसी विषय की तरह आसन्न जीत पर विश्वास करते हैं। इसे हासिल करने के लिए या तो धीरे-धीरे ज़्यादा से ज़्यादा भूक्षेत्र को क़ब्ज़ाना होता है ताकि प्रचुर मात्रा में ताक़त इकट्ठा हो जाए या फिर किसी ऐसे नए हथियार की खोज की जानी होती है जिसकी काट किसी के पास न हो। नए हथियारों की तलाश तो लगातार चलती रहती है, कभी रुकती नहीं। यह उन कुछेक बची-खुची गतिविधियों में है जहाँ कोई खोजी या चिन्तनशील मस्तिष्क पनाह पा सकता है वरना वर्तमान ओशियनिया में विज्ञान, जैसा कि हम पहले से जानते आए हैं, अस्तित्व में नहीं रह गया है। न्यूस्पीक में विज्ञान के लिए कोई शब्द ही नहीं है। विचार की प्रयोगसिद्ध विधि, जिसके आधार पर अतीत की तमाम वैज्ञानिक उपलब्धियाँ हासिल की गई थीं, अपने मूल में अंग्रेज़ी समाजवाद (इंगसॉक) के बुनियादी सिद्धान्तों के ख़िलाफ़ है। यहाँ तक कि तकनीकी तरक़्क़ी भी यहाँ तभी होती है जब उसके उत्पाद किसी न किसी रूप में इनसान की आज़ादी को संकुचित करने के काम में लाए जा सकें। तमाम उपयोगी कलाओं के मामले में दुनिया या तो गतिरोध का शिकार हो चुकी है या पीछे जा रही है। खेतों की जुताई घोड़ों से हो रही है और मशीनें किताब लिख रही हैं, लेकिन व्यापक महत्त्व के विषयों में—मतलब मोटे तौर पर युद्ध और पुलिसिया जासूसी के मामले—अब भी प्रयोगसिद्ध विधि को प्रोत्साहित किया जाता है या कम से कम बरदाश्त किया जाता है। पार्टी के दो लक्ष्य हैं—पूरी धरती के भूक्षेत्र को जीतना और हमेशा के लिए स्वतंत्र सोच की गुंजाइश को ख़त्म कर देना। इसीलिए पार्टी के सामने अभी दो महान समस्याएँ हैं जिससे वह जूझ रही है—एक है इसका पता लगाना कि सामने वाला आदमी क्या सोच रहा है और ऐसा उसकी इच्छा के विरुद्ध जाकर करना। दूसरा है, कैसे सैकड़ों-लाखों लोगों को कुछ सेकंड के भीतर बिना किसी पूर्व चेतावनी के ख़त्म करं देना। जितना भी वैज्ञानिक शोध चल रहा है, सबका विषय यही दोनों समस्याएँ हैं। आज का वैज्ञानिक या तो एक मनोवैज्ञानिक और एक जाँच अधिकारी का मिश्रण है जिसका काम बहुत सूक्ष्मता के साथ चेहरे के हाव-भाव, मुद्राओं, आवाज़ के उतार-चढ़ाव के अर्थ का अध्ययन करना है और ड्रग्स, शॉक थेरेपी, सम्मोहन और शारीरिक यातना के माध्यम से सच उगलवाने का परीक्षण करना है; या फिर आज का वैज्ञानिक एक रसायनशास्त्री, भौतिकविज्ञानी या जीवविज्ञानी है जिसका काम केवल अपने विषय की उन विशिष्ट प्रासंगिक शाखाओं तक सीमित है जिनका सम्बन्ध जान लेने से है। शान्ति मंत्रालय की विशाल प्रयोगशालाओं में

तथा ब्राजील के वनों, ऑस्ट्रेलिया के रेगिस्तानों या अंटार्कटिका के अनजान द्वीपों पर छिपे हुए प्रयोग केन्द्रों में विशेषज्ञों की टीमें दिन-रात काम पर लगी हुई हैं। कुछ का सम्बन्ध केवल भविष्य के युद्धों के लिए सैन्यतंत्र का विकास करना है। कुछ और विशेषज्ञ बड़े-बड़े रॉकेट बम, ज़्यादा ताक़तवर विस्फोटक और अभेद्यतम सुरक्षा कवच बनाने में लगे हुए हैं। कुछ वैज्ञानिक नई जानलेवा गैसों की खोज कर रहे हैं या ऐसे घुलनशील ज़हर जिन्हें इतनी मात्रा में पैदा किया जा सके कि समूचे महाद्वीप की वनस्पतियों को ही नष्ट करने में सक्षम हों या फिर ऐसे विषाणुओं की प्रजाति पर काम कर रहे हैं जिनके ख़िलाफ़ कोई प्रतिरक्षी काम न कर सके। कुछ जानकार ऐसे वाहनों के उत्पादन की कोशिश कर रहे हैं जो किसी पनडुब्बी की तरह ज़मीन के नीचे अपना रास्ता बना सकें या फिर एक ऐसा हवाई जहाज़ जो पानी के जहाज़ की तरह अपने बेस से स्वतंत्र हो। कुछ और वैज्ञानिक हैं जो दूर की कौड़ी खोज लाने में जुटे हैं, मसलन अन्तरिक्ष में हज़ारों किलोमीटर दूर लटके लेंसों के माध्यम से सूरज की रोशनी को फोकस करना या धरती के केन्द्र में मौजूद गर्मी का दोहन करके नक़ली भूकम्प और ज्वार पैदा करना।

इनमें से कोई भी परियोजना अपनी परिणति के क़रीब भी नहीं पहुँचने पाती है, लिहाज़ा किसी भी महा-राष्ट्र को दूसरे पर बढ़त नहीं मिल पाती है। दिलचस्प ये है कि तीनों ही महाशक्तियों के पास अणु बम है, जो उनके यहाँ चल रहे अनुसंधानों में भविष्य में पैदा होने वाले किसी भी हथियार से कहीं ज़्यादा शक्तिशाली है। वैसे तो अपनी आदत के मुताबिक़ पार्टी अणु बम के आविष्कार का श्रेय ख़ुद को देती है लेकिन सबसे पहले ये दुनिया के सामने उन्नीस सौ चालीस के दशक में सामने आए थे और उसके दस साल बाद इनका प्रयोग बड़े पैमाने पर हुआ था। उस वक़्त यूरोप स्थित रूस, पश्चिमी यूरोप और उत्तरी अमेरिका के औद्योगिक केन्द्रों पर सैकड़ों ऐसे बम गिराए गए थे। इसका उद्देश्य सभी देशों के सत्ताधारी समूहों को यह अहसास दिलाना था कि कुछ और ऐसे ही धमाके संगठित समाज का अन्त करने में सक्षम हैं और उनकी अपनी सत्ता चली जाएगी। इसके बाद ही कोई और बम नहीं गिराया गया। हालाँकि कोई औपचारिक संधि जैसी नहीं हुई। सभी तीन महाशक्तियाँ अब भी अणु बम बनाती हैं और उनका भंडारण सही मौक़े के लिए करती हैं जिसके बारे में तीनों को विश्वास है कि वह दिन आज नहीं तो कल आएगा। इस बीच युद्ध की कला कोई बीते तीस या चालीस साल से वैसी ही बनी हुई है। पहले के मुक़ाबले हेलिकॉप्टरों का इस्तेमाल अब ज़्यादा होने लगा है,

बमवर्षक विमानों की जगह स्वचालित प्रक्षेपास्त्रों ने ले ली है और कमज़ोर युद्धक पोतों की जगह अब कभी न डूबने वाले अकल्पनीय जलमहल बनाए जाने लगे हैं। इनके अलावा मामूली बदलाव भी हुए हैं। टैंक, पनडुब्बी, तारपीडो, मशीनगन, यहाँ तक कि राइफ़ल और हथगोले आज भी इस्तेमाल किए जाते हैं। प्रेस में और टेलिस्क्रीनों पर दिखाए जाने वाले अन्तहीन क़त्लेआम के बावजूद पिछले ज़माने की जंगों का कभी दुहराव नहीं हुआ जिनमें हफ़्तों के भीतर हज़ारों या लाखों लोग मार दिए जाते थे।

तीनों महाशक्तियों में से कोई भी ऐसी चालबाज़ी की हिमाकत नहीं करता जिसमें गम्भीर पराजय का जोखिम हो। कोई बड़ा अभियान जब शुरू किया जाता है तो वह आम तौर से मित्रराष्ट्र के ख़िलाफ़ अचानक किया गया हमला होता है। तीनों महाशक्तियाँ जिस रणनीति पर चल रही हैं या जिस पर चलने का ख़ुद दिखावा करती हैं, सब एक ही है। कुल मिलाकर यह रणनीति युद्ध, सौदेबाज़ी और सही मौक़े पर किए गए छल के माध्यम से ज़्यादा से ज़्यादा सैन्य बेस पर क़ब्ज़ा करने की है ताकि एक या दूसरे प्रतिद्वंद्वी को घेरा जा सके, उसके बाद उसके साथ मित्रता की संधि पर हस्ताक्षर किए जाएँ और अगले उतने बरस तक उसके साथ अमन-चैन कायम रखा जाए जब तक कि सन्देह की सुई घूमना बन्द न हो जाए। इस अवधि में अणु बम से लदे रॉकेटों को रणनीतिक स्थलों पर तैनात किया जाता है। अन्त में एक साथ इन्हें दाग़ा जाता है जिसका विनाशक प्रभाव इतना व्यापक होता है कि दूसरे पक्ष की ओर से जवाबी हमला असम्भव हो जाए। इसके बाद बची हुई शक्तियों के साथ मित्रता संधि की जाती है ताकि अगले हमले की तैयारी शुरू की जा सके। कहने की ज़रूरत नहीं कि ऐसी योजना एक दिवास्वप्न ही है जिसे साकार करना नामुमकिन है। इसके अलावा, विषुवत रेखा के इर्द-गिर्द विवादित क्षेत्रों और ध्रुव के अलावा कहीं और लड़ाई नहीं होती है; कभी भी दुश्मन के क्षेत्र पर क़ब्ज़ा नहीं किया जाता है। इससे यह समझ में आता है कि कुछ स्थानों पर महा-राष्ट्रों के बीच सीमाएँ अस्थायी और मनमर्ज़ी हैं। मसलन, यूरेशिया बड़ी आसानी से ब्रिटिश आयल्स को जीत सकता है जो कि भौगोलिक रूप से यूरोप का हिस्सा है। दूसरी ओर ओशियनिया के लिए यह बिलकुल सम्भव है कि वह अपनी सीमाएँ राइन या विस्तुला तक भी विस्तारित कर दे। इससे हालाँकि सांस्कृतिक अखंडता के सिद्धान्तों का उल्लंघन हो जाएगा, जिसे मानते तो सभी पक्ष हैं हालाँकि काग़ज़ों पर यह सूत्रीकृत नहीं है। ओशियनिया को यदि उन इलाक़ों पर हमला करना है

जिन्हें कभी फ्रांस या जर्मनी कहा जाता था, तो सबसे पहले उसके लिए वहाँ के रहवासियों को ख़त्म करना अनिवार्य होगा जो कि अपने आप में भौतिक स्तर पर बहुत कठिनाई वाला काम है। या फिर कोई दस करोड़ की आबादी को अपने में समाहित करना होगा। यह भी तकनीकी रूप से सम्भव नहीं है क्योंकि वे मोटे तौर पर समुद्री सतह के स्तर पर रहते हैं। यही समस्या तीनों महाशक्तियों पर लागू होती है। उनकी संरचना के लिए यह निहायत ही ज़रूरी है कि किसी विदेशी के साथ उनका सम्पर्क ना हो, सिवाय एक हद तक युद्धबन्दियों और काले ग़ुलामों के अलावा। इसलिए मौजूदा वक़्त में आधिकारिक मित्रदेश को भी सन्देह की निगाह से ही देखा जाता है। युद्धबन्दियों को छोड़ दें, तो ओशियनिया का एक औसत नागरिक कभी भी ईस्टेशिया या यूरेशिया के किसी नागरिक से नहीं मिल सकता और उसके लिए विदेशी भाषा का ज्ञान भी वर्जित है। अगर उसे विदेशियों से मिलने की छूट दे दी गई तो वह जान जाएगा कि वे उसी के जैसे मनुष्य हैं और उनके बारे में अब तक जो बताया गया था उसमें से ज़्यादातर झूठ है। इस तरह जिस बन्द दुनिया में वह रह रहा था उसकी दीवारें दरक जाएँगी और जिस डर, नफ़रत और दम्भ पर उसका मनोबल टिका था वह सब भाप बनकर हवा में उड़ जाएगा। इसीलिए हर जगह यह माना जाता है कि भले फारस, मिस्र, जावा या सीलोन की मिल्कियत बदलती रहे लेकिन राष्ट्रों की मुख्य सीमाओं को कोई पार नहीं करेगा, सिवाय बमों के।

इसी के आलोक में वह तथ्य छिपा है जिसे खुलकर कभी कहा नहीं जाता लेकिन अच्छे से समझा जाता है और उस पर अमल किया जाता है : वह यह कि तीनों महा-राष्ट्रों के भीतर लोगों का जीवन-स्तर बहुत कुछ एक जैसा ही है। ओशियनिया में राज करने के फ़लसफ़े को इंगसॉक कहते हैं। यूरेशिया में इसे नव-बोल्शेविकवाद कहा जाता है और ईस्टेशिया में इसका एक चीनी नाम है जिसका तर्जुमा बनता है मोक्ष, जिसे बेहतर समझने के लिए ख़ुदफ़रामोशी एक अच्छा शब्द है। ओशियनिया के नागरिकों को बाक़ी दो फ़लसफ़ों के बारे में कुछ भी जानने की छूट नहीं है। उन्हें बस इतना सिखाया जाता है कि दोनों दर्शन इतने बर्बर हैं कि वे नैतिकता और सहज ज्ञान का उल्लंघन करते हैं इसलिए उनसे घृणा करनी चाहिए। वास्तव में तीनों दर्शन आपस में बमुश्किल ही भिन्न हैं और वे जिन सामाजिक व्यवस्थाओं की बात करते हैं वे भी आपस में भिन्न नहीं हैं। हर कहीं वही पिरामिड वाला सामाजिक ढाँचा है, देवतुल्य नेताओं की एक ही तरीक़े से भक्ति की जाती है, सभी की अर्थव्यवस्था निरन्तर युद्धों के लिए और युद्धों के द्वारा संचालित होती

है। इसका आशय यह निकलता है कि तीनों महा-राष्ट्र आपस में एक दूसरे पर केवल क़ब्ज़ा ही करने में अक्षम नहीं हैं बल्कि ऐसा कर भी लेंगे तो कोई लाभ नहीं होगा। इसके बजाय जब तक वे संघर्ष में रहेंगे, एक-दूसरे को सहारा देते रहेंगे जैसे मकई की फ़सल के तीन गट्ठर आपस में एक-दूसरे को ज़मीन पर टिकाए रखते हैं। और हमेशा की तरह तीनों महाशक्तियों के सत्ताधारी समूह अपने कृत्यों के प्रति एक ही वक़्त में आगाह भी रहते हैं और ग़ाफ़िल भी। उनकी ज़िन्दगियाँ दुनिया को जीतने के लिए समर्पित होती हैं लेकिन वे यह भी जानते हैं कि जंग को अनंत तक लगातार चलना चाहिए और इसमें किसी की मुकम्मल जीत-हार नहीं होनी चाहिए क्योंकि यह ज़रूरी है। जीत-हार का चूँकि कोई ख़तरा ही नहीं है लिहाज़ा यह तथ्य वास्तविकता से इनकार करने की सम्भावना को पैदा करता है, जो कि इंगसॉक और उसकी प्रतिस्पर्धी विचारधाराओं का विशिष्ट लक्षण है। यहाँ पर पहले कही गई एक बात को दुहराना ज़रूरी है कि अनवरत चलते रहने के कारण ही युद्ध ने बुनियादी रूप से अपना चरित्र बदल लिया है।

बीते ज़माने में कोई युद्ध एक न एक दिन अपने अंजाम को पहुँचता ही था। किसी की जीत होती थी और कोई हारता था। अतीत में युद्ध एक ऐसा प्रमुख उपकरण था जिसके माध्यम से इनसानी समाज को भौतिक वास्तविकता से आगाह कराया जाता था। हर युग में, हर शासक ने अपने अनुयायियों के ऊपर इस दुनिया की ग़लत छवि को थोपने की कोशिश की है, लेकिन वे कभी किसी ऐसी ग़लतफ़हमी को बढ़ावा नहीं देते थे जो सैन्य क्षमता को कमज़ोर करने का माद्दा रखती हो। हार के ख़िलाफ़ एहतियात को तब गम्भीरता से लिया जाता था जब हार का मतलब आज़ादी का छिन जाना होता या फिर ऐसा ही कोई परिणाम जिसकी अपेक्षा न की गई रही हो। आप भौतिक तथ्यों की उपेक्षा नहीं कर सकते। दर्शन में, धर्म में, नीतिशास्त्र या राजनीति में दो और दो मिलकर भले पाँच हो सकते हैं लेकिन एक बन्दूक़ या एरोप्लेन का निर्माण करते वक़्त दो और दो मिलाकर चार ही बनते हैं। आज नहीं तो कल अक्षम देशों पर क़ब्ज़ा होना ही है और दक्षता के लिए संघर्ष हमेशा ग़लतफ़हमियों को दूर करने के काम आता है। दक्ष बनने के लिए अतीत से सबक लेना ज़रूरी है यानी मोटे तौर पर यह जानना कि बीते हुए कल में क्या घटा था। वैसे तो अख़बार और इतिहास की किताबें हमेशा से पक्षपाती और एकरंगी रही हैं फिर भी आज की तारीख़ में जैसा मिथ्याकरण किया जा रहा है वह पिछले ज़माने में असम्भव था। लिहाज़ा मानसिक स्वास्थ्य को दुरुस्त रखने के लिए युद्ध एक

पक्का इलाज है और जहाँ तक सत्ताधारी तबकों का सवाल है उनके लिए तो युद्ध हर मर्ज की दवाई है। युद्ध में जीत या हार हो सकती है लेकिन कोई भी सत्ताधारी वर्ग पूरी तरह से ग़ैर-ज़िम्मेदार साबित नहीं किया जा सकता।

युद्ध जब शब्दश: अनवरत हो जाते हैं, तो ख़तरनाक नहीं रह जाते। युद्ध जब अनवरत चलते हैं तो सैन्य अनिवार्यता नाम की चीज़ नहीं बचती। तकनीकी तरक़्क़ी ठप हो सकती है और सर्वाधिक प्रत्यक्ष तथ्यों से भी इनकार किया जा सकता है। हमने पहले देखा है कि कथित वैज्ञानिक अनुसंधान अब भी युद्ध की सेवा में लगे हुए हैं लेकिन अनिवार्यत: वे एक तरह का दिवास्वप्न ही हैं इसलिए इच्छित परिणाम हासिल करने में उनकी विफलता बहुत अहम नहीं है। लिहाज़ा दक्षता, वह भी सैन्य दक्षता की अब ख़ास ज़रूरत नहीं रह गई है। ओशियनिया में कुछ भी दक्ष और कुशल नहीं है, सिवाय विचार पुलिस के। चूँकि प्रत्येक महा-राष्ट्र अपने आप में अजेय है, इसलिए प्रत्येक अपने आप में एक स्वायत्त ब्रह्मांड के जैसा है जिसके भीतर किसी भी तरह की वैचारिक विकृति को बड़ी सहूलियत से अंजाम दिया जा सकता है। आदमी को यथार्थ का दबाव रोज़मर्रा की ज़रूरतों के सन्दर्भ में ही महसूस होता है—मसलन रोटी, कपड़ा और मकान से जुड़ी ज़रूरतें और ख़ुद को ज़हर निगलने या ऊपरी माले की खिड़की से कूद जाने के आवेग से बचाने की ज़रूरत।

ज़िन्दगी और मौत के बीच, दैहिक सुख और पीड़ा के बीच अब भी एक फ़र्क़ बचा हुआ है, लेकिन जो है कुल उतना ही है। बाहरी जगत और अतीत से कटा हुआ ओशियनिया का एक नागरिक अन्तरिक्ष में लटके मनुष्य की तरह है जिसके पास यह जानने का कोई तरीक़ा नहीं है कि ऊपर और नीचे की दिशाएँ कौन सी हैं। ऐसे राज्य का शासक निरंकुश होता है, उतना निरंकुश जितना फराओ या सीजर भी नहीं हो सके। उसे बस दो काम करने होते हैं। एक, अपनी प्रजा को भारी संख्या में भुखमरी से मरने से बचाना और दूसरा, सैन्य तकनीक के मामले में अपने प्रतिद्वंद्वियों के बराबर निचले स्तर पर ख़ुद को टिकाए रखना। एक बार ये दोनों न्यूनतम हासिल हो जाते हैं तो वह यथार्थ को जैसे चाहे तोड़-मरोड़ सकता है।

पिछले युद्धों के पैमाने पर अगर हम आज आकलन करें, तो कह सकते हैं कि आज लड़े जा रहे युद्ध महज़ पाखंड हैं। जैसे दो जुगाली करने वाले पशुओं के बीच की भिड़ंत, जिनके सींग कुछ इस कोण पर फँसा दिए गए हैं कि वे एक-दूसरे को नुक़सान नहीं पहुँचा सकते। यह भले अवास्तविक हो लेकिन निरर्थक नहीं होता। यह उपभोग के सामानों का सरप्लस हजम कर जाता है और उच्चताक्रम की बुनियाद

पर खड़े एक समाज को उसी स्थिति में बनाए रखने के लिए जैसी मानसिकता की ज़रूरत होती है उसके लिए एक माहौल मुहैया कराता है। इस लिहाज़ से युद्ध एक विशुद्ध आन्तरिक मसला है। अतीत में सभी देशों के सत्ताधारी समूह भले ही आपसी हितों को समझते हुए युद्ध की विनाशकारी विभीषिका को सीमित रखते थे लेकिन एक-दूसरे के ख़िलाफ़ लड़ते ज़रूर थे और जीतने वाला हमेशा हारे हुए को लूटता था। हमारे समय में कोई भी किसी के ख़िलाफ़ नहीं लड़ रहा। वास्तव में हर देश का सत्ताधारी वर्ग अपनी ही जनता के ख़िलाफ़ युद्ध छेड़े हुए है। इस युद्ध का लक्ष्य भूक्षेत्रों को जीतना या हार जाने से रोकना नहीं है, बल्कि अपने-अपने समाजों के ढाँचे को जस का तस बनाए रखना है। इसीलिए एक शब्द के रूप में 'युद्ध' ख़ुद में भ्रामक हो चुका है। यह कहना कहीं बेहतर होगा कि युद्ध की निरन्तरता ने युद्धों को समाप्त कर दिया है। नवपाषाण युग से लेकर बीसवीं सदी के आरम्भ तक मनुष्य के ऊपर युद्ध का जैसा दबाव बना रहा वह ग़ायब हो चुका है और उसकी जगह किसी और चीज़ ने ले ली है। अगर तीनों महा-राष्ट्र एक-दूसरे से लड़ने के बजाय अपनी-अपनी सीमाओं के भीतर हमेशा के लिए शान्ति से रहने का परस्पर फ़ैसला कर लें, तब भी कुल प्रभाव वही रहेगा। वैसी स्थिति में भी तीनों अपने तईं स्वायत्त ब्रह्मांड बने रहेंगे और हमेशा के लिए बाहरी ख़तरे का असर ख़त्म हो जाएगा। यानी अगर कभी स्थायी शान्ति जैसी चीज़ हो पाती, तो वह स्थायी युद्ध के जैसी ही होती। पार्टी के नारे 'युद्ध, शान्ति है' के भीतर छिपा असली अर्थ यही है—बड़ी संख्या में पार्टी मेंबरान भले ही इसे सतही तरीक़े से समझते हैं।

विंस्टन पढ़ते-पढ़ते थोड़ी देर के लिए रुक गया। दूर कहीं एक रॉकेट बम का धमाका हुआ था। बिना टेलिस्क्रीन वाले एक कमरे में एक वर्जित पुस्तक के साथ अकेले होने का सुख अब तक नहीं छीजा था। उसकी थकी हुई देह, कुर्सी की मुलायमियत और उसके गालों को सहला रही खिड़की से आती मन्द हवा के साथ-साथ एकान्त और सुरक्षा का शारीरिक अहसास आपस में घुलमिल गया था। किताब ने उसे मंत्रमुग्ध कर दिया था, या कहें आश्वस्त कर दिया था। एक अर्थ में देखें तो ऐसा कुछ भी नया नहीं था जो उसने किताब पढ़कर जाना, लेकिन यही उसका आकर्षण भी था। किताब वही कह रही थी जो वह भी कह देता, यदि उसे अपने बिखरे हुए विचारों को सँजोने का मौक़ा मिलता। यह किताब उसी के जैसे किसी मस्तिष्क की उपज थी, लेकिन वह दिमाग़ और ज़्यादा मज़बूत, व्यवस्थित व निडर होगा। उसे लगा कि सबसे अच्छी किताबें वे होती हैं जो आपको वह

बताती हैं जो आप पहले से जानते हैं। उसने वापस पहला अध्याय खोला, तभी उसे जूलिया के क़दमों की आवाज़ सीढ़ियों पर सुनाई दी। उससे मिलने को वह कुर्सी से उठा। जूलिया ने अपने औज़ारों का बस्ता फ़र्श पर फेंका और उससे लिपट गई। दोनों को मिले आज एक हफ़्ता हो चुका था।

दोनों जैसे ही अलग हुए वह बोला, "वह ग्रंथ मेरे पास आ गया है।"

बिना किसी ख़ास दिलचस्पी के जूलिया बोली, "ओह, आ गई? बढ़िया।" और तुरन्त ही स्टोव के सामने घुटनों पर बैठकर वह कॉफ़ी बनाने लगी।

किताब पर आने से पहले वे आधा घंटा बिस्तर पर पड़े रहे। शाम पर्याप्त ठंडी हो चुकी थी, सो उन्होंने पलंगपोश खींचकर उठा लिया। नीचे से गीत और पटिया पर बूटों से चलने की परिचित आवाज़ आ रही थी। ललछौंह बाँहों वाली वह गठीली महिला जिसे विंस्टन ने पहली बार इस कमरे से देखा था, नीचे आँगन में हमेशा की तरह मौजूद थी। दिन भर में एक पल भी ऐसा नहीं होता होगा जब वह अपने कपड़े धोने वाले टब और अलगनी के बीच चहलक़दमी करती हुई न दिख जाए। वह बार-बार मुँह से कपड़े वाली चिमटी निकालकर किसी गीत में डूब जाती थी। जूलिया करवट लेकर सोने की मुद्रा में आ चुकी थी। विंस्टन ने फ़र्श पर पड़ी किताब उठाई और सिरहाने टिककर बैठ गया।

उसने कहा, "हमें इसे पढ़ना चाहिए। तुम्हें भी। ब्रदरहुड के हर सदस्य को इसे पढ़ना चाहिए।"

आँखें बन्द किए ही वह बोली, "तुम पढ़ो। तेज़ पढ़ना। ठीक रहेगा। और बीच-बीच में मुझे समझाते जाना।"

घड़ी के काँटे छह बजा रहे थे। उनके पास अभी तीन से चार घंटे शेष थे। विंस्टन ने घुटनों पर किताब टिकाई और पढ़ने लगा।

अध्याय 1

अज्ञान, ताक़त है

इस दुनिया के दर्ज इतिहास में, शायद नवपाषाण युग के अन्त से लेकर अब तक केवल तीन तरह के ही लोग अस्तित्व में रहे हैं—ऊँचे लोग, छोटे लोग और बीच वाले लोग। ये ख़ुद में ही तमाम तरीक़ों से बँटे हुए हैं, जिनके अलग-अलग अनगिनत

नाम हैं, संख्याएँ हैं और साथ ही हर युग में एक-दूसरे के प्रति इनके रवैये में बदलाव आता रहा है; लेकिन समाज का बुनियादी ढाँचा कभी नहीं बदला। कितने उथल-पुथल हुए और तमाम ऐसे बदलाव आए जिन्हें पलटाना मुमकिन नहीं था, फिर भी बार-बार वही ढाँचा घूम-फिर कर सामने आता रहा। जैसे एक जाइरोस्कोप होता है जो हमेशा सन्तुलन की ही अवस्था में वापस लौट आता है, चाहे कितना ही उसे एक ओर या दूसरी ओर धकेल दिया जाए।

"जूलिया, जगी हो?" विंस्टन बोला।

"हाँ, मेरी जान। सुन रही हूँ। पढ़ते जाओ। शानदार है।"

विंस्टन ने फिर पढ़ना शुरू किया :

इन तीनों समूहों का लक्ष्य परस्पर बेमेल है। ऊँचे लोगों का लक्ष्य है कि वे जहाँ हैं वहीं बने रहें। बीच वाले ऊँचे बनना चाहते हैं। नीचे वाले, अगर उनका कोई लक्ष्य है तो—चूँकि नीचे जी रहे लोगों का एक सामान्य लक्षण यह होता है कि वे नीरस कामों में अत्यंत परिश्रम के बोझ तले इतने दबे होते हैं कि अपनी रोज़मर्रा की ज़िन्दगी से बाहर शायद ही कुछ सोच पाते हैं—वह हर क़िस्म के भेदभाव को मिटाकर एक ऐसा समाज बनाना चाहते हैं जिसमें हर कोई बराबर हो। इसीलिए समूचे इतिहास में जितने भी संघर्ष हुए हैं, वे अपने मूल में एक ही होते हैं जो बार-बार ख़ुद को दुहराते हैं। अकसर लम्बी अवधि तक ऊँचे लोग सत्ता में एकदम महफ़ूज़ बने रहते हैं लेकिन एक वक़्त ऐसा भी आता है जब ख़ुद में उनका विश्वास चुक जाता है या फिर राज करने की उनकी क्षमता चुक जाती है या दोनों एक साथ होता है। ऐसे में बीच वाले उन्हें सत्ता से उखाड़ फेंकते हैं। ऐसा करने के लिए वे नीचे वालों को अपने पाले में खींच लेते हैं यह दिखावा करते हुए कि वे स्वतंत्रता और न्याय के लिए लड़ रहे हैं। जैसे ही बीच वाले अपने उद्देश्य में कामयाब होते हैं, वे नीचे वालों को वापस ग़ुलामी की स्थिति में धकेल देते हैं और ख़ुद ऊँचे पायदान पर जा बैठते हैं। फिर किसी एक या दोनों समूहों से कुछ बीच वाले छिटककर अलग हो जाते हैं और संघर्ष दोबारा शुरू हो जाता है। इन तीनों समूहों में अकेले नीचे वाले होते हैं जो कभी भी अपने लक्ष्य को अस्थायी रूप से भी हासिल नहीं कर पाते। यह कहना अतिरंजना होगी कि समूचे इतिहासक्रम में भौतिक स्तर पर कभी कोई तरक़्क़ी नहीं हुई। आज की तारीख़ में भी, जबकि यह पतन का दौर है, एक औसत मनुष्य कुछ सदी पहले के मुक़ाबले कहीं बेहतर भौतिक स्थिति में है। इसके बावजूद धन-दौलत में आई तरक़्क़ी, तौर-तरीक़ों में

आई सभ्यता, कोई सुधार या क्रान्ति ने कभी भी इनसानी बराबरी को एक इंच भी क़रीब लाने का काम नहीं किया। निचले पायदान पर जी रहे लोगों के नज़रिये से देखें तो उनके लिए सारे ऐतिहासिक बदलावों का कुल अर्थ बस मालिकों की पहचान बदलने तक सीमित रहा है।

उन्नीसवीं सदी के उत्तरार्द्ध तक तमाम ऐसे चिन्तक हुए जिन्होंने इस चलन को पहचान लिया था। उसी के बाद चिन्तकों की अलग-अलग धाराएँ सामने आईं जिन्होंने इतिहास को एक कुंडलाकार प्रक्रिया के रूप में समझा और दावा किया कि असमानता इनसानी जीवन का एक ऐसा नियम है जिसे बदला नहीं जा सकता। इस सिद्धान्त के मानने वाले वैसे तो हमेशा से ही मौजूद रहे, लेकिन जिस तरीक़े से इस बात को अब रखा गया था वह गुणात्मक रूप से भिन्न था। अतीत में उच्चताक्रम वाले समाज की ज़रूरत से जुड़ा सिद्धान्त विशिष्ट तौर पर ऊँचे लोगों का था। राजा, महाराजा, पुरोहित, अधिवक्ता, कुलीन रईस और वे तमाम लोग जो इन पर परजीवी की तरह आश्रित थे, उच्चताक्रम के सिद्धान्त के उपदेश दिया करते थे और मौत के बाद काल्पनिक दुनिया में उसके फल के वादे करते थे। बीच वाले लोग जब तक सत्ता-संघर्ष में रहे, हमेशा स्वतंत्रता, न्याय और बन्धुत्व का राग अलापते रहे। आजकल हालाँकि इनसानी भाईचारे की भावना पर वही लोग कुठाराघात कर रहे हैं जबकि अब तक वे सत्ता में नहीं हैं, बल्कि लम्बे समय से उसकी उम्मीद बाँधे बैठे हैं। अतीत में मध्यवर्ग ने बराबरी के नारे पर क्रान्तियाँ की हैं और पुरानी सत्ताओं को उखाड़ फेंकने के बाद ही ख़ुद निरंकुश हुए। जो नया मध्यवर्ग आया, उसने वास्तव में अपनी निरंकुशता पहले ही ज़ाहिर कर दी। उन्नीसवीं सदी के आरम्भ में समाजवाद का जो सिद्धान्त आया, वह प्राचीन दौर में ग़ुलामों की बग़ावत तक ले जाने वाली विचार श्रृंखला की आख़िरी कड़ी था। यह सिद्धान्त अब भी पुराने युगों के यूटोपिया से पूरी तरह मुक्त नहीं हुआ था, लेकिन 1900 के बाद से समाजवाद के जितने भी संस्करण सामने आए उन्होंने स्वतंत्रता और समानता को स्थापित करने के लक्ष्य को घोषित तौर पर ज़्यादा से ज़्यादा तिलांजलि दी। सदी के मध्यवर्ती वर्षों में जो नए आन्दोलन उभरे, मसलन ओशियनिया में इंगसॉक, यूरेशिया में नव-बोल्शेविकवाद और ईस्टेशिया में मोक्ष का विचार, इन सभी को सचेतन उद्देश्य ग़ुलामी और असमानता का प्रसार था। ज़ाहिर है ये नए आन्दोलन उभरे तो पुराने विचारों से ही थे लेकिन बस पुराना नाम ही बचा रह गया था, इन्हें मूल विचारधारा से कोई मतलब नहीं था। इन सभी का उद्देश्य तरक़्क़ी को रोक

कर एक तय क्षण में इतिहास को गतिरुद्ध कर दिया जाए। जो पेंडुलम सदियों से हिलता आ रहा था उसे बस एक बार और दोलन करना था, फिर हमेशा के लिए रुक जाना था। होना वही था—उच्चवर्ग के लोग मध्यवर्ग के द्वारा उखाड़कर फेंक दिए जाते, फिर मध्यवर्ग ख़ुद ही उच्च बन जाता लेकिन इस बार यह नया उच्चवर्ग अपनी स्थिति को स्थायी रूप से कायम रखने में सक्षम होता।

इसके बाद जो नए सिद्धान्त उभरकर आए उनके पीछे आंशिक रूप से ऐतिहासिक ज्ञान का संचय और इतिहासबोध में इज़ाफ़ा कारण रहा, जो उन्नीसवीं सदी के पहले तक बमुश्किल ही था। अब इतिहास की कुंडलाकार गति बिलकुल बोधगम्य थी, या ऐसा दिखती थी और अगर वह बोधगम्य थी तो परिवर्तनीय भी थी। इसमें निहित हालाँकि मूल कारण यह था कि बीसवीं सदी की शुरुआत में ही इनसानी बराबरी तकनीकी रूप से सम्भव हो चुकी थी। हक़ीक़त में अब भी लोग प्रतिभा के मामले में बराबर नहीं थे और विशिष्ट क़िस्म के कामों का बँटवारा इस तरीक़े से किया जाता था कि किसी एक के ऊपर दूसरे को तरजीह मिल ही जाती थी, फिर भी वर्ग-विभेद की कोई वास्तविक ज़रूरत अब नहीं रह गई थी और लोगों की सम्पत्ति के बीच भी बहुत अन्तर रखने की ज़रूरत नहीं बची थी। बीते युगों में वर्ग-विभेद न केवल अपरिहार्य थे बल्कि इच्छित भी थे। ग़ैर-बराबरी सभ्य होने की एक क़ीमत थी। मशीनों से उत्पादन का विकास होने के बाद परिस्थिति बदल गई। अब भी भले ही लोगों को अलग-अलग क़िस्म के काम करने की दरकार थी लेकिन भिन्न सामाजिक या आर्थिक स्तरों पर जीवनयापन करने की उन्हें ज़रूरत ख़त्म हो चुकी थी। इसलिए यदि उन नए समूहों के नज़रिये से देखा जाए जो सत्ता पर क़ब्ज़ा करने के मुहाने पर खड़े थे, तो इनसानी बराबरी उनका आदर्श थी नहीं बल्कि वह एक ख़तरा थी जिसे टाला जाना ज़रूरी था। और आदिम युगों में जब एक न्यायपूर्ण और शान्तिपूर्ण समाज सम्भव नहीं था, उस वक़्त उसमें विश्वास करना कहीं ज़्यादा आसान रहा होगा। हज़ारों साल से इनसानी कल्पना में एक ऐसी जन्नत की तस्वीर है जिसे धरती पर उतारा जा सकता हो, जहाँ मनुष्य बिना किसी क़ानून के और बिना बर्बर श्रम के आपस में भाईचारे के साथ रह सकता हो। यह ख़याल उन समूहों के बीच भी हमेशा से मौजूद रहा है जो हर ऐतिहासिक बदलाव के लाभार्थी थे। फ्रांसीसी क्रान्ति, अमेरिकी क्रान्ति और ब्रिटिश क्रान्ति की सन्तानें अपने-अपने तरीक़े से मनुष्य के हक़-हुक़ूक़, बोलने की आज़ादी, क़ानून की नज़र में बराबरी जैसे मूल्यों में आंशिक विश्वास करते आई थीं। कुछ हद तक उन्होंने

अपने आचार-व्यवहार को भी इन मूल्यों के हिसाब से ढाला। बीसवीं सदी के चौथे दशक तक हालाँकि राजनीतिक सिद्धान्त की सभी प्रमुख धाराएँ एकाधिकारवादी हो गईं। जिस वक़्त धरती पर स्वर्ग उतारना मुमकिन हो चुका था ऐन उसी क्षण उस ख़्वाब को बदनाम कर दिया गया। हर नया राजनीतिक सिद्धान्त, चाहे उसका नाम कुछ भी हो, घूम-फिर कर उच्चताक्रम और सैन्य जकड़बन्दी की ओर ले जाता था। सन् 1930 के आसपास तमाम धाराओं की विश्वदृष्टि में जो सामान्य रुख़ाई पैदा हुई, उसने उन तमाम कृत्यों को सामान्य बना डाला जिनमें से कुछ को छोड़ें तो एक सौ साल हो चुके थे, जैसे—बिना सुनवाई के क़ैद, युद्धबन्दियों को ग़ुलाम बनाया जाना, सार्वजनिक फाँसी, क़बूल करवाने के लिए यातनाएँ, बन्धकों का इस्तेमाल और समूची आबादी का ही प्रत्यर्पण। इतना ही नहीं, इन्हें वे लोग भी बरदाश्त करने लगे और इनका बचाव करने लगे जो ख़ुद को प्रबुद्ध और तरक़्क़ीपसन्द मानते थे।

दुनिया के सभी हिस्सों में एक दशक तक चले राष्ट्रीय युद्धों, गृहयुद्धों, क्रान्तियों और प्रतिक्रान्तियों के बाद जाकर इंगसॉक और उसके प्रतिद्वंद्वी दर्शन पूर्णरूपेण राजनीतिक सिद्धान्त के रूप में विकसित होकर सामने आ पाए। इन पर हालाँकि विभिन्न व्यवस्थाओं की छाया थी, जिन्हें मोटे तौर पर एकदलीय कहते हैं, जो सदी की शुरुआत में उभरी थीं। उन व्यवस्थाओं में आने वाली दुनिया का ख़ाका हमेशा से ज़ाहिर था। यह भी ज़ाहिर था कि किस क़िस्म के लोग इस दुनिया को नियंत्रित करेंगे। इस नए कुलीन वर्ग के भीतर नौकरशाह, वैज्ञानिक, तकनीशियन, ट्रेड यूनियन के संगठनकर्ता, प्रचार विशेषज्ञ, समाजशास्त्री, शिक्षक, पत्रकार और पेशेवर राजनेता शामिल थे। ये तमाम लोग वेतनभोगी मध्यवर्ग और कामगार वर्ग की ऊपरी सतहों की पैदाइश थे जिन्हें गढ़ने और साथ जोड़ने का काम एकाधिकारवादी उद्योग और केन्द्रीकृत सरकार ने मिलकर किया था। पिछले ज़माने में ये लोग कम कंजूस होते थे, ऐयाशी और सुविधाओं के चक्कर में कम पड़ते थे, इन्हें विशुद्ध सत्ता की भूख हुआ करती थी, अपने किए के प्रति ये ज़्यादा सचेत रहते थे और किसी भी विरोध को कुचलने का इरादा रखते थे। ये अन्तिम वाली बात असल चीज़ है। इसकी आज से तुलना करें तो हम पाते हैं कि अतीत की सभी निरंकुशताएँ आधे-अधूरे मन से और अक्षम ढंग से थोपी गई थीं। दरअसल, उस समय के सत्ताधारी समूहों में एक हद तक उदारवादी विचारों का एक पुट हुआ करता था जिसके चलते वे तमाम सिरों को ढीला छोड़ देते थे। वे केवल सतही कार्रवाइयों की अहमियत समझते थे और उनकी दिलचस्पी इसमें नहीं थी कि उनकी प्रजा क्या सोच रही है। यहाँ तक कि

मध्ययुग का कैथलिक चर्च भी आधुनिक मानकों के हिसाब से काफ़ी सहिष्णु था। इसकी एक वजह यह थी कि अतीत में किसी भी सरकार के पास अपने नागरिकों पर सतत निगरानी रखने की ताक़त नहीं थी। छपाई तकनीक के ईजाद ने जनता की राय को तोड़ने-मरोड़ने का काम आसान कर दिया। फ़िल्म और रेडियो ने इस काम को आगे बढ़ाया। जब टेलिविजन आया और इतनी तकनीकी तरक़्क़ी हासिल कर ली गई कि एक ही उपकरण पर तरंगें प्राप्त भी की जा सकती थीं और उससे प्रेषित भी, तब लोगों की निजी ज़िन्दगी नष्ट हो गई। हर एक नागरिक, या हर वह नागरिक जिस पर निगरानी रखे जाने लायक़ महत्त्वपूर्ण था, उस पर चौबीसों घंटे पुलिस नज़र रखने लगी और उसे लगातार सरकारी दुष्प्रचार के प्रभाव में रखा जाने लगा जबकि संचार के सभी अन्य माध्यम ठप कर दिए गए। पहली बार ऐसा हुआ था कि न केवल राज्य की इच्छानुसार उसके प्रति पूर्ण निष्ठा के लिए बाध्य करने बल्कि सभी विषयों पर एकरूप समझदारी को थोपने की दोहरी सम्भावना बन गई।

पचास और साठ के इंक़लाबी दौर के बाद समाज ने एक बार फिर अपने आप को ऊँचे, मध्यम और नीचे दरजों में बाँट लिया। इस बार हालाँकि जो नया उच्च वर्ग आया था वह अपने पूर्ववर्तियों से बिलकुल अलग था। वह सहजवृत्ति पर काम नहीं करता था बल्कि जानता था कि उसकी स्थिति को कायम रखने के लिए क्या ज़रूरी है। लम्बे समय से इस बात का उसे अहसास था कि कुलीनतंत्र को कायम रखने का इकलौता सुरक्षित आधार सामूहिकीकरण था। धन-दौलत और सुविधाओं को सबसे आसानी से तब तक बनाए रखा जा सकता है जब तक वह सामूहिक मिल्कियत में हो। सदी के मध्यवर्ती वर्षों में जो तथाकथित 'निजी सम्पत्ति का लोप' हुआ था उसका व्यावहारिक अर्थ है कुछ हाथों में सम्पत्ति का केन्द्रीकरण। फ़र्क़ बस इतना हो कि नए मालिकान जनता के बजाय व्यक्तियों के समूह हों। पार्टी के किसी सदस्य के पास कुछ भी अपना नहीं है, सिवाय कुछ निजी चीज़ों के लेकिन सामूहिक रूप से पार्टी ओशियनिया में हर चीज़ की मालिक है क्योंकि हर चीज़ पर उसी का नियंत्रण है और उत्पादों का जैसे चाहे इस्तेमाल करती है। क्रान्ति के बाद के वर्षों में इस नियंत्रणकारी स्थिति में क़दम रखने में पार्टी का कोई विरोध नहीं हुआ क्योंकि समूची प्रक्रिया को सामूहिकीकरण के रूप में पेश किया गया। यह बात हमेशा से ही मानी जाती थी कि यदि पूँजीपति वर्ग से सम्पत्ति छीन ली गई तो समाजवाद आ जाएगा। अब इस पर तो कोई सवाल ही नहीं था कि यहाँ पूँजीपतियों से उनकी सम्पत्ति छीनी जा चुकी थी। कारख़ाने, खदानें, ज़मीन, मकान, परिवहन,

सब कुछ उनसे छीना जा चुका था। चूँकि ये चीज़ें अब निजी सम्पत्ति नहीं रह गई थीं तो इसका मतलब ही यह था कि सब कुछ सार्वजनिक सम्पत्ति होना चाहिए। पहले के समाजवादी आन्दोलनों से निकला इंगसॉक जिसने उसका नाम भी बचाए रखा, वास्तव में उसने समाजवाद के भीतर मूल कार्यक्रम को ही लागू किया है। बस इसका परिणाम वही हुआ है जिसकी अपेक्षा की गई थी और चाहा गया था, कि आर्थिक असमानता को स्थायी बना दिया गया है।

उच्चताक्रम पर आधारित असमान समाज को चलाते रहने की समस्या हालाँकि इससे कहीं ज़्यादा गहरी है। एक सत्ताधारी वर्ग केवल चार कारणों से ही अपनी सत्ता खो सकता है। या तो कोई बाहर से उसे हरा दे, या उसका राजकाज इतना ख़राब हो कि जनता बग़ावत कर उठे। या फिर वह एक सशक्त और असन्तुष्ट मध्यवर्ग को पैदा होने का रास्ता बनाए अथवा राज करने की उसकी अपनी इच्छाशक्ति और आत्मविश्वास ही चुक जाए। ये चारों कारक स्वतंत्र रूप से काम नहीं करते। चारों अलग-अलग मात्रा में हमेशा एक साथ मौजूद रहते हैं। जो सत्ताधारी इन चारों पर चौकस निगाह रख सके वही स्थायी रूप से राज कर सकता है। अन्ततः इन सभी को तय करने वाला कारक सत्ताधारी वर्ग का मानसिक रवैया ही है।

मौजूदा सदी के उत्तरार्द्ध में पहला ख़तरा तो वास्तव में समाप्त हो गया था। दुनिया को बाँटने वाली तीनों महाशक्तियाँ परस्पर अजेय हैं और उनको तभी हराया जा सकता है यदि धीमी गति से एक जनांकिकीय परिवर्तन को अंजाम दिया जाए, हालाँकि व्यापक शक्तियों वाली कोई भी सत्ता इससे बच सकती है। दूसरा ख़तरा तो केवल सैद्धान्तिक है। जनता कभी ख़ुद बग़ावत नहीं करती और इसलिए तो बिलकुल भी नहीं करती कि वह शोषित है। वास्तव में जब तक उनके पास तुलना करने का पैमाना न मौजूद हो तब तक उन्हें अहसास ही नहीं होता कि वे शोषित हैं। अतीत में बार-बार आने वाले आर्थिक संकट पूरी तरह से अनावश्यक थे और अब उन्हें नहीं घटने दिया जाता, लेकिन दूसरे क़िस्म के संकट बेशक बड़े पैमाने पर पैदा हो सकते हैं और होते भी हैं पर उनका कोई राजनीतिक परिणाम नहीं निकलता क्योंकि असन्तोष को सुस्पष्ट रूप से व्यक्त करने का कोई तरीक़ा मौजूद नहीं है। जहाँ तक अतिउत्पादन का प्रश्न है, जो मशीनों के ईजाद के बाद से हमारे समाज में हमेशा ही मौजूद रहा है, उसे तो अनवरत युद्ध के रास्ते हल किया जा चुका है (देखें, अध्याय 3)। यह जनता के मनोबल को ज़रूरी स्तर तक चढ़ाने के काम भी आता है। इसलिए हमारे मौजूदा शासकों के नज़रिये से इकलौता ख़तरा ऐसे लोगों

के एक नए समूह के छिटककर अलग हो जाने का है जो सक्षम हों, रोज़गारों में पर्याप्त नियोजित न हों और सत्ता के भूखे हों। साथ ही पार्टी की अपनी क़तारों में सन्देह और उदारवाद के पैदा हो जाने का ख़तरा भी है। इसका मतलब कि कुल मिलाकर यह समस्या शैक्षणिक है। यह समस्या दरअसल बाहरी घेरे में काम करने वाले प्रचारकों और उसके ठीक नीचे भीतरी हलक़े में पार्टी कार्यवाहकों की चेतना को लगातार ढालने से जुड़ी है। जनता की चेतना को तो केवल नकारात्मक ढंग से ही ढालने की ज़रूरत है।

इस पृष्ठभूमि में आप ओशियनिया के समाज के सामान्य ढाँचे का अन्दाज़ा लगा सकते हैं, अगर पहले से न जानते हों। पिरामिड के शिखर पर मोटा भाई स्थित हैं। वे सर्वशक्तिमान और अमोघ हैं। हर कामयाबी, हर हासिल, हर जीत, हर वैज्ञानिक खोज, हर ज्ञान, हर प्रज्ञा, हर ख़ुशी, हर गुण, सीधे-सीधे उन्हीं की प्रेरणा और नेतृत्व की देन है। मोटा भाई को किसी ने नहीं देखा है। उनका चेहरा होर्डिंगों पर है और आवाज़ टेलिस्क्रीन पर। हमें पक्का भरोसा है कि वे कभी नहीं मरेंगे और इस बात को लेकर भी पर्याप्त अनिश्चय है कि वे पैदा कब हुए थे। मोटा भाई वह आवरण है जिसमें ख़ुद को लपेटकर पार्टी दुनिया के सामने ख़ुद को रखती है। उनकी भूमिका प्रेम, भय, श्रद्धा, भावना आदि के एक फोकस बिन्दु के रूप में बनती है क्योंकि लोग इन चीज़ों का अहसास किसी संगठन के प्रति नहीं कर सकते, उसके लिए एक आदमी चाहिए। मोटा भाई के ठीक नीचे पार्टी का भीतरी हलक़ा आता है जिसके कार्यवाहकों की संख्या साठ लाख तक सीमित है, जो कि ओशियनिया की आबादी के दो फीसदी से भी कम है। भीतरी हलक़े के नीचे पार्टी के बाहरी हलक़े वाले प्रचारक आते हैं। भीतरी हलक़े के कार्यवाहक अगर राज्य का दिमाग़ हैं तो प्रचारकों को उसके हाथ-पैर समझा जाना चाहिए। इसके नीचे बेज़बान आबादी आती है जिसे हम आदतन 'जनता' कह देते हैं, जो कुल आबादी का क़रीब 85 फीसदी है। पहले बताए गए वर्गीकरण के हिसाब से देखें तो जनता निम्नवर्ग है। बाक़ी विषुवतीय क्षेत्रों की ग़ुलाम आबादी जो एक मालिक से दूसरे के हाथ में आती-जाती रहती है, वह सामाजिक ढाँचे का स्थायी या अनिवार्य अंग नहीं है।

सिद्धान्ततः इन समूहों की सदस्यता आनुवंशिक नहीं है। भीतरी हलक़े के सदस्यों के बच्चे सैद्धान्तिक तौर पर जन्मना भीतरी हलक़े के नहीं माने जाते। सोलह बरस की उम्र में उन्हें एक परीक्षा देनी होती है जिससे तय होता है कि उन्हें पार्टी की किस शाखा में भर्ती किया जाएगा। इस मामले में कोई नस्ली भेदभाव नहीं है,

न ही किसी प्रान्त के ऊपर दूसरे प्रान्त का कोई वर्चस्व। पार्टी की उच्च क़तारों में यहूदी, नीग्रो, शुद्ध इंडियन रक्त वाले दक्षिण अमेरिकी व्यक्ति भी पाए जाते हैं और किसी भी क्षेत्र का प्रशासक उसी क्षेत्र के रहवासियों के बीच से चुना जाता है। ओशियनिया के किसी भी हिस्से में यह अहसास नहीं है कि वे किसी उपनिवेश के लोग हैं जिनके ऊपर सुदूर राजधानी से राज किया जा रहा है। ओशियनिया की कोई राजधानी नहीं है और उसका नाममात्र का जो मुखिया है उसके बारे में कोई नहीं जानता। बस इतना ही तय है कि यहाँ की सार्वजनिक भाषा अंग्रेज़ी है और राज करने की भाषा न्यूस्पीक है, जो किसी भी रूप में केन्द्रीकृत नहीं है। इसके शासक किसी ख़ून के रिश्ते से नहीं बल्कि एक समान सिद्धान्त के अनुपालन से आपस में जुड़े हैं। यह सच है कि हमारा समाज अलग-अलग स्तरों में बँटा हुआ है, बहुत ठोस स्तरीकरण मौजूद है, और पहली नज़र में यह वंशानुगत आधार पर बँटा हुआ जान पड़ता है। विभिन्न समूहों के बीच आवाजाही पूँजीवाद में और यहाँ तक कि औद्योगिक युग से पहले भी काफ़ी कम हुई थी। पार्टी की दो शाखाओं के बीच एक निश्चित मात्रा में अदला-बदली होती है, लेकिन केवल इतना सुनिश्चित करने के लिए कि कमज़ोर आदमी को भीतरी हलक़े से बाहर किया जाए जबकि किसी महत्त्वाकांक्षी प्रचारक को ऊपर चढ़ने का मौक़ा देकर उसके पंख कतर दिए जाएँ। व्यवहार में जनता को पार्टी के भीतर नहीं आने दिया जाता। जनता के बीच सबसे हुनरमन्द व्यक्ति, जो किसी असन्तोष का केन्द्र बन जा सकता है, उसे विचार पुलिस पहचान लेती है और उसे ख़त्म कर दिया जाता है। संचालन का यह तरीक़ा हालाँकि न स्थायी है और न ही सैद्धान्तिक। पार्टी अब पुराने अर्थों वाला वर्ग नहीं रह गई है। इसका लक्ष्य अपनी सन्ततियों को सत्ता हस्तान्तरण करना नहीं है। अगर पार्टी में ऊँचे ओहदों पर क़ाबिल लोगों को रखने का कोई तरीक़ा नहीं मिले तो जनता के बीच से नई क़तारों की भर्ती करने में पार्टी नहीं हिचकेगी। पार्टी ख़ानदानी सत्ता की देन नहीं है, यह तथ्य संकट के दौर में विपक्ष को चुप कराने के बहुत काम आया था। पुराने क़िस्म के समाजवादी, जो 'वर्ग विशेषाधिकार' के ख़िलाफ़ लड़ने में प्रशिक्षित हैं, मानते थे कि जो चीज़ ख़ानदानी नहीं है वह स्थायी नहीं हो सकती। वे यह नहीं समझ पाए कि कुलीनतंत्र को स्थायी होने के लिए भौतिक शक्ल की ज़रूरत नहीं है, न ही वे यह सोच पाए कि ख़ानदानी रईसों का राज हमेशा अस्थायी रहा है जबकि कैथलिक चर्च जैसे अंगीकृत संगठन कभी-कभार सैकड़ों या हज़ारों साल तक कायम रहे हैं। कुलीनतंत्र के राज का मूल तत्त्व पिता

से पुत्र को सत्ता के हस्तान्तरण में नहीं है बल्कि एक निश्चित विश्वदृष्टि और एक जीवनशैली के लगातार जड़ होकर कायम रहने में है, जो पहले से चली आ रही है। एक सत्ताधारी समूह तभी तक सत्ताधारी बना रह सकता है जब तक वह अपना उत्तराधिकारी नामित कर पाए। पार्टी का सरोकार ख़ून के रिश्ते को आगे बढ़ाने से नहीं बल्कि ख़ुद को आगे बढ़ाने से है। कौन राज कर रहा है यह अहम नहीं है, ज़रूरी यह है कि समाज का असमान ढाँचा हमेशा कायम रहे।

वे तमाम आस्थाएँ, आदतें, ज़ायके, अहसास, दिमाग़ी रुझान जो हमारे दौर का लक्षण हैं, उन्हें इस तरीक़े से गढ़ा गया है कि पार्टी का रहस्य बरकरार रहे और वर्तमान समाज की असली प्रकृति का बोध होने से रोका जा सके। फ़िलहाल कोई वास्तविक बग़ावत या बग़ावत की ओर शुरुआती क़दम उठाना भी मुमकिन नहीं है। जनता से किसी बात का भय नहीं है। उन्हें उन्हीं के हाल पर छोड़ दिया जाए तो वे पीढ़ी दर पीढ़ी और सदी दर सदी काम खटते, बच्चे पैदा करते और मरते हुए काट देंगे। उन्हें कभी किसी बग़ावत के आवेग का अहसास नहीं होगा। इतना ही नहीं, वे यह भी नहीं समझ पाएँगे कि दुनिया इससे कुछ अलग भी हो सकती है। वे तभी ख़तरनाक हो सकते हैं यदि औद्योगिक प्रौद्योगिकी की तरक़्क़ी उन्हें और ज़्यादा शिक्षित किए जाने को बाध्य कर दे; पर, चूँकि सैन्य और वाणिज्यिक शत्रुता अब उतनी अहम नहीं रह गई है इसलिए सामान्य शिक्षा का स्तर अब और गिर रहा है। जनता की क्या राय है और क्या नहीं, इससे कोई फ़र्क़ नहीं पड़ता है। उन्हें बौद्धिक आज़ादी दी जा सकती है क्योंकि उनके पास कोई बुद्धि ही नहीं है। दूसरी ओर पार्टी के किसी सदस्य को किसी बेहद ग़ैर-ज़रूरी मुद्दे पर भी राय के मामले में हल्का सा विचलित होने की छूट बरदाश्त नहीं की जा सकती।

पार्टी के सदस्य जन्म से लेकर मौत तक विचार पुलिस की निगाह में रहते हैं। वे अकेले भी हों तो पक्का नहीं हो सकते कि अकेले ही हैं। वे जहाँ कहीं भी हों, जगे हों या सोये हुए, काम पर या आराम पर, नहाते हुए या फिर बिस्तर पर, उसे बिना किसी चेतावनी के जाँचा जा सकता है और उसे बिना यह जनवाए कि उसकी जाँच की जा रही है। उसके किए किसी भी चीज़ से वह उदासीन नहीं है। उसकी दोस्ती, उसकी राहतें, पत्नी और बच्चों की ओर उसका बरताव, अकेले में उसके चेहरे के हाव-भाव, नींद में उसका बुदबुदाना, यहाँ तक कि शरीर के अंगों की हरकतें, हर चीज़ पर क़रीबी निगाह रखी जाती है। किसी वास्तविक अपराध को तो छोड़ ही दें, कोई हल्की सी सनक जो चाहे कितनी भी छोटी क्यों न हो, आदतों

में कोई बदलाव, शरीर के भीतर चल रही किसी गड़बड़ी के कारण स्नायुतंत्र की हलचल, सब कुछ पकड़ में आ जाता है। पार्टी सदस्य को चुनने की कोई आज़ादी नहीं है। दूसरी ओर उसकी गतिविधियों को नियंत्रित करने के लिए न कोई क़ानून बना है और न ही कोई स्पष्ट आचार संहिता मौजूद है। ओशियनिया में क़ानून नाम की कोई चीज़ नहीं है। जिन विचारों और हरकतों पर पकड़े जाने पर मौत तय है उन पर कोई औपचारिक रोक आयद नहीं है। अन्तहीन हत्याएँ, गिरफ़्तारियाँ, यातनाएँ, क़ैद और ग़ायब कर दिया जाना पहले घट चुके अपराधों के दंडस्वरूप नहीं होता बल्कि इनके माध्यम से उन लोगों का सफ़ाया किया जाता है जो भविष्य में कभी शायद कोई जुर्म कर बैठें। पार्टी सदस्य के केवल ख़याल ही सही नहीं होने चाहिए, उसकी वृत्ति भी सही होनी चाहिए। उससे जिन आस्थाओं और नज़रिये की अपेक्षा की जाती है वे बोलकर बताए नहीं जाते। इंगसॉक में निहित विरोधाभासों को सामने लाए बग़ैर यह बताया जाना सम्भव भी नहीं है। यदि वह व्यक्ति स्वाभाविक रूप से निष्ठावान है (न्यूस्पीक की शब्दावली में goodthinker यानी सदिच्छाधारी) तो हर परिस्थिति में वह बिना सोचे ही अपने आप समझ जाएगा कि क्या सोचना सही होगा या क्या महसूस करना सही होगा। फिर भी इसका एक विस्तृत मानसिक प्रशिक्षण बचपन से ही दिया जाता है जो न्यूस्पीक के शब्दों crimestop, blackwhite और doublethink के इर्द-गिर्द केन्द्रित होता है। यह प्रशिक्षण किसी भी विषय पर गहराई से सोचने में आदमी को अक्षम और बना देता है।

पार्टी के सदस्य से उम्मीद की जाती है कि उसकी कोई निजी भावनाएँ नहीं होंगी और उत्साह से वह कभी चुकेगा नहीं। उसे विदेशी शत्रुओं और घरेलू गद्दारों से नफ़रत के उन्माद और हर एक जीत के उल्लास में लगातार बने रहना होता है तथा पार्टी की सत्ता और समझदारी के आगे अपनी शर्मिन्दगी व हीनता को स्वीकार करना होता है। उसकी रूखी-सूखी और असन्तुष्ट ज़िन्दगी में पैदा होने वाले क्षोभ को बाहर की ओर मोड़ दिया जाता है और दो मिनट की नफ़रत जैसे सत्र के माध्यम से दूर किया जाता है। बचपन से ही उसे जो अनुशासन सिखाया जाता है उसके चलते किसी भी क़िस्म की अटकलबाज़ी से उपजा सन्देह या बाग़ी भावना अपने आप बहुत पहले ही मर जाती है। इस अनुशासन में सबसे पहला और सबसे आसान चरण जो छोटे बच्चों को भी सिखाया जा सकता है उसे न्यूस्पीक में crimestop कहते हैं। यह एक क़िस्म का दोष-मोचन है जिसका अर्थ है कि किसी भी ख़तरनाक विचार के आने की आहट पाते ही ख़ुद को रोक लिया जाए

और ऐसा सहज वृत्ति से हो। इसमें तुलनाओं और उपमाओं को नहीं समझने की शक्ति पैदा की जाती है, तार्किक त्रुटियों को समझने में ख़ुद को असमर्थ बनाया जाता है और अगर कोई तर्क इंगसॉक के विरोध में जाता हो तो सामान्य से सामान्य बात को ग़लत समझ लिया जाता है। इसके अलावा दोष-मोचन में ऐसे किसी भी विचार से ऊब या दुराव पैदा होने की बात शामिल है जो आपको विधर्म तक पहुँचा सकता है। एक तरह से देखा जाए तो दोष-मोचन का अर्थ हुआ मूर्खता का एक कवच धारण कर लेना, जो आपकी सुरक्षा के काम आवे लेकिन इसमें मूर्खता अकेले पर्याप्त नहीं है। इसके उलट, पूर्ण निष्ठा और भक्ति की माँग है कि आपकी मानसिक प्रक्रियाओं पर आपका ऐसा नियंत्रण कायम हो जैसे किसी नट का नियंत्रण अपनी देह पर होता है। ओशियनिया का समाज अन्तत: इसी आस्था पर कायम है कि मोटा भाई सर्वशक्तिमान हैं और पार्टी हमेशा सही होती है। अब असलियत में चूँकि मोटा भाई सर्वशक्तिमान नहीं हैं और पार्टी हमेशा सही नहीं होती है, इसलिए तथ्यों के बरते जाने में पल-पल अथक लचीलापन अपनाए जाने की ज़रूरत पड़ती है। यहीं पर एक शब्द काम आता है blackwhite (श्वेतश्याम), जिसका न्यूस्पीक के तमाम शब्दों की तरह दो परस्पर विरोधी मतलब है। इसे विरोधी पर लागू कर दिया जाए तो इसका आशय होगा धृष्टतापूर्वक काले को सफ़ेद दावा करने की आदत जबकि यह तथ्यात्मक रूप से ग़लत है। इसे पार्टी सदस्य पर लागू कर दिया जाए तो इसका अर्थ होगा पार्टी के प्रति उसकी यह वफ़ादारी कि पार्टी अगर काले को सफ़ेद कहती है तो वह उसके अनुशासन का पालन करते हुए ख़ुद भी काले को सफ़ेद ठहराएगा। इसका मतलब हालाँकि यह भी है आप काले को सफ़ेद न केवल कहें बल्कि उसमें विश्वास करें। इतना ही नहीं, यह जान जाएँ कि काला ही सफ़ेद होता है और भूल जाएँ कि पहले किसी ने इसके उलट में विश्वास किया था। इसके लिए अतीत को लगातार बदलने की ज़रूरत पड़ती है, जिसे एक ऐसी विचार पद्धति से सम्भव बनाया जाता है जिसके भीतर बाक़ी सभी विचार समाहित हो जाते हैं—इसे doublethink या दोरंगापन कहते हैं।

अतीत को बदलना दो वजहों से महत्त्वपूर्ण है। एक वजह हल्की या कहें एहतियातन है। वह यह है कि पार्टी का कोई सदस्य जनता की तरह ही वर्तमान स्थितियों को बरदाश्त करता है चूँकि उसके पास तुलना के लिए कोई मानक नहीं होता। उसे जिस वजह से विदेशों से काटा जाता है, बिलकुल उसी तर्ज पर अतीत से भी काटे जाने की ज़रूरत होती है। यह इसलिए ज़रूरी है ताकि वह मान सके कि

उसकी जीवन-स्थितियाँ अपने पूर्वजों से कहीं बेहतर हैं और भौतिक सुख-सुविधाओं का औसत स्तर लगातार बेहतर हो रहा है। अतीत की परिवर्तनीयता की दूसरी और सबसे ज़्यादा अहम वजह यह है कि इससे पार्टी के सही होने का बचाव किया जा सके। केवल इतना ही आवश्यक नहीं है कि हर क़िस्म के भाषण, आँकड़े और रिकॉर्ड को लगातार अद्यतन किया जाए ताकि यह दिखाया जा सके कि हर मामले में पार्टी की भविष्यवाणियाँ और आकलन बिलकुल सही थे। इसलिए भी ताकि सिद्धान्त या राजनीतिक व्यवस्था में किसी क़िस्म के बदलाव की बात कभी पार्टी को माननी न पड़ जाए क्योंकि किसी के लिए अपना मन बदलना या पार्टी के लिए अपनी नीति बदलना उसकी कमज़ोरी का स्वीकार होता है। मसलन, यदि यूरेशिया या ईस्टेशिया दोनों में से कोई भी आज दुश्मन है, तो वह पहले भी ओशियनिया का दुश्मन रहते आया होगा। यदि तथ्य कुछ और कह रहे हैं तो तथ्यों को दुरुस्त करने की ज़रूरत है। इस तरह से इतिहास यहाँ लगातार फिर से लिखा जाता है। सत्य मंत्रालय द्वारा अतीत को हर आए दिन निरन्तर झुठलाने की प्रक्रिया सत्ता स्थिरता के लिए उतनी ही अहम है जितनी प्रेम मंत्रालय द्वारा की जाने वाली निगरानी और दमन की कार्रवाइयाँ।

अतीत की परिवर्तनीयता इंगसॉक का केन्द्रीय तत्त्व है। दलील यह है कि अतीत की घटनाएँ केवल लिखित रिकॉर्ड और इनसान की स्मृति में पैबस्त रहती हैं, उनका कोई वस्तुगत अस्तित्व नहीं होता है। दस्तावेज़ और स्मृति जो कह दें, अतीत वही हो जाता है। चूँकि सारे रिकॉर्ड पर पार्टी का नियंत्रण है और पार्टी सदस्यों की स्मृति पर भी उसका व्यावहारिक अख़्तियार है, इसी से यह तय हो जाता है कि अतीत वही है जो पार्टी अपने हिसाब से तय कर दे। इससे यह बात भी निकलती है कि अतीत भले परिवर्तनीय है लेकिन किसी भी मामले में उसे परिवर्तित नहीं किया गया है। अगर एक बार अतीत को वर्तमान के आलोक में इच्छानुसार आकार दे दिया गया तो यह नया संस्करण ही अतीत बन जाता है और अतीत का दूसरा कोई संस्करण अस्तित्व में नहीं होता। यह बात तब भी लागू होती है जब किसी एक ही घटना को एक साल के भीतर कई बार बदलना पड़ जाए। ऐसे हर मौक़े पर पार्टी का नियंत्रण निरपेक्ष सत्य पर होता है और निरपेक्ष सत्य तो एक ही होता है, जो आज है वही कल था। हम पाते हैं कि अतीत पर नियंत्रण दरअसल स्मृति के प्रशिक्षण पर ही बुनियादी रूप से निर्भर करता है। मौजूदा दौर में सत्ता के प्रति एकनिष्ठता के लिहाज़ से तमाम लिखित दस्तावेज़ों को बदल देना एक यांत्रिक काम है, लेकिन

ये घटनाएँ बिलकुल ऐसे ही घटी थीं इसे याद रखना भी ज़रूरी है। लिहाज़ा अगर अपनी स्मृति से या लिखित रिकॉर्ड से छेड़छाड़ करके उसे दोबारा व्यवस्थित करना ज़रूरी है तो फिर यह भी ज़रूरी होना चाहिए कि जो किया है उसे करके भूल जाएँ। ऐसा करने का नुस्खा किसी भी दूसरी दिमाग़ी तकनीक की तरह सीखा जा सकता है। पार्टी के ज़्यादातर मेंबरान इसे सीखते हैं और बेशक वे सभी, जो समझदार भी हैं और निष्ठावान भक्त भी। पुरानी भाषा ओल्डस्पीक में इसे खुलेआम बिंदास तरीक़े से reality control या वास्तविकता नियंत्रण कहते थे लेकिन न्यूस्पीक में इसे डबलथिंक कहते हैं, हालाँकि डबलथिंक की और भी अर्थच्छवियाँ हैं।

डबलथिंक यानी दोरंगापन का मतलब है एक साथ दो परस्पर विरोधी विचारों को अपने भीतर रखना और दोनों को मानना। पार्टी के बौद्धिक को यह पता होता है कि उसकी स्मृति को किस दिशा में व्यवस्थित करके बदला जाना है। लिहाज़ा वह यह भी जानता है कि वह यथार्थ के साथ खिलवाड़ कर रहा है, लेकिन दोरंगेपन का इस्तेमाल करके वह ख़ुद को सन्तुष्ट कर लेता है कि यथार्थ का अतिक्रमण नहीं हुआ है। यह प्रक्रिया निरन्तर चलती रहनी चाहिए वरना उतनी सटीकता से इसे लागू नहीं किया जा सकेगा। इस प्रक्रिया को अचेतन भी होना चाहिए अन्यथा इससे जालसाज़ी का अहसास पैदा होगा, फिर मन में अपराधबोध समा जाएगा। दोरंगापन इंगसॉक की आत्मा है चूँकि पार्टी का अनिवार्य काम दरअसल सचेत तरीक़े से लोगों को छलना है और साथ ही इसके उद्देश्य की स्पष्टता को भी बनाए रखना है जो कि पूर्ण ईमानदारी के साथ ही मुमकिन है। जानबूझकर झूठ बोलना और उस झूठ में विश्वास भी करना, ऐसा कोई भी तथ्य भूल जाना जो अप्रिय हो, और जब कभी ज़रूरत आन पड़े उसे निर्वात से खींचकर वापस केवल उतने ही वक़्त के लिए ले आना जब तक उसकी ज़रूरत हो, वस्तुगत यथार्थ के वजूद को नकारना और साथ ही नकारे हुए यथार्थ को संज्ञान में भी लेना—यह सब कुछ अपरिहार्य रूप से अनिवार्य है। यहाँ तक कि डबलथिंक शब्द का प्रयोग करते हुए भी दोरंगापन का अभ्यास करना है क्योंकि इस शब्द का प्रयोग करते हुए व्यक्ति स्वीकार कर रहा होता है कि वह यथार्थ से छेड़छाड़ कर रहा है इसलिए इसके ऊपर डबलथिंक को दोबारा लागू करके इसे भुलाया जा सकता है। यह सिलसिला अनंत तक मुसलसल चलता जाता है जिसमें झूठ हमेशा सच से एक क़दम आगे रहता है। वास्तव में दोरंगेपन के सहारे ही पार्टी ने इतिहास की गति को अपना बन्धक बनाया हुआ है—और हम जानते हैं कि हज़ारों साल तक पार्टी ऐसा कर सकती है।

पिछले ज़माने के सभी कुलीनतंत्र इसलिए पतन का शिकार हो गए क्योंकि वे या तो सख़्त हो गए या फिर नरम पड़ गए। या तो वे मूर्खतापूर्ण आक्रामकता के चंगुल में फँस गए और बदली हुई परिस्थितियों को समझने में नाकाम रहे जिसके चलते उन्हें उखाड़कर फेंक दिया गया। या फिर वे उदार और कायराना हो गए और जिस वक़्त बलप्रयोग करना था उस वक़्त रियायतें दे दीं, जिसके चलते फिर से उखाड़ दिए गए। क़िस्सा कोताह यह कि उनका पतन हो गया, चाहे सचेतन रूप से या अचेतन रूप से। इस सन्दर्भ में पार्टी की यह उपलब्धि है कि उसने ऐसी विचार प्रणाली ईजाद की है जिसमें दोनों स्थितियाँ एक साथ कायम रह सकती हैं। और किसी भी बौद्धिक आधार पर पार्टी का अस्तित्व स्थायी नहीं बनाया जा सकता। अगर किसी को राज करना है और राज करते जाना है, तो उसे यथार्थबोध को विस्थापित करने आना चाहिए। राज करने का रहस्य ख़ुद को लगातार सही मानने की आस्था को बनाए रखते हुए अतीत की ग़लतियों से सबक लेने की ताक़त रखने में निहित है।

यह कहे जाने की ज़रूरत नहीं है कि डबलथिंक के सबसे महीन अभ्यासी वे हैं जिन्होंने इसका आविष्कार किया और वे जानते हैं कि दिमाग़ी धोखेबाज़ी की यह एक व्यापक व्यवस्था है। हमारे समाज में जिन्हें इस दुनिया के चलने की सबसे बेहतर जानकारी है वही वे लोग हैं जो दुनिया को वैसा देखने से सबसे दूर खड़े हैं जैसी यह दुनिया है। इसे ऐसे कहें कि समझदारी जितनी ज़्यादा होगी, मोहभंग भी उतना ही ज़्यादा होगा। व्यक्ति जितना मेधावी होगा, मानसिक रूप से उतना कम स्वस्थ होगा। इस तथ्य का एक स्पष्ट संकेत यह है कि आप जैसे-जैसे सामाजिक स्तर पर ऊपर चढ़ते जाते हैं आपकी सनक बढ़ती जाती है। युद्ध के प्रति जिन लोगों का रवैया सबसे ज़्यादा तार्किक होता है वे लोग विवादित क्षेत्रों के ग़ुलाम होते हैं। ऐसे लोगों के लिए जंग लगातार मौजूद रहने वाली एक ऐसी निरन्तर आपदा है जो किसी ज्वार की लहरों की तरह उनके ऊपर आती और जाती है। कौन जीत रहा है, यह प्रश्न उनके मतलब का नहीं होता। वे जानते हैं कि मालिकाने के बदलाव का सीधा सा मतलब है कि वे नए मालिकान के लिए पहले जैसा ही काम करते रहेंगे और उनके साथ बरताव भी पहले जैसा ही होता रहेगा। इस मामले में जिन कामगारों को थोड़ा ज़्यादा तवज्जो दी जाती है, जिन्हें हम जनता के लोग कहते हैं, वे जंग के प्रति बीच-बीच में जागरूक होते हैं। इसलिए ज़रूरत पड़ने पर उन्हें डर और नफ़रत की सनक में उकसाया जा सकता है लेकिन उन्हें उनके हाल पर ही छोड़

दिया जाए तो वे लम्बे समय तक भुलाए रखते हैं कि युद्ध चल रहा है। युद्ध के प्रति ख़ालिस उत्साह पार्टी की क़तारों में, ख़ासकर भीतरी हलक़े के कार्यवाहकों में पाया जाता है। दुनिया को जीतने में सबसे ज़्यादा विश्वास वे ही करते हैं जो जानते हैं कि ऐसा सम्भव नहीं है। परस्पर विरोधी कोटियों का—ज्ञान के साथ अज्ञान, निराशावाद और धर्मान्धता का—इस अजीब तरीक़े से आपस में जुड़ा होना ही ओशियनिया के समाज का प्रमुख पहचान लक्षण है जो दूसरों से इसको अलग करता है। इसकी आधिकारिक विचारधारा विरोधाभासों से भरी हुई है जबकि उसकी कोई व्यावहारिक आवश्यकता नहीं है। पार्टी इस तरीक़े से हरेक उस सिद्धान्त को ख़ारिज और बदनाम करती है जिसके पक्ष में मूल समाजवादी आन्दोलन खड़ा था और ये काम वह समाजवाद के नाम पर ही करती है। कामगार तबके के प्रति पार्टी जैसे अपमान का प्रचार करती है वैसा सदियों में नहीं देखा गया। पार्टी अपने सदस्यों को ऐसी वर्दी पहनाती है जो किसी ज़माने में मज़दूर पहनते थे और मज़दूरी के लिए ही यह वर्दी अपनाई गई थी। बड़े व्यवस्थित ढंग से पार्टी परिवार की एकजुटता का अवमूल्यन करती है और अपने नेता को एक ऐसे नाम से पुकारती है जो पारिवारिक वफ़ादारी की भावना को सीधा अपील करता है। यहाँ तक कि हमारे ऊपर राज करने वाले चारों मंत्रालयों के नाम भी बेशर्मी का सबब हैं चूँकि अपने नाम से वे ठीक उलटा काम करते हैं। शान्ति मंत्रालय का सम्बन्ध युद्ध से है, सत्य मंत्रालय का झूठ से, प्रेम मंत्रालय का यातना से और श्री मंत्रालय का भुखमरी से ताल्लुक़ है। ये विरोधाभास दुर्घटनावश नहीं हैं, न ही ये किसी पाखंड का नतीजा हैं। यह डबलथिंक यानी दोरंगेपन के सचेत उदाहरण हैं, क्योंकि विरोधों के सामंजस्य से ही सत्ता अनिश्चित काल तक कायम रखी जा सकती है। पुराने चक्र को तोड़ने का कोई और तरीक़ा नहीं है। यदि इनसानी बराबरी को हमेशा के लिए दूर कर देना हो—मतलब जिन्हें हम ऊँचा कहते हैं उन्हें हमेशा वहीं बने रहना हो—तो समाज में व्याप्त मानसिक स्थिति एक नियंत्रित क़िस्म का पागलपन होनी चाहिए।

एक सवाल ऐसा है जिसे अब तक हमने नज़रअन्दाज़ किया है। आख़िर इनसानी बराबरी से बचा क्यों जाना है? मान लिया कि अब तक का यांत्रिक वर्णन बिलकुल सही-सही है, फिर भी सवाल रह जाता है कि एक ख़ास दौर में इतिहास को जड़ कर देने के इस भव्य और सटीक नियोजित प्रयास की मंशा क्या है?

यहाँ हम रहस्य के केन्द्र में पहुँच जाते हैं। जैसा कि हमने देखा, पार्टी की रहस्यमयता, ख़ासकर उसके भीतरी हलक़े की रहस्यमयता डबलथिंक पर निर्भर

करती है। इससे भी गहरे में मूल मंशा छिपी है, जिस पर सवाल नहीं उठाया गया कि आख़िर वह कौन सी वृत्ति थी जिसने सबसे पहले सत्ता क़ब्ज़ाने और दोरंगापन की ईजाद करने, विचार पुलिस बनाने, अनवरत युद्ध चलाने तथा इसके इर्द-गिर्द के तमाम इंतज़ाम करने को प्रेरित किया? यह मंशा वास्तव में...

विंस्टन को ख़ामोशी का अहसास हुआ, जैसे किसी को कोई नई आवाज़ महसूस होती है। उसे लगा कि जूलिया काफ़ी देर से सो रही है। वह उसके बग़ल में लेटी हुई थी ऊपर से आधी निर्वस्त्र। उसके गालों ने उसकी एक हथेली का तकिया बना रखा था और बालों की एक काली लट उसकी आँखों के बीच लटक रही थी। उसकी छाती एक मद्धम लय में ऊपर-नीचे हो रही थी।

"जूलिया?"

कोई जवाब नहीं।

"जूलिया, जगी हो?"

कोई जवाब नहीं। वह सो रही थी। विंस्टन ने किताब बन्द की, फ़र्श पर सावधानी से उसे रखा, लेट गया और दोनों के ऊपर उसने लिहाफ़ खींच लिया।

उसने सोचा कि अब भी असली रहस्य उसने नहीं जाना था। कैसे का जवाब वह समझ रहा था; क्यों का जवाब वह नहीं जानता था। अध्याय 3 की तरह अध्याय 1 भी उसे ऐसा कुछ नहीं बता सका जो वह नहीं जानता था, बस उसका ज्ञान पढ़कर थोड़ा व्यवस्थित हो गया था। इसे पढ़ने के बाद वह पहले से कहीं बेहतर इस बात को जान गया था कि वह पागल नहीं है। कम संख्या में होना, यहाँ तक कि एकदम अकेला होना भी आपको पागल नहीं बनाता। एक सत्य है और एक असत्य। यदि आप पूरी दुनिया के ख़िलाफ़ जाकर भी सत्य के साथ खड़े रहें तो आप पागल नहीं हैं। डूबते सूरज की एक पीली किरन तिरछी होकर खिड़की से आई और सीधे तकिये पर गिरी। उसने आँखें बन्द कर लीं। चेहरे पर सूरज की किरनें और शरीर से जूलिया की नरम देह के स्पर्श ने उसमें ताक़त, उनींदेपन और आत्मविश्वास का संचार किया। वह महफ़ूज़ था। सब कुछ ठीक था। "समझदारी संख्या की मोहताज नहीं है," यह वाक्य बुदबुदाते हुए वह इस अहसास के साथ सो गया कि उसे एक गूढ़ ज्ञान हुआ है।

10

विंस्टन सोकर उठा तो उसे ऐसा महसूस हुआ कि वह काफ़ी लम्बी नींद ले चुका है। पुराने ज़माने की दीवारघड़ी ने उसे बताया कि अभी केवल साढ़े आठ बजे हैं। थोड़ी देर और वह ऊँघता रहा। फिर नीचे वाले आँगन से उसे गहरी आवाज़ में वही गीत सुनाई दिया :

नाउम्मीद सी इक लज्जत थी
जो चैत की हिद्दत की तरह बीत गई
दो लफ़्ज़ बस एक ख़्वाब इक नज़र की कशिश
इस चाक गरेबान का दिल जीत गई

विंस्टन को हैरत हुई कि यह बकवास गीत अब तक जनता पर कैसे छाया हुआ था। हर तरफ़ सुनने को मिल जाता है। यह तो किसी भी द्वेषराग से ज़्यादा समय तक लोगों में टिका रह गया। गाने की आवाज़ सुनकर जूलिया की भी नींद खुल गई। उसने ऐयाश तरीक़े से एक लम्बी अँगड़ाई ली और बिस्तर से नीचे आ गई।

वह बोली, "मुझे भूख लगी है। चलो, कॉफ़ी बनाते हैं। धत्त तेरी की! स्टोव बन्द हो गया और पानी भी ठंडा पड़ा है।" उसने स्टोव को उठाकर हिलाया-डुलाया। "इसमें तो तेल ही नहीं है।"

"मेरे ख़याल से बूढ़े चारिंगटन के पास चलकर ले आना चाहिए।"

"मैंने पक्का देखा था कि टंकी भरी हुई थी। क्या मज़ाक़ है!" जूलिया ने कहा। "मैं कपड़े पहनने जा रही हूँ। लगता है ठंड बढ़ गई है।"

विंस्टन भी उठा और उसने कपड़े पहन लिए। नीचे बिना थके-रुके गीत जारी था :

वक़्त हर घाव सुखा देता है
आदमी चाहे भुला देता है

उम्र भर का तमाम दर्द-ओ-सुकूँ
दिल के तारों को जगा देता है!

वर्दी की पेटी बाँधते हुए वह खिड़की के पास गया। सूरज घरों के पीछे डूब चुका होगा क्योंकि आँगन में अब धूप नहीं थी। पत्थर की पटिया गीली थी, जैसे अभी-अभी उन्हें कोई धोकर गया हो। चिमनियों के बीच दिख रहा नीला आकाश इतना ताज़ा और ज़र्द था कि उसे लगा कोई आकाश को भी धो-पोंछ कर चला गया है। नीचे वाली महिला बिना थके इधर से उधर चहलक़दमी कर रही थी। मुँह से चिमटी निकालती, फिर गाती, फिर कुछ देर के लिए शान्त होकर डाइपर धो-धो कर निकालती थी। ये डाइपर थे कि ख़त्म होने का नाम ही नहीं लेते थे। विंस्टन को अचम्भा हुआ कि यह महिला पेट पालने के लिए यह काम करती है या इसके बीस-तीस नाती-पोते हैं। जूलिया भी बग़ल में आ खड़ी हुई। दोनों बड़े आकर्षण से नीचे उस हृष्ट-पुष्ट महिला को देख रहे थे। विंस्टन ने महिला के अंगों को ग़ौर से देखा। अलगनी तक फैली उसकी मोटी बाँहें और किसी घोड़ी की तरह बाहर निकले हुए उसके नितम्ब देखकर उसे पहली बार लगा कि यह महिला ख़ूबसूरत है। उसे इससे पहले कभी अहसास ही नहीं हुआ था कि पचास साल की ऐसी एक महिला सुन्दर भी हो सकती है, जो बच्चे जन कर विशालकाय हो चुकी है और काम कर-कर के कठोर और खुरदरी हो चुकी है जैसे एक पका हुआ शलजम। लेकिन वह सुन्दर थी, और उसने सोचा हो भी क्यों ना? ग्रेनाइट के पत्थर जैसा उसका ठोस घेरदार शरीर और खुरदरी लाल त्वचा किसी किशोरी की देह की तुलना में वैसी ही तो है जैसे एक फल और एक फूल? फल को फूल से दोयम क्यों माना जाए?

"वह ख़ूबसूरत है।" विंस्टन फुसफुसाया।

"कम से कम एक मीटर की कमर होगी उसकी।" जूलिया बोली।

"वह उसके सौन्दर्य का अन्दाज़ है।" विंस्टन ने जवाब दिया।

उसने जूलिया की नाज़ुक कमर को अपनी बाँहों के घेरे में ले लिया। नितम्ब से लेकर घुटनों तक दोनों के किनारे मिले हुए थे। ये दोनों मिलकर कभी बच्चा नहीं जन पाएँगे। यही एक काम है जो वे कभी नहीं कर पाएँगे। अपने मन के राज़ बस शब्दों और ख़यालों में ही आगे बढ़ाएँगे। नीचे वाली महिला के पास दिमाग़ नहीं था। उसकी बाँहें मज़बूत थीं, दिल ख़ुशनुमा और कोख उपजाऊ थी। विंस्टन को सोचकर आश्चर्य हुआ कि इसने आख़िर कितने बच्चों को जना होगा। बड़े आराम से पन्द्रह तो होंगे ही। उसकी ज़िन्दगी में भी शायद साल भर का एक वक़्त ऐसा

आया होगा जब उसका सौन्दर्य अचानक बनफूल की तरह खिल गया होगा। फिर एक झटके में वह फलदायी होकर फैल गई और लाल, कठोर, खुरदरी हो गई होगी। उसके बाद उसकी ज़िन्दगी में कपड़े धोना, सफ़ाई करना, कपड़े सिलना, खाना बनाना, झाड़ू मारना, पॉलिश करना, मरम्मत करना भर रह गया होगा। पहले बच्चों के लिए, फिर वही सब नाती-पोतों के लिए। और बीते तीस साल से अनवरत ऐसा ही चल रहा होगा। इसके बावजूद इस सबके अन्त में यह महिला गीत गा रही है। यह सोचकर उसके मन में महिला के प्रति जो रहस्यमय श्रद्धा उमड़ी, वह चिमनियों के बीच दिखे नीले ज़र्द आकाश की छवि से जा मिली। कितनी अद्‌भुत बात है कि हर किसी के सिर पर आकाश एक है, चाहे वह यूरेशिया में हो, ईस्टेशिया में या यहाँ। और आकाश के तले जीने वाले लोग भी कमोबेश सब जगह एक से ही हैं दुनिया भर में। ऐसे सैकड़ों-हज़ारों लोग हैं जो एक-दूसरे के वजूद से ग़ाफ़िल झूठ और नफ़रत की दीवारों में क़ैद हैं और सब एक जैसे हैं। ऐसे लोग जिन्होंने सोचना कभी नहीं सीखा लेकिन जिनके दिल में, पेट में और मांसपेशियों में इतनी ताक़त है कि वे एक दिन दुनिया को पलट देंगे। अगर कहीं उम्मीद है, तो वह जनता में है! उसने ग्रंथ का निष्कर्ष तो नहीं पढ़ा था लेकिन जानता था कि गोल्डस्टीन का आख़िरी सन्देश यही होगा। भविष्य जनता का है। क्या वह पक्के तौर पर कह सकता है कि वे जैसी दुनिया बनाएँगे वह उसके लिए अजनबी नहीं होगी—पार्टी को ही दुनिया मानने वाले विंस्टन स्मिथ के लिए। हाँ, क्योंकि कम से कम उस दुनिया में विवेक तो होगा। जहाँ समानता है, वहाँ विवेक सम्भव है। आज नहीं तो कल यह होना है, शारीरिक ताक़त चेतना में तब्दील हो जाएगी। आँगन में उस भव्य आकृति को देखकर आप निस्सन्देह कह सकते हैं कि जनता अमर है। वह मारे नहीं मरेगी। अन्ततः वह जागेग़ी। और भले यह जब भी हो, हज़ार साल लग जाए इसमें तो क्या, वह तमाम प्रतिकूल हालात में भी ज़िन्दा रहेगी, पक्षियों की तरह, और एक से दूसरी देह में उस ऊर्जा का संचार करती रहेगी जिसे पार्टी कभी ख़त्म नहीं कर सकती क्योंकि वह उस ऊर्जा से महरूम है।

उसने कहा, "तुम्हें याद है वह मैना? पहली बार जब हम मिले थे जंगल में और उसने एक गीत गाया था हमारे लिए?"

जूलिया बोली, "वह हमारे लिए नहीं गा रही थी। अपने सुख के लिए गा रही थी, बल्कि यह भी नहीं। बस यूँ ही गाए जा रही थी।"

पक्षी गाते हैं, जनता गाती है, पार्टी कभी नहीं गाती। दुनिया भर में हर कहीं—

लंदन में, न्यूयॉर्क में, अफ्रीका और ब्राजील में, सरहदों के पार रहस्यमय वर्जित भूखंडों में, पेरिस और बर्लिन की सड़कों पर, रूस के अनंत पठार के गाँवों में, चीन और जापान के बाज़ारों में—हर कहीं वही ठोस अपराजेय आकृति खड़ी नज़र आती है; बच्चे पैदा कर-कर के और अथक काम कर-कर के, जन्म से लेकर मौत तक खट-खट कर कठोर और भद्दी हो चुकी वही आकृति, जो फिर भी गाए जाती है। इन्हीं की पराक्रमी कोख से एक दिन चेतस मनुष्यों की नस्ल पैदा होगी। भविष्य उन्हीं का है, हम सब तो मरे हुए लोग हैं। उनके भविष्य में हालाँकि हम भी हिस्सेदार बन सकते हैं अगर हम अपने दिमाग़ को मरने न दें—जैसे वे अपने शरीर को ज़िन्दा रखते हैं—और इस गुप्त सिद्धान्त को अगली पीढ़ियों तक पहुँचा पाएँ कि दो और दो चार होता है।

"हम लोग मर चुके हैं," उसने कहा।

"हम लोग मर चुके हैं," जूलिया ने आज्ञाकारी ढंग से दुहरा दिया।

"तुम लोग मर चुके हो," विंस्टन के पीछे से एक कठोर आवाज़ आई।

दोनों एक झटके में दूर हट गए। विंस्टन की अँतड़ियों में जैसे बर्फ़ जम गई। उसे जूलिया की आँखों की पुतलियों के इर्द-गिर्द चौतरफ़ा सफ़ेद घेरा नज़र आने लगा। जूलिया का चेहरा पीला पड़ गया था। महावर की लाली उसके गालों पर और उभर आई थी, गोया चमड़ी से अलग हुई जा रही हो।

"तुम लोग मर चुके हो," कठोर आवाज़ ने दुहराया।

"यह तस्वीर के पीछे से आ रही है," जूलिया ने दम भरकर कहा।

"यह तस्वीर के पीछे से आ रही है," आवाज़ ने कहा, "एकदम वहीं खड़े रहो जहाँ हो। जब तक कहा न जाए हिलना नहीं।"

खेल शुरू हो गया था। आख़िरकार, खेल शुरू हो चुका था। अब वे कुछ नहीं कर सकते थे, सिवाय एक-दूसरे की आँखों में खड़े एकटक देखने के। जान बचाकर भाग जाएँ, या देर हो इससे पहले उस मकान से निकल जाएँ—ऐसा कोई भी ख़याल उनके मन में नहीं आया। दीवार से आ रही कठोर आवाज़ की नाफ़रमानी करना कल्पना से बाहर था। अचानक कुछ तड़का और फिर काँच के फूटने की आवाज़ आई। तस्वीर फ़र्श पर गिर चुकी थी। उसके पीछे छिपा टेलिस्क्रीन बेपर्द हो चुका था।

"अब वे हमें देख सकते हैं," जूलिया बोली।

"अब हम तुम्हें देख सकते हैं," आवाज़ आई। "कमरे के बीच में खड़े हो जाओ। एक-दूसरे से पीठ लगाकर सीधे खड़े हो। अपने सिर के ऊपर अपने हाथ बाँध लो। एक-दूसरे को छूना नहीं है।"

वे एक-दूसरे को स्पर्श नहीं कर रहे थे, लेकिन विंस्टन को जूलिया के काँपते हुए शरीर का अहसास हो रहा था। या हो सकता है कि ख़ुद वही काँप रहा हो। बड़ी मुश्किल से उसने अपने दाँतों को किटकिटाने से रोका, लेकिन उसके घुटने काबू में नहीं थे। नीचे से धड़धड़ाते बूटों की आवाज़ आई, घर के भीतर और बाहर भी। ऐसा लगा कि आँगन में भीड़ जमा हो चुकी थी। पत्थर के पटियों पर कोई चीज़ घसीटी जा रही थी। महिला के गाने की आवाज़ अचानक थम गई थी। काफ़ी देर तक किसी चीज़ के लुढ़कने की ठनठनाहट होती रही जैसे किसी ने कपड़े धोने वाला टब उठाकर फेंक दिया हो। फिर ग़ुस्से में चीख़ने-चिल्लाने की आवाज़ें आईं और अन्त में दर्द से कोई चीख़ा।

"मकान घेरा जा चुका है," विंस्टन बोला।

"मकान घेरा जा चुका है," आवाज़ आई।

उसने जूलिया के दाँतों की किसकिसाहट सुनी। "मुझे लगता है हमें अब अलविदा कह देना चाहिए एक-दूसरे को।"

"तुम्हें अलविदा कह देना चाहिए एक-दूसरे को," आवाज़ आई। इसके ठीक बाद एक पतली सी लेकिन तराशी हुई आवाज़ ने कमरे में प्रवेश किया जो विंस्टन को लगा कि उसकी पहले सुनी हुई है, "बहरहाल, हम जब तक मामले को समझें, "यह शमा तुम्हें सुला देगी, यह छुरी तुम्हें मिटा देगी!"

विंस्टन के पीछे बिस्तर पर कुछ टूटने की आवाज़ हुई। खिड़की से एक सीढ़ी को धकेला गया था जो फ्रेम में जा घुसी थी। कोई खिड़की के रास्ते ऊपर चढ़ रहा था। सीढ़ियों पर बूटों की भगदड़ मचने जैसी आवाज़ हुई। पूरा कमरा काली वर्दी वाले भारी-भरकम व्यक्तियों से भर चुका था, जिनके पैरों में लोहे के तल्ले वाले बूट थे और हाथों में डंडा था।

विंस्टन अब काँप नहीं रहा था। उसकी आँखें भी अब स्थिर थीं। केवल एक चीज़ इस वक़्त मायने रखती थी—बिलकुल हिला-डुला न जाए, ताकि उन्हें मारने का कोई बहाना न मिल सके। तभी एक आदमी चलता हुआ उसके ठीक सामने आकर ठिठक गया। उसका जबड़ा किसी पेशेवर मुक्केबाज़ की तरह एकदम चिकना था जिसमें से उसका मुँह बस एक चीरे की तरह दिखता था। वह अपने अँगूठे और

तर्जनी के बीच अपने डंडे को टिकाए कुछ सोच रहा था। उसकी निगाह विंस्टन पर थी। अपने दोनों हाथ सिर के पीछे बाँधे हुए चेहरे सहित पूरा शरीर उसके सामने खुला छोड़े विंस्टन को एकदम नंगा महसूस हो रहा था और अब सहना मुश्किल हो रहा था। उस आदमी ने अपनी सफ़ेद जीभ की नोक बाहर निकाली और वहाँ फेरी जहाँ उसके होंठ रहे होंगे, फिर आगे बढ़ गया। फिर से कुछ टूटने की आवाज़ हुई। किसी ने काँच का पेपरवेट टेबल से उठाकर अँगीठी के पत्थर पर मारकर चूर-चूर कर दिया था।

केक के ऊपर सजाई जाने वाली चिनिया गुलाब की कली के जैसा गुलाबी प्रवाल का एक छोटा सा टुकड़ा उसमें से निकलकर क़ालीन पर लुढ़क गया था। कितना छोटा सा है! विंस्टन को लगा कि हमेशा से यह इतना ही छोटा था क्या! तभी उसके ठीक पीछे हाँफने और ठोकने की ज़बरदस्त आवाज़ हुई और उसके टखने पर एक भयंकर लात पड़ी। उसका सन्तुलन बिगड़ते-बिगड़ते रह गया। किसी ने जूलिया के पेट में पसलियों से ठीक नीचे एक घूँसा जड़ दिया। वह दर्द से दोहरी हो गई और फ़र्श पर बेदम होकर छटपटाने लगी। विंस्टन को अपना सिर एक मिलीमीटर भी हिलाने की हिम्मत नहीं हुई लेकिन जूलिया का हाँफता हुआ जर्द चेहरा उसकी नज़र में रह-रह कर आ-जा रहा था। वह ख़ुद आतंकित था, लेकिन उस वक़्त जूलिया का दर्द उसे अपने शरीर में महसूस हुआ। दर्द जानलेवा था, लेकिन उसे ख़ुद में महसूस करना इस वक़्त उतना ज़रूरी नहीं था जितना उसे वापस होश में ले आना। इस दर्द को पहचान चुका था वह—भयंकर पीड़ादायी था, लगातार बना हुआ था, लेकिन इस वक़्त ज़्यादा ज़रूरी यह था कि पहले उसे साँस आवे। इसी बीच दो आदमियों ने जूलिया को कन्धों और घुटनों से पकड़कर उठाया और बोरे की तरह टाँगकर कमरे से बाहर ले गए। विंस्टन को बस एक झलक मिली थी उसके चेहरे की—लटका हुआ, एकदम बदनुमा और पीला पड़ चुका चेहरा, आँखें बन्द लेकिन अब भी गालों पर महावर की लाली कायम थी और यह जूलिया की अन्तिम झलक थी।

विंस्टन स्तंभित खड़ा रहा। अब तक उसे किसी ने नहीं मारा था। उसके मन में अपने आप ही कुछ ख़याल तैरने लगे जिनमें उसे कोई दिलचस्पी नहीं हुई। उसने सोचा कि क्या मिस्टर चारिंगटन भी पकड़े गए! आँगन वाली उस महिला के साथ क्या हुआ होगा! फिर उसे बहुत तेज़ पेशाब महसूस हुई और अचरज हुआ कि अभी दो-तीन घंटे पहले ही तो उसने पेशाब की थी। उसका ध्यान दीवारघड़ी पर गया

जिसमें नौ बज रहा था यानी इक्कीस, लेकिन फिर उसे खटका कि इस वक़्त रोशनी इतनी तेज़ कैसे है। अगस्त की शाम नौ बजे तो रोशनी बहुत कम होनी चाहिए थी? उसे हैरत हुई कि क्या उसने और जूलिया ने ग़लत समय देख लिया था—मतलब वह रात भर सोता रहा और उठा तो अगली सुबह का साढ़े आठ बजा था, न कि साढ़े बीस। उसने इस बारे में सोचना ही छोड़ दिया। उसे ऊब हो रही थी।

गलियारे में हल्के क़दमों की आहट हुई। मिस्टर चारिंगटन कमरे में घुसे। काली वर्दीधारी आदमी अचानक थोड़ा अदब में झुक गए। मिस्टर चारिंगटन बदले-बदले से दिख रहे थे। उनकी नज़र काँच के पेपरवेट के टुकड़ों पर पड़ी।

"इन टुकड़ों को उठाओ!" तीखी आवाज़ में उन्होंने आदेश दिया।

एक आदमी हुकुम बजाने के लिए तुरन्त झुक गया। उनकी आवाज़ बदली हुई थी। लंदनिया जनता वाला लहज़ा जा चुका था। विंस्टन को तभी अहसास हुआ कि टेलिस्क्रीन पर थोड़ी देर पहले सुनी आवाज़ यही तो थी! मिस्टर चारिंगटन अब भी अपनी पुरानी मखमली जैकेट पहने हुए थे, लेकिन उनके बाल तक़रीबन सफ़ेद से पूरी तरह काले हो चुके थे। उन्होंने चश्मा भी नहीं पहन रखा था। उन्होंने विंस्टन पर एक तीखी निगाह डाली, गोया उसकी पहचान का मुआयना कर रहे हों, फिर उस पर कोई ध्यान नहीं दिया। वे पहचान में तो अब भी आ रहे थे, लेकिन पहले वाला आदमी बदल चुका था। उनकी कमर सीधी हो चुकी थी और शरीर मज़बूत दिखता था। चेहरे में कुछ मामूली तब्दीलियाँ आई थीं वरना उनका रूप पूरी तरह बदल ही जाता। काली भौंहें पहले से कम घनी थीं, झुर्रियाँ जा चुकी थीं, चेहरे की तमाम रेखाएँ बदली हुई सी दिखती थीं। यहाँ तक कि नाक भी थोड़ी छोटी हो गई थी। यह ठंडा चेहरा कोई पैंतीस साल के एक चौकस और भावशून्य आदमी का था। विंस्टन को महसूस हुआ कि ज़िन्दगी में पहली बार वह विचार पुलिस के एक सदस्य को अपने पूरे होशो-हवास में देख रहा है।

तीसरा भाग

I

वह कौन सी जगह है, उसे नहीं मालूम। शायद प्रेम मंत्रालय होगा। पक्का नहीं कह सकता। पता करने का कोई तरीक़ा नहीं था उसके पास।

वह एक बन्द कोठरी में था, जिसकी छत ऊँची थी। खिड़की एक भी नहीं, और चमचमाती दीवारें सफ़ेद चीनी मिट्टी की बनी थी। इन दीवारों में छिपी बत्तियों की ठंडी सफ़ेद रोशनी में कमरा नहाया हुआ था। एक हल्की सी घनघनाहट लगातार जाने कहाँ से आ रही थी। शायद कोठरी को हवादार बनाए रखने की कोई तरकीब हो, उसे लगा। एक बेंच थी दीवार से सटी हुई जो दरवाज़े से लड़-लड़ कर टूट चुकी थी। चौड़ाई बस इतनी कि आदमी बैठ सके। दरवाज़े के ठीक दूसरे छोर पर संडास था जिसकी सीट लकड़ी की नहीं थी। चारों दीवारों पर एक-एक टेलिस्क्रीन था।

उसके पेट में अब भी हल्का-हल्का दर्द हो रहा था। वे उसे एक बन्द वैन में गठरी की तरह भरकर ले आए थे। दर्द तभी से बना हुआ था। अब तो भूख भी लग रही थी। बस कुछ चबाने जितनी ही, भर पेट खाने लायक़ नहीं। ख़ाली पेट चौबीस घंटे तो हो ही गए होंगे उसे, या शायद छत्तीस भी। वह तो यह भी नहीं जानता था कि गिरफ़्तारी के वक़्त सुबह थी या शाम। शायद कभी न जान पाए। गिरफ़्तारी के बाद से उसे खाने को कुछ भी नहीं मिला था।

अपने घुटनों पर दोनों हाथ आड़े बाँधे वह एकदम जड़वत् बैठा था। ऐसे बैठना उसने सीख लिया था। बदन में थोड़ी सी भी हरकत होने पर टेलिस्क्रीन से कोई चिल्ला पड़ता था। कुछ खाने की इच्छा अब भारी पड़ती जा रही थी। कुल मिलाकर बस ब्रेड का एक टुकड़ा उसे मिल जाता, इतनी ही चाह थी। उसे अन्दाज़ा था कि शायद वर्दी की जेब में ब्रेड के कुछ टुकड़े पड़े होने चाहिए। बार-बार उसके पैर से कुछ टकरा रहा था। हो सकता है ब्रेड का ठीक-ठाक बड़ा टुकड़ा ही निकल आवे। डर पर भूख भारी पड़ गई। जेब टटोलने का लोभ

वह छोड़ नहीं पाया। उसने चुपके से जेब में हाथ सरकाया।

"स्मिथ!" स्क्रीन से चिल्लाने की आवाज़ आई। "क़ैदी नम्बर 6079 स्मिथ विंस्टन! जेब से हाथ बाहर निकालो!"

वह वापस घुटनों पर हाथ बाँधकर उसी मुद्रा में जड़वत् बैठ गया। यहाँ लाए जाने से पहले उसे किसी और जगह ले जाया गया था। शायद कोई अस्थायी जेल या हिरासत स्थल रहा होगा जहाँ गश्ती दल वाले पहले ले जाते हैं। वहाँ वह कितनी देर रहा, उसे कोई अन्दाज़ा नहीं था। कुछ घंटे तो रहा ही होगा। न घड़ी थी न बाहर की रोशनी, इसलिए समय का अन्दाज़ा लगाना मुश्किल था। बहुत हल्ले-गुल्ले वाली बदबूदार जगह थी वह। जिस कोठरी में उसे रखा गया था वह थी तो बिलकुल ऐसी ही, लेकिन कहीं ज़्यादा गन्दी थी और उसमें हमेशा दस-पन्द्रह लोग भरे होते थे। इनमें ज़्यादातर छिटपुट अपराधी थे, लेकिन कुछेक राजनीतिक बन्दी भी थे। गंधाते शरीरों के बीच ठेलमठेल में वह दीवार से लगकर चुपचाप बैठ गया था। मन में बैठे डर और पेट में उठते दर्द के बीच वह इतना घिरा हुआ था कि आसपास की चीज़ों से तक़रीबन ग़ाफ़िल था। एक चीज़ पर हालाँकि उसने ग़ौर किया कि पार्टी के क़ैदियों और सामान्य क़ैदियों के हाव-भाव में अन्तर चौंकाने वाला था। पार्टी के क़ैदी लगातार डरे हुए और एकदम ख़ामोश थे जबकि आम अपराधियों को किसी की परवाह नहीं थी। वे सन्तरी को गालियाँ दे रहे थे, अपना सामान छीने जाने पर पलटकर झगड़ रहे थे, फ़र्श पर अश्लील शब्द लिख रहे थे, अपने कपड़ों में रहस्यमय ढंग से छिपाकर लाई गई चीज़ें खा रहे थे और उन्हें अनुशासित करने के लिए टेलिस्क्रीन से निकलने वाली आवाज़ पर पलटकर चिल्ला रहे थे। कुछ अपराधियों का सन्तरियों के साथ अच्छा राब्ता जान पड़ता था। वे सन्तरियों को दूसरे नामों से पुकार रहे थे और दरवाज़े के झरोखे से सिगरेट पार कराने की कोशिश में थे। सन्तरी भी आम मुजरिमों के साथ थोड़ी उदारता से पेश आ रहे थे, भले ही उन्हें सख़्ती दिखानी पड़ती थी। वहाँ श्रमिक शिविरों के बारे में ख़ूब चर्चा चल रही थी। ज़्यादातर क़ैदी मानते थे कि उन्हें ज़बरन मज़दूरी करवाने वहाँ भेजा जाएगा। उनकी बातों से विंस्टन को लगा कि अगर आपके अच्छे सम्पर्क हों और अपना काम करवाना आता हो, तो शिविरों में होना 'ठीक' है। वहाँ हर तरह की घूसबाज़ी, तरफ़दारी, ठगी चलती थी। वेश्यावृत्ति और लौंडेबाज़ी भी वहाँ चलती थी। यहाँ तक कि आलू से अवैध शराब भी बनाई जाती थी। आम अपराधियों, ख़ासकर गैंगस्टरों और क़ातिलों की वहाँ साख मानी जाती थी। उन्हीं का राज

चलता था। राजनीतिक बन्दियों से सारे गन्दे काम करवाए जाते थे।

हर क़िस्म के क़ैदियों को आना-जाना लगा हुआ था : नशे के तस्कर, चोर, डकैत, काला धन्धा करने वाले, पियक्कड़, वेश्याएँ, इत्यादि। कुछ पियक्कड़ तो इतने हिंसक थे कि बाक़ी क़ैदी आपस में मिलकर ही उनसे निपट पाते थे। एक विशालकाय औरत को चारों कोने से चार सन्तरी पकड़े हुए भीतर ले आए। बेडौल भारी-भरकम छाती और लटकती हुई सफ़ेद मोटी लटों वाली कोई साठ के आसपास की वह महिला लगातार चिल्लाए जा रही थी और लात मार रही थी। सन्तरियों ने झटके में उसके बूट खींचकर निकाल लिए और लाकर विंस्टन की तक़रीबन गोद में ही पटक दिया। उसकी जाँघों की हड्डी टूटते-टूटते बची। औरत सीधी हुई और उनके पीछे से चिल्लाई—"हरामज़ादो...!" फिर उसे अहसास हुआ कि वह किसी अजीब चीज़ पर बैठी है, तो विंस्टन के घुटनों से सरककर बेंच पर जा बैठी।

"माफ़ करना प्यारे," वह बोली। "मैं जानबूझकर तुम्हारे ऊपर नहीं बैठी थी, उन कमीनों ने मुझे धकेल दिया था। एक औरत के साथ कैसे बरताव किया जाता है, वे नहीं जानते। है न?" उसने ठहरकर अपनी छाती ठोंकी और डकार मारी। "सॉरी," उसने कहा, "मैं थोड़ा ठीक नहीं हूँ।"

फिर वह आगे की ओर झुकी और बिना किसी संकोच के उसने फ़र्श पर ढेर सारी उल्टी कर दी।

"अब ठीक लग रहा है," आँख बन्द करके पीछे की ओर पीठ टिकाते हुए उसने कहा। "मैं तो कहती हूँ ज़्यादा देर तक अन्दर नहीं रखना चाहिए। पीने के बाद ताज़ा-ताज़ा ही उलट देना चाहिए।"

थोड़ा राहत में आते ही उसने विंस्टन को ग़ौर से देखा और अचानक ही उस पर जैसे मोहित हो गई। अपनी भारी बाँहें उसके गले में डालकर उसे अपने क़रीब खींचा। बीयर और उल्टी की गंध से मिली-जुली साँस का भभका विंस्टन के मुँह पर पड़ा।

"नाम क्या है, प्यारे?" उसने पूछा।

"स्मिथ," विंस्टन ने जवाब दिया।

"स्मिथ?" वह चौंकी, "दिलचस्प, मेरा नाम भी स्मिथ है।" थोड़ा भावुक होते हुए वह बोली, "कहीं मैं तुम्हारी माँ तो नहीं?"

हो सकता है, विंस्टन के मन में आया। हो सकता है ये उसकी माँ ही हो। उम्र और डील-डौल तो एकदम सही था। यह भी मुमकिन है कि श्रमिक शिविरों में बीस साल गुज़ारने के बाद लोग बदल ही जाते हैं।

अब तक उससे किसी ने बात नहीं की थी। आम मुजरिम अजीब हद तक पार्टी के क़ैदियों को अनदेखा करते थे। हिकारत से वे उन्हें 'पोलित' कहकर बुलाते थे। पार्टी के क़ैदी वैसे भी किसी से बात करने में डरते थे और आपस में एक-दूसरे से तो और ज़्यादा। बस एक बार—जब दो महिलाओं को, जो कि दोनों ही पार्टी से थीं बेंच पर बहुत क़रीब धकेलकर बैठा दिया गया था—उसने शोरशराबे के बीच हल्की सी फुसफुसाहट सुनी थी जिसमें वे किसी कमरा नम्बर एक सौ एक का ज़िक्र कर रही थीं। उसे वह बात समझ नहीं आई थी।

उसे यहाँ आए शायद दो-तीन घंटे ही हुए रहे होंगे। पेट का दर्द बना ही हुआ था जो रह-रह कर तेज़ और कम हो जाता। उसी हिसाब से उसका दिमाग़ भी काम करने लगता। दर्द तेज़ होता तो वह केवल दर्द के बारे में ही सोचता और भूख का अहसास होता। दर्द में राहत मिलती तो घबराहट उसे घेर लेती थी। इन्हीं पलों में वह अपने साथ आगे होने वाली चीज़ों की कल्पना भी कर ले रहा था। यह कल्पना इतनी वास्तविक थी कि उसका दिल धड़कने लगता और साँस थम जाती। उसको अपनी कुहनियों पर डंडे और पिंडलियों पर लोहे के तल्ले वाले बूटों की मार का अहसास होता; ख़ुद को वह फ़र्श पर रेंगते-गिड़गिड़ाते देखता, उसके दाँत टूटे होते और वह रहम की भीख माँग रहा होता। इस सब में उसे जूलिया की याद बमुश्किल ही आती। उस पर दिमाग़ टिक ही नहीं पा रहा था। वह बस इतना जानता था कि उसे जूलिया से प्यार है और उसको वह धोखा नहीं देगा; पर यह महज़ एक तथ्य था, जो अंकगणित के किसी नियम सा उसे मालूम था। वरना उसके भीतर प्यार का अहसास फ़िलहाल नहीं था। वह तो यह भी नहीं सोच पा रहा था कि जूलिया के साथ क्या हो रहा होगा। अकसर ओ'ब्रायन के बारे में वह सोच लेता था, जिसमें एक टिमटिमाती सी उम्मीद नज़र आती थी। ओ'ब्रायन को तो पता ही होगा उसकी गिरफ़्तारी के बारे में। उसने कहा था कि ब्रदरहुड अपने सदस्यों को बचाने की कभी कोशिश नहीं करता, लेकिन वे लोग एक रेजर ब्लेड तो भेज ही सकते हैं। रेजर ब्लेड की तो गुंजाइश है। बस पाँच सेकंड की बात थी कि सन्तरी एक ब्लेड लेकर उसकी कोठरी में घुसता। इस कल्पना से ही उसके भीतर ठंडी सी जलन दौड़ जाती गोया हथेलियों पर रखा ब्लेड भीतर तक हड्डियों को काट रहा हो। हर अहसास उसके रुग्ण शरीर पर आकर ठहर जा रहा था। मामूली सा दर्द भी उसे ऐंठे दे रहा था। वह काँपने लगता था। इत्तेफ़ाक़ से उसे रेजर ब्लेड मिल भी जाए तो उसका इस्तेमाल वह करेगा या नहीं, उसके मन में पक्का नहीं

था। इसके बजाय कहीं ज़्यादा स्वाभाविक था कि पल-पल को जिया जाए, अगले दस मिनट की ज़िन्दगी की उम्मीद में और इस अहसास के साथ कि उसके अन्त में उसे यातना ही झेलनी है।

वह बीच-बीच में दीवार में लगी चीनी मिट्टी की ईंटें गिनने लगता और गिनते-गिनते भूल जाता, हालाँकि यह काम आसान था। अकसर वह सोचता कि यह क्या जगह है, दिन का कौन सा पहर है। एक पल को उसे लगता कि दिन का समय है, बाहर ख़ूब रोशनी है। फिर तत्काल लगने लगता कि घुप्प अँधेरा है। अपने भीतर से वह समझता था कि इस जगह बत्ती कभी नहीं जाने वाली। यह वह जगह है जहाँ कोई अँधेरा नहीं होगा; अब जाकर उसे ओ'ब्रायन का इशारा समझ आया था। प्रेम मंत्रालय में खिड़कियाँ नहीं हैं। उसकी कोठरी इमारत के बीचोबीच हो सकती है या फिर बाहरी दीवारों से लगी हुई; ज़मीन से दस तल नीचे भी हो सकती है या ज़मीन से तीस माले ऊपर भी। अपने मन में वह इन जगहों पर ख़ुद को बारी-बारी से पा रहा था और अपनी देह में हो रहे अहसास के बल पर तय करने की कोशिश कर रहा था कि वह हवा में लटका हुआ है या गहरे ज़मीन में धँसा हुआ।

बाहर से बूटों के क़दमताल की आवाज़ आई। तड़ाक की आवाज़ के साथ स्टील का दरवाज़ा खुला। दरवाज़े के भीतर चपलता से एक जवान अफ़सर दाख़िल हुआ। छरहरी काली वर्दी पहने वह ऊपर से नीचे तक पॉलिश किए हुए चमड़े की तरह चमक रहा था और उसका ज़र्द भावशून्य चेहरा मोम के मुखौटे जैसा दिखता था। वे किसी क़ैदी को साथ लेकर आए थे। उसने बाहर सन्तरियों को इशारा किया कि वे उसे भीतर ले आवें। अचानक कवि ऐम्पलफोर्थ घिसटते हुए भीतर आया और दरवाज़ा तड़ाक की आवाज़ के साथ वापस बन्द हो गया।

ऐम्पलफोर्थ ने ऊहापोह में एकाध बार दाएँ-बाएँ ताक-झाँक की गोया उसे बाहर निकलने वाले किसी और दरवाज़े का अन्दाज़ा हो। फिर वह कोठरी में आगे-पीछे टहलने लगा। विंस्टन की मौजूदगी का उसे अब तक अहसास नहीं था। उसकी परेशान नज़र विंस्टन के सिर से कोई एक मीटर ऊपर दीवार पर टिकी थी। उसके पैरों में जूते नहीं थे और फटी जुराबों के छेद से बड़े-बड़े गन्दे पंजे बाहर झाँक रहे थे। कई दिनों से उसने अपनी दाढ़ी नहीं काटी थी। उसके चेहरे पर गाल की हड्डियों तक खिचड़ी दाढ़ी उग आई थी जिससे किसी बदमाश की सी छवि उभरती थी, जो उसकी कमज़ोर देह और घबराहट से मेल नहीं खाती थी।

विंस्टन आलस तोड़कर थोड़ा सीधा हुआ। उसे लगा ऐम्पलफोर्थ से कुछ

बोलना चाहिए, भले टेलिस्क्रीन बीच में चिल्ला पड़े। हो सकता है कि वह रेजर ब्लेड ऐम्पलफोर्थ ही लेकर आया हो।

"ऐम्पलफोर्थ!" विंस्टन बोला।

टेलिस्क्रीन से कोई आवाज़ नहीं आई। ऐम्पलफोर्थ ने ठहरकर एक नज़र उसे देखा।

"अरे, स्मिथ!" वह बोला, "तुम भी?"

"तुम यहाँ क्या कर रहे हो?"

विंस्टन के सामने बेंच पर वह थोड़ा अजीब ढंग से बैठा और बोला, "सच कहूँ तो जुर्म केवल एक ही है, नहीं?"

"और तुमने वह जुर्म कर दिया है?"

"ज़ाहिर है।"

उसने अपने माथे पर हाथ रखकर थोड़ा ज़ोर लगाया, जैसे कुछ याद करने की कोशिश कर रहा हो। फिर अटपटे ढंग से बोलने लगा, "यह सब तो होता ही है। मुझे एक वाक़या याद पड़ता है—शायद इकलौता वाक़या। बेशक मेरी ही लापरवाही थी। हम लोग किपलिंग की कविताओं का प्रामाणिक संस्करण तैयार कर रहे थे। मैंने एक पंक्ति के अन्त में 'गॉड' शब्द जस का तस छोड़ दिया था। उसका मैं कुछ कर ही नहीं सकता था!" चेहरा ऊपर उठाकर विंस्टन को देखते हुए तक़रीबन क्षोभ में उसने कहा, "उस पंक्ति को बदलना मेरे लिए असम्भव सा था क्योंकि उसकी तुक 'रॉड' के साथ थी।"

"क्या तुम विश्वास करोगे कि पूरी भाषा में केवल 12 शब्द ऐसे हैं जिनकी तुक रॉड के संग बैठती है? मैंने कई दिन अपना माथा खपाया, लेकिन कोई और तुकान्त शब्द नहीं खोज सका।"

उसके चेहरे के भाव बदल चुके थे। क्षोभ जा चुका था। एक पल को वह थोड़ा सन्तुष्ट दिखा। जैसे कोई गन्दा बलख़बरा बुद्धिजीवी अचानक किसी अनावश्यक क़िस्म के तथ्य की खोज करके अपनी ही बौद्धिक हरकत पर गरमा उठा हो।

वह बोला, "कभी तुम्हें ऐसा अहसास हुआ कि अंग्रेज़ी काव्य का समूचा इतिहास इस भाषा में तुकान्त शब्दों के अभाव से तय होता रहा है?"

विंस्टन के दिमाग़ में कभी यह बात नहीं आई थी। कम से कम इस हालत में तो उसे बिलकुल भी नहीं लगा कि यह बात क्यों अहम या दिलचस्पी लेने लायक़ होनी चाहिए।

विंस्टन ने पूछा, "दिन का कौन सा पहर है यह? कोई अन्दाज़ा?"

ऐम्पलफोर्थ फिर से चौंका। "मैंने इस बारे में शायद ही सोचा हो। उन्होंने मुझे दो दिन पहले, या शायद तीन दिन पहले गिरफ़्तार किया था।" उसकी आँखें दीवार पर चली गईं जैसे कहीं किसी खिड़की को तलाश रही हों। "यहाँ तो दिन और रात में कोई अन्तर ही नहीं है। मुझे नहीं मालूम यहाँ कोई कैसे समय का पता लगा सकता है।"

कुछ देर तक वे दोनों ऐसे ही असंगत ढंग से बात करते रहे। फिर अकारण ही टेलिस्क्रीन से एक आवाज़ चीख़ी और वे शान्त बैठ गए। विंस्टन अपने हाथ बाँधे चुपचाप बैठा रहा। ऐम्पलफोर्थ पतली सी बेंच पर आराम से बैठने के लिहाज़ से काफ़ी बड़ा था, सो दाएँ-बाएँ अपना वज़न बदल रहा था और बारी-बारी से घुटनों को अपनी कमज़ोर बाँह में कस ले रहा था। टेलिस्क्रीन ने चीख़ते हुए उसे एक ही मुद्रा में शान्त बैठने की हिदायत दी। बीस मिनट ऐसे ही बीत गए, या शायद घंटा भर। समय का अन्दाज़ा लगाना मुश्किल था। एक बार फिर बाहर बूटों की आवाज़ हुई। विंस्टन की अँतड़ियाँ सिमट आईं। बूटों की आवाज़ का मतलब उसकी बारी का फ़रमान! बस अगले पाँच मिनट, या शायद अभी ही, एकदम तुरन्त।

दरवाज़ा खुला। भावशून्य चेहरे वाला नौजवान अफ़सर कोठरी में घुसा। हाथ के हल्के इशारे से उसने ऐम्पलफोर्थ को कहा, "कमरा नम्बर एक सौ एक।"

ऐम्पलफोर्थ बेअदबी से चलते हुए सन्तरियों के साथ बाहर निकल गया, हल्के से उद्विग्न चेहरे के साथ, जैसे उसे कुछ ख़ास समझ न आया हो।

लग रहा था काफ़ी वक़्त गुज़र चुका है। विंस्टन के पेट का दर्द लौट आया था। उसका मन गोल-गोल चक्कर लगा रहा था, जैसे कोई गेंद एक ही जगह पर बार-बार टकराकर उछलती हो। उसके मन में केवल छह बातें चल रही थीं। पेट का दर्द, ब्रेड का एक टुकड़ा, ख़ून-ख़राबा और चीख़-चिल्लाहट, ओ'ब्रायन, जूलिया और रेजर ब्लेड। पेट में फिर से मरोड़ उठी, फिर से भारी बूटों की आवाज़ आई। दरवाज़ा जैसे ही खुला, ठंडे पसीने का एक ज़बरदस्त झोंका भीतर आया। कोठरी में पारसन्स ने प्रवेश किया। वह ख़ाकी शॉर्ट और स्पोर्ट्स वाली शर्ट पहने हुए था।

अबकी विंस्टन ऐसा चौंका कि ख़ुद को लगभग भूल ही गया।

"तुम यहाँ!" वह बोला।

पारसन्स ने विंस्टन पर ऐसे नज़र डाली जिसमें न कोई दिलचस्पी थी न ही कोई आश्चर्य, बस एक कातर भाव था। वह झटके में आगे-पीछे चलने लगा।

वह एक जगह टिक नहीं पा रहा था। हर बार अपने थुलथुल घुटनों को वह सीधा करता तो वे साफ़ काँपते दिखाई देते। विस्फारित आँखों से वह लगातार बीच में कहीं घूरे जा रहा था।

"तुम यहाँ किसलिए आए हो?" विंस्टन ने पूछा।

"विचार अपराध!" तक़रीबन बिलबिलाते हुए पारसन्स बोला। उसके स्वर से एकबारगी उसके अपराध की स्वीकारोक्ति और दूजे एक क़िस्म की बदगुमानी के टूटने से पैदा हुआ डर ज़ाहिर होता था, कि आख़िर यह शब्द उसके ऊपर कैसे लागू हो सकता है। वह विंस्टन के ठीक सामने आकर रुका और बोला, "वे मुझे गोली तो नहीं मारेंगे न? तुम्हें क्या लगता है, बन्धु? अगर किसी ने वास्तव में कोई जुर्म न किया हो तो वे गोली नहीं मारते—केवल सोचा ही तो था, उसे कैसे कोई रोक सकता है? मुझे पता है कि वे अपनी बात रखने का पूरा मौक़ा देते हैं। मुझे इस मामले में उन पर पूरा भरोसा है। उन्हें तो मेरा रिकॉर्ड पता ही होगा, नहीं? तुम तो जानते ही हो मैं कैसा आदमी हूँ। मेरे ख़याल से मैं बुरा तो नहीं था। बेशक दिमाग़दार नहीं हूँ, लेकिन तेज़ तो हूँ ही। मैंने पार्टी के लिए अपना सर्वश्रेष्ठ देने की कोशिश की है, नहीं? तुम्हें नहीं लगता कि मुझे पाँच साल से ज़्यादा की क़ैद नहीं होनी चाहिए? चलो, दस साल ही सही। मेरे जैसा आदमी तो श्रमिक शिविर में भी उनके बहुत काम आ सकता है। केवल एक बार के भटकाव में वे मुझे गोली थोड़े मार देंगे?"

"क्या तुम कसूरवार हो?" विंस्टन ने पूछा।

टेलिस्क्रीन की ओर ख़ुशामद अन्दाज़ में देखते हुए वह चीख़ा, "हाँ, मैं कसूरवार हूँ। तुम्हें क्या लगता है कि पार्टी किसी निर्दोष आदमी को गिरफ़्तार करेगी?" उसका मेढकनुमा चेहरा थोड़ा स्थिर हुआ, फिर दिखावटी ढंग से ऐसे बोला जैसे सारे ज्ञान का सार दे रहा हो, "विचार अपराध बड़ी ख़ौफ़नाक चीज़ है, बन्धु।" उसने कहा, "यह घातक है। तुम्हें पता भी नहीं चलेगा और तुम इसकी चपेट में आ जाओगे। जानते हो मैं कैसे इस चक्कर में फँसा? सोये में! हाँ, सच में। मैं काम करके आया था, मेरे दिमाग़ में कुछ भी गन्दा नहीं था जितना मैं जानता हूँ। मैं आराम कर रहा था और सोये में बड़बड़ाने लगा। पता है उन्होंने मुझे क्या कहते हुए सुना?"

उसने आवाज़ धीमी की, जैसे कोई अश्लील बात कहने से पहले डॉक्टर की सलाह का पालन कर रहा हो।

"मोटा भाई मुर्दाबाद!" हाँ, यही बोला था मैंने। ऐसा लगता है कई बार बोल

दिया था। यह बात केवल मेरे और तुम्हारे बीच में है, बन्धु। मैं तो ख़ुश हूँ कि मामला और आगे बढ़ता इससे पहले ही वे मुझे उठा लिए। मुझे जब पंचों के सामने ले जाया जाएगा तो पता है मैं क्या कहूँगा? "शुक्रिया," हाँ, यही कहूँगा—"शुक्रिया, कि समय रहते आपने मुझे बचा लिया।"

"किसने पकड़वाया तुम्हें?" विंस्टन ने पूछा।

थोड़ा खिन्न मन लेकिन गर्वबोध के साथ वह बोला, "मेरी छोटी वाली बिटिया ने।" "उसने दरवाज़े के की-होल से सुन लिया था मैंने क्या कहा था। अगले दिन जाकर उसने गश्ती दल को सब बता दिया। सात साल की बच्ची कितनी तेज़ निकली, देखे? मुझे उससे कोई शिकायत नहीं, बल्कि गर्व है उस पर। यह दिखाता है कि मैंने उसे कितने सही ढंग से पाला-पोसा है।"

यह कहकर उसने काफ़ी तेज़ी से आगे-पीछे कई चक्कर मारे और बड़ी हसरत से संडास की ओर देखा। फिर अचानक उसने अपनी हाफ पैंट नीचे सरका दी।

"माफ़ करना बन्धु। बहुत देर से लगी है। अब रोक नहीं पाऊँगा।" पारसन्स बोला।

संडास पर जाकर उसने अपना बड़ा सा पिछवाड़ा टिका दिया। विंस्टन ने हाथ से अपना मुँह ढक लिया।

"स्मिथ!" टेलिस्क्रीन से आवाज़ चीख़ी, "क़ैदी नम्बर 6079 स्मिथ विंस्टन! चेहरे से हाथ हटाओ। जेल में चेहरा ढका नहीं होना चाहिए।"

विंस्टन ने चेहरे से हाथ हटा लिया। पारसन्स ने खुलकर झाड़ा फिर लिया। जब बहाने की बारी आई तो पता चला प्लग ही ख़राब था। इसके बाद कई घंटे तक कोठरी बहुत बुरी महकती रही।

पारसन्स को वहाँ से हटा दिया गया। इस बीच कई क़ैदी आए और गए। उनमें एक औरत भी थी, जिसे 101 नम्बर कमरे में भेजा गया था। विंस्टन ने ग़ौर किया कि कमरे का नाम सुनते ही उसका चेहरा उड़ गया और वह काँपने लगी थी। फिर एक वक़्त ऐसा आया जब उसकी कोठरी में कुल छह क़ैदी थे, आदमी और औरत दोनों। अगर उसे यहाँ सुबह लाया गया रहा होगा, तो यह दोपहर होगी; अगर दोपहर में लाया गया रहा होगा तब इस वक़्त रात होगी। वे सभी एकदम निश्चल बैठे थे। विंस्टन के सामने जो आदमी बैठा था उसके ठुड्डी नहीं थी और वह दाँतुल था, जैसे किसी बड़े से शान्त चूहे का चेहरा हो। उसके मोटे चित्तीदार गाल नीचे की ओर ऐसे लटके थे कि लगता था उसने कुछ खाने की चीज़ मुँह में यहाँ-वहाँ जमा

कर रखी हो। उसकी भूरी आँखें भटर-भटर एक से दूसरे चेहरे पर घूम रही थीं। किसी से जैसे ही आँख लड़ती, वह तुरन्त नज़र फेर लेता था।

दरवाज़ा खुला। एक और क़ैदी को भीतर लाया गया। उसे देखते ही विंस्टन की देह में एक पल को सुरसुरी-सी दौड़ गई। मामूली आदमी ही था लेकिन देखने में नीच लगता था। कोई इंजीनियर या मिस्त्री रहा होगा, लेकिन उसके कृशकाय चेहरे में चौंकाने वाली एक ख़ासियत थी। उसका चेहरा खोपड़ी की तरह था। बेहद पतला होने के कारण उसका मुँह और आँखें ज़रूरत से ज़्यादा बड़ी दिखती थीं और आँखों में किसी व्यक्ति या किसी चीज़ के प्रति एक क़ातिलाना नफ़रत झलकती थी।

विंस्टन से कुछ दूर वह बेंच पर बैठ गया। विंस्टन ने दोबारा उसकी ओर नहीं देखा, लेकिन खोपड़ीनुमा वह सन्तप्त चेहरा उसके ज़ेहन में इतना साफ़ था गोया आँखों के सामने ही हो। अचानक उसे समझ में आया कि माजरा क्या है। वह आदमी भूख से मरा जा रहा था। उस कोठरी में शायद सबको एक साथ बिलकुल यही बात समझ में आई रही होगी। बेंच के इर्द-गिर्द फुसफुसाहट चालू हो गई। बिना ठुड्डी वाले आदमी की निगाह बार-बार खोपड़ीनुमा चेहरे पर चली जा रही थी, फिर अपराधबोध में वह नज़र फेर ले रहा था और दोबारा जाने किस आकर्षण से उसी की ओर देखने लग जाता। वह बैठे-बैठे बेचैन हो उठा। आख़िर में उठा, कोठरी में इधर-उधर चहलक़दमी करते हुए अपनी जेब टटोली और लज्जित भाव से एक गन्दा सा ब्रेड का टुकड़ा निकालकर खोपड़ी की ओर बढ़ा दिया।

टेलिस्क्रीन से दहलाने वाली भीषण आवाज़ हुई। बिना ठुड्डी वाला आदमी उछलकर अपनी जगह बैठ गया। खोपड़ी ने बहुत तेज़ी से अपने हाथ पीठ के पीछे खींच लिए गोया पूरी दुनिया को दिखाना चाह रहा हो कि उसने भेंट ठुकरा दी है।

"बमस्टेड!" टेलिस्क्रीन दहाड़ा, "क़ैदी नम्बर 2713 बमस्टेड जे.! ब्रेड का टुकड़ा हाथ से तुरन्त छोड़ दो!"

बिना ठुड्डी वाले शख़्स ने ब्रेड फ़र्श पर गिरा दी।

आवाज़ ने निर्देश दिया, "जहाँ हो वहीं खड़े रहो। मुँह दरवाज़े की तरफ़, और कोई हरकत नहीं।"

बिना ठुड्डी वाले आदमी ने वैसा ही किया। उसके ढीले गाल बेतहाशा फड़क रहे थे। तड़ाक से दरवाज़ा खुला। नौजवान अफ़सर घुसते ही एक ओर को हो गया। उसके ठीक पीछे से एक ठिंगना और गठीले बदन वाला सन्तरी नमूदार हुआ जिसके कन्धे और बाँहें बहुत तगड़ी थीं। बिना ठुड्डी वाले शख़्स के ठीक सामने

वह आकर खड़ा हो गया और अपने अफ़सर से इशारा मिलते ही अपने शरीर के पूरे वज़न से एक ज़ोरदार घूँसा उसके मुँह पर जड़ दिया। इतना ज़ोर का घूँसा था कि उसके पैर ही ज़मीन से उखड़ गए। वह उछलकर कोठरी के दूसरे छोर पर जा गिरा और किसी तरह संडास की सीट के नीचे वाले हिस्से से जा टकराया। कुछ पल के लिए तो वह जड़ हो गया। उसके मुँह और नाक से गाढ़ा ख़ून भल-भल गिर रहा था। तक़रीबन मूर्च्छा में उसके मुँह से बहुत हल्की सी चिचियाने वाली एक आवाज़ निकली। फिर किसी तरह फ़र्श पर गोलियाते हुए हाथों और घुटनों के बल उसने ख़ुद को सीधा किया। ख़ून और लार के साथ उसके मुँह से दो हिस्से में टूट चुकी दंत पंक्ति भी बाहर आ गिरी।

बाक़ी क़ैदी एकदम मूर्तिवत् बैठे थे। उनके हाथ घुटनों पर बँधे हुए थे। बिना ठुड्डी वाला आदमी वापस अपनी जगह पर आकर बैठ गया। उसके चेहरे के एक ओर का मांस गहरा गया था। पूरा मुँह सूज के बेडौल हो गया था और बीचोबीच एक काला सूराख़ था। रह-रह कर उससे ख़ून की बूँदें उसकी वर्दी पर छाती के पास टपक जा रही थीं। उसकी भूरी आँखें अब भी एक-एक करके हर चेहरे को देख रही थीं, हालाँकि इस बार उसके देखने में और ज़्यादा अपराधबोध था, जैसे वह थाह लेना चाह रहा हो कि उसकी शर्मिन्दगी ने दूसरों की निगाह में उसे कितना अपमानित किया था।

दरवाज़ा खुला। हल्के अफ़सर ने खोपड़ीनुमा चेहरे वाले आदमी को हल्का इशारा किया।

"कमरा नम्बर 101," वह बोला।

विंस्टन के आसपास अचानक चौंकाने वाली हरकत हुई। वह आदमी ज़मीन पर अपने घुटनों पर बैठ गया था और उसने अपने हाथ जोड़ लिये थे।

"कॉमरेड! हुज़ूर!" वह चिल्लाया, "आपको मुझे वहाँ ले जाने की कोई ज़रूरत नहीं है! मैंने आपको सब कुछ बता दिया है। और क्या जानना चाहते हैं आप? ऐसा कुछ भी नहीं है जो मैं क़बूल न करूँ। कुछ भी नहीं! आप बस बोलकर तो देखिए, जो कहेंगे सब क़बूल कर लूँगा। आप बस लिख दो और मैं उस पर दस्तख़त कर दूँगा—कुछ भी, जो चाहो सो। लेकिन 101 नम्बर में नहीं जाना है मुझे!"

"कमरा नम्बर 101," अफ़सर बोला।

पहले से ही पीला पड़ा उसका चेहरा एक ऐसे रंग में बदल गया, जिसे देखकर विंस्टन को भरोसा ही नहीं हुआ। उसका चेहरा हरा पड़ गया था। और यह पक्की

बात थी, इसमें कोई शक नहीं था। तक़रीबन हरा रंग ही था।

वह चिल्लाया, "मेरे साथ जो करना है कर लो। आप हफ़्तों से मुझे भूखा मार रहे हो। ख़त्म करो सब कुछ, मर जाने दो मुझे। गोली मार दो मुझे। फाँसी पर लटका दो। पचीस साल की क़ैद सुना दो। आप मेरे मुँह से किसी और का नाम कहलवाना चाहते हैं? आप बस बता दीजिए कौन है वह, और आप जो चाहोगे मैं वह सब कुछ बोल दूँगा। चाहे वह जो भी हो, मुझसे मतलब नहीं। मेरी एक बीवी और तीन बच्चे हैं। सबसे बड़ा वाला बच्चा अभी छह साल का भी नहीं हुआ है। आप चाहो तो उन सबको उठा लो और मेरे सामने ही उनका गला काट दो, मैं चुपचाप खड़ा होकर देख लूँगा। लेकिन 101 नम्बर में मुझे नहीं जाना।"

"कमरा नम्बर 101," अफ़सर बोला।

उसने घबराकर चारों ओर दूसरे क़ैदियों को एक नज़र देखा गोया किसी तरकीब से अपनी जगह वह किसी और को रख देगा। उसकी निगाह बिना ठुड्डी वाले आदमी के थुरे हुए चेहरे पर जा टिकी। अपना दुबला-पतला हाथ उसकी ओर उठाते हुए वह बोला :

"इसे ले जाओ, मुझे नहीं। आपने सुना नहीं यह क्या बोल रहा था मार खाने के बाद। बस एक बार मौक़ा दीजिए, मैं एक-एक शब्द बता दूँगा आपको। असल आदमी यही है जो पार्टी के ख़िलाफ़ है, मैं नहीं।" सन्तरी आगे बढ़े। वह एकदम से चीख़ पड़ा, "आपने उसे सुना नहीं! टेलिस्क्रीन में कुछ गड़बड़ रहा होगा। आपको इसे ले जाना चाहिए। मुझे नहीं, इसे ले जाओ!"

दो गठीले गार्ड झुके और उसकी बाँहें पकड़कर टाँग लिये। ऐन इसी वक़्त एक झटके में वह उछलकर फ़र्श पर गिरा और बेंच का लोहे का पाया पकड़ लिया। किसी जंगली जानवर की तरह उस वक़्त वह चिंघाड़ रहा था। सन्तरी उसे खींचने लगे ताकि उसकी पकड़ ढीली पड़ जाए लेकिन भयंकर ताक़त से उसने बेंच का पाया थाम रखा था। कम से कम बीस सेकंड तक वे उस पर जुटे रहे। बाक़ी क़ैदी अपने घुटनों पर हाथ बाँधे चुपचाप अपनी आँखों के सामने ये तमाशा देख रहे थे। उसका चिंघाड़ना बन्द हो गया। अब उसके पास और साँस नहीं बची थी। वह निढाल होकर लटक गया था। फिर अचानक एक अजीब क़िस्म से चिल्लाने की आवाज़ आई। पता चला कि एक गार्ड ने अपने बूट से मारकर उसके एक हाथ की उँगलियाँ तोड़ दी थीं। वे उसे फ़र्श पर घसीटने लगे।

"कमरा नम्बर 101," अफ़सर बोला।

उसे बाहर ले जाया गया। वह लड़खड़ा रहा था। उसकी गरदन नीचे धँसी हुई थी। अपने कुचले गए हाथ को वह पकड़े हुए था। लड़ने-भिड़ने की सारी ताक़त जा चुकी थी।

काफ़ी समय गुज़र चुका था। खोपड़ीनुमा चेहरे वाले को अगर रात में ले जाया गया रहा होगा तो उस वक़्त सुबह थी। अगर वह सुबह गया रहा होगा तब अभी दोपहर होगी। कोठरी में विंस्टन अकेला था। कई घंटे से वह अकेला ही था। उस तंग बेंच पर बैठना इतना मुश्किल हो रहा था कि बीच-बीच में उठकर वह चलने लग जाता था। टेलिस्क्रीन को इस पर कोई एतराज़ नहीं था। बिना ठुड्डी वाला आदमी जिस जगह ब्रेड का टुकड़ा छोड़ गया था वह अब भी वहीं पड़ा हुआ था। शुरू में तो उससे नज़र हटाना विंस्टन के लिए मुश्किल था, लेकिन अब भूख पर प्यास भारी पड़ रही थी। उसकी ज़बान चटचटा रही थी और मुँह का ज़ायका कड़वा हो चुका था। उस पर से लगातार आ रही घनघनाहट की आवाज़ और दूधिया रोशनी मूर्च्छा पैदा कर रही थी जिससे खोपड़ी के भीतर एक ख़ालीपन सा महसूस हो रहा था। हड्डियों का दर्द जब बरदाश्त के बाहर हो जाता तो वह उठकर खड़ा हो जाता था। फिर खड़े-खड़े जब बेहोशी छाने लगती तो थक-हार के वापस बैठ जाता। जब उसका शरीर नियंत्रण में होता तो मन में डर वापस आ जाता। कभी-कभी डूबती उम्मीदों के साथ उसे ओ'ब्रायन का ख़याल आता और रेजर ब्लेड के बारे में वह सोचने लगता था। मुमकिन है जब कभी उसे खाना मिलेगा—अगर कभी मिला तो—शायद रेजर ब्लेड उसी में छिपाकर भेजा जाए। इस सबके बीच जूलिया की मद्धिम स्मृति भी मौजूद थी। वह जहाँ कहीं भी होगी, उससे भी बुरी यातनाएँ झेल रही होगी। हो सकता है इस वक़्त वह दर्द से चीख़ रही हो। उसने सोचा, "उसे बचाने के लिए अगर मैं उसके हिस्से का दर्द भी अपने पर ले सकूँ, तो क्या मैं ऐसा करूँगा? हाँ, करूँगा।" यह फ़ैसला हालाँकि महज़ दिमाग़ी था, केवल इसलिए क्योंकि वह जानता था इसका जवाब ऐसे ही होना है। उसे ऐसा कुछ भी महसूस नहीं हो रहा था। ये जगह ही ऐसी है जहाँ आप कुछ भी महसूस नहीं कर सकते, सिवाय दर्द के और दर्द के पूर्वाभास के। वैसे भी, जब आप ख़ुद दर्द में पड़े हों तो क्या यह सम्भव है कि ऐसे किसी भी कारण की कामना कर पाएँगे जो दर्द को बढ़ाने वाला हो? इस सवाल का जवाब देना फ़िलहाल सम्भव नहीं था।

बूटों की आवाज़ फिर से क़रीब आ रही थी। दरवाज़ा खुला। ओ'ब्रायन भीतर घुसा।

विंस्टन उठकर आगे बढ़ा। अचानक पैदा हुए इस दृश्य ने उसे असावधान कर दिया था। बरसों में शायद पहली बार वह टेलिस्क्रीन की मौजूदगी को भूल गया था।

वह चिल्ला उठा, "आप भी धरा गए?"

हल्के से व्यंग्यात्मक स्वर में तक़रीबन खिन्न भाव से ओ'ब्रायन ने कहा, "मैं तो कब का धराया हुआ हूँ।" यह कहकर वह एक तरफ़ हो लिया। उसके पीछे से चौड़ी छाती वाला एक सन्तरी सामने आ खड़ा हुआ। उसके हाथ में लम्बा काला डंडा था।

"इसे तो तुम जानते होगे, विंस्टन," ओ'ब्रायन बोला। "झूठ मत बोलना, तुम जानते हो, बल्कि हमेशा से जानते रहे हो।"

हाँ, विंस्टन ने अब जाकर देखा, वह हमेशा से ही जानता था लेकिन अभी उसके बारे में सोचने का वक़्त नहीं था। उसकी पूरी चेतना गार्ड के काले डंडे पर टिकी हुई थी। वह कहीं भी गिर सकता था—उसके सिर पर, कान के कोने में, बाजू पर, कुहनी पर...

और वह कुहनी पर गिरा! विंस्टन दर्द से दोहरा होकर घुटनों के बल गिर गया, तक़रीबन अपंग स्थिति में चोट खाई कुहनी को दूसरे हाथ से पकड़े हुए। लगा, जैसे कोई धमाका हुआ हो और सब कुछ पीली रोशनी में डूब गया हो। बस एक प्रहार में इतना भयंकर दर्द! यह उसके लिए अकल्पनीय था। उसके सामने खड़ी रोशनी की दीवार टूटी तो दोनों फिर दिखाई दिए। वे उसी को देख रहे थे। उसके दर्द और ऐंठन पर गार्ड हँस रहा था। एक सवाल का जवाब तो उसे मिल गया था। किसी भी कारण से, चाहे धरती पर कोई भी वजह हो, आदमी दर्द के बढ़ने की चाह नहीं कर सकता। दर्द में आप केवल एक कामना कर सकते हैं, कि दर्द चला जाए। इस दुनिया में शारीरिक कष्ट से बुरा कुछ भी नहीं है। पंगु हो चुकी अपनी बाईं बाँह को दूसरे हाथ से अनावश्यक थामे ज़मीन पर लोटते हुए उसे बार-बार एक ही बात समझ में आ रही थी—देह में कष्ट हो तो कोई हीरो नहीं रह जाता, सारी हीरोपंती निकल जाती है।

2

जैसी चारपाइयाँ शिविरों में होती हैं, उसे लगा कि वह वैसे ही किसी बिस्तर पर लेटा हुआ है। अन्तर बस इतना था कि वह ज़मीन से थोड़ा ज़्यादा ऊँचा था और नीचे से शायद बँधा हुआ था क्योंकि वह हिल-डुल नहीं पा रहा था। रोशनी भी सामान्य से ज़्यादा तेज़ थी और सीधे उसके चेहरे पर पड़ रही थी। बग़ल में ओ'ब्रायन खड़ा उसे देख रहा था। दूसरी बग़ल सफ़ेद कोट पहने एक शख़्स खड़ा था जिसके हाथ में इंजेक्शन की सुई थी।

विंस्टन की आँखें खुली थीं, फिर भी अपने आसपास के माहौल की थाह उसे नहीं लग पा रही थी। उसके मन पर कुछ ऐसी छाप थी गोया इस कमरे में वह किसी और दुनिया से तैरकर पहुँचा हो। जैसे समन्दर के बहुत नीचे के किसी जलमग्न इलाक़े में हो। पता नहीं वह कितनी देर से यहाँ था, उसे कुछ नहीं पता। गिरफ़्तारी के बाद से न उसे अँधेरा देखने को मिला था न ही बाहर की रोशनी। उसकी याददाश्त भी भंग हो चुकी थी। ऐसे पल भी आए थे इस बीच जब उसे अपनी चेतना के चले जाने और एक लम्बे सन्नाटे के बाद उसके अचानक लौट आने का अहसास हुआ—वैसी चेतना भी जैसी नींद के दौरान आधी-अधूरी कायम रहती है। यह सन्नाटा हफ़्तों का था, कुछ दिनों का या कुछ सेकंड का, इसे जानने का कोई तरीक़ा नहीं था उसके पास।

कुहनी पर पहले ही वार के बाद से वह दु:स्वप्न में जी रहा था। यह तो काफ़ी बाद में उसे अहसास होना था कि इस बीच जो कुछ भी हुआ था उसके साथ, वह सब महज़ शुरुआती जाँच-पड़ताल का नियमित हिस्सा होता है। इससे तो तक़रीबन सारे क़ैदियों को गुज़रना ही पड़ता है। अपराधों की फ़ेहरिस्त बहुत लम्बी होती है—जासूसी से लेकर विध्वंस तक—और हर किसी को यह सब सामान्य तौर पर क़बूल करना ही होता है। जुर्म क़बूल करना तो महज़ औपचारिकता है, लेकिन

यातना एक दर्दनाक हक़ीक़त है। उसे कितनी बार पीटा गया था, कितनी देर तक पीटा गया, अब कुछ भी याद नहीं था। काली वर्दी पहने पाँच-छह लोग हमेशा ही एक साथ उसे मारते थे। कभी घूँसों से, कभी डंडों से, कभी-कभी स्टील की रॉड से और कभी बूटों से पिटाई होती थी। जाने कितनी बार ऐसे मौक़े आए जब वह एकदम जंगली जानवर की तरह बेशर्मी से ज़मीन पर लोट गया और बूटों की मार से बचने के लिए नाउम्मीदी में अपनी देह को इधर से उधर छटकता रहा था। ऐसा करने पर हालाँकि और ज़्यादा मार पड़ती थी। जितना हिलोगे उतनी लातें—पसलियों में, पेट में, कुहनी पर, पिंडली में, पेड़ू में, अंडकोष में, रीढ़ की निचली हड्डी में। उसे इस बात का बुरा नहीं लगता था कि गार्ड बिना थके-रुके उसे दनादन मारते थे। कहीं ज़्यादा निर्मम, घिनौनी और ख़ुद को माफ़ न करने लायक़ बात यह थी कि वह चाहकर भी ख़ुद को बेहोशी की हालत में धकेल नहीं पाता था। ऐसे भी मौक़े आए जब उसका ख़ुद पर नियंत्रण नहीं रहा और पिटाई से पहले ही वह रहम के लिए चीख़ने-चिल्लाने लगा। बस एक मुट्ठी दिखने भर की देरी होती और मार खाने से पहले ही वह तमाम क़िस्म के असली और काल्पनिक जुर्म क़बूल करने लग जाता था। कुछ और मौक़ों पर वह पहले से संकल्प लेकर बैठा होता कि कुछ भी क़बूल नहीं करना है। ऐसे में उसके मुँह से निकलती दर्दनाक आह और कराह के बीच एक-एक शब्द उगलवाना पड़ता था। कभी-कभी वह हल्का सा समझौता करने को भी तैयार होता था, जब वह ख़ुद से कहता : "मैं क़बूल तो करूँगा, पर अभी नहीं। दर्द के हद से गुज़र जाने तक ख़ुद को रोके रखना है। बस तीन लात और, बस दो लात और, फिर वे जो चाहेंगे मैं बोल दूँगा।" कभी-कभार उसे इस हद तक पीटा जाता कि वह खड़ा रहने की हालत में नहीं होता। फिर उसे आलू के बोरे की तरह पत्थर की फ़र्श पर एक कोने में फेंक दिया जाता। थोड़ी देर में जब वह ठीक हो जाता तो दोबारा पिटाई होती। पिटाई के बीच कभी-कभी ज़ख़्म भरने के लिए लम्बा वक़्त भी मिल जाता था। वह दौर उसे बमुश्किल ही याद रहता क्योंकि या तो इस बीच वह सोता रहता या अचेत पड़ा रहता था। उसकी स्मृति में जेल की एक कोठरी थी जिसमें पटरे की एक चारपाई थी, दीवार से लगी हुई एक टाँड़ थी और टिन का वाश बेसिन था। खाने को ब्रेड, नियमित गरम सूप और कभी-कभी कॉफ़ी मिल जाया करती थी। एक बदमिज़ाज नाऊ उसे याद था जो बाल और दाढ़ी काटने आता था। सफ़ेद कोट पहने कुछ रूखे लोग उसे देखने के लिए नियम से आते थे—वे उसकी नाड़ी टटोलते, उसकी शारीरिक प्रतिक्रियाएँ जाँचते,

पलकों को खींचकर ऊपर उठाते, टूटी हुई हड्डियों के लिए पूरी देह का मुआयना अपनी कठोर उँगलियों से करते और सुलाने के लिए उसकी बाँह में सुई घोंपते थे।

ऐसी पिटाई के दौर अब कम हो चुके थे। बस एक डर था, मार खाने से जुड़े भयावह आतंक का एक अहसास, कि अगर उसके जवाब सन्तोषजनक नहीं पाए गए तो वापस वही दौर लौट आएगा। उससे सवाल करने वाले लोग भी बदल चुके थे। अब वे काली वर्दीधारी गुंडे नहीं थे बल्कि पार्टी के बुद्धिजीवी थे—चमकदार चश्मों और फुर्तीली चाल-ढाल वाले गोलमटोल ठिंगने आदमी—जो पारी-पारी से उससे सवाल करते। उसके ख़याल से, पक्का तो नहीं कह सकता पर, यह तहक़ीक़ात एक बार में लगातार दस से बारह घंटे तक चलती थी। सवाल पूछने वाले इतना सुनिश्चित कर लेते थे कि वह हमेशा हल्के दर्द में रहे, हालाँकि अकेले इतने से उनका काम नहीं चलता था। वे उसे चाँटा मारते, कान पकड़कर ऐंठते, बाल नोचते, उसे एक पैर पर खड़ा होने को बाध्य करते, पेशाब करने नहीं जाने देते और उसकी आँखों में तेज़ रोशनी चमकाते जब तक कि उसकी आँखों से पानी न निकल आवे। इस सबका उद्देश्य बस उसे अपमानित करना था ताकि बहस करने और दलील देने की उसकी ताक़त ख़त्म की जा सके। उनका सबसे बड़ा हथियार निष्ठुर तरीक़े से लगातार सवाल पूछना था और यह घंटे दर घंटे चलता जाता था। वे सवालों से उसे उकसाते, शब्दजाल में उसे फँसाते, उसकी कही हर बात को दूसरे तरीक़े से तोड़-मरोड़कर पेश करते और जैसे ही वह अपनी बात को काटता या कोई झूठ बोलता उसे हर क़दम पर दोषी ठहरा देते थे। यह सिलसिला तब तक चलता जब तक कि टूटकर वह थकान और शर्मिन्दगी के मारे रोने नहीं लग जाता। कभी-कभार तो सवाल-जवाब के एक सत्र में वह आधा दर्जन बार रो देता था। ज़्यादातर तो वे उसे हिंसक गालियाँ देते और उसकी हर दुविधा पर गार्डों के पास दोबारा भेज देने की धमकी देते थे। कभी-कभार उनका स्वर अचानक बदल जाता था—वे उसे कॉमरेड कहकर बुलाते, इंगसॉक और मोटा भाई की क़समें खिलाकर गुजारिश करते और अफ़सोस भरे लहज़े में पूछते कि क्या अब भी पार्टी के प्रति उसके भीतर इतनी वफ़ादारी बची है कि अपने किए हर अपराध का वह प्रायश्चित्त करना चाहेगा। घंटों सवाल-जवाब के बाद जब वह भीतर से एकदम टूटकर निढाल हो जाता, तो ऐसी अपीलों पर रो पड़ता था। जितना उसे बूटों और घूँसों ने नहीं तोड़ा था, उससे कहीं ज़्यादा लगातार हो रही सवालों की बौछार उसे तोड़ देती थी। उसका पूरा शरीर केवल एक मुँह बनकर रह गया था जो बड़बड़ाता

था, या महज़ एक हाथ जिसका काम दस्तख़त करना था, चाहे उससे जो भी कहने या लिखने को कहा जाता। उसका इकलौता सरोकार बस यह जानने से था कि वे क्या चाहते हैं उससे क़बूलवाना, और फिर जल्द से जल्द क़बूल कर लेना ताकि अगले दौर की यातना से किसी तरह मुक्ति मिले। उसने पार्टी के आला सदस्यों की हत्या करने, राजद्रोहपूर्ण रिसाले बाँटने, सरकारी धन का गबन करने, गोपनीय सैन्य सूचनाओं को बेचने और हर क़िस्म के विध्वंसक काम करने को क़बूल कर लिया था। उसने यह क़बूल किया कि 1968 में वह ईस्टेशिया की सरकार के लिए वहाँ से पैसे लेकर जासूसी करता था। उसने माना कि वह धार्मिक आस्था रखता था, पूँजीवाद का समर्थक था और यौन दुराचारी भी था। उसने अपनी पत्नी की हत्या करना स्वीकार कर लिया, हालाँकि वह इस बात से अच्छे से वाक़िफ़ था और सवाल पूछने वाले भी जानते होंगे कि उसकी पत्नी अब भी ज़िन्दा थी। उसने स्वीकार किया कि बरसों से वह गोल्डस्टीन के निजी सम्पर्क में था और एक ऐसे भूमिगत संगठन का सदस्य था जिसमें उसका जानने वाला हर आदमी शामिल था। यहाँ सब कुछ क़बूल कर लेना और हर किसी को फँसा देना आसान काम था।

एक अर्थ में यह सच भी था। यह सच है कि वह पार्टी का शत्रु था और पार्टी की नज़र में सोचना या करना सब एक ही है, दोनों में कोई फ़र्क़ नहीं।

इसके अलावा कुछ दूसरे क़िस्म की स्मृतियाँ भी थीं। ये स्मृतियाँ उसके मन के किसी कोने में एक-दूसरे से असम्बद्ध टँकी हुई थीं, जैसे किसी काले कैनवस पर अलग-अलग तस्वीरें।

मसलन, एक कोठरी थी, जो अँधेरी रही होगी या फिर रोशन, चूँकि उसे वहाँ और कुछ भी नहीं दिखता था सिवाय एक जोड़ी आँखों के। पास में ही यंत्र जैसी कोई चीज़ थी, धीरे-धीरे लेकिन लगातार टिक-टिक करती हुई। वे आँखें बड़ी होती जा रही थीं और उनकी रोशनी भी बढ़ती जा रही थी। अचानक सीट से उखड़कर वह बहने लगा और उन आँखों में सीधे गोता खा गया। आँखें उसे निगल गईं।

एक तस्वीर में वह धूपघड़ी जैसे डायलों से चौतरफ़ा घिरा हुआ, आँखें चुँधियाने वाली तेज़ रोशनी के नीचे एक पतली सी कुर्सी से बँधा बैठा था। सफ़ेद कोट पहने एक शख़्स डायल के अंकों को पढ़ रहा था। बाहर भारी बूटों के क़दमताल की आवाज़ हुई। दरवाज़ा तड़ाक से खुला। सपाट चेहरे वाला अफ़सर दो सन्तरियों को लिये भीतर आया।

"कमरा नम्बर 101," अफ़सर बोला।

सफ़ेद कोट वाला शख़्स पीछे नहीं मुड़ा। उसने विंस्टन की ओर भी नहीं देखा। वह केवल डायलों को देख रहा था।

एक और स्मृति किसी भव्य गलियारे की थी जो किलोमीटर भर चौड़ा रहा होगा। वहाँ ज़बरदस्त सुनहरा प्रकाश था और अट्टहास की आवाज़ें गूँज रही थीं। विंस्टन उसमें नीचे लुढ़कता जा रहा था और चिल्ला-चिल्ला कर अपने गुनाह क़बूल कर रहा था। वह हर एक चीज़ स्वीकार रहा था, वे भी जिन्हें यातना के दौरान उसने किसी तरह छिपा लिया था। अपनी ज़िन्दगी का पूरा लेखा-जोखा वह उन्हें सुना रहा था जो पहले से ही उसकी पूरी कुंडली लिये बैठे थे। उसके साथ-साथ सन्तरी, सवाल पूछने वाले कुछ लोग, सफ़ेद कोट वाले आदमी, ओ'ब्रायन, जूलिया, मिस्टर चारिंगटन, सब के सब एक साथ लुढ़के जा रहे थे और समवेत स्वर में अट्टहास करते जा रहे थे। कोई ऐसी भयावह बात थी जिसे भविष्य में घटना था, लेकिन जाने कैसे वह घटने से चूक गई थी। इसलिए अब सब कुछ ठीक था, कहीं कोई दर्द नहीं बचा था। उसकी ज़िन्दगी का आख़िरी सफ़ भी उघड़कर बेपर्द हो चुका था, जिसे समझकर माफ़ किया जा चुका था।

काठ की चारपाई पर लेटा वह असमंजस में ऊपर देख रहा था। उसे ओ'ब्रायन की आवाज़ का आभास हुआ था। पूछताछ के दौरान पूरे समय ओ'ब्रायन को उसने एक बार भी नहीं देखा था, लेकिन उसे हमेशा लगता रहा कि वह तो हाथ भर की दूरी पर मौजूद है, बस अदृश्य है। उसे महसूस हुआ कि ये सब कुछ ओ'ब्रायन के कहने पर ही हो रहा था। उसने ही विंस्टन के ऊपर सन्तरियों को तैनात किया और उनके हाथों अपनी हत्या होने से भी उसी ने बचाया। वही तय कर रहा था कि विंस्टन कब दर्द से चीख़ेगा, कब उसे राहत दी जाएगी, कब उसे सोना है और कब उसकी बाँहों में सुई लगाई जाएगी। सवाल पूछने वाला भी वही था और जवाब भी वही सुझा रहा था। वही सता रहा था, वही बचा भी रहा था। उसकी जाँच भी वही कर रहा था लेकिन उसका दोस्त भी वही था। अचानक इसी वक़्त—विंस्टन को याद नहीं कि तब वह नशे में मूर्च्छित था, सामान्य नींद में था या जगा हुआ था—एक आवाज़ उसके कानों में फुसफुसाई—

"बेफ़िक्र रहो, विंस्टन। तुम मेरी निगहबानी में हो। मैं सात साल से तुम पर निगाह रखे हुए हूँ। अब जाकर फ़ैसले की घड़ी आई है। तुम्हें मैं बचाऊँगा, मैं तुम्हें सम्पूर्ण बनाऊँगा।" विंस्टन पक्का नहीं था कि यह ओ'ब्रायन की ही आवाज़ है, लेकिन ये वही आवाज़ थी जिसने उससे सात साल पहले देखे एक और सपने में

कहा था : “हम वहाँ मिलेंगे जहाँ कोई अँधेरा नहीं होगा।”

पूछताछ कब ख़त्म हुई, हुई भी या नहीं, उसे कुछ याद नहीं था। अँधेरे का एक दौर आया, फिर उसे अपने इर्द-गिर्द की कोठरी का पहली बार ठोस अहसास हुआ। वह पीठ के बल तक़रीबन सपाट लेटा हुआ था और हिल-डुल नहीं पा रहा था। उसके शरीर का हर अहम कोना कहीं बँधा हुआ था। सिर के पीछे भी कोई गिरफ़्त थी। ऊपर से ओ'ब्रायन उसे खिन्न नज़रों से देख रहा था। नीचे से देखने में उसका चेहरा खुरदरा सा लग रहा था, उसकी आँखों के नीचे पपोटे थे और नाक से लेकर ठुड्डी तक थकी हुई रेखाएँ थीं। विंस्टन के अन्दाज़े से वह कहीं ज़्यादा उम्रदार था, शायद अड़तालीस या पचास का रहा होगा। उसके हाथ के नीचे एक डायल था जिसकी पूरी गोलाई में कुछ अंक लिखे हुए थे। डायल के ऊपर एक लीवर लगा था।

“मैंने कहा था तुमसे,” ओ'ब्रायन बोला, “कि हम अगर दोबारा मिले तो यहाँ मिलेंगे।”

“जी,” विंस्टन ने कहा।

ओ'ब्रायन के हाथ में हल्की सी हरकत हुई और विंस्टन की देह में दर्द का सैलाब उमड़ आया। बिना किसी चेतावनी के उठा यह दर्द भयानक था। वह देख ही नहीं पाया था कि क्या हो रहा है, बस इतना महसूस हुआ था कि उसे जानलेवा यातना दी गई है। वास्तव में कुछ किया भी गया था या फिर बिजली का कोई झटका था, विंस्टन को कुछ समझ में नहीं आया, लेकिन उसका शरीर खिंचाव से लगभग टूट रहा था, जैसे जोड़ों को धीरे से चीर दिया गया हो। दर्द से उसके माथे पर पसीना आ गया, लेकिन सबसे बुरा डर यह था कि कहीं रीढ़ की हड्डी न चटक जाए। उसने दाँत कस के नाक से साँस ली और कोशिश की कि जितनी देर हो सके शान्त रहा जाए।

ओ'ब्रायन ने उसका चेहरा देखते हुए कहा, “तुम डरे हुए हो कि अगले ही पल कुछ टूट जाएगा। तुम्हें अपनी रीढ़ की चिन्ता हो रही है। रीढ़ टूटने के बाद उसमें से रिसते पानी की तस्वीर तुम्हारे दिमाग़ में साफ़-साफ़ खिंच आई होगी। यही सोच रहे हो न, विंस्टन?”

उसने कोई जवाब नहीं दिया। ओ'ब्रायन ने लीवर को डायल पर वापस पीछे खींच लिया। दर्द की लहर जितनी तेज़ उठी थी, उतनी ही जल्दी ख़त्म हो गई।

“ये चालीस था,” ओ'ब्रायन बोला, “डायल पर सौ तक की गिनती तुम्हें दिख

रही होगी। हमेशा इस बात को याद रखना कि बातचीत के दौरान यह मेरे अख़्तियार में है कि कब मैं तुम्हें कष्ट पहुँचाऊँ और किस हद तक। तुमने एक भी झूठ मुझसे बोला या किसी भी तरह से टालमटोल की कोशिश की, या फिर जितना दिमाग़ तुम्हारे पास है उससे कम लगाया, तो तुरन्त दर्द से चीख़ पड़ोगे। समझे कि नहीं?"

"जी," विंस्टन ने जवाब दिया।

ओ'ब्रायन ने आगे ऐसी सख़्ती नहीं बरती। उसने कुछ सोचते हुए अपने चश्मे को सीधा किया और आगे-पीछे एकाध डग भरे। बोलते वक़्त उसकी आवाज़ में विनम्रता और धैर्य झलकता था। अब उसके कहे में किसी डॉक्टर, शिक्षक, यहाँ तक कि एक ऐसे पंडित की आभा झलक रही थी जो दंड देने के बजाय बात को समझाने और राज़ी करने को बेचैन हो।

वह बोला, "विंस्टन, मैं तुम्हारे साथ इतना ज़ोर इसलिए लगा रहा हूँ क्योंकि तुम इस लायक़ हो। तुम अच्छे से जानते हो तुम्हारी दिक़्क़त क्या है। तुम बरसों से इसे जान रहे हो फिर भी उसके ख़िलाफ़ लड़ते रहे हो। तुम दिमाग़ी रूप से विक्षिप्त हो। तुम स्मृतिदोष का शिकार हो। वास्तविक घटनाएँ तो तुम्हें याद नहीं रहती हैं और ख़ुद को ऐसा दिखाते हो जैसे वे तमाम घटनाएँ याद हैं जो कभी हुई ही नहीं। तुम्हारी ख़ुशक़िस्मती समझो कि इस बीमारी का इलाज उपलब्ध है। तुमने ख़ुद कभी इसका इलाज नहीं किया क्योंकि चाहा ही नहीं। बस मामूली सी इच्छाशक्ति की दरकार थी, सो तुम नहीं कर पाए। मैं अच्छे से जान रहा हूँ कि अब भी तुम अपनी बीमारी को वरदान मानकर उससे चिपके हुए हो। चलो, एक उदाहरण से बात करते हैं। ये बताओ अभी ओशियनिया का युद्ध किसके साथ चल रहा है?"

"जब मुझे गिरफ़्तार किया था उस वक़्त ओशियनिया की लड़ाई ईस्टेशिया से चल रही थी।"

"सही है, ईस्टेशिया से। और ईस्टेशिया के साथ ओशियनिया की जंग हमेशा से चलती रही है या नहीं?"

विंस्टन ने लम्बी साँस खींची। उसने बोलने को मुँह खोला लेकिन रुक गया। डायल से उसकी नज़रें नहीं हट पा रही थीं।

"सच बोलना, विंस्टन। अपना सच। बताओ मुझे तुम्हें क्या याद है।"

"मुझे याद पड़ता है कि मेरी गिरफ़्तारी से हफ़्ते भर पहले हम लोग ईस्टेशिया के साथ युद्ध में नहीं थे। हम उनके साथ गठबन्धन में थे। जंग यूरेशिया के ख़िलाफ़ चल रही थी। वह चार साल चली थी, लेकिन उससे पहले...।"

ओ'ब्रायन ने अपने हाथ की हरकत से उसे बीच में ही चुप करा दिया। फिर बोला :

"चलो, एक और उदाहरण। कुछ साल पहले तुम्हें बहुत गम्भीर ग़लतफ़हमी हुई थी। तुम मानते थे कि कभी पार्टी के सदस्य रहे तीन लोग जोंस, आरनसन और रदरफोर्ड उन अपराधों के दोषी नहीं थे जिनका आरोप उन पर लगाया गया था, हालाँकि उनके पूरे इक़बालिया बयान के बाद ही गद्दारी और विध्वंस के आरोप में उन्हें मृत्युदंड दिया गया था। तुम मानते थे कि तुमने कोई पक्का दस्तावेज़ी साक्ष्य देख लिया है जिससे साबित होता है कि उनके क़बूलनामे झूठे हैं। कोई तस्वीर थी जिसके बारे में तुम्हें भ्रम हुआ था। तुम मानते थे कि वाक़ई तुमने वह तस्वीर अपने हाथों में पकड़ी थी। वह तस्वीर कुछ ऐसी थी।"

ओ'ब्रायन के हाथ में एक अख़बार का लम्बा टुकड़ा था जिस पर शायद पाँच सेकंड के लिए विंस्टन की नज़र पड़ी होगी। वह एक तस्वीर थी और उसकी पहचान को लेकर कोई शक ही नहीं था। बिलकुल वही तस्वीर थी—न्यूयॉर्क में पार्टी के एक जलसे में मौजूद जोंस, आरनसन और रदरफोर्ड की उसी तस्वीर की एक प्रति, जो विंस्टन को ग्यारह साल पहले हाथ लगी थी जिसे उसने तत्काल नष्ट कर दिया था। एक झटके में उसकी आँखों के सामने वह तस्वीर आई, फिर ओझल हो गई। इतने में ही उसने अच्छे से पहचान लिया था। कोई शक नहीं था। उसने शरीर का ऊपरी हिस्सा उठाने के लिए पूरा ज़ोर लगाया लेकिन किसी भी तरफ़ एक सेंटीमीटर भी हिलना सम्भव नहीं था। एक पल को डायल भी उसके दिमाग़ से निकल चुका था। वह चाहता था कि बस एक बार उस तस्वीर को अपने हाथ में फिर से पकड़ ले, या कम से कम एक बार और देख ही ले।

विंस्टन चीख़ा, "वह वास्तव में है!"

"नहीं है," ओ'ब्रायन बोला।

ओ'ब्रायन सामने वाली दीवार तक टहलते हुए गया। उसमें एक स्मृतिनाशक बिल था। उसने ढक्कन उठाया। काग़ज़ का वह अदद टुकड़ा अगले ही पल गरम हवा की लपटों में जलकर ख़ाक हो गया। ओ'ब्रायन दीवार से परे हट गया।

"राख है। राख भी नहीं जो पहचानी जा सके, बस धूल। वह नहीं है। वह कभी नहीं था।" ओ'ब्रायन बोला।

"लेकिन उसका अस्तित्व तो था! उसका अस्तित्व है! वह स्मृति में है। मुझे याद है। आपको भी याद है।"

"मुझको याद नहीं है।" ओ'ब्रायन ने जवाब दिया।

यह सुनकर विंस्टन का दिल डूब गया। यही डबलथिंक है। दोरंगापन। एक क़िस्म की जानलेवा बेचारगी ने उसे जकड़ लिया। उसके लिए इस जवाब का ख़ास मतलब नहीं होता यदि वह आश्वस्त होता कि ओ'ब्रायन झूठ बोल रहा है। दरअसल, यह पूरी तरह मुमकिन है कि वह वास्तव में तस्वीर को भूल चुका हो। यदि ऐसा है, तब तो वह यह भी भूल चुका होगा कि उसने तस्वीर की याद होने से इनकार किया था। फिर वह भूलने को भी भूल चुका होगा। अब पक्के तौर पर कोई कैसे कह सकता है कि यह सब महज़ एक दिमाग़ी चालबाज़ी ही है? क्या जाने दिमाग़ी तवाज़ुन वास्तव में बिगड़ जाने पर ऐसा ही होता हो। बस, यही ख़याल विंस्टन पर भारी पड़ गया।

ओ'ब्रायन उसे बहुत ग़ौर से देख रहा था। उसे देखकर लगता था कि कोई शिक्षक एक तेज़ लेकिन बिगड़ैल बच्चे को ठीक करने में कितना कष्ट सह रहा है।

"अतीत पर नियंत्रण के बारे में पार्टी का एक नारा है," ओ'ब्रायन ने कहा। "क्या उसे दोहरा सकते हो?"

विंस्टन आज्ञाकारी बच्चे की तरह बोला, "जो अतीत को नियंत्रित करता है वही भविष्य को तय करता है। वर्तमान जिसके हाथ में है वही अतीत को नियंत्रित करता है।"

"वर्तमान जिसके हाथ में है वही अतीत को नियंत्रित करता है," सहमति में सिर हिलाते हुए ओ'ब्रायन ने दुहराया। फिर पूछा, "विंस्टन, क्या तुम मानते हो कि अतीत का वास्तव में कोई अस्तित्व होता है?"

एक बार फिर वह निस्सहाय हो उठा। उसकी निगाह डायल की ओर मुड़ गई। कौन सा जवाब उसे दर्द झेलने से बचा लेगा, 'हाँ' या 'ना'? उसे नहीं मालूम। उसे तो यह भी नहीं पता कि वह ख़ुद किस जवाब को सही मानता था।

ओ'ब्रायन हौले से मुस्कुराया, "तुम कोई तत्त्वज्ञानी तो हो नहीं, विंस्टन।" वह बोला, "इसीलिए तुमने अब तक यह नहीं सोचा कि अस्तित्व का अर्थ क्या होता है। तो इस सवाल को मैं थोड़ा आसान कर देता हूँ। यह बताओ, क्या अतीत का स्पेस में कोई ठोस अस्तित्व होता है? क्या मूर्त वस्तुओं के इस जगत में कोई ऐसी जगह है जहाँ अतीत अब भी घट रहा हो?"

"ना।"

"फिर अतीत अगर वजूद में है, तो कहाँ है?"

"दस्तावेज़ों में। उसे लिखा गया है।"

"दस्तावेज़ों में। और...?"

"हमारे दिमाग़ों में। इनसान की स्मृतियों में है।"

"स्मृति में। ठीक है, बहुत अच्छे। हमारा, मने पार्टी का, सारे दस्तावेज़ों और सारी स्मृतियों पर नियंत्रण है। इसका मतलब यह हुआ कि अतीत को भी हम ही नियंत्रित करते हैं। या नहीं?"

"लेकिन लोगों को चीज़ें याद रखने से आप कैसे रोक सकते हैं?" उस वक़्त डायल को भूलकर विंस्टन चीख़ा, "यह तो अपने हाथ में नहीं है। अपने बस के बाहर है। याददाश्त को आप कैसे नियंत्रित कर सकते हैं? मेरी याददाश्त को ही आप नियंत्रित नहीं कर पाए!"

ओ'ब्रायन का बरताव फिर से सख़्त हो गया। उसका हाथ डायल पर चला गया।

"मामला एकदम उलटा है," ओ'ब्रायन ने कहा, "दरअसल तुमने नियंत्रित नहीं किया है। इसी वजह से तुम यहाँ पर हो। ख़ुद को अनुशासित और विनम्र रखने में तुमसे चूक हुई है इसीलिए यहाँ लाए गए हो। तुमने निष्ठा में ख़ुद को समर्पित नहीं किया और अपने विवेक की क़ीमत चुकाई। तुमने सनकी होना चुना, अकेला होना चुना। केवल एक अनुशासित दिमाग़ को ही सच का ज्ञान हो सकता है, विंस्टन। तुम्हें लगता है कि यथार्थ वस्तुनिष्ठ है, बाहर है, उसका स्वतंत्र अस्तित्व है। तुम तो यह भी मानते हो कि यथार्थ ख़ुद में ज़ाहिर होता है, स्व-प्रमाणित होता है। जब आप ख़ुद को भरमाते हैं कि आपने कुछ देखा है, तो आप मान लेते हैं कि वही चीज़ दूसरों को भी दिख रही होगी। लेकिन मैं तुम्हें बताऊँ, विंस्टन, सच बाहर नहीं होता। सच इनसान के दिमाग़ के भीतर होता है, और कहीं भी नहीं। और किसी अकेले के दिमाग़ में नहीं, क्योंकि इनसान का दिमाग़ ग़लतियाँ करता है और वैसे भी जल्द ही नष्ट हो जाता है। यथार्थ पार्टी के दिमाग़ में होता है क्योंकि पार्टी सामूहिक है, अजर-अमर है। पार्टी जिस चीज़ को भी सच मानती है, वही सच होता है। इसलिए सच को देखने का कोई और तरीक़ा मुमकिन नहीं है, उसे पार्टी की नज़रों से ही देखा जा सकता है। यही बात तुम्हें अभी सीखनी है, विंस्टन। इसके लिए तुम्हें अपनी ख़ुदी को नष्ट करना होगा। इसके लिए अपनी इच्छाशक्ति से तुम्हें प्रयास करना होगा। सामान्य होने के लिए तुम्हें सबसे पहले विनम्र बनना पड़ेगा।"

कुछ देर के लिए वह ठहर गया, जैसे चाह रहा हो कि अब तक का कहा पहले दिमाग़ में उतर जाए।

फिर कहने लगा, "तुम्हें याद है न, अपनी डायरी में तुमने लिखा था, 'आज़ादी का मतलब है दो और दो मिलाकर चार कहने की आज़ादी'?"

"जी।" विंस्टन बोला।

ओ'ब्रायन ने अपना बायाँ हाथ उठाया, हथेली अपनी ओर की, अँगूठा भीतर छिपाया और चार उँगलियाँ खोल दीं।

"विंस्टन, बताओ कितनी उँगलियाँ हैं?"

"चार।"

"और अगर पार्टी बोले कि चार नहीं पाँच हैं, तब?"

"चार।"

बोलते ही दर्द की एक लहर उठी। डायल का काँटा पचपन को छू गया। उसका पूरा शरीर पसीने से भीग गया। फेफड़ों को चीरते हुए हवा भीतर घुसी और एक गहरी कराह में बाहर निकल आई। अपने दाँतों को भींच कर भी विंस्टन इसे रोक नहीं सका। चार उँगलियाँ अब भी खुली हुई थीं और ओ'ब्रायन उसे लगातार देख रहा था। उसने लीवर वापस पीछे खींचा। अबकी दर्द में हल्की राहत ही मिली।

"कितनी उँगलियाँ हैं, बोलो विंस्टन?"

"चार।"

काँटा साठ पर पहुँच गया।

"कितनी उँगलियाँ हैं, विंस्टन?"

"चार! चार! कितनी बार कह दिया चार हैं!"

काँटा और ऊपर गया होगा, लेकिन विंस्टन ने अबकी देखा ही नहीं। उसकी नज़र में केवल सामने खड़ा भारी-भरकम कठोर चेहरा और उसकी चार उँगलियाँ थीं। वे उँगलियाँ उसके सामने भव्य स्तम्भों की तरह खड़ी थीं, धुँधली थीं और हिल रही थीं लेकिन इसमें कोई शक नहीं था कि वे चार ही हैं।

"कितनी उँगलियाँ, विंस्टन?"

"चार! अब बस करो, बहुत हुआ! कब तक पूछते रहोगे? चार हैं, चार!"

"कितनी उँगलियाँ हैं, विंस्टन?"

"पाँच! पाँच! पाँच!"

"ना, विंस्टन, इसका कोई फ़ायदा नहीं। तुम झूठ बोल रहे हो। तुम सोच तो अब भी चार ही रहे हो। बोलो, कितनी उँगलियाँ हैं?"

"चार! पाँच! चार! जो मन चाहे ले लो। बस इसे रोक दो, दर्द को रोक दो!"

सहसा उसने ख़ुद को बैठा हुआ पाया। वह ओ'ब्रायन की बाँहों में था। शायद कुछ सेकंड के लिए वह अचेत हो गया था। तब उसे बाँधने वाले पट्टे ढीले कर दिए गए थे। उसे बहुत ठंड लग रही थी, वह बेतहाशा काँप रहा था, उसके दाँत बज रहे थे और गालों पर आँसू ढुलक आए थे। कुछ पल के लिए तो किसी बच्चे की तरह वह ओ'ब्रायन से चिपटा रहा। अपने कन्धों के इर्द-गिर्द उसकी विशाल बाँहें विंस्टन को राहत दे रही थीं। उसे अहसास हो रहा था कि ओ'ब्रायन ही उसका रहनुमा है। दर्द तो कहीं और से आ रहा है, बाहर किसी और स्रोत से, लेकिन ओ'ब्रायन उसे इससे बचा लेगा।

ओ'ब्रायन ने नरमी से कहा, "सीखने के मामले में तुम्हारी गति कछुए जैसी है, विंस्टन।"

"तो क्या करूँ मैं?" विंस्टन बड़बड़ाया, "जो मेरी आँखों के एकदम सामने है उसे कैसे न देखूँ? दो और दो चार ही होते हैं।"

"हमेशा नहीं, विंस्टन। कभी-कभार। कभी पाँच भी हो सकता है। कभी तीन भी। कभी-कभी तो सब एक साथ हो सकता है। तुम्हें और मेहनत करनी होगी। समझदारी इतनी आसानी से नहीं आती।"

उसने विंस्टन को बिस्तरे पर लिटाया। एक बार फिर से उसे कसकर बाँध दिया गया लेकिन दर्द जा चुका था और कँपकँपाहट भी रुक चुकी थी। उसका शरीर अब एकदम ठंडा और शिथिल था। ओ'ब्रायन ने सफ़ेद कोट वाले आदमी को अपना सिर हिलाकर इशारा किया। वह अब तक वहाँ चुपचाप खड़ा था। वह आदमी नीचे झुका, उसने विंस्टन की आँखों में क़रीब से देखा, उसकी नाड़ी जाँची, छाती पर कान रखकर धड़कन सुनी, यहाँ-वहाँ ठोंका-बजाया, फिर उसने ओ'ब्रायन को हाँ का इशारा कर दिया।

"फिर से," ओ'ब्रायन बोला।

विंस्टन की देह में दर्द का संचार हुआ। काँटा अबकी पक्का सत्तर-पचहत्तर पर रहा होगा। इस बार उसने आँखें बद कर ली थीं। वह जानता था कि उँगलियाँ अब भी सामने हैं और चार ही हैं। बस कुल मिलाकर मामला झटके से बन्द होने तक ख़ुद को ज़िन्दा रखने का था। उसने यह भी ध्यान देना छोड़ दिया था कि वह चिल्ला रहा है या नहीं। दर्द फिर से कम हो गया। उसने आँखें खोलीं। ओ'ब्रायन ने लीवर वापस खींच लिया था।

"कितनी उँगलियाँ हैं, विंस्टन?"

"चार, मेरे ख़याल से चार हैं। मैं चाहूँ तो पाँच भी देख सकता हूँ। कोशिश कर रहा हूँ पाँच देखने की।"

"तुम क्या चाहते हो : पाँच दिखाने के लिए मुझे मजबूर करना या ख़ुद ही देख लेना?"

"ख़ुद ही देख लेना।"

"ठीक है, एक बार फिर," ओ'ब्रायन बोला।

इस बार काँटा शायद अस्सी-नब्बे पर था। विंस्टन बीच-बीच में भूल जा रहा था कि यह दर्द क्यों हो रहा है। उसकी थकी भारी पलकों के पीछे उँगलियों का एक जंगल नाच रहा था, कभी भीतर आता तो कभी बाहर जाता, एक-एक करके ग़ायब हो जाता और फिर सामने आ जाता। वह उन्हें गिनने की कोशिश कर रहा था, जाने क्यों। इतना तो वह जानता था कि गिनना सम्भव नहीं है और ऐसा इसलिए है क्योंकि चार और पाँच की पहचान में अजीब ढंग से घालमेल हो चुका है। दर्द फिर से कम हुआ। आँखें खोलने पर उसे वही चीज़ें अब भी दिख रही थीं। असंख्य उँगलियाँ, चलते हुए पेड़ों के जैसे इधर-उधर दिशाओं में सरसराकर निकल रही थीं और बार-बार आ-जा रही थीं। उसने आँखें दोबारा मूँद लीं।

"बताओ मैंने कितनी उँगलियाँ खोल रखी हैं, विंस्टन।"

"पता नहीं। मैं नहीं जानता। लेकिन अबकी आपने फिर से किया तो मैं मर जाऊँगा। चार, पाँच, छह—ईमानदारी से, मैं पक्का नहीं कह पाऊँगा कितनी हैं।"

"बेहतर है," ओ'ब्रायन बोला।

विंस्टन की बाँह में एक सुई घुसी। ऐन उसी क्षण समूची देह में राहत की गर्मी समा गई। आधा दर्द तो जा चुका था। उसने अपनी आँखें खोलीं और अहसानमन्द तरीक़े से ओ'ब्रायन को देखा। उस भारी-भरकम सिलवटदार चेहरे के समक्ष, जो जितना कुरूप था उतना ही तेज़, लगा कि उसका दिल निकलकर बाहर आ जाएगा। अगर वह हिल सकता तो अपने हाथ आगे बढ़ाकर ओ'ब्रायन के हाथ में रख देता। इतना प्यार उसे ओ'ब्रायन पर पहले कभी नहीं आया था। केवल इसलिए नहीं कि उसने दर्द देना बन्द कर दिया था। दरअसल उसके प्रति विंस्टन का पुराना वाला भाव वापस आ गया था। इससे कोई फ़र्क़ नहीं पड़ता कि ओ'ब्रायन उसका दोस्त है या दुश्मन। ओ'ब्रायन एक ऐसा शख़्स था जिससे बात की जा सकती थी। शायद लोगों को प्यार की उतनी ज़रूरत नहीं होती जितना समझे जाने की होती है। ओ'ब्रायन ने उसे पागल बना देने की हद तक प्रताड़ित किया था और यह तय था

कि कुछ देर बाद वह उसकी जान ले लेगा, लेकिन इससे कोई फ़र्क़ नहीं पड़ता। एक मायने में यह भाव दोस्ती से भी गहरा था, वे अब अन्तरंग थे। ज़रूरी नहीं कि वह वाक्य कहा ही जाए, लेकिन एक जगह तो कम से कम थी जहाँ वे मिल रहे थे और बात कर रहे थे। ओ'ब्रायन उसे जिस भाव से देख रहा था, लगता था कि उसके मन में भी यही सब चल रहा है। उसने एकदम बात करने के हल्के-फुल्के लहज़े में अबकी बोला :

"विंस्टन, तुम जानते हो अभी कहाँ हो?"

"पता नहीं। अन्दाज़ा लगा सकता हूँ। शायद प्रेम मंत्रालय है।"

"तुम्हें पता है कि कितनी देर से यहाँ पर हो?"

"नहीं मालूम। कई दिन, हफ़्ते, महीने—मेरे ख़याल से महीनों हो गए।"

"और तुम्हें क्या लगता है कि लोगों को हम यहाँ पर क्यों ले आते हैं?"

"अपराध क़बूल करवाने के लिए।"

"ना, यह कारण नहीं है। फिर से सोचो।"

"सज़ा देने के लिए।"

"क़तई नहीं!" ओ'ब्रायन चीख़ा। उसका स्वर असामान्य रूप से बदल गया और चेहरा अचानक सख़्त हो उठा। "नहीं! केवल क़बूल करवाने के लिए नहीं, सज़ा देने के लिए भी नहीं। मैं बताऊँ कि तुम्हें यहाँ क्यों लाया गया है? तुम्हारा इलाज करने के लिए! तुम्हें मानसिक रूप से स्वस्थ बनाने के लिए! तुम्हें पता होना चाहिए विंस्टन, कि यहाँ जो भी आता है हमारे हाथों से ठीक हुए बग़ैर नहीं जाता है। पार्टी को ऊपरी बातों में कोई दिलचस्पी नहीं है कि कोई क्या कर रहा है। हम केवल विचारों की चिन्ता करते हैं। हम अपने दुश्मनों को केवल नष्ट नहीं करते, उन्हें बदल डालते हैं। इसका मतलब समझते हो?"

बोलते-बोलते वह विंस्टन के ऊपर झुक गया था। क़रीब से उसका चेहरा बहुत विशाल दिखता था और नीचे से देखने पर बदसूरत लगता था। इस वक़्त तो उस पर सनक सवार थी। विंस्टन का दिल फिर डूब गया। काश वह बिस्तर में और गहरे धँस पाता, उसने सोचा। वह पक्का समझ गया था कि ओ'ब्रायन फिर से लीवर घुमाने वाला है। इसी मौक़े पर ओ'ब्रायन उससे दूर हट गया। एकाध क़दम यहाँ-वहाँ चला, फिर थोड़ा कम उत्तेजना में उसने बोलना शुरू किया :

"तुम्हें सबसे पहली बात जो समझनी है वह यह है कि यहाँ शहादत नाम की कोई चीज़ नहीं होती। तुमने अतीत में धर्म के नाम पर किए जाने वाले वध के बारे

में पढ़ा होगा। मध्ययुग में इसके लिए धर्म न्यायाधिकरण हुआ करते थे। वे पूरी तरह विफल साबित हुए। उनका उद्देश्य विधर्मियों को मिटाना था, लेकिन उन्होंने अन्तत: विधर्म को फैलाने का ही काम किया। वे एक विधर्मी का वध करते तो उसकी जगह हज़ारों विधर्मी और उठ खड़े होते। ऐसा क्यों हुआ? इसलिए क्योंकि विधर्मियों को खुले आसमान के नीचे सबकी आँखों के सामने दंड दिया जाता था और मारे जाने से पहले तक उसे अपने किए का पछतावा नहीं होता था। वास्तव में उसे मारा ही इसलिए जाता क्योंकि उसे पछतावा नहीं था। लोग अपनी आस्थाओं को मरते दम तक नहीं छोड़ते थे। उसकी क़ीमत जान देकर चुकाते थे। ऐसे में ज़ाहिर है कि सारा यश मरने वाले को मिलता था और उसे मारने वाला बदनाम होता था। बाद में बीसवीं सदी में तानाशाही का राज आया। उन्हें सर्वसत्तावादी कहते थे। जर्मन नाज़ी और रूसी कम्युनिस्ट ऐसे हुआ करते थे। रूस में मध्ययुगीन वध से भी ज़्यादा बर्बर तरीक़े से विधर्मियों की हत्या की जाती थी। वे सोचते थे कि उन्होंने इस मामले में अतीत से सबक ले लिया है, हालाँकि इतना तो वे समझ ही चुके थे कि किसी को शहीद नहीं बनने देना चाहिए। इसीलिए सार्वजनिक सुनवाई से पहले वे आदमी की प्रतिष्ठा को बहुत सुनियोजित तरीक़े से नष्ट कर देते थे। यातना और एकाकीपन से वे लोगों को इतना तोड़ देते थे कि तिरस्कृत और मजबूर होकर वे एकदम रेंगने लग जाएँ, हर वह आरोप स्वीकार कर लें जो उनके मुँह में डाला जाए, गालियाँ खाएँ, एक दूसरे पर दोष मढ़ते हुए दूसरे की पीठ के पीछे ख़ुद को छिपाते फिरें और रहम की भीख माँगें। इस सबके बावजूद कुछ साल बाद वही सब दोबारा होता था। मरे हुए लोग शहीद बना दिए जाते और उनके पतन को भुला दिया जाता। फिर वही समस्या, आख़िर क्यों? अव्वल तो इसकी वजह ये थी कि मरे हुए लोगों ने ज़िन्दा रहते जो कुछ भी क़बूल किया था वह सब झूठ था और उनके मुँह से ज़बरन उगलवाया हुआ था। हम लोग ऐसी ग़लतियाँ नहीं करते। यहाँ जितने भी क़बूलनामे होते हैं सारे सही होते हैं। हम इन्हें सच बना देते हैं। और सबसे बड़ी बात ये कि हम लोग लाशों को अपने ख़िलाफ़ खड़े होने की इजाज़त नहीं देते। इसलिए विंस्टन, तुम ये सोचना बन्द कर दो कि तुम्हारी अगली पीढ़ियाँ तुम्हें सही ठहरा देंगी। अगली पीढ़ियों को तुम्हारे बारे में कभी पता ही नहीं चलेगा। इतिहास के प्रवाह में से तुम्हें चुनकर बाहर छाँट दिया जाएगा। हम तुम्हें भाप बना कर वायुमंडल में छोड़ देंगे। कुछ नहीं बचेगा तुम्हारा—न रजिस्टर में कोई नाम, न ही किसी जीवित मस्तिष्क में तुम्हारी स्मृति। तुम्हें अतीत और भविष्य से भी मिटा

दिया जाएगा। जैसे कि तुम्हारा कभी वजूद ही नहीं था।"

अगर ऐसा है तो मुझे इतना तड़पाने की क्या ज़रूरत? विंस्टन के मन में कटुता भरा यह ख़याल आया। ओ'ब्रायन ठिठक गया, जैसे उसने कुछ बोलते हुए उसे सुन लिया हो। उसका बड़ा सा भद्दा चेहरा विंस्टन के क़रीब आया। उसकी आँखें संकुचित थीं।

ओ'ब्रायन बोला, "तुम सोच रहे हो कि चूँकि हम तुम्हें जड़ से पूरी तरह ख़त्म करने का इरादा रखते हैं—ताकि तुम्हारे कहे या किए का रत्ती भर भी कोई फ़र्क़ न पड़ने पाए—तो ऐसे में तुमसे पूछताछ की इतनी कवायद करने का क्या मतलब है। यही सोच रहे थे न, क्यों?"

"हाँ," विंस्टन बोला।

ओ'ब्रायन हल्के से मुस्कुराया। "विंस्टन, तुम बुनियादी रूप से टेढ़े आदमी हो। तुम एक बदनुमा दाग़ हो जिसे साफ़ किया ही जाना चाहिए। अभी-अभी मैंने नहीं बताया था तुमको कि हम लोग पिछले ज़माने के उत्पीड़कों से अलग हैं? हम लोग केवल कहना मान लेने भर से सन्तुष्ट नहीं होते हैं, आदमी अगर पूरी तरह से आत्मसमर्पण करके पैरों में लोट जाए तब भी नहीं। बात तब बनेगी जब अन्तत: तुम आत्मसमर्पण करोगे, लेकिन अपनी इच्छा से एकदम मुक्त होकर। हम लोग विधर्मियों को तब तक ख़त्म नहीं करते जब तक वे हमारा विरोध कर रहे हैं। जब तक विरोध है, तब तक आदमी ज़िन्दा है। हम उसे बदलते हैं, उसके भीतरी दिमाग़ पर क़ब्ज़ा करते हैं, उसे दोबारा गढ़ते हैं। उसके भीतर बैठी सारी बुराई और सारे भ्रम को हम जलाकर ख़ाक कर देते हैं। फिर हम उसे अपने पाले में कर लेते हैं—केवल दिखावे भर के लिए नहीं, वास्तव में दिलो-दिमाग़ से। उसे मारने से पहले हम अपना आदमी बनाते हैं, एकदम अपने जैसा। हमारे लिए यह नाक़ाबिले बरदाश्त है कि एक भी विकृत विचार दुनिया में कहीं बचा रहे, भले ही वह कितना भी गोपनीय और निरीह हो। यहाँ तक कि मौत की घड़ी में भी हम कोई विचलन बरदाश्त नहीं करते। पुराने ज़माने में कोई विधर्मी जब चलते हुए फाँसी के फंदे तक जाता था उस वक़्त तक वह विधर्मी ही रहता था। मरने से पहले वह नारे लगाता था, अपने विचार से उल्लसित होता था। रूस में भी सफ़ाई अभियान के जो शिकार रहे, वे गोली खाने के इन्तज़ार में अन्त तक अपनी खोपड़ी के भीतर बग़ावत को पाले रहते थे। हम लोग हालाँकि भेजा बाहर आने से पहले उसे एकदम दुरुस्त कर देते हैं। पुराने ज़माने के तानाशाहों का धर्मादेश था—"तुम ऐसा नहीं करोगे।"

सर्वसत्तावादियों का हुकुम था—"तुम ऐसा करोगे।" हमारा फ़रमान है—"तुम ऐसे हो।" हम जिसको भी यहाँ ले आते हैं, कोई हमारे ख़िलाफ़ खड़ा नहीं होता। हर किसी की झक्क साफ़ धुलाई की जाती है। यहाँ तक कि वे बेचारे तीन गद्दार जोन्स, आरनसन और रदरफोर्ड, जिनकी मासूमियत पर तुम्हें कभी भरोसा था, उन्हें भी अन्त में हमने तोड़ ही दिया। उनकी पूछताछ में तो मैं ख़ुद शामिल था। मैंने उन्हें धीरे-धीरे टूटते हुए देखा है। रिरियाते हुए, गिड़गिड़ाते हुए, रोते हुए—और अन्त में उन्होंने पश्चात्ताप के चलते समर्पण कर ही दिया, किसी भय या पीड़ा के कारण नहीं। पूछताछ पूरी होने तक उनके भीतर आदमी के नाम पर केवल उनका पिंजर बचा रह गया था। उनके भीतर दुख के अलावा और कुछ भी नहीं था, अपने किए का दुख और मोटा भाई के प्रति प्रेम। वे उन्हें कितना प्यार करते थे, यह देखना अपने आप में बड़ा मार्मिक था। उन्होंने तो गुहार की थी कि उन्हें जल्दी से गोली मार दी जाए, ताकि वे साफ़-सुथरे दिमाग़ के साथ मर सकें।"

ओ'ब्रायन की आवाज़ से लगा जैसे वह कहीं खो गया है। वह सनक भरा उत्साह और उमंग हालाँकि अब भी उसके चेहरे पर कायम था। विंस्टन को लगा कि वह नाटक नहीं कर रहा है, वह पाखंडी नहीं है, अपने कहे एक-एक शब्द में उसे विश्वास है। उसे सुनकर विंस्टन को अपनी बौद्धिक हीनता पर क्षोभ हुआ। वह उस भारी-भरकम भव्य काया को आगे-पीछे टहलते देख रहा था। ओ'ब्रायन की शख़्सियत उसके मुक़ाबले हर मामले में कहीं ज़्यादा बड़ी थी। विंस्टन के दिमाग़ कभी भी ऐसा कोई विचार नहीं रहा, या आगे हो सकता है, जो ओ'ब्रायन को पहले पता न रहा हो और जिसे कभी जाँच के ख़ारिज कर दिया गया हो। उसके दिमाग़ में ओ'ब्रायन का दिमाग़ घुस चुका था। लेकिन अगर ऐसा है तो ओ'ब्रायन को भी पागल होना चाहिए, ये कैसे सच हो सकता है? इसका मतलब कि विंस्टन ही पागल है। ओ'ब्रायन ने रुककर उसे देखा। उसकी आवाज़ फिर से सख़्त हो गई।

"विंस्टन, हमारे सामने तुम चाहे कितना ही पूर्ण समर्पण कर दो, लेकिन यह मत सोचना कि तुम ख़ुद को बचा ले जाओगे। एक भी आदमी ऐसा नहीं बख़्शा गया है जो कभी भी रास्ते से भटका हो। अगर तुम्हें हम बाक़ी की ज़िन्दगी जीने के लिए खुला छोड़ भी दें, तब भी तुम हमसे दूर नहीं भाग पाओगे। यहाँ तुम्हारे साथ जो होगा वह हमेशा साथ रहेगा। इस बात को पहले ही समझ लो। हम तुम्हें उस हद तक तोड़ देंगे जहाँ से तुम्हारी वापसी का कोई रास्ता नहीं होगा। तुम हज़ार साल भी

जी जाओ तो अपने साथ घटने वाली चीज़ों से उबर नहीं पाओगे। सामान्य इनसानी अहसास के तुम अब कभी भी क़ाबिल नहीं रह जाओगे। तुम्हारे भीतर सब कुछ मर चुका होगा। फिर कभी तुम प्रेम, दोस्ती, जीने के आनन्द, हँसी-ठहाके, जिज्ञासा, साहस या अखंडता के क़ाबिल नहीं रहोगे। तुम एकदम खोखले रह जाओगे। हम तुम्हें निचोड़कर ख़ाली कर देंगे और तुम्हारे भीतर ख़ुद को भर देंगे।"

वह ठहरा और सफ़ेद कोट वाले व्यक्ति को उसने कुछ इशारा किया। विंस्टन को पता था कि उसके सिर के पीछे वाली जगह में कोई भारी यंत्र घुसाया जाना है। ओ'ब्रायन बिस्तरे के किनारे बैठ गया। उसका चेहरा एकदम विंस्टन के चेहरे की सतह पर था।

"तीन हज़ार," विंस्टन के सिर से ऊपर झाँकते हुए ओ'ब्रायन ने सफ़ेद कोट वाले से कहा।

दो मुलायम गद्दीदार पैड, जो हल्का गीला जान पड़ते थे, विंस्टन की कनपटी पर दाब दिए गए। वह घबरा गया। फिर से दर्द उठ रहा था। एक नए क़िस्म का दर्द था यह। ओ'ब्रायन ने आश्वस्त करने की मुद्रा में तक़रीबन करुणा भरा हाथ विंस्टन पर फेरा और बोला :

"इस बार दर्द नहीं होगा। बस चुपचाप मेरी आँखों में देखते रहो।"

इसी पल एक भयावह धमाका हुआ, या ऐसा कुछ जो धमाके जैसा था, हालाँकि कोई आवाज़ वास्तव में हुई भी थी या नहीं यह पक्का नहीं था। बेशक अन्धा कर देने वाली रोशनी अचानक कौंधी थी। विंस्टन को कोई चोट नहीं पहुँची थी, वह बस निढाल हो गया था। वैसे तो वह पहले से ही लेटा हुआ था, लेकिन झटका लगते ही उसे ऐसा लगा कि किसी ने उसे धकेलकर औंधे मुँह लिटा दिया हो। एक दर्दहीन झटके ने उसे एकदम सपाट कर दिया था। खोपड़ी के भीतर भी कुछ हुआ था शायद। जैसे-जैसे उसकी आँखें थोड़ा साफ़ देखने लायक़ हुईं, वह याद करने लगा कि वह कौन है और कहाँ है। फिर अपनी आँखों में झाँकते हुए चेहरे को उसने पहचाना। दिमाग़ के भीतर हालाँकि कहीं कुछ ख़ालीपन सा जान पड़ता था गोया भेजे में से किसी ने कुछ बाहर निकाल लिया हो।

"यह ज़्यादा देर नहीं टिकेगा," ओ'ब्रायन बोला। "मेरी ओर देखो। ओशियनिया की लड़ाई अभी किस देश से चल रही है?"

विंस्टन ने इस पर सोचा। वह इतना जानता था कि ओशियनिया का मतलब क्या है और वह ख़ुद यहाँ का नागरिक है। उसे यूरेशिया और ईस्टेशिया भी याद थे

लेकिन कौन किससे युद्ध कर रहा था, उसे नहीं मालूम था। उसे तो यह भी अन्दाज़ा नहीं था कि कोई लड़ाई चल रही है।

"मुझे याद नहीं।"

"ओशियनिया का युद्ध ईस्टेशिया से चल रहा है। अब याद आया?"

"हाँ।"

"ओशियनिया हमेशा से ही ईस्टेशिया के साथ युद्ध में रहा है। तुम्हारी पैदाइश से पहले से, पार्टी बनने के समय से, इतिहास के आरम्भ से, यह लड़ाई बिना रुके लगातार चलती रही है। लगातार एक ही युद्ध। याद आया?"

"हाँ।"

"ग्यारह साल पहले तुमने एक कहानी गढ़ी थी उन तीन लोगों के बारे में जिन्हें गद्दारी के बदले मौत की सज़ा सुनाई गई थी। तुम्हारा कहना था कि तुमने एक काग़ज़ देखा था जिससे वे निर्दोष साबित होते थे। ऐसा कोई काग़ज़ कभी नहीं रहा। तुमने उसे पैदा किया था, और बाद में उसी में तुम विश्वास करने लगे। तुम्हें याद आया वह पल जब तुमने वे काग़ज़ ख़ुद पैदा किए थे? याद है?"

"हाँ।"

"अभी-अभी मैंने तुम्हें हाथ उठाकर कुछ उँगलियाँ दिखाई थीं। तुमने पाँच उँगलियाँ देखी थीं। तुम्हें ये याद है?"

"हाँ।"

ओ'ब्रायन ने अपने बाएँ हाथ की उँगलियाँ खोलीं और अँगूठा छिपा लिया।

"देखो, ये पाँच उँगलियाँ हैं। तुम्हें दिख रही हैं?"

"हाँ।"

दिमाग़ वापस ठिकाने पर आने से पहले उस तैरते हुए पल में विंस्टन को वास्तव में यही दिखा था। उसने पाँच उँगलियाँ ही देखी थीं और इसमें कहीं कोई गड़बड़ नहीं थी। फिर सब कुछ सामान्य हो गया था। वही पुराना भय, द्वेष, भ्रम, उसे घेरते हुए वापस लौट आया। इस बीच हालाँकि एक वक्फ़ा बेशक ऐसा रहा जो अनिश्चय से भरा हुआ था—उसे पता नहीं कितनी देर का, शायद तीस सेकंड रहा होगा—जब ओ'ब्रायन का कहा हर शब्द उसके भीतर ख़ाली हुए कोने को भर रहा था और निरपेक्ष सच बन जा रहा था। उस पल अगर ज़रूरत पड़ती तो दो और दो मिलाकर तीन भी हो सकते थे और उतनी ही आसानी से पाँच भी। वह पल अब जा चुका था, ओ'ब्रायन के उसका हाथ छोड़ने से पहले ही; वह उसे

दोबारा महसूस नहीं कर सकता था लेकिन याद ज़रूर कर सकता था—जैसे कोई व्यक्ति अपनी ज़िन्दगी का कोई ऐसा विशिष्ट तजुर्बा याद करता है जब वह ख़ुद न होकर कुछ और ही रहा हो।

"अब तुम समझ गए होगे," ओ'ब्रायन बोला, "कि यह हर हाल में मुमकिन है।"

"जी," विंस्टन ने जवाब दिया।

ओ'ब्रायन सन्तोष की साँस लेता हुआ उठा। उसकी बाईं ओर विंस्टन ने सफ़ेद कोट वाले आदमी को खड़ा देखा जो इंजेक्शन की एक शीशी को फोड़कर सुई से कुछ खींच रहा था। ओ'ब्रायन मुस्कुराते हुए विंस्टन की ओर मुड़ा। पुराने अन्दाज़ में उसने नाक पर चढ़ा चश्मा सीधा किया।

"क्या तुम्हें याद है तुमने अपनी डायरी में लिखा था कि तुम्हें इससे कोई फ़र्क़ नहीं पड़ता कि मैं दोस्त हूँ या दुश्मन क्योंकि मैं कम से कम एक ऐसा व्यक्ति हूँ जो तुम्हें समझता है और जिसके साथ बात की जा सकती है? तुम सही थे। तुमसे बात करने में मुझे आनन्द आता है। तुम्हारे दिमाग़ से मैं प्रभावित हूँ। वह मेरे दिमाग़ के जैसा ही है। बस फ़र्क़ इतना है कि तुम पागल हो। इस सत्र को मैं समाप्त करूँ, उससे पहले चाहो तो मुझसे कुछ सवाल पूछ सकते हो।"

"अपनी मर्ज़ी से कोई भी सवाल?"

"कुछ भी।" उसने देखा कि विंस्टन की नज़रें डायल पर थीं। "वह बन्द है। बताओ, पहला सवाल क्या है।"

"जूलिया के साथ आप लोगों ने क्या किया?" विंस्टन ने पूछा।

ओ'ब्रायन फिर से मुस्कुराया। "उसने तुम्हें धोखा दिया है, विंस्टन—बड़ी सफ़ाई से, बिना देरी लगाए। मैंने बमुश्किल ही ऐसा कोई देखा है जो इतनी जल्दी हमारे हिसाब से ढल जाता हो। तुम देखोगे तो शायद उसे पहचान भी न सको। उसके तमाम बागी तेवर, उसका छल, उसका गन्दा दिमाग़—हर कुछ अब जलकर ख़ाक हो चुका है। उसमें जो परिवर्तन आया है वह तो आदर्श है, एकदम किताबी।"

"आपने उसे यातना दी?"

ओ'ब्रायन ने इसका जवाब नहीं दिया। "अगला सवाल," वह बोला।

"मोटा भाई क्या वास्तव में हैं?"

"और क्या, बेशक हैं। पार्टी भी है। मोटा भाई पार्टी का ही मूर्त रूप हैं।"

"क्या उनका वजूद वैसे ही है जैसे मेरा है?"

"तुम्हारा कोई अस्तित्व नहीं है," ओ'ब्रायन बोला।

एक बार फिर से विंस्टन के भीतर बेचारगी का भाव आ गया। उसे अस्तित्वहीन साबित करने वाली दलीलें वह अच्छे से जानता है या उन्हें गढ़ सकता है, लेकिन यह तो बकवास है। सब शब्दों की बाज़ीगरी का मामला है। "तुम्हारा कोई अस्तित्व नहीं है"—यह वाक्य अपने आप में ही तार्किक रूप से असंगत है। लेकिन यह सब कहने का क्या लाभ? ओ'ब्रायन अपने ऐसे सनक भरे तर्कों से उसे लाजवाब करके पूरी तरह रौंद देगा, इस ख़याल से ही उसका दिमाग़ डूबा जा रहा था।

उसने बहुत थके हुए ढंग से कहा, "मेरे ख़याल से मेरा अस्तित्व है। मैं अपनी पहचान के प्रति सचेत हूँ। मैं पैदा हुआ था और मैं मर जाऊँगा। मेरे हाथ-पैर हैं। इस स्पेस में मेरी भी एक जगह है। उस जगह को कोई और ठोस चीज़ उसी समय एक साथ नहीं व्याप सकती। इस अर्थ में पूछ रहा हूँ मैं, क्या मोटा भाई का कोई अस्तित्व है?"

"इस सबका कोई महत्त्व नहीं है। उनका अस्तित्व है।"

"और क्या मोटा भाई कभी मरेंगे?"

"क़तई नहीं। ज़ाहिर है। वे कैसे मर सकते हैं? अगला सवाल।"

"क्या ब्रदरहुड अस्तित्व में है?"

"यह तो, विंस्टन, तुम कभी नहीं जान पाओगे। तुम्हारा काम निपट जाने के बाद अगर हमने तुम्हें आज़ाद छोड़ने का फ़ैसला लिया और तुम नब्बे बरस की उम्र भी जी गए, तब भी नहीं जान पाओगे कि इस सवाल का जवाब हाँ है या नहीं। तुम जब तक जियोगे, यह पहेली तुम्हारे दिमाग़ में अनसुलझी ही रहनी है।"

विंस्टन चुपचाप पड़ा रहा। उसकी धड़कन थोड़ा तेज़ हो गई थी। उसने अब भी वह सवाल नहीं पूछा था जो उसके मन में सबसे पहले आया था। उसने पूछना तो चाहा था, लेकिन उसकी ज़बान ने ख़ुद को जैसे रोक लिया था। ओ'ब्रायन के चेहरे पर हल्का सा दिल्लगी वाला भाव आया। यहाँ तक कि उसके चश्मे से ही कटाक्ष की चमक सी आ रही थी। विंस्टन को अचानक महसूस हुआ कि वह जानता है, ओ'ब्रायन को पता है कि वह क्या पूछने जा रहा है! इस ख़याल में ही उसका मुँह खुल गया और सवाल बाहर आ गया।

"कमरा नम्बर 101 में क्या है?"

ओ'ब्रायन के चेहरे के भाव बदले नहीं। उसने बड़े सपाट ढंग से जवाब दिया :

"तुम जानते हो विंस्टन, 101 नम्बर में क्या है। सबको पता है 101 नम्बर कमरे में क्या है।"

फिर उसने सफ़ेद कोट वाले आदमी को उँगली से इशारा किया। साफ़ था कि जवाब-तलब का यह सत्र अब ख़त्म हो चुका है। विंस्टन की बाँह में झटके से एक सुई घुसी। तुरन्त वह गहरी नींद में डूब गया।

3

"तुम्हें दोबारा गढ़े जाने की प्रक्रिया में तीन चरण हैं," ओ'ब्रायन ने कहा। "एक सीखने का चरण, दूसरा समझने का और तीसरा स्वीकारने का। अब तुम्हारे दूसरे चरण में प्रवेश करने का वक़्त आ चुका है।"

हमेशा के जैसे विंस्टन अपनी पीठ के बल लेटा पड़ा था, लेकिन बन्धन अब पहले से काफ़ी ढीले थे। बिस्तरे से वह अब भी बँधा हुआ था, लेकिन अपने घुटनों को वह हिला सकता था, सिर को दाएँ-बाएँ मोड़ सकता था और हाथ के कुहनी से नीचे वाले हिस्से को उठा सकता था। अब डायल का आतंक भी कम हो चुका था। वह समझ चुका था कि तुरन्त दिमाग़ लगाकर जवाब देने से वह उससे बच सकता है। वह तो उसकी बेवकूफ़ियों के चलते अकसर ओ'ब्रायन लीवर खींच देता है। अब तो कभी-कभी वे पूरा का पूरा सत्र बिता देते थे और डायल की ज़रूरत नहीं पड़ती थी। अब तक कितने सत्र हुए हैं, उसे याद ही नहीं था। ऐसा लगता है कि पूरी प्रक्रिया काफ़ी लम्बी चली थी, शायद हफ़्तों तक, और दो सत्रों के बीच कभी-कभी कई दिन बीत जाते तो कभी एकाध घंटे में ही अगला सत्र शुरू हो जाता था।

ओ'ब्रायन ने कहा, "वहाँ लेटे-लेटे तुमने अकसर अचरज जताया और मुझसे पूछा भी है कि प्रेम मंत्रालय आख़िर तुम्हारे ऊपर इतना समय और ऊर्जा क्यों ख़र्च कर रहा है। तुम जब आज़ाद थे तब भी मोटा-मोटी ऐसे ही सवाल से हलकान थे। जिस समाज में तुम रहते हो, उसकी गतिकी को तो समझ सकते हो लेकिन उसके नीचे छिपी मंशाओं को नहीं समझ सकते। तुम्हें याद है, अपनी डायरी में तुमने यह लिखा था कि "मैं 'कैसे' का जवाब समझता हूँ, मैं 'क्यों' को नहीं समझता?" दरअसल, तुमने जैसे ही 'क्यों' पर सोचा, उसी पल तुम्हें अपने विवेक पर सन्देह हो गया। तुमने ग्रंथ, यानी गोल्डस्टीन की किताब तो पढ़ी होगी या कम से कम

उसके कुछ अंश। क्या तुम्हें उस किताब से ऐसा कुछ पता चला जो तुम पहले से नहीं जानते थे?"

"आपने पढ़ी है?" विंस्टन ने पूछा।

"मैंने ही लिखी है। मतलब ऐसा कह सकता हूँ। उसके लेखन में मैंने योगदान दिया था। तुम तो जानते हो कि कोई भी किताब अकेले नहीं पैदा की जा सकती।"

"उसमें जो लिखा है, क्या वह सच है?"

"हाँ, एक मोटा ख़ाका है। जो कार्यक्रम उसमें सुझाया गया है वह बकवास है। जैसे ज्ञान का गोपनीय संग्रहण...प्रबोधन का धीरे-धीरे प्रसार...अन्ततः सर्वहारा की बग़ावत...फिर पार्टी को उखाड़ फेंका जाना। तुमने तो पहले ही जान लिया था किताब में क्या कहा जाना है। वह सब का सब बकवास है। जनता कभी बग़ावत नहीं करेगी, हज़ार साल, लाख साल में भी नहीं। वे कर ही नहीं सकते। अब तुमको मुझे इसका कारण बताने की ज़रूरत नहीं है। तुम पहले से जानते हो। तुमने अगर कभी भी किसी हिंसक क्रान्ति आदि का कोई सपना पाला हो तो तत्काल उसे दिमाग़ से निकालकर बाहर फेंक दो। पार्टी को उखाड़ फेंकने का कोई तरीक़ा नहीं है। पार्टी का राज हमेशा के लिए है। अपने विचारों की शुरुआत में ही यह बात गाँठ बाँध लो।"

वह बिस्तर के क़रीब आया। "हमेशा के लिए!" उसने दुहराया। विंस्टन चुप रहा, ओ'ब्रायन ने आगे जोड़ा, "अब आते हैं 'कैसे' और 'क्यों' के सवाल पर। तुम अच्छे से समझते हो कि पार्टी ख़ुद को सत्ता में कैसे बनाए रखती है। अब यह बताओ, हम सत्ता से क्यों चिपके रहते हैं? हमारी मंशा क्या है? आख़िर क्यों चाहिए हमें सत्ता? चलो, बताओ।"

विंस्टन फिर भी कुछ देर एकदम चुप रहा, कुछ नहीं बोला। उसके भीतर शिथिलता का भाव घर जमा चुका था। उधर ओ'ब्रायन के चेहरे पर उत्साह और सनकीपन की एक हल्की सी चमक लौट आई थी। वह अच्छे से जानता कि ओ'ब्रायन इस पर क्या बोलेगा। यही, कि पार्टी अपने लिए नहीं बल्कि बहुसंख्य जनता के कल्याण के लिए सत्ता चाहती है। पार्टी इसलिए सत्ता की कवायद करती है क्योंकि जनता बहुत कमज़ोर होती है जो अपने बल पर आज़ादी पर टिकी नहीं रह सकती या सच्चाई का सामना नहीं कर सकती, इसलिए उसके ऊपर उससे मज़बूत व्यक्तियों का राज होना चाहिए जो सुनियोजित ढंग से उस पर शासन कर सके। कि मानवता को स्वतंत्रता और सुख में से किसी एक को चुनना होता है और ज़्यादातर लोगों के लिए सुख कहीं बेहतर विकल्प है। वह बोलेगा कि पार्टी

ग़रीबों-मजलूमों की रहनुमा है, उनके प्रति समर्पित उनका दीन है जो अच्छे की उम्मीद में बुराइयाँ करती है और दूसरों के लिए अपनी ख़ुशी को क़ुरबान कर देती है। विंस्टन को लगा कि सबसे बुरी बात यह होगी कि जब ओ'ब्रायन ये सब कह रहा होगा तो इसमें बराबर विश्वास भी कर रहा होगा। उसके चेहरे पर आप यह देख सकते हैं। ओ'ब्रायन सब कुछ जानता था। इस दुनिया के बारे में विंस्टन जितना जानता था उससे कहीं हज़ार गुना ज़्यादा ओ'ब्रायन को पता था कि दुनिया कैसी है, ज़्यादातर इनसानी आबादी किस पतित अवस्था में जी रही है और पार्टी कैसे-कैसे झूठ और बर्बरताओं के सहारे जनता को वैसा बनाए हुए है। वह सब कुछ समझ चुका था, नाप-जोख चुका था और उसके लिए इस सबसे कोई फ़र्क़ नहीं पड़ता था क्योंकि अन्तिम उद्देश्य के लिहाज़ से सब जायज था। विंस्टन ने सोचा कि एक ऐसा सनकी जो आपसे कहीं ज़्यादा दिमाग़दार हो, आपकी दलीलों को शान्त होकर सुनता हो, फिर बड़े आराम से अपनी सनक में बना रहता हो, उसका आप क्या कर सकते हैं?

"आप अपने भले के लिए हम पर राज कर रहे हैं," बड़े कमज़ोर स्वर में विंस्टन बोला। "आप मानते हैं कि मनुष्य अपने ऊपर राज करने के लायक़ नहीं है और इसीलिए...।"

बोलते-बोलते वह तक़रीबन चीख़ पड़ा। अचानक उसके शरीर में दर्द का ज्वार उठा था। ओ'ब्रायन ने डायल का लीवर खींचकर पैंतीस पर कर दिया था।

"यही सब बेवकूफ़ी है, विंस्टन। मूर्ख कहीं के!" ओ'ब्रायन बोला। "तुम्हें ऐसी बातें बोलने से पहले सोचना चाहिए।"

उसने लीवर वापस खींचा और बोलता रहा।

"अपने सवाल का जवाब तुम्हें मैं अब बताऊँगा। बात यह है कि पार्टी विशुद्ध अपने लिए सत्ता की कामना करती है। हमें लोगों के भले में कोई दिलचस्पी नहीं है, हमारी दिलचस्पी केवल सत्ता में है। न पैसे में, न सुख-सुविधाओं में, न ही लम्बी जिन्दगी या ख़ुशी में, केवल सत्ता, विशुद्ध सत्ता। विशुद्ध सत्ता से मेरा क्या मतलब है, तुम जल्द ही समझ जाओगे। अतीत की कुलीन सत्ताओं से हम लोग बिलकुल अलग हैं, इस अर्थ में कि हम जान रहे हैं कि हम क्या कर रहे हैं। बाक़ी सभी सत्ताएँ कायर और पाखंडी थीं। वे भी जो हमारे जैसी दिखती थीं। अपने तौर-तरीक़ों में जर्मन नाज़ी और रूसी कम्युनिस्ट हमारे काफ़ी क़रीब आ गए थे लेकिन उनके भीतर अपनी असल मंशा को स्वीकार करने का साहस नहीं था। वे लोग दिखावा

करते थे और शायद विश्वास भी करते रहे होंगे कि उन्होंने सत्ता पर अनिच्छा से क़ब्ज़ा किया है, यह सीमित अवधि के लिए ही है और यहीं कहीं कोई ऐसी जन्नत ज़रूर होनी चाहिए जहाँ इनसान आज़ाद और बराबर होगा। हम लोग उनकी तरह नहीं हैं। हम इस बात को जानते हैं कि कोई भी सत्ता को इस नीयत से नहीं क़ब्ज़ाता है कि उसे त्यागना है। सत्ता कोई साधन नहीं है, वह अपने आप में एक साध्य है। किसी क्रान्ति को बचाए रखने के लिए तानाशाही नहीं थोपी जाती, बल्कि इसका उलटा है—तानाशाही कायम करने के लिए क्रान्ति की जाती है। दंड का उद्‌देश्य दंड देना ही है। यातना का उद्‌देश्य यातना है। सत्ता का उद्‌देश्य सत्ता है। मेरी बात अब समझ में आ रही है?"

ओ'ब्रायन के चेहरे की थकान को देख विंस्टन सकते में था। ऐसा पहले भी उसके साथ हो चुका था। वह मज़बूत, मांसल और क्रूर चेहरा ज़बरदस्त मेधावी था जिसके भीतर छिपी भावनाएँ नियंत्रित थीं। उसके सामने विंस्टन ख़ुद को निस्सहाय पाता था, लेकिन अब वह चेहरा थका हुआ लग रहा था। उसकी आँखों के नीचे पपोटे थे और गाल की हड्‌डियों से चमड़ी लटक रही थी। ओ'ब्रायन उसके ऊपर झुक गया और जानबूझकर अपना थका चेहरा उसके क़रीब ले आया।

"तुम सोच रहे हो," ओ'ब्रायन बोला, "कि मेरा चेहरा थका-पुराना लग रहा है। तुम सोच रहे हो कि कहाँ मैं सत्ता की बात कर रहा हूँ, फिर भी अपनी देह को ढलने से नहीं रोक पा रहा हूँ। तुम्हें समझ नहीं आ रहा है विंस्टन, कि व्यक्ति तो केवल एक जीवकोष है? कोशिकाओं के विघटन में ही जीव का पौरुष छिपा हुआ है। अपने नाख़ून काटने से तुम मर जाते हो क्या?"

वह बिस्तर से दूर हट गया और एक हाथ जेब में डालकर फिर से आगे-पीछे टहलने लगा। फिर बोला :

"हम लोग सत्ता के पुजारी हैं। सत्ता हमारा ईश्वर है। जहाँ तक तुम्हारे समझने की बात है, फ़िलहाल सत्ता को महज़ एक शब्द के रूप में लो। सत्ता का मतलब क्या होता है, यह बात समझनी तुम्हारे लिए ज़्यादा ज़रूरी है। सबसे पहली बात तुम्हें यह समझनी होगी कि सत्ता हमेशा सामूहिक होती है। एक व्यक्ति को सत्ता तभी हासिल हो सकती है जब वह अपने स्व का लोप कर दे। तुम पार्टी का यह नारा जानते हो न—"आज़ादी, ग़ुलामी है?" कभी इसका उलटा करके सोचने की कोशिश की है तुमने—"ग़ुलामी, आज़ादी है?" एक अकेला और आज़ाद इनसान हमेशा ही हारता है। उसे हारना ही बदा है क्योंकि हर व्यक्ति अन्तत: मरने के लिए

अभिशप्त है और मौत सबसे बड़ी हार का नाम है। इसीलिए, अगर वह पूरी तरह बेशर्त समर्पण कर डाले, अगर वह अपनी ख़ुद की पहचान से भाग निकले और पार्टी के साथ ख़ुद को इस तरह एकमेक कर दे कि व्यक्ति ही ख़ुद पार्टी हो जाए, तब वह सर्वशक्तिमान और अमर्त्य हो सकता है। तुम्हें दूसरी बात जो समझनी है वह यह है कि सत्ता का मतलब मनुष्यों के ऊपर चलने वाली सत्ता से है। मनुष्यों के शरीर पर चलने वाली सत्ता, उससे भी ज़्यादा उनके दिमाग़ को नियंत्रित करने वाली सत्ता। पदार्थ—जिसे तुम बाहरी वास्तविकता कहते हो—के ऊपर चलने वाली सत्ता उतनी अहम नहीं है। भौतिक जगत पर तो वैसे भी हमारा निरपेक्ष नियंत्रण है।"

एक पल को विंस्टन ने डायल को अनदेखा किया और एक झटका देकर ऊपर उठने की कोशिश की ताकि बैठ सके। उससे कोई लाभ नहीं हुआ, बस शरीर में खिंचाव के कारण दर्द हो गया।

वह फट पड़ा, "लेकिन आप पदार्थ को नियंत्रित कैसे कर सकते हैं? आपके नियंत्रण में तो जलवायु या गुरुत्वाकर्षण का नियम तक नहीं है। फिर बीमारियाँ हैं, दर्द है, मौत है, जाने क्या-क्या...।"

ओ'ब्रायन ने अपने हाथ की हरकत से उसे शान्त कर दिया। "चूँकि हम दिमाग़ को नियंत्रित करते हैं, इसलिए हम पदार्थ को भी नियंत्रित कर लेते हैं। यथार्थ तो खोपड़ी के भीतर है न। धीरे-धीरे तुम सीख जाओगे, विंस्टन। ऐसा कुछ भी नहीं जो हम नहीं कर सकते हैं। अदृश्य हो जाना, उड़ना—कुछ भी कर सकते हैं हम। मैं चाहूँ तो साबुन के झाग के एक बुलबुले की तरह हवा में तैर सकता हूँ, लेकिन मैं ऐसा करना नहीं चाहता क्योंकि पार्टी ऐसा नहीं चाहती है। क़ुदरत के नियमों के बारे में उन्नीसवीं सदी के विचारों से तुम्हें अब मुक्त हो जाना चाहिए। प्रकृति के नियम हम ही गढ़ते हैं।"

"क़तई नहीं! आप इस ग्रह के मालिक नहीं हैं। यूरेशिया और ईस्टेशिया के बारे में क्या ख़याल है? उन्हें तो आप जीत नहीं पाए अब तक।"

"इसका कोई मतलब नहीं है। हमें जब ज़रूरत होगी हम जीत लेंगे। और नहीं जीत पाए तब भी उससे क्या फ़र्क़ पड़ेगा? उनके वजूद को ही हम नकार देंगे। कह देंगे कि ओशियनिया की सारी दुनिया है।"

"लेकिन यह दुनिया भी तो बस धूल का एक कण ही है। और मनुष्य उसमें एक नन्हा सा कमज़ोर जीव! कितना समय हुआ ही है मनुष्य को अस्तित्व में आए हुए? यह धरती करोड़ों साल तक निर्जन रही थी।"

“बकवास। धरती उतनी ही पुरानी है जितने पुराने हम हैं। और पुरानी कैसे हो सकती है? मनुष्य की चेतना के अलावा और कुछ भी इस धरती पर वजूद में नहीं है।”

“लेकिन पत्थरों में लुप्त हो चुके जीवों की अस्थियाँ मौजूद हैं—वे तमाम महाकाय हाथी, मैस्टोडॉन और विशालकाय सरीसृप यहाँ तब से रहे हैं जब इनसान का नामोनिशान तक नहीं हुआ करता था।”

“तुमने वे हड्डियाँ देखी हैं, विंस्टन? नहीं देखी हैं। उन्नीसवीं सदी के जीव विज्ञानियों ने उनका आविष्कार किया था। इनसान के पहले यहाँ कुछ भी नहीं था। अगर मानवता का अन्त होना है, तो इनसान के बाद यहाँ कुछ नहीं बचेगा। मनुष्य के बाहर कुछ भी नहीं है।”

“लेकिन पूरा ब्रह्मांड तो हमारे बाहर ही है। नक्षत्रों को देखिए! कुछ तारे तो करोड़ों प्रकाश वर्ष दूर हैं हमसे। वे हमेशा हमारी पहुँच से बाहर ही रहेंगे।”

“तारे क्या होते हैं?” ओ'ब्रायन ने उदासीन स्वर में पूछा। “कुछ किलोमीटर दूर स्थित आग के गोले ही तो हैं। हम चाहें तो उन तक पहुँच सकते हैं। या चाहें तो उन्हें धब्बा मानकर छोड़ सकते हैं। इस ब्रह्मांड का केन्द्र यह धरती है। सूरज और नक्षत्र इसकी परिक्रमा करते हैं।”

विंस्टन एक बार फिर ऐंठा और हिला-डुला। इस बार वह चुप ही रहा, कुछ नहीं बोला। ओ'ब्रायन बोलता रहा गोया किसी आपत्ति का जवाब दे रहा हो।

“ज़ाहिर है कि कुछेक कामों के लिहाज़ से यह बात सच नहीं है। मसलन, जब हम समन्दर की यात्रा करते हैं या फिर जब किसी ग्रहण की भविष्यवाणी करते हैं, तो ऐसे में यह मान लेना आसान होता है कि धरती सूरज का चक्कर लगा रही है और सितारे करोड़ों-करोड़ प्रकाश वर्ष दूर हैं। लेकिन क्या करना है इस सबका? तुम्हें क्या लगता है कि हम अपना एक समानान्तर खगोलशास्त्र पैदा नहीं कर सकते? यह सब हमारी ज़रूरत का मसला है, फिर तारे पास भी हो सकते हैं और दूर भी। तुम्हें क्या लगता है कि हमारे गणितज्ञ उतने क़ाबिल नहीं हैं? क्या तुम डबलथिंक को भूल गए?”

विंस्टन बिस्तर में पड़े-पड़े एकदम से सिकुड़ गया। वह जो भी कह रहा था, ओ'ब्रायन कितनी आसानी से उसकी बात को जैसे लाठी के एक वार से कुचले दे रहा था। इसके बावजूद वह ख़ुद को सही मानता था और इस बात को जानता भी था। हमारे दिमाग़ के बाहर कुछ भी अस्तित्वमान नहीं है, इस विचार को ग़लत साबित करने का पक्का कोई न कोई तरीक़ा होना चाहिए। क्या बहुत पहले ही इस

तर्क का दोष उजागर नहीं किया जा चुका है? इस विचारधारा के लिए तो बाक़ायदे एक नाम भी होता है, जो उसे अभी याद नहीं आ रहा। उसको देखते हुए ओ'ब्रायन के चेहरे पर हल्की सी मुस्कान तैर गई।

"मैं तुमसे कह चुका हूँ, विंस्टन," ओ'ब्रायन बोला, "कि तत्त्वज्ञान के मामले में तुम मज़बूत नहीं हो। तुम जिस विचार के बारे में सोच रहे हो उसे अहं ब्रह्मास्मि कहते हैं, लेकिन यहाँ तुम ग़लती कर रहे हो। यह मामला अहं ब्रह्मास्मि वाला नहीं है। तुम चाहो तो इसे सामूहिक अहंवाद कह सकते हो, हालाँकि यह बिलकुल अलहदा बात है। एकदम उलटी। इन सब पर बात करना अपने मुद्दे से हमें भटका देगा।" थोड़ा अलग लहज़े में उसने कहा, "असली सत्ता, जिसके लिए हमें दिन-रात लड़ना है, वह सत्ता वस्तुओं के ऊपर नहीं बल्कि इनसानों के ऊपर राज करने के लिए है।" वह ठहरा, और फिर से उस स्कूल मास्टर की भूमिका में आ गया जो किसी प्रतिभाशाली विद्यार्थी से सवाल कर रहा हो :

"बताओ, किसी के ऊपर अपनी सत्ता कैसे थोपी जाती है, विंस्टन?"

विंस्टन ने इस सवाल पर सोचा, फिर बोला, "उसे कष्ट देकर।"

"बिलकुल सही, सामने वाले को कष्ट देकर। केवल आज्ञाएँ मनवाना पर्याप्त नहीं होता। जब तक वह तड़पेगा नहीं, तब तक आप कैसे पक्के तौर पर कह सकते हैं कि वह आपका कहा मान रहा है और अपने मन की नहीं सुन रहा? कष्ट देने, शर्मिन्दा करने की ताक़त असली सत्ता होती है। इनसानी दिमाग़ को टुकड़ों-टुकड़ों में तोड़ देना और फिर अपनी ज़रूरत के हिसाब से नया आकार देना, यह असली सत्ता है। क्या अब तुम्हें कुछ दिखना शुरू हुआ कि हम लोग कैसी दुनिया बनाने जा रहे हैं? पुराने सुधारकों ने वाहियात सुखवादी यूटोपिया की जो कल्पना की थी, यह दुनिया उसके बिलकुल उलट है। डर में लिपटी एक दुनिया, जहाँ गद्दारी का मतलब है पीड़ा। कुचलने और कुचले जाने की आज़ादी वाली दुनिया, जो जितना सुघड़ होती जाएगी उतना ही ज़्यादा निर्दयी होती चली जाएगी। हमारी दुनिया में तरक़्क़ी का अर्थ होगा कष्टों का लगातार बढ़ते जाना। पुरानी सभ्यताएँ दावा करती थीं कि वे प्रेम और न्याय की बुनियाद पर बनी हैं। हमारी सभ्यता नफ़रत की नींव पर खड़ी है। हमारी दुनिया में भय, आक्रोश, विजय और आत्मदुर्दशा के अलावा और कोई अहसास नहीं होगा। बाक़ी सब कुछ को हम नष्ट कर देंगे। सोचने की आदत को तो हम पहले से ही नष्ट करने में लगे हुए हैं, जो क्रान्ति के पहले से चली आ रही है। हम लोगों ने माता-पिता और बच्चे के बीच का रिश्ता ख़त्म कर दिया है,

आदमी और औरत को एक-दूसरे से दूर कर दिया है। अब कोई भी अपनी बीवी, बच्चे या दोस्त पर भरोसा नहीं करता। भविष्य में हालाँकि न तो बीवियाँ होंगी और न ही कोई दोस्त। बच्चों को पैदा होते ही उनकी माँओं से ले लिया जाएगा, जैसे मुर्ग़ी के अंडे देते ही हम ले लेते हैं। यौनवृत्तियाँ जड़ से समाप्त कर दी जाएँगी। जैसे लोग हर साल राशन कार्ड नवीनीकरण करवाते हैं वैसे ही हर साल बच्चे जनना एक सालाना औपचारिकता होगी। हम लोग सेक्स में सुख की चरम अवस्था को ही ख़त्म कर देंगे। हमारे न्यूरोलॉजिस्ट इस पर काम कर रहे हैं। पार्टी के प्रति वफ़ादारी के अलावा और कोई वफ़ादारी नहीं होगी। मोटा भाई के प्रति प्रेम के अलावा और कोई प्रेम नहीं बचेगा। न कला रहेगी, न साहित्य, न ही विज्ञान। हम जब सर्वशक्तिमान हो जाएँगे तो हमें विज्ञान की ज़रूरत नहीं रह जाएगी। ख़ूबसूरती और बदसूरती के बीच कोई अन्तर नहीं रह जाएगा। न कोई जिज्ञासा होगी न ही ज़िन्दगी जीने का आनन्द। तमाम प्रतिद्वंद्वी सुख नष्ट कर दिए जाएँगे। एक बात हालाँकि हमेशा याद रखना विंस्टन, कि सत्ता का नशा तो हमेशा बना ही रहेगा, जो लगातार बढ़ता जाएगा और कहीं ज़्यादा सूक्ष्म होता जाएगा। हमेशा, हर क्षण, जीत का रोमांच होगा, एक निस्सहाय दुश्मन को कुचल देने का सनसनीखेज अहसास होगा। भविष्य की तस्वीर अगर देखना चाहते हो तो बस इतनी कल्पना करो कि किसी मनुष्य के चेहरे पर एक बूट की छाप है—सदा के लिए।"

वह रुक गया। उसे उम्मीद थी कि विंस्टन कुछ बोलेगा। विंस्टन ने बिस्तरे में एक बार फिर से धँसने की कोशिश की। वह कुछ बोलने की हालत में नहीं था। उसका दिल एकदम जम गया था। ओ'ब्रायन बोलता रहा :

"और याद रखना कि यह हमेशा के लिए है। एक चेहरा वहाँ होगा ही होगा जिसे कुचला जा सके। हमेशा समाज का एक दुश्मन मौजूद होगा, एक विधर्मी हमेशा मौजूद रहेगा जिसे बार-बार हराया और शर्मिन्दा किया जा सके। हमारी हिरासत में आने के बाद से लेकर अब तक तुम जितनी भी चीज़ों से गुज़रे हो, वह सब कुछ ऐसे ही जारी रहेगा और बदतर होता जाएगा। जासूसी, गद्दारियाँ, गिरफ़्तारियाँ, मृत्युदंड, यातनाएँ, गुमशुदगियाँ जैसी चीज़ें कभी ख़त्म नहीं होंगी। यह दुनिया जितनी विजयोन्माद की होगी, उतनी ही ज़्यादा आतंक की भी होगी। पार्टी जितना ज़्यादा ताक़तवर होती जाएगी उतना ही असहिष्णु भी होती जाएगी; विरोध जितना कमज़ोर होगा, तानाशाही उतना ही फलेगी-फूलेगी। गोल्डस्टीन और उसकी असहमतियाँ हमेशा बनी रहेंगी। हर दिन, हर पल वे हारती रहेंगी, बदनाम होती

रहेंगी, हास्यास्पद बनती जाएँगी, मार खाती जाएँगी लेकिन फिर भी हमेशा बची रहेंगी। बीते सात साल में मैंने तुम्हारे साथ जो खेल खेला है वह पीढ़ी दर पीढ़ी बार-बार चलता जाएगा, और हमेशा और ज़्यादा महीन होता जाएगा। और हर बार ऐसे विधर्मी हमारे रहमो-करम पर यहाँ पड़े होंगे, दर्द से चीख़ते हुए, टूटकर बिखरे हुए, कुत्सित हालत में—और अन्त में वे ख़ुद से ख़ुद को ही बचाकर प्रायश्चित्त करने के लिए रेंगते हुए स्वेच्छा से हमारे क़दमों में आ गिरेंगे। ऐसी दुनिया बना रहे हैं हम लोग, विंस्टन। एक के बाद एक विजय पताका, विजयोल्लास वाली दुनिया; सत्ता की नाड़ी पर अन्तहीन पकड़ वाली दुनिया। मैं देख पा रहा हूँ कि तुम्हें अहसास होना शुरू हो चुका है कि यह दुनिया कैसी होगी। अन्त आते-आते तुम इसे समझने से भी आगे जाकर इसे स्वीकार करोगे, इसका स्वागत करोगे और इसका हिस्सा बन जाओगे।"

विंस्टन अब बोलने की हालत में आ चुका था। उसने मद्धम स्वर में कहा, "आपसे न हो पाएगा।"

"कहना क्या चाहते हो, विंस्टन?"

"आप ऐसी दुनिया नहीं बना पाओगे जैसी आपने अभी बताई। यह एक सपना है। नामुमकिन है।"

"क्यों?"

"भय, नफ़रत और क्रूरता की नींव पर किसी सभ्यता को खड़ा करना नामुमकिन है। वह टिकेगी ही नहीं।"

"क्यों नहीं?"

"उसमें प्राणशक्ति नहीं होगी। वह ढह जाएगी। अपने आप ही वह ख़त्म हो जाएगी।"

"बकवास। तुम्हें लगता है कि नफ़रत प्रेम से पहले चुक जाता है? ऐसा क्यों होगा? और अगर ऐसा है भी, तो उससे फ़र्क़ क्या पड़ेगा? मान लो कि हमने ख़ुद ही जल्दी ख़त्म होना चुन लिया। मान लो हमने ज़िन्दगी की रफ़्तार इतनी तेज़ कर दी कि तीस तक आते-आते लोग बूढ़े होने लगे। उससे फ़र्क़ क्या पड़ जाएगा? तुम्हें इतनी सी बात क्यों नहीं समझ आ रही कि व्यक्ति की मौत असली मौत नहीं है? असल मामला पार्टी का है और पार्टी अजर-अमर है।"

उसकी बात सुनकर विंस्टन हमेशा की तरह बेचारगी महसूस करने लगा। इसके अलावा उसे डर भी था कि अगर अपनी असहमति ऐसे ही वह दर्ज करवाता रहा

तो ओ'ब्रायन फिर से डायल चालू कर देगा। फिर भी वह चुप नहीं बैठ पा रहा था। उसके पास ओ'ब्रायन का विरोध करने के लिए कोई ख़ास दलील नहीं थी लेकिन उसके कहे से विंस्टन डरा हुआ था। बिना किसी तर्क के विंस्टन ने हलक़े में दोबारा वार किया :

"पता नहीं, मैं नहीं जानता। मुझे इससे कोई मतलब भी नहीं है, लेकिन आप लोग फेल हो जाएँगे। कुछ न कुछ तो आपको हरा ही देगा। आप लोग ज़िन्दगी से ही हार जाएँगे।"

"ज़िन्दगी को हम नियंत्रित करते हैं, विंस्टन, हर स्तर पर। तुम शायद कल्पना कर रहे हो कि इनसानी स्वभाव नाम की कोई चीज़ होती है जो हमारे किए पर बग़ावत कर देगी और हमारे ख़िलाफ़ खड़ी हो जाएगी। मनुष्य के स्वभाव को भी हम ही गढ़ते हैं। मनुष्य बहुत लचीला होता है, उसे अनंत तरीक़ों से ढाला जा सकता है। या हो सकता है कि तुम अपने पुराने ख़यालों में लौट आए हो कि जनता मने गुलाम लोग हमारे ख़िलाफ़ खड़े होंगे और हमें उखाड़ फेंकेंगे। निकाल दो यह बात अपने दिमाग़ से। वे सब बेचारे हैं, एकदम बेज़ुबान जानवरों की तरह। मानवता का मतलब है पार्टी। बाक़ी सब बाहरी हैं—अप्रासंगिक।"

"मैं नहीं जानता। अन्त में वे आपको निपटा ही देंगे। आज नहीं तो कल वे आपका असली चेहरा पहचान जाएँगे, फिर आपके टुकड़े-टुकड़े कर देंगे।"

"क्या तुम्हें ऐसा कुछ ठोस संकेत या सबूत हाथ लगा है कि यह हो रहा है? या फिर कोई वजह कि ऐसा क्यों होगा?"

"ना, मेरा विश्वास है बस। मैं जानता हूँ कि आप लोग नाकाम होंगे। कुछ तो है इस ब्रह्मांड में—मैं नहीं जानता, शायद कोई भाव है, या कोई नियम—कि आप कामयाब नहीं हो पाएँगे।"

"तुम भगवान में विश्वास करते हो, विंस्टन?"

"नहीं।"

"तब यह कौन सा नियम है जो हमें हरा देगा?"

"पता नहीं, शायद मनुष्य की जिजीविषा।"

"और क्या तुम ख़ुद को मनुष्य मानते हो?"

"हाँ।"

"तुम यदि मनुष्य हो विंस्टन, तो आख़िरी होगे। तुम्हारे क़िस्म के मनुष्य अब लुप्त हो चुके हैं। इस धरती के वारिस हम हैं। तुम्हें ये बात समझ में आ रही है कि

तुम नितान्त अकेले हो? तुम इतिहास से बाहर हो, तुम्हारा कोई अस्तित्व नहीं है।" ओ'ब्रायन का व्यवहार बदल गया, वह अचानक थोड़ा कठोर हो गया। "और हम लोगों से अपने आप को तुम नैतिक रूप से श्रेष्ठ समझते हो क्या? सिर्फ़ इसलिए कि हम झूठे और क्रूर हैं?"

"हाँ, मैं ख़ुद को श्रेष्ठ समझता हूँ।"

ओ'ब्रायन कुछ नहीं बोला। दो और व्यक्तियों की बातचीत की आवाज़ आ रही थी। थोड़ी देर बाद विंस्टन को अहसास हुआ कि उनमें एक आवाज़ उसकी थी। जिस रात विंस्टन ब्रदरहुड का हिस्सा बना था, उस रात ओ'ब्रायन के घर पर उसके साथ हुई बातचीत का टेप बज रहा था। विंस्टन ने सुना कि टेप में वह झूठ बोलने, चोरी करने, जालसाज़ी करने, हत्या करने, नशीले पदार्थों और वेश्यावृत्ति को बढ़ावा देने, यौन रोगों को फैलाने, किसी बच्चे के चेहरे पर तेज़ाब फेंकने का वादा कर रहा था। ओ'ब्रायन की मुद्रा से लगा कि वह थोड़ा अधीर हो चुका है गोया टेप बजाने का कोई फ़ायदा नहीं हुआ। उसने स्विच दबाया और आवाज़ बन्द हो गई।

"चलो, उस बिस्तर से उठो," वह बोला।

बन्धन ढीले कर दिए गए। विंस्टन पलंग से उतरा और लड़खड़ाते हुए ज़मीन पर खड़ा हुआ।

"तुम आख़िरी मनुष्य हो," ओ'ब्रायन बोला, "तुम मनुष्य की जिजीविषा के रक्षक हो। तुम जैसे हो वैसा ही तुम्हें ख़ुद को देखना चाहिए। चलो, अपने कपड़े उतारो।"

विंस्टन ने अपनी वर्दी को कसने वाले नाड़े की गाँठ खोल दी। वर्दी में लगी जिप जाने कब से ख़राब पड़ी थी। उसे याद नहीं था कि गिरफ़्तारी के बाद एक बार भी उसने अपनी वर्दी पूरी उतारी हो। वर्दी के नीचे उसके शरीर पर गन्दा पीला चीथड़ा सा लिपटा पड़ा था, जिसे अन्त:वस्त्रों का अवशेष कहना ही ठीक होगा। जैसे ही उसे नीचे सरकाया, उसने देखा कि कमरे के दूसरे छोर पर तीनतरफ़ा शीशे वाला एक आईना लगा हुआ था। वह धीरे-धीरे उसके पास चलता हुआ गया, लेकिन पहले ही ठिठक गया। उसके भीतर से अपने आप ही एक सिसकी-सी फूटी।

"आगे बढ़ो," ओ'ब्रायन बोला। "शीशे के बीच में खड़े हो जाओ। बग़ल का हिस्सा भी तुम्हें दिखना चाहिए।"

वह रुक गया क्योंकि वह डर गया था। एक सफ़ेद रंग की कंकालनुमा चीज़ उसकी ओर झुकी हुई बढ़ी चली आ रही थी। वह जानता था कि वह उसकी ही

छवि है, लेकिन बात इतनी सी नहीं थी। वह वास्तव में उसे देखकर सहम गया था। वह शीशे के और क़रीब गया। काया झुकी होने के चलते उस प्राणी का मुँह बाहर की ओर निकला हुआ नज़र आता था। किसी मुज़रिम-सा उजड़ा हुआ चेहरा, गंजी खोपड़ी तक फैला हुआ माथा, टूटी हुई नाक और मार से घिसी हुई गाल की हड्डियाँ, जिसके ऊपर उसकी दो आँखें क्रूर और चौकस जान पड़ती थीं। गालों पर झुर्रियाँ थीं और मुँह पिचककर भीतर घुस गया था। बेशक यह चेहरा उसका ही था, लेकिन उसे ऐसा लगा कि जितना वह भीतर नहीं बदला है उससे कहीं ज़्यादा बाहर बदल चुका है। इसीलिए उस पर जो भाव आते होंगे, वे भीतर के अहसास को सही-सही दर्ज नहीं कर पाते होंगे। वह आधा गंजा हो चुका था। पहली बार उसे उसने सोचा कि वह बूढ़ा हो गया है, लेकिन वास्तव में केवल उसकी खोपड़ी सफ़ेद दिख रही थी। बाक़ी, दोनों हाथों और चेहरे पर एक गोल निशान को छोड़ दें तो उसकी समूची देह जमी हुई पुरानी धूल और मैल से सफ़ेद हुई पड़ी थी। उस धूल की परत के नीचे यहाँ-वहाँ ज़ख़्मों के लाल निशान दबे हुए थे और टखने के पास बिगड़ चुका अल्सर सूजे हुए मांस जैसा नज़र आ रहा था जिसमें से चमड़ी छूट-छूट कर निकल रही थी। असल डराने वाली चीज़ हालाँकि उसका शरीर था जो पूरी तरह जर्जर हो चुका था। पिंजर की पसलियाँ एकदम कंकाल जितनी सँकरी दिख रही थीं। पैर इतने पतले हो गए थे कि जाँघ से मोटा घुटना लग रहा था। अब जाकर उसे समझ में आया कि ओ'ब्रायन ने बग़ल का हिस्सा देखने को क्यों बोला था। उसकी रीढ़ की गोलाई चौंकाने वाली थी। उसके पतले कन्धे आगे की ओर झुक गए थे जिससे छाती में एक गड्ढा-सा बन रहा था और दुबली गरदन खोपड़ी के बोझ से दोहरी हुई जा रही थी। इसे देखकर अन्दाज़े से वह कह देता कि यह शरीर साठ साल के किसी ऐसे आदमी का है जो क्षयरोग से जूझ रहा है।

"तुम्हारे मन में अकसर यह ख़याल आया है," ओ'ब्रायन बोला, "कि मेरा चेहरा—भीतरी पार्टी के एक कार्यवाहक का चेहरा—बूढ़ा और थका हुआ लगता है। अपने चेहरे के बारे में क्या ख़याल है?"

उसने विंस्टन का कन्धा पकड़कर उसे अपनी ओर घुमा दिया।

"देखो अपने आप को, क्या हाल हो गया है तुम्हारा," ओ'ब्रायन बोला। "अपने शरीर पर जमी हुई यह गन्दी मैल देखो। अपने पंजों में जमी हुई धूल को देखो। वह देखो अपने पैर में वह बहता हुआ घिनौना ज़ख़्म! तुम्हें पता है, कि

तुम बकरी के जैसे महक रहे हो? शायद तुम्हारा ध्यान ही नहीं गया हो इस ओर। देखो, कितने जर्जर हो चुके हो तुम। कुछ दिख रहा है? तुम्हारे मुश्कों को मैं मुट्ठी में पकड़ सकता हूँ। गाजर की तरह तुम्हारी गरदन को कड़ाक से तोड़ सकता हूँ। तुम्हें पता भी है कि जब से हमारे पास आए हो तुम्हारा वज़न पचीस किलो कम हो चुका है? तुम्हारे तो बाल भी भर मुट्ठी झड़ रहे हैं। देखो!" उसने विंस्टन के सिर पर हाथ मारा और बालों का एक गुच्छा निकलकर उसकी मुट्ठी में आ गया। "जरा मुँह खोलना। नौ, दस, ग्यारह, बस इतने ही दाँत बचे हैं। जब यहाँ आए थे तब कितने दाँत थे? और जितने बचे हैं, वे सब एक-एक करके तुम्हारी खोपड़ी से झर रहे हैं। यह देखो!"

उसने विंस्टन की सामने वाली दंतपंक्ति में बचा हुआ इकलौता दाँत अपने अँगूठे और तर्जनी से पकड़कर खींच लिया। विंस्टन के जबड़े में ज़बरदस्त टीस उठी। ओ'ब्रायन ने दाँत को जड़ से ही उखाड़ लिया था। उसे उसने कोठरी से बाहर उछाल दिया।

"तुम सड़ रहे हो," वह बोला, "तुम टुकड़े-टुकड़े में झड़ रहे हो। तुम हो क्या चीज़? कचरा भरा हुआ है क्या तुम्हारे भीतर? पीछे मुड़ो और फिर से अपने आप को देखो उस शीशे में। वह अपने सामने खड़ी चीज़ को देख रहे हो? वही अन्तिम मनुष्य है। तुम अगर मनुष्य हो न, तो वह सामने देखो मनुष्यता का क्या हाल हुआ पड़ा है। अब पहन लो अपने कपड़े।"

विंस्टन धीरे-धीरे कपड़े वापस पहनने लगा। ऐसा लगा उसको अब तक समझ नहीं आया था कि वह कितना दुबला और कमज़ोर हो चुका है। केवल एक बात उसके दिमाग़ में लगातार चल रही थी : कि जितना लम्बा उसे अन्दाज़ा था, उससे कहीं ज़्यादा लम्बे समय से वह यहाँ पर है। उसने जैसे ही फटा चीथड़ा लपेटा, अपनी खँडहर हो चुकी देह पर उसे अचानक तरस आने लगा। उसका मन करुणा से भर आया। उसे समझ आता कि वह क्या कर रहा है, उससे पहले ही बिस्तर के बग़ल में रखे एक स्टूल पर लुढ़क गया और भीतर से फट पड़ा। अपने विद्रूप, भद्देपन से सचेत, गँदले अन्त:वस्त्रों में ठुँसी हड्डियों का वह गट्ठर तीखी सफ़ेद रोशनी में बैठा रो रहा था लेकिन ख़ुद को रोक नहीं पा रहा था। ओ'ब्रायन ने तक़रीबन दया भाव से उसके कन्धे पर अपना हाथ रखा।

"ऐसा हमेशा नहीं चलेगा," उसने कहा। "तुम चाहो तो इस सब से बाहर निकल सकते हो। सब कुछ तुम्हारे हाथ में है।"

"यह सब आपका किया-धरा है!" सुबकते हुए विंस्टन ने कहा, "आपने मुझे इस हाल में पहुँचाया है।"

"नहीं, विंस्टन। तुमने ख़ुद को यहाँ लाकर छोड़ा है। तुम जब पार्टी के ख़िलाफ़ खड़े हुए तो इसको तुमने तभी स्वीकार कर लिया था। उस पहले ही क़दम में ये सब शामिल था। ऐसा कुछ भी नहीं हुआ है तुम्हारे साथ जिससे तुम वाक़िफ़ नहीं थे।"

वह ठहरा, फिर बोलने लगा :

"हमने तुम्हें मारा है, विंस्टन। हमने तुम्हें तोड़ दिया है। अपने शरीर का हाल तुम देख ही चुके हो। तुम्हारा दिमाग़ भी इसी हाल में है। मुझे नहीं लगता कि तुम्हारे भीतर थोड़ा सा भी आत्मसम्मान बच रहा होगा। तुम्हें लातों से, डंडे से मारा गया, बेइज़्ज़त किया गया। तुम दर्द से चीख़े-चिल्लाए, फ़र्श पर अपने ही ख़ून और क़ै में लोटे। तुमने रहम की भीख माँगी, तुमने हर किसी को और हर चीज़ को धोखा दिया। एक भी ऐसा नीच काम तुम सोच सकते हो जो तुम्हारे साथ नहीं हुआ?"

विंस्टन रोना बन्द कर चुका था, हालाँकि आँखों से आँसू अब भी झर रहे थे। सिर ऊपर करके उसने ओ'ब्रायन को देखा।

"मैंने जूलिया को धोखा नहीं दिया," वह बोला।

ओ'ब्रायन ने संजीदगी से उसे देखा। "ना," वह बोला, "नहीं, यह बिलकुल सच है। तुमने जूलिया को धोखा नहीं दिया।"

विंस्टन के दिल में ओ'ब्रायन के लिए फिर से श्रद्धा उमड़ आई। यह अजीब क़िस्म की श्रद्धा थी, जो किसी भी कारण से कभी नष्ट नहीं हो सकती थी। उसने सोचा, कितना ज्ञानी आदमी है, अद्‌भुत! कभी ऐसा नहीं होता कि ओ'ब्रायन से जो भी कहा जाए, उसे वह न समझे। इस धरती पर कोई और होता तो तपाक से कह देता कि उसने जूलिया को धोखा दिया है। ऐसा क्या था जो उसे यातना देकर नहीं उगलवाया गया? जूलिया के बारे में वह जो कुछ भी जानता था—उसकी आदतें, उसका चरित्र, उसकी बीती ज़िन्दगी—सब कुछ तो उसने बता ही दिया था। उसके साथ हुई मुलाक़ातों के बारे में भी उसने तफ़सील से एक-एक बात बता दी थी। क्या इसने कहा उससे, क्या उसने कहा, ब्लैक मार्केट में उनका खाना, उनके अन्तरंग रिश्ते, पार्टी के ख़िलाफ़ उनकी खोखली साज़िशें—सब कुछ। इसके बावजूद उसने जिस मंशा से ये सब क़बूल किया था, वह उसे धोखा देने जैसा नहीं था। उसने जूलिया को प्यार करना नहीं छोड़ा था। उसके प्रति विंस्टन के अहसास अब भी

पहले जैसे ही थे। ओ'ब्रायन को कुछ भी समझाने की ज़रूरत नहीं थी। विंस्टन ने जो कहा था, ओ'ब्रायन उसे समझता था।

"अच्छा ये बताइए," विंस्टन ने पूछा, "मुझे गोली कब मारी जाएगी?"

"हो सकता है लम्बा समय लगे," ओ'ब्रायन ने जवाब दिया, "तुम्हारा मामला जटिल है। फिर भी उम्मीद मत छोड़ना। आज नहीं तो कल, हर किसी का इलाज किया ही जाता है। तुम्हारा अन्त हम गोली से ही करेंगे।"

4

अब वह काफ़ी बेहतर था। रोज़ के हिसाब से देखें तो हर दिन उसका शरीर पुष्ट और मज़बूत होता जा रहा था।

सफ़ेद रोशनी और घन-घन की आवाज़ तो पहले जैसी ही थी, लेकिन यह वाली कोठरी पहले के मुक़ाबले बेशक थोड़ा आरामदेह थी। चारपाई पर तकिया और गद्दा लग गया था। बैठने के लिए एक स्टूल मिल गया था। उसे नहला दिया गया था। टिन वाले बेसिन में उसे अब अकसर नहाने-धोने की छूट दे दी गई थी। नहाने के लिए उसे गरम पानी भी दे दिया जाता था। इसके अलावा नए अन्त:वस्त्र और साफ़-सुथरी वर्दी भी उसे दी गई थी। उसके टखने के अल्सर पर उन्होंने मलहम लगाकर पट्टी कर दी थी। उसके बचे हुए दाँतों को निकालकर नक़ली बत्तीसी का एक नया सेट दे दिया गया था।

हफ़्ते या महीने गुज़र चुके होंगे। ऐसा लगता था कि उसे नियम से अब खाना दिया जा रहा था। लिहाज़ा समय का अनुमान लगाना अब सम्भव हो गया था, बशर्ते उसकी इसमें कोई दिलचस्पी बची हो। उसका अन्दाज़ा था कि चौबीस घंटे में उसे तीन टाइम खाने को दिया जाता था। कभी-कभी उसे आश्चर्य होता कि यह भोजन दिन का है या रात का। खाना आश्चर्यजनक रूप से बढ़िया था। हर तीसरी पारी में गोश्त मिलता था। एक बार तो सिगरेट का पैकेट भी मिला था। उसके पास सुलगाने को माचिस नहीं थी, लेकिन हमेशा चुप रहने वाला सन्तरी जो उसके लिए खाना लेकर आता था वह माचिस का इन्तज़ाम कर देता था। पहली बार उसने सिगरेट पीने की कोशिश की तो उसे बुरा महसूस हुआ, लेकिन फिर धीरे-धीरे आदत वापस आ गई और काफ़ी लम्बे समय तक उसने पैकेट से काम चलाया। हर बार खाना खाने के बाद वह आधी सिगरेट फूँक लेता था।

उसे एक स्लेट भी दी गई थी और एक पेंसिल भी, जो एक कोने में बँधी हुई

थी। पहले तो उसने इनका कोई इस्तेमाल नहीं किया। वह जगे में भी पूरी तरह बेमन पड़ा रहता था। अकसर एक खाने से दूसरे खाने के बीच वह यूँ ही बिना किसी हरकत के लेटा रहता था—कभी सोते हुए तो कभी अजीबोग़रीब ख़ामख़याली में जागे हुए, क्योंकि उसे आँखें खोले रखने में बड़ी दिक़्क़त होती थी। चेहरे पर तेज़ रोशनी के साथ सोने की आदत उसने काफ़ी समय से डाल ली थी। उससे कोई फ़र्क़ नहीं पड़ता था, सिवाय इसके कि सपने बहुत साफ़ दिखते थे। वह सपने बहुत देखता था और ये सारे सपने सुखद होते थे। सपने में वह ख़ुद को सुनहरे प्रदेश में पाता या फिर सूरज की रोशनी में डूबे विशालकाय भव्य खँडहरों के बीच, जहाँ अपनी माँ, जूलिया, ओ'ब्रायन के साथ घंटों बिना कुछ किए बैठे रहता। बस चुपचाप सूरज की रोशनी में बैठे रहना और अच्छी चीज़ों के बारे में बातें करते जाना। जागे में उसे ज़्यादातर अपने देखे सपनों के बारे में ही ख़याल आते थे। चूँकि अब दर्द जा चुका था, तो ऐसा लगता था कि उसकी दिमाग़ी ताक़त भी जा चुकी है। वह न तो ऊबता था, न ही उसे किसी से बात करने की इच्छा होती थी। वह नहीं चाहता था कि कोई भी खलल पड़े। बस वह अकेला पड़ा रहा, उससे कुछ पूछा न जाए, उसे पीटा न जाए, खाने को पर्याप्त मिलता रहे और साफ़-सफ़ाई बनी रहे। बस इतने से वह पूरी तरह सन्तुष्ट था।

पहले के मुक़ाबले अब वह काफ़ी कम सोता था, लेकिन बिस्तर से उठने की उसकी इच्छा नहीं होती थी। अपने शरीर में ऊर्जा की वापसी को महसूसते हुए वह बस लेटे रहना चाहता था। उसका शरीर भर रहा है, मांसपेशियाँ आकार ले रही हैं और चमड़ी सख़्त हो रही है, इसको जाँचने के लिए वह रह-रह कर यहाँ-वहाँ उँगली से खोदता रहता था। आख़िरकार वह इस नतीजे पर पहुँचा कि वह मोटा हो रहा है। अब उसकी जाँघें उसके घुटनों से ज़्यादा मोटी हो गई थीं। यह समझने के बाद उसने नियमित वर्जिश करना शुरू की, हालाँकि शुरुआत में कुछ संकोच ज़रूर हुआ था। कुछ समय बाद वह तीन किलोमीटर तक चलने लगा। यह दूरी उसने कोठरी में डग भरकर नापी थी। उसके झुके हुए कन्धे अब सीधे हो रहे थे। उसने अब ज़्यादा जटिल व्यायाम करने की कोशिश की और यह जानकर हैरत और शर्मिन्दगी में रह गया कि वह क्या-क्या नहीं कर पा रहा है। मसलन, पैदल चलने के अलावा वह और कुछ भी नहीं कर पा रहा था। हाथ बढ़ाकर वह स्टूल तक नहीं पकड़ पा रहा था। बिना गिरे एक पैर पर खड़ा भी नहीं हो पा रहा था। उसने अपने पंजों पर नीचे बैठने की कोशिश की तो जाँघों और पिंडलियों में उठे

भयंकर दर्द से ऐंठ गया। बड़ी मुश्किल से वह वापस खड़ा हो सका। पेट के बल लेटकर उसने हथेलियों के बल शरीर को ऊपर उठाना चाहा। वह नहीं कर सका। एक सेंटीमीटर भी शरीर को ऊपर नहीं उठा सका। कुछ और दिनों तक नियमित खाना खाने के बाद यह सब सम्भव हो पाया। एक ऐसा समय भी आया जब वह हफ़्ते में छह बार दौड़ने लगा। धीरे-धीरे उसे अपने शरीर पर फ़ख्र होने लगा। फिर उसे लगा कि उसका चेहरा भी अब धीरे-धीरे सामान्य होता जा रहा है। बस अपनी गंजी खोपड़ी पर उसका हाथ जब कभी ग़लती से चला जाता, उसकी आँखों के सामने वह उजड़ा हुआ चेहरा तैर जाता जिसने शीशे में से पलटकर उसे देखा था।

उसका दिमाग़ अब सक्रिय हो चुका था। पीठ दीवार से टिकाकर और स्लेट घुटनों पर रखकर वह चारपाई पर बैठ गया और ख़ुद को दोबारा शिक्षित करने का काम उसने शुरू किया।

उसने हथियार डाल दिए थे। इससे वह आश्वस्त भी था। वास्तव में आज पलटकर पीछे देखने पर उसे ऐसा लगता है कि यह फ़ैसला लेने के काफ़ी पहले से ही वह आत्मसमर्पण को तैयार हो चुका था। जिस पल उसने ख़ुद को प्रेम मंत्रालय के भीतर पाया—यहाँ तक कि उस वक़्त भी जब जूलिया के साथ वह एकदम निस्सहाय खड़ा था और टेलिस्क्रीन उसे निर्देश दे रहा था—पार्टी की सत्ता के ख़िलाफ़ खड़े होने की कोशिश के खोखलेपन और निरर्थकता का अहसास उसे हो चुका था। अब जाकर वह जान सका है कि बीते सात साल से विचार पुलिस उस पर लगातार ऐसे निगाह रखे हुए थी जैसे आतिशी शीशे के नीचे किसी तिलचट्टे को देखा जाता है। ऐसी एक भी हरकत नहीं थी, बोला गया एक भी शब्द नहीं था उसका जो उन्होंने देखा-सुना न हो। उसका एक भी विचार ऐसा नहीं था जो उनकी ज़द में न आया हो। यहाँ तक कि उसकी डायरी के ऊपर जमा धूल का कण भी उन्होंने बड़ी सावधानी से हटाया रहा होगा। उन्होंने टेप चलाकर उसे सुनाया, उसे तस्वीरें दिखाईं। कुछ तस्वीरें तो उसकी और जूलिया की थीं। यहाँ तक कि...अब पार्टी से वह और नहीं लड़ सकता। वैसे भी, पार्टी ही सही है। ऐसा ही होना चाहिए, वरना एक अजर-अमर सामूहिक विवेक से कोई ग़लती कैसे हो सकती है? पार्टी के फ़ैसलों को जाँचने के लिए आपके पास बाहर आख़िर कौन सी कसौटी मौजूद है? बुद्धि संख्या की मोहताज होती है। जिस तरह से वे लोग सोचते हैं, बिलकुल वैसे ही सोचना-समझना केवल सीखने-सिखाने का ही तो मसला है। बस!

उसकी उँगलियों के बीच दबी पेंसिल मोटी और अजीब महसूस हो रही थी।

उसने अपने दिमाग़ में आ रहे विचारों को लिखना शुरू किया। बड़े-बड़े फूहड़ अक्षरों में उसने सबसे पहले लिखा :

आज़ादी, ग़ुलामी है

फिर बिना ठहरे इसके ठीक नीचे उसने लिखा :

दो और दो जमा पाँच होते हैं

इसके बाद दिमाग़ अटक गया। ऐसा लगा कि किसी चीज़ को सोचने से उसका दिमाग़ बच रहा है और एकाग्र नहीं हो पा रहा। वह जानता था कि अगला वाक्य क्या होना है, लेकिन तुरन्त उसकी ज़बान पर नहीं आ रहा था। उसने जब याद करने की कोशिश की तो उसके लिए बाक़ायदे सचेत तरीक़े से पूरा तर्क बैठाना पड़ा, तब जाकर याद आया। अपने आप वह बात याद नहीं आई। उसने लिखा :

ईश्वर, सत्ता है

उसने सब कुछ मान लिया था। अतीत परिवर्तनीय है। अतीत को कभी नहीं बदला गया। ओशियनिया का ईस्टेशिया से युद्ध चल रहा है। ओशियनिया सदा से ईस्टेशिया के साथ युद्धरत रहा है। जोन्स, आरनसन और रदरफोर्ड पर जो आरोप लगाए गए थे वे उसके दोषी थे। उसने भी ऐसी कोई भी तस्वीर नहीं देखी जो उन्हें निर्दोष ठहराती हो। वह तस्वीर कभी थी ही नहीं, उसने ही पैदा की थी। उसे याद आया कि उसे तो विरोधाभासी बातें याद हैं, लेकिन ये सब झूठी स्मृतियाँ हैं, केवल आत्मप्रवंचना की उपज। कितना आसान था यह सब! बस समर्पण की देरी है, बाक़ी सब अपने आप आ जाता है। यह ऐसे है जैसे आप उस धारा के उलट तैरे जा रहे हैं जो बार-बार आपके पूरा ज़ोर लगाने के बावजूद आपको पीछे धकेले दे रही है, फिर अचानक आप तय करते हैं कि पलट जाया जाए और धारा का विरोध करने के बजाय उसके साथ बह लिया जाए। कुछ नहीं बदला, बस आपका नज़रिया बदला है—अन्तिम नियति यही होनी थी। यह पहले से तय था। उसे अब समझ नहीं आ रहा था कि वह बाग़ी क्यों हो गया। सब कुछ तो इतना सहज था, सिवाय...!

कुछ भी सच हो सकता था। प्रकृति के कथित नियम बकवास हैं। गुरुत्वाकर्षण का नियम वाहियात है। "अगर मैं चाहूँ तो," ओ'ब्रायन ने कहा था, "मैं साबुन के

झाग के बुलबुले के जैसा हवा में तैर सकता हूँ।" विंस्टन ने इस पर सोचा। "अगर वह सोचता है कि वह तैर सकता है और उसके साथ ही अगर मैं यह सोच लूँ कि उसे ऐसा करता मैं देख रहा हूँ, तब तो यह सम्भव हो जाएगा।" किसी दरके हुए जहाज़ का मलबा जैसे समन्दर के पानी की सतह को तोड़ता है, वैसे ही उसके दिमाग़ में एक विचार का विस्फोट हुआ : "ऐसा वास्तव में नहीं हो रहा। हम दोनों इसकी कल्पना कर रहे हैं। यह तो मतिभ्रम है।" उसने तत्काल इस ख़याल को छोड़ दिया क्योंकि यह अतार्किक था, इसका तर्कदोष एकदम ज़ाहिर था। इसमें पहले से यह मानकर चला गया था कि व्यक्ति से बाहर कहीं किसी जगह एक 'यथार्थ' जगत मौजूद है जहाँ 'यथार्थ' घटनाएँ घटती हैं। लेकिन ऐसी कोई दुनिया हो भी कैसे सकती है? हमारा दिमाग़ जो ज्ञान हमें देता है उससे इतर किसी चीज़ के बारे में हमें क्या ज्ञान हो सकता है? सब कुछ तो दिमाग़ के भीतर ही घट रहा है। दिमाग़ में जो कुछ होता है, वही वास्तव में होता है।

उस तर्कदोष को ठिकाने लगाने में उसे कोई संकोच नहीं हुआ। अब वह उसकी चपेट में आने के सम्भावित ख़तरे के बाहर था। उसे महसूस हुआ कि अव्वल तो उसके भीतर ऐसे ख़याल आने ही नहीं चाहिए। दिमाग़ में जब भी कोई ख़तरनाक ख़याल आवे, उसे तुरन्त अपने दरवाज़े बन्द कर लेने चाहिए। यह प्रक्रिया ख़ुद-ब-ख़ुद घटनी चाहिए, एकदम प्रवृत्ति की तरह। इसी को वे न्यूस्पीक में crimestop यानी दोषमोचन कहते हैं।

उसने दोषमोचन का अभ्यास करना शुरू किया। उसने अपने सामने कुछ प्रस्थापनाएँ रखीं—"पार्टी का कहना है कि पृथ्वी चपटी है," "पार्टी का कहना है कि पानी से बर्फ़ भारी होती है"—और ख़ुद को प्रशिक्षित किया कि वह इन बातों के पीछे के तर्क को देखने-समझने न पाए। यह काम हालाँकि आसान नहीं था। इसमें बहुत तर्कशक्ति और सुधार की ज़रूरत पड़ती थी। गणितीय समस्याएँ, जैसे "दो और दो जमा पाँच होते हैं," उसकी बौद्धिक पकड़ से बाहर की चीज़ थीं। इसके लिए ज़रूरी था कि आपका दिमाग़ तेज़ भी हो—एक ही पल में तर्क का सूक्ष्म प्रयोग करने और उसके ठीक बाद मोटी तार्किक त्रुटियों के प्रति अचेत रहने की सलाहियत चाहिए थी। इसके लिए बौद्धिकता के जितनी ही मूर्खता अनिवार्य थी और उसे हासिल करना उतना ही मुश्किल था।

इस दौरान दिमाग़ के एक कोने में वह लगातार सोचता रहा कि वे उसे कब गोली मारेंगे। ओ'ब्रायन ने कहा था—"सब कुछ तुम्हारे हाथ में है," लेकिन वह

जानता था कि ऐसा कोई भी सचेत कृत्य नहीं है जिससे वह उस नियति को अपने क़रीब बुला सके। हो सकता है दस मिनट बाद ही गोली मार दें, सम्भव है दस साल बाद भी। मुमकिन है कि वे उसे बरसों एकान्तवास में क़ैद रखें। उसे श्रमिक शिविर में भी भेजा जा सकता है। कुछ समय के लिए उसे मुक्त भी किया जा सकता है, जैसा वे कभी-कभी करते हैं। यह भी पर्याप्त मुमकिन था कि उसे गोली मारने से पहले वे उसकी गिरफ़्तारी और पूछताछ का नाटक नए सिरे से खेलें। एक बात हालाँकि तय है कि जब आप उम्मीद से हों, तब तो मौत बिलकुल ही नहीं आनी है। परम्परा यह थी—यह अघोषित परम्परा थी और जाने कैसे यह बात सबको पता थी हालाँकि किसी ने किसी को ऐसा कहते नहीं सुना था—कि वे आपको पीछे से गोली मारते थे। हमेशा सिर के पीछे, बिना चेतावनी दिए, उस वक़्त जब आप एक कोठरी से दूसरी कोठरी के बीच गलियारे से गुज़र रहे हों।

एक दिन वह एक अजीबोग़रीब क़िस्म के सुखद सपने में फँस गया। उसे 'एक दिन' कहना ठीक नहीं होगा क्योंकि वह आधी रात का वक़्त था। सपने में वह गलियारे से गुज़रते हुए गोली लगने का इन्तज़ार कर रहा था। वह जानता था कि बस अगले ही पल उसे गोली लगने वाली है। उसके मन में सब कुछ स्थिर था, सहज था, शान्त था। कहीं कोई सन्देह नहीं बचा था, कोई दलील नहीं, न तो कोई दर्द न ही कोई भय। उसका शरीर स्वस्थ और मज़बूत था। वह बड़े आराम से चल रहा था, चलने का पूरा आनन्द ले रहा था कुछ इस अहसास के साथ गोया वह सूरज की रोशनी में हो। वह प्रेम मंत्रालय के उजले सँकरे गलियारों में नहीं था। वह धूप में नहाए हुए एक भव्य रास्ते पर था जो एक किलोमीटर चौड़ा रहा होगा। इस रास्ते पर शायद वह नशीली दवाओं से पैदा हुई बेसुधी में चला जा रहा था। वह सुनहरे प्रदेश में था और ख़रगोशों के बिल वाले पुराने घास के मैदान के बीच एक पगडंडी पर चला जा रहा था। अपने क़दमों के नीचे उसे गुदगुदी मखमली घास और चेहरे पर सूरज की किरणों की नरमाहट महसूस हो रही थी। मैदान के किनारे हौले-हौले हिलते एल्म के पेड़ खड़े थे और दूर कहीं उसके पार पानी का वह सोता था जहाँ विलो के पेड़ों के नीचे हरे तालाब में डेस मछलियाँ तैरती थीं।

अचानक किसी सदमे में आकर डर के मारे वह उठकर बैठ गया। उसकी रीढ़ में पसीना चुहचुहा गया था। उसने ख़ुद को ज़ोर से चिल्लाते हुए सुना था :

"जूलिया! जूलिया! जूलिया! मेरी जान! जूलिया!"

एक पल को उसे जूलिया की मौजूदगी का बहुत तगड़ा भ्रम हुआ था। वह

न सिर्फ़ उसके साथ थी, बल्कि उसके भीतर थी। ऐसा लगा जैसे उसके रोम-रोम में जूलिया घुसी हुई है। उस एक क्षण विंस्टन ने जूलिया को सबसे ज़्यादा शिद्दत से चाहा था, उससे भी ज़्यादा जब वे एक साथ थे और आज़ाद हुआ करते थे। वह यह भी जान रहा था कि इस वक़्त जूलिया जहाँ कहीं भी है वह ज़िन्दा है और उसे मदद की ज़रूरत है।

वह बिस्तर पर लेट गया और ख़ुद को शान्त करने की उसने कोशिश की। यह क्या कर दिया उसने? केवल एक नाज़ुक पल के चलते जाने कितने और बरस अपनी ग़ुलामी के उसने बैठे-ठाले बढ़ा लिए?

अगले ही क्षण उसे बाहर बूटों की आवाज़ सुनाई दी। जिस क़दर वह चिल्लाया था, वे ऐसी हरकत को बिना दंड दिए कभी नहीं छोड़ते। अगर वे पहले से नहीं जानते तो अब जान जाएँगे कि उसने उनके साथ किया समझौता तोड़ दिया है। वह पार्टी का आज्ञाकारी था, लेकिन उससे अब भी नफ़रत करता था। सामान्य दिनों में वह एक आज्ञाकारी व्यक्तित्व के नीचे अपनी निष्ठाहीनता को छिपाकर रखता था। यहाँ वह एक क़दम पीछे हट चुका है : अपना दिमाग़ तो उसने गिरवी रख दिया है लेकिन अपने दिल को पहले जैसा बचाए रखा है। वह जानता था कि यह ग़लत है, लेकिन वह ग़लत होना चाहता था। अब वे इस बात को समझ जाएँगे—ओ'ब्रायन तो समझ ही जाएगा। बस एक मूर्खता भरी चीख़ में उसने सब कुछ क़बूल कर लिया।

उसे एक बार फिर से सब कुछ शुरू करना पड़ेगा। इसमें बरसों लग जा सकते हैं। अपने चेहरे पर उसने हाथ फेरा और अपना नया रूप पहचानने की कोशिश की। गालों में गहरी झुर्रियाँ पड़ चुकी थीं, गाल ही हड्डी नुकीली महसूस हो रही थी, नाक चपटी। पिछली बार जब उसने शीशे में ख़ुद को देखा था, उसके बाद उसे नक़ली दाँतों का एक नया सेट दिया गया था। जब आप ख़ुद अपना चेहरा नहीं पहचानते तो ख़ुद को छिपाना इतना आसान नहीं होगा। वैसे भी, केवल चेहरे की आकृति पर नियंत्रण पर्याप्त नहीं था। पहली बार उसे यह बात समझ आई कि यदि आप किसी चीज़ को गोपनीय रखना चाहते हैं तो उसे ख़ुद से भी छिपाए रखना चाहिए। आपको भले हमेशा पता हो कि वह चीज़ वहीं है लेकिन जब तक उसकी ज़रूरत न पड़े उसे अपने दिमाग़ में नहीं आने देना चाहिए, ऐसे किसी भी रूप में जिसे कोई नाम दिया जा सके। अब आगे से उसे न सिर्फ़ सही सोचना होगा, बल्कि सही महसूस भी करना होगा और सही सपने भी देखने होंगे। इस दौरान उसे लगातार अपनी नफ़रत को अपने भीतर किसी कोने में छिपाकर बन्द रखना होगा,

जैसे कि वह मांस की कोई गाँठ हो जो उसका अनिवार्य हिस्सा होते हुए भी उसके बाक़ी शरीर से जुदा है।

एक दिन वे उसे गोली मारने का फ़ैसला लेंगे। आप नहीं जानते कि ऐसा कब होगा, लेकिन कुछ सेकंड पहले तो अन्दाज़ा लग ही जाना चाहिए। हमेशा वे पीछे से ही गोली मारते हैं, गलियारे से गुज़रते हुए। केवल दस सेकंड का समय पर्याप्त होगा। ऐन उसी मौक़े पर उसके भीतर की दुनिया एकदम से सिर के बल खड़ी हो जाएगी। सहसा, बिना एक भी शब्द बोले, बिना एक भी क़दम तौले, चेहरे पर बिना कोई शिकन लाए अचानक ही उसका नक़ली आवरण उतर जाएगा और फिर धाँय! से उसके भीतर छिपा नफ़रत का बारूदी गोदाम फट पड़ेगा। गरजती हुई भीषण लपटों की तरह नफ़रत उसे अपने भीतर समो लेगी। और ठीक उसी पल ठाँय! से गोली चलेगी, थोड़ा पहले या थोड़ा देरी से। वे उसका दिमाग़ क़ब्ज़ाने से पहले ही उसके भेजे को चीथड़ों में उड़ा चुके होंगे। उसके भीतर पल रहा बाग़ी विचार अन्ततः बिना सज़ा के रह जाएगा, कभी प्रायश्चित्त नहीं करेगा क्योंकि अब उनकी पहुँच से हमेशा के लिए वह बाहर जा चुका है। उन्होंने अपने ही आदर्श में सूराख़ कर डाला होगा। उनसे नफ़रत करते हुए मरूँ, यही तो आज़ादी है।

उसने आँखें मूँद लीं। किसी अदबी अनुशासन को मानने से भी कहीं ज़्यादा मुश्किल हो रही थी उसे। यह दरअसल अपनी ही नज़रों में ख़ुद को गिराने जैसा, अपना ही अंग-भंग करने जैसा काम था। उसे सबसे गँदले कीच में कूदना था। इसमें भी सबसे भयावह और घिनौनी बात क्या थी? उसने मोटा भाई के बारे में सोचा। वह विशालकाय चेहरा (लगातार पोस्टर पर देखते रहने के कारण वह हमेशा उसे एक मीटर चौड़ा ही समझता था) अपनी काली-घनी मूँछों और यहाँ-वहाँ लगातार पीछा करती आँखों सहित उसके ज़ेहन में अपने आप चला आया। आख़िर मोटा भाई के प्रति उसकी वास्तविक भावना क्या है?

गलियारे में एक साथ कई बूटों की ज़बरदस्त आवाज़ हुई। तड़ाक से स्टील का दरवाज़ा खुला। ओ'ब्रायन कोठरी के भीतर आया। उसके पीछे भावशून्य चेहरे वाला अफ़सर और काली वर्दीधारी सन्तरी थे।

"चलो उठो," ओ'ब्रायन ने कहा, "इधर आओ।"

विंस्टन उसके ठीक सामने आकर खड़ा हो गया। ओ'ब्रायन ने अपने मज़बूत हाथों से विंस्टन का कन्धा थामा और उसे क़रीब से देखा।

"तुम्हारे मन में मुझे धोखा देने का ख़याल आ रहा था," उसने कहा। "बकवास

ख़याल है। सीधा खड़े रहो। आँख में आँख मिलाकर सामने देखो।" वह ठहरा, फिर नरम स्वर में बोलने लगा :

"तुममें सुधार हो रहा है। बौद्धिक स्तर पर तो तुम्हारे साथ बहुत मामूली गड़बड़ियाँ ही हैं। बस भावनात्मक स्तर पर तुम तरक़्क़ी करने में नाकाम रहे हो। बताओ विंस्टन—और याद रखना कोई झूठ नहीं चलेगा, तुम जानते हो मैं हर झूठ पकड़ लेता हूँ—बताओ मुझे, मोटा भाई के बारे में तुम्हारी भावनाएँ क्या हैं?"

"मैं उनसे नफ़रत करता हूँ।"

"ओ, नफ़रत करते हो! बढ़िया है। फिर तो अन्तिम क़दम उठाने का तुम्हारा वक़्त आ गया है। तुम्हें मोटा भाई से प्यार होना चाहिए। केवल उनकी बातें मानना ही काफ़ी नहीं है, तुम्हें उनसे प्रेम भी करना होगा।"

विंस्टन को हल्का सा धक्का देकर उसे सन्तरियों के हवाले करते हुए उसने आदेश दिया :

"कमरा नम्बर 101!"

5

क़ैद के दौरान हर एक चरण में उसे पता था या इस बात का अन्दाज़ा था कि बिना खिड़की वाली इमारत के भीतर उसका ठिकाना कहाँ है। हवा के दबाव में अन्तर से शायद यह समझ में आ जाता था। जिस कोठरी में सन्तरियों ने उसे मारा था, वह भूतल से नीचे थी। ओ'ब्रायन ने जिस कमरे में उससे पूछताछ की थी वह छत के क़रीब ऊपरी माले पर था। अभी वह जहाँ पर था, यह जगह ज़मीन के कई मीटर नीचे थी। जितना नीचे सम्भव हो सकता है उतना नीचे।

पहले की कोठरियों से यह कमरा बड़ा था, लेकिन आसपास के माहौल पर उसने बमुश्किल ही कोई ध्यान दिया। बस इतना ग़ौर किया कि उसके ठीक सामने दो छोटी टेबल रखी थीं। दोनों के ऊपर हरे रंग का ऊनी कपड़ा बिछा था। एक टेबल उससे एकाध मीटर की दूरी पर थी, दूसरी वाली उससे थोड़ी दूर दरवाज़े के पास थी। उसे सीधा बैठाकर एक कुर्सी से इतना कसकर बाँध दिया गया था कि वह कुछ भी हिला नहीं पा रहा था। अपना सिर भी नहीं। पीछे से एक गद्दीदार पैड उसके सिर को कसे हुए था जिसके दबाव में वह केवल अपने सामने देख पा रहा था।

कुछ देर के लिए वह अकेला रहा, फिर दरवाज़ा खुला और ओ'ब्रायन भीतर आया।

"तुमने मुझसे एक बार पूछा था न," ओ'ब्रायन बोला, "कि 101 नम्बर कमरे में क्या है। मैंने कहा था कि जवाब तुम्हें पहले से मालूम है। हर किसी को मालूम है। कमरा नम्बर 101 में जो चीज़ है वह दुनिया में सबसे बुरी है।"

फिर से दरवाज़ा खुला। एक सन्तरी भीतर आया। उसके हाथ में तारों से बना हुआ एक डिब्बा या टोकरीनुमा कोई चीज़ थी। उसने दूर वाले टेबल पर उसे रख दिया। विंस्टन देख नहीं पाया कि वह क्या चीज़ थी क्योंकि बीच में ओ'ब्रायन खड़ा था।

"दुनिया की सबसे बुरी चीज़," ओ'ब्रायन ने कहा, "हर आदमी के हिसाब

से अलग-अलग होती है। किसी के लिए ज़िन्दा दफ़नाया जाना बुरा हो सकता है, कोई आग में जलने को या डूबकर मरने को सबसे बुरा मानता होगा। किसी के लिए कुछ चुभाकर मारा जाना सबसे बुरा होगा। ऐसे पचासों तरीक़े हैं मौत के। कुछ मामले ऐसे होते हैं जिनमें सबसे मामूली बात ही सबसे बुरी होती है, और वह जानलेवा भी नहीं होती।"

वह एक तरफ़ हट गया था ताकि विंस्टन को टेबल पर रखी चीज़ ठीक से नज़र आ सके। वह तारों से बना एक लम्बा सा पिंजड़ा था जिसके ऊपर पकड़कर उठाने के लिए एक हैंडल था। उसके सामने वाले हिस्से में जो चीज़ थी वह मुखौटे जैसी दिख रही थी जिसे शायद घेरेबन्दी के लिए लगाया गया रहा होगा। उसका खोखला वाला हिस्सा बाहर की ओर था। वह चीज़ उससे तीन या चार मीटर दूर रही होगी, लेकिन उसे साफ़ दिख रहा था कि पिंजड़ा लम्बाई में दो खानों में बँटा हुआ था और दोनों में कोई जानवर था। वे चूहे थे।

"तुम्हारे मामले में," ओ'ब्रायन बोला, "दुनिया की सबसे बुरी चीज़ हैं चूहे।"

विंस्टन ने पिंजड़े की पहली झलक जब देखी थी तभी उसे एक झटका लगा था और कुछ-कुछ आभास हो गया था, हालाँकि वह अदृश्य का डर था। उसमें लगे मुखौटे का मतलब उसे अब जाकर अचानक समझ में आया। डर के मारे लगा कि उसकी आँतें गलकर पानी हो गई हैं।

"आप ऐसा नहीं कर सकते!" बहुत ज़ोर से फटी हुई आवाज़ में वह चिल्लाया। "ना, यह नहीं! क़तई नहीं।"

"तुम्हें याद है," ओ'ब्रायन बोला, "कि सपने में तुम अकसर घबरा जाया करते थे? तुम्हारे ठीक सामने अँधेरे की एक दीवार होती थी और कानों में एक आवाज़ चिंघाड़ती थी। दीवार के पार कुछ भयावह चीज़ होती थी। तुम जानते थे कि वह क्या है लेकिन तुम उसे जानबूझकर अपने मन में नहीं आने देते थे। दीवार के उस पार यही चूहे होते थे।"

"ओ'ब्रायन!" अपनी आवाज़ को सँभालते हुए विंस्टन बोला, "आप जानते हैं ऐसा करना ज़रूरी नहीं है। ऐसा क्या है जो आप मुझसे करवाना चाहते हैं?"

ओ'ब्रायन ने कोई सीधा जवाब नहीं दिया। जब उसने मुँह खोला तो वही स्कूल मास्टरों वाला अन्दाज़ था जो अकसर उसमें आ जाता था। उसने थोड़ा दूर नज़र टिकाई गोया विंस्टन के पीछे बैठे किन्हीं श्रोताओं को सम्बोधित कर रहा हो।

"दर्द अपने आप में काफ़ी नहीं होता। ऐसे मौक़े आते हैं जब मनुष्य दर्द

के ख़िलाफ़ भी खड़ा हो जाता है, वह भी मौत की हद तक। हर किसी के लिए हालाँकि कुछ न कुछ ऐसा होता है जो असहनीय होता है—ऐसा कुछ जिसका उसने कभी सोचा ही न हो। मामला साहस या कायरता का नहीं है। आप अगर ऊँचाई से गिर रहे हैं तो किसी रस्सी को थाम लेना कायरता नहीं है। अगर आप गहरे पानी से बाहर आए हैं तो फेफड़ों में हवा भर लेना कायरता नहीं है। यह सब तो महज़ सहज प्रवृत्तियाँ हैं जिन्हें नष्ट नहीं किया जा सकता। चूहों के साथ यही मामला है। तुम्हारे लिए वे असहनीय हैं। वे एक क़िस्म का दबाव हैं जिनके सामने तुम टिक नहीं पाओगे, चाहोगे तब भी नहीं। तुम वही करोगे जो तुम्हें करना चाहिए।"

"लेकिन वह क्या है, क्या करना चाहिए? कैसे कर सकता हूँ मैं जब मुझे पता ही नहीं है कि करना क्या है?"

ओ'ब्रायन पिंजड़ा उठाकर पास वाले टेबल पर ले आया। उसने बिछावन पर उसे सावधानी से रखा। विंस्टन को अपनी कनपटी में तनाव महसूस हो रहा था। नितान्त अकेलेपन का भाव उसे घेर रहा था। वह एक विशाल निर्जन पठार के बीच अकेला था, चारों ओर पसरा हुआ धूप में नहाया एक सपाट रेगिस्तान जहाँ तमाम आवाज़ें उसे बहुत दूर-दूर से आती सुनाई पड़ रही थीं। फिर भी चूहों से भरा पिंजड़ा उससे दो मीटर भी दूर नहीं था। बहुत बड़े-बड़े चूहे थे। उनके भयंकर रूखे थूथनों और सफ़ेद की जगह भूरे बालों को देखकर लगता था कि सब उम्रदार चूहे हैं।

"ये जो चूहे होते हैं," ओ'ब्रायन अब भी काल्पनिक श्रोताओं को सम्बोधित कर रहा था, "कहने को तो कुतरने वाले जीव हैं लेकिन मांसाहारी होते हैं। तुम तो जानते ही हो। तुमने तो सुना ही होगा कि इस शहर की ग़रीब बस्तियों में कैसी-कैसी घटनाएँ होती हैं। कुछ सड़कें तो ऐसी हैं जहाँ औरतें अपने बच्चों को अपने घरों में पाँच मिनट के लिए भी अकेला नहीं छोड़ती हैं। पक्का चूहे उन पर हमला कर देंगे। देखते-देखते वे उसे फाड़ डालेंगे और हड्डियाँ बाहर निकल आएँगी। चूहे बीमार और मरते हुए लोगों पर भी हमला करते हैं। उनका दिमाग़ बहुत तेज़ होता है। वे पहचान जाते हैं कि आदमी कब निस्सहाय है।"

पिंजड़े के भीतर बहुत ज़ोर से सामूहिक चिचियाहट का एक विस्फोट हुआ। विंस्टन को लगा कि कहीं दूर से आवाज़ आई है। चूहे आपस में लड़ रहे थे। दो खानों के बीच की दीवार के पार वे एक-दूसरे तक पहुँचने की कोशिश कर रहे थे। उसे उदासी की एक गहरी कराह भी सुनाई दी। वह भी उसे लगा कि उसके बाहर से ही आई है।

ओ'ब्रायन ने पिंजड़ा उठाया और उठाते ही उसमें कुछ दबा दिया। खट्ट की एक तीखी आवाज़ हुई। विंस्टन ने कुर्सी से अपने बन्धन ढीले करने के लिए बहुत तेज़ी से कुछ हरकत की। कोई उम्मीद नहीं थी। उसका हर अंग, यहाँ तक कि सिर भी इतना कसकर बँधा था कि हिल नहीं सका। ओ'ब्रायन पिंजड़े को क़रीब ले आया। विंस्टन के चेहरे से अब वह एक मीटर भी दूर नहीं था।

"मैंने पहला लीवर दबा दिया है," ओ'ब्रायन बोला, "इस पिंजड़े की बनावट को तुम समझ गए होगे। यह मुखौटा तुम्हारे सिर में फिट हो जाएगा, निकलने की कोई जगह नहीं होगी। जब दूसरा लीवर मैं दबाऊँगा तो पिंजड़े का दरवाज़ा ऊपर की ओर खुल जाएगा। ये भूखे निर्दयी जानवर गोली की तरह इसमें से निकलेंगे। तुमने कभी चूहों को हवा में छलाँग लगाते देखा है? ये सीधे तुम्हारे चेहरे पर छलाँग मारेंगे और भीतर तक उसे सीधा छेद देंगे। कभी-कभार ये सबसे पहले आँखों पर हमला करते हैं। कभी-कभी ये गाल को खोद देते हैं और जीभ को चबा जाते हैं।"

पिंजड़ा और पास आ चुका था, बस पहुँचने ही वाला था। कान को भेदने वाली तेज़ और महीन चीख़ें विंस्टन को सुनाई दीं। लगा कि जैसे ये आवाज़ें उसके सिर के ऊपर हवा में से आ रही हैं। अपनी घबराहट से उसने भरसक लड़ने की कोशिश की। फ़िलहाल बस एक ही उम्मीद थी कि सोचते रहो—तब तक लगातार सोचो जब तक कि एक सेकंड भी बाक़ी है। अचानक चूहों की सड़ी हुई सीलनदार दुर्गंध उसके नथुनों से टकराई। अचानक ज़बरदस्त उबकाई उसके भीतर पैदा हुई और वह तक़रीबन अचेत हो गया। सब कुछ काला पड़ चुका था। एक पल के लिए वह पागल जानवर की तरह चिल्लाने लगा था। फिर भी अँधेरे को चीरते हुए वह बाहर आया। उसके मन में एक विचार आया था। ख़ुद को बचाने का यही इकलौता तरीक़ा था। उसे अपने और चूहों के बीच किसी और को ले आना होगा, कोई और इनसान, किसी और इनसान की देह।

मुखौटे का खोखल सामने की हर चीज़ को नज़रों से ओझल करने के लिहाज़ से पर्याप्त बड़ा था। पिंजड़े का तार वाला दरवाज़ा उसके चेहरे से एकाध बित्ता बस दूर रहा होगा। चूहे जान गए थे कि उनके सामने क्या आने वाला है। एक चूहा ऊपर-नीचे उछल रहा था। दूसरे वाले ने—जो बड़ा सा एक काला पपड़ीला घूस था जो सीवर में पाया जाता है—उचककर अपने गुलाबी पंजों से जँगले को पकड़ा और भयंकर तरीक़े से अपने थूथनों में हवा खींची। विंस्टन को उसकी मूँछें और पीले दाँत दिखाई दे गए। एक बार फिर वह काले अँधेरे में घिर गया। उसे

दिखना बन्द हो गया, उसके दिमाग़ ने काम करना बन्द कर दिया और वह एकदम असहाय हो गया।

"चीन में राजशाही के दौर में यह सज़ा आम हुआ करती थी," हमेशा की तरह उपदेशात्मक ढंग से ओ'ब्रायन ने कहा।

मुखौटा चेहरे को ढकते जा रहा था। उसके तार ने विंस्टन के गाल को रगड़ दिया। और तभी—ना, कोई राहत नहीं, बस उम्मीद थी, आशा की एक पतली सी किरण। फिर भी काफ़ी देर हो चुकी थी, शायद बहुत देर। उसे अचानक समझ में आया था कि पूरी दुनिया में सिर्फ़ एक व्यक्ति है जो उसके बदले में यह सज़ा भोग सकता है। केवल एक शरीर है जो उसके और चूहों के बीच में दीवार बनकर खड़ा हो सकता है। और वह पागलों की तरह बार-बार एक ही बात चिल्लाने लगा।

"यह जूलिया के साथ करो! जूलिया के साथ करो! मेरे साथ नहीं! जूलिया! तुम उसके साथ जो भी करो मुझे कोई फ़र्क़ नहीं पड़ेगा। चेहरा नोच दो उसका, चमड़ी उतार लो, लेकिन मेरे साथ यह मत करो। मैं नहीं! जूलिया!"

वह पीछे की तरफ़ अतल गहराइयों में गिरता जा रहा था, चूहों से दूर। कुर्सी से वह अब भी बँधा हुआ था, लेकिन ज़मीन से नीचे गिर चुका था और इमारत की दीवारों, धरती, महासागरों और वायुमंडल को पार करते हुए बाहरी अन्तरिक्ष में पहुँच चुका था, नक्षत्रों के बीच की गहरी खाइयों में—चूहों से हमेशा के लिए बहुत-बहुत दूर, वह लगातार दूर होता जा रहा था। वह प्रकाश वर्षों की दूरी पर था, लेकिन ओ'ब्रायन अब भी उसके बग़ल में खड़ा था। विंस्टन के गाल पर अब भी तार की ठंडी छुअन का अहसास था। अपने को चौतरफ़ा घेरे अँधेरे के बीच उसने एक खट्ट की आवाज़ सुनी। उसे पता था कि पिंजड़े का दरवाज़ा खुला नहीं, बन्द हुआ है।

6

चेस्टनट ट्री कैफ़े तक़रीबन ख़ाली पड़ा था। सूरज की एक किरण खिड़की से तिरछी होते हुए धूसर मेज़ों पर पड़ रही थी। तीन बजे का निर्जन पहर था। टेलिस्क्रीन से कर्कश संगीत झर रहा था।

विंस्टन अपने परिचित कोने में बैठा ख़ाली गिलास को देख रहा था। रह-रह कर उसकी नज़र सामने वाली दीवार से उसे झाँक रहे भव्य चेहरे पर चली जाती। उसके नीचे लिखा था : मोटा भाई देख रहा है। एक बैरा बिन बुलाए आया। उसने ख़ाली गिलास को विक्टरी जिन से भर दिया। फिर कॉर्क वाली दूसरी बोतल से कुछ बूँदें लेकर उसमें मिलाकर हिला दिया। यह लौंग की ख़ुशबू वाला सैकरीन था, जो इस कैफ़े की ख़ासियत हुआ करता था।

विंस्टन टेलिस्क्रीन को सुन रहा था। अभी तो केवल संगीत बज रहा था लेकिन सम्भावना थी कि किसी भी पल शान्ति मंत्रालय से एक विशेष बुलेटिन प्रसारित किया जाएगा। अफ़्रीका के मोर्चे से आ रही ख़बर कुछ ज़्यादा ही परेशान करने वाली थी। दिन भर वह इस बात को लेकर परेशान रहा है। यूरेशिया की एक फ़ौज (ओशियनिया का युद्ध यूरेशिया के साथ चल रहा था : ओशियनिया हमेशा से ही यूरेशिया के साथ युद्ध में रहा है) काफ़ी तेज़ी से दक्षिण की ओर बढ़ती चली आ रही थी। दोपहर के बुलेटिन में इस बाबत किसी ख़ास इलाक़े का नाम तो नहीं लिया गया, लेकिन बहुत सम्भावना थी कि लड़ाई कांगो तक पहुँच चुकी है। ब्रेजाविले और लियोपोल्डविले पर ख़तरा मँडरा रहा है। इसका मतलब समझने के लिए आपको नक़्शा देखने की कोई ज़रूरत नहीं होनी चाहिए। मामला केवल मध्य अफ़्रीका के हाथ से चले जाने भर का नहीं है, बल्कि समूची जंग में पहली बार ख़ुद ओशियनिया का भूक्षेत्र ख़तरे की ज़द में आ चुका है।

उसके भीतर अचानक एक हिंसक अहसास भड़का और फिर बुझ भी गया।

यह कोई डर जैसी बात नहीं थी, एक क़िस्म का सपाट सा उत्साह था। उसने जंग के बारे में सोचना छोड़ दिया। इन दिनों वह लम्बे समय तक किसी एक चीज़ पर अपना दिमाग़ नहीं टिका पाता है। उसने गिलास उठाकर एक ही बार में पूरी हलक़ से नीचे उतार ली। जिन ने थरथराहट और उबकाई पैदा कर दी। जिन पीते वक़्त उसके साथ हमेशा ही ऐसा होता है। यह वाली तो भयंकर थी। लौंग और सैकरीन तो वैसे ही घटिया चीज़ें हैं, उन्हें मिला देने से जिन की तैलीय गंध बिलकुल भी नहीं छिपती। उस पर से सबसे बुरा यह हुआ है कि जिन की गंध—जो वैसे भी उसके साथ दिन-रात बनी रहती है—उसके दिमाग़ के भीतर अजीबोग़रीब ढंग से उस सड़ांध के साथ जा मिली है जो...।

वह कभी उनका नाम नहीं लेता, ख़यालों में भी नहीं, और जहाँ तक सम्भव हो उनकी तस्वीर भी ज़ेहन में नहीं आने देता। उनके साथ उसका परिचय आधा-अधूरा ही था, जब उसके चेहरे के बहुत क़रीब वे मँडरा रहे थे और उनकी बदबू उसकी नाक से हमेशा के लिए नत्थी हो गई थी। हल्का सा बेदम होकर उसने जिन की डकार मारी। क़ैद से छूटने के बाद वह मोटा हो गया था। उसके चेहरे की रंगत भी वापस आ चुकी थी—बल्कि पहले से बेहतर हो गई थी। चेहरे की रेखाएँ स्पष्ट दिखती थीं, नाक और गाल की चमड़ी खुरदरी लाल हो गई थी। यहाँ तक कि गंजी खोपड़ी भी गहरी गुलाबी दिखती थी। फिर से एक बैरा बिन बुलाए शतरंज का बोर्ड और *दि टाइम्स* का ताज़ा संस्करण लेकर आया। अख़बार में शतरंज की पहेली वाला पन्ना खुला हुआ था। उसने देखा कि विंस्टन का गिलास ख़ाली है, तो जिन की बोतल ले आया और उसे भर दिया। उसे कुछ भी मँगवाने के लिए कहने की ज़रूरत नहीं थी। यहाँ सब उसकी आदत जानते थे। चेसबोर्ड हमेशा उसके इन्तज़ार में होता था। कोने की मेज़ उसके लिए हमेशा ख़ाली रहती थी। कैफ़े जब भरा रहता तब भी वह अकेले अपनी ही मेज़ पर बैठता क्योंकि कोई नहीं चाहता था कि उसके क़रीब बैठा हुआ कोई उन्हें देख ले। वह जितनी भी पीता, कभी गिनने की परवाह नहीं करता। कभी-कभी वे बिल के नाम पर एक गन्दा-सा काग़ज़ का टुकड़ा उसे थमा देते थे, लेकिन उसे हमेशा ऐसा लगता था कि उससे कम पैसे लिये जा रहे हैं। बिल ज़्यादा भी होता तो उससे कोई फ़र्क़ नहीं पड़ता। आजकल उसके पास हमेशा काफ़ी पैसे होते थे। उसके पास एक आरामदेह नौकरी भी थी जहाँ ज़िम्मेदारी के नाम पर कुछ नहीं था और पैसे पुरानी वाली नौकरी से कहीं ज़्यादा मिलते थे।

टेलिस्क्रीन का संगीत रुक गया और बोलने की आवाज़ आई। विंस्टन ने सुनने

के लिए सिर उठाया। मोर्चे से कोई ख़बर नहीं थी, बस एक संक्षिप्त घोषणा थी श्री मंत्रालय से, कि पिछली तिमाही में ऐसा अन्दाज़ा है कि दसवीं त्रिवर्षीय योजना के लिए बूट के फीतों का कोटा ज़रूरत से 98 फीसदी ज़्यादा पूरा किया जा चुका है।

उसने अख़बार में शतरंज पहेली को देखकर मोहरे सजाए। बड़ा पेचीदा अन्त था, जिसमें दो घोड़े शामिल थे। "सफ़ेद मोहरे से दो चाल में ही मात देनी है।" विंस्टन ने सिर उठाकर मोटा भाई की तस्वीर को देखा। सफ़ेद मोहरे हमेशा मात देते हैं, थोड़ा सन्देह और रहस्य के साथ उसने सोचा। हमेशा, बिना किसी अपवाद के, यह कितना सुनियोजित है। दुनिया जब से शुरू हुई तब से लेकर आज तक शतरंज की किसी भी बाज़ी में काले मोहरे नहीं जीते हैं। क्या यह बुरे के ऊपर अच्छे की शाश्वत, अपरिवर्तनीय विजय का प्रतीक नहीं है? प्रशान्त ऊर्जा से भरपूर विशाल चेहरे ने उसे पलटकर घूरा। सफ़ेद मोहरे हमेशा मात देते हैं।

टेलिस्क्रीन से आ रही आवाज़ थोड़ा रुकी, फिर एक बिलकुल भिन्न और सख़्त लहज़े में उसने कहा, "सावधान, साढ़े तीन बजे एक अहम घोषणा की जाने वाली है। ठीक साढ़े तीन बजे! यह बहुत ही महत्त्वपूर्ण समाचार है। इसे सुनना बिलकुल न भूलें। साढ़े तीन!" फिर से कर्कश संगीत शुरू हो गया।

विंस्टन के दिल में हलचल हुई। यह ख़बर पक्का मोर्चे से है, उसे आभास हुआ कि कोई बुरी ख़बर आने वाली है। पूरे दिन मन में हल्के उत्साह के साथ लगातार वह अफ्रीका में होने वाली हार के बारे में सोचता रहा है। वह चाहता था कि यूरेशियाई फ़ौज चींटियों की क़तारों की तरह कभी न लाँघी गई सरहद को तोड़कर अफ्रीका में घुस जाए। उन्हें किसी तरीक़े से बाहर ही रोक पाना आख़िर क्यों नहीं सम्भव हो सका? उसके दिमाग़ में पश्चिम अफ्रीकी तट की तस्वीर एकदम साफ़-साफ़ थी। उसने सफ़ेद घोड़ा उठाकर चाल चल दी—वो रहा एकदम सही निशाना। वह कालों की फ़ौज को दक्षिण की ओर भागता देख रहा था, कि इसी बीच उसे रहस्यमय तरीक़े से एक और ताक़त उनके पीछे इकट्ठा होती दिखी जिसने ज़मीन और समन्दर से उनके सम्पर्क को एकदम से काट दिया। उसे महसूस हुआ कि केवल कल्पना से उसने इस तीसरी ताक़त को पैदा कर दिया है, लेकिन तत्काल कार्रवाई करना ज़रूरी था। अगर उनका क़ब्ज़ा पूरे अफ्रीका पर हो जाता है, अगर केप पर उनके हवाई जहाज़ और पनडुब्बियाँ तैनात हो गए, तब ओशियनिया दो हिस्सों में कट जाएगा। इसका नतीजा कुछ भी हो सकता है : हार, खंड-खंड में टूट, दुनिया का नए सिरे से विभाजन, पार्टी का ख़ात्मा! उसने गहरी साँस ली। उसके

भीतर असामान्य ढंग से कुछ मिश्रित भावनाएँ उमड़-घुमड़ रही थीं—इसे मिश्रित कहना ठीक नहीं होगा, बल्कि ये अलग-अलग भावनाओं के स्तर थे जिनमें यह कह पाना मुश्किल था कि कौन सी भावना सबसे भीतरी है।

भावनाओं की लहर टूट गई। उसने सफ़ेद घोड़े को वापस उसकी जगह पर रखा, लेकिन फ़िलहाल उसका दिमाग़ शतरंज की पहेली पर संजीदगी से टिक नहीं पा रहा था। फिर से उसके विचार उड़ने लगे। तक़रीबन अचेत हालत में उसने टेबल पर जमी धूल में अपनी उँगली से लिखा :

$$2+2=5$$

"वे तुम्हारे दिमाग़ में नहीं घुस सकते," जूलिया ने कहा था। लेकिन वे घुस सकते हैं। "यहाँ तुम्हारे साथ जो होगा वह हमेशा साथ रहेगा," ओ'ब्रायन ने कहा था। यह सच था। कुछ चीज़ें बेशक होती हैं, जैसे आपके अपने कर्म, जिनसे आप कभी उबर नहीं पाते।

कुछ तो था भीतर जिसको मार दिया गया है—जैसे दाग़ दिया गया हो, जला दिया गया हो।

उसने जूलिया को देखा था, उससे बात भी की थी। इसमें कोई ख़तरा नहीं था। उसे इस बात का अहसास था उसकी हरकतों में अब वे ख़ास दिलचस्पी नहीं लेते। वह दूसरी बार भी उससे मिल सकता था, बशर्ते दोनों में से कोई तो ऐसा चाहता। वास्तव में इत्तेफ़ाक़ ही था दोनों का मिलना। वे पार्क में मिले थे। वह मार्च का एक सर्द दिन था, काटता हुआ। धरती लोहा बन चुकी थी। घास मर चुकी थी। कहीं कोई एक कली नहीं खिली थी, सिवाय केसर के कुछ पौधों के, जो हवा के थपेड़ों से बचने के लिए थोड़ा ऊपर उठ गए थे। उसके हाथ जम चुके थे और आँखों से पानी आ रहा था। बहुत तेज़ी से वह चला जा रहा था कि बमुश्किल दस मीटर दूर वह दिख गई। देखते ही लगा कि यह तो बदल चुकी है, कुछ अजीब ढंग से, जिसे अच्छा नहीं कहा जा सकता। दोनों एक-दूसरे के बग़ल से गुज़रे। किसी ने कोई संकेत नहीं किया। फिर वह पीछे मुड़ा और हल्की अनिच्छा से उसके पीछे-पीछे चल दिया। वह जानता था कि इसमें कोई ख़तरा नहीं है क्योंकि इसमें किसी को कोई दिलचस्पी नहीं है। जूलिया कुछ नहीं बोली। उसने घास के बीच से तिरछा रास्ता लिया जैसे उससे बचना चाह रही हो, लेकिन अगले ही पल वह उसके ठीक बग़ल में था। वे फ़िलहाल बिना पत्तों वाली झाड़ियों के एक झुरमुट के बीच थे।

न तो छिपने के लिहाज़ से न ही हवा से बचने के लिए यह किसी काम का था। दोनों रुक गए। बहुत ज़्यादा ठंड थी। टहनियों के बीच से हवा सीटी मार रही थी और रह-रह कर भद्दे दिख रहे केसर के पौधों को रगड़े दे रही थी। उसने उसकी कमर में अपनी बाँहें डालीं।

वहाँ कोई टेलिस्क्रीन नहीं था, लेकिन आसपास छिपे हुए माइक्रोफ़ोन ज़रूर रहे होंगे। इसके अलावा कोई उन्हें देख भी सकता था। इससे कोई फ़र्क़ नहीं पड़ता था, कुछ भी नहीं। वे उस वक़्त वहाँ ज़मीन पर लेटकर जो चाहते कर सकते थे। इसके ख़याल से ही विंस्टन का शरीर जम गया। जूलिया ने उसके बाँहें डालने पर कोई प्रतिक्रिया नहीं दी, ख़ुद को दूर करने की कोशिश भी नहीं की। वह समझ गया कि उसके भीतर क्या बदला है। जूलिया का चेहरा पहले से फीका पड़ चुका था, माथे से लेकर कनपटी तक चोट का एक लम्बा निशान था जो बालों से हल्का ढका हुआ था, लेकिन यह बदलाव नहीं था। बदलाव यह था कि उसकी कमर मोटी हो गई थी और आश्चर्यजनक रूप से सख़्त हो गई थी। उसे याद आया कि एक बार रॉकेट बम फटने पर कैसे उसने मलबे से एक लाश को खींचकर निकाला था तब न केवल उसके अत्यधिक वज़न बल्कि उसके कड़ेपन से वह चौंक गया था। उसे खींचना कितना मुश्किल था, जैसे मांस नहीं पत्थर हो। जूलिया की देह वैसा ही अहसास दे रही थी। फिर उसे लगा कि उसकी त्वचा भी अब पहले से काफ़ी बदल गई होगी।

उसने जूलिया को चूमने की कोशिश नहीं की। दोनों ने कुछ नहीं कहा। जब वे घास पर वापस चलने लगे तब पहली बार उसने विंस्टन के चेहरे पर सीधे नज़र डाली। बस एक नज़र, अरुचि और नफ़रत से भरी निगाह। विंस्टन को हैरत हुई कि इस नापसन्दगी का ताल्लुक़ उनके अतीत से है या फिर उसके सूजे हुए चेहरे से, जिस पर हवा के कारण लगातार आँखों से पानी गिर रहा था। वे लोहे की दो कुर्सियों पर अग़ल-बग़ल बैठ गए, लेकिन बहुत क़रीब नहीं। उसने देखा कि वह कुछ बोलने जा रही है। अपने फूहड़ जूतों को उसने पैरों से कुछ सेंटीमीटर दूर किया और एक डंडी तोड़ी। विंस्टन ने ग़ौर किया कि उसके पंजे चौड़े हो गए थे।

"मैंने तुम्हें धोखा दिया है," सपाट ढंग से वह बोली।

"मैंने तुम्हें धोखा दिया है," विंस्टन ने कहा।

उसने नापसन्दगी से विंस्टन को फिर एक नज़र देखा।

फिर बोली, "कभी-कभार वे आपको किसी चीज़ से डराते हैं—कोई ऐसी

चीज़ जिसे आप बरदाश्त न कर पाएँ, उसके बारे में सोच भी न पाएँ। और तब आप कहते हैं, "मेरे साथ ऐसा मत करो, किसी और के साथ करो, फलाने के साथ यह कर दो।" हो सकता है बाद में आप बहाना बना दें कि आपने तो बस एक नुस्खा आजमाया था, केवल इसलिए ऐसा कहा था कि वे रुक जाएँ, लेकिन आप वास्तव में ऐसा नहीं चाहते थे। लेकिन यह सच नहीं है। जिस वक़्त यह होता है, उस वक़्त आपका मतलब वही होता है। आपको लगता है कि ख़ुद को बचाने का कोई और रास्ता नहीं है और अपने को बचाने के लिए आप ऐसा कहने को एकदम तैयार रहते हैं। आप चाहते हैं कि आपके साथ जो हो रहा है, वह दूसरे के साथ हो जाए। उनकी पीड़ा से आपको कोई मतलब नहीं होता। आपको केवल अपने से मतलब होता है!"

"आपको केवल अपने से मतलब होता है," विंस्टन ने दुहरा दिया।

"और उसके बाद आप सामने वाले के बारे में पहले जैसा कभी भी महसूस नहीं कर पाते।"

"ना," विंस्टन बोला, "आप पहले जैसा महसूस ही नहीं कर पाते।"

और कुछ कहने को नहीं बचा था शायद। हवा से उनकी पतली वर्दी शरीर से चिपक रही थी। वहाँ चुप मारकर बैठे रहना अचानक शर्मिन्दगी जैसा महसूस होने लगा; चुपचाप बैठे रहने के लिहाज़ से ठंड भी बहुत ज़्यादा थी। वापसी के लिए ट्यूब पकड़ने की बात कहते हुए वह जाने को उठी।

"हमें दोबारा मिलना चाहिए," विंस्टन बोला।

"हाँ," जूलिया ने कहा, "हमें दोबारा मिलना चाहिए।"

कुछ दूर तक वह दुविधा में उसके पीछे-पीछे चलता गया—मुश्किल से एक क़दम पीछे ही रहा होगा। उन्होंने फिर से कोई बात नहीं की। जूलिया उससे कोई पीछा नहीं छुड़ाना चाह रही थी, बस इतने तेज़ क़दमों से चली जा रही थी कि वह उसके बराबर ही नहीं आ पा रहा था। विंस्टन ने सोचा था कि ट्यूब स्टेशन तक उसके साथ-साथ ही जाएगा, लेकिन इतनी ठंड में बिना मतलब पीछे-पीछे चलते जाना अचानक उसके बरदाश्त से बाहर हो गया। जूलिया का पीछा छोड़ देने की भी कोई ऐसी इच्छा नहीं थी, लेकिन वापस चेस्टनट ट्री कैफ़े में जाने का आकर्षण उस पर भारी पड़ रहा था। इस वक़्त कैफ़े उसे सबसे ज़्यादा खींच रहा था। अपने कोने वाली टेबल से उसे बहुत मोह था—वो अख़बार, चेसबोर्ड और अविरल जिन की याद। फिर वहाँ गरमाहट भी तो मिलेगी। अगले ही पल बीच में आई भीड़ के

बहाने उसने ख़ुद को अलग हो जाने का एक मौक़ा दिया, हालाँकि यह पूरी तरह हादसा नहीं था। उसने अधूरे मन से जूलिया को पकड़ने की कोशिश की थी, लेकिन फिर धीरे होकर वापस मुड़ गया था और पीछे चलने लगा था। पचास मीटर वापस चलने के बाद उसने पीछे मुड़कर देखा। सड़क पर भीड़ नहीं थी फिर भी जूलिया कहीं नज़र नहीं आ रही थी। दर्जन भर तेज़ी से चलते लोगों के बीच वह कोई भी आकृति हो सकती थी। हो सकता है कि उसकी मोटी और कठोर देह अब पीछे से पहचान में न आती हो।

"जिस वक़्त यह होता है," उसने कहा था, "उस वक़्त आपका मतलब वही होता है।" विंस्टन का भी मतलब यही था। उसने केवल कहा नहीं था, उसकी कामना भी की थी। उसने इच्छा जताई थी कि उसे नहीं, बल्कि जूलिया को हवाले कर दिया जाए उनके...

टेलिस्क्रीन पर चल रहे संगीत में अचानक कुछ बदला। एक कर्कश, दरकता हुआ, रँभाता हुआ राग, पीतराग बजने लगा। और फिर—शायद यह वास्तव में नहीं हो रहा था, महज़ एक स्मृति थी जिसने ध्वनि का आकार ले लिया था—एक आवाज़ गाने लगी :

शाहबलूत की ये छतनार
हम तुम करते छल व्यापार...

उसकी आँखों में आँसू भर आए। बग़ल से गुज़र रहे एक बैरे ने देखा कि उसकी गिलास ख़ाली है। जिन की बोतल लेकर वह वापस आया।

विंस्टन ने गिलास उठाई और सूँघा। हर अगले घूँट के साथ वह चीज़ और भयावह होती जाती थी, लेकिन उसके लिए तो वही दुनिया थी जिसमें दिन-रात वह तैरता-उतराता था। वह उसकी ज़िन्दगी थी, उसकी मौत थी, उसका मरकर जी उठना था। हर रात जिन में डूबकर वह अचेत हो जाता था। हर सुबह वह जिन से जी उठता था। वह ग्यारह बजे से पहले शायद ही कभी उठता होगा। जमी हुई आँखें, कड़वी ज़ुबान, रीढ़ के टूटे होने का अहसास, इस सबके साथ उसके लिए बिस्तर से उठकर सीधा खड़ा होना भी असम्भव होता अगर बग़ल में बोतल और कप पहले से नहीं रखे होते। दिन के वक़्त वह बोतल के साथ चमकती आँखों से टेलिस्क्रीन के सामने बैठा रहता। फिर तीन बजे से लेकर बन्द होने तक चेस्टनट ट्री का वह स्थायी मेहमान होता। अब किसी को इस बात से कोई मतलब नहीं

था कि वह क्या कर रहा था। न उसे कोई सीटी जगाती, न टेलिस्क्रीन उस पर चिल्लाता। शायद हफ़्ते में दो बार वह सत्य मंत्रालय के अपने भूले-बिसरे धूसरित दफ़्तर में चला जाता था और काम के नाम पर कुछ-कुछ कर लेता था। न्यूस्पीक शब्दकोश के ग्यारहवें संस्करण के संकलन में आ रही मामूली दिक़्क़तों से निपटने के लिए बनाई गई अनगिनत कमेटियों में से किसी एक कमेटी की उपकमेटी की एक और उपकमेटी में उसे नियुक्त किया गया था। वे जिस काम में लगे थे वह एक अन्तरिम रिपोर्ट तैयार करने से जुड़ा था लेकिन किस चीज़ के बारे में रिपोर्ट करनी थी इसका पक्का पता उसे नहीं लग सका था। शायद यह पता करने का काम था कि अर्धविराम का कोष्ठक के भीतर प्रयोग किया जाना है या बाहर। कमेटी में चार और व्यक्ति थे, सारे उसी के जैसे थे। वे कभी-कभार मिलकर बैठते थे और फिर एक-दूसरे से आश्वस्त होते हुए कि वास्तव में करने को कुछ काम है ही नहीं, अपनी-अपनी राह चल देते। कुछ दिन ऐसे बेशक होते जब वे बड़े चाव से काम करने बैठते, अपने-अपने किए की कार्यवाहियाँ दर्ज करते और लम्बे-लम्बे अन्तहीन ज्ञापन तैयार करते थे। ऐसा तभी होता था जब उनकी दलीलें बहस के मूल मुद्दे को लेकर असामान्य रूप से गूढ़ हो जातीं, परिभाषाओं पर बहुत महीन सौदेबाज़ी होती, ज़बरदस्त विषयान्तर हो जाता, झगड़े होने लगते, यहाँ तक कि उच्च अधिकारियों को अपील करने की धमकियों तक बात पहुँच जाती। फिर अचानक ही सबकी हवा निकल जाती, सब के सब बेजान हो जाते और एक टेबल के इर्द-गिर्द बैठकर वे एक-दूसरे को मरी हुई आँखों से ऐसे देखते जैसे मुर्ग़े के बाँग देते ही प्रेत छिपने लग जाते हैं।

कुछ देर के लिए टेलिस्क्रीन शान्त रहा। विंस्टन ने बुलेटिन की आस में सिर उठाया, लेकिन उसकी जगह एक बदला हुआ संगीत बजने लगा। उसके दिमाग़ में अफ़्रीका का नक़्शा बना हुआ था। फ़ौजें एकदम किसी रेखाचित्र के हिसाब से आगे बढ़ रही थीं : एक काला तीर ऊपर की ओर दक्षिण में जा रहा था, एक सफ़ेद तीर क्षैतिज रेखा में पूरब की ओर जा रहा था, काले वाले की पूँछ का पीछा करते हुए। उसने सामने लगी तस्वीर में बने अभेद्य चेहरे को सिर उठाकर देखा, मानो पुष्टि करना चाह रहा हो कि दूसरा वाला तीर वास्तव में है भी या नहीं?

फिर से उसका ध्यान बँट गया। उसने जिन अपने भीतर उतारी और सफ़ेद घोड़े को उठाकर अन्दाज़न एक चाल चल दी। शह। लेकिन यह चाल ग़लत निकल गई क्योंकि...

अचानक एक स्मृति लौट आई थी। उसने मोमबत्ती से रोशन एक कमरा देखा जिसमें एक बड़ा सा सफ़ेद पलंगपोश था, वह ख़ुद भी था जो नौ या दस साल का रहा होगा। फ़र्श पर बैठकर वह पाँसे फेंट रहा था और ख़ूब ख़ुश होकर हँस रहा था। सामने उसकी माँ बैठी थी और वह भी हँसे जा रही थी।

यह बात माँ के ग़ायब होने से शायद महीने भर पहले की होगी। वह एक ऐसा क्षण था जब अपने पेट की आग को वह भूल गया था और माँ के लिए उसका पुराना प्यार कम से कम थोड़ी देर के लिए ही सही वापस लौट आया था। वह दिन उसे अच्छे से याद है। मूसलाधार पानी बरस रहा था। खिड़की के काँच से पानी चू रहा था। कमरे के भीतर रोशनी इतनी कम थी कि कुछ पढ़ पाना सम्भव नहीं था। उस तंग अँधेरे कमरे में दो बच्चों की ऊब अब बरदाश्त के बाहर हो चुकी थी। विंस्टन लगातार पिनपिना रहा था—कभी खाने को कुछ माँगता तो कभी कमरे पर अपनी खीज निकालता, हर चीज़ को उसकी जगह से उठाकर फेंक देता, दीवार में लगी काठ की पट्टी पर तब तक लात मारता जब तक पड़ोसी पलटकर दीवार पर नहीं मार देते। बीच-बीच में उसकी छोटी बहन भी रोये जा रही थी। उसकी माँ ने अन्त में परेशान होकर कहा, "अच्छा, अब क़ायदे से रहो। मैं तुम्हें एक खिलौना लाकर देती हूँ। सुन्दर सा एक खिलौना, तुम्हें पसन्द आएगा।" माँ बारिश में निकल गई। पास में एक छोटी-सी दुकान खुली हुई थी। वहाँ से वह गत्ते का एक बक्सा लेकर लौटी। उसके भीतर साँप और सीढ़ी का खेल था। आज भी उस गीले गत्ते की महक को वह याद कर सकता है। बहुत घटिया डिब्बा था। खेल का बोर्ड दरका हुआ था और पासा इतना टेढ़ा-मेढ़ा था कि एक तरफ़ ज़मीन पर टिक ही नहीं पाता था। विंस्टन ने अरुचि के साथ रूठते हुए उस डिब्बे को देखा। तभी उसकी माँ ने मोमबत्ती जलाई और वे फ़र्श पर खेलने बैठ गए। जल्द ही विंस्टन ज़बरदस्त उत्साहित हो गया। जैसे ही छोटी-छोटी गोटियाँ बड़ी उम्मीद में सीढ़ी से ऊपर चढ़तीं और फिर साँप के काटते ही एक झटके में नीचे उतर आतीं और कभी-कभी तो शुरुआती खाने में ही, यह सब देखकर विंस्टन को इतना मज़ा आया कि वह ख़ूब ज़ोर-ज़ोर से हँसने लगा। दोनों ने आठ गेम खेले और चार-चार जीते। उसकी नन्ही सी बहन, जो खेल को समझ पाने के लिए अभी बहुत छोटी थी, वह तकिये की आड़ में बैठकर उन्हें खेलता देख रही थी और उन्हें हँसता देखकर ख़ूब हँस रही थी। यह बहुत बचपन की बात है, जब पूरी दोपहर भर वे साथ में कितने ख़ुश थे।

उसने इस स्मृति को अपने दिमाग़ से दूर धकेल दिया। यह झूठी स्मृति थी। ऐसी झूठी स्मृतियों से वह कभी-कभी परेशान हो जाता है। अगर आपको पता हो कि वह किस बारे में है, तब तो ठीक है। फिर कोई फ़र्क़ नहीं पड़ता। दिक़्क़त यह है कि कुछ चीज़ें वास्तव में हुई थीं, कुछ नहीं हुई थीं। वह शतरंज की ओर मुड़ा और उसने सफ़ेद घोड़ा फिर से उठाया। बिलकुल तभी उसके हाथ से वह छूटा और बोर्ड पर खड़बड़ाते हुए जा गिरा। ऐसा लगा गोया खेल शुरू करते ही कुछ आकर उसे चुभ गया हो।

तुरही की एक बेहद तीखी आवाज़ हवा को बेध गई थी। बुलेटिन शुरू होने वाला था! इसका मतलब था विजय! जब कभी समाचार से पहले तुरही बजती थी तो लोग समझ जाते थे कि विजय का ऐलान होने वाला है। कैफ़े में बिजली की गति से हलचल मच गई। यहाँ तक कि बैरों के भी कान खड़े हो गए।

तुरही के घोष के बाद वैसे ही चौतरफ़ा हल्ला मच गया था। टेलिस्क्रीन से एक उत्तेजित आवाज़ आना शुरू ही हुई थी कि बाहर के शोर-शराबे में डूब गई। यह ख़बर सड़क पर जादू की तरह फैल चुकी थी। विंस्टन टेलिस्क्रीन को बस उतना ही सुन पाया जिससे मोटा-मोटी अन्दाज़ा लग सके कि जैसा उसे पहले से आभास था वैसा ही सब हुआ होगा। उसे ये समझ में आया : समन्दर में गोपनीय तरीक़े से जुटे एक विशाल जहाज़ी बेड़े ने दुश्मन की पिछली क़तारों को अचानक नुक़सान पहुँचा दिया है, सफ़ेद तीर काले वाले का पिछवाड़ा भेद गया। चारों ओर मचे कोलाहल के बीच विजय का उल्लास मनाते कुछेक शब्द उसे टेलिस्क्रीन पर सुनाई दिए : विशाल रणनीतिक चाल—आदर्श संयोजन—ज़बरदस्त पराजय—पाँच लाख युद्धबन्दी—सम्पूर्ण नैतिक पतन—समूचे अफ़्रीका पर क़ब्ज़ा—युद्ध आख़िर अपने अन्त के काफ़ी क़रीब पहुँच गया—इनसानी इतिहास में महानतम विजय—विजय, विजय, विजय!

विंस्टन के पैर काँपने लगे। वह कुर्सी से बिलकुल नहीं हिला, लेकिन उसका मन दौड़ रहा था, बहुत तेज़ दौड़ रहा था। वह बाहर जुटी भीड़ के साथ जा मिला था, उनके साथ कर्णभेदी शोर मचा रहा था। एक बार फिर से सिर उठाकर उसने मोटा भाई की तस्वीर देखी। दुनिया को एक डग में नाप देने वाला यह महाकाय महामानव! वह अडिग चट्टान जिससे एशिया की सेनाओं ने नाहक ही अपना माथा फोड़ लिया! उसके मन में आया कि कैसे अभी दस मिनट पहले ही—हाँ, मात्र दस मिनट पहले—उसके मन में सन्देह चल रहा था कि मोर्चे से जीत की ख़बर

आएगी या नहीं। बेशक, यूरेशियाई फ़ौज तो हारी ही, लेकिन बहुत कुछ और ख़त्म हुआ है। प्रेम मंत्रालय में पहला क़दम रखने के बाद से बहुत कुछ बदल चुका था उसके भीतर, फिर भी कुछ बच रहा था जिसका अन्तिम इलाज इस क्षण से पहले तक नहीं हुआ था।

टेलिस्क्रीन से अब भी क़ैदियों की, लूट की, क़त्लेआम की कहानियाँ बरस रही थीं लेकिन बाहर का कोलाहल थोड़ा कम हो चुका था। बैरे काम पर लौट रहे थे। एक बैरा जिन की बोतल लिये उसके पास आया और गिलास भर दिया पर ख़यालों में खोये विंस्टन ने कोई ध्यान नहीं दिया। न वह दौड़ रहा था, न चिल्ला रहा था। वह प्रेम मंत्रालय लौट गया था। उसका सब कुछ माफ़ किया जा चुका था और उसकी आत्मा एकदम बर्फ़ की तरह सफ़ेद थी। वह जनता के कठघरे में खड़ा था, सब कुछ क़बूल करता हुआ, सबको गुनहगार ठहराता हुआ। वह सफ़ेद टाइलों वाले गलियारे में चला जा रहा था, इस अहसास के साथ कि नीचे धूप है और पीछे बन्दूक़धारी गार्ड। वह गोली जिसका उसे लम्बे समय से इन्तज़ार था, अब जाकर भेजे में घुस रही थी।

सामने तस्वीर में भव्य चेहरे को उसने ग़ौर से देखा। चालीस साल लग गए उसको यह समझने में कि इन गहरी काली मूँछों के नीचे किस क़िस्म की हँसी छिपी है। आह! ये बेकार की बेदिल अनबन! इस वत्सल गोद से ऐसा हठीला आत्मनिर्वासन! उसके गालों पर जिन की ख़ुशबू में पगे दो आँसू ढुलक आए। लेकिन ये भी ठीक था, अब सब कुछ ठीक था। यह संघर्ष भी ख़त्म हो ही गया आख़िर। उसने ख़ुद को जीत लिया था। वह मोटा भाई को चाहने लगा था।

✪✪✪

परिशिष्ट

न्यूस्पीक के सिद्धान्त

(मूल संस्करण का परिशिष्ट)

न्यूस्पीक ओशियनिया की आधिकारिक भाषा थी। इसका आविष्कार अंग्रेज़ी समाजवाद यानी इंगसॉक की ज़रूरतों को पूरा करने के लिए किया गया था। सन् 1984 में एक भी व्यक्ति ऐसा नहीं था जो बोलने या लिखने में विशुद्ध न्यूस्पीक का उपयोग करता रहा हो। दैनिक टाइम्स के अग्रलेख न्यूस्पीक में लिखे जाते थे लेकिन यह काम किसी भाषा-विशेषज्ञ द्वारा ही किया जाता था। इसे एक ख़ास उपलब्धि के रूप में देखा जाता था। माना जाता था कि सन् 2050 तक पुरानी अंग्रेज़ी पूरी तरह ख़त्म हो जाएगी और उसकी जगह न्यूस्पीक ले लेगी। वैसे 1984 में भी धीरे-धीरे न्यूस्पीक अपने पाँव पसारने लगी थी। पार्टी के सदस्य रोज़मर्रा की बातचीत में न्यूस्पीक के शब्द और व्याकरण का कमोबेश इस्तेमाल करने लगे थे। उस वक़्त इस भाषा का जो संस्करण काम में लाया जा रहा था, वह न्यूस्पीक के शब्दकोश के नौवें और दसवें संस्करण में शामिल था। यह एक अन्तरिम स्वरूप में जिसमें अब भी कई अनावश्यक शब्द मौजूद थे जिन्हें बाद में नष्ट किया जाना था। यह परिशिष्ट भाषा के उसी अन्तिम स्वरूप के सम्बन्ध में है जिसका ख़ाका न्यूस्पीक शब्दकोश का ग्यारहवाँ संस्करण सामने रखेगा, जिसका ज़िक्र उपन्यास में बार-बार आया है।

न्यूस्पीक का लक्ष्य था अंग्रेज़ी समाजवाद को समर्पित व्यक्तियों के लिए अभिव्यक्ति का एक माध्यम उपलब्ध करवाना, लेकिन उससे भी बढ़कर न्यूस्पीक यह सुनिश्चित करता है कि इंगसॉक के अलावा दूसरे विचार इस भाषा में ज़ाहिर न किए जा सकें। यह माना जाता था कि एक बार जब न्यूस्पीक को अन्तिम तौर पर स्वीकार कर लिया जाएगा और ओल्डस्पीक चलन से बाहर हो जाएगी, तब ऐसा कोई भी विचार जो इंगसॉक के सन्दर्भ में अनिष्ठा का द्योतक हो, अपने आप ही

अभिव्यक्ति के योग्य नहीं रह जाएगा। उसे सोचा ही नहीं जा सकेगा क्योंकि उसके लिए भाषा ही नहीं होगी, चूँकि विचार बुनियादी रूप से भाषा पर ही निर्भर है। न्यूस्पीक की शब्दावली ऐसे गढ़ी गई थी कि पार्टी के लोगों द्वारा बोले गए हर एक शब्द का बिलकुल वही अर्थ निकले जो उनकी मंशा हो, बाक़ी सभी अर्थच्छवियाँ उस शब्द में से ग़ायब हों। इसके लिए नए शब्द तो गढ़े ही गए, लेकिन मुख्य काम यह किया गया कि बड़े पैमाने पर ऐसे अवांछित शब्दों को नष्ट किया गया जिनसे पार्टी के विचार के प्रति विचलन की बू आती हो और जिनमें अन्य अर्थ छिपे हों। मसलन, एक शब्द लें फ्री यानी मुक्त। फ्री को न्यूस्पीक में बेशक रखा गया था, लेकिन उसका प्रयोग सपाट वाक्यों में ही किया जा सकता था जहाँ राजनीतिक या बौद्धिक मुक्ति की अर्थच्छवि मौजूद न हो। जैसे—*दिस डॉग इज़ फ्री फ्रॉम लाइस* (यह कुत्ता जूँओं से मुक्त है) या *दिस फील्ड इज़ फ्री फ्रॉम वीड्स* (यह मैदान घास-पात से मुक्त है)। चूँकि राजनीतिक या बौद्धिक स्वतंत्रता की अवधारणा ही अब अस्तित्व में नहीं थी, लिहाज़ा उन्हें ज़ाहिर करने के लिए शब्दों की भी ज़रूरत नहीं रह गई थी। ऐसे भटकाने वाले शब्दों की छँटाई से इतर शब्द-सम्पदा को कम करना ही अपने आप में एक काम माना जाता था। इस तरह कह सकते हैं कि न्यूस्पीक का आविष्कार ही इसलिए किया गया था ताकि विचार के समूचे दायरे को संकुचित किया जा सके।

न्यूस्पीक अंग्रेज़ी भाषा का ही एक संस्करण था लेकिन ज़रूरी नहीं कि उस वक़्त के किसी अंग्रेज़ी जानने वाले को उसका एक वाक्य समझ में आ ही जाए, भले ही उक्त वाक्य में न्यूस्पीक के नए शब्द मौजूद न हों। न्यूस्पीक के शब्दों को तीन श्रेणियों में बाँटा गया था—ए श्रेणी, बी श्रेणी और सी श्रेणी। प्रत्येक श्रेणी पर अलग से चर्चा करने में आसानी रहेगी लेकिन इस भाषा के व्याकरणिक लक्षणों को ए श्रेणी ही समझना पर्याप्त होगा क्योंकि तीनों श्रेणियों में समान नियम लागू हैं।

ए श्रेणी : इस श्रेणी में दैनिक जीवन में काम आने वाले शब्द शामिल थे, जैसे—खाना, पीना, काम पर जाना, कपड़े पहनना, सीढ़ी चढ़ना उतरना, वाहनों की सवारी करना, बाग़बानी करना, खाना पकाना, आदि। इसमें ज़्यादातर वे ही शब्द थे जो हम सामान्य अंग्रेज़ी में प्रयोग करते हैं लेकिन उनकी संख्या पहले से काफ़ी कम थी जबकि उनके अर्थ पहले से काफ़ी संकुचित थे। शब्दों से प्रत्यक्ष अर्थ के अलावा बाक़ी सभी अर्थच्छवियाँ छाँटकर अलग कर दी गई थीं। इतना समझें कि इस श्रेणी के शब्द कुल मिलाकर एक ध्वनि के जैसे हैं जिसे सब

समझते हैं। वही समझ तय करती है कि इसका इकलौता अर्थ क्या है। इसीलिए ऐसे शब्दों का इस्तेमाल साहित्यिक, राजनीतिक या दार्शनिक विमर्श में सम्भव नहीं है। कुल मिलाकर इन शब्दों से ठोस भौतिक वस्तुओं या कृत्यों को ही अभिव्यक्त किया जा सकता है।

न्यूस्पीक के व्याकरण के दो विशिष्ट लक्षण थे। पहला लक्षण यह था कि विभिन्न शब्दभेदों के बीच शब्दों की तक़रीबन पूरी तरह आवाजाही थी। मसलन, न्यूस्पीक के किसी भी शब्द को क्रिया, संज्ञा, विशेषण या क्रिया-विशेषण के रूप में प्रयोग किया जा सकता था। यहाँ तक कि 'इफ़' (अगर) और 'वेन' (कब) जैसे अव्ययों पर भी यह सिद्धान्तत: लागू होता था। अगर किसी मूल शब्द से एक क्रिया और एक संज्ञा बनी हुई है, तो दोनों भेदों के लिए एक ही शब्द का प्रयोग न्यूस्पीक में किया जाता था। इसी के चलते कई शब्द अपने आप नष्ट हो गए। मसलन, *थॉट* (विचार) न्यूस्पीक में शामिल नहीं था क्योंकि उसका काम *थिंक* से ही चलाया जाता था जो क्रिया और संज्ञा दोनों ही भूमिका निभाता था। इसमें दोनों में से किसे चुना जाए, उसके लिए किसी उत्पत्ति के सिद्धान्त को मानने की ज़रूरत नहीं थी। कुछ मामलों में संज्ञा को चुन लिया जाता था, तो कुछ में क्रिया को। यहाँ तक कि क्रिया और संज्ञा जब एक-दूसरे से उत्पत्ति के आधार पर जुड़े नहीं होते तब भी यही किया जाता था। मसलन, *कट* और *नाइफ* दो भिन्न शब्द हैं लेकिन दोनों के लिए ही *नाइफ* को संज्ञा व क्रिया रूपों में इस्तेमाल किया जाता था। इस संज्ञा-क्रिया के अन्त में *फुल* लगाकर क्रिया-विशेषण का निर्माण किया जाता था और *वाइज़* लगाकर विशेषण बनाया जाता था। जैसे, *स्पीडफुल* का मतलब हुआ तीव्र गति वाला और *स्पीडवाइज़* का अर्थ हुआ तेज़। कुछेक मौजूदा विशेषणों को बचा लिया गया था, जैसे—*गुड, स्ट्रांग, बिग, ब्लैक, सॉफ्ट* इत्यादि। ऐसे शब्दों की संख्या बहुत कम थी। इनकी ज़रूरत वैसे भी कुछ ख़ास नहीं थी क्योंकि संज्ञा-क्रिया में केवल *फुल* जोड़कर किसी भी विशेषण को गढ़ा जा सकता था। मौजूदा अंग्रेज़ी भाषा में प्रचलित किसी क्रिया-विशेषण को नहीं बचाया गया, सिवाय उनके जिनके अन्त में *वाइज़* लगा हो। हर विशेषण को *वाइज़* से ही ख़त्म होना होता था, जैसे *वेल* के लिए *गुडवाइज़* का प्रयोग किया जाता था।

इसके अलावा, किसी भी शब्द का विपरीतार्थी बनाने के लिए उसके पहले बस *अन* जोड़ना होता था। किसी शब्द को और मज़बूती से अर्थ देने के लिए *प्लस* जोड़ दिया जाता था। उससे भी ज़्यादा ज़ोर देना हो तो *डबलप्लस* जोड़ा जा

सकता था। जैसे, *अनकोल्ड* का मतलब गरम होता था इसलिए *वार्म* की ज़रूरत नहीं रह गई थी। बहुत ठंडा या बहुत ज़्यादा ठंडा के लिए *प्लसकोल्ड* या *डबल प्लसकोल्ड* का प्रयोग किया जाता था। जैसा कि मौजूदा अंग्रेज़ी में होता है, किसी भी शब्द के अर्थ को बदलने के लिए उपसर्ग लगाए जा सकते थे (जैसे—ante, post, up, down)। इन तरीक़ों से शब्द-सम्पदा को बड़े पैमाने पर संकुचित किया गया। मसलन, अच्छे से विलोम के लिए बुरे की ज़रूरत नहीं थी न्यूस्पीक अंग्रेज़ी में—बस, *गुड* के पहले *अन* लगाकर उसे *अनगुड* कर देना था। जहाँ-जहाँ किसी शब्द के विलोम के लिए दूसरा शब्द मौजूद हो, बस इतना तय करना होता था कि किसको उड़ाना है और किसको बचाना है। उदाहरण के लिए, *डार्क* की ज़रूरत नहीं थी क्योंकि इसका काम अनलाइट से चल जाता था या फिर लाइट को नष्ट करना हो तो उसके लिए *अनडार्क* को चलाया जा सकता था। यह सिर्फ़ प्राथमिकता का सवाल था।

न्यूस्पीक के व्याकरण का दूसरा महत्त्वपूर्ण लक्षण था उसकी एकरूपता। कुछेक अपवादों को छोड़ दें तो सभी विभक्तियों के नियम एक समान ही थे। सभी क्रियाओं से भूतकालिक विशेषण बनाने के लिए मूल शब्द के अन्त में ed लगाया जाता था, जैसे think का thinked, thought नहीं। इस तरह swam, gave, brought, spoke, taken इत्यादि शब्द ख़त्म कर दिए गए। इसी तरह बहुवचन बनाने के लिए एकवचन में ज़रूरत अनुसार s या es लगाया जाता था। जैसे, man, ox, life के बहुवचन होंगे mans, oxes, lifes, और ऐसे ही बाक़ी सभी शब्दों के बहुवचन। तुलनात्मक विशेषण निर्मित करने के लिए er और est लगाया जाता था, जैसे good से gooder और goodest; इस तरह more, most जैसे शब्दों की ज़रूरत नहीं रह गई।

कुछ सर्वनाम, सम्बन्धवाचक सर्वनाम, संकेतवाचक विशेषण और सहायक क्रियाओं को नई भाषा में बचा लिया गया था। इन सबका प्रयोग पहले की ही तरह था, लेकिन whom को अनावश्यक मानकर ख़त्म कर दिया गया था और shall व should के सारे प्रयोग will और would से ही निपटा दिए जाते थे। तेज़ी से और सहजता से बोलने की ज़रूरतों ने भी कई शब्दों को नष्ट कर दिया। जो शब्द बोलने में जटिल थे या जिन्हें ग़लत सुना जा सकता था उन्हें बुरा शब्द मान लिया गया था। शब्द सुनने में मधुर लगें, इसके वास्ते या तो किसी शब्द में अतिरिक्त वर्ण जोड़ दिए जाते या पुराने रूप को ही बचा लिया जाता। ये ज़रूरतें हालाँकि

ज़्यादातर बी श्रेणी की शब्द-सम्पदा से ताल्लुक़ रखती थीं। उच्चारण की सहजता पर इतना ज़ोर क्यों था, यह बात आगे स्पष्ट की जाएगी।

बी श्रेणी : बी श्रेणी में ऐसे शब्द थे जिन्हें सायास राजनीतिक उद्देश्यों के लिए गढ़ा गया था—ऐसे शब्द जिनके निहितार्थ न केवल राजनीतिक थे बल्कि जिनसे बोलने वाले के ऊपर अनुकूल मानसिक वृत्ति का प्रभाव भी पड़ता था। इन शब्दों का प्रयोग इंगसॉक के सिद्धान्तों की पूरी समझ के बग़ैर सम्भव नहीं था। कुछ मामलों में इन्हें पुरानी भाषा ओल्डस्पीक में भी अनूदित किया जा सकता था और ए श्रेणी के शब्दों में भी ढाला जा सकता था। इस प्रक्रिया में हालाँकि वाक्य लम्बे हो जाते या कुछ अर्थों की हानि हो जाती थी। इसे ऐसे समझें कि बी श्रेणी के शब्द एक क़िस्म के मौखिक शॉर्टहैंड थे जिनका प्रयोग समूची विचार सरणी को अभिव्यक्त करने में होता था। सामान्य भाषा के मुक़ाबले ये कहीं ज़्यादा प्रभावोत्पादक और सटीक थे।

बी श्रेणी के सभी शब्द सामासिक थे यानी मिश्रित शब्द थे, जिन्हें दो या तीन शब्द अथवा शब्दखंड मिलाकर इस तरह बनाया जाता था कि उनका आसान उच्चारण किया जा सके। ऐसे शब्द हमेशा ही संज्ञा और क्रिया दोनों होते थे और विभक्ति के सामान्य नियम ही इन पर लागू होते थे। मसलन, goodthink जैसा साधारण सा शब्द मोटे तौर पर निष्ठा और भक्ति का द्योतक है जिसका प्रयोग 'पूरी निष्ठा के साथ सोचने' के लिए किया जाता था। इसकी विभक्तियाँ ऐसे बनती थीं : संज्ञा-क्रिया होगी goodthink; भूतकाल में यह होगा goodthinked; वर्तमानकालिक विशेषण रूप होगा goodthinking; शुद्ध विशेषण होगा goodthinkfull; क्रिया-विशेषण होगा goodthinkwise; और goodthinker क्रियात्मक संज्ञा होगी।

बी श्रेणी के शब्दों की व्युत्पत्ति का कोई सिद्धान्त नहीं था। जिन शब्दों से ये बनाए जाते थे उनका कोई भी शब्दभेद हो सकता था, उन्हें किसी भी क्रम में रखा जा सकता था, बस बोलने में आसान होना ज़रूरी था। मसलन, crimethink (thoughtcrime) में think बाद में आता है जबकि thinkpol (thought police) में पहले आता है जबकि police का शब्दांश ग़ायब होकर केवल pol रह जाता है। बोलने में सहजता की मुश्किल के चलते बी श्रेणी के शब्दों में ए श्रेणी के मुक़ाबले समरूपता कम दिखती है। उदाहरण के लिए Minitrue, Minipax और Miniluv के विशेषण रूप Minitruthful, Minipeaceful और Minilovely है क्योंकि -trueful, paxful और loveful को बोलना थोड़ा अटपटा लगेगा। सैद्धान्तिक तौर

पर हालाँकि बी श्रेणी के सभी शब्द रूप बदलने में सक्षम होते हैं और सभी एक ही तरीक़े से ऐसा करते हैं।

बी श्रेणी के कुछ शब्दों के अर्थ विशिष्ट रूप से सूक्ष्म थे और उसे शायद नहीं समझ आ सकते जिसे पूरी भाषा में महारत न हासिल हो। उदाहरण के लिए, टाइम्स के एक अग्रलेख का यह जटिल वाक्य देखें : Oldthinkers unbellyfeel Ingsoc, जिसे ओल्डस्पीक में अगर लिखा जाए तो संक्षिप्ततम रूप कुछ यूँ होगा—"Those whose ideas are formed before the Revolution cannot have a full emotional understanding of the principles of English Socialism." (क्रान्ति से पहले जिन लोगों के विचारों का निर्माण हुआ है वे अंग्रेज़ी समाजवाद के सिद्धान्तों की पूरी भावप्रवण समझदारी विकसित नहीं कर सकते)। यह अनुवाद हालाँकि पर्याप्त नहीं है। ऊपर दिए न्यूस्पीक के वाक्य का पूरा अर्थ समझने के लिए ज़रूरी है कि आपको साफ़-साफ़ पता हो कि इंगसॉक क्या है। इसके अलावा, इंगसॉक को पूरी तरह समझने वाला व्यक्ति ही bellyfeel का अर्थ ग्रहण कर सकता है, जिसका अर्थ है पूरे उत्साह के साथ अन्धस्वीकार्यता, जिसकी कल्पना आज मुश्किल है। इसी तरह से oldthink को पूरी तरह समझने में दिक़्क़त आएगी क्योंकि उसके भीतर पाप और क्षय की अर्थच्छवियाँ समाहित हैं। फिर भी, न्यूस्पीक के शब्दों (oldspeak सहित) का मुख्य काम उतना ज़्यादा अर्थ-सम्प्रेषण नहीं था जितना अर्थों को नष्ट करना था। इन कुछ शब्दों के अर्थ को ऐसा विस्तारित कर दिया गया था कि उनके भीतर तमाम क़िस्म के शब्द समाहित हो जाते थे, लिहाज़ा उन तमाम शब्दों को अब भुलाया जा सकता था। न्यूस्पीक शब्दकोश का संकलन करने वालों के सामने सबसे बड़ा मुश्किल नए शब्द गढ़ना नहीं था, बल्कि यह सुनिश्चित करना था कि उन शब्दों के सटीक अर्थ क्या होंगे—यानी यह तय करना कि उन शब्दों के चलने से कितने और कौन-कौन से शब्द अपने आप चलन से बाहर हो जाएँगे।

जैसा कि शुरू में हमने free में देखा, इसके विचलन वाले अनावश्यक अर्थों को इसमें से काटकर केवल प्रत्यक्ष अर्थ के साथ शब्द को बचा लिया गया। ऐसे अनगिनत शब्द हैं, जैसे—honour, justice, morality, internationalism, democracy, science, religion, जो पूरी तरह ख़त्म ही हो गए। कुछ मुट्ठी भर शब्दों ने इन्हें कवर कर लिया और इस तरह से इनका अस्तित्व ही ख़त्म कर दिया। मसलन, स्वतंत्रता और समानता के इर्द-गिर्द समान अर्थ रखने वाले तमाम शब्दों को crimethink के भीतर लाकर समेट दिया गया जबकि तटस्थता और तर्कवाद

के इर्द-गिर्द मौजूद तमाम शब्दों को oldthink के व्यापक खाँचे में डालकर समाप्त कर दिया गया। इसका साफ़ मतलब यह था कि उन पुराने शब्दों से जो विचार झलकते थे वे ही गड़बड़ थे, इसलिए उन्हें बाँधकर एक गठरी में डाल दिया गया। यह ऐसे ही है कि पार्टी के किसी सदस्य से उम्मीद की जाए कि किसी प्राचीन हिब्रू नागरिक की तरह वह बस इतना जाने कि उसके अलावा बाक़ी देश ग़लत भगवान की पूजा कर रहे हैं। इतना जानने के बाद उसे कुछ और जानने की ज़रूरत नहीं रह जाती। वह जितना कम जाने, उसकी निष्ठा के लिए यह उतना ही अच्छा होगा। उसे केवल यहोवा और उसके निर्देश पता होने हैं, बाक़ी सारे अन्य भगवान ग़लत हैं। इसी तरह पार्टी के सदस्य को मोटे तौर पर बस इतना जानना था कि उसका कौन सा विचार-आचार सही है और इससे विचलन क्या होता है। मसलन, एक पार्टी सदस्य का यौन जीवन केवल दो शब्दों sexcrime (यौन अनैतिकता) और goodsex (शुचिता) में समाहित था। हर तरह के ग़लत यौनाचार sexcrime में आते थे, जिसमें परस्त्रीगमन, समलैंगिक सम्बन्ध और जारकर्म सहित बिना किसी कारण के केवल यौन सम्बन्ध कायम करना भी शामिल था। इन्हें अलग-अलग बताने की ज़रूरत नहीं थी क्योंकि सब बराबर के अपराध थे। सी श्रेणी के शब्दों में भले ही कुछ यौन विचलनों को अलग-अलग नाम देने की ज़रूरत सम्भावित थी चूँकि वे वैज्ञानिक और तकनीकी शब्द थे लेकिन सामान्य नागरिक को ऐसे शब्दों की ज़रूरत ही नहीं पड़ती थी। उसे पता था कि goodsex का मतलब क्या होता है—यानी पति-पत्नी के बीच में सन्तति पैदा करने के उद्देश्य से सामान्य यौन समागम जिसमें महिला को कोई यौन सुख न मिलने पाए। इसके अलावा बाक़ी सब कुछ sexcrime था। वैसे भी न्यूस्पीक में किसी विधर्मी विचार को शब्दों में ढालते हुए उसका अनुगमन करना हमेशा सम्भव नहीं होता था, सिवाय इसके कि आपको इतना पता हो कि आप विधर्मी विचार सोच रहे हैं : उस बिन्दु के आगे जिन शब्दों में सोचा जाना है, आपके पास वे शब्द ही नहीं होंगे।

बी श्रेणी का कोई भी शब्द वैचारिक रूप से वस्तुपरक नहीं था। कई शब्द तो अपने आप में व्यंजना थे। मसलन, joycamp (बँधुआ श्रम शिविर) या Minipax (शान्ति मंत्रालय यानी युद्ध मंत्रालय) जैसा सुनाई देते उसका ठीक उलटा अर्थ रखते थे। कुछ और शब्द ऐसे थे जो ओशियनिया के समाज के प्रति खुले तौर से हिकारत भरी समझदारी को दर्शाते थे। मसलन, एक शब्द था prolefeed, यानी वह कचरा जो सूचना और मनोरंजन के नाम पर जनता को पार्टी की ओर से

थमाया जाता था। ऐसे ही कुछ और शब्द थे जिनकी प्रकृति उभयअर्थी थी—पार्टी के सन्दर्भ में उनका आशय 'अच्छे' से होता था लेकिन शत्रु के सन्दर्भ में वह अर्थ 'बुरा' हो जाता था। इसके अलावा ऐसे तमाम शब्द थे जो प्रत्यक्षत: संक्षिप्तरूप जान पड़ते थे लेकिन जिनके भीतर छिपा विचार उनके अर्थ से नहीं बल्कि उनकी संरचना से खुलता था।

मोटे तौर से कह सकते हैं कि हर वह चीज़ जिसका राजनीतिक महत्त्व हो या हो सके, वह बी श्रेणी के शब्दों में शामिल थी। प्रत्येक संगठन, इकाई, सिद्धान्त, देश, संस्था, सार्वजनिक इमारत आदि को संक्षिप्त शब्दों में ढाल दिया गया था जो उसके राजनीतिक अर्थ को तत्काल प्रकाशित करता था। जैसे सत्य मंत्रालय के भीतर रिकॉर्ड विभाग को Recdep, गल्प विभाग को Ficdep, टेलिविज़न प्रोग्राम निर्माण विभाग को Teledep, आदि। ऐसे शब्दों की रचना समय बचाने के उद्देश्य से नहीं की गई थी। बीसवीं सदी के आरम्भ में भी राजनीतिक भाषा में संक्षिप्तीकरण का चलन दिखता था। इस क़िस्म के संक्षेपण को एकदलीय सर्वसत्तावादी देशों की ख़ासियत माना जाता रहा है, जैसे—नाज़ी, गेस्टापो, कोमिंतर्न, इंप्रेकोर, एजिट्प्रॉप, इत्यादि। आरम्भ में यह चलन सहज था लेकिन न्यूस्पीक के गठन में यह एक सचेत सुनियोजित प्रक्रिया के रूप में सामने आता है। शब्द संक्षेपण के पीछे यह समझदारी निहित थी कि ऐसा करने से बहुत चालाकी से उस शब्द के अर्थ को संकुचित करते हुए बदल दिया जा सकता है। जैसे, कम्युनिस्ट इंटरनेशनल सार्वभौमिक भाईचारे, लाल झंडों, बैरिकेडों, कार्ल मार्क्स और पेरिस कम्यून का मिला-जुला अहसास देता है पर कोमिंतर्न (Comintern) से एक सिद्धान्त के इर्द-गिर्द एक कसे हुए संगठन का आभास होता है—एक ऐसी आसानी से पहचानी जा सकने वाली संज्ञा जिसका बिना किसी पूर्व-विचार के तसव्वुर किया जा सके, गोया वह कोई कुर्सी या मेज़ सरीखी चीज़ हो जिसका अर्थ-उद्देश्य सीमित हो। ठीक इसी तरह *मिनिस्ट्री ऑफ़ ट्रुथ* की जगह *मिनिट्रू* जैसे शब्द ज़्यादा आसानी से ज़बानी तौर पर नियंत्रित किए जा सकते हैं, नतीजतन उनका अर्थ भी नियंत्रित और संकुचित हो जाता है। इसमें न केवल संक्षेपण की आदत शामिल थी बल्कि उच्चारण की सहजता का ख़याल भी अतिरंजित ढंग से रखा जाता था।

वास्तव में, सुनने में मधुरता का कारक बाक़ी सभी चीज़ों पर न्यूस्पीक में भारी पड़ता था, सिवाय अर्थ-शुद्धता के। ज़रूरत पड़ने पर व्याकरण की भी गरदन नापी जा सकती थी। और यह ठीक भी था क्योंकि भाषा के गढ़न का अन्तिम

लक्ष्य राजनीतिक था जहाँ स्थिर अर्थ वाले तेज़ी से बोले जाने के क़ाबिल संक्षिप्त शब्दों की ज़रूरत होती थी जो बोलने वाले के मस्तिष्क में कम से कम आलोड़न पैदा कर सकें। बी श्रेणी के शब्द इसलिए भी ज़्यादा प्रभावकारी थे क्योंकि सभी एकरूप थे, दो या तीन शब्दांशों से बने हुए जहाँ पहले और अन्तिम शब्दांश पर बलाघात का वितरण बराबर होता था, जैसे—goodthink, Minipax, prolefeed, sexcrime, joycamp, Ingsoc, bellyfeel, thinkpol इत्यादि। इनके प्रयोग में एक बड़बड़ाहट का भाव शामिल था जैसे कि कोई असम्बद्ध तरीक़े से एकरस बात बोल रहा हो। दरअसल यही उद्देश्य भी था—मूल मंशा यह थी कि किसी भी विषय पर बोलने को विचारधारात्मक तटस्थता से ऐसे मुक्त किया जा सके कि बोलने वाले की चेतना उससे स्वतंत्र होकर उसका उच्चारण करे। वैसे तो रोज़मर्रा की ज़िन्दगी में भी बोलने से पहले सोचना बेशक ज़रूरी था, लेकिन पार्टी के सदस्यों की वाणी में विचारों की सटीकता को यांत्रिक होना था, जैसे किसी मशीनगन से अपने आप गोलियों की बौछार हो रही हो। उसका प्रशिक्षण उसे भाषा के ऐसे मशीनगन से लैस कर देता था जो अपने आप ही इंगसॉक के सिद्धान्तों के सर्वथा अनुरूप होता था, पार्टी सदस्य उससे सचेत हो या नहीं।

अन्तिम उद्देश्य एक ऐसी सूत्रबद्ध भाषा को हलक़ से निकालना था जो मस्तिष्क के चेतना-केन्द्रों से स्वायत्त हो। न्यूस्पीक के एक शब्द duckspeak में इस उद्देश्य को बिंदास तरीक़े से स्वीकार भी किया गया था, जिसका अर्थ है बतख़ की तरह बोलना। बी श्रेणी के दूसरे शब्दों की तरह यह भी एक उभयअर्थी अर्थ वाला शब्द है। चूँकि बतख़ की तरह बोले गए शब्दों में निहित विचार निष्ठावान थे, इसलिए इस भाषा में भक्ति के अलावा और कुछ किया ही नहीं जा सकता।

सी श्रेणी : इस श्रेणी में वैज्ञानिक और तकनीकी शब्दावली शामिल थी जो दूसरी श्रेणियों के लिए पूरक का काम करती थी। ये शब्द आज के जैसे ही थे, उनकी उत्पत्ति भी उन्हीं मूल शब्दों से हुई थी, लेकिन इतना ध्यान रखा गया था कि इनकी परिभाषा ऐसी ठस हो कि अवांछित अर्थ उसमें से छाँटकर बाहर निकाले जा चुके हों। इस श्रेणी का व्याकरण भी ए और बी के जैसा ही था, हालाँकि इन शब्दों का रोज़मर्रा की ज़िन्दगी या राजनीतिक भाषण में प्रयोग नहीं होता था। विज्ञान या तकनीक के इलाक़े में काम करने वाले किसी व्यक्ति के लिए उसके क्षेत्र विशेष की शब्दावली की सूची उपलब्ध थी लेकिन ऐसी ही दूसरी सूचियों से उसका वास्ता शायद ही कभी पड़ता रहा हो। विज्ञान और तकनीक के हर क्षेत्र की सूचियों में पाए

जाने वाले एकसमान शब्द बहुत कम थे। ख़ासकर ऐसी कोई शब्दावली नहीं थी जो विज्ञान को उसकी विशेषज्ञता वाली शाखाओं के पार मोटे तौर पर एक मानसिक प्रक्रिया और विचार-प्रविधि के तौर पर स्थापित करती हो। वास्तव में, 'साइंस' के लिए ख़ुद न्यूस्पीक में कोई शब्द मौजूद नहीं था क्योंकि विज्ञान से जो आशय वांछित था वह पहले ही Ingsoc के भीतर पर्याप्त रूप से समाहित था।

न्यूस्पीक में ऐसे विचारों की अभिव्यक्ति एक न्यूनतम स्तर से ज़्यादा सम्भव नहीं थी जो सत्ता-विरोधी, निष्ठाहीन और विधर्मी क़िस्म के हों। मोटे क़िस्म के नाफ़रमानी वाले वाक्य बोल पाना अब भी सम्भव था, जो सत्ता के लिए प्रत्यक्षत: कुफ्र के समान हों लेकिन उसके पक्ष में दलील देना असम्भव था। मसलन, Big Brother is ungood बोलना न्यूस्पीक में बेशक मुमकिन है, लेकिन तर्क से इसे सिद्ध करना सम्भव नहीं है क्योंकि उसके लिए शब्द उपलब्ध नहीं हैं। इसलिए सत्ता के किसी भक्त को यह वाक्य अपने आप में सनक भरा जान पड़ेगा। इंगसॉक विरोधी विचारों को शब्दों के बग़ैर भले कुछ अटपटे ढंग से रखा जा सके, लेकिन शब्दों में ढालने पर वह एक मोटी बात हो जाती थी जिसे आप परिभाषित नहीं कर सकते। इसका एक ही तरीक़ा था कि न्यूस्पीक के कुछ शब्दों को अवैध तरीक़े से पुरानी भाषा ओल्डस्पीक में अनूदित कर दिया जाए। मसलन, All mans are equal न्यूस्पीक में मुमकिन है, लेकिन उसी अर्थ में जैसे All men are redhaired ओल्डस्पीक में बोला जाता है। इसमें कहीं कोई व्याकरणिक त्रुटि नहीं है, लेकिन इसमें एक प्रत्यक्ष झूठ व्यक्त है—कि सभी लोग बराबर आकार, वज़न या ताक़त वाले हैं। राजनीतिक बराबरी की अवधारणा चूँकि अब नहीं बची है तो यह अर्थ भी equal में से छाँटकर निकाला जा चुका है। 1984 में चूँकि ओल्डस्पीक में बोला जा रहा था, तो एक ख़तरा लगातार बना रहता था कि न्यूस्पीक में बोलते वक़्त व्यक्ति कहीं ओल्डस्पीक वाला पुराना अर्थ याद तो नहीं रख रहा। बेशक doublethink में पारंगत व्यक्ति इससे बच सकता था, लेकिन अगली कुछेक पीढ़ियों में ऐसे विचलन की गुंजाइश ही ख़त्म हो जाती क्योंकि न्यूस्पीक बोलते, सुनते और पढ़ते बड़ा हुआ एक व्यक्ति जान ही नहीं पाएगा कि equal के भीतर एक ज़माने में राजनीतिक बराबरी का अर्थ भी समाहित था या फिर free से बौद्धिक स्वतंत्रता या ज़ेहनी आज़ादी का एक आशय कभी जुड़ा करता था। इस तरह ऐसी पीढ़ी की ज़द से कई अपराध और ग़लतियाँ अपने आप बाहर हो जानी थीं जिनके लिए कोई शब्द अब नहीं है, लिहाज़ा वे अकल्पनीय हो चुके हैं। इस बात का अन्दाज़ा लगाया

जा चुका था कि समय बीतते-बीतते न्यूस्पीक के विशिष्ट लक्षण और स्पष्ट होते जाएँगे—उसकी शब्द-सम्पदा और संकुचित हो जाएगी, उन शब्दों के अर्थ और ठस होते जाएँगे और उनके दुरुपयोग की गुंजाइश कम से कमतर होती जाएगी।

जिस दिन ओल्डस्पीक पूरी तरह चलन से बाहर हो जाएगा, अतीत से रिश्ते का अन्तिम सिरा भी टूट जाएगा। इतिहास का पुनर्लेखन तो हमेशा ही हुआ है लेकिन पुराने साहित्य को हमेशा ही काट-छाँट के बावजूद यहाँ-वहाँ सँजो लिया गया है। जब तक ओल्डस्पीक है, उस साहित्य को पढ़ पाना भी सम्भव है। भविष्य की स्थिति यह है कि इस साहित्य को न कोई समझ पाएगा, न ही नई भाषा में अनूदित कर पाएगा। जब तक कि मामला तकनीकी न हो या फिर रोज़मर्रा की किसी गतिविधि से ताल्लुक़ न रखता हो अथवा अपने मूल अर्थ में ही सत्ता के प्रति निष्ठा (न्यूस्पीक में goodthinkful) का द्योतक हो, ओल्डस्पीक का एक भी वाक्य न्यूस्पीक में ढाला जाना सम्भव नहीं है। इसका व्यावहारिक अर्थ यह हुआ कि सन् 1900 से पहले लिखी किसी भी किताब का तर्जुमा नहीं हो सकता। क्रान्ति-पूर्व का साहित्य केवल वैचारिक रूपान्तरण के अधीन है—यानी अर्थ और शब्द दोनों में बदलाव। उदाहरण के लिए अमेरिका के स्वतंत्रता के घोषणापत्र से यह टुकड़ा लें :

> We hold these truths to be self-evident. That all men are created equal. That they are endowed by their creator with certain inalienable rights. That among these are life, liberty and the pursuit of happiness. That to secure these rights. Governments are instituted among men. Deriving their powers from the consent of the governed. That whenever any form of government becomes destructive of those ends. It is the right of the people to alter or abolish it. and to institute new government...

उपर्युक्त अंश का अर्थ सँजोये रखते हुए इसे न्यूस्पीक में ढालना नामुमकिन है। सबसे क़रीबी काम यह हो सकता है कि केवल एक शब्द में समूचे अंश को अभिव्यक्त कर दिया जाए—CRIMETHINK, क्योंकि पूरा अनुवाद तो वैचारिक ही हो सकेगा और ऐसा करने पर जेफरसन के ये शब्द एक सर्वसत्तावादी सरकार के गुणगान में तब्दील हो जाएँगे।

वास्तव में, अतीत के साहित्य का एक बड़ा हिस्सा कुछ इसी ढंग से रूपान्तरित किया भी जा रहा था। प्रतिष्ठा के नाते भले ही कुछ ऐतिहासिक शख़्सियतों की

स्मृति को सँजो लेना अनिवार्य रहा हो, लेकिन उनकी उपलब्धियों को इंगसॉक के फ़लसफ़े की पुष्टि करता हुआ दिखाना ज़रूरी था। शेक्सपियर, मिल्टन, स्विफ्ट, बायरन, डिकेन्स जैसे तमाम लेखकों के काम का तर्जुमा जारी था—पूरा हो जाने पर उनका मूल लेखन नष्ट कर दिया जाना था। अनुवाद की यह प्रक्रिया बहुत धीमी और श्रमसाध्य थी। इक्कीसवीं सदी के पहले या दूसरे दशक से पहले यह काम पूरा होने की उम्मीद नहीं थी। इनके अलावा महज़ उपयोगितावादी सामग्री का अनुवाद भी होना था। यही वजह थी कि न्यूस्पीक के निर्णायक अंगीकरण की समयावधि सुदूर 2050 तय की गई थी।

प्रस्तुत अनुवाद में प्रयुक्त अंग्रेज़ी के शब्द और हिन्दी में उनके प्रयोग

अभिषेक श्रीवास्तव

जॉर्ज ऑरवेल के सार्वकालिक उपन्यास '1984' के प्रस्तुत अनुवाद में भरसक कोशिश की गई है कि न्यूस्पीक की शब्दावली को सन्दर्भ और प्रसंग के हिसाब से समझाते हुए हिन्दी में लिखा जाए। इसके बावजूद न्यूस्पीक की बी श्रेणी (देखें, परिशिष्ट *न्यूस्पीक के सिद्धान्त* में) के ज़्यादातर शब्द अपनी संरचना में दो या दो से ज़्यादा शब्दांशों से मिलकर बने होने और आशय में राजनीतिक होने (इंगसॉक के सिद्धान्तों का प्रतिरूप होने, *न्यूस्पीक के सिद्धान्त* में देखें सन्दर्भ) के कारण हर बार व्याख्या के अनुकूल नहीं थे। इसकी एक वजह ख़ुद न्यूस्पीक के सिद्धान्तों से निकलती है कि उसके शब्दों की प्रत्यक्ष अर्थ से इतर व्याख्या सम्भव ही नहीं है, सन्दर्भ चाहे जो हो। ऐसे शब्द संक्षेपीकृत हैं और बार-बार पाठ में आते हैं, लिहाज़ा अनुवाद की प्रक्रिया में उनके लिए हिन्दी में पद गढ़ना अनिवार्य था।

न्यूस्पीक के शब्दों के अलावा कुछ और शब्द ऐसे हैं जो हिन्दी के पाठकों के लिहाज़ से अनजाने हो सकते थे क्योंकि उपन्यास का प्लॉट ब्रिटेन का है। ऐसे ज़्यादातर शब्द तत्कालीन अंग्रेज़ी समाज में इस्तेमाल में लाई जाने वाली रोज़मर्रा की वस्तुओं के हैं। ऐसे ही कुछ शब्द पेड़ों, फूलों, पक्षियों इत्यादि के नामों से सम्बन्धित हैं जो हिन्दुस्तान की जलवायु में नहीं पाए जाते या फिर प्रचलित नहीं हैं। इनमें से कुछ शब्दों को ज़रूरत के हिसाब से जस का तस रखा गया है और देवनागरी में मूल अंग्रेज़ी नाम ही चलाया गया है। कुछेक की प्रचलित हिन्दी पाठ में शामिल है।

पाठ के दौरान हिन्दी के पाठकों के लिए बमुश्किल दर्जन भर शब्द ऐसे हैं जिनके बारे में विशेष रूप से जानने की ज़रूरत हो सकती है, चूँकि उनके अर्थ विशिष्ट हैं। ऐसे शब्दों की सूची नीचे दी जा रही है। जहाँ कहीं ये शब्द पहली बार आए हैं, प्रसंग और सन्दर्भ के हिसाब से उनका अर्थ वहीं प्रकाशित करने का प्रयास किया गया है। ज़्यादा जानकारी के लिए '1984' के मूल संस्करण में शामिल परिशिष्ट का हिन्दी में अनुवाद (न्यूस्पीक के सिद्धान्त) पढ़ा जाना चाहिए।

अंग्रेज़ी	**हिन्दी**
Thoughtpolice	विचार पुलिस
Two-Minutes Hate	दो मिनट का नफ़रत सत्र
Hate Week	नफ़रत सप्ताह / उन्माद सप्ताह
Facecrime	भाव अपराध
Thoughtcrime	विचार अपराध / वैचारिक अपराध
Doublethink	दोरंगापन
Unorthodoxy	अनिष्ठा / विधर्म / विचलन
Orthodoxy	भक्ति / निष्ठा
INGSOC	इंगसॉक / अंग्रेज़ी समाजवाद
Oligarchical Collectivism	कुलीनतंत्रीय सामूहिकतावाद
Crimestop	दोषमोचन
Definitive Text/Edition	प्रमाणित पाठ/संस्करण / उपदेशात्मक वाक्य
Three Year Plan	त्रिवर्षीय/तीन वर्षीय योजना
Big Brother	मोटा भाई
Telescreen	टेलिस्क्रीन / परदा
Minitrue	सत्य मंत्रालय
Minipax	शान्ति मंत्रालय
Miniluv	प्रेम मंत्रालय
Miniplenty	श्री मंत्रालय
Newspeak	न्यूस्पीक / नई भाषा
Oldspeak	ओल्डस्पीक / पुरानी भाषा

Speakwrite	श्रुतलेख
Member of Inner Party	कार्यवाहक / पार्टी के भीतरी हलक़े का सदस्य
Member of Outer Party	प्रचारक
Vapourize	विसर्जन / भाप / मिटा दिया जाना/ उड़ा दिया जाना
Floating Fortress	जलमहल
Reality Control	वास्तविकता नियंत्रण
Memory Hole	स्मृतिनाशक/यादनाशक बिल
Categorical Pledge	शपथ
Versificator	छंदकार
Pneumatic Tube	हवानली
Pornosec	कामुकता विभाग
Unperson	अस्तित्वहीन / आत्मलोप
Prole	जनता / सर्वहारा
Regulation Lunch	अल्पाहार
Duckspeak	बतख़वाणी
Artsem	बीजारोपण
Ownlife	स्वजीवन
Rewrite Squad	पुनर्लेखन दल
Blackwhite	श्वेतश्याम
Order of the Day	आज की बात
Anti Sex League	सेक्स विरोधी संघ
Gin	जिन
Fender	फेंडर
Dial	धूपघड़ी / डायल
Varicose Ulcer	टखने का अल्सर

समय-सन्दर्भ

वर्ष	जॉर्ज ऑरवेल का जीवन	साहित्यिक सन्दर्भ	ऐतिहासिक घटनाक्रम
1903	बंगाल (अब बिहार) के मोतिहारी में एरिक आर्थर ब्लेयर का जन्म। पिता रिचर्ड वाम्सली ब्लेयर भारत सरकार के अफीम विभाग में सेवारत थे और माता इडा माबेल लिमाउज़िन बर्मा के एक फ्रेंच लकड़ी व्यापारी की बेटी थीं।	जी.ई. मूर : *प्रिंसिपिया एथिका* एच.जी. वेल्स : *मैनकाइंड इन द मेकिंग* जॉर्ज बर्नार्ड शॉ : *मैन एंड सुपरमैन* सैमुएल बटलर : *द वे ऑफ़ ऑल फ्लेश* जोसेफ कोनराड : *टाइफून* जैक लंडन : *द कॉल ऑफ़ द वाइल्ड; द पीपल ऑफ़ द अबिस*	एमेलीन पैंकहर्स्ट द्वारा विमेंस सोशल एंड पॉलिटिकल यूनियन का गठन। फ्रांस और ब्रिटेन के बीच *स्नेहपूर्ण सन्धि*। राइट बन्धुओं की पहली उड़ान।
1904	पाँच साल बड़ी बहन मर्जोरी और माँ के साथ इंग्लैंड वापसी	हेनरी जेम्स : *द गोल्डेन बाउल* शॉ : *जॉन बुल्'स अदर आइलैंड*	रूस-जापान युद्ध (1905 तक)। हार्म्सवर्थ ने *डेली मिरर* की स्थापना की।
1908		ई.एम. फोर्स्टर : *अ रूम विद अ व्यू* डब्ल्यू. एच. डेवीज़ : *द ऑटोबायोग्राफ़ी ऑफ़ अ सुपर-ट्रैम्प*	मॉडल टी की फोर्ड कार का पहला उत्पादन, 15,000,000 यूनिट बिक्री के लिए लाई गई।

1911	सेंट सीप्रियन्स में भेजा गया (जिसके बारे में उनका वृत्तान्त 'सच, सच वर द ज्वायज़' इतना अपमानजनक माना गया कि 1968 तक इंग्लैंड में प्रकाशित नहीं हुआ)। सिरिल कॉनोली सीप्रियन्स और एटन में इनके समकालीन थे।	डी.एच. लॉरेंस : द *वाइट पीकॉक* कैथरीन मैंसफील्ड : *इन ए जर्मन पेन्शन* एडिथ व्हार्टन : *एथन फ्रोम* एज़रा पाउंड : *कैन्ज़ोनी* वेल्स : द *कन्ट्री ऑफ़ द ब्लाइंड एंड अदर स्टोरीज़*	जॉर्ज पंचम ने भारत की राजधानी कलकत्ता से दिल्ली लाने की घोषणा की। इंग्लैंड में गोदी मज़दूरों, खदान मज़दूरों, रेलवे कर्मियों, परिवहन कर्मियों की हड़ताल; सांसदों के लिए भत्ते का प्रावधान किया गया। दक्षिणी ध्रुव पर अमंडसेन नाम का पहला यात्री पहुँचा।
1913		मार्शल प्रूस्त : *स्वां'स वे*	वुडरो विल्सन अमेरिका के राष्ट्रपति बने । चार्ली चैपलिन की पहली फ़िल्म प्रदर्शित।
1914	उनकी पहली देशभक्तिपूर्ण कविता स्थानीय हेनली अख़बार में प्रकाशित हुई	जेम्स ज्वायस : *डब्लिनर्स* रॉबर्ट ट्रेसेल : द *रैग्ड ट्राउज़र्ड फिलैन्थ्रपिस्ट्स* जी.के. चेस्टर्टन : द *विज़डम ऑफ़ फ़ादर ब्राउन* लॉरेंस : द *प्रशियन ऑफ़िसर*	आयरलैंड का होम रूल एक्ट आया। प्रथम विश्वयुद्ध का आरम्भ। पनामा नहर का काम पूरा। मार्कोनी ने पहली बार पचास मीटर की दूरी पर स्थित इटली के दो जहाज़ों के बीच बेतार टेलीफ़ोन सन्देश का प्रसारण किया।
1915		मैडॉक्स फोर्ड : द *गुड सोल्जर* लॉरेंस : द *रेनबो*	आइंस्टीन ने सापेक्षिकता का सामान्य सिद्धान्त दिया।
1916		जेम्स ज्वायस : *अ पोर्ट्रेट ऑफ़ द आर्टिस्ट ऐज़ अ यंग मैन*	
1917	किंग्स स्कॉलर के रूप में एटन में दाख़िला लेकिन अकादमिक स्तर पर ज़्यादा कामयाबी हासिल नहीं हुई।	टी.एस. इलियट : *प्रूफ्रॉक* डब्ल्यू.बी. यीट्स : द *वाइल्ड स्वान्स ऐट कूल* रूडयार्ड किपलिंग : *अ डायवर्सिटी ऑफ़ क्रीचर्स*	बालफोर घोषणापत्र। फिलिस्तीन में जूइश नेशनल होम। इंग्लैंड में श्रम मंत्रालय की स्थापना। अमेरिका ने जर्मनी के ख़िलाफ़ युद्ध का ऐलान किया। मार्च में रूसी क्रान्ति।

		सिग्मंड फ्रायड : *इंट्रोडक्शन टु साइकोअनालिसिस* जुंग : *साइकोलॉजी ऑफ़ द अनकॉन्शियस*	निकोलस द्वितीय ने गद्दी छोड़ी। अक्टूबर क्रान्ति। बोल्शेविकों ने सत्ता अपने हाथ में ली।
1919		जॉन रीड : *टेन डेज़ दैट शुक द वर्ल्ड* शॉ : *हार्टब्रेक हाउस*	मित्र देशों और जर्मनी के बीच वर्साय की सन्धि। लेडी ऐस्टर पहली महिला सांसद बनी। जर्मन गणराज्य ने वाइमार संविधान को अपनाया। रूस में गृहयुद्ध शुरू जो 1921 तक चला। बोल्शेविकों के ख़िलाफ़ मित्र देशों का दख़ल नाकाम हुआ। लीग ऑफ़ नेशंस की स्थापना। कीन्स की पुस्तक *द इकोनॉमिक कन्सीक्वेंसेज़ ऑफ़ द पीस* प्रकाशित।
1921	एटन से प्रस्थान	एल्डस हक्सले : *क्रोम येलो* लिटन स्ट्राशी : *क्वीन विक्टोरिया* लॉरेंस : *विमेन इन लव* लुई पिरान्देलो : *सिक्स कैरेक्टर्स इन सर्च ऑफ़ ऐन ऑथर*	इटली की संसद में पहला फासिस्ट प्रतिनिधि। रूस में आन्तरिक मामलों का कमीसार और ख़ुफ़िया पुलिस का गठन। रूस में अकाल। लन्दन में पहले जन्म नियोजन क्लीनिक की स्थापना।
1922	बर्मा में सब डिवीजनल ऑफ़िसर के बतौर 1927 तक इंडियन इम्पीरियल पुलिस की सेवा, विभिन्न पदों पर रहे लेकिन ऊबकर और ख़ासकर 'साम्राज्यवादी दमन'	ज्वायस : *युलिसिस* वर्जीनिया वूल्फ़ : *जेकब्'स रूम* वेल्स : *ए शॉर्ट हिस्ट्री ऑफ़ द वर्ल्ड* टी.एस. इलियट : *द वेस्टलैंड*	आयरिश गृहयुद्ध। मुसोलिनी ने रोम तक फासिस्ट मात्र का नेतृत्व किया और इटली के प्रधानमंत्री बने। जर्मनी में मुद्रास्फीति उच्च स्तर पर। ब्रिटिश ब्रॉडकास्टिंग कॉरपोरेशन ने पहले निजी एकाधिकारी कम्पनी के रूप में प्रसारण शुरू किया।

	के चलते अपने काम से नफ़रत करने लगे।	जॉन गाल्सवर्दी : *द फ़ोरसाइट सागा* सिंक्लेयर लुइस : *बैबिट* कैथरीन मैन्सफ़ील्ड : *द गार्डन पार्टी*	
1924		मैडॉक्स फ़ोर्ड : *परेड्स एंड* (1928 तक) फ़ोर्स्टर : *ए पैसेज टु इंडिया*	रामसे डोनाल्ड के नेतृत्व में पहली लेबर सरकार। लेनिन का निधन।
1925		फ्रांत्स काफ़्का : *द ट्रायल*	ब्रिटेन में वृद्धों, विधवाओं और यतीमों के लिए पेंशन का प्रावधान। जर्मनी में नाज़ी पार्टी का पुनर्गठन।
1926		काफ़्का : *द कैसल*	ब्रिटेन की आम हड़ताल (1-12 मई)।
1927	भारतीय पुलिस से इस्तीफ़ा देकर इंग्लैंड वापसी। लन्दन में आवारगी में समय काटा।	अर्नेस्ट हेमिंग्वे : *मेन विदाउट विमेन* वूल्फ़ : *टु द लाइटहाउस*	आम हड़तालों को ग़ैर-क़ानूनी घोषित किया गया। ट्रेड यूनियन गतिविधियों का दमन (1945 में वापस)। त्रॉत्स्की का रूसी कम्युनिस्ट पार्टी से निष्कासन। पहली बोलती फ़िल्म का प्रसारण : *द जैज़ सिंगर*।
1928	लिखने की उम्मीद में पेरिस रवाना। कम पगार वाले काम और पर्याप्त ग़रीबी में समय काटा।	लॉरेन्स : *लेडी चैटरली'ज़ लवर* वूल्फ़ : *ऑर्लैन्डो* एवलिन वॉघ : *डिक्लाइन एंड फॉल* बर्टोल्ट ब्रेष्ट : *द थ्री पेनी ओपरा* मिखाईल बुल्गाकोव ने *द मास्टर एंड मार्गरीटा* शुरू की (1940 तक)	इंग्लैंड में पाँचवाँ सुधार क़ानून, महिलाओं को पुरुषों के समान वोट का अधिकार। फ्लेमिंग ने पेनिसिलिन की खोज की। मिक्की माउस का पहला कार्टून आया।

1929	बड़े दिन पर इंग्लैंड वापसी	विलियम फ़ॉकनर : *द साउंड एंड द फ़्यूरी* हेमिंग्वे : *अ फ़ेरवेल टु आर्म्स* रॉबर्ट ग्रेव्स : *गुडबाय टु ऑल दैट* वूल्फ़ : *अ रूम ऑफ़ वन्स ओन*	वॉल स्ट्रीट टूटा, वैश्विक मन्दी शुरू। रामसे मैकडोनल्ड के नेतृत्व में दूसरी लेबर सरकार। इंग्लैंड में पहली महिला कैबिनेट मंत्री मार्गरेट बॉन्डफील्ड श्रम मंत्री बनीं। बीबीसी ने प्रायोगिक टीवी कार्यक्रम शुरू किए। स्टालिन ने त्रॉत्स्की को रूस से निष्कासित किया। भारत को डोमिनियन का दरजा हासिल। दक्षिण अफ्रीका के क्रून्स्टैड में पहली बार 'अपार्थीड' (नस्लभेद) का प्रयोग।
1930	*द अडेल्फ़ी* ने उनका काम स्वीकार किया और वे 1935 तक नियमित योगदान करते रहे।	जॉर्ज बर्नार्ड शॉ : *दी ऐपल कार्ट* डब्ल्यू.एच. ऑडेन : *पोयम्स* बुल्गाकोव : *अ कबाल ऑफ़ हिप्पोक्रेट्स* (मोलिएर) (1936 तक)	रूस में कुलकों का पतन, जबरन सामूहिक खेती को लागू किया गया।
1931			ब्रिटेन में वित्तीय संकट, राष्ट्रीय सरकार का गठन। मुद्रा के स्वर्ण मानक की समाप्ति।
1932	अ स्कलियन्स डायरी का लेखन, जिसे इलियट सहित दूसरों ने ख़ारिज कर दिया। इसके बाद एक निजी स्कूल में शिक्षक की नौकरी बेमन से की।	टी.एस. इलियट : *स्वीनी एगोनिस्तेस* हेमिंग्वे : *डेथ इन द आफ़्टरनून* हक्सले : *ब्रेव न्यू वर्ल्ड* वॉघ : *ब्लैक मिस्चीफ़* फ़ॉकनर : *लाइट इन अगस्त*	ब्रिटेन में बेरोज़गारी का आँकड़ा 2947000 पर पहुँचा, मुक्त व्यापार की समाप्ति, आयात शुल्क क़ानून लागू। लन्दन तक बेरोज़गारों का महान हंगर मार्च। मोस्ली ने ब्रिटिश यूनियन ऑफ़ फ़ासिस्ट्स की स्थापना की।

			जर्मन राइश्टैग में नाज़ी पार्टी सबसे बड़ी पार्टी बनी। रूज़वेल्ट अमेरिका के राष्ट्रपति चुने गए।
1933	कूटनाम जॉर्ज ऑरवेल से अपनी पहली किताब लिखी जिसे एक वामपंथी प्रकाशक विक्टर गोलांज़ ने छापा। यह एक आत्मकथात्मक कृति थी जिसका नाम था *डाउन एंड आउट इन पेरिस एंड लन्दन,* जो ग़रीबी की हक़ीक़त को सामने लाती थी। इसकी बिक्री अच्छी नहीं हुई लेकिन समीक्षकों ने सराहना की।	आन्द्रे मालरो : *लॉ कंडीशन ह्यूमेन* फ़ेदेरिको गार्सिया लोर्का : *ब्लड वेडिंग* स्टीफ़न स्पेंडर : *पोयम्स* मान : *जोसेफ़ एंड हिज़ ब्रदर्स* (1943 तक) ग्रीनवुड : *लव ऑन द डोल* वेल्स : *द शेप ऑफ़ थिंग्स टु कम*	हिटलर जर्मनी के चांसलर बने। जर्मन कैथलिक और डेमोक्रेटिक दलों का दमन। बर्लिन के राइश्टैंग में आग, कम्युनिस्टों पर आरोप और जर्मनी में यातना शिविरों की शुरुआत।
1934	पहला उपन्यास *बर्मीज़ डेज़* जिसे पहले न्यूयॉर्क के हार्पर ब्रदर्स ने और बाद में विक्टर गोलांज़ ने छापा। इस बीच हैम्पस्टेड की बुकशॉप पर नौकरी और इंडिपेंडेंट लेबर पार्टी (आइएलपी) के साथ जुड़ाव।	कवर्ड नोएल सर : *प्राइवेट लाइव्स; डिज़ाइन फ़ॉर लिविंग* हक्सले : *बियॉन्ड द मेक्सीक बे* जे.बी. प्रेस्ली : *इंग्लिश जर्नी* एफ़. स्कॉट फ़िट्ज़ेराल्ड : *टेंडर इज़ द नाइट* एच. मिलर : *ट्रॉपिक ऑफ़ कैंसर*	स्टालिन ने रूस में कम्युनिस्ट पार्टी के भीतर सफ़ाए का कार्यक्रम शुरू किया।

1935	दूसरे उपन्यास *ए क्लर्गीमैन्स डॉटर* का प्रकाशन। *न्यू इंग्लिश वीकली* में नियमित स्तम्भ 'रीसेन्ट नॉवेल' का आरम्भ। एलीन ओ शॅनेसी से मुलाक़ात।	ग्राहम ग्रीन : *इंग्लैंड मेड मी* ऑडेन (इशरवुड के साथ) : *द डॉग बिनीथ द स्किन* इशरवुड : *मिस्टर नॉरिस चेंजेज़ ट्रेन्स*	रामसे मैकडॉनल्ड का इस्तीफ़ा, बाल्डविन तीसरी बार प्रधानमंत्री बने। न्यूरेमबर्ग क़ानून के तहत यहूदियों को नागरिकता अधिकारों से महरूम किया गया। अमेरिका में मज़दूरों को संगठित होने का अधिकार मिला। सिडनी और बीट्रिस वेब की किताब *सोवियत कम्यूनिज़्म : अ न्यू सिविलाइज़ेशन* का प्रकाशन।
1936	गोलांज़, जॉन स्ट्राशी और हेराल्ड लास्की द्वारा स्थापित लेफ्ट बुक क्लब नामक एक प्रकाशन उद्यम ने जनवरी में ऑरवेल को लंकाशायर में बेरोज़गारी और मज़दूरों की ज़िन्दगी पर एक किताब लिखने को कहा। ऑरवेल ने इसके बाद वाइगन, बार्न्स्ले और शेफील्ड में आम लोगों के साथ दो महीने गुज़ारे। *कीप द एस्पिडिस्ट्रा फ़्लाइंग* का प्रकाशन। एलीन से शादी। लन्दन छोड़कर स्पेन रवाना, बीच में हेनरी मिलर से मिलने के लिए पेरिस में ठहरे। बार्सिलोना में एक स्वतंत्र, गैर-स्तालिनवादी और मार्क्सवादी समूह पीओयूएम का हिस्सा बने।	टी.एस. इलियट : *कलेक्टेड पोयम्स* टेरेंस रटिगन : *फ्रेंच विदाउट टियर्स* डाइलन थॉमस : *ट्वेन्टी-फ़ाइव पोयम्स* जॉर्जेस बर्नानोस : *ला जर्नल डी उन क्योर डी कैम्पेन* गार्सिया लोर्का : *द हाउस ऑफ़ बर्नार्डा आल्बा* हेमिंग्वे : *द ग्रीन हिल्स ऑफ़ अफ्रीका* जॉन स्टाइनबेक : *इन डूबियस बैटल* फ़ॉकनर : *अब्सालोम, अब्सालोम!* ऑडेन : *लुक स्ट्रेंजर!* गार्सिया लोर्का की हत्या	जॉर्ज पंचम का निधन। जुलाई में स्पैनिश गृहयुद्ध की शुरुआत। जर्मनी और इटली ने फ्रांको का समर्थन किया। जर्मनी की पश्चिमी दीवार सीगफ्रीड लाइन का निर्माण शुरू। मेनार्ड कीन्स की पुस्तक आई *जनरल थियरी ऑफ़ एम्पलॉयमेंट, इंटरेस्ट एंड मनी*।

1937	*द रोड टु वाइगन पायर* का प्रकाशन, प्रकाशक और प्रायोजक गोलांज़ किताब से आहत होकर उसके परिचय में पाठकों के लिए दूसरे हिस्से को लेकर एक चेतावनी जारी कर देते हैं जहाँ ऑरवेल 'समाजवाद के विरुद्ध शैतान के पैरोकार' नज़र आ रहे हैं। फिर एक फ़ासिस्ट स्नाइपर ऑरवेल पर हमला कर देता है और उनकी गरदन ज़ख़्मी हो जाती है। वे वाया पेरिस, लन्दन लौट आते हैं और 1943 तक *टाइम एंड टाइड* में नियमित लेखन करते हैं।	स्टाइनबेक : *ऑफ़ माइस एंड मैन* ए.जे. क्रोनिन : *द सिटाडेल* हेमिंग्वे : *टु हैव एंड हैव नॉट* ऑडेन और मैक्नीस : *लेटर्स फ्रॉम आइसलैंड*	बाल्डविन का इस्तीफ़ा, चैम्बर्लेन प्रधानमंत्री बने। फ्रांस में ब्लम सरकार का पतन, स्पेन में पॉपुलर फ्रंट की सरकार गिरी, जर्मन विमानों से बमबारी, रोम-बर्लिन एकता कायम। रूस के नए संविधान के अन्तर्गत पहला चुनाव। डिज़्नी का पहला लम्बा कार्टून, *स्नो वाइट एंड द सेवेन ड्वार्फ्स,* पिकासो की गुएर्निका प्रदर्शित। सन फ्रांसिस्को का पहला *गोल्डेन गेट पुल* तैयार।
1938	मार्च में फेफड़े की नली में हैमरेज। अगस्त तक अस्पताल में भर्ती। *होमेज टु कैटेलोनिया,* जो स्टालिनवाद से उनके निर्णायक प्रस्थान को दर्शाती कृति है, उसे गोलांज़ ने छापने से इनकार कर दिया और सेकर एंड वारबुर्ग ने छापा। ऑरवेल इंग्लैंड के भावुक और फ़ैशनपरस्त वाम दायरे में कलंकित किए गए। स्वास्थ्य लाभ के लिए एलीन के साथ मोरक्को रवाना।	एलिज़ाबेथ बोवेन : *द डेथ ऑफ़ द हार्ट* ग्राहम ग्रीन : *ब्राइटन रॉक* ज्याँ-पॉल सार्त्र : *ला नाउज़ी* स्टीफ़ेन ज्विग : *द डेंजरस पिटी* वॉघ : *स्कूप* एमलिन विलियम्स : *द कॉर्न इज़ ग्रीन* बर्नानोस : *लेस ग्रांड्स सिमेतिएर सोस ला लूने (फ्रांको के विरुद्ध एक बहस)*	चैम्बरलेन ने म्यूनिख सन्धि की, एक-तिहाई ब्रिटिश परिवारों के ग़रीबी रेखा से नीचे होने का अनुमान। एक नस्ली फासिस्ट विचारधारा के वक्तव्य के रूप में इटली का मैनिफेस्टो सामने आया और यहूदी विरोधी शुरुआती क़दम उठाए गए। ऑस्ट्रिया के विलय के बाद जर्मन यूनियन का गठन।

1939	फ्रांको के राज में स्पैनिश गणराज्य के पतन के बाद इंग्लैंड वापसी। गोलांज़ ऑरवेल का गल्प छापने को तैयार हो जाते हैं लेकिन वृत्तान्त नहीं। जून में गोलांज़ द्वारा *कमिंग अप फ़ॉर एयर* का प्रकाशन। पिता का निधन। स्टालिन और हिटलर के बीच हुई सन्धि ने ऑरवेल की शान्ति भंग कर दी यह सोचकर कि 'बदतर से बचने के लिए बुरे को चुनना होगा'।	ऑडेन और इशरवुड : *जर्नी टु अ वॉर* टी.एस. इलियट : द *फ़ेमिली रीयूनियन* ज्वायस : *फिनेगंस वेक* मान : *लॉटे इन वाइमार* एच. मिलर : *ट्रॉपिक ऑफ़ कैप्रिकॉर्न* इशरवुड : *गुडबाय टु बर्लिन* स्पेंडर : द *स्टिल सेंटर* स्टाइनबेक : द *ग्रेप्स ऑफ़ रैथ* ज्वायस कैरी : *मिस्टर जॉनसन*	चेकोस्लोवाकिया पर जर्मनी का क़ब्ज़ा, नाज़ी-सोवियत सन्धि। पोलैंड और डान्जिग पर जर्मनी के आक्रमण के साथ दूसरे विश्वयुद्ध का आरम्भ। ब्रिटेन और फ्रांस ने जर्मनी के ख़िलाफ़ युद्ध का ऐलान किया, वारसॉ का आत्मसमर्पण। ओटो हान और फ्रिट्ज़ स्ट्रासमैन ने यूरेनियम में नाभिकीय विघटन की खोज की। बार्सिलोना पर फ्रांको का क़ब्ज़ा, मैड्रिड का पतन, स्पैनिश गृहयुद्ध का अन्त।
1940	पहला निबन्ध संग्रह *इन्साइड द व्हेल* छपा। समाजवादी साप्ताहिक *ट्रिब्यून* के लिए नियमित समीक्षा लेखन	ग्राहम ग्रीन : द *पावर एंड द ग्लोरी* हेमिंग्वे : *फ़ॉर हूम द बेल टोल्स* यीट्स : *लास्ट पोयम्स*	चैम्बर्लेन का इस्तीफ़ा, चर्चिल की गठबंधन सरकार बनी। रूज़वेल्ट तीसरी बार अमेरिका के राष्ट्रपति बने। पेरिस पर जर्मन क़ब्ज़ा। मैक्सिको में त्रॉत्स्की की हत्या।
1941	द *लायन एंड द यूनिकॉर्न* का प्रकाशन। वीएस प्रिशेट ने ऑरवेल की प्रांजल संवादात्मक शैली और अराजक व विध्वंसक देशभक्ति के चलते उनकी तुलना डेफो और कॉबेट से की।	कैरी : *अ हाउस ऑफ़ चिल्ड्रेन* क्रोनिन : द *कीज़ ऑफ़ द किंगडम* फ़िट्ज़ेराल्ड : द *लास्ट टाइकून* ब्रेष्ट : *मटर करेज उंद आहर किंडर* कवर्ड : *ब्लिथ स्पिरिट*	रूस पर जर्मनी का आक्रमण। लेनिनग्राद की घेरेबन्दी। रूस-जापान सन्धि। पर्ल हार्बर में अमेरिकी नौसेना बेड़ों पर जापानी हवाई हमला।
1942	बीबीसी की भारतीय सेवा में टी.एस. इलियट और विलियम एम्पसन के साथ काम। *लुकिंग बैक ऑन द स्पैनिश वॉर* प्रकाशित।	टी.एस. इलियट ने द *फ़ोर क्वार्टेट्स* पूरा किया कामू : *ला एट्रेन्जर*	स्टालिनग्राद की जंग शुरू। शिकागो यूनिवर्सिटी में दुनिया के पहले न्यूक्लियर रिएक्टर का निर्माण।

1943	माँ का निधन। *ट्रिब्यून* के साहित्यिक सम्पादक बनाए गए (1945 तक रहे)। बीबीसी से इस्तीफ़ा।	सेंट एग्जूपेरी : द *लिटिल प्रिंस*	चर्चिल और रूज़वेल्ट ने जर्मनी के 'बेशर्त आत्मसमर्पण' पर सहमति जताई।
1944	स्टालिनवाद पर अपना व्यंग्यात्मक उपन्यास *एनिमल फ़ार्म* फ़रवरी में पूरा किया। ब्रिटेन की स्टालिन के साथ सन्धि के कारण कोई भी प्रकाशक इसे छापने को तैयार नहीं हुआ। जून में एक बच्चा गोद लिया।	ज्याँ अनोइल : *एंटीगोन* सार्त्र : *हुइट-क्लोस* टेनेसी विलियम्स : द *ग्लास मेनेगरी* शॉ : *एवरीबडी इज़ पॉलिटिकल वॉट इज़ वॉट?*	पेरिस और ब्रूसेल्स मुक्त। फ्रांस में महिलाओं को वोट देने का अधिकार। हिटलर के ख़िलाफ़ बंकर बम की साजिश नाकाम। रूज़वेल्ट चौथी बार अमेरिका के राष्ट्रपति चुने गए।
1945	पेरिस और कोलोन में द *ऑब्ज़र्वर* के लिए युद्ध संवाददाता का काम। पेरिस में हेमिंग्वे से मुलाक़ात जो ख़ुद एक युद्ध संवाददाता थे। एलीन का निधन। अगस्त में *एनिमल फ़ार्म* का सेकर एंड वारबुर्ग से प्रकाशन। रातोरात दुनिया भर में ऑरवेल प्रसिद्ध हो गए।	कामू : *कालिगुला* सिरिल आर. राइट : *ब्लैक बॉय* कनोली : द *अनक्वायट ग्रेव* हर्मन हेस : द *ग्लास बीड गेम* वॉघ : *ब्राइडशेड रीविजिटेड* हेनरी ग्रीन : *लविंग*	याल्टा सम्मेलन। मुसोलिनी की हत्या। हिटलर ने ख़ुदकुशी की। जर्मनी का बेशर्त आत्मसमर्पण (8 मई)। हिरोशिमा और नागासाकी पर बमबारी। दूसरे विश्वयुद्ध का समापन। ब्रिटेन में आम चुनाव। रूज़वेल्ट का निधन। न्यूरेमबर्ग युद्ध अपराधों पर पंचाट की शुरुआत। संयुक्त राष्ट्र संगठन की स्थापना।
1946	*क्रिटिकल एसेज़* का प्रकाशन। लन्दन छोड़कर इनर हेब्राइड्स स्थित जूरा द्वीप अपने बेटे और नर्स के साथ प्रवास। '1984' पर काम चालू, सेहत गिरती जा रही थी।	हेनरी ग्रीन : बैक रैटिगन : द विन्स्लो बॉय	ब्रिटेन विरोधी प्रोपेगंडा के लिए विलियम ज्वायस की हत्या। फ्रांस में चौथे गणराज्य की स्थापना। रूस में चौथी पंचवर्षीय योजना का ऐलान। यूनेस्को का गठन। लन्दन एयरपोर्ट (हीथ्रो) खुला।

1947	ग्लासगो के पास सात महीने अस्पताल में बिताए	कामू : *ला पेस्ते* सार्त्र : *द रोड्स टु फ्रीडम* (1950 तक) टेनेसी विलियम्स : *अ स्ट्रीटकार नेम्ड डिज़ायर* मान : *डॉक्टर फॉउस्टस* ऐन फ्रैंक की डायरी का प्रकाशन	इंडियन इंडिपेंडेंस एक्ट : भारत का दो डोमिनियन में विभाजन। पोलैंड में कम्युनिस्ट सरकार की स्थापना। मार्शल प्लान।
1948	जुलाई में जूरा वापसी। '1984' के लिए टाइपिस्ट नहीं मिला, ख़ुद ही टाइप किया। सेहत गिरती जा रही थी।	ग्राहम ग्रीन : *द हार्ट ऑफ़ द मैटर* एलन नॉर्मन मेलर : *द नेकेड एंड द डेड* पैटन : *क्राइ, द बिलवेड कन्ट्री* पाउंड : *पिसान कैंटोज़*	महात्मा गांधी की हत्या। बर्मा की आज़ादी। दक्षिण अफ्रीकी सरकार ने नस्लभेद को सरकारी नीति के रूप में अपनाया। लन्दन में चौदहवाँ ओलिंपिक। चेकोस्लोवाकिया में तख़्तापलट। जियोनवादी यहूदियों ने इज़राइल को स्वतंत्र राज्य घोषित किया।
1949	जनवरी में ग्लूसेस्टरशायर के सेनेटोरियम में भर्ती। सेकर एंड वारबुर्ग से '1984' छपा। सितम्बर में यूनिवर्सिटी कॉलेज अस्पताल में भर्ती। अक्टूबर में सोनिया ब्राउनेल से शादी।	ए. मिलर : *डेथ ऑफ़ अ सेल्समैन* सीमोन द बोउवार : *द सेकंड सेक्स* बोरिस पास्तरनाक की *चुनिंदा रचनाएँ* इंग्लैंड में प्रकाशित	रूस में पहला एटमी विस्फोट। पाउंड स्टर्लिंग का अवमूल्यन। पश्चिम जर्मनी में संघीय गणराज्य की स्थापना। माओ त्से तुंग के नेतृत्व में चीन कम्युनिस्ट पीपुल्स रिपब्लिक बना।
1950	*शूटिंग एन एलिफ़ेंट* का प्रकाशन। 21 जनवरी को मस्तिष्काघात, निधन। अन्तिम इच्छा के अनुसार उन्हें बर्कशायर के देहात में एक क़ब्रिस्तान में दफ़नाया गया।	ग्राहम ग्रीन : *द थर्ड मैन* हेमिंग्वे : *अक्रॉस द रिवर एंड इन टु द ट्रीज़* स्पेंडर : *वर्ल्ड विदिन वर्ल्ड*	ब्रिटेन के आम चुनाव में लेबर सरकार की वापसी। अमेरिका विरोधी गतिविधियों की जाँच के लिए मैकार्थे कमेटी ने काम शुरू किया। भारत ने ख़ुद को स्वतंत्र गणराज्य घोषित किया।

उत्तर कथन

2021 में '1984' क्यों?

सबसे ज़रूरी सवाल सबसे पहले पूछे जाने चाहिए। मसलन, 2021 में '1984' के नाम से 1949 में प्रकाशित उपन्यास को क्यों पढ़ा जाए? बीते 72 वर्षों में दुनिया जाने कितनी बार बदली। इतनी बदल गई कि लेखक का कोई समकालीन आज की दुनिया को देख ले तो उसे जादूगर का मायाजाल समझ बैठे। '1984' के प्रकाशन से सौ साल पहले कार्ल मार्क्स ने जो दुनिया को बदलने की बात की थी, आज वे जीवित होते तो बदली हुई दुनिया पर अफ़सोस ही जताते। दार्शनिक स्लावोज ज़ीज़ेक तो लगातार कहते ही रहे हैं कि "हमने दुनिया को इतना ज़्यादा बदल दिया है कि अब ठहरकर उसकी व्याख्या करने की ज़रूरत है।" यदि वाक़ई ऐसा है, तो इस बदलाव के बीच 72 साल पुराने एक अदद उपन्यास की जगह कहाँ और कैसे बनती है? ख़ासकर तब, जबकि उसमें वर्णित भविष्य हमारा अतीत हो चुका है? जॉर्ज ऑरवेल और हमारे तक़रीबन बीचोबीच खड़ा अतीत—छत्तीस बरस उधर, छत्तीस बरस इधर!

भारत में जन्मे जॉर्ज ऑरवेल के उपन्यास '1984' पर दुनिया की तमाम भाषाओं में सैकड़ों शोध हुए हैं, हज़ारों लेख और करोड़ों शब्द लिखे गए हैं, दर्जनों फ़िल्में बनी हैं, नाटक खेले गए हैं और अब तक इस उपन्यास की तीन करोड़ से ज़्यादा प्रतियाँ बिक चुकी हैं। ऐसे में आश्चर्य होता है कि अपने प्रकाशन के सातवें दशक में, ठीक चार साल पहले '1984' अमेज़न पर अचानक बेस्टसेलर बन गया था। बहत्तर साल बाद जनवरी 2021 में भी यही हुआ, जब अचानक इसकी बिक्री में क़रीब दस हज़ार प्रतिशत की उछाल आ गई। उस वक़्त अमेरिका के राष्ट्रपति डोनाल्ड ट्रम्प का ट्विटर खाता बन्द किए जाने पर प्रौद्योगिकी कम्पनियों को कोसते हुए उनके बेटे ने ट्वीट किया था—"हम ऑरवेल के '1984' में जी रहे हैं।" किसने

सोचा था कि अमेरिकी 'बिग ब्रदर' के बेटे को भी अपने बाप के साथ हुई घटना के लिए '1984' का ही सहारा लेना पड़ेगा? विडम्बना देखिए कि मई 2021 में कहानी पलट जाती है और माइक्रोसॉफ्ट के अध्यक्ष ब्रैड स्मिथ बीबीसी पर बोल देते हैं, "'1984' को हम 2024 में घटता देख सकेंगे।"

जॉर्ज ऑरवेल का गढ़ा राजनीतिक मुहावरा सात दशक में वर्गीय विभाजनों को पार कर चुका है। आज सब डरे हुए हैं—क्या 'बिग ब्रदर' और क्या उसके गुप्तचर। सभी के पास इस परिस्थिति की तुलना करने के लिए एक ही मुहावरा है। ऐसा सदियों में शायद एक बार होता होगा। कौन जाने पहली बार ऐसा हो रहा होगा। फ़िल्म निर्देशक पैटी जेनकिन्स ने (2017 में प्रदर्शित) अपनी फ़िल्म 'वंडर विमेन' के सीक्वेल की घोषणा जब 2018 में की थी, उस वक़्त भी सबका मुँह खुला का खुला रह गया था। यह सीक्वेल पिछले साल कोरोना महामारी के बीच अमेज़न पर स्ट्रीम हुआ, नाम था—'वंडर विमेन 1984'। ऑरवेल के उपन्यास के साथ इसका संयोग नज़र से ओझल होना मुश्किल था, जबकि यह सुपरहीरो जॉनर की युद्धविषयक फ़िल्म थी। जेनकिन्स ने *टोटल* फ़िल्म को दिए एक साक्षात्कार में साफ़-साफ़ कहा था कि फ़िल्म के नाम में 1984 जोड़ने का एक 'अतिविशिष्ट कारण' है क्योंकि यह उपन्यास "एक ऐसे सर्वेलांस स्टेट पर है जो हमेशा युद्ध करता रहता है।" ऑरवेल का मुहावरा कभी चूकता नहीं—फ़िल्म ने महामारी के बीच स्ट्रीम हुई तमाम फ़िल्मों को पीछे छोड़ते हुए 131 मिलियन डॉलर की कमाई की। यह है '1984' की ताक़त!

लगातार बदलती इस दुनिया में हर एक परिघटना को कोई न कोई '1984' के चश्मे से देख ही लेता है। मसलन, ब्रिटिश जर्नल ऑफ़ जनरल प्रैक्टिस में बकिंघमशायर स्थित बर्नहम हेल्थ सेंटर के डॉ. समर रज़ाक अपने एक परचे ('कोविड-19, ऑरवेल एंड दि मीडिया', सितम्बर 2020) की शुरुआत '1984' में वर्णित पार्टी के तीन नारों से करते हुए बताते हैं कि कैसे कोरोना महामारी ने एक ऐसी नई भाषा को जन्म दिया है जो लोगों की विचार-प्रक्रिया को जकड़ चुकी है। वे बताते हैं कि कैसे इस नई भाषा, उससे निर्मित धारणाओं और लॉकडाउन से उपजी नई सामाजिक-राजनीतिक परिस्थितियों पर सन्देह जताना ऑरवेल का Thoughtcrime (विचार अपराध) बन चुका है। अभी हाल में आस्ट्रेलिया में बनी कोरोना की एक वैक्सीन को ऑरवेलियन कहा गया है क्योंकि उसमें चेहरा पहचानने और जासूसी करने की तकनीक बताई गई है।

आख़िर ऐसा क्या है '1984' में, जो लगातार किसी न किसी को लगता रहा है कि घट रहा है या घटने वाला है? '1984' एक किताब है या परिघटना? किसी भी अकल्पनीय रूप से बुरी चीज़ के लिए अंग्रेज़ी भाषा में *ऑरवेलियन* का प्रयोग हिकारत के भाव से किया जाना दशकों से आम है। यह '1984' का लेखक मनुष्य है या निरपेक्ष विशेषण? यूनिवर्सिटी ऑफ़ शेफील्ड के डेविड मॉर्टिन अपने शोध में बड़े सहज ढंग से लिखते हैं कि 1984 में 'कुछ' तो है; इस 'कुछ' पर कोई आम सहमति भले न हो! मैंने और मेरे जैसे तमाम लोगों ने अपने छात्र जीवन में या उसके आसपास '1984' को पढ़ा होगा। उस वक़्त यह 'कुछ' पकड़ में नहीं आता था। हिन्दी पट्टी के विश्वविद्यालयों और राजनीतिक संगठनों के परिसरों में विचरने वालों को हमेशा एक मोटी बात समझाई गई कि ऑरवेल तो कम्युनिस्ट-विरोधी लेखक है। जिन्होंने ये बातें प्रचारित कीं, वे शीतयुद्ध के मुहावरे में जी रहे थे।

रूस के विघटन के बाद आया सूचना तकनीक का दौर, मनुष्य के उपभोक्ता बनने का दौर, भूमंडलीकरण का दौर। नई चीज़ें आईं, तो नई भाषा आई और यथार्थ नए सिरे से नई भाषा के आलोक में चमकने लगा। विकल्प बढ़ गए क्योंकि राज्य ने बाज़ार को जगह दे दी। बाज़ार को स्थानीय श्रम और संसाधन चाहिए थे। इसने वैश्विक और स्थानीय के टकरावों को जन्म दिया। राजनीतिक हितों के साथ मिलकर इन टकरावों ने आदिम पहचानों को उभारा, तो लम्बे समय से सुप्त पड़ी सामाजिक दरारें चौड़ी हो गईं। संसाधनों के लिए नए क़िस्म के युद्ध छिड़ गए—देशों के भीतर भी और देशों के बीच में भी। हमें पहली बार बताया गया कि आन्तरिक सुरक्षा नाम की भी एक चीज़ होती है। राज्य सारे कामधाम छोड़कर आन्तरिक सुरक्षा में जुट गया और बाहरी सुरक्षा सुनिश्चित करने के लिए शीतयुद्ध के बाद करवट ले चुकी दुनिया के नए चौधरी से गलबहियाँ करने लगा। इस तरह गुटनिरपेक्षता शब्द और विचार दोनों के ही स्तर पर बीते ज़माने का *नेहरूवियन* मूल्य बनकर रह गया। दो ध्रुवों से वैश्विक शक्ति सन्तुलन का पलड़ा जब एक ओर झुका, तो दुनिया को ऑरवेल फिर याद आए—अबकी बदले हुए मुहावरे में। वह जो छिपा हुआ 'कुछ' था, इस बार कुछ और था लेकिन ज़्यादा क़रीब जान पड़ता था। इस तरह अपने प्रकाशन के शुरुआती तीन दशक में शीतयुद्ध और अगले तीस बरस में भूमंडलीकरण की चौहद्दी के भीतर *ऑरवेलियन* तत्त्वों की पहचान होती रही। कह सकते हैं कि हिन्दी पट्टी 1984 के महत्त्व से अब तक ग़ाफ़िल ही रही थी क्योंकि यहाँ उपभोक्ताओं का एक विशाल मध्यवर्ग गढ़े जाने की प्रक्रिया लगातार

जारी थी—जो वीजा पाने के लिए अमेरिकी दूतावास के बाहर लाइन लगाने में ही अपना भविष्य देखता था। समाज के बाक़ी तबके अभी स्वाभाविक अँगड़ाई ले रहे थे, लेकिन बाज़ार ने चुपके से पाँच सौ रुपये में उन्हें एक खिलौना थमा दिया था जिसे कालान्तर में स्मार्ट बनना था।

सब कुछ उसी गति से चलता रह सकता था और हो सकता है कि हमें आज '1984' पर बात करने की ज़रूरत भी न पड़ती, यदि 2008-09 में आर्थिक मन्दी न आई होती। सट्टा पूँजी, जुआरी बाज़ार और फ़र्ज़ी बहीखातों का गुब्बारा तो एक दिन फूटना ही था, लेकिन इतनी जल्दी फूटेगा इसकी कल्पना किसी ने नहीं की थी। यही वह प्रस्थान बिन्दु था, जिसने हर उस चीज़ को आपस में जोड़ दिया जो अब तक एक-दूसरे से अलहदा दिखती थी—पैसा, युद्ध, धर्म, पहचान, सुरक्षा, प्रौद्योगिकी, स्वतंत्रता, निजता, न्याय, मीडिया, नैतिकता और राजनीति। अब ऐसी राष्ट्रीय सरकारों की ज़रूरत आन पड़ी थी जो बिना किसी दुराव-छिपाव के पूँजी के हितों की रक्षा कर सकें। पहले की सरकारें भी ये काम करती थीं, लेकिन दिखावे के लिए ही सही लोकतंत्र के नाम पर भागीदारी और सुधार कार्यक्रम आदि साथ चलते रहते थे। अब ऐसी सरकारों की उम्र पूरी हो चुकी थी, फिर भी अगले कुछ बरसों तक इन्हें सुधरने का आख़िरी मौक़ा दिया गया। हवा-हवाई पूँजी और उधारी पर चलने वाले फ़र्ज़ी बहीखातों को दुरुस्त करना अब ज़रूरी था, इसलिए जो कुछ भी बचा-खुचा था अपनी जगह पर उन सबको उखाड़ना था, बेचना था और माल बनाना था। इस तरह जंगल, ज़मीन, हवा, पानी आदि व्यापार का अनिवार्य हिस्सा बना लिए गए। उन्हें बेचने के हिसाब से वैश्विक नीतियाँ बनीं और सब जगह अलग-अलग शक्ल में लागू की गईं। रातोरात मचने वाली इस खुली लूट की शक्ल लोकतंत्र जैसी ही रखनी थी, लिहाज़ा झूठ बोलना बहुत ज़रूरी था। यथार्थ को अपने नियंत्रण में करना ज़रूरी था। होना कुछ और था, दिखाया कुछ और जाना था। उसके हिसाब से नई भाषा भी गढ़ी जानी थी। उस पर आम सहमति भी कायम करनी थी। जहाँ कहीं सहमति बनती न दिखती हो, वहाँ असन्तोष पैदा किया जाना था। याद करिए जुलाई 2018 में दिया गया डोनाल्ड ट्रम्प का एक बयान : "आप जो देख रहे हैं और पढ़ रहे हैं, वह वास्तव में हो नहीं रहा है!"

इस तरह बीते कोई दस-बारह साल के दौरान कहीं तानाशाही हटाने के नाम पर लोकतंत्र लाया गया; कहीं भ्रष्टाचार हटाने के नाम पर सरकार बदली गई; कहीं आतंकवादियों को पकड़ने के नाम पर पिट्टू सरकार बैठाई गई; कहीं नक़ली

आन्दोलन खड़े किए गए; कहीं और आन्दोलन करने वालों को निपटाया गया; कहीं आन्तरिक सुरक्षा के नाम पर नागरिकों को नागरिकों के ख़िलाफ़ खड़ा किया गया; और तक़रीबन हर उस जगह जहाँ पूँजी के हित थे, क़ानूनी तंत्र को इतना मज़बूत बना दिया गया कि न्याय देने और न देने का मामला सत्ताओं की मर्ज़ी से संचालित हो सके। कुल मिलाकर काल के निरन्तर प्रवाह में समकालीन वर्तमान को चौतरफ़ा एक ही ढंग से गढ़ा गया और अपने नियंत्रण में ले लिया गया—कुछ इस तरह से कि समकालीन राष्ट्राध्यक्षों की शक्लें बस अलग-अलग मुखौटे जैसी दिखती हैं, उनके पीछे छिपा शख़्स एक ही है जिसे आप चाहें तो 'बिग ब्रदर' कह सकते हैं। उनके नाम लेना भी गुनाह हो सकता है—उत्तर प्रदेश की नज़ीर हमारे सामने है जहाँ नाम लेने पर 2020 में एक शख़्स पर मुकदमा हो चुका है।

लगातार रंग बदलती इस दुनिया के सन्दर्भ में '1984' की केवल एक पंक्ति है जो मेरे ख़याल से इस उपन्यास को सार्वकालिक बनाती है। केवल दरवाज़ा घूम रहा है, नज़ारा एक ही है। वह नज़ारा निम्न पंक्तियों में क़ैद है :

> *जो अतीत को नियंत्रित करता है वही भविष्य को तय करता है; जिसका वर्तमान पर क़ब्ज़ा है वही अतीत को नियंत्रित करता है।*

यही वह 'कुछ' है, जो अलग-अलग कालखंडों में अलग-अलग देशों में अलहदा रूपों में अलग-अलग लोगों को दिखता है—नियंत्रण। यथार्थ पर नियंत्रण, यथार्थ को अभिव्यक्त करने वाली भाषा पर नियंत्रण, यथार्थ को प्रश्नांकित करने वाली स्मृतियों पर नियंत्रण, यथार्थ को भोगने वाले मनुष्य पर नियंत्रण, यथार्थ को बदलने की कोशिश करने वाले विवेक और साहस पर नियंत्रण, यथार्थ को ख़ूबसूरत और सुकूनदेह बना सकने वाले प्रेम पर नियंत्रण, यथार्थ को बदसूरत बनाने वाली नफ़रत पर नियंत्रण, यथार्थ को नैतिक बना सकने वाले मूल्यों पर नियंत्रण, यथार्थ को निरन्तरता बख़्शने वाली परम्परा पर नियंत्रण, यथार्थ में अर्थ भरने वाले शब्दों पर नियंत्रण। यह मनुष्य को नियंत्रित करने वाली सत्ताओं का नियंत्रण है, जो कभी साम्यवाद, कभी नाज़ीवाद, कभी उदारवाद, कभी सामाजिक न्याय, कभी कनफ़्यूशियसवाद, कभी लोकतंत्र, कभी मज़हबी कट्टरपंथ और कभी समाजवाद के रूप में हमारे सामने चोला बदल-बदल कर आती रहती हैं। सत्ता कैसा भी चोला पहन ले, वह सत्ता से च्युत होना पसन्द नहीं करती। सत्ता में बने रहने की आकांक्षा ही नियंत्रण को जन्म देती है। सत्ताओं को निर्वस्त्र होने से बचाने वाली

ये सभी विचारधाराएँ किसी एक मकान मालिक के यहाँ के किराएदार जैसी हैं। दार्शनिक और समाजशास्त्री जिग्मंट बोमैन उस मकान मालिक का नाम 'पश्चिमी आधुनिकता' बताते हैं। यह इत्तेफ़ाक़ नहीं है कि '1984' में ओ'ब्रायन पुराने ज़माने की सत्ताओं की कमज़ोरी को गिनवाते हुए कहता है उन सभी को कोई न कोई आवरण ओढ़कर सत्ता चलानी पड़ती थी लेकिन ओशियनिया की सत्ता आधुनिक सत्ता है जिसे किसी आलम्बन की ज़रूरत नहीं। यह सत्ता विशुद्ध सत्ता के लिए है, और किसी चीज़ के लिए नहीं।

हमारी ख़ुशक़िस्मती है कि यह दुनिया अब भी उस मुकाम पर नहीं पहुँची है जहाँ सत्ता में बैठा कोई समूह खुलकर इस बात को कह सके कि उसका साध्य केवल सत्ता है। हाल की कुछ घटनाएँ और सामान्य तौर से दुनिया की गति हालाँकि इस बात की तसदीक करती है कि '1984' का ओशियनिया अब हमारे बहुत क़रीब है—इज़राइल के जासूसी करने वाले सॉफ्टवेयर पेगासस का मामला; सूचना के माध्यमों में दिन-रात गढ़े जा रहे झूठ; राजनेताओं के बयान; सत्ता की आक्रामकता; बुनियादी आज़ादी का लोप; न्याय का न्यायालयों से दूर होते जाना; फेक न्यूज़ से लेकर फेक वीडियो और तस्वीरें, जो राष्ट्रीय राजनीति को तय कर रही हैं; सोशल मीडिया से टूटते परिवार, रिश्ते और अलगाव में पड़ते लोग; विरोधी धारणाओं में बँटता समाज; और हर दिन अपनी आँखों के सामने तथ्यात्मक सच का गला घोंटा जाना। '1984' की बिक्री में अचानक 2017 में आई उछाल का एक बड़ा कारण डोनाल्ड ट्रम्प के शपथ ग्रहण समारोह के बारे में उनके प्रेस सचिव का एक झूठा बयान था, जिसकी पत्रकारों द्वारा सफ़ाई माँगे जाने पर जवाब में उन्होंने उसे 'वैकल्पिक तथ्य' बताया था। अमेरिका हो या ओशियनिया, क्या सच का कभी कोई विकल्प सम्भव रहा है?

याद करिए, 2016 में ऑक्सफ़र्ड शब्दकोश ने 'पोस्ट-ट्रुथ' को वर्ष का शब्द घोषित किया था यानी उस साल यह दुनिया 'सत्य के पार' जा चुकी थी। यही वह साल था जब फेक न्यूज़ को उजागर करने वाली दर्जनों वेबसाइटें अस्तित्व में आई थीं। भारत में 2016 की शुरुआत टीवी चैनलों पर प्रसारित एक 'विवादास्पद नारे' की फुटेज से हुई थी, जिसका मुकदमा अब तक चल रहा है। इस घटना ने अकेले दम पर हमारे राष्ट्रीय राजनीतिक विमर्श को देशद्रोही बनाम देशभक्त के खाँचे में बाँट दिया। अगले कुछ वर्षों में इस दुई के बीच हर सच का गला घोंट दिया गया। केवल चार साल में तमाम क़िस्म की नक़ली बातों ने पृथ्वी के इतने चक्कर लगा

लिए कि सच मुँह ताक़ता रह गया। यथार्थ जब सच के पार चला जाता है तो फिर कहने को कुछ नहीं बचता—ये इत्तेफ़ाक़ नहीं है कि ऑक्सफ़र्ड वाले वर्ष 2020 का शब्द नहीं दे सके। आज सच की शक्ल में तमाम झूठ मौजूद हैं और झूठ के जो झूठे विकल्प हैं, वे किसी और के लिए सच हैं। बरसों पहले एक अमेरिकी सीनेटर हिरम जॉनसन ने कहा था कि जंग में सबसे पहले सच शहीद होता है। उसके बाद के डेढ़ सौ बरस में बस इतना बदलाव आया है कि बिना किसी जंग के ही सच शहीद होता रहा है—हर जगह, हर पल। ऑरवेल के शब्दों में इसे ऐसे भी कह सकते हैं कि जंग चूँकि निरन्तर चल रही है, इसलिए कोई जंग नहीं हो रही। जंग का होना एक गढ़ा गया झूठ है, लेकिन जंग का बोध और उसमें सच की शहादत सच्ची है। ऑरवेल के ही शब्दों में, "सब कुछ मुमकिन है और कुछ भी सच नहीं है।"

ऐसे में '1984' को फिर से पढ़ना एक झूठी जंग में खेत रहे सच के हक़ में अपनी अन्तिम साँस तक खड़े होने जैसा अनिवार्य पावन काम है। '1984' में इस लिहाज़ से बहुत 'कुछ' है जो हमें बताता है कि कहाँ खड़ा होना है और कहाँ नहीं। यह पाठक के ऊपर निर्भर है कि वह इतिहास के किसी मोड़ पर सच के किस आयाम को ज़्यादा तरजीह देता है। मसलन, शीतयुद्ध के दौरान यह सर्वसत्तावाद का विरोध हो सकता था। अस्सी के दशक में यह विकसित होती प्रौद्योगिकी के प्रति एक चेतावनी हो सकता था। आज 2021 में '1984' का पाठ प्रत्यक्ष अनुभूत यथार्थ और सच के हक़ में बोलने जैसा है—चाहे आप इसके कथानक को एक प्रेमकथा के रूप में लें, जासूसी कथा के रूप में, राजनैतिक सिद्धान्त के दस्तावेज़ की तरह या फिर अंग्रेज़ी में जैसा कि चलन है—एक 'डिस्टोपियन' समाजविज्ञान गल्प की तरह। आज सबके अपने-अपने डर हैं, इसलिए सबके लिए '1984' में कुछ न कुछ है। और स्पष्ट है—इतना स्पष्ट जितना आज से बीस-तीस साल पहले नहीं था। '1984' हमें सिखाता है कि हमारे डर की हद क्या है। जिस आतंक से यह डर पैदा हुआ है, उस आतंक की हद क्या है। इस आतंक और डर के ख़िलाफ़ अगर हमने खड़ा होना चुना है तो हमारे साहस की हद क्या है।

बस एक बात याद रखनी है कि यह डर, यह आतंक, यह ग़ुलामी, यह झूठ, यह पाखंड, ख़ुद-ब-ख़ुद नहीं जाने वाले। यह परिघटना भले किसी भी राजनीतिक विचार की शक्ल में हो, उससे कोई फ़र्क़ नहीं पड़ता—यह समाजवादी हो सकती है, फासीवादी या नाज़ीवादी हो सकती है और लोकतांत्रिक उदारवादी भी। हैना अरेंड ने बहुत अच्छी बात कही है इस बारे में : "...सर्वसत्तावाद को अपनी आदर्श प्रजा

के रूप में कोई आस्थावान कम्युनिस्ट या आस्थावान नाज़ी नहीं चाहिए। उसे ऐसे लोगों की ज़रूरत होती है जिनके लिए तथ्य और कपोल कल्पना के बीच अन्तर (यानी प्रत्यक्ष अनुभव से उपजे यथार्थ) और सच व झूठ के बीच फ़र्क़ (यानी विचारों की एक कसौटी) का कोई मायने नहीं रह जाता।" ऐसे आदमी को जगाना मुश्किल है। वह सोया हुआ नहीं है, आँखें बन्द करके पड़ा है। जैसे अफीम की पीनक में हो। यह एक मनहूस स्थिति है। यह आतंकित करती है। इसे हल्के में नहीं लिया जाना चाहिए।

इसी *डिस्टोपिया* के बारे में ऑरवेल ने '1984' के प्रकाशन से कई साल पहले लिखा था, "अगर आप सोचते हैं कि यह एक सामान्य विचलन है जो अपने आप दूर हो जाएगी, तब समझिए कि आप एक ऐसा सपना देख रहे हैं जो तभी टूटेगा जब कोई आपको कस के एक लाठी मारेगा।" बिलकुल यही बात कहीं ज़्यादा भयावह तरीक़े से ओ'ब्रायन के मुँह से ऑरवेल '1984' में कहलवाते हैं : "भविष्य की तस्वीर अगर देखना चाहते हो तो बस इतनी कल्पना करो कि किसी मनुष्य के चेहरे पर एक बूट की छाप है—सदा के लिए।" और यह वाक्य पढ़ते ही मेरे ज़ेहन में 25 मई, 2020 को मिनियापोलिस की सड़क पर औंधे मुँह पड़े जॉर्ज फ्लायड का बेबस चेहरा कौंध जाता है, जिसकी गरदन एक पुलिसकर्मी के घुटनों तले नौ मिनट तक दबी रही थी और वह लगातार चिल्ला रहा था, "मेरा दम घुट रहा है।" पुलिस के पैरों तले दबी उस गरदन ने जनता को जगा दिया था। सौ साल बाद फैली पहली सबसे बड़ी वैश्विक महामारी के समानान्तर मजलूम जनता का 'ब्लैक लाइव्स मैटर' आन्दोलन जंगल की आग की तरह पूरी दुनिया में फैल गया।

विंस्टन जनता (*प्रोल्स*) को केवल उम्मीद की नज़र से देख भर सकता था—"अगर कहीं उम्मीद है तो वह जनता में है।" ऑरवेल ने विंस्टन जैसा किरदार पैदा करके स्पेन के युद्ध की विभीषिका से ख़ुद को निकालने की एक कोशिश की थी। वह जानते थे कि जब तक जनता की गरदन पर सत्ता का बूट नहीं होगा, तब तक जनता नहीं जागेगी। एक-दूसरे से कटी हुई और सोई हुई पीढ़ियों को जगाने के उद्देश्य से ही फ्रांत्ज़ फैनन ने 1961 में कहा था कि "हर पीढ़ी को अपना मिशन तलाशकर तय करना चाहिए कि उसे पूरा करना है या फिर उसके साथ विश्वासघात करना है" (*ऑन नेशनल कल्चर, दि रेचेड ऑफ़ दि अर्थ,* पृष्ठ 206)। जनता को जगाने की यह उत्कट आकांक्षा और सदिच्छा मुक्ति के सपनों की सबसे आदिम पुकार रही है। आज जब हम पूरी दुनिया में और अपने यहाँ भी चारों ओर बूटों

तले दबे असंख्य जॉर्ज फ्लायडों को आए रोज़ देख रहे हैं, तो आश्चर्य होता है कि प्रत्यक्ष देखा हुआ हमें आख़िर क्यों नहीं जगाता। हर बार एक गरदन दबती है और हम उसे *न्यू नॉर्मल* मानकर अपनी नींद में खलल डाले बग़ैर आगे बढ़ जाते हैं। अपने दैनिक विश्वासघातों का जवाब हमें ऑरवेल के यहाँ *रियलिटी कंट्रोल* (नियंत्रित वास्तविकता) में मिलता है!

इसलिए, '1984' पढ़ने के तीन लाभ हैं—पहला, हम बुराई की हद को समझ पाते हैं; दूसरा, अच्छाई में हमारा भरोसा जगता है; और तीसरा, हम ख़ुद जाग जाते हैं।

अन्त में बुनियादी बात बस इतना जान लेने की है कि जॉर्ज ऑरवेल ने '1984' को लिखा क्यों था। उपन्यास पूरा करने के बाद क्रैनहैम के अस्पताल में अपनी आख़िरी साँसें गिन रहे ऑरवेल ने मृत्युशैया से फ्रेडरिक वॉर्बर्ग को अपना वक्तव्य लिखवाते हुए बताया था कि उन्होंने यह किताब इसलिए लिखी है ताकि हम अपनी इच्छाशक्ति पर परदा न पड़ जाने दें बल्कि उसे और मज़बूत कर सकें। उन्हीं के शब्दों में :

> *इस ख़तरनाक दु:स्वप्न भरी परिस्थिति से जो नैतिक सबक लिया जाना है वह बहुत साधारण है : जो कुछ भी चल रहा है उसे रोक दो, सब तुम्हारे हाथ में है।*

ऑरवेल के इस आख़िरी सन्देश में 'तुम' भविष्य के वे अजन्मे बच्चे हैं, जिनके नाम विंस्टन ने डायरी लिखनी शुरू की थी। 1949 के वे अजन्मे बच्चे 2021 के हम हैं। आप हैं। हम सब हैं।

07 सितम्बर, 2021 **—अभिषेक श्रीवास्तव**

अनुवादकीय

एक अंग्रेज़ लेखक की सात दशक पहले लिखी कृति को समझना मुश्किल काम है। लेखक अगर जॉर्ज ऑरवेल हों, तो इस जटिलता में रहस्य भी जुड़ जाता है। बरसों पहले छात्र जीवन में '1984' को जब मैंने पढ़ा था, तो केवल पढ़ा ही था। समझा नहीं था। दो कारण थे। एक तो उसे समझने के लिए सलाहियत नहीं थी। दूसरे, आँखों के सामने घट रही प्रत्यक्ष दुनिया में '1984' के तत्त्व नहीं दिखते थे। उस वक़्त तक हालाँकि इसका एक अनुवाद हिन्दी में आ चुका था, लेकिन दिलचस्प है कि यह बात मुझे तब पता चली जब मैंने कुछ पन्ने इस साल अनुवाद कर डाले।

यहाँ यह स्वीकार करने में मुझे कोई संकोच नहीं है कि अनुवाद शुरू करने से पहले के कुछ महीनों में उपन्यास को कई बार मैं पढ़ गया, छान गया, घोंट गया लेकिन जब हाथ लगाया तो पहली ही पंक्ति में अटक गया। इस साल की चढ़ती सर्दी का मौसम था और पार्क के एकान्त में बैठकर एक निजी शुभ मुहूर्त में मैंने काम में हाथ लगाया था कि पहली पंक्ति में ही घंटे ने तेरह बजा दिया। कोई लेखक दोपहर के एक बजे को एक लिखेगा, तेरह नहीं, लेकिन ऑरवेल ने तेरह लिखा था। इसके बाद कोई पाँच महीने मैंने काम में हाथ नहीं लगाया। एक वजह तो महामारी की दूसरी लहर रही, दूजे तेरह का डर था। इस डर को ख़त्म करने के लिए जिस प्रक्रिया से मैं गुज़रा, वही अनुवाद की असल प्रक्रिया थी। इसे मैं अनुवाद नहीं कहूँगा। यह एक अनुभव था। भयावह अनुभव, जिसमें कई रातें मैंने सपने में अपनी पीठ पीछे जासूसों को चलते पाया और एक रात किसी ने सामने से मुझे गोली भी मार दी। यह जुलाई-अगस्त की बात है जब कोई रात बिना दु:स्वप्न के नहीं बीतती थी। बाहर सावन-भादों की झड़ी थी, भीतर विंस्टन स्मिथ की रूह अड़ी थी।

अब, जबकि सीने से विंस्टन का बोझ उतर चुका है तो अनुवाद की प्रक्रिया में आए कुछ ज़रूरी पड़ाव बताने ज़रूरी हैं। पहला, अनुवाद एक सांस्कृतिक प्रक्रिया है और यह काम सबसे मुश्किल तब हो जाता है जब अनुवादक की सांस्कृतिक पृष्ठभूमि लेखक से अलग होती है। '1984' में मैंने इसे शिद्दत से महसूस किया और भरसक कोशिश की कि लेखक की संस्कृति और जिस भाषा में मैं अनुवाद कर रहा हूँ उसकी लोक संस्कृति के बीच यह अनुवाद एक पुल का काम कर सके। उसके लिए आसान शब्द गढ़ने ज़रूरी थे। अंग्रेज़ी के मुहावरों को अपने यहाँ प्रचलित मुहावरों में ढालना ज़रूरी था। वहाँ की वस्तुओं, संज्ञाओं, क्रियाओं और अहसासों का हिन्दी प्रदेश के साथ तादात्म्य बैठाना आवश्यक था।

इस अनुवाद में मेरे सामने सबसे बड़ी चुनौती कथ्य की समकालीनता कायम रखने की थी। मिलान कुंदेरा ने कहीं लिखा था कभी कि '1984' उपन्यास के आवरण में एक राजनीतिक दस्तावेज़ है। एक हद तक यह सच है। राजनीति सर्वाधिक ग्राह्य तब होती है जब वह स्थानीय हो। हिन्दी प्रदेश अतिराजनीतिक मानस की ज़मीन है। यहाँ का एक सामान्य आदमी भी राजनीति को राजनीतिविज्ञानियों से बेहतर समझता है। बस उसे उसके मुहावरे में बात समझाए जाने की ज़रूरत है। यह मुहावरा हमारे सामने रोज़ सड़क, चौराहों, गलियों में खुलता है लेकिन व्यवस्थित लेखन के लिए इसकी भाषा को कैसे बरता जाए, यह थोड़ा कठिन प्रश्न है। मैंने ग़ौर किया कि अनुवाद शुरू करने के बाद कम से कम चार बार खंड-I को मुझे दोबारा लिखना पड़ा। चौथा ड्राफ्ट सन्तोषजनक लगा, तब जाकर अनुवादक आश्वस्त हो सका कि उसने अपने पाठक की भाषा पकड़ ली है। ज़ाहिर है, यह आश्वस्ति तब तक आत्मसन्तोष ही रहेगी जब तक पाठक के हाथ में यह किताब पहुँच न जाए। फिर भी...

सांस्कृतिकता और समकालीनता से मिलकर जो 'पॉपुलर' बनता है, वह इस अनुवाद की भाषा है। यह वही भाषा है जिसे हम आए दिन टीवी पर, अपने नेताओं के जुमलों में, अख़बारों में पढ़ने के आदी हैं। इसीलिए पहले पन्ने से ही पाठक को स्थानीयता के साथ साम्य दिखाई देगा। यह दिलचस्प है कि जब इस साम्य को मैंने पकड़ लिया तो ख़ुद ही एकाध जगह अनुवाद करके चमत्कृत हो उठा। क्या इसे इत्तेफ़ाक़ मानें कि ओशियनिया में सरकारी दफ़्तरों के पास जिस विक्टरी स्क्वायर का ज़िक्र ऑरवेल करते हैं जहाँ पर एक संग्रहालय है और सैन्य झाँकियाँ निकलती हैं, वह दिल्ली के विजय चौक जैसा जान पड़ता है? क्या यह

महज़ संयोग है कि बिग ब्रदर का 'ऑर्डर ऑफ़ द डे' हमारे यहाँ 'मन की बात' का दैनिक संस्करण जान पड़ता है? हमारे समकालीन 'जनघेरे' (पब्लिक स्फीयर का यह प्रयोग मित्र श्री रंगनाथ सिंह की एक पोस्ट से साभार है) में इस्तेमाल होने वाले शब्दों के साथ उपन्यास का ऐसा भाषाई साम्य आपको एकाधिक जगह दिखाई देगा। इसके पीछे कोई इत्तेफ़ाक़ नहीं है, केवल विचार का साम्य है।

1984 अनिवार्यत: विचार और भाषा के सम्बन्धों पर केन्द्रित एक कृति है। ज़ाहिर है, जब विचार और भाषा एक-दूसरे को प्रभावित करते हों तो यह परिघटना किसी कालखंड में बँधी नहीं रह सकती। जब-जब कोई विचार विशेष सत्ता में होगा, उससे जुड़ी शब्दावली भी वापस प्रचलन में आएगी। यही बात 1984 को सार्वकालिक बनाती है। इसीलिए बिग ब्रदर अमर है। वह कभी नहीं मरता। 'बिग ब्रदर' महज़ एक सम्बोधन नहीं, ओशियनिया के गली-चौराहों और घरों में लगी तस्वीरों को देखने से निकलने वाला एक भाव है। इस भाव में श्रद्धा है, हिकारत है, व्यंग्य है, भय है, आकर्षण है, संरक्षण है, मुक्ति है और ग़ुलामी भी है। भारतीय लोकमानस में बड़े भाई, भाई साहब, भाई जी की ध्वन्यात्मकता वैसी नहीं है जो 'बिग ब्रदर' के साथ मेल खा सके। इसलिए कोई छह महीने इस पर माथा खपाने के बाद बिग ब्रदर का एक अलहदा प्रयोग उपन्यास में सुझाया गया है जो मूलत: हिन्दी प्रदेश से नहीं आता, लेकिन पूरा देश उससे वाक़िफ़ है।

जॉर्ज ऑरवेल ने '1984' में जिस नई अंग्रेज़ी का प्रयोग किया है, उसका नाम न्यूस्पीक है। न्यूस्पीक में शब्दों की तीन श्रेणियाँ हैं। इनके बारे में परिशिष्ट में विस्तार से सैद्धान्तिक चर्चा है। अनुवाद के दौरान न्यूस्पीक की बी श्रेणी के शब्दों का तर्जुमा करने में थोड़ी दिक़्क़त आई और कुछ शब्द गढ़ने पड़े हैं। सम्भव है एकाध साल और वक़्त मिलता तो बेहतर शब्द निकलकर आते। फिर भी प्रसंग और सन्दर्भ के हिसाब से उन नए शब्दों का प्रयोग आसानी से समझ में आ जाना चाहिए, ऐसी अपेक्षा है।

अनुवाद की प्रक्रिया में कई मित्रों और वरिष्ठों का सुझाव अमूल्य रहा है। विशेष रूप से अपने भाषाविद् मित्र व्यालोक और गुरुद्वय श्री अनिल चौधरी व श्री आनन्दस्वरूप वर्मा का आभारी हूँ कि उन्होंने समय-समय पर मेरी आशंकाओं को दुरुस्त किया है। अनुवाद की समूची प्रक्रिया में राजकमल प्रकाशन के प्रबन्ध सम्पादक भाई सत्यानन्द निरुपम के साथ निरन्तर संवाद ने लगातार आश्वस्त किया कि मैं सही रास्ते पर हूँ।

इतने सारे लोगों के सामूहिक प्रयास का परिणाम अब आपके हाथ में है और अनुवादक कठघरे में—अपेक्षा है कि पाठकों की अदालत अनुवादक को बाइज़्ज़त बरी करेगी।

—अभिषेक श्रीवास्तव

08.9.2021
ग़ाज़ियाबाद, उत्तर प्रदेश

---

* **अभिषेक श्रीवास्तव** की पैदाइश उत्तर प्रदेश के शहीदी ज़िला ग़ाज़ीपुर में हुई। बनारस में जीवन का सबक, दिल्ली में जीवनयापन का। पिछले दो दशकों में लेखन, शिक्षण और चक्रमण। प्रारम्भिक दस साल के दौरान मीडिया से जुड़े रहे। फ़िलहाल अनुवाद के सहारे आजीविका। लघु-पत्रिकाओं और छोटी वेबसाइटों के सहारे पत्रकारिता। गीत-संगीत, पठन-पाठन, घूमने-फिरने और खानपान के शौक़ीन।
ईमेल : guruweltschmerz@gmail.com

जॉर्ज ऑरवेल

अपने निबन्ध 'मैं क्यों लिखता हूँ' में, 1946

बीते दस साल के दौरान मैंने सबसे ज़्यादा जो काम करना चाहा है वह यह है कि राजनीतिक लेखन को कैसे एक कला का रूप दिया जाए। मुझे इस ओर नाइंसाफ़ी के अहसास ने हमेशा धकेलने का काम किया है। मैं कोई किताब लिखने जब बैठता हूँ तो ख़ुद से यह नहीं कहता कि 'मैं कोई कलाकृति रचने जा रहा हूँ'। मैं इसलिए लिखता हूँ क्योंकि ऐसा कुछ है जिसे मैं उजागर करना चाहता हूँ, कुछ ऐसी बातें जिनकी ओर मैं ध्यान खींचना चाहता हूँ, और मेरी शुरुआती कोशिश सिर्फ़ इतनी ही रहती है कि मुझे सुन लिया जाए।

लेकिन मैं एक किताब लिखने, यहाँ तक कि कोई लम्बा आलेख लिखने का काम भी नहीं कर सकता था, अगर वह भी एक सौन्दर्यात्मक अनुभव नहीं होता। जो कोई भी मेरे काम की परख करने की सोचता है, वह देखेगा कि भले ही यह प्रचार हो लेकिन इसमें बहुत कुछ है जिसे एक पूर्णकालिक राजनेता अप्रासंगिक मानेगा। मैं उस विश्वदृष्टि को पूरी तरह से त्यागने में सक्षम नहीं हूँ जो मैंने बचपन में हासिल किया है। मैं ऐसा करना भी नहीं चाहता। जब तक मैं जीवित और ठीक-ठाक रहूँगा, मैं गद्य शैली, पृथ्वी की सतह से प्यार करने तथा ठोस चीज़ों और बेकार सूचनाओं के कचरे में आनन्द लेने के बारे में दृढ़तापूर्वक महसूस करता रहूँगा। अपने उस पक्ष का दमन करने की कोशिश करने का कोई फायदा नहीं है। काम यह है कि मैं अपनी अन्तर्निहित पसन्दों और नापसन्दों को सार्वजनिक, ग़ैर-व्यक्तिगत गतिविधियों के साथ समेटूँ जो यह युग हम सभी पर थोपता है।